Mechthild Winkler

Wie Liebe auf den ersten Blick

Mechthild Winkler

Wie Liebe auf den ersten Blick

„Man braucht das Schöne,
um das Schwere zu tragen“

BRUNNEN
VERLAG GIESSEN · BASEL

Früher erschienen unter dem Titel
„Ich liebte Hasenheide“

3. Auflage 2009

www.brunnen-verlag.de
Umschlagmotive: Getty Images, München
Umschlaggestaltung: Ralf Simon
Satz: Typostudio Schmidt, Greifenstein
Herstellung: CPI – Ebner & Spiegel, Ulm
ISBN 978-3-7655-4056-1

Erster Teil (1943)

Entwicklungen

Kapitel 1

Später habe ich mich manchmal gefragt, wie es kam oder was es bedeuten mochte, daß mir plötzlich sein Name eingefallen war – nicht sein Gesicht, wenigstens nicht in Einzelheiten. Ich hätte damals nicht sagen können, daß seine Augen von einem sehr hellen Grau waren, seine Haare dunkelblond und seine Lippen schmal und streng. Aber sein Name, Dieter Wendland, tauchte unvermittelt in meinem Bewußtsein auf.

Als einer von Vaters Studenten war er in unsere Familie gekommen und hatte schnell zum Freundeskreis meiner Schwester gehört. Bald war er Erikas ständiger Begleiter. Dann ging sie zum Studium nach München, und wir sahen nichts mehr von ihm.

Doch nun war mir ohne erkennbaren Grund sein Name in den Sinn gekommen, kurz ehe ich um die Straßenecke hinter der Klinik bog und ihm begegnete.

Später, wie gesagt, habe ich mich darüber gewundert. Aber im Augenblick, als ich ihn sah, ging ich wie selbstverständlich auf ihn zu und redete ihn an: „Fein, daß ich dich treffe, Dieter! Ich hatte gerade beschlossen, dich zu meiner Geburtstagsfeier einzuladen."

Er schien verwirrt und nicht sonderlich erfreut.

„Mich?" fragte er sichtlich ungläubig. „Woher wußtest du denn, daß ich wieder hier bin?"

„Ich wußte gar nicht, daß du fort warst", entgegnete ich. Nun war ich verwirrt.

„Das sieht Erika ähnlich, daß sie dir nichts erzählt hat", sagte er mit einem flüchtigen Lächeln. „Ich war eben nicht mehr wichtig, nachdem wir uns getrennt hatten."

Er blickte auf seine Armbanduhr.

„Komm", sagte er, „ich begleite dich ein Stück. Du bist doch sicher auf dem Weg nach Hause?"

Er wandte sich zu der Seitenstraße, die den Hügel hinan auf unser Haus zulief, und blieb neben mir, bis wir fast die Kuppe erreicht hatten. Dann fragte er: „Wie bist du auf die Idee gekommen, gerade mich einzuladen?"

„Ich weiß es selbst nicht", gestand ich. „Es war ein spontaner Einfall." Ehrlich setzte ich hinzu: „Vorher habe ich ziemlich lange nicht an dich gedacht."

„Mit Erika hat es nichts zu tun?" erkundigte er sich.

„Überhaupt nichts!" versicherte ich entschieden. „Weißt du, ich möchte ein Tanzfest geben ..."

„Jetzt versteh ich", fiel er mir ins Wort. „Männer sind rar in diesem schrecklichen Krieg."

Er ließ mir keine Zeit zur Entgegnung.

„Du hast am Mittwoch Geburtstag, nicht wahr?" fragte er.

Verblüfft sah ich ihn an.

„Ich bin kein Hellseher", erklärte er mit einem leisen Lachen. „Voriges Jahr war ich zufällig an deinem Geburtstag bei euch und erfuhr, daß dir eine Veranstaltung im Sportverein wichtiger gewesen war als eine Feier im Familienkreis. Das Datum hat sich mir eingeprägt, weil es der Hochzeitstag meines Bruders ist. Ich würde liebend gern wieder in deinem Elternhaus verkehren wie früher", fuhr er freundlich fort. „Ich möchte auch zu deinem Tanzfest kommen. Wann soll es stattfinden?"

„Am Samstag nächster Woche."

„Da erwarte ich meinen Bruder zu Besuch. Dürfte ich ihn mitbringen?"

„O Dieter, ist dein Zwilling auf Fronturlaub?" fragte ich eifrig.

Sein Gesicht wurde mit einem Schlag steinern. „Günter ist tot."

Er sah mir mein Entsetzen an. Sein Blick verlor die plötzliche Starre, und er fuhr in anderem, gleichwohl bitterem Tonfall fort: „Gefallen auf dem Felde der Ehre. Genauer gesagt, eingegangen an seiner Verwundung. Das war wohl auch besser so."

Ich fragte ihn nicht, was er mit dem Nachsatz meinte. Beklommen sagte ich: „Davon hatte ich keine Ahnung, sonst hätte ich dich nicht zu einem Tanzfest gebeten."

„Ich komme gern, Monika. Wenn wir im Krieg jede Trauerfrist einhielten, fänden wir keine Zeit mehr zum Fröhlichsein."

Er begann weiterzugehen.

Nach einer Weile sagte ich zögernd: „Ich glaube, du hast dich sehr verändert."

„Du hast mich bisher nicht gut gekannt", gab er zurück.

Ich ging nicht darauf ein, weil ich mich fragte, was ich überhaupt über ihn wußte. Daß er einen Zwillingsbruder hatte, an dem er sehr hing, war mir bekannt gewesen. Aber es schien ja noch einen Bruder zu geben.

„Ist er älter oder jünger als du?" fragte ich aus meinen Gedanken heraus.

„Wer?" Dieter schien verblüfft, aber er schaltete schnell. „Du meinst Benjamin? Natürlich ist er jünger. Vor kurzem ist er zwanzig geworden."

„Und er heißt Benjamin? Wirklich Benjamin?"

„Ja", sagte Dieter. „Darf ich ihn trotzdem mitbringen?"

Darüber mußte ich lachen, und das schien ihm zu gefallen. „Wenn du sein Herz gewinnen willst, nenne ihn Benno!" riet er mir. „Er mag seinen Namen nämlich nicht."

„Ich habe nicht die Absicht", versicherte ich.

„Sein Herz zu gewinnnen? Daran tust du gut", erklärte Dieter. „Eigentlich sollte ich dich vor ihm warnen. Er sammelt Mädchenherzen, der Benjamin, nur so aus Sport."

„Auf meines kann er nicht rechnen", sagte ich entschieden. „Weißt du, ich gebe das Tanzfest, weil Karlheinz auf Urlaub kommt."

„Sollte ich wissen, wer Karlheinz ist?" fragte Dieter mit freundlich gerunzelter Stirn.

„Kaum. Oberleutnant Rothe. Wir kennen uns aus dem Sportverein."

„Ach so. Das läßt mich natürlich manches besser verstehen. Zum Beispiel die Sache mit deinem letztjährigen Geburtstag." Er schaute plötzlich auf die Uhr. „Ich muß mich beeilen,

Monika. Bis nächste Woche dann, und danke für die Einladung! Grüß deine Eltern und auch deine Tante, vor allem aber deine Großmutter!"

Rasch wandte er sich um und ging den Weg zurück, den wir gekommen waren.

Ein wenig ärgerte es mich, daß er mir nicht die Zeit gelassen hatte, ihm zu widersprechen. Er hätte ruhig wissen sollen, daß mir der Verein nicht etwa wichtig war, weil Karlheinz zu seinen Mitgliedern gehörte, sondern um des Sportes willen. Ich spielte leidenschaftlich gern Tennis und hatte einen guten Ranglistenplatz erreicht. Meine frühere Freundschaft zu meinen Klassenkameradinnen Irmel und Wiltrud war darüber zu einer lockeren Beziehung verblaßt. Dafür hatte ich in Reni aus meiner Parallelklasse jemanden gefunden, der wie ich im Tennissport aufging. Karlheinz hatte dabei überhaupt keine Rolle gespielt. Ich war vierzehn Jahre alt, als er zur Wehrmacht mußte, und Männer interessierten mich noch nicht, selbst wenn sie so gut aussahen wie Karlheinz Rothe. Erst während er vor einem Jahr auf Fronturlaub gewesen war, hatten Reni und ich begonnen, für ihn zu schwärmen.

Als vom Clubvorstand angeregt wurde, jedem ‚zu den Waffen gerufenen' Vereinsmitglied eine Briefpartnerschaft zuzuteilen, hatten Reni und ich uns seine Feldpostnummer geben lassen, und Karlheinz war, wie ich mir nur ungern eingestand, zunächst etwas gönnerhaft auf unsere gemeinsam geschriebenen Berichte vom Clubgeschehen eingegangen. Immerhin hatte er vor einiger Zeit nach Fotos von uns gefragt, und in dem Schreiben, das vorige Woche gekommen war, hatte er uns mitgeteilt, daß er im Mai Urlaub bekommen und dann gern einmal etwas mit uns unternehmen würde. Das hatte uns auf die Idee mit dem Tanzfest gebracht.

Mutter hatte gemeint, daß es sich für acht Leute wohl möglich machen lassen würde, und dadurch unsere Planung in Gang gesetzt. Daß Wiltrud und Irmel und ihre beiden gleichaltrigen Freunde teilnehmen sollten, stand rasch fest. Mit Karlheinz rechneten wir sicher, für ihn war die Sache ja geplant. Aber wer konnte unser vierter Mann sein? Außer den ganz Jungen, die noch nicht einberufen waren, kannten wir niemand, und Reni befand, daß wir mit zwei von der Sorte genug hätten, sonst käme Karlheinz sich ja vor wie in einem Kindergarten.

Deswegen wohl war ich so selbstverständlich auf Dieter zugegangen und hatte ihn eingeladen, aus einem Impuls heraus, über den ich mir keine Rechenschaft gegeben hatte. Jetzt bewegten mich plötzlich zwiespältige Gefühle. Wie würde Dieter überhaupt in den Kreis passen? Ich mußte zugeben, daß ich wirklich wenig von ihm wußte.

Als Erika noch zu Hause gewesen war, hatte ich ihn fast wie einen Familienangehörigen betrachtet, so häufig war er bei uns. Jedesmal, wenn er kam, begrüßte er zuerst Großmutter, die in ihrem Rollstuhl beim Fenster saß. Oft spielte er mit Tante Elsbeth Schach. Daß Mutter ihn mochte, war offensichtlich. Er genoß das Privileg, an unseren Abend-Mahlzeiten teilnehmen zu dürfen; und das waren die Gelegenheiten, bei denen ich mit ihm zusammengetroffen war. Er hatte bei Tisch manchmal von seinem Zuhause geredet, von dem elterlichen Hofgut, das den prosaischen Namen Hasenheide trug, von seinem Zwillingsbruder Günter, mit dem er offensichtlich eng verbunden gewesen war, von der Kleinstadt, in der beide die Schule besucht hatten. Aber an all das erinnerte ich mich nur ungenau; ich hatte damals nicht sehr gut hingehört, weil mir andere Dinge durch den Kopf gingen. Über die Familienmitglieder hatte ich mir nie viel Gedanken gemacht.

Erika hatte meines Wissens keine Erklärung für die Trennung von Dieter gegeben. Seit sie im Wintersemester nach München gegangen war und dort eine Studentenbude bewohnte, schien sie für mich eine Fremde geworden zu sein. Vier Jahre älter als ich, von völlig anderer Wesensart und an sportlichen Betätigungen uninteressiert, hatte sie mich allerdings schon früher links liegengelassen.

In meine Gedanken versunken, war ich weitergeschlendert und gerade vor unserem Gartenpförtchen angelangt, als der plötzlich losheulende, laut auf- und abschwellende Ton der Luftschutzsirenen mich zusammenfahren ließ. Obwohl in meiner westdeutschen Heimatstadt bisher keine Bomben gefallen waren, hatte ich Angst vor Fliegerangriffen. Ich begann zu laufen und kam ziemlich atemlos an der Haustür an. Tante Elsbeth öffnete mir. Da Großmutter den Transport in den Keller ein für alle Mal abgelehnt hatte, blieb Tante Elsbeth bei Fliegeralarm mit ihr in der Wohnung. Wir andern suchten den Schutzraum auf. Es war ein ehemaliger Vorratskeller, der mit einer feuerfesten Tür versehen worden war; er hatte auch eine Ausstiegsluke mit Stahlleiter und Schutzklappe bekommen. In ihm fand ich Mutter vor.

Ich erzählte ihr von meiner Begegnung mit Dieter. Sie schwieg dazu. Ich fand, daß sie ziemlich unglücklich aussah.

„War es falsch, ihn einzuladen?“ fragte ich schließlich.

Sie seufzte. „Ich wollte, ich wüßte es selber“, sagte sie leise.

„Was war los mit Erika und Dieter?“ erkundigte ich mich.

„Ich kann es dir nicht sagen.“ Mutter hob die Schultern.

„Willst du nicht darüber sprechen, oder sollst du nicht?“ bohrte ich nach.

„Ich kann nicht, weil ich nichts weiß. Erika hat mich nicht ins Vertrauen gezogen.“ An ihrem Gesicht merkte ich, daß sie bekümmert war.

„Habt ihr eigentlich erfahren, daß Dieters Zwillingsbruder gefallen ist?“ fragte ich abrupt.

Mutters deutliche Erschütterung war Antwort genug. Ehe sie etwas sagen konnte, ertönte das Entwarnungsgeheul der Sirenen, und gleich darauf rief Tante Elsbeth, daß ich am Telefon verlangt würde.

Der Anrufer war Karlheinz. Er hatte zwei Tage früher als ursprünglich vorgesehen seinen Urlaub antreten können. Vor kurzem war er zu Hause angekommen.

„Drei Wochen haben wir vor uns, Moni“, sagte er. „Wo und wann treffen wir uns?“

Völlig überrumpelt, stotterte ich: „Morgen willst du sicher auf den Tennisplatz kommen; samstags ist ja immer Hochbetrieb draußen. Wahrscheinlich können wir uns nach dem Training für dich Zeit nehmen. Ich muß Reni deswegen fragen ...“

„Wozu brauchen wir Reni?“ unterbrach er mich.

„Aber Karlheinz!“ sagte ich verblüfft. „Sie freut sich doch genauso auf deinen Urlaub wie ich! Wir haben ja immer zusammen an dich geschrieben und von dir gesprochen.“

„Und da soll ich euch wohl auch zusammen in den Arm

nehmen?“ Es klang mokant, und ich wäre um eine Entgegnung verlegen gewesen, aber er ließ mir keine Zeit dazu.

„Komm, Moni“, bat er mit veränderter Stimme, „ich habe Urlaub, wenige kostbare Tage! Ich hab mir seit Wochen ausgemalt, wie es sein würde mit dir. Nun kannst du mich nicht auf morgen vertrösten und außerdem noch eine Freundin anschleppen, wenn ich mit dir zusammen sein will – mit *dir*, hörst du?“

O ja, ich hörte es. Ich fühlte es sogar: ein Prickeln lief mir den Rücken hinunter. Aber was ich antworten sollte, wußte ich so wenig wie vorher.

„Ich möchte was mit dir unternehmen, am liebsten sofort, irgendwo hingehen, wo's hübsch ist und man tanzen kann“, fuhr Karlheinz fort.

„Warum gerade mit mir, Karlheinz? Warum nicht mit Reni?“

„Reni ist nicht mein Typ.“

Es verschlug mir die Sprache.

„Warum sagst du nichts, Moni?“ drängte er.

„Weil du mich überrumpelst, Karlheinz. Nicht im Traum hätte ich gedacht, daß du an diesem Wochenende schon da bist! Ich bin ganz durcheinander.“

Ich hörte ihn leise lachen und fühlte mich unangenehm berührt. Ungewollt heftig sagte ich: „Heute habe ich keine Zeit.“

Das Lachen endete scharf.

„Sag mal – suchst du Ausreden? Magst du dich nicht mit mir treffen?“ Seine Stimme klang plötzlich gereizt, mit einem Unterton von Ungeduld, aber auch von Spott. „Hast du etwa Angst?“

„Angst?“ Seine Frage erschien mir total unsinnig. „Wovor sollte ich Angst haben?“

„Ach was weiß ich“, sagte er abrupt und hängte ein.

Ich empfand das als derart unverschämt, daß ich kein Bedauern gespürt hätte, wenn er am nächsten Tag nicht zum Clubhaus bei den Tennisplätzen gekommen wäre.

Aber er war da. Ich sah ihn schon von weitem. Er ging vorm Eingang zur Anlage auf und ab. Als ich vom Fahrrad stieg, kam er rasch auf mich zu.

„Was mußt du bloß von mir denken!“ sagte er statt jeder anderen Begrüßung. „Moni, ich schäme mich ehrlich. So wie ich gestern mit der Tür ins Haus gefallen bin, nachdem wir eigentlich nur brieflich befreundet waren, das muß dich ja abgestoßen haben. Ich bin froh, daß du so reagiert hast."

„Genau genommen waren wir überhaupt nicht befreundet", berichtigte ich ihn. „Du wurdest uns lediglich bei der Feldpostaktion des Clubs zugeteilt."

Unmut überzog sein Gesicht. „Du bist ganz schön bissig."

Ich schob mein Rad in einen der Ständer und schloß es ab. Erst dann sah ich ihn wieder an. „Du hast mich bisher nicht sehr gut gekannt – oder?"

Während ich es sagte, fiel mir ein, daß Dieter mir gestern das gleiche entgegengehalten hatte, und daß es auf Karlheinz noch mehr zutraf als auf ihn. Mit Karlheinz hatte ich zwar Briefe gewechselt – aber was hatten die schon über uns ausgesagt? Der Mann, der vor mir stand, entsprach jedenfalls kaum dem Bild, das ich mir von ihm gemacht hatte.

Er schwieg und beobachtete mich. Sein Blick lag voll auf meinem Gesicht, aber ich konnte ihn nicht deuten.

„Laß uns nicht streiten, Moni", sagte er schließlich. „Mir ist klar, daß ich's gestern ziemlich verdorben habe. Weißt du, man reagiert seltsam, wenn man an der Front ist. Man träumt sich was zurecht, und wenn's dann Urlaub gibt, meint man, alles müßte Wirklichkeit werden ..."

Immer noch hielt mich sein Blick gefangen. Ich mußte mir einen Ruck geben, um mich abzuwenden und auf den Umkleideraum zuzugehen. Er fragte hinter mir her: „Wie lange wird dein Training dauern?"

„Warum?" gab ich zurück, ohne mich umzudrehen.

„Weil ich hoffe, daß du danach Zeit für mich hast."

Nun wandte ich mich ihm zu. „Willst du nicht lieber mit einer zusammensein, die weniger bissig ist?"

„Nein."

Die Tür des Umkleideraums wurde von innen aufgerissen.

„Ich hab euch durchs Fenster gesehn und meinen Augen nicht getraut!" rief Reni, auf der Schwelle stehend. „Hattest du dich nicht erst für morgen angekündigt, Karlheinz?"

Er wandte sich ihr zu, und ich drückte mich an ihr vorbei in den Umkleideraum. Mochte Reni sehen, wie sie mit ihm zurecht kam. In der Schule war ich ihr heute morgen aus dem Weg gegangen, weil ich mich scheute, ihr von Karlheinz' seltsamem Anruf zu berichten.

Offensichtlich verlief das kurze Gespräch der beiden zu ihrer Zufriedenheit. Auf Renis Vorschlag hin verkürzten wir unser Training um eine volle Viertelstunde – etwas, das wir normalerweise nicht für Geld und gute Worte getan hätten – und fanden Karlheinz in fröhlicher Runde im großen Clubraum, wo die „Alten Herren" einen Cognac für den Fronturlauber spendiert hatten. Wir wurden aufgefordert, uns zu ihnen zu gesellen, und verbrachten eine angeregte Stunde im großen Kreis. Als Reni bedrückt verkündete, sie müsse jetzt nach Hause, und ich mich anschloß, stand Karlheinz auf und bot uns seine Begleitung an. Ich schob mein Rad, während wir zu dritt zu Renis Wohnung gingen. Karlheinz unterhielt uns mit Geschichten und Berichten, wie sie auch in seinen Briefen vorkamen, nett und lokker erzählt und ohne viel persönlichen Bezug. Dabei war er so unbefangen kameradschaftlich, daß ich ihm, als die Haustür hinter Reni ins Schloß gefallen war, die Hand hinstreckte und spontan sagte: „Das war richtig schön heute abend, Karlheinz. Bis bald!"

Ich wollte aufs Rad steigen, aber er hielt meine Hand fest und sagte: „Weil's schön war, soll's auch noch nicht zu Ende sein! Darf ich dir zumuten, dein Rad weiterhin zu schieben? Oder darf ich's für dich tun? Ich möchte dich nach Hause bringen."

„So nett das wäre", antwortete ich zögernd, „es ist ein weiter Weg ..."

„Um so besser!" fiel er ein.

„Ich käme nicht rechtzeitig zum Abendessen", fuhr ich fort. „Meine Eltern würden sich Sorgen machen."

„Das behütete Töchterchen aus gutem Hause", kommentierte er. Obwohl es eher freundlich als spöttisch klang, weckte es meinen Widerstand.

„Da vorn ist eine Telefonzelle. Du könntest anrufen", schlug er vor.

„Ich könnte", bestätigte ich, „aber ich will nicht."

Ohne ihm Zeit zum Antworten zu lassen, stieg ich aufs Rad und fuhr davon.

Ich war trotzdem zu spät dran; zu Hause saßen sie schon alle um den Abendbrottisch: die Eltern, Großmutter, Tante Elsbeth und Dieter.

Mit einer kurzen Entschuldigung setzte ich mich zu ihnen, griff nach der Schüssel mit dem Kartoffelsalat und fragte Dieter: „Bist du schon lange hier?"

„Sicherlich gut zwei Stunden." Er sah sich im Kreise um. „Aber ich habe kaum bemerkt, wie sie vergangen sind."

Großmutter lächelte fein und sagte: „Ich auch nicht."

Nach einem kurzen Zögern setzte Dieter hinzu: „Ich habe mich so wohl gefühlt wie seit langem nicht mehr. Was mir in der letzten Zeit am meisten gefehlt hat, war der Kontakt zu Ihrer Familie. Ich wußte nicht, wie ich ihn wieder aufnehmen sollte, bis Monika mich gestern so spontan eingeladen hat."

Er zögerte, ehe er fortfuhr: „Sie wissen nicht, was es für mich bedeutet, mitten in Umbruch und Krieg bei Ihnen ein Stück heile Welt zu finden – eine Welt, in der noch Werte von früher gelten, und in der ..."

Das Telefon schrillte in seine Worte hinein.

Reni war am Apparat. Sie wollte wissen, ob Karlheinz ein weiteres Treffen vorgeschlagen und ob er zu meinem Tanzfest zugesagt habe.

Ich mußte ihr gestehen, daß ich ihn noch nicht eingeladen hatte. Natürlich fragte sie nach dem Grund, aber wie hätte ich ihr die widersprüchlichen Gefühle erklären sollen, in die Karlheinz mich gestürzt hatte? So berichtete ich ihr nur, es habe sich bisher keine Gelegenheit ergeben, ihn aufzufordern, zumal wir uns vor ihrer Haustür getrennt hätten. Diese Mitteilung kam ihr erkennbar nicht geheuer vor. Sie beschwor mich, keinen Rückzieher zu machen und war mit meinem zögernden Versprechen, Karlheinz schriftlich einzuladen, offenbar nur halb zufrieden.

Das Gesprächsthema im Eßzimmer hatte sich geändert, als ich zurückkam. Mutter erhob sich und gab mir damit das Zeichen, den Tisch abzudecken, während die andern sich in die Sitzecke zurückzogen. Nachdem ich gespült und die Küche aufgeräumt hatte, ging ich gleich die Treppe hinauf in mein Zimmer.

Ein Referat für die nächste Biologiestunde war noch in die endgültige Fassung zu bringen. Ich setzte mich an meinen Schreibtisch. Aber statt nach meinen Notizen griff ich nach dem

Bild, das dort stand. Karlheinz hatte es vor einiger Zeit geschickt. Es stammte aus der Zeit, als ich begonnen hatte, mich für ihn zu interessieren. Sein gutes Aussehen, seine Sportlichkeit, seine Selbstsicherheit hatten es mir angetan. Aber der so verwirrende Karlheinz, mit dem ich es nun zu tun hatte, war nicht der, von dem ich geträumt hatte.

Plötzlich schien es mir gut, dem Unbehagen zu entkommen, das von mir Besitz ergriffen hatte. Ich stellte das Bild an seinen Platz zurück und ging ins Wohnzimmer.

Sie waren alle da, auch Großmutter, obwohl sie sich sonst bald nach dem Abendessen zu Bett bringen ließ. Vater saß entspannt in seinem Sessel. Ich hatte ihn lange nicht mehr so gelöst gesehen.

Ein paar Fotos lagen auf dem Couchtisch. Ich griff danach und schaute auf das zuoberst liegende hinunter. Zuerst dachte ich, ich hätte ein Bild von Dieter in der Hand – Dieter mit einer jungen Frau, die mir auf Anhieb unsympathisch war. Dann begriff ich, daß es sich um Günter handeln mußte. Die Zwillinge hatten sich offenbar zum Verwechseln ähnlich gesehen.

„Es ist die letzte Aufnahme von ihm“, erklärte Dieter. „Voriges Jahr um diese Zeit war er auf Heimaturlaub.“

„Wie schön für euch, daß ihr ihn wenigstens nochmal bei euch hattet!“ äußerte ich spontan.

Er gab keine Antwort.

Ich wunderte mich und sah ihn an. Er hatte eine tiefe Falte auf der Stirn. Schließlich sagte er: „Günter war nicht zu Hause. Er heiratete und blieb den Urlaub über bei seiner Frau im Ruhrgebiet. Dort ist sie im Spätsommer ausgebombt worden. Es war Günters erklärter Wille, daß sie nach Hasenheide käme. Sie hat sich seinem Wunsch nur widerwillig gebeugt. Seit Vater sie geholt hat, hilft sie lustlos im Haushalt und arbeitet mit etwas mehr Bereitschaft als Vaters Sekretärin, wenn er mal sowas nötig hat.“

Seine knappen Sätze schlossen das Thema ab. Ich verstand, daß ich nicht weiter in ihn dringen durfte.

Um so intensiver beschäftigte ich mich mit dem Foto, das ich in der Hand hielt. Günter wirkte wie von Besitzerstolz erfüllt. Bei näherem Betrachten kam er mir vitaler, lebensdurstiger vor als sein Zwillingsbruder. Seine Frau entsprach ihm auf ihre

Weise. Sie war nicht sonderlich hübsch, aber sie zeigte selbst auf dem Papier Ausstrahlung. Etwas Forderndes, Hungriges schien in ihrem Wesen zu liegen, gepaart mit überzeugender Selbstsicherheit. Ich konnte mir denken, daß andere Frauen neben ihr keine Chance hatten. Vielleicht war es das, was sie mir unsympathisch machte.

Ich legte das Bild hin und nahm das nächste auf. Es zeigte einen jungen Mann – oder war es ein großer Junge? –, der so gut aussah, daß ich Luft holte.

„Habe ich zuviel versprochen?" fragte Dieter. Er hatte mich offenbar beobachtet. „Benjamin ist ein wahrer Herzensbrecher."

„Mir wird er nicht gefährlich", bemerkte ich und griff nach dem nächsten Foto.

„Bist du dir deiner so sicher?" Dieter warf mir einen langen, nachdenklichen Blick zu. „Oder fühlst du dich durch Karlheinz gefeit?"

Großmutter enthob mich einer Antwort. „Benjamin", sagte sie, „das ist heutzutage ein ungewöhnlicher Name."

Dieter nickte: „Mutter bestand darauf", erklärte er. „Vater gab damals nach. Heute würde er es nicht mehr tun." Der letzte Satz kam leise, und gerade dies weckte meine und offenbar auch Großmutters Aufmerksamkeit.

„Gefällt ihm der Name nicht?" erkundigte sie sich.

„Vater lehnt alles Jüdische ab", antwortete Dieter mit schmalen Lippen. „Er ist sehr zufrieden damit, daß Benjamin seinen Namen viel zu lang findet und sich grundsätzlich Benno nennen läßt."

Er deutete auf das Foto, das ich in der Hand hielt, und erklärte: „Meine Eltern."

Die Ähnlichkeit zwischen Benjamin und seinem Vater sprang ins Auge. Herr Wendland war ein imponierender Mann mit breiten Schultern und einem gut geschnittenen, Entschiedenheit ausdrückenden Gesicht. Seine Frau nahm sich daneben unscheinbar aus. Nicht sehr groß, mit schlicht in der Mitte gescheiteltem und nach hinten in einen Knoten zurückgenommenem Haar, wirkte sie nicht wie die Herrin eines großen Gutes. Gleichwohl gefiel sie mir. Sie hatte etwas Liebevolles an sich.

Ich überließ das Foto Tante Elsbeth und widmete mich der nächsten Aufnahme.

„Das ist mein Elternhaus", erläuterte Dieter. Es war etwas in seiner Stimme, das mich fragen ließ: „Du hängst sehr an deinem Zuhause?"

„Ich liebe Hasenheide", antwortete er mit einem Nachdruck, der mich aufschauen ließ. Sein Blick war weit weg – sehnsüchtig, schmerzlich? Dann kehrte er zu dem Bild in meiner Hand zurück. „Das Foto gibt nicht wieder, wie schön es im Wiesental liegt."

Kann man ein Haus lieben, von dem man nichts gesehen hat als ein Foto und nichts gehört hat als eine Stimme, die mit verhaltener Inbrunst von der Schönheit seiner Lage sprach?

Es muß wohl solche spontanen Gefühlsbindungen geben, kaum erklärbar in ihrer Entstehung, kaum absehbar in ihren Wirkungen.

Dieter fuhr fort: „Die Aufnahme zeigt nur das Haupthaus. Dahinter gibt es einen parkähnlichen Garten, der durch eine Hecke vom anschließenden Wirtschaftshof mit seinen Gebäuden abgegrenzt ist."

Seine Stimme klang so warm und lebhaft, daß es mir auffiel. Ich fand es verständlich. Da schon ich so etwas wie Liebe auf den ersten Blick zu dem Haus empfand, wie sehr mußte er daran hängen, der dort hingehörte von Kindheit an!

Wenn ich freilich hätte sagen sollen, was mich so ansprach, wäre ich um die Antwort verlegen gewesen. Das Haus hatte Maß und Stil, breit und eher niedrig gebaut, mit zwei Reihen viergeteilter Fenster, von denen die unteren länger gestreckt, die oberen nahezu quadratisch waren. Der Mitteltrakt, zu dessen Eingangstür eine halbkreisförmige Freitreppe hinaufführte, überragte mit seiner Giebelwand die Seitenteile. Hinter dem Dach stiegen Tannenwipfel in den Himmel. Von den beiden schmiedeeisernen Toren rechts und links der Vorderfront des Hauses stand das linke offen und gewährte den Blick auf einen Gartenweg zwischen Blumenrabatten. Kletterrosenüberblüht war das jeweilige Ende der Steinmauer, von dem das Staketengitter mit den Toren abging.

Während ich das alles beim Anschauen registrierte, wußte ich, daß meine Zuneigung zu dem Haus wenig mit diesen Einzelheiten zu tun hatte.

„Das nächste Foto zeigt den Blick aus meinem Fenster", erklärte Dieter. „Ich habe mir, als Edith zu uns zog . . ."

„Edith?" unterbrach ich ihn.

„Meine Schwägerin. Sie bewohnt jetzt unsere ehemaligen Bubenzimmer. Ich habe mir das Giebelzimmer unter dem Dach ausgebeten. Von dort aus sieht man auf den Garten zwischen den Seitenflügeln, auf den Teich und aufs Gartenhaus, ‚Seetempel' nennen wir's hochtrabend. Früher war's mein Lieblingsplatz."

Er brach abrupt ab, nahm die Fotos vom Tisch auf und zog mir das letzte aus der Hand. Ich sah zu, wie er sie in ein abgenutztes Lederetui schob; seine Finger zitterten dabei.

Tante Elsbeth erhob sich. „Für Mutter ist es längst über die Zeit", stellte sie fest.

Ich blickte zu Großmutter hin. Sie war eingenickt.

Als Tante Elsbeth den Rollstuhl in Bewegung setzte, wachte sie auf und sagte bedauernd: „Ich habe Herrn Wendlands Bilder gar nicht angeschaut."

„Das nächste Mal tust du's", tröstete Tante Elsbeth.

„Wenn er nicht wieder so lange ausbleibt." Großmutter wandte sich zu Dieter und lächelte ihn an. „Vergessen Sie nicht, ich bin eine alte Frau; für mich kann es leicht kein nächstes Mal mehr geben."

„Für uns alle nicht", entgegnete Dieter ernst, „schließlich ist Krieg."

Wie um seine Worte zu unterstreichen, ertönten die Sirenen zum Fliegeralarm.

Wir waren noch auf der Treppe zum Schutzraum, als es heftig und anhaltend klingelte. Vater machte kehrt, um zu sehen, wer Einlaß begehrte.

Er brachte Karlheinz mit, der einen Blumenstrauß trug, ihn Mutter überreichte und erklärte, er sei gekommen, um sich vorzustellen und darum zu bitten, mich morgen auf eine Radtour mitnehmen zu dürfen.

Dann wandte er sich mir zu, und Dieter, der neben mir stand, salutierte. Da sie beide in Uniform waren, entsprach das wohl der Vorschrift, aber ich ärgerte mich darüber.

Vater und Dieter zogen sich in die Ecke des Luftschutzraumes zurück, in die wir unsere vom Speicher geholten alten Sessel gestellt hatten. Mutter deutete auf eines der beiden Sofas, die wir hierher geschafft hatten, um uns bei nächtlichem Alarm hinlegen zu können, und forderte Karlheinz auf, Platz zu nehmen. Er tat es, und sie setzte sich ihm gegenüber. Ich zog mir einen der aus Großmutters Stube ausrangierten Stühle heran.

Karlheinz berichtete, daß er mit mir zum See radeln möchte, dort könnten wir picknicken, anschließend eine Bootsfahrt machen und schließlich im Ruderclub zum Tanzen einkehren.

Als ich fragte, ob wir Reni mitnähmen, sah er mich mit leichtem Ärger an, aber er hatte sich schnell in der Gewalt und antwortete freundlich, daß es ihm sicherlich nicht ganz leicht fallen würde, ein zufriedenstellender Tanzpartner für zwei Mädchen zugleich zu sein.

Ich schwieg und fragte mich, weshalb ich schon wieder Reni ins Spiel gebracht hatte.

Karlheinz hatte erneut zu sprechen begonnen. Er erzählte, daß er als Junge oft mit seinem Vater zum Rudern unterwegs gewesen sei. Mutter fragte ihn daraufhin nach seiner Familie, und wir erfuhren, daß er der einzige und, wie er lächelnd gestand, sehr verwöhnte Sohn seines Vaters gewesen war. Es gab zwar eine ältere Stiefschwester, von der Mutter mit in die Ehe gebracht, aber sie hatte sich weder mit Karlheinz noch mit seinem Vater vertragen und war als Halbwüchsige auf eigenen Wunsch zu ihren Großeltern übergesiedelt.

„Hat das Ihrer Mutter nicht sehr leid getan?“ erkundigte sich Mutter.

„Im Gegenteil, sie war froh darüber. Von da an ging es bei uns harmonisch zu. Vater hing sehr an ihr und tat ihr jeden Willen, und ich hatte keinen Grund, das allgemeine Wohlbehagen zu stören. Erst als Vater tödlich verunglückte, änderte sich meine Welt. Geld genug war da, wir mußten uns nicht einschränken, aber Mutter konzentriert sich nun völlig auf mich, und das ist manchmal beengend. Trotzdem muß ich sagen, daß es mir im allgemeinen gut gegangen ist, bis dieser scheußliche Krieg kam.“

Sein Gesicht verfinsterte sich. Mutter und ich sahen ihn an, ohne etwas zu sagen. Schließlich fuhr er fort: „Er hat so viel verändert, dieser Krieg! Am meisten wohl mich selbst. Ob man das noch einmal abschütteln kann?"

„Wünschen Sie sich das nicht!" mahnte Mutter. „Es gibt im Menschenleben kein Zurück. Man muß den Umständen standhalten, oder die Seele wird krank."

„Aber es sind böse Umstände!" widersprach Karlheinz. „Sie sind in sich selbst krankmachend, sogar kaputtmachend sind sie!"

„Man muß sich ihnen ja nicht ausliefern. Aber man muß hindurch", entgegnete Mutter. „Nur darin liegt die Chance für eine Wandlung zum Guten."

„Können Sie noch an das Gute glauben?"

Ich sah Karlheinz erstaunt an. Sein Gesicht war bitter, und seine Frage hatte fast abweisend geklungen.

„Wenn ich es nicht täte . . ." begann Mutter.

Die Entwarnung durch das Sirenengeheul ließ den Schluß ihres Satzes untergehen.

Während wir die Kellertreppe hinaufstiegen, ging Karlheinz neben mir. „Wie ist es nun mit morgen?" fragte er. „Muß Reni wirklich mit?"

„Nein, wenn du mir versprichst, sie auch einmal auszuführen."

Er blieb mitten auf der Treppe stehen und sah mich mit hochgezogenen Augenbrauen an, während Vater und Dieter an uns vorbeigingen. „Sag mal, ist da ein anderer Mann im Hintergrund? Etwa er?" Er machte eine Kopfbewegung hinter Dieter her.

„Wie kommst du auf sowas?"

Er mußte merken, daß mein Erstaunen echt war. Der Ausdruck, mit dem er mich fixierte, war verblüfft.

„Es wäre doch naheliegend", sagte er schließlich. „Du drehst und windest dich und scheinst nicht sehr erfreut, wenn ich meine Zeit mit dir verbringen will, und dann komme ich her und finde ihn neben dir vor."

„Er gehört zu Vaters Studenten, und er war der Freund meiner Schwester. Er geht hier aus und ein."

Ich erklärte es rasch und ziemlich achtlos. Ich wußte inzwischen, was mich unsicher machte, und in einem schnellen

Entschluß ließ ich es ihn wissen. „Ich komme mir unfair vor gegenüber Reni, wenn ich ohne sie mit dir ausgehe."

Er sah mich immer noch an. Sein Ausdruck änderte sich zu einem schwer deutbaren Lächeln. „Du bist schon ein komisches Mädchen, Moni!"

Ich wandte mich von seinem Blick weg und stieg weiter die Treppe hinauf. Karlheinz folgte stumm.

Oben in der Diele streckte Mutter ihm zum Abschied die Hand hin und meinte dabei: „Spätestens heute in einer Woche werden wir Sie ja wieder bei uns sehen."

„Gewiß," sagte Karlheinz, „gern." Dann fügte er erstaunt hinzu: „Wieso eigentlich?"

Mutter sah mich an. „Monika, während du Herrn Rothe zum Gartentor bringst, wirst du ihm erklären, was ich gemeint habe."

„Das hoffe ich auch", antwortete Karlheinz und verbeugte sich vor Mutter, während ich schon die Haustür aufmachte und auf den Gartenweg hinaustrat. Karlheinz folgte mir.

Es war so dunkel, daß ich den Ausdruck seines Gesichts nicht erkennen konnte. Plötzlich ging es leichter mit dem Reden, als ich gedacht hatte.

„Du hast mich vorhin ein komisches Mädchen genannt. Sicher muß ich dir so vorkommen. Weißt du, ich habe noch nie einen Freund gehabt. Ich bin mit Männern ganz unerfahren, und das ist offenbar für dich was Neues."

Ich machte eine kleine fragende Pause, aber es kam keine Antwort von ihm.

„Sicher hast du auch recht damit, mir vorzuhalten, daß ich dauernd Reni ins Spiel bringe", fuhr ich fort. „Ich habe mir überlegt, warum ich das tue, und ich glaube, es kommt aus einem schlechten Gewissen – so, als ob ich dich ihr wegschnappte ..."

Er unterbrach mich. „Mein Gott, habt ihr beide euch das nie vorher überlegt?"

„Ich wenigstens habe es nicht getan", gab ich kleinlaut zu.

„Du hast nie damit gerechnet, daß aus unserm Briefwechsel mehr werden könnte?"

„Ich – ich weiß nicht ...", stotterte ich. „Also gerechnet habe ich nicht damit. Vielleicht irgendwie davon geträumt."

„Irgendwie davon geträumt", wiederholte er sanft.

„Daran siehst du, was für ein Baby ich bin", sagte ich tapfer.

„Ein Baby, wahrhaftig!" Seine Stimme klang immer noch sanft, wenn auch etwas wie Belustigung darin mitschwang.

„Das hast du nicht erwartet, und das wird dich sicherlich enttäuschen", fuhr ich entschlossen fort. „Du brauchst dich deswegen nicht verpflichtet zu fühlen, morgen mit mir auf die Radtour zu gehen, und auch nicht, nächste Woche zu dem Tanzfest zu kommen, das Reni und ich – jawohl, wir beide! – deinetwegen arrangiert haben."

„Das war es also, was deine Mutter vorhin gemeint hat!" stellte er fest. Leise lachend setzte er hinzu: „Hast du mich jetzt eigentlich ein- oder ausgeladen?"

Ich wurde rot und war dankbar, daß er es im Dunkeln nicht sehen konnte. Aber er schien meine Verlegenheit zu spüren.

„Verzeih, wenn ich dich ein bißchen geneckt habe", bat er. „Es ist die Erleichterung darüber, daß ich dein Verhalten nun endlich verstehe. Moni, ich bin froh über alles, was du mir eben gesagt hast. Das mit Reni, denke ich, solltest du mir überlassen. Und wir beide, wir fangen morgen neu miteinander an." Er streckte mir die Hand hin. „Um elf Uhr hole ich dich ab. Gute Nacht, Moni. Ich freu mich sehr auf morgen."

Kapitel 2

Er kam in blauer Windbluse, weißem Hemd und hellgrauer Hose und gefiel mir viel besser als am Tag vorher in seiner Uniform. Ich hatte das Dirndlkleid angezogen, das mir nach einhelliger Meinung meiner Familie besonders gut stand.

Ein leichter Luftzug ließ in den Gärten die Zweige schwingen, das Frühlingsgrün leuchtete im Licht. Wir radelten schweigend nebeneinander her. Erst als wir in den Waldweg zum See eingebogen waren, hielt Karlheinz an. Ich tat es ihm nach.

„Weißt du, daß ich mir eine Belohnung verdient habe?“ sagte er, mir über den Fahrradlenker hin zulächelnd. „Ich bin vorhin bei Reni gewesen und habe sie für morgen zu einem Spaziergang eingeladen. Zufrieden?“

„Das sollte ich jetzt wohl sein“, antwortete ich langsam, und er lachte hell heraus.

„O Moni, du süßes Baby, merkst du nun, was für ein Dummerchen du warst?“

„Hast du Reni gesagt, daß du heute mit mir unterwegs bist?“ fragte ich ablenkend.

„Freilich, und dann wollte sie wissen, ob ich am Samstag zu deinem Tanzfest käme. Ich hab ihr gesagt, natürlich würde ich da sein, obwohl ich nicht den Eindruck gehabt hätte, daß du dich aus Sehnsucht nach meiner Anwesenheit verzehrst.“

„Das habe ich wirklich nicht getan“, bestätigte ich. „Schmerzt dich das?“

Ernst werdend, antwortete er: „Nichts, was vorgestern und gestern war, zählt mehr. Vergiß es, Moni. Heute ist unser Anfang.“

Sein Tonfall machte mich verlegen. Ich wollte nicht, daß er es merkte, und sagte erst nach einer Weile: „Das Vergessenkönnen war nie meine Stärke.“

„Soll das heißen, daß du nachtragend bist? Das kann ich mir nicht vorstellen.“

„So ist es auch nicht. Ich denke, man lernt aus dem, was man erlebt hat; darum sollte man es nicht von sich wegschieben.“

„Du kannst ja das Gelernte behalten und den Anlaß vergessen.“

„Das möchte ich nicht. Beides gehört zusammen. Und alles Erlebte wird irgendwie ein Stück von uns selbst. Es baut an unsrer Persönlichkeit.“

„Hast du das von deiner Mutter?“

„Wie kommst du darauf?“

„So wie sie gestern mit mir gesprochen hat, das war ganz ähnlich.“ Nach einer kleinen Pause setzte er hinzu: „Ich mag deine Mutter – und ich mag dich, Moni.“

Wieder merkte ich, daß ich verlegen wurde, und rettete mich in Neckerei.

„Wie kannst du wissen, daß du uns magst?“ fragte ich. „Ich denke, unsre Bekanntschaft fängt heute neu an.“

„So genau darfst du’s auch wieder nicht nehmen. Bloß meine Rolle an den beiden letzten Tagen sollten wir vergessen.“

„Gerade das finde ich nicht“, widersprach ich. „Wenn wir alles, worüber wir uns schämen, aus unserm Bewußtsein verdrängten, bekämen wir ein ganz falsches Bild von uns selber. Und wir würden wahrscheinlich unerträglich arrogant.“

„Man hat mir manchmal gesagt, daß ich arrogant bin“, bemerkte er unnatürlich forsch.

Darauf wußte ich nichts zu erwidern. Eine Weile schwiegen wir beide. Dann begann Karlheinz wieder zu reden. „Ich soll also nicht vergessen, daß ich mich geschämt habe?“

„Jetzt fällt mir etwas ein, was ich tatsächlich von Mutter gehört habe. Man soll sich vor Menschen in acht nehmen, die sich nicht schämen können. Entweder wissen sie nicht, was gut und böse ist, oder sie schätzen sich falsch ein.“

Wieder gab es eine Pause. Schließlich sagte Karlheinz: „Deine Mutter ist ein Born der Weisheit. Wir werden also die letzten Tage nicht vergessen, du und ich.“

Wir durchfuhren eine langgestreckte Wegbiegung, und als wir sie hinter uns hatten, lag der Waldsee vor uns.

„Hast du auch solchen Picknickhunger?“ fragte Karlheinz. „Wenn ich nicht bald was kriege, fall ich vom Rad.“

Angesichts dieser Drohung hatten wir schnell ein passendes Plätzchen ausgespäht. Ein großer Baumstumpf erhob sich über einem Moosteppich, hohe Bäume warfen Schatten darüber.

Ich holte das rotweißgewürfelte Tuch und die verschiedenen Behälter aus dem Proviantsack, den Tante Elsbeth mir zurechtgemacht hatte. Ein Salat aus Nudeln und Erbsen, zwei dünne Scheiben Bratenfleisch, zwei kleine Schraubgläser mit Rhabarberkompott, das waren die Herrlichkeiten, die sie aus dem Familienvorrat für mich abgezweigt hatte. Karlheinz fügte zwei Vesperbrote bei. Der von Mutter eingemachte Himbeersaft stillte unseren Durst.

„Einen Vorteil hat der Kommiß“, bemerkte Karlheinz beiläufig. „Man kriegt mehr zu beißen als ihr auf eure Lebensmittelmarken, jedenfalls solange man nicht an der vorderen Front ist.“

Ich hatte mir gerade zum zweiten Mal vom Salat nehmen wollen. Nun sagte ich: „Du kannst den Rest aufessen."

Wir saßen nebeneinander auf dem Baumstumpf, das Tuch war vor uns im Moos ausgebreitet. Bald lagen nur noch die leeren Behälter darauf. Ich sah Karlheinz zu, wie er sich's schmecken ließ, und dachte, wie wenig ich von dem Leben wußte, das die Soldaten in diesem Krieg führten. Was man an Kriegsberichten in der Wochenschau sah, wenn man mal ins Kino ging, wirkte auf mich nicht wie reales Geschehen, in das Menschen verstrickt waren, die ich kannte. Und außerdem konnten Vormarsch und Rückzug, Kanonendonner und Schlachtlärm ja nicht aller Tage Inhalt sein. Wie mochte es davor und dazwischen und danach aussehen?

Er hatte fertig gegessen, und ich machte mich daran, die leeren Schalen und Gläser samt Tuch und Proviantsack in den Korb auf meinem Gepäckträger zurückzuräumen. Er streckte sich in seiner vollen Länge ins Moos.

„Wie blau der Himmel ist!" sagte er träumerisch. „Blau wie deine Augen."

„Die Augen habe ich von meiner Mutter", erklärte ich, „sicherlich ist dir das aufgefallen. Auch Erikas Augen haben die gleiche Farbe."

„Wer ist Erika?"

„Meine ältere Schwester. Ich habe sie gestern erwähnt. Sie war mit Dieter Wendland befreundet."

„Ich habe die Ähnlichkeit mit deiner Mutter nicht bemerkt", erwiderte er, ohne auf meine Erklärung einzugehen. „Wahrscheinlich liegt es daran, daß deine Augen einen völlig anderen Ausdruck haben als ihre."

„Das ist klar", fiel ich ihm ins Wort. „Schließlich ist sie eine reife Frau, und ich – bin ich wirklich ein Baby, Karlheinz?"

„Du selbst hast dich so bezeichnet."

„Ja, weil ich plötzlich merkte, wie kindlich alles war, was ich in Bezug auf dich gedacht hatte, und wie dich das irritierte."

Ich glaubte, ihm ein Unbehagen anzumerken, und sagte rasch: „Wir müssen nicht wieder darauf zurückkommen, wenn dir das unangenehm ist."

Er schaute mich nicht an, sondern blickte vor sich auf den

Boden; aber er sprach weiter: „In gewisser Hinsicht ist es mir nicht anders ergangen als dir. Auch ich habe mir ein falsches Bild gemacht. Du bist kein Dutzendmädchen, wie ich mir eingebildet hatte."

„Und das irritiert dich?"

„Im Gegenteil, ich finde es gut. Was mich ärgert, ist, daß ich mit falschen Erwartungen in diesen Urlaub gefahren und an dich herangetreten bin wie an ein Mädchen zum Vernaschen. Sowas gibt man nicht gerne zu."

„Warum tust du es dann? Ich habe dir doch gesagt, es muß nicht sein."

„Du selbst hast mir klargemacht, daß es keine Lösung ist, das Unangenehme einfach auf die Seite zu schieben. Wir können das nicht zwischen uns stehen lassen, Moni, wenn wir neu miteinander anfangen wollen. Und das haben wir doch vor, nicht wahr?"

„Obwohl ich deinen Vorstellungen nicht entspreche? Hast du dir das auch gut überlegt?"

Er drehte sich wieder auf den Rücken und sprach in den Himmel hinauf: „Fast die ganze Nacht habe ich darüber nachgedacht. Ich habe mir gesagt: ‚In knapp drei Wochen muß ich wieder an die Front. Vielleicht sind es die letzten Wochen, die mir gehören. Ich bin ungeduldig. Ich fürchte, das Leben könnte mir entgehen. Was soll die Zeitverschwendung mit Moni? Such dir eine Gespielin für deinen Urlaub, Karlheinz Rothe!' Und gerade, als ich glaubte, dazu entschlossen zu sein, entdeckte ich, daß ich es nicht wollte. So ist das nun."

Eine lange Pause entstand.

Dann redete Karlheinz wieder: „Ich habe entdeckt, daß das, was ich wirklich will, kein Mädchen zum Herumtändeln ist, sondern eines zum Liebhaben. Ein Mädchen, das mir nicht nur ins Blut geht, sondern ins Herz. Ein Mädchen wie Moni eben."

Sein Blick traf meine Augen und schien sie nicht mehr loslassen zu wollen. Ich wußte nicht, wieviel Zeit verstrich, bis er aufstand und sich zu mir auf den Baumstamm setzte. „Die meisten Männer wünschen sich, daß ihre Frau keine Erfahrungen mitbringt", sagte er und fuhr, mich anlächelnd, fort: „Auch ich möchte durchaus der erste sein."

Dann erhob er sich und zog mich mit in die Höhe.

„Jetzt wird gerudert!“ bestimmte er.

Der Rest des Tages verlief so, wie er es gestern ausgemalt hatte. Über dem See schimmerte das Nachmittagslicht; erst als es blasser wurde, kehrten wir vom Rudern zurück und suchten uns einen Fensterplatz im Clubhaus. Hier saßen wir, wenn wir nicht tanzten, wechselten ein paar belanglose Worte oder schwiegen uns an, unverkrampft, angenehm müde, miteinander im Einklang.

Reni erwartete mich am nächsten Morgen vorm Schultor.

„Wie war's?“ fragte sie. „Ich hab den ganzen Sonntag über gedacht, wie blöd das ist, daß er heute mit dir und morgen mit mir unterwegs sein will. Wir waren schön dumm, uns in denselben Mann zu verlieben, ist dir das auch aufgegangen?“

„Naiv waren wir!“ bestätigte ich. „Wir haben uns engagiert, ohne zu wissen, was er von uns hält.“

Sie sah mich aufmerksam an. „Du wirkst ziemlich ernüchtert, stimmt's?“

„Jedenfalls habe ich festgestellt, daß er überhaupt nicht so ist, wie ich gedacht habe.“

„O weh“, meinte Reni. „Da steht mir ja heut wohl eine Enttäuschung bevor. Wenn ich mich bloß nicht so auf das Tanzfest gefreut hätte!“

„Da weiß ich Abhilfe“, sagte ich rasch. „Ich hab einen tollen Mann eingeladen, der haut dich glatt um, so gut sieht er aus. Benno heißt er.“

„An Karlheinz wird er nicht heranreichen“, winkte sie ab.

„Damit bist du auf dem Holzweg. Warte nur, bis du ihn kennenlernst.“

„Du machst mich neugierig“, gab sie zu. „Also wenn es heute nicht so recht was ist mit Karlheinz, dann laß ich wegen diesem Benno mit mir reden. Wo hast du ihn denn aufgetan? Und warum interessierst du dich nicht selber für ihn?“

Ich erzählte ihr, wie es kam, daß wir plötzlich einen Tanzherrn zuviel hatten, oder vielleicht auch nur einen halben.

„Mutter meint, daß Dieter kaum tanzen wird. Er war schwer verwundet, weißt du. Aber er ist wenigstens in Karlheinz' Alter, so daß Karlheinz nicht von Kindergarten reden kann. Benno ist übrigens auch schon zwanzig.“

„Und nicht beim Militär?" staunte sie.

„Er ist wegen einer Krankheit sehr spät eingeschult worden und geht noch in die Unterprima, wie wir."

„Glück für ihn", bemerkte sie, aber ich spürte, daß es sie nicht wirklich interessierte. „Ich bin gespannt, wie es mir heute mit Karlheinz ergeht", sagte sie abschließend.

Am nächsten Morgen erstattete sie mir in der großen Pause ihren Bericht. „Eigentlich versteh ich nicht mehr, wieso ich für ihn geschwärmt habe", gestand sie ein. „Vielleicht muß man in unserm Alter einfach jemanden zum Anhimmeln haben?"

„Du bist also auch ernüchtert?" vergewisserte ich mich.

„Ja, aber Karlheinz kann nichts dazu. Er war genau so kameradschaftlich nett wie am Samstag. Nur habe ich ihn diesmal mit andern Augen betrachtet. Für mich ist er nicht der Richtige, das weiß ich jetzt."

„So leicht hast du das herausgefunden?" wunderte ich mich.

„Das war nun wirklich nicht schwer", erklärte sie. „Wenn da nicht der leiseste Funke springt, von keiner Seite, dann weißt du doch, wo du dran bist."

„Kann man das wirklich so ohne weiteres spüren?"

„Ich schon."

Zweifelnd sah ich sie an.

„Bei dir ist das vielleicht anders", meinte sie. „Vielleicht ist er an dir interessiert. Das macht dich unsicher."

Als ich aus der Schule nach Hause kam, berichtete Mutter, daß Karlheinz angerufen und um die Erlaubnis gebeten hatte, mich für den Nachmittag abholen zu dürfen. Vielleicht würden wir ins Kino gehen oder ins Museum, das käme auf mich an.

„Interessierst du dich für Kunst?" fragte ich ihn, als er mich pünktlich abholte.

„Sehr", sagte er, „wenn auch nicht für alles, was heute als Kunst ausgegeben wird. Früher hat mir einmal vorgeschwebt, daß ich Kunstgeschichte studieren und Museumsdirektor werden würde; aber die warten nicht geradezu auf mich, solche Posten sind selten. Jetzt denke ich an etwas Handfesteres, vielleicht werde ich Architekt wie mein Vater."

„Erika studiert Kunstgeschichte", erzählte ich ihm. „Sie hofft, daß sie eine Stelle als Kunsterzieherin an einer Oberschule bekommt."

„Das wäre nichts für mich", wehrte er ab. „Um Lehrer zu sein, bin ich nicht geduldig genug. Es würde mir sicher keine Freude machen, Leuten, die kein Gespür dafür haben, mühsam zu erklären, was sie eigentlich von sich aus sehen müßten."

Aber als wir dann zusammen durch die Kunstausstellung wanderten, strafte er sich selber Lügen, so hingebungsvoll und ausgiebig erläuterte er mir seine Favoriten unter den Gemälden und Statuen. Nach drei Stunden hatte ich das Gefühl, jetzt mehr von Kunst zu verstehen als die Schule mir je vermittelt hatte.

Ich sagte ihm das, als wir uns für eine Weile auf eine der Polsterbänke im großen Saal gesetzt hatten, und fügte an: „Ich denke schon, daß manche Leute erst einen Anstoß kriegen müssen, um ein Kunstwerk zu verstehen, und daß ein guter Lehrer, dem man die Begeisterung anmerkt, sehr viel dazu tun kann."

Gleichgültig gab er zu: „Das mag ja sein. Aber weißt du" – jetzt wurde er lebhaft –, „ich will nicht lehren, ich will selber schaffen. Schon als Kind konnte ich mich stundenlang mit Buntstiften beschäftigen. Wo andere Buben davon geträumt haben, Lokomotivführer oder Pilot zu werden, da gab es für mich nur eins: Künstler. Maler."

Er sah mich lächelnd an. „Inzwischen habe ich begriffen, daß das höchstens ein Fernziel sein kann. Erst muß ich mal einen Beruf haben, der mich ernährt – mich und meine Familie", setzte er, mich anschauend, hinzu.

Dann überschattete sich sein Gesicht.

„Aber bis es so weit ist", sagte er düster, „bis dahin ist mir vielleicht jeder Schwung verloren gegangen. Was haben wir schon für eine Zukunft vor uns?"

„Einmal muß der Krieg ja doch zu Ende sein ...", fing ich an.

„Er hätte nie beginnen dürfen!" unterbrach er mich. „Du glaubst nicht, was für eine Wut ich deswegen im Bauch hab! Du bekommst dein Leben einfach aus der Hand genommen und sollst es für etwas einsetzen, was dir nichts bedeutet."

„Bedeutet dir Deutschland nichts?"

„Deutschland! Als ob es um Deutschland ginge! Bleib mir mit diesen Phrasen vom Leib!"

„Um was geht es denn sonst?"

„Weiß ich es?" sagte er heftig. „Vielleicht um eine Weltanschauung, was immer das ist. Oder auch nur um Macht. Mich geht das alles nichts an. Ich will nicht dafür bluten oder gar sterben. Aber ich kann mich ja nicht dagegen wehren. Ich muß mitmachen. Kein Wunder, daß da vieles bei mir aus dem Geleise springt. Ich schäme mich dafür, aber ich kann's nicht ändern."

Ich ließ ihn reden, ohne etwas dazu zu bemerken. Was hätte ich auch sagen sollen? Bisher hatte ich die Verhältnisse hingenommen, wie sie waren, ohne Begeisterung, aber auch ohne Kritik.

Er stand auf. „Komm, wir gehen in den nächsten Saal, da gibt's Landschaftsbilder niederländischer Meister. Die werden uns auf andere Gedanken bringen."

Wirklich gelang es ihm rasch, etwas von seiner Freude an den Gemälden auf mich überspringen zu lassen. Als wir das Museum verließen, waren wir beide wieder guter Dinge.

„Morgen abend gehen wir ins Kino", erklärte er auf dem Nachhauseweg. „Deine Mutter hat es schon erlaubt. Vorher soll ich mit euch zu Abend essen."

„Mutter hat dich eingeladen? Über meinen Kopf weg?"

„Am Geburtstag muß man mit Überraschungen rechnen. Deine Mutter schien anzunehmen, daß du dich über mein Kommen freuen würdest. Hatte sie unrecht?"

„Ja – nein, meine ich . . ."

Er sah mich lächelnd an. „Ich möchte sehr gern kommen, Moni. Darf ich?"

Ich holte tief Luft. „Ja", sagte ich. „Ich freu mich, Karlheinz."

An diesem Abend war ich wie beschwingt, und ich fühlte mich glücklich.

Früh am Morgen ging das Telefon.

„Ich wünsch dir von Herzen, daß sich alles erfüllt, was du dir selbst wünschst", sagte Karlheinz. „Und mir wünsche ich, daß ich eine Rolle dabei spielen darf."

Er hängte ein, ehe ich etwas antworten konnte.

In der Schule war ich nicht sehr aufmerksam.

„Dich hat's ja wohl doch erwischt", konstatierte Reni am Ende der großen Pause. Nachdem sie auf mich zugekommen war und mir gratuliert hatte, waren wir wie üblich im Schulhof miteinander auf- und abgeschlendert. Sie hatte sich erkundigt, warum ich nicht beim Training gewesen war, und die Brauen gehoben, als sie von meinem Museumsbesuch erfuhr.

So nett und aufgeschlossen sie war, ich blieb wortkarg. Ich wollte nicht über Karlheinz reden, und etwas anderes interessierte mich nicht.

Kurz vor dem Abendessen kam Karlheinz mit einem Strauß Rosen. Sie waren zartrosa und dufteten stark. Eine Karte steckte darin. „Wenn ich fromm wäre, würde ich dem lieben Gott danken, daß es dich gibt", stand darauf.

„Warum bist du nicht fromm?" fragte ich, und Karlheinz fragte dagegen: „Bist du's etwa?"

„Ich denke schon", antwortete ich langsam. „Ich rechne einfach mit Gott. Er ist immer da – wie ein Gegenüber. Ich rede mit ihm."

Karlheinz schaute mich belustigt an. „Du überraschst mich stets neu", sagte er. Irgendwie klang es anerkennend.

Später im Kino hielt er während der ganzen Vorstellung meine Hand und streichelte von Zeit zu Zeit jeden Finger einzeln.

Ich hatte Herzklopfen, als er auf dem Nachhauseweg den Arm um meine Schultern legte. Wir gingen wortlos nebeneinander her.

„Mein Lämmchen", sagte er, es klang dunkel und zärtlich, „wie lange dauert es, bis aus einem Baby eine Frau wird?"

„Mit achtzehn gilt man als erwachsen", antwortete ich und wußte, daß ich damit eine Einladung aussprach.

Er nahm's, wie's gemeint war, und küßte mich.

Der Heimweg war lang genug, daß er es öfters tun konnte. Immer, wenn wir ein paar Schritte gegangen waren, zog er mich an sich, und jedesmal spürte ich seine Lippen länger und stärker. An der Haustür aber verabschiedete er sich sehr kurz und ging rasch davon.

Er hatte nichts von einem neuen Treffen gesagt. Doch als ich am nächsten Tag zum Training kam, wartete er vorm Clubhaus, um mich zu einer neuerlichen Radtour am nächsten Tag einzuladen.

Ich strahlte ihn an und hätte fast schon zugesagt, als mir mein Tanzfest in den Sinn kam. Betrübt erklärte ich ihm, daß ich Zeit für die Vorbereitungen brauchte. Er erbot sich, mir dabei zu helfen. Vielleicht würden wir dann schon heute damit fertig. Wenn es mir recht sei, käme er nach dem Abendessen.

Zu Hause erfuhr ich von Mutter, daß auch Dieter und sein Bruder sich für den Abend angemeldet hatten. Die beiden kamen, ehe Karlheinz eintraf. Ich fragte Dieter, ob er sich in Erikas Schallplattenvorrat auskenne, aber Dieter erklärte, er habe Erikas Freude an Tanzmusik nie geteilt, und er verstehe auch nichts davon. Benno erbot sich, helfend einzuspringen. Er habe mal mit Erika zusammen Platten gehört, und sie habe ihm auch aufgezählt, welche sie besitze.

Konsterniert erkundigte ich mich, wann und wo das gewesen sei, und ich registrierte sein Erstaunen über diese Frage, auch wenn er ganz selbstverständlich antwortete, das habe sich bei Erikas Besuch auf Hasenheide zugetragen.

Die Türklingel hielt mich davon ab, ihm zu erklären, daß meines Wissens niemand aus unserer Familie etwas von ihrem Aufenthalt in seinem Elternhaus gewußt habe. Ich ging, um zu öffnen und Karlheinz darauf vorzubereiten, daß er noch weiteren Besuch antreffen würde. Es war ihm ebensowenig recht wie mir, das konnte ich wohl spüren, aber er sagte es nicht.

Benno machte mir unverhohlen den Hof. Er tat es nicht herausfordernd, sondern spielerisch. Als er mit dem Sortieren der Platten fertig war, bat ich ihn, mir beim Zusammenstellen der Gesellschaftsspiele zu helfen, die zu einem häuslichen Tanzfest gehörten. Karlheinz und Dieter räumten unter Mutters Anweisung das Musikzimmer um.

Sehr schnell erkannte ich, daß Benno ein guter Ratgeber war. Darum gab ich meine Zurückhaltung auf, ging bereitwillig auf seine Ideen ein und lachte bloß über seine Komplimente. Als Karlheinz und Dieter im Musikzimmer fertig waren und sich zu uns setzten, waren Benno und ich mitten in einer freundschaftlichen Neckerei.

Karlheinz schaute bald auf die Uhr und verkündete, daß er aufbrechen müsse.

Natürlich brachte ich ihn zum Gartentor. Dort nahm er mich

in die Arme und sagte nahe über meinem Gesicht: „Ich war der erste, der dich geküßt hat. Ich möchte auch der einzige bleiben."

„Was denkst du von mir?" fragte ich erstaunt.

„Daß du sehr süß bist, Moni. Und daß du auch anderen Männern gefällst. Ich möchte dich für mich allein haben. Versprichst du mir das?"

Ich weiß nicht, was mich zu der Gegenfrage trieb: „Würde ich auch für dich die einzige sein? Würde es kein Mädchen zum Vernaschen mehr geben?"

Er sagte sehr ernst: „Das ist vorbei."

Obwohl ich unter seinen Worten und seiner Umarmung zitterte, empfand ich ihn immer noch als fremd.

„Bist du dir sicher?" hakte ich nach.

„Ich bin mir sicher, daß ich keine flüchtigen und oberflächlichen Beziehungen mehr will. Ich will Zusammengehörigkeit, Liebe, Treue. Ich will eine Frau, die ganz für mich da ist, so wie ich für sie."

„Und du denkst, daß ich diese Frau bin?"

„Ich hoffe es, Moni."

„Aber du weißt es nicht mit Gewißheit?"

„Ich weiß, daß du mich verzaubert hast", sagte er und zog mich fester an sich. Er küßte mich wild, ließ mich dann plötzlich los und befahl rauh: „Du mußt zurück ins Haus. Sie werden auf dich warten."

Bei meiner Rückkehr hörte ich Dieter gerade einen Satz beenden: „... für vier Tage, direkt von der Exkursion aus. Ich hatte damals eine Woche Genesungsurlaub." Offenbar war von Erikas Besuch in seinem Elternhaus die Rede.

„Seid ihr mir böse, wenn ich in mein Zimmer gehe?" warf ich ein. „Ich habe für morgen noch Hausaufgaben zu machen."

Dieter stand auf.

„Wir müssen sowieso aufbrechen", sagte er. „Benno ist bei Tante Babette untergebracht, einer recht alten Dame. Sie möchte, daß er zurück ist, ehe sie sich schlafen legt." Er lächelte. „Am Samstag macht sie eine Ausnahme."

„Geh nur schon an deine Aufgaben", wandte Mutter sich an mich, „ich bringe Wendlands nach draußen. Sieh zu, daß du bald fertig wirst!"

Das versuchte ich auch, aber mein Zimmer ging zur Straßenseite, und ich hatte mein Fenster hinter dem Verdunklungsrollo einen Spalt weit offen. Dieter und Benno wußten sicherlich nicht, daß sie genau darunter stehengeblieben waren, um ihr Gespräch zu Ende zu führen, ehe sich ihre Wege trennten. Ihre Worte drangen zu mir herauf; ich konnte nicht anders, ich mußte hinhören.

„... Ich möchte direkt mal mein Glück versuchen", tönte Bennos Stimme.

„Du läßt die Finger von Monika!" sagte Dieter scharf.

„Warum? Bist du etwa selbst interessiert?"

„Im Moment bin ich einzig und allein daran interessiert, daß du nicht in Vaters Fußstapfen trittst."

„Aber Monika ist doch reizend! Und im Unterschied zu Erika spielt sie es nicht aus."

„Gerade deswegen solltest du sie in Ruhe lassen. Es ist schlimm genug, daß du auf jeden Flirt eingehst, der dir angetragen wird. Du mußt nicht auch noch von dir aus erobern wollen, nur um des Eroberns willen. Willst du deinen Charakter total verderben?"

„Sei kein solcher Brummbär!" In Bennos Stimme lag ein Lachen. „Ich genieße doch nur mein Leben."

„Ohne Rücksicht darauf, was du damit anrichtest! Schau dir an, was Vater mit dieser Haltung alles kaputt gemacht hat!"

Es gab eine längere Pause, dann sagte Benno mit verändertem Tonfall: „Du hast in der letzten Zeit so oft darauf angespielt, daß ich dich wirklich mal fragen muß, was du eigentlich meinst."

Wieder wurde es eine Weile still, ehe Dieter antwortete: „Mach die Augen auf zu Hause, dann brauche ich dir nichts zu erzählen. Mach um Himmels willen die Augen auf! Ist dir wirklich noch nicht aufgefallen, wie unglücklich Mutter ist?"

„Natürlich habe ich das bemerkt, aber ich habe gemeint, es sei wegen Günter."

„Wegen Günter ist sie traurig. Wegen Vater ist sie unglücklich. Er hat ihr mehr bedeutet als alles andere auf der Welt, auch als wir, Benno. Als sie ihm zum ersten Mal begegnete, da war das, als ob sie der Blitz getroffen hätte, und von da an kam sie nie mehr von ihm los, einerlei, was passierte. Sie hat alles für ihn getan, einschließlich der Überschreibung ihres Vermögens, einschließlich der Bereitschaft, Gutsfrau zu werden, obwohl das ihren Interessen und Wünschen nicht entsprach. Und was hat sie dafür geerntet? Kummer über Kummer und Zurücksetzung."

„Du redest wie ein Buch."

Ich glaubte Unsicherheit in Bennos Stimme zu hören.

„Weil es mir so wichtig ist", betonte Dieter.

„Trotzdem frage ich mich, ob du recht hast. Woher willst du das so genau wissen?"

„Von Mutter selber", sagte Dieter knapp.

„Sie hat sich bei dir über Vater beschwert?" Jetzt schwang Empörung in Bennos Frage.

„Natürlich nicht", gab Dieter zurück. „Das könnte sie gar nicht, so wie sie zu Vater steht. Aber sie hat einiges durchblicken lassen, weil sie sich Sorgen gemacht hat wegen mir und Erika. Ich war ja auch wie vom Blitz getroffen; und Günter ging es mit Edith ebenso – wir Zwillinge haben viel von Mutters Wesensart geerbt. Deswegen hat sie mich gebeten, rechtzeitig die Vernunft einzuschalten und das Für und Wider zu bedenken. Wenn es wirklich Liebe wäre, was ich empfände, könnte ein bißchen kritisches Nachdenken ihr nichts anhaben. Leider habe ich nicht sofort auf Mutter gehört."

„Und was hat das mit mir zu tun?" fragte Benno aufsässig.

„Du scheinst Vater nachzuschlagen, und das ist nicht weniger problematisch. Euch beiden muß man raten, nicht leichtfertig mit den Gefühlen anderer zu spielen, bloß weil ihr euern Spaß haben wollt."

„Kannst du deine Weisheit konkret fassen? Was bedeutet sie hier und jetzt?"

„Daß ich künftig das Wachsen einer echten Zuneigung abwarten werde."

„Uff, klingt das öde!"

„Ich erwarte gar nicht, daß du das für dich akzeptierst. Du bist anders, und du bist jünger. Für dich wäre es wahrscheinlich sogar gut, dich mal richtig zu verlieben, statt dich in belanglosen Flirts zu vertändeln. Belanglos für dich, meine ich. Was du damit bei den Mädchen anrichtest, steht auf einem andern Blatt.

Deswegen bitte ich dich ja – hörst du, Benno, ich *bitte* dich –, immer zu überlegen, was dein Verhalten für die andern bedeutet."

„Du kniest mir ja mächtig auf, alter Knabe", sagte Benno, und ich merkte an seiner Stimme, daß er beeindruckt war. „Sei nur zufrieden, du weißt, daß ich viel mehr auf dich höre als ich zugebe. Aber jetzt muß ich gehen, sonst benachrichtigt Tante Babette wegen meines Ausbleibens die Polizei."

Das Geräusch sich entfernender Schritte übertönte jedes weitere Wort.

Ich stand auf und schloß das Fenster. Natürlich hätte ich das schon viel früher tun sollen; aber obwohl ich mich meines Lauschens geschämt hatte, war ich doch fasziniert gewesen. Offenbar gab es verschiedene Arten von Verliebtheit. Auch wenn Karlheinz sich als verzaubert bezeichnet hatte, machte er mir keineswegs den Eindruck, vom Blitz getroffen zu sein. Aber vielleicht wurden die Reaktionen der Männer von den Frauen bestimmt, mit denen sie es zu tun bekamen? Oder, noch wahrscheinlicher, vielleicht entwickelte sich die jeweilige Verliebtheit aus gegenseitigem Aufeinandereingehen? Noch wußte ich selber ja nicht, wie es mit Karlheinz und mir weitergehen würde. Zunächst einmal freute ich mich auf den kommenden Tag.

Der erste Programmteil des gemeinsamen Nachmittags fiel allerdings buchstäblich ins Wasser. Es regnete, was vom Himmel herunterwollte. An Rudern war nicht zu denken. Glücklicherweise hatten wir Regencapes dabei, so daß wir nicht völlig durchnäßt im Clubhaus ankamen. Trotz oder vielleicht gerade wegen des Regens füllte sich der Raum rasch. Es war gut, daß wir so früh eingetroffen waren und uns wieder einen Zweiertisch am Fenster hatten sichern können.

Freilich nutzten wir unsere Sitzplätze nicht sehr intensiv. Wir ließen keinen Tanz aus. Fast alle Weisen, die aus dem Grammophon tönten, summte Karlheinz mit, oder er stimmte sogar leise in die Texte ein.

„Eigentlich müßtest du gut zu Erika passen", stellte ich fest. „Sie kennt auch jeden Schlager."

„Müßte ich?" fragte er neckend. „Willst du mich schon wieder an jemand anderen verkuppeln?"

„Bestimmt nicht!“ versicherte ich ernsthaft. „Das weißt du doch inzwischen genau.“

„Ich weiß es noch nicht genau genug“, sagte er langsam. „So ganz richtig hast du es mir bisher nicht gezeigt.“

Unruhig unter seinem Blick, fragte ich verständnislos: „Wie hätte ich das machen sollen?“

Sein Arm umfaßte mich fester, sein Blick wurde dunkler; aber er gab keine Antwort.

Wir tanzten. Was um uns herum geschah, interessierte mich nicht. Die Stimme aus dem Grammophon schien meine Gefühle zu artikulieren:

„Ich tanze mit dir in den Himmel hinein,
in den siebenten Himmel der Liebe,
die Erde versinkt, und wir zwei sind allein
in dem siebenten Himmel der Liebe.
Komm, laß uns träumen bei leiser Musik
unser romantisches Märchen vom Glück ...“

„Unser Märchen“, sagte Karlheinz heiser, „muß es denn ein Märchen bleiben?“

„Die Erde versinkt, und wir zwei sind allein“, wiederholte die Stimme.

„Weiß Gott, ich wünschte, ich wäre einmal mit dir allein, Moni! Ganz allein, mindestens für einen Tag und eine Nacht. Das wäre Realität.“

„Mir würde das zu weit gehen“, sagte ich betroffen.

„Hast du Angst, daß du ein Kind bekämst? Ich würde schon aufpassen, Dummerchen.“

„Daran habe ich nicht gedacht.“

„Sondern?“

„Ich will keine Liebesnacht.“

Seine Lippen kräuselten sich. „Da spricht das behütete Baby!“

„Das hat mit Baby überhaupt nichts zu tun!“ sagte ich scharf. „Das ist eine erwachsene Entscheidung. Ich will mich aufheben für meinen Mann.“

„Der will ich doch sein!“

„Seit wann? Gestern wußtest du das noch nicht.“

„Aber jetzt weiß ich es.“

„Mit welcher Gewißheit? Du mußt wieder an die Front. Vielleicht ist damit das Märchen zu Ende."

„Drum laß uns Realität draus machen."

„Und wenn du eines Tages feststellst, daß es ein Irrtum war mit uns beiden?"

Karlheinz sah mich düster an.

„Aber selbst wenn du mir treu bliebest – es ist Krieg, Karlheinz! Wer garantiert uns, daß du zurückkommst?"

„Eben deswegen!" sagte er heftig. „Eben deswegen wünsche ich mir das Glück in Realität – jetzt und hier, nicht in einer ungewissen Zukunft! Ja, Moni, es ist Krieg. Das ändert alles, auch die Moralbegriffe. Die sind von gestern. Nach dem Krieg wird nichts mehr sein wie vorher."

„Versteh mich doch, Karlheinz", bat ich. „Es geht mir nicht um Moral. Es geht mir darum, daß ich von innen heraus bereit sein muß. Und das bin ich erst, wenn ich sicher sein kann, daß wir zusammengehören."

„Willst du mich dazu bringen, daß ich morgen mit dir zum Standesamt gehe?"

„Im Gegenteil!" wies ich ihn empört zurecht. „Ich bitte dich, mich nicht zu drängen!"

„Wie kannst du Geduld von mir verlangen?!" sagte er heftig. „Wenn ich Zeit hätte, würde ich warten. Aber ich habe gerade noch zwei Wochen Urlaub. Vergiß das nicht."

„Ich vergesse das so wenig wie du. Aber ich ziehe andere Konsequenzen daraus."

„Du denkst nur an dich!" warf er mir vor.

„Und an wen denkst du?"

Es war absurd, ein solches Gespräch zu führen, während wir uns im Takt eines langsamen Walzers drehten. Als es mir zum Bewußtsein kam, blieb ich stehen und sagte: „Ich möchte mich setzen."

Er ließ mich sofort los und ging hinter mir her zu unserm Fensterplatz. Wir schwiegen beide. Ich griff nach meinem Limonadeglas. Er zündete sich eine Zigarette an. Lange Zeit rauchte er vor sich hin.

„Hörst du mein heimliches Rufen", tönte es vom Grammophon, „öffne dein Herzkämmerlein ..."

Karlheinz drückte seine Zigarette aus.

„Komm, laß uns wieder tanzen", sagte er aufstehend.

Jetzt summte er nicht mehr mit. Er sah mich auch nicht an, sondern schaute mit abwesendem Ausdruck über mich weg.

„Bist du mir böse?" fragte ich schließlich leise.

Er nahm den Blick zu mir zurück und sagte ruhig: „Ich kann dir nicht böse sein. Ich bin enttäuscht, aber nicht von dir. Du hast genau so reagiert, wie zu erwarten war. Ich bin wohl zu alt für dich."

„Aber Karlheinz!" protestierte ich. „Du bist gerade fünf Jahre älter als ich."

„Drei Kriegsjahre zählen dreifach", sagte er bitter. „Mach dir keine Gedanken, ich werde dich nicht mehr drängen."

Wir tanzten weiter, immer weiter, ohne zu reden und ohne eine Pause einzulegen. Schließlich blieb ich erneut stehen.

„Bist du müde?" fragte er, mich ansehend. „Möchtest du nach Hause?"

Tonlos sagte ich „Ja", und er führte mich zu unserm Tisch. Hier blieb ich sitzen, bis er für unsere Getränke gezahlt hatte.

„Sei nicht bekümmert, Moni", bat er, als er zu mir zurückkam. „Morgen ist ein neuer Tag. Wir haben schon einmal neu miteinander angefangen."

Als wir den Raum verließen, war gerade eine andere Platte aufgelegt worden. Sie dudelte hinter uns her:

„Für eine Nacht voller Seligkeit,
da geb ich alles hin . . ."

Wir radelten durch die Dämmerung, jedes seinen eigenen Gedanken nachhängend. Als wir vor unserem Gartentörchen abstiegen, um uns zu verabschieden, drückte er mich an sich und strich mir übers Haar, aber er küßte mich nicht.

Kapitel 3

Mutter empfing mich in der Diele. „Ich habe eine Neuigkeit für dich“, sagte sie bedrückt.

„Keine sehr erfreuliche?“ vermutete ich.

„Wie man’s nimmt. Erika ist da.“

„Und warum freut dich das nicht?“

„Ich denke an dein Fest morgen. Wie wird Dieter es aufnehmen? Sie hätte sich anmelden sollen.“

„Als Tochter muß man doch unerwartet nach Hause kommen können!“ nahm ich ihre Partei.

„Natürlich hast du recht“, stimmte sie zu. „Aber Erika benimmt sich so seltsam. So undurchsichtig. Sie sagt einfach, sie hätte mal für ein paar Tage aus München verschwinden müssen, und dein Geburtstag sei ein guter Grund dafür.“

„An meinem Geburtstag war sie ja gar nicht da! Und von meinem Fest morgen konnte sie nichts wissen“, wunderte ich mich. „Oder hast du ihr davon geschrieben?“

„Nein. Und ich habe ihr vorhin vergeblich nahegelegt, morgen etwas anderes zu unternehmen oder wenigstens auf ihrem Zimmer zu bleiben. Sie behauptet, das mit dem Fest treffe sich prima, weil es alles viel unverdächtiger mache, aber sie will nicht mit der Sprache heraus, was sie damit meint.“

„Ich werde selbst mit ihr reden“, beschloß ich und wandte mich zur Tür.

„Du mußt dich gedulden. Vater hat sie ins Gebet genommen.“

Es dauerte lange, bis die beiden aus Vaters Zimmer kamen und sich zu uns in die Küche setzten, wo Mutter und ich gerade mit dem Abwasch fertig waren. Erika sah verweint aus, und Vaters Blick war erschreckend ernst.

„Hör zu, Monika“, sagte Vater. „Erika ist auf meinen Wunsch zu deinem Fest gekommen. Ich wollte dir eine Überraschung bereiten.“

„Aber Vater!“ protestierte ich. „Davon ist doch kein Wort wahr! Warum lügst du mich an?“

„Ich lüge dich nicht an, mein Kind. Was ich eben gesagt habe, ist die Version, die wir alle – hörst du, wir alle! – unbedingt aufrechterhalten müssen, und zwar jedermann gegenüber. Warum das so ist, kann ich jetzt nicht erklären, aber ich verlasse mich auf euch. Also: Erika und ich haben die Überraschung ausgeheckt, und niemand außer uns, auch Mutter nicht, hat etwas davon gewußt. Ist das klar?"

„Es kann doch gar nicht gehen, Vater", widersprach ich. „Ich habe Dieter versichert, daß Erika in München ist. Willst du ihm die Peinlichkeit zumuten, sie trotzdem hier zu treffen, nachdem sie ihn in die Wüste geschickt hat?"

„Er mich!" rief Erika dazwischen. „Nicht ich habe ihn fortgeschickt, sondern er mich."

Eine Weile waren wir sprachlos.

„Warum?" fragte Mutter schließlich.

„Das kann sie dir später erzählen", griff Vater ein. „Jetzt ist vordringlich, daß wir uns wegen morgen einig werden." Er wandte mir sein besorgtes Gesicht zu. „Glaubst du mir, Monika, daß ich absolut zwingende Gründe für das habe, was ich von dir verlange?"

„Es fiele mir leichter, wenn ich die Gründe wüßte", trotzte ich.

„Monika hat recht", nahm Mutter meine Partei. „Wenn man jemand um Hilfe bittet, schuldet man ihm Information; und wenn man Vertrauen verlangt, sollte man es auch gewähren."

„Außerdem kann ich nicht gut lügen, und wenn ich über etwas im Dunkeln tappe, mache ich eher Fehler, als wenn ich Bescheid weiß", setzte ich hinzu.

„Das ist's ja, was ich meine", ergänzte Mutter. „Es kann nichts Gutes aus einer Sache herauskommen, die auf Unehrlichkeit aufgebaut wird."

Vater schaute von Mutter zu mir und schien unsre Einwände zu bedenken.

„Ihr macht es mir sehr schwer", seufzte er.

„Wir?" fragte ich und sah zu Erika hin.

Sie hob die Augen und erwiderte meinen Blick. Dann wandte sie sich an Vater: „Ich hätte es dir nicht erzählen sollen, wenn du auch noch so sehr gedrängt hast." Ihre Stimme klang belegt, als ob sie in großer innerer Aufregung wäre. „Ich hätte überhaupt nicht herkommen sollen. Aber das ist nun passiert, und ich finde, Mutter und Monika müssen Bescheid wissen."

Sie heftete ihre Augen auf Mutters Gesicht und sagte kaum hörbar: „Ich habe in München Freunde, von denen einige bei der Gestapo denunziert wurden."

„Wer oder was ist Gestapo?" fragte ich verständnislos.

„O Gott, du Baby!" Erika sah kurz zu mir hin. „Geheime Staatspolizei. Hitlers Schnüffler. Wer denen in die Fänge gerät, kann sein Testament schreiben, wenn er noch Zeit dazu hat."

„Mach's halb so theatralisch!" giftete ich sie an, ärgerlich über die Anrede Baby und gereizt von der gespannten Atmosphäre im Zimmer.

„Man kann es nicht ernst genug nehmen", wies Vater mich zurecht.

„Was habt ihr getan?" fragte Mutter mit weißem Gesicht und zitternden Lippen.

„Getan? Leider gar nichts. Aber geredet wurde halt, darüber, was alles falsch ist in unserm Land, und ob und wie man etwas ändern könnte. Einige von uns sind einem Spitzel aufgesessen. Meine Zimmernachbarin im Studentenheim ist abgeholt worden. Ihr Verlobter studiert hier an unsrer Uni; er mußte gewarnt werden, und weil es bei mir vielleicht nicht auffällt, wenn ich herfahre, habe ich das übernommen."

„Wäre es nicht einfacher gewesen, zu telefonieren oder ein Telegramm zu schicken?" fragte ich.

„Wirklich, Monika, soviel Naivität gehört verboten!" tadelte mich Erika. „Post und Telefon werden überwacht, wenn du erst mal auf der Liste bist. Hast du denn keine Ahnung, wie es in unserm Staat zugeht?"

„Stehst du auch unter Verdacht?" erkundigte sich Mutter.

„Ich weiß es nicht. Wir hoffen, daß die Geschnappten dicht halten."

„Es wäre eine bodenlose Gemeinheit, wenn sie's nicht täten!" warf ich ein.

„Könntest du für dich garantieren, unter Folter nicht auszusagen?" Erika sah mich zornig an.

„Folter! Wir leben doch nicht im Mittelalter!" protestierte ich.

„Aber du lebst hinter dem Mond!" entgegnete sie scharf. Sie wandte sich wieder zu Mutter: „Verstehst du, warum alles ganz natürlich und normal aussehen muß? Ich bin zu Monikas Fest gekommen, fahre nach dem Wochenende wieder nach München, studiere dort brav weiter und kehre zum nächsten Semester hierher zurück, um mein Examen zu machen. So habe ich es mit Vater besprochen."

„Ich bin traurig, daß ihr mich nicht in euer Vertrauen ziehen wolltet."

„Nur dir zuliebe, Mutter!" Erika liefen plötzlich die Tränen übers Gesicht. „Weil Mitwissen gefährlich ist. Man kann dadurch selbst in Bedrängnis geraten."

„Außerdem", sagte Vater hart, „stellt jeder Mitwisser ein Risiko dar. Die Gestapo weiß, wie man an Informationen kommt. Es muß nicht immer Folter sein. Es gibt andere Wege, Drohungen und Repressalien oder heimtückische Bespitzelungen, Belohnung von Denunziationen und was sonst noch alles."

Er sah mich unglücklich an. „Daß nun auch du noch da hineingeraten bist, beunruhigt mich schrecklich."

„Das ist ein Preis, den wir für unser Familienleben zahlen müssen." Mutter nickte mir zu, während sie es sagte, und wandte sich dann an Vater.

„Was würde es für Erika bedeuten, wenn sie verraten würde?"

„Schon die geringste Kritik kann als Wehrkraftzersetzung ausgelegt werden", antwortete Vater, „und Gespräche darüber, wie man etwas ändern könnte, gelten als Vorbereitung zum Hochverrat. Auf beides steht Todesstrafe."

„Durch Erhängen oder Enthaupten", fügte Erika bei.

„Kind, wie konntest du dich auf so etwas einlassen!" stöhnte Mutter.

„Und ihr . . . Wie konntet ihr weiterleben, als ob nichts geschehen wäre, damals, als Bücher verboten und Künstler ins Exil gedrängt und jüdische Geschäfte zerstört wurden?! Wie konntet ihr zulassen, daß die Juden weggeholt und in Lager gesperrt wurden?! Und sagt bloß nicht, ihr wußtet nichts davon, denn ich selbst kann mich daran erinnern, wie die Synagoge gebrannt hat."

„Wir sind hineingeschlittert, Kind, ob du das verstehen kannst oder nicht", antwortete Vater. „Als alles anfing, damals, in der Weimarer Republik, waren wir des Parteiengezänks und der offensichtlichen Unfähigkeit der meisten Politiker so müde! Wir haben uns nicht die Mühe gemacht, alle auf den Markt kommenden politischen Programmschriften zu studieren. Wir hätten vielleicht etwas von dem wissen können, was mit Hitler auf uns zukam, etwas, nicht alles, und das Schlimmste sicherlich nicht. Wir hätten Hitlers Buch lesen können, aber diese Lektüre reizte mich nicht. Es gab so viele Parteiredner und Propagandaparolen, zuerst schien Hitler nur einer unter anderen, und als sich abzeichnete, daß er so etwas wie ein Hoffnungsträger für viele geworden war, neigten wir dazu, ihm eine Chance zu geben. Er versprach die Bildung einer handlungsfähigen Regierung und die Abschaffung der wirtschaftlichen Notlage. Ihr könnt euch wahrscheinlich nicht vorstellen, was das damals bedeutete. Man räumte ihm ein, daß er im Anfang mit scharfen Maßnahmen durchgreifen müsse, um den Karren aus dem Dreck zu ziehen. Und er hatte Erfolge! Wie die zustande kamen, lag nicht auf der Hand – auch wir hatten keinen Durchblick –, und den allermeisten Menschen genügte es damals, daß endlich für Arbeit und Brot und Ruhe und Ordnung gesorgt war. Die demokratischen Politiker hatten sich mißliebig gemacht, die Liquidierung der Demokratie tat kaum jemand weh. Kurze Zeit nachher, als einigen so langsam die Augen aufgingen, war es schon zu spät. Ihr seht ja selbst, wie es denen geht, die Mißbilligung erkennen lassen. Was würde sich ändern im Land, wem würde es konkret nützen, wenn Erika und ihre Freunde sterben müßten?!"

„Es würde wenigstens dokumentieren, daß nicht alle Deutschen die Verbrechen gutheißen, die bei uns geschehen!" sagte Erika heftig.

„Wer würde schon groß davon erfahren?" fragte Mutter, und ich hielt Erika vor: „Du versuchst ja selbst, jeden Verdacht von dir abzulenken."

Ihre Schultern sackten nach vorn. „Ja", sagte sie leise, „ich habe Angst. Das scheint alles so sinnlos, sich quälen und umbringen zu lassen, wenn doch keiner davon aufgerüttelt wird."

„Aufgerüttelt wären wir; wir sind es ja jetzt schon", sagte Mutter, „aber aufgerüttelt wozu?, frage ich dich. Wenn ein Aufgerüttelter seine Stimme erhebt, ist er am nächsten Tag selber mundtot. Was wirfst du uns also vor, Kind?"

„Ich weiß es bald auch nicht mehr." Wieder kamen Erika die

Tränen. „Bisher dachte ich, ihr hättet es nicht soweit kommen lassen dürfen, aber wie Vater es erklärt, war ja von Anfang an alles verfahren.“

„Es ist leicht, zu verurteilen, wenn man die Dinge ohne profundes Wissen der Zusammenhänge sieht“, sagte Vater. „Aber wenn man mitten drin steckt, hilft das Urteil von außen gar nichts. Vielleicht werden Jahrzehnte vergehen müssen, bis man sachlich darüber reden kann, wie alltägliches Verhalten oder gar ehrliche Überzeugung zum Schuldigwerden führten.“

„Im Augenblick“, erklärte Mutter vehement, „geht es mir um nichts anderes als darum, unser Kind zu retten.“

„Verdammt nochmal!“ platzte ich heraus. „Ich komme mir immer noch vor wie in einem Alptraum! Das kann doch nicht wahr sein, daß hier bei uns zu Hause jederzeit ein Geheimpolizist schellen und Erika verhaften kann, nur weil sie meint, daß unsre Regierung Fehler macht!“

„Du wirst dich damit abfinden müssen“, sagte Erika schluchzend. „Und wenn du dich nicht damit abfinden willst, kann es dir gehen wie meinen Freunden – und vielleicht auch mir“, fügte sie leise bei.

„Und für einen solchen Staat kämpfen unsre Soldaten?“ fragte ich fassungslos.

„Das kompliziert ja alles so furchtbar“, stellte Vater fest. „Man müßte wünschen, daß wir den Krieg verlieren – aber kann man das wollen?“

„Meine Freunde denken, es wäre das kleinere Übel“, bemerkte Erika.

Mutter wandte sich heftig zu ihr hin. „Sie haben keine Erfahrung mit einem verlorenen Krieg. Wir haben sie.“

„Und diesmal würde alles noch hundertmal schlimmer“, ergänzte Vater.

Im gleichen Augenblick schellte es an der Haustür. Wir fuhren alle erschrocken zusammen.

„Kurz vor elf!“ sagte Vater, der die Uhr gezogen hatte. „Wer will jetzt etwas von uns, um diese Zeit?!“

Es war ein Nachbar, dem aufgefallen war, daß in einem unserer oberen Zimmer das Verdunklungsrollo nicht heruntergelassen war. Wir konnten froh sein, daß er es bemerkt hatte. Wenn jemand nichtsahnend dort eingetreten wäre und Licht gemacht hätte, wäre eine harte Strafe fällig gewesen, und mit Recht. Durch die vorgeschriebene Abdichtung aller Räume nach außen lagen die Städte nachts in völliger Dunkelheit. Feindlichen Flugzeugen wurde dadurch die Orientierung erschwert.

Erika fiel ein, daß sie beim Heimkommen ihr Zimmer gelüftet und vergessen hatte, das Fenster wieder zu schließen. Sie eilte nach oben.

Mit schwerem Herzen ging ich ins Bett, unlustig stand ich am nächsten Morgen auf.

Als ich aus der Schule kam, empfing Mutter mich mit sichtlicher Erleichterung. Dieter war dagewesen, um einen Kuchen, ein Bauernbrot, ein Dutzend Eier und eine Hausmacher Leberwurst vom heimatlichen Gutshof für die Einladung beizusteuern. Er hatte die Nachricht von Erikas überraschender Ankunft ruhig zur Kenntnis genommen und freundlich versichert, er komme trotzdem gern, wenn es Erika recht sei. Mir hatte er eigens ausrichten lassen, ich solle mir seinetwegen keine Sorgen machen.

In der Tat meisterte er die Lage glatt. Er begrüßte Erika genau so natürlich und kameradschaftlich wie mich. Auch Benno erschien völlig unbefangen. Er erfüllte meine geheimen Wünsche, als ob ich sie vor ihm ausgebreitet hätte. Er war strahlend guter Laune, voll mitreißender Einfälle, freundlich zu jedem, zuvorkommend, ohne aufdringlich zu sein; und er kümmerte sich vor allem um Reni.

Wiltrud und Irmel, ohnehin auf ihre Begleiter konzentriert, fügten sich fröhlich in den Gästekreis ein. Sie kamen gleichzeitig mit den beiden Wendlands an. Während der allgemeinen Begrüßung nahm Dieter mich unauffällig auf die Seite. „Da ich außer Karlheinz hier der einzige bin, der nicht ein ganzes Stück jünger ist als Erika, will ich mich gern ihrer annehmen, du brauchst dir darüber keine Gedanken zu machen", versprach er.

„So hatte ich mir das aber nicht gedacht", gab ich bedrückt zurück.

„Ich weiß, daß du dir einiges anders vorgestellt hast, aber nun müssen wir die Dinge nehmen, wie sie sind, nicht wahr?" tröstete er mich. „Benno wird mich gelegentlich bei Erika ablösen, das haben wir so besprochen", fuhr er fort. „Siehst du, er macht sich schon stark!"

Von der Zimmerecke aus, in der wir beieinander standen, beobachteten wir, wie Benno auf die kleine Gruppe in der Mitte des Raums zuschlenderte und Erika anredete.

In diesem Augenblick kam als letzter der Gäste Karlheinz zur Tür herein.

Er schaute sich suchend um, sah mich aber nicht gleich, weil die Ecke nicht in seinem unmittelbaren Blickfeld lag. Seine Augen blieben an Erika hängen.

Seine unwillkürliche Bewegung, sein Gesichtsausdruck sagten mir, daß ihm soeben das gleiche geschehen war wie Dieter vor zwei Jahren. Der Blitz hatte eingeschlagen.

Vermutlich hatte auch Dieter Karlheinz beobachtet. Er trat rasch auf ihn zu und begrüßte ihn, mir dadurch Zeit schaffend, mich zu fangen.

Es wäre mir schwergefallen zu erklären, was in mir vorging. Ich hoffte, daß niemand mir den Aufruhr in meinem Innern ansah, während ich Karlheinz den andern Gästen vorstellte. Aber nachdem wir die Runde gemacht hatten, fragte Karlheinz leise, was mit mir los sei.

Ich überhörte es und griff nach der Tischglocke, um anzukündigen, daß das Fest jetzt mit dem Kaffeetrinken eröffnet werde.

Es gab natürlich keinen Bohnenkaffee, sondern ein Ersatzgetränk, das wir Muckefuck nannten. Mutter hatte einen „Kriegskuchen" gebacken, zu dem Quark und gelbe Rüben mit Mehl, Backpulver und Kunsthonig verarbeitet wurden, und den man nur ganz frisch genießen konnte, weil er am nächsten Tag steinhart wurde. Erst als er verzehrt war, servierte Mutter den Streuselkuchen, den Frau Wendland geschickt hatte.

Wir hatten ausgemacht, daß es nach dem Kaffeetrinken eine Polonaise durch den Garten geben sollte, damit Mutter in dieser Zeit den Tisch abdecken konnte. Natürlich hatte ich vorgehabt, mit Karlheinz zusammen den Tanz anzuführen. Ich wußte selber nicht, was mich dazu trieb, statt dessen auf Dieter zuzugehen und seine Hand zu ergreifen, während ich die andern aufforderte, uns zu folgen.

Der Blick, mit dem er mich ansah, kam mir mißbilligend vor, aber er sagte nichts.

Nach der Polonaise starteten wir die erste Serie der Spiele, die ich mit Benno vorbereitet hatte. Benno führte Regie, und er tat das mit Schmiß und Laune. Vergnügt saßen sich meine Gäste beim Groschensuchen am Tisch gegenüber, Mädchen auf der einen, Männer auf der anderen Seite. Irmels Freund Jürgen sollte die Hand, die den Groschen hielt, finden und musterte deswegen unsere Gesichter auf verräterische Anzeichen. Dabei stellte er fest, Erika und ich könnten Zwillinge sein, so ähnlich sähen wir uns. Das sei nur äußerlich, korrigierte Erika belustigt.

Ich registrierte den gequälten Blick, mit dem Karlheinz von Erika zu mir und wieder zurück schaute. Mit staunenswerter Klarheit wußte ich, daß es zwischen ihm und mir aus war, ehe es richtig angefangen hatte. Doch ebenso schnell, wie ich den Gedanken gefaßt hatte, schob ich ihn wieder von mir weg. Er tat zu weh.

Jürgen hatte inzwischen den Groschen unter Wiltruds linker Hand entdeckt, und Benno schlug das nächste Spiel vor. Ich war nicht bei der Sache, aber die andern schienen es in ihrem deutlichen Vergnügen nicht zu merken.

Dann legte Benno wieder eine Platte auf. Karlheinz nahm mich bei der Hand und zog mich auf die Tanzfläche im Musikzimmer. Aber als die ersten Takte ertönten, blieb ich stehen. „Ich tanze mit dir in den Himmel hinein . . .“, klang es durch den Raum.

„Was ist dir?“ fragte Karlheinz, ohne mich loszulassen.

„Ich mag diesen Schlager nicht mehr!“ sagte ich heftig.

Er sah mich groß an.

„Unser Märchen ist ausgeträumt!“ fügte ich hinzu, vor Erregung fast tonlos.

Er faßte mich fester. „Ich verzichte nicht auf unsern Tanz, Moni!“

Ich ließ mich von ihm führen, ohne ihn anzusehen.

Schließlich konnte ich mich nicht mehr beherrschen.

„Vielleicht findest du ja bei Erika mehr Realität!“ fuhr es mir heraus. Über mich selbst erschrocken, wartete ich auf seine Reaktion. Sie kam erst nach einer langen Pause.

„Was soll das, Moni?“

„Ich habe Augen im Kopf.“

„Würdest du mir erklären, was du meinst?“ Er fragte es freundlich, aber sein Blick war betroffen.

„Ich sehe, wie Erika dir gefällt.“

„Sie ist dir sehr ähnlich, auch wenn sie es bestreitet.“

„Sie bestreitet es zu Recht. Wir sind so verschieden voneinander, daß die äußere Ähnlichkeit nicht ins Gewicht fällt. Du hast es selbst gespürt, gleich als du ankamst. Ich habe dich beobachtet.“

Ich sah ihm gerade in die Augen und erschrak vor dem Ausdruck darin.

„O Gott, Moni ...“, fing er an und schwieg dann wieder.

Endlich sprach er doch.

„Was ist das nur für eine heillose Verwirrung, in die wir geraten sind! Ich mag dich – ich mag dich unheimlich gern – ich mag dich immer noch so sehr wie vorher auch. Aber deine Schwester hat mich beim ersten Blick fasziniert. Ich frage mich schon die ganze Zeit, ob dieses plötzliche Gefühl für sie nicht ein schrecklicher Irrtum ist ...“ Wieder brach er ab, um nach kurzer Zeit hervorzustoßen: „Sie hat mich überwältigt.“

„Sie ist dir im Alter näher als ich“, sagte ich trocken. „Wahrscheinlich hat sie die Erfahrung, die du an mir vermißt.“

„Vermisse ich sie denn?“ Karlheinz richtete die Frage an sich selbst, nicht an mich. Er sah mich an. „Himmel, Moni, es hat mich bezaubert, daß du keine Erfahrungen hinter dir hast.“

„Zauber ist Täuschung. Irgendwann verlangt die Wirklichkeit ihr Recht.“

„Irgendwann ...“, wiederholte er. „O Moni ... Bitte, laß mir Zeit, daß ich feststellen kann, ob die Faszination vorhält.“

„Zeit?“ entgegnete ich bitter. „Ich denke, du hast keine Zeit, Karlheinz!“

Er sah mich unglücklich an und schwieg.

Endlich war die Tanzfolge zu Ende, und er ließ mich aus den Armen.

Mutter hatte die Pause abgewartet. Jetzt rief sie mich in die Küche, um mir zu sagen, daß es Zeit sei, das kalte Büffet für den Abendimbiß aufzubauen. Ich nickte bloß. Sie hob das Gesicht und schaute mich an.

„Was ist dir, Kind?“ fragte sie in plötzlicher Besorgnis.

„Karlheinz hat sich in Erika verliebt“, stieß ich heraus. Dann setzte ich mich an den Küchentisch, legte den Kopf auf die Arme und schluchzte. Mutter ließ mich weinen, ohne etwas zu reden. Schließlich hob ich den Kopf und sagte kläglich: „Wahrscheinlich paßt sie viel besser zu ihm als ich.“

„Gut so, Kleines.“ Mutter strich mir übers Haar. „Schau den Tatsachen ins Auge, das hilft dir drüber weg.“

„Ist es Tatsache, Mutter?“

„Ob Erika besser zu ihm paßt, das weiß ich nicht. Aber daß dir nicht wirklich an ihm liegt, mußtest du früher oder später selbst entdecken.“

Fassungslos sah ich zu ihr auf. „Wie kannst du das behaupten? Du hast doch bestimmt gemerkt, wie verliebt ich in ihn bin.“

Sie lächelte. „Verliebtsein geht selten in die Tiefe. Meistens entsteht es aus Wunschträumen und Geschmeicheltsein. Als Karlheinz dir seine Aufmerksamkeit schenkte, hat er dir den Kopf verdreht, aber dein Herz hat er nicht angerührt.“

„Wie kannst du das behaupten?“ fragte ich zum zweiten Mal.

„Warum gibst du ihn kampflos auf?“

Ihre Frage bohrte in mir, während ich das kalte Büffet aufbaute. Es war, dank der Hilfe aus Hasenheide, für Kriegsverhältnisse reichhaltig: Außer Kartoffelsalat und eingelegten Gurken enthielt es belegte Bauernbrote, gefüllte Eier und Käsebrezeln. Zu den Getränken gehörte neben Mineralwasser und Limonade auch Brombeerwein aus Hasenheide; und eine große Schüssel Kirschkompott stand für den Nachtisch bereit.

Leider kamen wir nicht zum ungestörten Genuß. Wir hatten kaum die Hauptmahlzeit beendet, als Fliegeralarm uns in den Luftschutzraum trieb. Dort inszenierte Benno Ratespiele, während Dieter und ich zwischen Erdgeschoß und Keller hin und herzogen, um alles noch nicht Verzehrte nach unten zu holen.

„Nimm mir's nicht übel, wenn ich von etwas rede, was mich eigentlich nichts angeht“, sagte Dieter, während er den Flaschenkorb füllte. „Ich habe beobachtet, wie sehr Erika dein Fest gestört hat. Laß dich davon nicht umwerfen! Karlheinz wird zu dir zurückkehren, Monika, wenn du auf ihn wartest.“

„Ich glaube nicht, daß ich warten will", entgegnete ich knapp.

Dieter stellte den Flaschenkorb ab und sah mich eindringlich an. „Du bist verletzt und reagierst, ohne in Ruhe nachzudenken. Das ist verständlich. Aber – wie soll ich dir das erklären? Also: es ist ganz falsch, wenn du dich persönlich getroffen fühlst. Die Ursache liegt bei Karlheinz, nicht bei dir. Siehst du, Erika scheint von allem die Erfüllung zu sein, wovon du die Verheißung bist. Und die Erfüllung plötzlich leibhaftig vor sich zu sehen, das kann einen Mann schon umwerfen."

„Weißt du, wie weh so eine Zurücksetzung tut?" unterbrach ich ihn.

„Es ist keine Zurücksetzung", sagte er ruhig.

„Das begreife ich nicht."

„Irgendwann wirst du es begreifen."

„Jedenfalls tut es weh – jetzt!"

„Das geht vorbei", tröstete er. „Ein guter Teil davon ist bloß gekränkter Stolz, damit kannst du fertig werden, bis Karlheinz merkt, daß er sich getäuscht hat und daß in Wirklichkeit du es bist, die er haben will."

„Bis er das merkt, will ich ihn nicht mehr."

„Weißt du das heute schon?"

Ich gab mir einen Ruck, sah ihm in das ernste Gesicht und antwortete: „Mutter vermutet, daß ich vorrangig ins Verliebtsein verliebt war, und nicht in Karlheinz. Es wird wohl bald vorbei sein."

Er sah mich aufmerksam an. In seiner Stimme schwang leichte Besorgnis, als er erwiderte: „Deine Reaktion kommt aus Trotz, nicht aus Selbstprüfung. Gönn dir erst einmal Zeit zum Nachdenken!" Ohne ein weiteres Wort nahm er den Flaschenkorb auf, und wir stiegen zu den andern in den Keller hinunter.

Glücklicherweise war Bennos Spiele-Reservoir ziemlich unerschöpflich. Es kam keine Langeweile auf, obwohl die Entwarnung auf sich warten ließ. Als die Sirenen endlich ertönten, gab's einen hastigen allgemeinen Aufbruch, bei dem keine Gelegenheit zu einem persönlichen Wort zwischen mir und Karlheinz blieb.

Mutter kam noch in mein Zimmer, als ich schon im Bett lag, wie sie es in unsern Kindertagen getan hatte. Sie setzte sich auf den Bettrand und faßte meine Hand, ganz wie früher, wenn Kummer mich bedrückte. Ich lag still auf dem Rücken.

„Du hast recht gehabt“, sagte ich schließlich. „Mit Karlheinz und mir, das wäre sowieso nichts geworden. Erika hat die Entscheidung nur beschleunigt. Irgendwie erleichtert's mich sogar. Und trotzdem bin ich traurig.“

„Das gehört zum Erwachsenwerden“, antwortete Mutter verständnisvoll. „Du hast heute einen großen Schritt nach vorne getan, mein Kind.“

Sie beugte sich vor und küßte mich auf die Stirn.

Am Tag darauf wurden drei Rosensträuße bei uns abgegeben, einer mit rosa Blüten für mich, einer mit weißen für Mutter, einer mit gelben für Erika. In jedem Strauß steckte ein Umschlag. Mutter entnahm dem ihren einen Briefbogen und hielt ihn mir hin, nachdem sie ihn überflogen hatte. Karlheinz bedankte sich noch einmal für Entgegenkommen und Gastfreundschaft und teilte mit, daß er mit seiner Mutter zu seiner Schwester nach Bayern fahren werde. Wahrscheinlich würden sie bis zum Ende seines Urlaubs dort bleiben.

Auf dem Kärtchen, das Karlheinz mir beigelegt hatte, standen nur sechs Worte: „Verzeih mir, und Dank für alles.“

Ich legte das Kärtchen zu seinen Feldpostbriefen und der Karte aus dem Geburtstagsstrauß und trug den Kasten in meinen Verschlag auf dem Speicher.

Was auf Erikas Karte stand, fragte ich nicht und erfuhr ich nie.

Kapitel 4

Es folgten ruhige Wochen, in denen ich mit Schule und Hausaufgaben, mit Training und Wettkämpfen beschäftigt war. Seit meinem Geburtstag brauchte ich nicht mehr zum BdM-Dienst. Früher, mit zehn, elf Jahren, hatte ich die Verpflichtung, zwei Nachmittage der Woche mit den „Jungmädeln" zuzubringen, nicht als lästig empfunden. Wir sangen viel, spielten und tobten im Freien, bastelten oder machten Stegreifspiele. Je älter wir wurden, einen desto breiteren Raum nahmen die sogenannten „Schulungen" ein, in denen wir den Lebenslauf Adolf Hitlers, die Geschichte seiner Partei, der NSDAP, und den Weg Deutschlands zum „Dritten Reich" auswendig lernen mußten. Als ich mit vierzehn Jahren von den „Jungmädeln" zum „Bund deutscher Mädel" übergeleitet wurde, hatte ich das alles reichlich satt. Aber es kam mir nicht in den Sinn zu schwänzen. Ich machte mit, was von mir verlangt wurde: einmal im Monat eine Straßensammlung für das Winterhilfswerk, das unter dem Motto „Niemand soll hungern, niemand soll frieren" die Leute zu Geldspenden aufforderte; und gelegentliche Haussammlungen von Altkleidern, Zeitungen oder Knochen; dazu hier und da Aufmärsche an öffentlichen Feiertagen. Einmal in jeder Woche fand ein sogenannter „Heimabend" statt. Anfänglich besuchte ich ihn noch, wenn auch mit nur mühsam verborgener Langeweile. Es gab in meiner Klasse ein paar begeisterte Anhängerinnen der „Hitlerjugend", aber bis auf eine waren sie alle Führerinnen bei den „Jungmädeln", gestalteten die Heimnachmittage und Wanderfahrten der Jüngeren, bildeten untereinander eine geschlossene Gruppe mit Elitegefühlen und waren dadurch bewußt oder unbewußt der Öde des normalen BdM-Dienstes entgangen.

In der letzten Zeit hatte auch ich einen Ausschlupf gefunden. Seit ich „Gausiegerin" im Tennis geworden war, hatte ich das Privileg, wegen des Trainings von den Heimabenden freigestellt zu sein, aus vollem Herzen genossen. Mit meinem Geburtstag fielen auch die anderen Verpflichtungen weg. Allerdings erwartete man von den Achtzehnjährigen den Eintritt in die „Nationalsozialistische deutsche Arbeiterpartei". Er galt als Voraussetzung für die Zulassung zum Studium. Aber vorläufig zögerte ich diesen Schritt hinaus. Schließlich hatte ich noch ein Schuljahr und anschließend ein Jahr „Reichsarbeitsdienst" vor mir, ehe ich ans Studium denken konnte.

Seit jenem aufregenden Abend mit Erika war ich nicht mehr unbefangen bereit, das, was ich in Schule und BdM anhören mußte, für bare Münze zu nehmen. Ich suchte immer öfter lange Gespräche mit Mutter. Dabei bekam ich zum ersten Mal eine Ahnung davon, daß es Alternativen zu unserem politischen System gegeben hatte und in anderen Ländern gab. Mutter erzählte vom Kaiserreich, in dem sie aufgewachsen war, vom ersten Weltkrieg und der bitteren Nachkriegszeit, von den Jahren, in denen die Weimarer Republik sich als unfähig erwies, mit dem problematischen Erbe, das sie übernommen hatte, fertig zu werden. Das Interesse ebenso wie das Verständnis für diese jüngere Vergangenheit hatte der Geschichtsunterricht in der Schule eher untergraben als gefördert. Was in unseren Schulbüchern stand, entsprach dem, was die Zeitungen uns tagtäglich einzuhämmern versuchten: daß Haß und Neid der Feinde uns den zweiten Weltkrieg aufgezwungen hätten; daß wir kämpfen müßten, weil man uns den angestammten und dringend benötigten Lebensraum streitig machte; daß nur „Der Führer" fähig sei, Deutschland aus Schmach und Schande in eine gute Zukunft zu geleiten; und daß es zu diesem Zweck der Menschen bedurfte, die wie er kein anderes Ziel kannten, als dem Vaterland zu dienen. Immer schon, so behauptete mein Geschichtsbuch, waren zu solchem Idealismus nur die Menschen der hochwertigen Rassen fähig gewesen. Sie hätten deswegen auch das Recht, die Minderwertigen auszuschalten.

Ich hatte darüber weggelesen, bis mir durch Erika vor Augen geführt worden war, wie das Ausschalten vor sich ging, und daß jeder Kritiker als minderwertig eingestuft wurde. Seither bemühte ich mich, die Dinge nicht so hinzunehmen, wie sie dargestellt wurden, sondern nach möglichen anderen Blickweisen und Beurteilungen zu fragen. Aber ich tat es mit äußerster Vorsicht und ließ höchstens in Gesprächen mit Mutter etwas davon verlauten. Nie hätte ich gewagt, es nach außen dringen zu lassen, teils, weil ich mir bewußt war, wie mangelhaft meine Informationen und Kriterien nur sein konnten, teils, weil ich nach jenem Abend mit Erika Angst vor möglichen Folgen hatte.

Erika selber schien übrigens außer Gefahr zu sein. Es waren zwei Briefe von ihr gekommen, in denen der Satz stand: „Wesentlich Neues gibt es nicht zu berichten." Wir hatten ihn als

Geheimnachricht vereinbart. Mutter wirkte seither etwas entspannter.

Ungefähr alle zwei Wochen kam Dieter zu einem Abendbesuch. Bis Großmutter ermüdete, saß er bei ihr und ließ sich von früher erzählen. Ich merkte, wie gut ihr das tat, und schämte mich, bisher so wenig Interesse für ihre Lebensgeschichte aufgebracht zu haben. Dabei war es, wie ich jetzt merkte, eine faszinierende Gelegenheit, aus erster Hand zu erfahren, wie das Leben früher gewesen war, ehe die Entwicklung von Wissenschaft und Industrie alles grundlegend veränderte, ehe es Radio und Telefon, Autos und Flugzeuge gab. Es war fast unvorstellbar, daß man in Großmutters Jugend noch die Räume mit Petroleumlampen erleuchtet hatte, daß man Wasser zum Baden auf dem Kohlenherd erwärmte und in einen Bottich schüttete, statt es aus einem Wasserhahn in die Badewanne laufen zu lassen, und daß man zum Austreten aus dem Haus mußte, um das Holzhäuschen aufzusuchen, in dessen oberem Türteil ein rundes oder auch herzförmiges Licht- und Entlüftungsloch angebracht war. In der Stadt freilich brauchte man nur noch aus der Wohnung ins Treppenhaus zu gehen, wo auf dem Treppenabsatz ein Kabinett mit Wasserspülung eingebaut war.

Großmutter war schon als junge Frau in die Stadt gekommen und hatte in einem dreigeschossigen Haus mit hohen Zimmern und mehreren Balkonen gewohnt. Als Hauspersonal hatten eine Köchin, ein Hausdiener und ein Mädchen zur Verfügung gestanden, auch noch nach dem frühen Tod meines Großvaters. Es war ein harter Schlag gewesen, als der erste Weltkrieg und die anschließende Inflationszeit das Vermögen der Familie zunichte machten. Großmutter vergaß es meinem Vater nie, daß er, damals selbst noch in den beruflichen Anfängen stehend, sie und Tante Elsbeth mit allem Nötigen versorgt und ihnen zu einem neuen Start verholfen hatte. Sie hatten gelernt, das Leben ohne Dienerschaft und reichliche Geldmittel zu bestehen. Tante Elsbeth hatte einen Büroberuf ergriffen, der ihnen im Lauf der Zeit erlaubte, eine kleine hübsche Wohnung zu bezahlen; Großmutter hatte den Haushalt geführt, bis ein Unfall sie vor ein paar Jahren in den Rollstuhl gezwungen hatte. Wieder griff Vater ein und nahm Schwiegermutter und Schwägerin in seine Familie auf.

Finanziell fiel ihm das jetzt leichter als in den zwanziger Jahren, denn nachdem er sich sein Studium erhungert und im Anfang seiner Berufstätigkeit hohe Stipendien zurückgezahlt hatte, waren ihm als gesuchtem Arzt später die Honorare so reichlich zugeflossen, daß wir in die Villa am Stadtrand umziehen und bar aller Geldsorgen leben konnten.

Mit nie hinterfragter Selbstverständlichkeit hatte ich die Annehmlichkeiten genossen, die Vaters Stellung – inzwischen als Universitätsprofessor – uns bot. Sogar der Krieg, der so viele Einschränkungen brachte, hatte uns bisher vergleichsweise wenig beeinträchtigt. Vater war zu alt, um zum Militär eingezogen zu werden; es war ihm allerdings eine Arbeitslast aufgebürdet, von der ich mir lange Zeit keine Vorstellung gemacht hatte. Erst seit ich meine Umgebung mit wacherer Aufmerksamkeit beobachtete, kam mir die Überbeanspruchung zum Bewußtsein, unter der er litt. Früher hatte Mutter ihm bei den Schriftlichkeiten geholfen, aber jetzt kam sie nicht mehr dazu. Unser Hausmädchen hatten wir an eine kinderreiche Familie abgeben müssen; Mutter mußte die Arbeit in dem großen Haus und für eine sechsköpfige Familie allein bewältigen, und das wurde immer schwieriger, weil vieles Benötigte, angefangen von den Wasch- und Putzmitteln, kaum oder nur in geringen Mengen und schlechter Qualität in die Läden kam. Es gab auch so gut wie keinen Nachschub an Gebrauchsgegenständen oder Kleidungsstücken; wo man früher etwas Neues gekauft hätte, mußte nun repariert, geflickt und gestopft werden.

Hier und da versuchte ich Mutter zur Hand zu gehen, aber es war mühsam, weil ich manches nie gelernt hatte und in anderem keine Übung besaß. Viel Zeit konnte ich nicht dafür aufwenden, denn die Schule forderte mich; und auf das Tennisspiel mochte ich nicht verzichten. Trotzdem war ich mehr mit Mutter zusammen als früher, und wir verstanden uns von Tag zu Tag besser. Behutsam half sie mir, mein Verhältnis zu Karlheinz endgültig als das zu verstehen, was es gewesen war: eine erste tastende Verliebtheit.

Ich begriff in diesen Wochen auch, welch tiefen Einschnitt in ihr Leben Großmutters Unfall für Tante Elsbeth bedeutet hatte. Sie mußte ihre geliebte Wohnung aufgeben und in das Haus ihrer Schwester ziehen, wo sie zwar voll als Familienmitglied aufgenommen war, aber die Selbständigkeit ihrer Lebensführung eingebüßt hatte. Außerdem war der Weg zur Arbeit, den sie nun in Kauf nehmen mußte, weit und umständlich und wurde immer beschwerlicher, je mehr der öffentliche Personenverkehr eingeschränkt wurde, weil der Treibstoff für die Omnibusse und schließlich auch die Fahrzeuge selbst fehlten. Mittlerweile blieb es notgedrungen Mutter überlassen, Großmutter morgens aus dem Bett zu helfen, sie zu waschen und anzukleiden und in ihren Rollstuhl zu setzen. Hätte Tante Elsbeth dies tun wollen, ehe sie das Haus verließ, wäre der Tag für Großmutter zu lang geworden.

Vielleicht war es diese zusätzliche Aufgabe, die Mutter bisher davor bewahrt hatte, wie andere Hausfrauen zu besonderen Arbeiten zwangsverpflichtet zu werden. Die Mütter einiger Klassenkameradinnen holten sich regelmäßig bei einer dafür eingerichteten Stelle das Material für Heimarbeit ab, die ihnen zugewiesen worden war und die der Rüstungsindustrie zugute kam. Irmels Mutter mußte bei der alle vier Wochen stattfindenden Lebensmittelkarten-Ausgabe mittun, und Renis Mutter arbeitete halbtags in einem Ressort der Stadtverwaltung, das kriegsbedingt anfallende Sonderaufgaben zu erledigen hatte.

Dadurch wußte Reni früher als wir anderen, daß die Oberklassen der Mädchenoberschulen für den Großteil der Sommerferien und einige Wochen hinterher zum Ernte-Einsatz geschickt werden würden. Reni hatte die Gelegenheit benutzt, um ihre Weichen zu stellen. Als wir kurz vor den Ferien in der Aula unserer Schule zusammengerufen und über die uns bevorstehende Aufgabe informiert wurden, waren Reni und ich die einzigen, die eine gemeinsame Bestimmungsadresse erhielten. Wir wurden nicht wie unsere Schulkameradinnen einem Kleinbauern in einem der umliegenden Dörfer zugeteilt. Auf namentliche Anforderung des Gutsherrn hin hieß unser Einsatzort „Hofgut Hasenheide". Mir war klar, daß es sich nicht um einen Zufall handeln konnte.

„Hat Benno das gedeichselt?" fragte ich Reni.

„Klar war das Bennos Idee. Und ich habe ihm erklärt, daß ich nicht ohne dich käme. Herr Wendland hat nämlich gleich vier

Mädchen angefordert, nachdem Benno ihm erst einmal den Gedanken an Erntehelferinnen schmackhaft gemacht hatte. Die Aussicht, mit drei völlig Unbekannten dort arbeiten zu müssen, gefiel mir gar nicht."

Nachdenklich sah ich sie an. Daß sie mit Benno im Briefwechsel stand, hatte ich gewußt, denn sie hatte unter Hinweis darauf zugestimmt, als ich vorschlug, die Korrespondenz mit Karlheinz nicht fortzusetzen. Eingedenk dessen, was Dieter mir über Benno erzählt und was ich selbst aus dem Gespräch der Brüder belauscht hatte, machte ich mir seither Gedanken um Reni. Ich hoffte für sie, daß die unvermeidliche Enttäuschung nicht zu heftig und zu schmerzlich über sie hereinbrechen würde. Aber bisher schien keine Trübung der Beziehung in Sicht. Ich wunderte mich.

„Bist du mir böse?" fragte Reni. „Du bist so schweigsam."

„Ich bin überrumpelt. Warum hast du mich nicht vorher gefragt, ob es mir recht wäre? Immerhin bin ich ja unmittelbar betroffen."

„Ich dachte, ich täte dir einen Gefallen", sagte Reni geknickt. „Erstens ist es doch angenehm, daß du nicht allein irgendwohin mußt, und zweitens wird Hasenheide dich sicherlich genauso interessieren wie mich, oder etwa nicht?"

Und ob es mich interessierte! Der Gedanke, das schöne Gut nicht nur kennenzulernen, sondern für Wochen dort zu wohnen, elektrisierte mich förmlich. Zum ersten Mal, seit ich ihn kannte, wartete ich ungeduldig auf Dieters nächsten Besuch.

Die Gelegenheit, mit ihm zu sprechen, ergab sich bald. Als ich zwei Tage später vom Training kam, saß er bei Tante Elsbeth und Großmutter im Wohnzimmer. Ich hatte am Vormittag den offiziellen Einberufungsbescheid bekommen. Wortlos reichte ich Dieter das Papier hin.

Er starrte darauf; seine Stirn runzelte sich.

„Dieser Teufelsbraten von Benjamin!" sagte er hart. „Gegen meinen Rat, ja gegen meinen ausdrücklichen Wunsch hat er Vater überredet!"

In seinem Satz steckten gleich mehrere Informationen, die mich aufhorchen ließen.

„Du hast also von dem Plan gewußt?" fragte ich. „Und du warst dagegen? Warum?"

„Ich habe zufällig davon erfahren, als ich mit Mutter telefonierte, und dann habe ich mir Benno gekauft. Er mußte wissen, daß er keinem damit einen Gefallen tun würde: weder Reni, noch Mutter, noch den anderen Mädchen – von dir war übrigens nicht die Rede. Die Arbeit, die bei uns anfällt, ist nichts für Stadtmädchen."

„Und wie und warum hat Benno es trotzdem fertiggebracht, deinen Vater zu überzeugen?"

„Wie? Er kann Vater um den Finger wickeln, wenn er es darauf anlegt. Und warum? Das brauche ich dir doch nicht zu sagen, daß es wegen Reni ist."

„Macht er sich soviel Mühe um einen bloßen Flirt?"

„Oh", sagte Dieter, und zum ersten Mal bei diesem Gespräch hellte sich sein Gesicht auf, „Reni hat ein Kunststück fertiggebracht. Benno ist wie umgewandelt. Er guckt nach keiner andern mehr. Es ist ihm ernst mit Reni."

„Dann ist es doch sinnvoll, daß sie auf diese Weise einmal euer Gut kennenlernt!"

Er seufzte. „Vielleicht hast du recht. Sie muß wissen, auf was sie sich einläßt. Aber du – kannst du nicht einen Antrag stellen, anderswo eingesetzt zu werden?"

Erst war ich verblüfft, dann verärgert.

Doch ehe ich meinem Zorn Luft machen konnte, hatte Großmutter das Wort ergriffen. „Sie reden, als ob Ihr Gutshof ein höchst unerfreulicher Aufenthalt wäre. Das wollen Sie doch nicht ernstlich behaupten?"

„Hasenheide muß ein herrlicher Ort sein!" fiel ich ein. „Ich wollte Dieter eigentlich bitten, mir nochmal die Fotos zu zeigen, die er neulich bei sich hatte."

Sofort griff er in die Tasche seines Uniformrocks und holte das abgenutzte Etui heraus. Offensichtlich war er froh, daß mein Einwurf ihn einer unmittelbaren Antwort enthob.

„Ich habe mein Versprechen, Ihnen die Bilder zu zeigen, nicht vergessen", sagte er zu Großmutter und reichte ihr das Foto des Hauses, das es mir angetan hatte.

Kaum hatte Großmutter einen Blick darauf geworfen, da fuhr es ihr heraus: „Aber das ist doch . . ."

Sie unterbrach sich, hob das Bild an ihre Augen, ließ es für eine Weile sinken und betrachtete es aufs neue. „Ich würde schwören, daß ich das Haus kenne“, sagte sie schließlich. „Ich würde schwören, daß ich als Kind fast zwei Jahre dort verbracht habe. Aber es hieß nicht Hasenheide. Es hieß Gut Buchen.“

„Es hieß einmal Buchen“, bestätigte Dieter. „Gut achtzig Jahre lang war das Anwesen nicht im Besitz der Wendlands. Ein Urahn mußte es verkaufen, weil er durch Mißernten und Unglücksfälle verschuldet war. Der neue Besitzer hieß Buchen und gab dem Gut seinen Namen.“

„Und wie ist es an Ihre Familie zurückgelangt?“ fragte Tante Elsbeth.

„Ich weiß, daß es verkauft wurde“, erklärte Großmutter. „Kurt Buchen und sein Sohn fielen im ersten Weltkrieg. Kurts Schwester Ruth und ihr Mann waren nicht an der Landwirtschaft interessiert und übergaben das Gut einem Makler, damit er es veräußerte.“

„Der Käufer war mein Vater“, sagte Dieter. „Er war aktiver Offizier gewesen und stand bei Kriegsende auf der Straße. Mit dem Vermögen meiner Mutter erwarben sie den ehemaligen Familienbesitz zurück.“

„Sie hatten Glück, daß ihnen das noch vor der Inflation gelang“, bemerkte Tante Elsbeth.

„Mein Vater hatte noch mehr Glück, wenn man es denn Glück nennen will“, fuhr Dieter fort, es klang ironisch. „Es war vereinbart worden, daß die Hälfte des Kaufpreises sofort, die andere in zwanzig Jahren zu zahlen wäre. Das war ein ungewöhnliches Entgegenkommen, über das natürlich ein notariell beglaubigter Vertrag abgeschlossen wurde. Aber Vater hat die zweite Hälfte nie entrichtet. Die Verkäufer waren inzwischen ins Ausland emigriert, und gegen die Ansprüche ihres Rechtsanwalts argumentierte Vater, daß das Land jahrhundertelang im Besitz der Wendlands gewesen und nur durch die Machenschaften eines jüdischen Wucherers in andere, ebenfalls jüdische Hände gekommen sei. Das Gericht schloß sich seiner Beweisführung an.“

„Dann waren die Buchens also Juden?“ fragte ich.

Großmutter nickte.

„Wie denn“, fuhr ich erstaunt fort, „hast du nicht vorhin

gesagt, daß Vater und Sohn im ersten Weltkrieg gefallen sind?"

„So war es", bestätigte Großmutter. „Viele Deutsche jüdischer Abstammung haben damals für ihr Vaterland gekämpft."

„Und wieso redet man jetzt von ihnen als von Volksfeinden?"

„Wenn du wirklich nach Hasenheide gehst, wirst du gut daran tun, keine solchen Fragen zu stellen", sagte Dieter statt einer Antwort. Er wandte sich an Großmutter: „Wie kamen Sie für so lange Zeit auf das Gut?"

„Ich war die Nichte der Gouvernante und ungefähr im gleichen Alter wie die Tochter des Hauses, eben jene Ruth, die den Besitz später verkauft hat. Herr Buchen hielt es für gut, daß sie eine Lern- und Spielgefährtin bekam, weil ihr Bruder in einem Internat war. Ich meinerseits hätte von unserm Forsthaus aus einen schlimmen Schulweg gehabt. So war uns allen damit geholfen, daß ich bei Buchens wohnte und mit Ruth zusammen von meiner Tante unterrichtet wurde."

„Es muß eine gebildete, kultivierte Familie gewesen sein", sagte Dieter. „Die Um- und Anbauten, die sie durchgeführt haben, zeugen von Geschmack und Augenmaß."

„Obwohl ich im Anfang Heimweh hatte, verbrachte ich eine glückliche Zeit auf Buchen." Großmutters Augen schienen vergangene Bilder vor sich zu sehen. „Ruth und ich verstanden uns gut, ich faßte große Zuneigung zu ihren Eltern, und ich liebte das schöne Haus im Wiesental."

Bei ihren letzten Worten hob Großmutter das Foto wieder vor ihre Augen. „Sie haben anscheinend keine wesentlichen Veränderungen daran vorgenommen."

„Gar keine, soviel ich weiß, mit Ausnahme des Namens." Dieters Stimme klang warm, sein Blick haftete liebevoll auf Großmutters Gesicht, das so lebendig wirkte wie selten.

„Ja, der Name!" wiederholte Großmutter. „Wenn der nicht gewesen wäre, hätte ich mich schon früher darüber freuen können, daß mein geliebtes Gut Buchen jetzt Ihre Heimat ist! Warum hat Ihr Vater es umbenannt?"

„Vermutlich soll nichts mehr an das jüdische Zwischenspiel erinnern. So griff er auf den alten Flurnamen zurück."

„Ich finde, ‚Gut Buchen' klingt viel schöner als ‚Hofgut Hasenheide'!" warf ich ein.

„Auch das solltest du besser nicht vor meinem Vater erwähnen.“

„Willst du mir Angst vor ihm machen, damit ich nicht hingehe?“ fragte ich aufsässig.

„Ich will dir zur Vorsicht raten.“

Er sah mich so ernst an, daß es mich erschreckte.

„Deinen Reden nach zu urteilen, muß dein Vater unangenehm sein“, sagte ich zaghaft.

„Ich vermute, daß er ein überzeugter und das heißt intoleranter Nationalsozialist ist“, entgegnete Großmutter an seiner Stelle.

Ehe Dieter antworten konnte, fragte Tante Elsbeth: „Wieso setzt du Überzeugung und Intoleranz gleich?“

„Ich tue das nicht prinzipiell, sondern nur von Fall zu Fall. Es kommt auf den Inhalt der Überzeugung an. Hitlers Ideologie zum Beispiel . . .“

„Was ist Ideologie?“

Großmutter sah auffordernd zu Dieter hin. „Wahrscheinlich können Sie das besser erklären als ich.“

Er dachte kurz nach. „Um es schlicht zu sagen: Ideologie ist so etwas wie eine vorgefaßte Meinung, von der aus man Welt und Menschen beurteilt und nach der man sein Handeln ausrichtet.“

„Beschreibt das nicht bloß, was wir alle immerzu tun?“ wandte Tante Elsbeth ein.

„Der Ton liegt auf ‚vorgefaßt‘. Ideologie ist prinzipiell nicht offen für anderes: nicht für neue oder bessere Einsicht, nicht für abweichende Denkmodelle, nicht einmal für den klaren Erweis des Gegenteils. Sie ist nicht revidierbar durch Erfahrungen.“

„Kurzum – sie ist stur. Willst du das damit ausdrücken?“ vergewisserte ich mich.

„Sie ist noch schlimmer als stur. Sie ist so in sich geschlossen, daß sie gefährlich ist. Wer sie nicht teilt, ist ein Feind. Er wird abgelehnt, mundtot gemacht oder gar beseitigt. Der sowjetische Kommunismus ist ein Musterbeispiel dafür.“

„Aber den bekämpft Hitler doch gerade!“

„Natürlich – Ideologie gegen Ideologie! Das liegt in der Logik ihres Charakters. Nur nennt Hitler die seine nicht Ideologie, sondern Weltanschauung. Damit werden die gemeinsamen

Strukturen verschleiert. Inhaltlich sind die Unterschiede allerdings beachtlich."

„Haben nicht beide den Sozialismus auf ihre Fahnen geschrieben?" fragte Tante Elsbeth.

„Auf den Fahnen steht er, ein handliches Aushängeschild, so trügerisch wie die meisten aus bisherigen Traditionen übernommenen Vokabeln im Mund der neuen Apostel. Den Kommunismus wollen wir jetzt mal aus dem Blick lassen. Bleiben wir bei der NSDAP. Weder ist sie eine sozialistische, noch ist sie eine Arbeiterpartei. Ja, genau genommen ist sie überhaupt keine Partei. Partei stellt eben vom Wortsinn her nicht das Ganze dar, sondern nur einen Teil. Und mit der Vertretung der Arbeiter begnügt die NSDAP sich längst nicht mehr, wenn sie es denn je getan hat. Sie erhebt vielmehr den Anspruch, das ganze Volk zu vertreten. Abgesehen davon widerspricht das Führerprinzip der sozialistischen Idee, genauso wie die Unterscheidung zwischen würdigen und unwürdigen Menschengruppen."

„Und darauf wollte ich vorhin hinaus", schaltete sich Großmutter ein. „Wo die nationalsozialistische Überzeugung angenommen wird, führt das zur Intoleranz, weil der Herrenrasse nicht nur das Recht, sondern die Pflicht zugesprochen wird, die andern zu unterwerfen. Da werden dann die slawischen Völker mit Krieg überzogen, und die Juden werden um ihr Hab und Gut gebracht, verprügelt und vertrieben."

„Deshalb schäme ich mich für meinen Vater", sagte Dieter bitter. „Und ich schäme mich für mich selber, daß ich ihm so lange kritiklos gegenüberstand. Ihm – und dem, was er repräsentiert. Er gehörte früh zu den Wählern Hitlers, aber ich habe erst vor kurzem gemerkt, wie seine Einstellung ihn bis in seinen Charakter hinein verändert hat. Er hängt der Doktrin vom Herrenmenschen an. Ich denke, sie ist für ihn – und für seine Genossen – ein Freibrief für Egoismus."

„Aber das widerspräche doch dem Leitsatz: ‚Du bist nichts, dein Volk ist alles', den wir als nationalsozialistisches Motto gelernt haben!" warf ich ein.

„Wenn du dich mit deinem Volk identifizierst und dein Volk ein Herrenvolk ist, bist du auf raffinierte Weise wieder da, wo du alle Rechte beanspruchen kannst", erläuterte Dieter.

„Ich habe das völlig anders verstanden. Ich habe immer gedacht, wenn um Deutschlands willen Opfer von mir gefordert werden, so wie jetzt im Krieg, dann müßte ich das akzeptieren, weil Gemeinwohl vor Eigennutz geht."

„Es ist hochinteressant, daß du das Motto, wie du es nennst, mit einem traditionellen Sprichwort interpretierst. Damit zeigst du, daß du genau wie viele andere auf einen der Tricks unsrer Propagandisten hereingefallen bist. Die wählen nämlich ihre Worte so, daß sie an die alten Werte und Inhalte anklingen und in diesem Sinn gutgläubig übernommen werden, während sie doch etwas ganz anderes meinen. Überleg dir nur mal die Brutalität der Aussage: ‚Du bist nichts.' Ganz unbewußt weigerst du dich, das wörtlich zu nehmen, und deswegen interpretierst du es um, ohne es zu merken. Natürlich bleibt es trotzdem tief in dir drin nicht ohne Wirkung."

„Wenn sich doch nur viel mehr Menschen so gründliche und klare Gedanken machen würden wie Sie!" sagte Großmutter anerkennend. „Haben Sie sie nie vor Ihrem Vater ausgebreitet?"

„Unser Verhältnis ist nicht mehr von der Art", antwortete Dieter hart. „Er glaubt inzwischen, über allem zu stehen, was früher einmal galt, auch über der Moral und dem Recht."

„Wie äußert sich das?" erkundigte sich Großmutter mit ihrer sanften alten Stimme. Ich fand die Frage zudringlich, aber Dieter hob den Kopf und sah erst sie, dann Tante Elsbeth an, ehe er den Blick auf mich heftete.

„Wenn du tatsächlich nach Hasenheide gehst, ist es besser, daß du Bescheid weißt. Erika hat ja allem Anschein nach nichts von ihrem Besuch bei uns erzählt?"

Ich schüttelte stumm den Kopf.

„Welche Gründe sie dafür auch gehabt haben mag, bisher war ich ihr dankbar dafür. Man sieht nicht gern an die große Glocke gehängt, daß der eigene Vater keine Frau in Ruhe lassen kann, die sich von seinem Charme nicht gänzlich unbeeindruckt zeigt."

„Ich glaube, Dieter, du bist verbittert und übertreibst dadurch."

„In unserm Dorf pfeifen es die Spatzen von den Dächern, daß er im nächsten Ort eine Freundin hatte, die er regelmäßig besuchte. Das scheint mittlerweile zu Ende zu sein. Jetzt geht die Rede, daß eine polnische Zwangsarbeiterin sein Interesse gefunden hat. Ich glaube es zwar nicht, halte es jedoch für bezeichnend, daß man ihm das zutraut."

In Dieters Blick lagen Zorn und Schmerz zugleich.

„Aber das ginge doch gegen seine eigene Doktrin vom slawischen Untermenschen!" protestierte Tante Elsbeth. „Außerdem ist es verboten, sich mit Kriegsgefangenen oder Zwangsarbeitern einzulassen."

Dieter lachte bitter auf. „Das gilt bezeichnenderweise vor allem für Frauen."

„Wieso bezeichnenderweise?" fragte ich.

„Weil es zeigt, wie der Nationalsozialismus die Frauen einschätzt. Ein Mann, der eine minderrassige Frau ins Bett nimmt, behauptet sein Herrenrecht; eine Frau dagegen zieht sich Schande zu, wenn sie sich an einen minderrassigen Mann wegwirft. Hitler hat eine Ideologie für Männer erfunden, das wird nur mit Mutterkreuzverleihungen kaschiert."

„Denken Sie in der Tat, daß die Haltung Ihres Vaters Frauen gegenüber mit seiner nationalsozialistischen Einstellung zu tun hat?" wollte Großmutter wissen.

„Ich denke, sie hat damit zu tun, daß er die bisher geltenden Normen abgeschüttelt hat. Er betrachtet sie als überholt, als nicht mehr in eine Zeit passend, die ‚vom Atem des Neuen durchweht' wird. Und wenn man entschlossen ist – vielleicht im guten Glauben – sich von den Schranken freizumachen, die Kultur und Ethik unserer Natur auferlegen, dann bricht der Damm vor allen Dingen an den Stellen, wo er uns am schmerzhaftesten eingeengt hat. Es ist eigentlich nichts anderes als auf anderem Gebiet die Entfesselung der Haßgefühle, die viele ‚brave Bürger' zu Judenpogromen getrieben hat, oder als die Freisetzung der Brutalität bei den Aufsehern in den Konzentrationslagern ..."

„Konzentrationslager – was ist das denn nun wieder?" unterbrach ich ihn.

„Das sind die Orte, wo du hinkommst, wenn du dich politisch mißliebig gemacht hast, und vor denen wir alle Angst haben, so daß wir schlucken und schweigen, statt den Mund aufzutun."

Ich mußte an Erika denken. „Seltsam", sagte ich, „ich bin in diesem Staat achtzehn geworden, ohne eine Ahnung von dem allen zu haben, und ich möchte wetten, so geht es den meisten, die ich kenne."

„Auch das gehört zur Taktik der Führung. Wer gutgläubig mitmarschiert, lernt nur die glänzende Fassade kennen und gibt sich damit zufrieden."

„Teilt Ihre Mutter die politischen Ansichten Ihres Vaters?" erkundigte sich Tante Elsbeth.

„Sie leidet unter ihnen, in jeder Hinsicht. Aber sie ist nicht der Mensch, sich deswegen von ihm loszusagen. Auf ihre stille Weise versucht sie gegenzusteuern, immer in der Hoffnung, eines Tages werde er zur Einsicht kommen. Ich teile diese Hoffnung nicht", fügte er schmerzlich an.

Schweigen breitete sich aus. Schließlich begann Großmutter wieder zu sprechen.

„Sie haben uns einen Beweis großen Vertrauens gegeben", versicherte sie warm. „Nehmen Sie's mir nicht übel, daß ich mich immer noch freue, weil Monika gerade in Buchen zur Erntehilfe eingesetzt wird."

„In Hasenheide, Großmutter", verbesserte ich. Dann schaute ich Dieter an und fügte hinzu: „Ich freue mich auch."

Kapitel 5

Wir konnten es kaum erwarten, nach Hasenheide zu kommen. Benno hatte an Reni geschrieben und ihr die Namen der beiden anderen Erntehelferinnen genannt. Sie hießen Wanda Buchanoff und Ruthild Rullmann und wohnten in der dem Gut nächstgelegenen Kleinstadt.

Wir trafen sie am Bahnhof ihres Heimatortes, bis zu dem wir mit dem Zug gekommen waren. Sie standen mit ihren Koffern schon bei der Normaluhr, wo wir auf die Kutsche aus Hasenheide warten sollten.

Wanda war ein auffallendes Mädchen, groß, schlank und dunkelblond mit leuchtend blauen Augen und slawischem Gesichtsschnitt, Ruthild war stämmig und alles in allem eher unscheinbar.

Sie kannten Benno von der Schule her, wenn auch nicht sehr gut, denn er besuchte eine Parallel-Klasse, in der nur Jungen waren, die, wie Wanda bemerkte, ungerechterweise nicht zur Erntehilfe mußten.

Ruthild warf ein, es sei ja wohl noch ungerechter, daß sie dafür direkt nach dem Abitur eingezogen würden.

Wanda legte ihr den Arm um die Schultern und drückte sie freundschaftlich, während sie uns erklärte, so sei Ruthild eben, ungeheuer besonnen und vernünftig und in jeder Hinsicht ein Schatz.

Die Ankunft eines Leiterwagens unterbrach das Gespräch. Ein mürrischer alter Mann stieg vom Bock und fragte, ob wir die Schulmädchen für Hasenheide seien. Er habe Auftrag, uns abzuholen.

„Mit diesem Wagen?“ fragte Wanda zweifelnd.

Der Alte hob die Schultern und brummte kurz, die Kutsche sei in Reparatur.

Stumm sahen wir uns an. Ich hätte gern gewußt, was Reni in diesem Augenblick dachte.

Ruthild rührte sich als erste. „Helft mir hinauf!“ verlangte sie. „Dann könnt ihr mir die Koffer zureichen, eh ihr aufsteigt.“

Kaum waren wir oben, setzte der Wagen sich schon in Bewegung. Wir wurden gründlich durchgeschüttelt, erst auf dem Kopfsteinpflaster der kleinen Stadt, später, nach einem ruhigen Stück auf einer Fahrstraße, auf dem holprigen Feldweg, in den wir einbogen.

Trotzdem genoß ich die Fahrt. Es ging durch eine hügelige Landschaft mit Wiesen und Feldern, über die einzelne Bäume ihre Schatten warfen. Gelegentlich trat der uns in einiger Entfernung begleitende Wald näher heran, einmal rückte er bis zu den Wegrändern vor. Als der Hohlweg sich wieder öffnete, sahen wir Hasenheide vor uns liegen.

Wir befanden uns auf einer Hügelkuppe, deren abfallende Flanke mit Heidekraut und Wacholderbüschen bewachsen war. Wo sie in den Talgrund auslief, ging der Bewuchs in Wiesenland über. Ein Bachlauf blitzte unten im Sonnenlicht. Auf der anderen Seite stieg der Hang wieder an, bedeckt von einer Parklandschaft aus Rasen und Baumgruppen, zu denen auch Tannen gehörten.

Auf der breiten Talsohle lagen am Fuß des jenseitigen Hügels die Gutsgebäude. Ich sah die Front des weißen Haupthauses und konnte kurz auch die sich nach hinten anschließenden Seitenflügel erkennen. Dann wuchs das Haupthaus immer höher vor uns auf, je tiefer wir hinabfuhren. Der Fahrweg überquerte den Bach auf einer alten Steinbrücke und beschrieb einen Bogen, um sich von der Seite her der Durchfahrt zum Wirtschaftshof zu nähern. Das massige Tor stand offen, so daß wir ohne anzuhalten hineinfahren konnten.

„Absteigen!" knurrte der Alte und überließ es uns, die Koffer vom Wagen zu schaffen. Dann wendete er und fuhr wortlos davon.

Alleingelassen, standen wir eine Weile wartend herum.

„Toller Empfang hier!" bemerkte Wanda schließlich. „Sie scheinen nicht viel Wert auf uns zu legen."

In diesem Augenblick trat eine Frau aus der Tür des nächstgelegenen Hauses und kam auf uns zu. Nach kurzem Zweifel sagte ich mir, das müsse Edith sein, wiewohl sie wenig Ähnlichkeit mit dem Bild aufwies, das ich von ihr kannte. Sie war schwanger und hatte einen guten Teil ihrer bezwingenden Ausstrahlung verloren.

„Da seid ihr ja", sagte sie. „Ich habe gerade dafür gesorgt, daß Bettzeug in eurer Kammer ist. Ihr könnt gleich hinaufgehen und alles fertigmachen."

Es war keine Freundlichkeit in ihrem Ton.

„Worauf wartet ihr?" fuhr sie ungeduldig fort. „Die zwei Dachkammern sind für euch."

Sie wandte sich zum Gehen, aber Wandas Stimme hielt sie fest: „Was sollen wir danach tun? Gleich auf dem Feld arbeiten?"

Edith drehte sich zu uns um und musterte Wanda von Kopf bis Fuß.

„Bist du Reni?“ fragte sie schließlich.

„Ich bin Wanda Buchanoff. Und wer bist du?“

Edith stieg die Röte ins Gesicht. „Für euch immer noch Frau Wendland.“

„Ach“, sagte Wanda unschuldig, „ich dachte, das Du wäre hier allgemein üblich.“

„Nicht der Gutsherrschaft gegenüber“, war Ediths schneidende Antwort.

„Aber zu Gästen sagt ihr du?“ erkundigte sich Wanda.

„Ihr seid unsre Angestellten!“ stieß Edith ärgerlich hervor.

„Wirklich? Ich wußte gar nicht, daß wir Entgelt zu erwarten haben“, entgegnete Wanda mit hochgezogenen Augenbrauen. „Unser Direx erzählte uns, wir würden zu einem Ehrendienst verpflichtet – im Rahmen der einen großen schicksalsverschworenen Volksgemeinschaft, wie er es ausdrückte.“

Sie machte eine Pause, als ob sie nachdenke, und fuhr dann fort: „Das würde freilich das Du erklären, aber doch wohl nur auf Gegenseitigkeit, nicht wahr?“

Die beiden maßen sich mit den Blicken, Edith offensichtlich wütend, Wanda mit einem Lachen in den Augen.

Plötzlich hob Edith die Schultern. „Ich habe mehr und besseres zu tun als hier herumzustehen“, sagte sie, drehte uns den Rücken zu und ging davon.

„Eins zu null für uns!“ triumphierte Wanda. Sie nahm ihren Koffer auf.

Auch wir ergriffen unser Gepäck und betraten das kleine Haus, das sich in ein von Mauer, Buchsbaumhecke und Gemüsegarten umschlossenes, zum Hof hin offenes Viereck schmiegte. Wir stiegen über eine schmale Holztreppe mit halsbrecherisch hohen Stufen hinauf unters Dach.

Oben standen wir in einer engen Diele, von der zwei Türen abgingen. Wanda öffnete die eine und blieb auf der Schwelle stehen.

„Da kriegt man ja die Platzangst!“ stieß sie hervor.

Vergebens versuchten wir an ihr vorbeizublicken. Erst als sie in die Diele zurücktrat, konnten wir den winzigen Raum mit den schrägen Wänden sehen. Ein Bett, ein Stuhl, eine schmale Kommode mit einer Waschschüssel darauf, das war das Inventar, und mehr wäre auch nicht unterzubringen gewesen.

„Ob hier zwei von uns schlafen sollen?“ fragte Ruthild entgeistert.

Wanda hatte inzwischen die andere Tür geöffnet. Der Raum dahinter war wesentlich größer, aber da neben einem breiten Schrank, einer Kommode mit Waschgeschirr, einem runden Tisch mit vier Stühlen auch noch drei Betten darin standen, wirkte er eng und ungemütlich.

„Welch ein Königreich“, witzelte Wanda, „gemessen an dem Käfig da drüben! Wahrscheinlich müssen wir losen, wer von uns in den Einzel-Verschlag einzieht.“

„Oder wir wechseln jede Woche mal“, schlug Ruthild vor.

Zu meiner Verwunderung sagte Reni: „Mir macht's nichts aus, drüben zu schlafen, wenn ich hier meine Kleider in den Schrank hängen und in der Freizeit bei euch sein kann.“

„Freizeit!“ höhnte Wanda. „Allmählich beginne ich zu glauben, daß sowas auf Hasenheide nicht vorgesehen ist.“

„Hast du eine Gästesuite im Herrenhaus erwartet?“ fragte Ruthild. Sie war an den Tisch getreten und hatte aus dem Stapel der rotweiß karierten Bettwäsche, der dort lag, einen Kopfkissenbezug genommen.

„Packt lieber mal an!“ forderte sie uns auf. „Wenn die Betten erst bezogen sind, wird es sofort anheimelnder aussehen.“

„Sagtest du anheimelnd?“ fragte Wanda, aber sie ergriff eine Federdecke und machte sich ebenfalls ans Werk.

„Ich gehe rüber“, verkündete Reni und verschwand mit ihrem Bettzeug auf dem Arm.

Ich begann, die Laken über die Matratzen zu ziehen. Eine Weile arbeiteten wir schweigend, dann nahm Wanda wieder das Wort.

„Was ich wohl wissen möchte“, sagte sie plötzlich, „wieso wurde ich für Reni gehalten?“

„Es wird bekannt sein, daß Herr Wendland Reni namentlich angefordert hat“, erklärte ich. „Deswegen wohl die Vermutung, Reni wäre unsre Wortführerin.“

„Wo Wanda in der Nähe ist, kann es keine andere Wortführerin geben“, warf Ruthild ein.

„Warum hat Herr Wendland das getan?“ fragte Wanda, ohne auf die Bemerkung ihrer Freundin zu achten.

„Auf Bennos Wunsch hin. Seiner Überredungskunst verdanken wir unseren Einsatz hier. Freilich sind wir drei nur die Zugabe zu Reni."

„Benno und Reni – schau an!" staunte Ruthild. „Geht das tiefer? Bisher genoß er den Ruf, nichts ernst zu nehmen." Sie brach ab, denn Reni kam wieder in die Kammer und begann, ihre Kleider aus dem Koffer zu nehmen und in den Schrank zu hängen. Auch Wanda kniete sich vor ihrem Gepäck auf den Boden.

Auf der Treppe ertönten eilige Schritte, und Benno trat ein.

„Hallo, ihr vier!" begrüßte er uns. „Willkommen auf Hasenheide!"

Er streckte Ruthild die Hand hin. „Wir kennen uns ja schon, wenn auch nur flüchtig. Ich hoffe, daß ihr euch hier wohl fühlen werdet."

„Naja ...", sagte Wanda.

Benno wandte sich ihr zu. „Das klingt aber skeptisch!" Dann sah er sich in der Kammer um und erklärte rasch: „Ich muß mich für eure Unterbringung entschuldigen. Ich hatte an Dieters ehemaliges Zimmer im Haupthaus gedacht, es ist hell und geräumig, wir benutzten es im letzten Jahr für unsere Gäste. Aber nun hat meine Schwägerin es mit Beschlag belegt und ist nicht bereit, darauf zu verzichten."

Er tat einen Schritt auf mich zu. „Nett, dich hier zu haben, Monika, auch wenn Dieter mir deswegen gehörig den Kopf gewaschen hat. Reni machte es zur Bedingung ihres Kommens, daß du mit angefordert würdest; was blieb mir da übrig, als meinem Bruder die Stirn zu bieten?"

Er enthob mich einer Antwort, indem er sich Reni zuwandte. „Willkommen auf Hasenheide!" sagte er zum zweitenmal heute, aber in einem Tonfall, der nichts von der belanglosen Freundlichkeit seiner ersten Begrüßung hatte.

„War die Kutsche pünktlich?" erkundigte er sich dann.

„Kutsche? Wir sind mit dem Leiterwagen gekommen", klärte Wanda ihn auf, sich auf die Hacken setzend und ihn von unten her anschauend.

Sein Gesicht verdüsterte sich.

„Meine Schwägerin hatte Auftrag, euch in Empfang zu nehmen. Hat sie sich nicht um euch gekümmert?"

„O doch! Sie hat uns mitgeteilt, daß sie uns als eure Angestellten betrachtet."

Benno wurde rot. „Ihr seht mich beschämt", entschuldigte er sich verlegen.

„Wir haben nicht erwartet, als Gäste angesehen zu werden", tröstete Ruthild.

„Aber mit einer besseren Behandlung hätte ich schon gerechnet", fiel ihr Wanda ins Wort. „Ich bin nicht gewohnt, ohne weiteres geduzt zu werden; und ein ‚Guten Tag' zur Begrüßung hätte selbst der Gutsherrin keinen Zacken aus der Krone gebrochen." Sie stand vom Boden auf.

„Laß mich klarsehen", bat Benno. „Du redest von meiner Schwägerin, oder?"

„Von wem sonst?"

„Die Gutsherrin", sagte Benno, „das wollen wir sofort und ein für allemal klarstellen, ist immer noch meine Mutter, auch wenn sie sich nicht gern so nennen läßt. Sie ist die einzige, die euch gegenüber das Sagen hat. Und sie bittet euch jetzt, mit mir ins Haupthaus zu kommen."

Er sah uns der Reihe nach an. „Wenn wir bei eurer Ankunft hier gewesen wären, hättet ihr einen anderen Empfang gehabt. Aber wir konnten's beim besten Willen nicht einrichten."

Er führte uns um den Gemüsegarten herum und durch ein Törchen in der Buchsbaumhecke, die über die gesamte Breite des Anwesens den Wirtschaftsteil des Gutshofes vom Haupthaus und dem parkähnlichen Garten trennte. Vor uns ragten Baumgruppen auf, die einen Teich zur Hälfte überschatteten. Ich spähte nach dem Gartenhaus aus, das Dieter den „Seetempel" genannt hatte, konnte es aber nicht entdecken. Es mußte sehr versteckt liegen. Der Weg bog um den Weiher herum und führte an einer Staudenrabatte entlang auf die Rückwand des Haupthauses zwischen den Seitenflügeln zu. Wir folgten Benno die Stufen zu einer Terrasse hinauf und durch die offenstehende Fenstertür in eine sonnendurchflutete Halle. Hier bat er uns um einen Augenblick Geduld, weil er seiner Mutter Bescheid sagen wolle. Er deutete auf die schweren Ledersessel, die sich um den Kamin zu unserer Rechten gruppierten, und verschwand durch die Schiebetür in der gegenüberliegenden Wand.

Wir waren stehengeblieben und schauten uns um. Die Halle, von quadratischem Grundriß, lag offenbar genau in der Mitte des Querbaus und nahm seine ganze Breite ein. Die Flügeltür, durch die wir hereingekommen waren, befand sich dem Haupteingang gegenüber. Vier Fenster, zwei in jeder Außenwand, standen weit offen und ließen neben dem Licht auch den Duft des Sommers herein. Außer der Sitzgruppe gab es als Möbelstücke nur eine mit Schnitzwerk verzierte riesige Truhe und eine Schubladenkommode im gleichen Stil. Die Schiebetür, durch die Benno uns verlassen hatte, war von zwei hohen Schränken flankiert. Unter einem der Fenster an der Vorderfront stand eine bauchige Bodenvase voller Sonnenblumen.

Ich wandte mich um und trat auf die weiträumige Terrasse hinaus, durch die wir hereingekommen waren. Hinter den niedrigen Steinstufen, die fast über ihre gesamte Breite gingen, fiel das rasenbedeckte Gelände zum Weiher hin sacht ab, es leuchtete in sattem Grün. Auch von hier aus war der Seetempel nicht zu entdecken.

Reni rief leise nach mir, und ich kehrte rasch in die Halle zurück, gerade rechtzeitig, um Benno und seine Mutter eintreten zu sehen. Er hatte den Arm um ihre Schultern gelegt. Es wirkte liebevoll und war zugleich eine Beschützergeste, nicht unbedingt dazu angetan, Frau Wendland als Respektsperson erscheinen zu lassen, zumal nichts in ihrer Erscheinung sie als Herrin eines so großartigen Besitzes auswies. Sie war noch kleiner, als ich sie mir vom Bild her vorgestellt hatte, und kleidete sich mit einem einfachen dunklen Hauskleid betont schlicht.

„Ihr habt euch ja gar nicht gesetzt!" sagte Benno vorwurfsvoll.

„Ja, nehmen Sie doch bitte Platz", ergänzte Frau Wendland, und ich staunte über die Veränderung, die beim Sprechen an ihr vorging. Der freundliche Blick, den sie auf uns richtete, gab ihrem Gesicht Leben, und die dunkle Stimme war voll ruhiger Autorität. Ich begriff, daß diese Autorität nicht aus ihrer Stellung als Gutsherrin, sondern aus ihrem Wesen floß, und ich mochte sie auf Anhieb.

Da sie sich in einem Sessel niederließ, folgten wir ihrem Beispiel. Benno blieb hinter ihr stehen und stellte uns vor. Den andern schien es mit Frau Wendland ähnlich zu gehen wie mir. Als sie uns anlächelte und fragte: „Darf ich Sie mit Ihren Vornamen anreden? Es erleichtert so vieles“, nickten wir, und Wanda fügte hinzu: „Selbstverständlich.“

„Mein Mann und meine Söhne haben zusammen überlegt, wie wir Sie am besten in unserm Betrieb einsetzen. Dieter, der Mediziner, war dagegen, daß Sie beim Einfahren der Garben und beim Zureichen an der Dreschmaschine beschäftigt werden; er hält das für zu schwere Arbeit, wenn man nicht daran gewöhnt ist. Aber wir können unsere Mägde aufs Feld und auf die Tenne schicken, die verstehen sich darauf. Dann bleiben Ihnen Haus und Garten zur Versorgung überlassen“, erklärte Frau Wendland. „Es ist genug zu tun. Einiges setzt freilich Kenntnis und Können voraus. Dieter meinte, bis ich Sie angelernt hätte, wäre Ihre Zeit um, so daß Sie keine große Entlastung bedeuten würden. Aber ich denke, da war er überbesorgt.“ Sie lächelte. „Er neigt dazu, sich zu viele Gedanken um mich zu machen, vor allem, seit sein Zwillingsbruder tot ist.“

Ihr Gesicht überschattete sich.

„Eine gewisse Schwierigkeit sehe ich für Sie im Verhalten meiner Schwiegertochter“, fuhr sie fort. „Benjamin sagt mir, sie sei unfreundlich zu Ihnen gewesen. Nehmen Sie es sich bitte nicht zu Herzen. Wir leiden alle unter ihrer Unausgeglichenheit, die man sich wohl daraus erklären muß, daß ihr Kind nach dem Tod ihres Mannes zur Welt kommen wird. Das ist nicht leicht für sie, zumal sie Schwierigkeiten mit der Schwangerschaft hat. Der Arzt befürchtet eine Frühgeburt. Vielleicht wird Edith bald zum Liegen kommen und vorzeitig eine Entbindungsklinik aufsuchen müssen, wo sie unter ärztlicher Kontrolle ist.“

Ich nahm diese Erklärung als trostreichen Hinweis darauf, daß Edith für eine Weile aus dem Weg sein werde.

Frau Wendland sah Benno an, und wieder kam ein Lächeln in ihre Augen. „Mit Benjamin werden Sie sich gewiß verstehen. Er hat es übernommen, Sie zunächst einmal mit Hasenheide bekannt zu machen. Aber vorher lassen Sie mich rasch erklären, wozu Sie gebraucht werden, nämlich erstens für Putz- und Wascharbeiten, zweitens für Hilfe in der Küche, drittens für die Pflege des Gemüsegartens, des Hühnerhofs und der Blumenbeete, und viertens für Aushilfen da, wo gerade besonderer Bedarf ist, etwa beim Einmachen."

„Das scheint mir die vielseitigste Aufgabe zu sein", bemerkte Wanda rasch.

„Möglich", gab Frau Wendland zu. Sie sah Wanda prüfend an. „Es ist aber auch der Bereich, in dem man am wenigsten selbständig gefordert ist."

„Wahrscheinlich muß ich das übernehmen", erklärte ich kläglich. „Ich habe noch nie in der Waschküche gestanden, ich kann nicht kochen, und ich verstehe auch nichts von Gartenarbeit."

„Anlernung werden wir alle brauchen", sagte Ruthild ruhig. „Ich bin zwar Gärtnerin aus Liebe, aber ob das ausreicht? Außerdem habe ich noch nie mit Hühnern zu tun gehabt."

„Und ich bin zu Hause unsere Köchin", fiel Reni ein. „Da wir aber nur zu zweit sind, Mutti und ich, und hier sicher für sehr viele Personen gesorgt werden muß, bezweifle ich, daß ich allein in der Küche zurechtkäme."

„So ist es auch nicht gemeint", beruhigte uns Frau Wendland. „Ich bin ja da und sage, was zu tun ist."

Benno stand auf. „Ich werde euch jetzt herumführen", erklärte er. „Wenn ihr Haus und Garten gesehen und Zeit zum Bedenken und Bereden gehabt habt, können wir heute abend gemeinsam entscheiden, wie die Arbeitsverteilung aussehen soll."

Wir folgten ihm durch die Tür an der Kaminwand und kamen in ein Treppenhaus, durch das wir in den ersten Stock gelangten. Eine wesentlich schmalere Stiege führte noch höher hinauf. Benno schlug vor, daß wir uns den weiteren Aufstieg sparen würden, oben seien nur Bodenräume und Dieters zur Zeit nicht benutztes Reich. Er stieß die nächstgelegene Tür auf. Wir befanden uns offenbar genau über der Halle in einem Raum mit den gleichen Ausmaßen.

Ein schöner alter Schrank, eine dazu passende Kommode, ein runder Tisch mit sechs Stühlen und eine Sesselgruppe zeigten die Spuren langjähriger Benutzung und ließen gerade deswegen den Raum anheimelnd wirken. Wie unten in der Halle stand eine gläserne Flügeltür zur Gartenseite hin offen. Es handelte sich um das Wohnzimmer der Familie, wie Benno erklärte, ehe er uns auf den Balkon führte.

Über die mit leuchtend roten Geranien bepflanzten Blumenkästen hinweg zeigte er nach rechts und links.

„Ihr seht die zweistöckige fensterreiche Galerie an beiden Flügeln des Gebäudes. Von ihr aus hat man Zugang zu den einzelnen Zimmern, sowohl hier oben wie auch unten. Die zwei Räume links vom Wohnzimmer gehörten früher meinen Zwillingsbrüdern. Jetzt hat meine Schwägerin sie in Benutzung, einschließlich des Badezimmers am Ende des Seitenflügels. Sie hält sie selber in Ordnung, ihr braucht bei ihr also nicht sauberzumachen."

„Was an mir liegt, werde ich mich dort nicht blicken lassen", bemerkte Wanda mit Nachdruck.

„Im Erdgeschoß unter Ediths Zimmern hat Vater seine Räume", fuhr Benno fort, „nämlich sein Büro mit Schreibmaschine, Wirtschaftsbüchern und Akten, und daneben die Bibliothek, die er als Rauchzimmer und für seine Herrenabende mit Jagdfreunden oder für Treffen mit Parteigenossen braucht. Es wäre gut", sagte Benno betont, „wenn nur diejenige von euch, die das Putzen übernimmt, Vaters Zimmer beträte."

„Ich wüßte nicht, was mich an Wirtschaftsbüchern, Akten und alten Männern reizen sollte", war Wandas unvermeidlicher Kommentar.

„Der hinterste Raum, unter dem Bad, ist unterteilt in eine Toilette und eine auch von außen zugängliche kleine Diele, die wir zur Unterbringung von Arbeitsgarderobe und -schuhen und als Abstellraum verwenden", nahm Benno seine Erläuterungen wieder auf. Er wandte sich zu der rechts vom Balkon gelegenen Seite. „Das Haus ist spiegelbildlich gebaut. Die Zimmer im oberen Stockwerk werden von meinen Eltern und mir genutzt. Im Erdgeschoß befinden sich Eßzimmer und Küche."

Er deutete über den Garten und die Buchsbaumhecke hinweg nach dort, wo wir hinter Baumkronen ein Stück roten Ziegeldachs sehen konnten. „Die Gesindehäuser liegen im Wirtschaftshof. Ihr seid im Mägdehaus untergebracht – leider!"

„Ich finde das angenehm", sagte Ruthild. „Hier in den Familienräumen würde ich mich unfrei fühlen."

Innerlich gab ich ihr recht.

„Am besten gehen wir zur weiteren Orientierung nach

drüben", fuhr Benno fort. Diesmal machte er uns im Vorbeigehen auf das versteckt liegende Gartenhaus aufmerksam.

„Edith hat sich dort breitgemacht", erklärte er kurz. „Wenn ich das richtig mitgekriegt habe, sitzt sie nachmittags hier und strickt Babyjäckchen. Ich kann beim besten Willen nicht einsehen, wieso das nicht auch anderswo geht."

„Weißt du, Benno", sagte Reni stehenbleibend, „du hast mir zwar dein Zuhause geschildert, aber so habe ich es mir nicht vorgestellt. Ich bin ganz erschlagen." Sie wandte sich an uns: „Geht es euch anders?"

Ich schwieg. Wie hätte ich erklären können, daß Hasenheide zugleich fremd und seltsam vertraut für mich war? Wie hätte ich die Faszination beschreiben sollen, die mich damals bei Dieters Bericht gepackt hatte, und die mir jetzt das Herz bis zum Hals schlagen ließ?

„Wir werden uns eingewöhnen", sagte Ruthild ruhig. „Das Haus ist groß, aber übersichtlich, und im Park brauchen wir uns nur an den Rundweg zu halten."

Wir gingen am Gemüsegarten vorbei zu dem freien Platz in der Mitte des Hofes. Linker Hand öffnete sich die Toreinfahrt, flankiert von großen Scheunen. „Das Gebäude im Mauerwinkel ist das Gerätehaus mit dem Milchkeller; an der hinteren Mauerwand ziehen sich die Stallungen hin, neben der Dunggrube der Schweinestall, dann der Pferdestall, die Kuhställe und das Hühnerhaus mit dem Grasauslauf davor", erläuterte Benno. „Die Tische und Bänke, die daran anschließen, gehören zu den Gesindehäusern für die Männer. Ihr seht sie, es sind die drei einstöckigen Gebäude, die mit der Rückwand an die gegenüberliegende Mauer gesetzt sind. Vorne wohnen unsere zwei Altknechte. In den beiden hinteren sind die Kriegsgefangenen untergebracht, die Vater nach und nach zugeteilt bekam, nachdem seine Landarbeiter eingezogen wurden. Ihr wißt ja sicher, daß es strenge Bestimmungen für den Umgang mit Kriegsgefangenen gibt. Sie dürfen keinesfalls wie Volksgenossen behandelt werden; vor allem von den Frauen wird äußerste Zurückhaltung erwartet. Am besten vermeidet ihr jeden Kontakt."

„Wird das möglich sein?" fragte Reni.

„Bei Erntearbeiten nicht, aber für euch sehe ich keine Probleme.“

„Sollen wir an ihnen vorbeigehen, als ob sie Luft wären?“ erkundigte sich Ruthild, Kritik in ihrer Stimme. „Ist das hier auf dem Hof so üblich?“

„Nein“, gab Benno zu. „So strikt handhaben wir es nicht. Unsre Mägde und auch meine Schwägerin sprechen schon mal mit denen, die genug Deutsch verstehen, und Mutter . . .“

„Was sind es für Landsleute?“ fiel Wanda ihm ins Wort.

„Zwei von ihnen sind Franzosen. Einer ist Pole, er ist nicht kriegsgefangen, sondern zwangsverpflichtet. Die übrigen sind Russen. Wenzel, der Pole, und Fedor, einer der Russen, ziehen es vor, bei den Ställen zu schlafen, für die sie zuständig sind, Wenzel auf dem Boden über dem Kuhstall, und Fedor in einem Verschlag im Pferdestall. Er bleibt am liebsten für sich, ist stolz und fast gänzlich unnahbar. Mit Pferden kann er besser umgehen als wir alle; man könnte denken, er stamme von einem Gestüt.“

Benno ging jetzt auf das große Gebäude zu, das einen beträchtlichen Teil des mittleren Hofes einnahm. „Hier sind wir beim eigentlichen Gesindehaus“, erklärte er. „Es ist Küche, Eßzimmer, Winterarbeitsstube und Aufenthaltsraum in einem.“

Er stieß die Tür auf und ließ uns hineingehen.

Der riesige Herd mit schwarzgebrannten Töpfen, das Wandbord voll Steingutgeschirr, die blankgescheuerten Tische und rohgezimmerten Stühle waren von Alter und intensiver Benutzung gezeichnet, aber der Raum wirkte aufgeräumt und sauber.

„Wer hält das hier in Ordnung?“ erkundigte ich mich.

„Pierre, der älteste der beiden Franzosen. Seit dem Krieg ist dies ein reines Männerhaus. Wir hatten nicht viel Freude damit, bis Pierre das Kommando übernahm.“

„Kocht er auch?“ wollte Reni wissen.

„Und ob! Manchmal tut's mir direkt leid, daß ich im Haupthaus essen muß, vor allem, wenn Edith sich mal zum Kochen herbeigelassen hat.“

„Mir scheint, du kannst deine Schwägerin nicht leiden“, konstatierte Wanda, Befriedigung in der Stimme.

Benno sah sie an, als ob er überlege, wie weit er aus sich herausgehen solle. Schließlich entschied er sich zur Offenheit.

„Ich weiß nicht, was Günter veranlaßt hat, sie zu heiraten“, sagte er hart. „Aber das läßt sich nun nicht mehr ändern. Günter ist tot, und wir haben sie auf dem Hals.“

Ich mußte an den Gesichtsausdruck denken, mit dem Dieter von der Frau seines Zwillings gesprochen hatte. Einen Augenblick lang tat sie mir fast leid. Vermutlich hatte sie keinen leichten Stand auf Hasenheide und kompensierte das auf ihre Weise.

„Es gefiel ihr von Anfang an nicht bei uns“, fuhr Benno fort. „Wahrscheinlich sind ihr zu wenig Männer im Dorf, nur ganz junge oder ziemlich alte und die verheirateten Familienväter, soweit sie nicht im Krieg sind.“

„Aber sie ist doch selbst verheiratet“, wandte Reni ein.

„Das stand einem Flirt nie im Wege, wenn sie nur jemanden fand, der darauf einzugehen bereit war“, sagte Benno achselzuckend. „Hier und da kommt mal ein Bauernsohn auf Fronturlaub. Und dann ist da natürlich noch Paul Heinrich, Vaters Stellvertreter als Ortsgruppenleiter der Partei. Paul hat ein Hinkebein und wurde deswegen nicht eingezogen. Es scheint allerdings, als ob er sich bei Edith eine Abfuhr geholt hätte. Jedenfalls ist er nicht mehr gut auf sie zu sprechen. Anfänglich war er von ihr fasziniert, wie anscheinend viele Männer, Günter eingeschlossen.“

„Ich möchte wissen, was man an ihr finden kann“, warf Wanda ein.

„Du hast sie nicht gekannt, ehe sie schwanger war“, erklärte Benno. „Sie hatte eine unheimliche Ausstrahlung.“

„Na, jetzt scheint mir die total erloschen.“

„Das kann ich durchaus verstehen“, sagte Reni. „Immerhin ist ihr Mann gefallen. Wie lange ist das eigentlich her?“

„Er wurde um Weihnachten herum verwundet. Durch Vaters Beziehungen konnte Edith ihn im Lazarett irgendwo im Osten besuchen. Ende Januar ist er an einer Komplikation in der Wunde gestorben.“

„Dann wird das Kind etwa Ende September erwartet?“ erkundigte sich Wanda. „Ihrem Aussehen nach hätte ich Edith für höchstens im fünften Monat gehalten.“

„Es soll Frauen geben, denen man die Schwangerschaft bis zur Geburt kaum ansieht“, bemerkte Ruthild. „Aber warum reden wir eigentlich dauernd über deine Schwägerin? So wichtig wird sie für uns doch nicht werden."

„Na, wenn sie weiter so mit uns verfährt wie vorhin, dann wird sie für mich das größte Problem auf Hasenheide sein!" platzte Wanda heraus.

„Sie wird nicht so weitermachen", versprach Benno. „Dafür wird Vater sorgen. Er weiß mit ihr umzugehen."

Schweigend verließen wir das Gesindehaus. Draußen fiel mir ein gleichmäßig plätscherndes Geräusch auf.

„Habt ihr einen Brunnen hier?" fragte ich, froh, dem Gespräch eine andere Richtung geben zu können.

Benno stand noch auf der Türschwelle und deutete nun nach rechts. „Drüben, hinter der Hausecke, zwischen Hühnerhof und Freisitz", bestätigte er. „Als Kinder hatten wir dort einen Lieblingsspielplatz. Jetzt treffen sich abends nach der Arbeit die Russen am Brunnen. Wundert euch nicht, wenn ihr sie spät noch singen hört."

„Ist ihnen nach Singen zumute?" fragte Ruthild.

„Es werden Heimwehlieder sein", sagte Wanda ganz ohne ihre sonstige Forschheit. „Als ich klein war, wurden bei uns oft welche gesungen; ich liebte sie, obwohl sie so traurig klangen."

Sie sah unsre erstaunten Gesichter und erklärte: „Wir sind Exilrussen. Mein Großvater floh mit seinen Söhnen vor der Revolution nach Mecklenburg. Dort lebten sie auf einem Gutshof – er war noch größer als dieser hier. Ich wurde da geboren. Vater überließ ihn später seinem Bruder und baute sich hier im Westen eine Existenz auf."

Ein Gong tönte scheppernd über den Hof.

Benno schaute erstaunt auf seine Armbanduhr. „So spät schon? Ich habe eure Zeit ganz schön beschlagnahmt."

„Was bedeutet der Gong?" wollte Reni wissen.

„Für die Gefangenen ist er das Zeichen zum Arbeitsschluß, außer für Fedor und Wenzel, die sich nach den Tieren richten müssen. Für die Familie, die Altknechte und die Mägde ist's der Ruf, sich zum Essen fertig zu machen. An Werktagen essen wir gewöhnlich zusammen in der Küche."

Heute aber war für acht Personen im Eßzimmer gedeckt.

„Vater tut euch Ehre an!" stellte Benno fest.

„Vielleicht will er uns auch nur ungestört kennenlernen", meinte Reni.

Herr Wendland zeigte sich leutselig. Kurz nachdem wir uns eingefunden hatten, kam er in den Raum und nickte uns zu.

„Ich begrüße unsre Gäste", sagte er. „Gäste, die bereit sind, Hand anzulegen – so sehe ich Sie, meine lieben jungen Damen –, solche Gäste sind uns willkommen."

Der Reihe nach sah er uns an, dann nickte er zum zweiten Mal. „Ich weiß schon, wer wer ist", verkündete er. „Nein, staunen Sie nicht, es ist kein Kunststück! Von einer von Ihnen kenne ich ein Bild, von einer andern ein Ebenbild."

Er streckte Reni die Hand hin. „Willkommen bei uns! Ich zweifle nicht, daß ich sowohl Benno wie Hasenheide einen Gefallen getan habe, als ich Sie anforderte."

Reni wurde rot und wußte offenbar nicht, was sie antworten sollte. Benno kam ihr zu Hilfe. „Das hast du nett gesagt, alter Herr."

Freundschaftlich schlug sein Vater ihm auf die Schulter, dann wandte er sich an mich: „Sie sollen Ihrer Schwester nicht ähnlich sein, sagt man mir. Das müssen Sie mir erst beweisen, vom Augenschein her kann ich's nicht glauben."

„Es wäre aber besser, wenn Sie es täten", antwortete ich, allen Mut zusammennehmend, „das würde mir das Hiersein einfacher machen."

Er schaute mich überrascht an, enthielt sich aber einer Antwort und ließ den Blick zu Wanda weiterwandern.

„Ihrem Namen und Ihrem Aussehen nach sind Sie Russin", redete er sie an, es lag eine leichte Frage in seinem Tonfall.

Wanda sah ihm voll ins Gesicht. „Meine Familie hat die deutsche Staatsangehörigkeit angenommen", sagte sie kühl. „Sie wollten nichts mit den Bolschewiken zu tun haben."

Herr Wendland lächelte, und ich verstand, daß er auf Frauen anziehend wirken konnte. „Das macht Sie mir besonders sympathisch", sagte er mit einer kaum angedeuteten Verbeugung. „Wahrscheinlich haben Sie auch Wikingerblut in den Adern – wo kämen sonst die blauen Augen her?"

Er wartete keine Antwort ab, sondern wandte sich Ruthild

zu. „Vor Ihnen habe ich ein wenig Angst, Fräulein Pfarrerstochter“, sagte er, es klang mokant. „Werden Sie mich verdammen, wenn ich sonntags meinem Gott lieber in der freien Natur als in der engen Kirche begegne?“

„Tun Sie das?“ fragte Ruthild. „Begegnen Sie ihm?“

Wieder zeigte sein Gesicht Überraschung. Er schien nach einer Antwort zu suchen, wurde aber durch den Eintritt seiner Frau abgelenkt. Frau Wendland trug eine dampfende Terrine herein.

„Zu Tisch, bitte!“

Herr und Frau Wendland saßen sich an den Schmalseiten der Tafel gegenüber, wir nahmen die Sitze an den Längsseiten ein. Ein Stuhl blieb leer.

„Wo ist Edith?“ fragte der Gutsherr stirnrunzelnd, zu seiner Frau gewandt. „Hat sie dir nicht in der Küche geholfen?“

Ein knappes Nein war die Antwort.

„Ist sie zum Essen gerufen worden?“

„Ich habe ihr gesagt, daß wir heute um sieben Uhr essen“, antwortete Frau Wendland.

„Außerdem kann jeder den Gong hören“, fügte Benno hinzu.

„Geh nachschauen!“ befahl sein Vater ihm kurz.

„Ich esse nicht gern kalte Suppe“, erwiderte Benno, stand aber auf und verließ den Raum.

Bis er zurückkam, hatten wir unsere Teller leergegessen.

„Edith ist nicht auf ihrem Zimmer“, meldete er. „Sie ist auch nicht im Bad und nicht auf der Toilette und überhaupt nicht hier im Hause.“

„Wo könnte sie sonst sein?“

„Im Seetempel. Aber da suche ich sie erst, wenn ich mein Essen gehabt habe.“

Bennos Worte klangen abschließend. Er löffelte seine Suppe aus, stand dann auf und sammelte die Suppenteller ein. Frau Wendland folgte ihm in die Küche. Kurz danach kamen sie zurück. Benno trug eine Schüssel mit dampfenden Kartoffeln. Frau Wendland folgte ihm mit einem Tablett, von dem sie eine Platte mit knusprigem Braten, eine Sauciere und eine große Salatschale nahm und auf den Tisch setzte.

„So ein gutes Essen habe ich schon lange nicht mehr gehabt!“

Kaum war Reni der Ausruf entwischt, als sie auch schon rot wurde und unter sich schaute.

„Probieren Sie's erst, ehe Sie's loben!" meinte der Gutsherr jovial. Jetzt wirkte er wieder ruhig, charmant und leicht überlegen. „Ich hoffe, daß es Ihnen schmeckt. Diesen Vorteil wenigstens müssen Sie doch von Ihrem Ernteeinsatz haben." Sein Blick glitt über uns hin. „Sie sehen alle aus, als ob Sie gutes Essen gebrauchen könnten."

Damit hatte er recht. Im vierten Kriegsjahr war die Ration, die man normalerweise bekam, nicht reich bemessen. Vermutlich lief nicht nur mir bei dem Geruch des Bratens das Wasser im Mund zusammen.

Während des Essens wurde nicht geredet. Erst als wir fast fertig waren, kam Edith ins Zimmer.

„Entschuldigt bitte", sagte sie. „Mir war es schlecht geworden."

Sie setzte sich und lud ihren Teller voll.

Herr Wendland zog die Brauen zusammen und sagte scharf: „Du bist in der letzten Zeit zu oft zusammengeklappt, das kann nicht so weitergehen. Ich werde dafür sorgen, daß du umgehend in volle ärztliche Fürsorge kommst."

„Aber es ist noch wochenlang Zeit!" protestierte Edith.

„Der Arzt wird wissen, warum er dir zur Vorsicht geraten hat. Du mußt jetzt in erster Linie an dein Kind denken", schaltete sich Frau Wendland ein.

Zu unserer Bestürzung warf Edith ihr Besteck auf den Tisch und verließ das Zimmer.

Schweigend aßen wir zu Ende.

Dann fragte Herr Wendland, in die Runde schauend: „Wenn Edith ab nächster Woche ausfällt, brauche ich eine neue Sekretärin. Kann jemand von Ihnen mit einer Schreibmaschine umgehen?"

Ich konnte es recht gut, aber ich zögerte, es ihn wissen zu lassen. Der Posten erschien mir nicht erstrebenswert.

Herr Wendland schaute Reni an. „Wie ist es mit Ihnen?"

„Reni wird das nicht machen. Sie ist schon für die Küche vorgesehen", sagte Benno rasch.

„Schade. Ich würde es für tunlich halten, daß sie Einblick in den Gutsbetrieb erhält."

„Den kriegt sie auch in der Küche", warf Frau Wendland ein.

Reni war wieder rot geworden. Diesmal senkte sie den Kopf nicht, sondern schaute mit großen Augen zwischen Bennos Eltern hin und her.

Der Gutsherr zuckte die Schultern und fragte Wanda: „Geben Sie mir auch einen Korb?"

„Ich kann ein bißchen tippen", antwortete sie, „aber es geht langsam, und meistens sieht es auch nicht besonders gut aus."

„Dann sollte sie die Gelegenheit ergreifen, sich zu vervollkommnen. Versuch's doch einfach mal mit Wanda!" schlug Benno vor.

„Ich denke auch", stimmte Frau Wendland zu. „Wenn Wanda außerdem noch bereit ist, das Haus sauberzuhalten, bleibt für Monika die Waschküche und die Mithilfe überall da, wo es nötig ist."

„An deinem Rockschoß, scheint mir", sagte Herr Wendland.

„Eine persönliche Adjutantin würde mir einmal sehr guttun!" Das kam wie ein Stoßseufzer.

„Warum soll Mutter nicht das gleiche beanspruchen wie du?" fügte Benno hinzu. „Du kriegst deine Sekretärin, Mutter kriegt ihre Adjutantin – und wem verdanken wir das alles? Dem klugen Benno, der für Erntehelferinnen gesorgt hat!"

„Wenn er jetzt auch noch für den Nachtisch sorgte, wäre ich ihm doppelt dankbar", bemerkte Herr Wendland.

Benno stand auf, mit ihm erhob sich Reni. Beide brachten das gebrauchte Geschirr nach draußen und kamen mit einer großen Schüssel voll Reineclauden-Kompott zurück. Dazu spendierte der Gutsherr einen hausgemachten Zwetschgenschnaps zur Verdauung.

„Denkt nur nicht, daß das mit der Schlemmerei täglich so weitergeht!" warnte Benno. „Dies war das Begrüßungsmahl. Fortan kehrt für uns alle wieder der Alltag ein."

So war es auch, und wir gewöhnten uns schnell daran.

Kapitel 6

Ich fand ausgesprochenen Gefallen an meiner Position im Haushalt von Hasenheide. Sie brachte mich in engen Kontakt mit Frau Wendland, die überall anpackte, wo sie es für nötig hielt. Ich lernte viel von ihr, nicht nur in der Waschküche, wo die schwere körperliche Arbeit meinen ganzen Einsatz forderte.

„Ich glaube fast, daß ich hier noch zu einem nützlichen Glied der Volksgemeinschaft werde", erklärte ich ihr nach der ersten Woche.

Sie schaute mich freundlich an. „Waren Sie das vorher nicht?"

„Da teilte ich mein Leben zwischen Schule und Sport und schmarotzte von der Arbeit meiner Eltern", antwortete ich ehrlich.

„Es ist kein Schmarotzen, die Fürsorge der Eltern anzunehmen, solange man in Ausbildung ist", erwiderte sie ruhig. „Was haben Sie selbst für Berufspläne?"

„Ich will Medizin studieren."

„Können Sie Blut sehen? Haben Sie keinen Ekel vor Wunden oder Entstellungen? Keine Abneigung gegen Kranke oder Sterbende?"

„Soviel Fragen auf einmal!" wehrte ich erstaunt ab.

„Im Grunde ist es nur eine einzige Frage", sagte sie ernst. „Es ist die Frage, wie Sie sich zu den Schattenseiten des Lebens stellen, ob Sie sie wahrhaben und sich darauf einlassen können oder nicht."

„Ich denke schon", entgegnete ich langsam. „Wissen Sie, ich sehe an meinem Vater, wie belastet er manchmal von seinem Dienst ist, aber auch, wie er es als persönliches Glück erlebt, wenn er zur Heilung helfen kann. Ich bewundere ihn und möchte es ihm gleichtun", schloß ich warm.

„Ja", sagte sie, „das kann ich wohl verstehen. Aber das heißt noch nicht, daß Sie es auch können. Vielleicht entdecken Sie einmal, daß Sie, gerade weil Sie einer Schattenseite nahe gekommen sind, sich doch lieber ins Licht begeben, sich dem Hellen, Gesunden, Frohen zuwenden wollen . . ."

„Muß sich das denn ausschließen?" fragte ich erstaunt. „Ich

denke, man braucht das Schöne, um das Schwere zu ertragen. So hat es auch Dieter gehalten, als er trotz der Trauer um Günter zu meinem Tanzfest kam."

„Er ist sehr gern in Ihrem Elternhaus", sagte sie.

„Ja", fiel ich rasch ein, „es ist ein Jammer – es tut mir sehr leid wegen Erika."

Wieder der aufmerksame Blick in mein Gesicht, wieder die dunkle besonnene Stimme: „Sie scheinen wirklich recht verschieden zu sein, trotz der äußeren Ähnlichkeit. Ihre Schwester wollte dem Schweren nicht standhalten."

Verständnislos sah ich Frau Wendland an.

„Wissen Sie das nicht?" fragte sie.

„Ich habe keine Ahnung, wovon Sie sprechen."

„Von Dieters Verwundung. Von seinen entstellenden Narben. Dieter hat unter Erikas offenkundigem Entsetzen sehr gelitten."

Ich schwieg, mit dem Gehörten beschäftigt, und Frau Wendland fuhr fort: „Ich hätte nicht darüber reden sollen, aber ich setzte voraus, daß Sie Bescheid wüßten. Welchen Grund für die Trennung hat Ihre Schwester denn angegeben?"

„Keinen", sagte ich knapp.

„Und Dieter? Hat auch er nichts erklärt?"

„Dieter ließ vor kurzem zum ersten Mal etwas durchblicken – aber etwas völlig anderes." Ich spürte, wie ich unter ihren forschenden Augen rot wurde.

„Ach – meinen Sie den Kuß von meinem Mann? Da müssen Sie Dieter falsch verstanden haben. Das war eine harmlose Angelegenheit, von seiten meines Mannes eine Tändelei, von seiten Ihrer Schwester eine Trotzreaktion auf die von Dieter gewollte Trennung." Sie runzelte die Stirn. „Es wundert mich, daß Dieter darüber gesprochen hat."

„Er hat es nicht gern getan", nahm ich ihn in Schutz. „Er meinte, es müsse sein, um mich zu warnen."

Jetzt lächelte sie: „Das war gewiß überflüssig."

Ich nickte, und sie wurde rasch wieder ernst.

„Versprechen Sie mir, Benjamin nichts davon zu erzählen? Ich möchte verhindern, daß er die Achtung vor seinem Vater verliert. Er geht in letzter Zeit sowieso auf Abstand zu ihm. Vielleicht wird das besser, wenn der Zankapfel Edith für eine Weile aus dem Weg ist. Sie haben es ja wohl gemerkt, wir alle mögen sie nicht besonders, aber mein Mann fühlt sich gelegentlich verpflichtet, ihre Partei zu nehmen."

„Sie macht es einem schwer, sie zu mögen", pflichtete ich bei. „Aber es ist auch bitter für sie, daß ihr Mann tot ist."

„Das sage ich mir selbst immer wieder. Andererseits verstehe ich Benjamins Zorn über ihr Verhalten. Ich bin froh, daß sie sich jetzt wenigstens Ihnen gegenüber eines zivilisierten Tons bedient. Kommen Sie einigermaßen mit ihr aus?"

Ich nickte ein wenig unsicher. Ruthild, Reni und ich hatten so gut wie keinen Kontakt mit Edith. Wanda, die von ihr die Schreibarbeit übernommen hatte und deswegen gelegentlich mit ihr sprechen mußte, verharrte freilich in völliger Ablehnung.

Eines Abends kam sie mit blitzenden Augen in unsere Kammer. Ich saß am Tisch und hatte einen Brief nach Hause angefangen, und Ruthild hatte sich in ihren Kleidern aufs Bett gelegt.

„Kommt mal mit!" forderte Wanda uns auf.

„Ich schlaf schon halb!" protestierte Ruthild. „Außerdem habe ich mich heute genug bewegt. Ich will nur noch meine Ruhe haben."

„Worum geht's denn?" erkundigte ich mich.

„Um Edith. Um ihr heimliches Liebesleben. Ich möchte mich gern vergewissern!"

Ruthild richtete sich auf und starrte Wanda an.

„Willst du im Ernst sagen, daß sie sich mit einem Liebhaber trifft – in ihrem Zustand?" Ihr Ton verriet deutlich, was sie von Wandas Idee hielt.

„Es würde manches erklären ..." begann Wanda, aber Ruthild unterbrach sie entschieden: „Also von dem Unsinn will ich nichts hören." Sie ließ sich aufs Bett zurückfallen.

Wanda sah sie belustigt an.

„Da spricht wieder die Pfarrerstochter!" spottete sie liebevoll. „Es gibt mehr Dinge zwischen Himmel und Erde, als dein frommes Gemüt sich träumen läßt."

„Das bestreite ich nicht", wehrte sich Ruthild. „Aber ich hasse haltlose Verdächtigungen. Und ich mag es nicht, wenn du aus Übermut etwas anfängst, was Schaden anrichten kann."

„Es ist kein Übermut." Wanda war plötzlich ernst. Sie griff nach der Türklinke und fragte: „Also, wer kommt jetzt mit?"

„Ich nicht." Ruthild legte sich wieder zurück.

„Wohin willst du eigentlich?" erkundigte ich mich.

„Zum Gartenhaus. Sie nennen's glaub ich den Seetempel. Dort habe ich Edith eben hingehen sehen, allein, im Stockdunkeln. Da muß doch was dahinterstecken."

„Tausend Dinge könnten dahinterstecken. Aber keins geht uns etwas an!" erklärte ich entschieden.

„Bravo!" sagte Ruthild von ihrem Bett her. Sie setzte sich wieder auf und wandte sich an Wanda: „Also deine Idee von einem Liebhaber halte ich für völlig absurd. Wenn da etwas dran wäre, dürfte es der Familie kaum entgangen sein."

„Die Familie versteht kein Russisch."

Ruthild begriff die Bedeutung von Wandas Bemerkung schneller als ich. Sie fragte rasch: „Hast du mit jemand von den Gefangenen gesprochen?"

„Ich habe es nicht getan, und ich werde es auch nicht tun." Wanda drehte sich zum Fenster und schaute auf den Hof hinunter. „Von hier aus seht ihr's nicht", sagte sie, „weil die Gesindeküche den Blick versperrt. Sie sitzen alle beim Brunnen und unterhalten sich. Und natürlich haben sie völlig ungeniert weitergeredet, als ich zum Wasserholen kam, weil sie ja denken, daß keiner hier ihre Sprache versteht."

„Worüber haben sie gesprochen?" fragten Ruthild und ich fast gleichzeitig.

„Ich habe nicht alles mitgekriegt, weil der Brunnen plätscherte, aber es war eindeutig die Rede von – naja, ich sag's mit meinen Worten – von einem Schäferstündchen im Liebesnest."

„Damit muß nicht Edith gemeint sein!"

„Ich habe es im Gefühl, daß sie gemeint war", behauptete Wanda. „Deswegen wollte ich mich ja selbst überzeugen. Jetzt ist es natürlich zu spät dazu."

„Sei mir nicht böse, aber das freut mich", sagte Ruthild ehrlich. „Ich finde es einfach nicht gut, wenn man seine Nase ungefragt in die Angelegenheiten anderer Leute steckt." Ernst fügte sie bei: „Heutzutage kann das gefährlich sein. Wissen übrigens Wendlands, daß du Russisch sprichst?"

„Hier weiß es außer euch beiden niemand, und das soll auch so bleiben. Dem alten Wendland würde es schon gar nicht gefallen. Er hält die Russen sowieso für Untermenschen und toleriert mich nur, weil meine Familie den Kommunisten den Rücken gekehrt hat."

„Und weil du das Erbteil von Wikingern in dir trägst", ergänzte ich, mich an die Begrüßung durch den Gutsherrn erinnernd. „Wie kommt er übrigens darauf?"

„Er hat mir erzählt, daß Wikinger einstens mit ihren Drachenbooten nach Rußland gesegelt sind, und dort sollen sie sogar ein Königreich oder sowas errichtet haben. Die ortsansässigen Slawen sind durch das nordische Blut aufgewertet worden, sonst könnten sie uns jetzt nicht so lang Widerstand leisten."

„Glaubt er den Unsinn selber?" fragte Ruthild.

„Ich weiß es nicht. Eigentlich sollte man denken, er wäre zu gescheit dazu." Wanda lächelte spöttisch, es lag aber auch Bitterkeit darin. „Manchmal meine ich, er redet sich bestimmte Dinge krampfhaft ein, um nichts an sich heranzulassen, was ihn ins Unrecht setzen würde."

„Wie klug du bist!" entfuhr es mir spontan.

Sie sah mich fast verlegen an.

„Sag das nicht", bat sie schließlich. „Ich mache viel zu oft Dummheiten. Ruthild wird dir das bestätigen."

„Weil dein Temperament mit dir durchgeht", sagte Ruthild zugleich zustimmend wie richtigstellend. „Wenn du dir Zeit zum Nachdenken nimmst, bist du unschlagbar."

Wanda verließ ihren Platz am Fenster und setzte sich auf ihr Bett.

„Um auf unsern Ausgangspunkt zurückzukommen: Was Edith betrifft, so bin ich sicher, daß etwas faul ist. Aber damit ihr zufrieden seid, sage ich: ‚Schwamm drüber!' Vielleicht verschwindet sie tatsächlich bald aus unserm Gesichtskreis."

Ihr Wunsch ging schon zwei Tage darauf wenigstens vorübergehend in Erfüllung. Herr Wendland hatte sich Edith gegenüber durchgesetzt und begleitete sie selbst in die Klinik. Es war eine Fahrt, die hin und zurück zwei Tage in Anspruch nahm.

Alle schienen ihre Abwesenheit zu genießen. Sogar die Ausländer auf dem Hof gaben sich anders als sonst.

Der Tag war wolkenlos sonnig, aber durch einen leichten Wind nicht drückend. Frau Wendland hatte mich zu Ruthild in den Gemüsegarten geschickt, um ihr zu helfen, und ich freute mich über die Arbeit an der frischen Luft.

Plötzlich trat Wenzel aus dem Kuhstall und kam geradewegs auf uns zu. Behutsam trug er ein etwa vier Wochen altes Kätzchen und legte es Ruthild in den Arm. Sie stieß einen Entzückensruf aus und begann das Tierchen zu streicheln. Es war kohlrabenschwarz bis auf eine weiße Ohrspitze und ein weißes Pfötchen.

„Ist das der kleine Frechdachs, von dem du mir erzählt hast?“ fragte Ruthild selbstvergessen, und ich staunte.

„Mein Lieblingskatz“, nickte Wenzel. Ich sah ihn an. Sein junges Gesicht war warm und herzlich auf Ruthild gerichtet, seine braunen Augen glänzten. Mit Verwunderung wurde mir klar, daß ich bisher nicht richtig gewußt hatte, wie er aussah – er oder irgendeiner der anderen Arbeiter auf dem Hof. Nach Bennos Warnung am ersten Tag war ich immer unbeteiligt an ihnen vorbeigegangen. Ruthild hatte das offensichtlich anders gehalten.

„Kommt in Kuhstall und guckt mehr kleine Katz’!“ forderte Wenzel uns auf.

Ruthild schüttelte den Kopf. „Nein, Wenzel, das dürfen wir nicht tun. Du weißt, es wäre gefährlich.“

„Heut nicht. Böse Augen, schlimme Ohren – weg!“ Er nickte mit dem Kopf zum Tor hin, durch das am Morgen die Kutsche abgefahren war.

Sie reichte ihm das Kätzchen zurück. „Wir müssen weiterarbeiten, alle drei.“

„Ich schenke dir kleiner Katz’ mit Augen wie deine!“

Wenzel hielt Ruthild das Kätzchen wieder hin.

„Das geht doch nicht, Wenzel. Wo soll ich es denn lassen? Und zu Hause haben wir kein Futter für das Tierchen.“

Wenzel nickte und wandte sich zum Weggehen.

„Am Abend beim Hühnerstall bring ich wieder Katz’ zum Streicheln“, versprach er.

Jetzt wußte ich, wie die beiden ins Gespräch gekommen waren. Ruthild bestätigte es mir, als sie erzählte, daß Wenzel ihr schon öfter beim Zusammensuchen der Eier geholfen habe.

„Er ist seit zwei Jahren hier", berichtete sie. „Er ist kein Kriegsgefangener, sondern Zwangsarbeiter. Sechzehn war er, als er mit einigen andern Burschen und einer ganzen Menge Frauen aus Polen hierhergebracht worden ist zur Landarbeit. Die andern sind auf die Dörfer im Umkreis verteilt, eine Schwester von Wenzel arbeitet auf dem Großbauernhof."

„Einfach so von zu Hause weggeholt – zwangsweise?" fragte ich fassungslos.

„Offiziell gelten sie als Freiwillige", erklärte Ruthild. „Aber daß sie es nicht sind, siehst du an der Art, wie sie behandelt werden. Kontakt mit ihnen ist verpönt, wenn auch nicht so streng verboten wie mit Kriegsgefangenen. Bei manchen ist die Unterbringung katastrophal, nicht zu reden von den Arbeitsanforderungen. Jana, Wenzels Schwester, hat voriges Jahr ein Kind bekommen. Das ganze Dorf zerreißt sich den Mund darüber, denn so, wie man Jana kennt, denkt jeder, daß es ihr aufgezwungen worden ist."

„Von wem?"

„Die Leute scheinen eine Vermutung zu haben. Aber ich weiß es nicht."

„Woher weißt du überhaupt so viel?"

„Wenn man bloß will, entdeckt man so allerlei." Ruthild sah mich eindringlich an. Ich empfand ihren Blick als kritisch, wenn nicht als vorwurfsvoll.

„Warum hätte ich wollen sollen?" versuchte ich mich zu verteidigen. „Außerdem – ich habe wirklich keine blasse Vorstellung, wie ich so etwas hätte entdecken können."

„So etwas vielleicht nicht", gab sie zu.

„Aber anderes, meinst du? Was denn zum Beispiel?"

„Ach, lassen wir das", wehrte sie ab. Nach einem Augenblick setzte sie noch einmal zum Reden an. „Ich kann mich doch darauf verlassen, daß du wegen Wenzel dichthältst?"

„Das kannst du", versicherte ich. „Aber siehst du nicht, daß gerade dadurch – also, wenn jeder über alles dichthält, dann gibt es eben sehr viel ahnungslose Menschen."

„Ja", stimmte sie bei. „Das ist ein Teil von dem ganzen Dilemma." Sie hob die Schultern und fügte hilflos an: „Ich weiß auch nicht, wie man das lösen soll."

Damit wandte sie sich wieder dem Beet zu, und ich tat es ihr nach.

Mittags half ich wie üblich Reni beim Abwasch. Sie erzählte mir von ihrem gestrigen Besuch mit Benno im Dorf. Er hatte im Auftrag seines Vaters die Übergabe der Dreschmaschine vom Großbauernhof nach Hasenheide für die nächste Woche vereinbart. Sie hatten mit Elfriede, der Tochter des Großbauern, verhandelt. Zusammen mit ihrem Vater und dem als unabkömmlich vom Wehrdienst freigestellten Bruder – zwei andere Brüder waren gefallen – versorgte sie den Besitz.

„Und rate einmal, wen wir bei ihr trafen!" forderte Reni mich auf. „Da kommst du nie drauf! Edith ist mit Elfriede befreundet. Elfriede sei im weiten Umkreis der einzige Mensch, den sie möge und der sie verstehe, hat sie uns erklärt. Es war der totale Affront, kann ich dir sagen. Sie warf Benno an den Kopf, daß sie schon längst das Weite gesucht hätte, wenn sie nicht gelegentlich zu Elfriede flüchten könnte."

„Schade, daß es Elfriede gibt", bemerkte ich lakonisch.

„Sag das nicht!" wehrte Reni ab. „So erstaunlich es ist – Elfriede ist eine patente Person. Ich muß mich über diese Freundschaft wirklich wundern. Irgendwie hat das mit Günter zu tun, obwohl mir dadurch die Geschichte eigentlich noch unverständlicher wird. Elfriede ist mit den Zwillingen in die Schule gegangen; es scheint, als ob sie speziell mit Günter eng befreundet war. Benno meint, daß sie um seinetwillen Edith die Stange hält."

„Das ist doch widersinnig!" wandte ich ein. „Wenn Edith ihr Günter weggeschnappt hat, wird sie das nicht gerade mit Freundschaft belohnen."

„Sie tut es!" sagte Reni. Ich merkte ihrer Stimme Überzeugung, aber auch Verwunderung an. „Ich kann ihre Gründe nicht richtig begreifen, vielleicht hat sie Günter so sehr geliebt, daß sie jetzt seiner Frau die Treue hält . . ." Sie brach achselzuckend ab.

Nach einer Weile setzte sie wieder an. „Es kann natürlich sein, daß Elfriede Edith viel besser kennt als wir und auch ihre guten Seiten sieht. Wußtest du, daß Günter die aktive Offizierslaufbahn eingeschlagen hatte und den Hof Benno überlassen wollte? Damit war Edith vollkommen einverstanden. Sie war nie an einem Leben auf Hasenheide interessiert. Sie weiß, daß sie nicht zur Landfrau taugt. Deshalb kam sie erst hierher, als ihr nichts anderes mehr übrig blieb, weil sie durch einen Luftangriff Wohnung, Arbeitsplatz und alle Habe eingebüßt hatte. Und sogar da wollte sie eigentlich bei entfernten Verwandten im Ruhrgebiet bleiben. Nur auf Günters dringenden Wunsch hin gab sie nach. Aber offensichtlich hat sie sich nie eingewöhnt, geschweige denn wohlgefühlt. Kurz vor Weihnachten fuhr sie in den Ruhrpott und vereinbarte mit einem weitläufigen Vetter, ab Januar in seinem Lebensmittelgeschäft zu arbeiten. Dann wurde Günter verwundet, sie besuchte ihn im Lazarett, und als sie zurückkam, war sie schwanger und ist daraufhin hiergeblieben. Ich finde, das spricht eher für als gegen sie."

„Uff!" sagte ich, als Reni geendet hatte. „Das war eine lange Verteidigungsrede für jemanden, den du genauso wenig magst wie ich. Was soll ich davon halten, Reni?"

Sie errötete und antwortete verlegen: „Wenn wir künftig als Schwiegertöchter des Hauses hier zusammen leben müssen, ist es doch besser, ich versuche mit ihr auszukommen." Etwas zaghaft setzte sie hinzu: „Was hat uns Edith denn groß angetan, außer daß sie unfreundlich war?"

„Naja, das genügt doch eigentlich, oder nicht?" meinte ich ungnädig.

„Jeder von uns hat mal seinen schlechten Tag", gab Reni zu bedenken.

„Edith hat schon viele schlechte gehabt, seit wir hier sind", entgegnete ich lakonisch.

Ich wollte noch weiterreden, aber Frau Wendland kam in die Küche, denn heute wurde Gelee gekocht. Vier Stunden lang, bis kurz vorm Abendessen, arbeiteten wir zusammen und unterhielten uns. Hinterher hatte ich den Eindruck, daß wir warmherzig, aber geschickt ausgefragt worden waren. Vor allem Reni hatte viel von sich erzählt.

Genau genommen wolle sie nur ihrem Vater zuliebe das Abitur machen, sie habe es ihm versprochen, als er eingezogen wurde, berichtete sie. Was danach werden sollte, hatte sie lange Zeit nicht gewußt. Sie habe immer gedacht, daß sie am liebsten ganz jung heiraten würde, gestand sie mit leiser Verlegenheit.

„Manche Menschen scheinen zur Ehefrau geboren zu sein",

bestätigte Frau Wendland. „Elfriede, die Sie gestern kennengelernt haben, ist so ein Mensch. Wahrscheinlich gilt das auch für Sie."

„Aber ausgerechnet Elfriede ist unverheiratet", sagte Reni leise.

„Günter hat sie geliebt", entgegnete Frau Wendland, sie schaute nicht von ihrer Arbeit auf. „Er hätte in ihr die denkbar beste Frau gehabt. Aber er hat es nicht rechtzeitig gemerkt. Manchmal täuschen wir uns über unsere Gefühle, bis es zu spät ist." Sie hob den Kopf, um mich anzusehen. „Dieter hat da mehr Glück gehabt."

Zögernd fragte ich: „Glauben Sie, daß Elfriede um Günters willen Edith die Stange hält?"

„So sehe ich es", antwortete Frau Wendland und gab dem Gespräch eine andere Richtung.

Als Reni und ich nach dem Abendessen gerade mit Geschirrspülen fertig waren, streckte Benno den Kopf zur Küchentür herein, um uns nach draußen zu holen.

Ruthild und Wanda saßen auf dem Brunnenrand, Gießkanne und Putzeimer lagen unbeachtet neben ihnen. Jede der beiden hatte ein Kätzchen auf dem Schoß. Wenzel und Fedor standen mit weiteren Katzenkindern im Arm daneben.

„Sind sie nicht süß?" rief Wanda uns entgegen.

„Wer? Die Katzen?" flaxte Benno sie an.

„Natürlich die Katzen. Wer sonst?" Wanda drehte sich zu Fedor und Wenzel hin. „Die beiden hier sind nett, aber nicht süß, Fedor schon gar nicht, der ist zum Angstkriegen streng und ernst."

Der Blick, mit dem Fedor diese Neckerei beantwortete, erschreckte mich. Er war von einer heißen und zugleich bitteren Intensität.

Es dämmerte mir, daß der Einsatz von Kriegsgefangenen in einer vorwiegend von Frauen gebildeten Umwelt Probleme in sich barg. Den einen wie den andern fehlten über Jahre hinweg ihre natürlichen Partner. Wenzels offensichtliche Zuneigung zu Ruthild und Fedors verschlossene Zurückhaltung entsprangen der gleichen Wurzel.

Wortlos legte Fedor mir das Kätzchen, das er gehalten hatte, in den Arm. Ich setzte mich neben Ruthild auf den Brunnenrand. Benno und Reni blieben bei uns stehen.

Ganz in der Nähe bildeten die Gefangenen in ihrer Freisitzecke einen zu uns hin offenen Kreis und sangen. Pierre kam mit einer Schüssel voll frischer Brombeeren und bot auch uns davon an.

Erst als die Sterne heraufzogen, trat Wenzel zu uns und sammelte die kleinen Katzen ein. Einer nach dem anderen von den Gefangenen stand auf und verschwand in seiner Unterkunft. Als letzter ging Fedor, der mit untergeschlagenen Armen an der Stallwand gelehnt hatte.

Es war ruhig und kühl geworden. Wanda zog fröstelnd die Schultern zusammen.

„Diesen Abend werde ich nie vergessen", sagte sie aufstehend.

„Es wird wohl auch der einzige dieser Art sein, den ihr hier erlebt", bemerkte Benno. „Und – hört gut zu, ihr vier! – morgen wird niemand mehr etwas von heute abend wissen. Verstanden?"

„Warum das?" fragte Reni.

„Vater könnte denken, wir wären zu freundlich zu den Gefangenen gewesen, und du weißt doch, daß das verboten ist." Im Reden legte Benno Reni den Arm um die Schultern und zog sie mit sich fort.

„Das hat er aber ziemlich harmlos ausgedrückt", sagte Wanda hinter ihm her. „Wenn sein Vater irgendeine Unkorrektheit vermutete, würde er vor einer Anzeige nicht zurückschrecken."

„Was?! Gegen seinen eigenen Sohn?!" Ruthild sah Wanda ungläubig und mißbilligend an.

„Gegen ihn vielleicht nicht; aber gegen dich oder mich, das würde ich für möglich halten."

„Wie kommst du darauf?" erkundigte ich mich.

„Weil ich ja nun ihre Arbeit machen muß, hat Edith mir eine Briefmappe mit solchen Anzeigen ausgehändigt."

„Was steht drin?" wollte Ruthild wissen.

„Ein junger Mann aus dem Dorf war auf Fronturlaub und hat abends in der Wirtschaft auf das Hitlerbild an der Wand gedeutet und den Wirt gefragt, wie lange er seinen Gästen noch den Anblick ‚des größenwahnsinnigen Massenmörders' zumuten wolle."

„Der muß doch betrunken gewesen sein!“
„Stockbetrunken, natürlich, sonst hätte er das nicht gewagt.“
„Ist der Brief von Herrn Wendland unterschrieben?“ fragte Ruthild.
„Das weiß ich jetzt nicht, aber von wem sollte er sonst sein?“
„Vielleicht ist der Gutsherr der Empfänger und nicht der Absender“, meinte Ruthild. „Als Ortsgruppenleiter ist er verpflichtet, solche Denunziationen entgegenzunehmen.“
In diesem Augenblick betrat Reni unsere Kammer, und wir brachen wie auf Befehl das Gespräch ab.
Später, als ich nicht einschlafen konnte, kam mir zum Bewußtsein, wie unerfreulich es war, daß wir vor Reni nicht mehr offen reden mochten, bloß weil sie vielleicht einmal Herrn Wendlands Schwiegertochter sein würde.

Am nächsten Morgen hatte ich einen Brief von Erika.
„Liebes Schwesterlein“, schrieb sie, „ich wollte Dir Karlheinz nicht wegnehmen, aber er hat mir beteuert, daß Eure Beziehung schon einen Knacks hatte, als er mich kennenlernte. Auch Mutter sagt, Du wärest zwar in ihn verliebt gewesen, doch das hätte nicht tief gesessen. So muß ich Dir gegenüber kein schlechtes Gewissen haben, sondern kann hoffen, daß Du Dich mit uns freust. Wir wollen nämlich heiraten. Karlheinz hat schon Urlaub dafür beantragt.“

Es stand noch allerlei anderes in dem Brief: daß sie ihre Zelte in München abgebrochen habe und wieder zu Hause sei, und daß sie nun rasch ihr Studium zu Ende führen wolle, damit fürs erste wenigstens eins von ihnen berufstätig sein und Geld verdienen könne. Karlheinz' Mutter sei zwar der Meinung, sie sollten mit der Eheschließung warten, bis Karlheinz selbst eine Berufsausbildung abgeschlossen hätte, aber wer wisse denn, wann der Krieg zu Ende sei und Karlheinz mit einem Studium beginnen könne?
Der Brief erschütterte mich ziemlich. Verblüfft fragte ich mich, warum das so war. Karlheinz bedeutete mir nichts mehr, dessen war ich mir sicher. Und trotzdem war es mir nicht recht, daß Erika ihn heiraten würde.

Den ganzen Tag über lief ich mit einem unguten Gefühl herum. Schließlich glaubte ich zu wissen, woran das lag. Mir war der Gedanke peinlich, daß Karlheinz und Erika über mich geredet und wahrscheinlich auch über meine kindliche Verliebtheit gelacht hatten. Erst gegen Abend war ich soweit, daß ich Reni die Neuigkeit scheinbar beiläufig mitteilen konnte. Sie nahm sie ohne großes Interesse auf, ihre Gedanken weilten deutlich im Hier und Heute.

Herr Wendland kam zurück, als wir uns gerade zum Abendessen versammelten. Da es Samstag war, an dem die Angestellten üblicherweise ihren freien Abend in der Dorfwirtschaft verbrachten, saßen bei seinem Eintritt nur Frau Wendland, Benno und wir vier Mädchen um den Tisch. Wir bemerkten alle, daß Herr Wendland unzufrieden aussah.

„Ist etwas nicht nach Wunsch gegangen?" fragte seine Frau.

„Der Arzt, der Edith untersucht hat, meinte, sie sei schon weiter als wir annähmen."

„Habt ihr ihm nicht erklärt, daß in Ediths Fall der Termin eindeutig feststeht?"

„Natürlich haben wir das getan, aber sein anfängliches Fehlurteil war nicht gerade geeignet, Ediths Vertrauen zu erwecken. Sie wäre am liebsten wieder mit mir zurückgekommen."

„Der Himmel bewahre uns!" stöhnte Benno.

„Nimm bitte zur Kenntnis, daß dein Vater dich bewahrt hat", erwiderte Herr Wendland. „Ich habe Edith klipp und klar erklärt, daß sie zu bleiben hat, bis das Kind auf der Welt ist. Dann wollen wir weitersehen."

„Was heißt das: wir wollen weitersehen?" fragte Frau Wendland.

„Sie hat sich über mein Machtwort so geärgert, daß sie mir einiges an den Kopf geworfen hat", berichtete er. „Nach Hasenheide möchte sie am liebsten nicht zurückkommen, auf alle Fälle will sie nicht auf Dauer bleiben, denn, so sagte sie, hier nimmt sie doch nur eine gehobene Dienstmädchenstellung ein ..."

„Diese Impertinenz!" schimpfte Benno.

Herr Wendland ließ sich nicht unterbrechen. „Sie hat mir vorgehalten, daß sie sich ihre Freunde notgedrungen außerhalb der

Familie suchen mußte, weil wir ihr eine Mauer der Abwehr entgegengestellt haben . . ."

Wieder fiel Benno ihm ins Wort.

„Wenn das nicht der Gipfel der Unverschämtheit ist!" brach er los. „Wie hast vor allem du dich immer um sie bemüht! Du hast sie aus dem zerbombten Ruhrgebiet geholt, hast sie bei dir arbeiten lassen, damit sie Übung in ihrem Beruf behält, bist mit ihr zu ihrem Vetter gefahren, hast deine Beziehungen spielen lassen, damit sie Günter besuchen konnte, und hast sie jetzt noch selbst in die Klinik gebracht."

„Genug davon, Benjamin!" warnte Frau Wendland mit ungewöhnlicher Schärfe. „Richtig ist, und das hat Edith durchaus empfunden, daß wir Mühe hatten, uns mit ihrer Art anzufreunden, und daß sie in der Tat ein Fremdkörper unter uns geblieben ist."

„Das lag an ihr, nicht an uns!" behauptete Benno entschieden.

„Jedenfalls hatte ich auf der langen Heimfahrt Zeit, mir so einiges durch den Kopf gehen zu lassen", nahm Herr Wendland seinen unterbrochenen Bericht wieder auf. „Ich habe mich zum Beispiel gefragt, wer diese Freunde außerhalb unserer Familie waren, und ich kam nur auf Elfriede. Ich weiß, daß sie manchmal zu Hella Pappritz ging, aber die wohnt ja nun nicht mehr im Dorf."

„Pappritz, Pappritz . . .", sagte Wanda leise. „Wo habe ich nur neulich diesen Namen gehört?"

Herr Wendland warf ihr einen schnellen Blick zu.

„Jochen Pappritz ist ein Bauernsohn aus dem Dorf", erklärte Benno. „Natürlich ist er jetzt Soldat. Irgendwo in der Nähe von Berlin, wo er stationiert war, hat er Hella kennengelernt, sie geheiratet und hierhergebracht. Aber weil er bald wieder an die Front mußte, fühlte sie sich fremd hier, ähnlich wie Edith, und das hat die beiden wohl zusammengeführt."

„Edith war recht eng mit ihr befreundet", ergänzte Frau Wendland, „aber dann gab es eine ziemlich undurchsichtige Affäre. Jochen war einmal kaum auf Urlaub gekommen, da ist er quasi bei Nacht und Nebel wieder abgereist, und Hella ist zu ihren Eltern zurückgekehrt. Die Geschichte ist monatelang Dorfgespräch gewesen, vielleicht kommt Ihnen deshalb der Name Pappritz bekannt vor."

„Mag sein", gab Wanda scheinbar gleichmütig zu, aber ich merkte, daß die Sache für sie nicht erledigt war.

Möglicherweise fiel es auch Herrn Wendland auf. Er ergriff ziemlich abrupt wieder das Wort. „Was ich mir unterwegs noch durch den Kopf gehen ließ, ist viel wichtiger. Ich habe mir nämlich überlegt, daß es mir lieb wäre, eine zweite, besser nach Hasenheide passende Schwiegertochter und demnächst auch weitere Enkel zu haben."

Ich sah zu Reni hin. Sie war heftig errötet.

„Dürfen wir uns entschuldigen?" fragte Ruthild aufstehend. „Ich muß noch alle Beete gießen, und Wanda und Monika haben versprochen, mir dabei zu helfen."

„Die taktvolle Absicht ehrt Sie, aber daraus wird nichts!" erklärte der Gutsherr. „Sie bleiben hier und stoßen mit uns an, sobald ich den Wein aus dem Keller geholt habe. Wir feiern nämlich heute Bennos Verlobung, wissen Sie."

„Weiß Benno das selber?" erkundigte sich Wanda.

„Ich habe es soeben vor Zeugen zur Kenntnis genommen", antwortete Benno rasch.

„Du bist zwar noch sehr jung, mein Sohn", fuhr Herr Wendland fort, „aber ich sehe, daß du weißt, was du willst. Wir werden erwirken, daß ihr gleich nach dem Abitur heiraten könnt. Ich dachte mir, fürs erste sollten wir euch den Seetempel als Heimstatt herrichten. Aber mit den Enkelchen wird bitte gewartet bis nach der Hochzeit."

„Was denken Sie von uns?" fragte Reni ernsthaft.

Der leicht spöttische Blick, den Herr Wendland auf sie richtete, änderte sich, je länger er haften blieb.

„Ich glaube, man kann Benno wirklich gratulieren", sagte der Gutsherr schließlich. „Vielleicht erlebt Hasenheide doch noch einmal bessere Zeiten."

Sich zu seiner Frau hinwendend, fügte er an: „Was meinst du, Hanna?" Seine Stimme klang leise und warm.

„Wie sehr ich das hoffe!" antwortete sie inbrünstig.

Herr Wendland stand auf. „Ich hole den Verlobungswein", verkündete er. Im Vorbeigehen strich er seiner Frau sacht übers Haar.

„Wenn das Dieter gesehen hätte!" durchfuhr es mich.

An diesem Abend ging ich leichteren Herzens zu Bett als am vorigen.

Kapitel 7

Die gute Stimmung auf Hasenheide war schon am nächsten Tag wieder vorbei.

Reni und ich gingen Frau Wendland in der Küche zur Hand, als Benno hereinkam und finster sagte: „Heinrich ist bei Vater. Das verheißt nichts Gutes."

„Wer ist Heinrich?"

„Wieso bedeutet das etwas Schlechtes?" fragten Reni und ich fast gleichzeitig.

„Heinrich ist ein niederträchtiger Mensch, der es nicht lassen kann, in anderer Leute Angelegenheiten zu schnüffeln. Ich hab ihn schon mal kurz erwähnt, er ist Vaters Stellvertreter als Ortsgruppenleiter. Dauernd versucht er ihn gegen irgendwen aufzuhetzen. Hoffentlich hat er ihn heute mit der neuesten Häme verschont!"

Bennos Wunsch erfüllte sich nicht.

Kaum hatten wir die Abschlußtür vernehmlich klappen gehört, da kam auch schon der Gutsherr in die Küche und wandte sich an Benno.

„Hast du am Donnerstag beim Großbauern den Russen gesehen?" fragte er.

„Du meinst Leonid? Er saß vor der Werkstatt und arbeitete."

„Die ganze Zeit?"

„Ich hatte weder den Auftrag noch die Absicht, ihn zu beschatten. Was er tat, als ich ins Haus ging, kann ich dir nicht sagen. Warum willst du das wissen?"

„Heinrich meint, daß Leonid sich zuviel herausnimmt. Er tritt auf der Straße nicht zur Seite, um jemand vorbei zu lassen. Er läßt Leute, die ihm Arbeit in die Werkstatt bringen, warten, statt sie sofort abzufertigen. Er soll auch Frauengeschichten haben.“

„Frauengeschichten?“ warf Benno ein. „Ein russischer Kriegsgefangener? In unserm Dorf? Das würde keine Frau wagen!“

„Es geht um die Polin, die auf dem Großbauernhof arbeitet und sich über den Vater ihres Kindes ausschweigt.“

Frau Wendland sagte rasch: „Das Kind kann nicht von Leonid sein. Es war schon auf der Welt, als er ins Dorf kam.“

„Stimmt, aber vielleicht kriegt sie bald ein zweites, wenn Elfriede weiterhin die Dinge so laufen läßt. Sie hätte den Jungen gleich nach der Geburt in ein Kinderheim oder zur Adoption geben müssen, das hätte Jana die Gelüste nach weiteren ausgetrieben.“

„Elfriede hätte über Janas Kind verfügen sollen? Wie könnte sie! Jana ist nicht ihre Leibeigene!“ protestierte Benno.

„Aber sie ist aus Polen gekommen, um hier zu arbeiten, und nicht, um Mutterpflichten auf sich zu nehmen; und noch weniger ist Leonid als Kindermädchen hierhergeschickt worden“, sagte der Gutsherr schneidend. „Ich werde mich wohl demnächst einschalten müssen, wenn Elfriede sich weiterhin so verantwortungslos verhält.“

Frau Wendland sah ihren Mann fassungslos an. „Was hat Paul Heinrich dir zugetragen, das dich so aufbringt?“

„Er behauptet, er habe Edith und Leonid am vergangenen Donnerstag gesehen, wie sie aus Leonids Stube neben der Werkstatt kamen.“

„Wenn er weder bewußt lügt noch sich getäuscht hat, wird es einen vernünftigen Grund dafür geben.“

„Edith hat sich von Leonid den angerissenen Riemen ihrer Tasche nachnähen lassen, das hat sie uns selbst erzählt, als wir sie bei Elfriede trafen“, warf Benno ein.

„Was hatte sie aber in Leonids Kammer verloren? Dort hinzugehen, wäre gelinde gesagt höchst leichtsinnig gewesen. Sie weiß doch, daß näherer Kontakt mit Kriegsgefangenen verboten ist!“

„Woher nimmst du die Gewißheit, daß Heinrichs Bericht stimmt? Bist du noch nie auf den Gedanken gekommen, seine

Angaben nachzuprüfen? Was bezweckt er überhaupt mit dem, was er dir erzählt?“ bohrte Benno. „Freut es ihn, dir etwas Unangenehmes anzuhängen?“

„Will er dich in die Hand kriegen? Oder will er Edith eins auswischen?“ stimmte Frau Wendland ein.

„Warum sollte er?“

„Hast du nicht bemerkt, daß seit längerem eine gereizte Stimmung zwischen den beiden war? Ich habe gedacht, er hätte vielleicht versucht, bei Edith zu landen, und wäre abgeblitzt“, erklärte Benno.

„Heinrich ist hinterhältig und nachtragend, ich würde mich von ihm nicht beeinflussen lassen“, sagte Frau Wendland bestimmt. Da sie inzwischen zum Gong gegriffen und ihn mir gereicht hatte, verließ ich die Küche und hörte nicht mehr, worum es ging.

Beim Essen blieb Herr Wendland schweigsam, ohne unfreundlich zu sein, und auch in der folgenden Woche schien er in sich gekehrt und zwischen aufgeheiterten und dunkleren Stimmungen schwankend.

Am Freitag läutete das Telefon, als ich gerade dabei war, die Halle zu putzen. Frau Wendland kam herein und nahm das Gespräch entgegen.

„Also doch schon!“ hörte ich sie sagen. „Ist wenigstens alles gut gegangen?“

In diesem Augenblick kam von der anderen Seite her ihr Mann herein.

Sie legte die Hand über die Sprechmuschel und flüsterte ihm zu: „Die Entbindungsklinik!“

Noch eine Weile lauschte sie in den Hörer, dann beendete sie mit einem kurzen „Danke“ das Gespräch.

„Was ist los?“ fragte er aufgeregt.

„Das Kind ist schon da.“

„Es ist zu früh!“ stieß er heraus und trat ans offenstehende Fenster, uns den Rücken kehrend.

„Das haben wir ja befürchtet“, bestätigte seine Frau. „Aber es ist schlimmer. Das Kind ist ohne den rechten Unterarm geboren. Verkrüppelte Fingerchen sitzen direkt am Oberarm. Es soll außerdem schwächlich sein.“

„Wird es durchkommen?"

„Daran zweifeln sie nicht. Aber es wird etliche Zeit besondere Pflege brauchen. Sie wollen Mutter und Kind noch dort behalten. Es ist übrigens ein Junge."

„Auch das noch!"

Ich konnte das unfreiwillige Mithören nicht mehr aushalten, ergriff meine Putzsachen und verließ den Raum.

„Gnade ihr Gott, wenn sich herausstellt . . .", hörte ich den Gutsherrn gerade noch sagen, ehe ich die Tür schloß.

Beim gemeinsamen Essen gab Frau Wendland die Geburt des Jungen bekannt. Über die Mißbildung schwieg sie.

„Dürfen wir gratulieren?" fragte Ruthild.

Frau Wendland seufzte. „Wir wollen die Nachrichten der nächsten Tage abwarten."

Nach dem Essen ließ sie Reni und mich in der Küche allein und verschwand mit ihrem Mann und Benno im Wohnzimmer. Ehe wir mit dem Abwasch begonnen hatten, holte Benno Reni nach. Erst beim Abendessen sah ich sie wieder. Sie wirkte bedrückt.

„Kommst du mit in meine Kammer?" bat sie mich anschließend.

„Ich habe gehört, daß auch du von der Mißbildung erfahren hast", begann sie, nachdem wir uns auf ihrem Bett niedergelassen hatten. „Wie kann so etwas nur passieren?"

„Zu Hause habe ich mal mitgekriegt, daß gewisse Medikamente während der Schwangerschaft gefährlich sein können, genau wie Rauchen oder starker Alkoholgenuß. Außerdem treten manchmal nach einem Abtreibungsversuch Mißbildungen auf. Aber von dem allen kommt hier ja nichts in Betracht."

Während ich sprach, fiel mir der halbe Satz ein, den ich morgens beim Verlassen der Halle gerade noch mitbekommen hatte. Hegte der Gutsherr den Verdacht, daß etwas Derartiges vorlag?

Wie um diesen Gedanken zu bestätigen, sagte Reni zögernd: „Es könnte doch der Fall sein, finde ich. Die Schwangerschaft störte Ediths Pläne. Sie wollte weg von Hasenheide, wollte sich ein eigenes Leben aufbauen. In dieser Situation mit einem Säugling dazustehen, ist nicht jedermanns Sache."

„Aber abtreiben! Ihr eigenes Fleisch und Blut! Günters Vermächtnis! Nein, das traue ich selbst Edith nicht zu."

„Unzählige Kinder werden auf diese Weise von ihren Müttern getötet, wenn sie ihnen im Weg sind."

„Nun, dieses Kind lebt jedenfalls."

„Soll man sich darüber freuen?"

„Wie meinst du das?"

„Was hat es für ein Leben vor sich? Unheilbar verkrüppelt!"

„Woher willst du wissen, daß es nicht trotzdem lebenswert sein kann?"

„Du hast recht", gab sie zu.

„Monika! Mooonika! Wo steckst du bloß?" tönte Bennos Stimme durchs Mägdehaus. „Rasch, rasch, deine Mutter ist am Telefon."

Ich befürchtete Schlimmes, aber Mutter wollte mir nur mitteilen, daß Erika und Karlheinz am kommenden Freitag kriegsgetraut würden, weil Karlheinz an die Front verlegt werde. Nach dem Gang zum Standesamt wollten die beiden für ein Wochenende wegfahren.

Am Samstag begann im Dorf die traditionelle Kirmes. Überall wurden nur die wichtigsten Arbeiten erledigt. Herr Wendland verkündete uns beim Mittagessen, daß auch wir natürlich frei hätten, und Wanda fragte sofort, ob das nur für den Kirmesbesuch gelte oder ob sie in der Zeit nach Hause fahren könnte.

Der Gutsherr stutzte. „Ich hätte selbst daran denken sollen, Ihnen nach vier Wochen – sind das wirklich schon vier Wochen, seit Sie bei uns sind? – einmal Heimaturlaub zu geben. Entschuldigen Sie mein Versäumnis!" bat er. „Von jetzt an können immer zwei von Ihnen samstags nachmittags fahren. Kommen Sie am Sonntagabend mit dem Spätbus ins Dorf zurück, wir werden sehen, daß Sie an der Haltestelle vorm Dorfgasthaus abgeholt werden."

„Für Moni und mich lohnt sich das nicht", sagte Reni. „Es ist zu weit und zu teuer."

„Und ich muß hier bleiben, um meine Beete zu gießen", erklärte Ruthild. „Die fragen nicht danach, ob Sonntag ist."

„Sie fragen aber ebensowenig danach, wer sie gießt“, fiel ich ihr ins Wort. „Fahr du nur heim! Ich nehme dir die Arbeit ab.“

„Ein andermal gern“, sagte Ruthild. „Morgen bleibe ich hier.“ Sie schaute Frau Wendland an. „Dürfte ich aber in den Gottesdienst gehen? Ich glaube, er beginnt früher als um elf.“

„Sie dürfen bei uns alles, was nicht verboten ist“, sagte der Gutsherr jovial.

„Und noch ist Gottesdienstbesuch erlaubt“, ergänzte Benno.

„Was heißt hier *noch*? Es stünde schlimm um uns, wenn er je verboten würde“, bemerkte Frau Wendland. Sie wandte sich Ruthild zu: „Ich nehme Sie gerne in der Kutsche mit, ich will nämlich auch in die Kirche.“

„Ich möchte mitkommen“, meldete ich mich.

„Daß ihr Frauen es derartig mit der Religion habt!“ mokierte sich der Gutsherr. „Man müßte direkt mal die Gründe dafür untersuchen.“

„Vielleicht wissen wir mehr von Wundern“, erwiderte seine Frau. „Jedes Neugeborene ist ein Wunder.“

„Manchmal ein beschädigtes Wunder“, warf er bitter ein.

„Beschädigungen können das Werk von Menschen sein, die sich über Gottes Willen hinweggesetzt haben“, sagte ich und erschrak über meine eigene Kühnheit.

Herr Wendland sandte mir einen plötzlich finster gewordenen Blick zu und schien etwas entgegnen zu wollen, aber Wanda kam ihm zuvor mit der Bemerkung: „Vielleicht sind Frauen gar nicht frömmer, sondern nur treuer.“

„Ihr geht alle von einer falschen Voraussetzung aus“, griff Ruthild in das Gespräch ein. „Religion ist keineswegs nur Frauensache. Sie war immer auch die Sache gestandener Männer.“

„Und warum ist sie es nicht mehr?“ fragte der Gutsherr spöttisch.

„Sie ist es noch.“

„Weshalb sieht man dann so wenig gestandene Männer in den Gottesdiensten, Fräulein Pfarrerstochter?“

„Vielleicht weil es kaum mehr welche gibt.“

„Also das kann ich nicht auf mir sitzen lassen“, behauptete Benno. „Ich werde mich als gestandener Mann erweisen und euch nicht nur zur Kirche kutschieren, sondern auch mit hineingehen."

„Auf die Gefahr hin, daß ihr mich weder für mannhaft noch für treu erachtet, stehe ich zu meiner Überzeugung und besuche meine Parteiveranstaltung", schloß Herr Wendland mit deutlichem Spott das Gespräch ab.

Aber als wir am Sonntagmorgen um den Frühstückstisch saßen, der Gutsherr in voller Parteiuniform, hob er plötzlich den Kopf, schaute uns der Reihe nach an und ließ den Blick dann lange auf seiner Frau ruhen.

„Ich bin froh, daß ihr in die Kirche geht", sagte er ruhig und klar. „Wenn ich es öfter getan hätte, wäre vielleicht manches anders gekommen."

Offensichtlich staunten wir alle so sehr, daß niemand von uns sprach. Wir sahen ihm schweigend ins Gesicht, auf dem tiefer Ernst von einem Schatten schweren Unmuts abgelöst wurde. Er stand auf, strich im Vorbeigehen seiner Frau übers Haar, wie er es vor kurzem schon einmal getan hatte, und verließ den Raum. Wenig später hörten wir ihn davonreiten.

Der Gottesdienst war für meine Begriffe erstaunlich gut besucht, allerdings fast nur von Frauen. Zwei alte Männer, ein Soldat an Krücken, drei Halbwüchsige, wahrscheinlich Konfirmanden, und Benno, das waren die männlichen Teilnehmer. Der Pfarrer, weißhaarig und gebeugt, hielt eine kurze Predigt, während derer meine Gedanken abschweiften. Ich fragte mich, was mich eigentlich dazu gebracht hatte, den Gottesdienst zu besuchen. Ich hatte es lange nicht mehr getan. Meistens waren sonntagsvormittags Sportveranstaltungen gewesen, oder ich hatte mich endlich einmal gründlich ausschlafen wollen. Trotzdem hatte ich es ehrlich gemeint, als ich zu Karlheinz gesagt hatte, ich sei fromm. Karlheinz. Er würde in wenigen Tagen meine Schwester heiraten ...

Der Klang der Orgel weckte mich aus meinen Gedanken, die Gemeinde sang und erhob sich zum Gebet, das in die Fürbitte auch „den Führer" einschloß, „auf daß er Entscheidungen zum Besten aller Menschen" fälle.

Die letzten Minuten des Gottesdienstes benutzte ich, um mich in der schlichten Dorfkirche umzusehen. Kanzel, Altar und

Bänke waren aus schmucklosem, hellblau gestrichenem Holz; durch bunte Glasfenster fiel gedämpftes Licht und umgab die Köpfe der Gemeindeglieder mit einem farbigen Schein, als ob sie lauter Heilige wären. Aber wahrscheinlich, dachte ich, waren sie alle genau so widersprüchlich und in sich unsicher wie ich.

Der Segen war gesprochen, die letzte Liedstrophe war gesungen, die Orgel klang aus. Die Menschen strebten zum Ausgang. Weil wir ziemlich weit vorne gesessen hatten, gehörten wir zu den letzten, die das kleine Gotteshaus verließen. Reni stieß mich an und deutete unauffällig auf eine hochgewachsene Frau vor uns.

„Das ist Elfriede!“ flüsterte sie.

Die Tochter des Großbauern stand wartend draußen und trat, als wir aus der Tür kamen, herzlich lächelnd auf uns zu. Mit natürlicher Wärme redete sie Frau Wendland auf ihr Enkelkind hin an. Man konnte merken, wie sehr die beiden Frauen sich mochten. Dennoch klang Frau Wendlands Stimme herb, als sie fragte: „Woher weißt du davon?“

„Ich habe mit Edith telefoniert. Aber im übrigen ist es schon Dorfgespräch.“

„Wie ist es denn bekannt geworden?“

Elfriedes Gesicht wurde ernst. „Die Kanäle kenne ich auch nicht“, antwortete sie. „Ich weiß nur, daß unter Dorfleuten so gut wie nichts verborgen bleiben kann, selbst heutzutage, wo es Grund genug dafür gäbe.“ Sie sah Frau Wendland bedeutsam an und fuhr fort: „Über den gestrigen Vorfall weiß jeder bereits Bescheid.“

„Nur wir nicht“, sagte Benno trocken.

Das Staunen stand Elfriede im Gesicht geschrieben. „Ihr wißt nicht, daß dein Vater unsern Russen mit der Peitsche traktiert hat?“

„Mein Vater hat Leonid geschlagen?“

„Verprügelt hat er ihn. Geschlagen ist kein Ausdruck dafür.“

„Wie ist es dazu gekommen?“ fragte Frau Wendland, blaß bis in die Lippen.

„Ich kann es Ihnen nicht sagen. Er hat mit keinem von uns gesprochen, sondern kam hoch zu Roß in unsern Hof, stieg ab und marschierte geradewegs in die Werkstatt. Nach einiger Zeit ging der Lärm los, erst zornige Stimmen, dann schrie das Kind, dann hörten wir Peitschenhiebe, immer und immer wieder, dazwischen Janas Weinen und Leonids Stöhnen. Wir sind hinübergelaufen, Vater und ich, aber Ihr Mann hatte drinnen den Riegel vorgeschoben, wir bekamen die Tür nicht auf. Schließlich wurde sie von innen geöffnet, Ihr Mann stürzte heraus und an uns vorbei, ohne uns anzusehen. Wir haben uns nicht um ihn gekümmert, sondern uns Leonids angenommen. Er ist übel zugerichtet. Noch jetzt kann er sich kaum bewegen. Wahrscheinlich wird er tagelang liegen müssen."

Elfriede machte eine Pause und fuhr dann ruhiger fort. „Es ist schlimm für uns, daß er gerade jetzt ausfällt. Aber schlimmer ist natürlich, daß das Ganze überhaupt passiert ist."

„Aus welchem Grund bloß, frage ich mich", meinte Frau Wendland.

„Das fragen wir uns auch. Niemand weiß etwas."

„Niemand?" wiederholte Benno.

„Aus Leonid ist nichts herauszubringen, er schweigt wie eine Wand, und auch Jana habe ich bisher nicht zum Reden bewegen können. Das einzige, was sie schluchzend von sich gegeben hat, ist, daß sie ja rechtlos wären und froh sein müßten, wenn nicht noch Schlimmeres nachkäme. Und da mein Vater und ich diese Meinung teilen, werden wir stillhalten und hoffen, daß bald Gras über die Sache wächst."

„Von Vater haben wir wohl keine Erklärung zu erwarten?" fragte Benno, seine Mutter anschauend.

„Er hat es nicht einmal für nötig gefunden, mir den Vorfall zu berichten", sagte Frau Wendland so schmerzlich, daß es mir wehtat.

Wieder preschte ich mit einer Bemerkung vor, die mir nicht zustand. „Vielleicht hat er sich geschämt", gab ich zu bedenken, „vielleicht ist er über sich selbst erschrocken. Erinnern Sie sich, was er heute morgen beim Frühstück gesagt hat?"

„Es ist lieb von Ihnen, daß Sie mir Hoffnung machen wollen." Sie versuchte ein Lächeln und wandte sich an Elfriede. „Ich glaube, ihr seid euch noch nicht vorgestellt worden, obwohl ihr bestimmt schon voneinander gehört habt. Das ist Monika Kaltz."

„Erikas Schwester, ich weiß!“ Elfriede streckte mir ihre Hand hin.

Ich ergriff sie und sagte: „Und Sie sind Elfriede, die Freundin von ...“ Ich stockte, denn ich hatte sagen wollen „die Freundin von Günter“, aber das kam mir taktlos vor, und so beendete ich meinen Satz: „... von Edith.“

Sie hatte mein Zögern und meine Verlegenheit bemerkt und bestätigte freundlich: „Günters Freundin, und deswegen auch die von Edith. Ich bin ihr dankbar, daß sie ihn glücklich gemacht hat.“

„Hat sie?“ fragte Benno provozierend.

Elfriede sah ihn groß an. „Ich weiß es aus Günters eigenem Mund, daß er verrückt nach ihr war, wie er sich ausdrückte; und ich bewahre einen Brief von ihm auf, in dem er mich gebeten hat, ihre Freundin zu sein. Für mich gibt es keinen Zweifel daran, daß er Edith geliebt hat.“

„Man kann es vielleicht Liebe nennen, was er für sie empfand“, sagte Frau Wendland herb. „Die Frage ist: Hat sie ihn geliebt?“

In Elfriedes Gesicht arbeitete es.

„Ich hole die Kutsche“, verkündete Benno in die entstehende Pause hinein. „Geht ihr mit?“

Froh, dem Gespräch entkommen zu können, trottete ich neben Ruthild, Reni und ihm zum Dorfplatz, wo die Kutsche unter schattenspendenden Linden abgestellt war. Benno half uns hinein und fuhr mit uns zum Kirchhofstor. Hier waren Frau Wendland und Elfriede gerade dabei, sich voneinander zu verabschieden.

Es war ein wunderschöner Augusttag. Seidig spannte sich zartblauer Himmel über dem Land, das so friedlich dalag, als wären Krieg und Unrecht unwirklich. Die Pferde trabten den Kutschenweg zum Gut entlang. Hohe Buchen säumten seine Ränder. Vogelsang klang aus dem Laub. Sonnenschein glänzte auf den abgeernteten Feldern. Er schien auch mich zu erfüllen.

Kurz nach dem Mittagessen meldete Dieter sich telefonisch für den Spätnachmittag an. Obwohl ich eigentlich frei haben sollte, bat mich Frau Wendland, im Giebelzimmer zu lüften, durchzuwischen und abzustauben. Sie händigte mir den

Schlüssel aus, den sie in ihrem Nähtisch aufbewahrte, und ich stieg nach oben. Zum ersten Mal betrat ich Dieters Zimmer.

Ich verstand seine Wahl auf Anhieb. Sonnenlicht drang durch das hohe Fenster in der dem Garten zugewandten Giebelfront und erhellte den großen Raum bis in alle Winkel, obwohl dichte Vorhänge ihn zur Straßenseite hin abschlossen. Sie sollten offenbar ein Ausbleichen von Tapeten, Teppich und Möbelstoffen verhindern. Die klaren Farben des Teppichs, in dem dunkles Rot und helles Silbergrau vorherrschten, harmonierten mit dem blassen Blau der Polstergarnitur, die eine Ecke des Raums einnahm. Drei Sessel gruppierten sich um einen blankpolierten Tisch.

Verblichen war die Farbe allerdings am Bezugsstoff des Schreibtischstuhls, der zu dem schönen alten Sekretär neben dem Gartenfenster gehörte. Es fiel mir auf, daß es im Zimmer kein Bett gab, nur eine breite, niedrige Polsterliege, die offenbar als Schlafstatt diente. Daneben, auf einer kleinen, geschwungenen Kommode, sah ich die Fotografie. Sie lehnte an einem aufgeklappten Lederetui und zeigte Elfriede.

Die Aufnahme schmeichelte ihr nicht. Das blonde Haar, das sie in einem tiefen Knoten trug, war straff zurückgekämmt, so daß das Gesicht streng erschien. Kein Lächeln lockerte es auf. Der Ernst um Mund und Augen war schwer, aber die Klarheit des Blicks bestimmte das Bild und brachte Leben hinein.

Von der Rückseite her hatten sich Schriftzüge durchgedrückt. An den erhabenen Stellen war das Papier verkratzt und abgeschabt. Zwei umgeknickte Ecken und der ausgefranste Rand zeugten davon, daß das Foto nicht immer hier gestanden hatte. Wahrscheinlich war es in einer Brieftasche herumgetragen worden.

Ich konnte mich nicht zurückhalten; ich griff nach dem Bild, um die Widmung auf der Rückseite zu lesen.

Dabei wurde der Rahmen darunter frei, und ich hielt mitten in der Bewegung inne.

Ganz im Unterschied zu Elfriedes Foto war das von Erika, das mich nun anzublicken schien, äußerst vorteilhaft. Aus der modisch auf den Kopf getürmten Hochfrisur hatten sich kleine dunkle Locken gelöst und ringelten sich über Stirn und Ohren. Augen und Mund lächelten, nicht strahlend, sondern eher verhalten und sehr zärtlich. Es war ein Bild, um jedem Mann den Kopf zu verdrehen. Ich hatte es bisher nicht gekannt.

Die Aufnahme mochte knapp zwei Jahre alt sein, jedenfalls trug Erika schon geraume Zeit das Haar in einer langen, weich nach innen gedrehten Nackenrolle; und ich fand, daß sie sich inzwischen stark verändert hatte. Wahrscheinlich hatten schmerzliche Erfahrungen und in jüngster Zeit Angst das Ihrige getan, um sie reifer, aber auch kälter aussehen zu lassen.

Auch zu Erikas Bild gab es eine Widmung; sie war nicht auf die Rückseite geschrieben, sondern steckte im zweiten Innenrahmen links neben dem Foto. In Erikas enger, steiler Schrift, die so seltsam zu ihrem lockeren Auftreten kontrastierte, stand da als dreistrophiges Gedicht:

„Wohl hab ich manchen heißren Blick gekannt
und stärkrer Arme fordernd festen Ring;
wohl haben Lippen durstiger gebrannt,
und jäher Rausch mich wilder wohl umfing –
doch schien mir sanfter als von deiner Hand
niemals ein Streicheln, zärtlicher kein Blick,
süßer ich niemals einen Kuß empfand,
und größer, reiner nie zuvor ein Glück.

Ergriffen ganz von einem heil'gern Brand
weiß ich es heut: kein Traum, kein Taumel blieb.
Doch was mich nun erfüllt, das hat Bestand.
Dein bin und bleibe ich. Ich hab dich lieb."

Ich mochte meinen Augen nicht trauen. Erika hatte Reime geschrieben! Sentimentale, unkünstlerische – fremde oder eigene? Es zählte gleich. Es zeigte eine Seite an ihr, von der ich keine Ahnung gehabt hatte und mit der ich mich nicht anfreunden konnte. Noch im Nachhinein kam es mir peinlich vor – peinlich, daß Erika so etwas aus der Hand gegeben, peinlich, daß Dieter es aufbewahrt hatte. Am peinlichsten aber erschien es mir, daß ich jetzt dastand und Mitwisser geworden war.

Dennoch las ich auch noch den zweiten Zettel, der zusammengefaltet halb hinter den ersten geschoben war.

„Nun weint der Himmel alle Tränen aus,
die er ob unserm Glück zu weinen säumte.
In trüben Weiten seines schweren Graus
versank, was er in lichter Bläue träumte.
Die Regennebel kriechen kalt und sacht.
Ich fühl mein Herz aus weiten Fernen klopfen.
Ich weiß, auch du lauschst leer bei Tag und Nacht
dem müden Fall der Regentränentropfen."

Ich versuchte mir meine Schwester vorzustellen, wie ich sie kannte, und was ich las, kam mir aufgesetzt und unecht vor. Trotzdem beeindruckte es mich, daß sie sich zweimal auf diese Weise geäußert hatte, nicht nur im ersten Gefühlsüberschwang romantischer Verliebtheit. War es ihr tatsächlich ernst gewesen mit dem, was die Reime auszudrücken versuchten?

Unschlüssig, was ich davon halten sollte, faltete ich das Papier wieder zusammen und steckte es an seinen Platz zurück. Dann drehte ich Elfriedes Bild um.

Hier stand nur ein einziger Satz: „Selbstlose Freundschaft macht glücklicher als eigensüchtige Liebe." Darunter, in der gleichen druckvollen Schrift: „Elfriede".

Ich lehnte das Foto wieder so an den Rahmen, wie es gestanden hatte, und begab mich an die mir aufgetragene Arbeit. Zusätzlich putzte ich die Fenster, sie hatten es nötig.

Als ich mit den Scheiben an der Gartenseite fertig war, blieb ich eine Weile stehen und schaute hinaus. Unauslöschlich prägte sich mir der Eindruck ein. Ich blickte auf den Garten mit seinen Rasenflächen und den farbenglühenden Blumenrabatten, auf die in der Sonne schimmernden leichten Wellen des Teiches, auf die Baumgruppe, aus der das Dach des Seetempels lichtumflossen aufleuchtete, und auf den leeren Wirtschaftshof hinter der Hekke. Hühner gackerten wie von weit her, und ich glaubte sogar das Geplätscher des Brunnens zu hören. Ich wußte, daß ich Hasenheide liebte.

Ich straffte die Schultern und griff nach dem Staubtuch. Reni würde bald hierhergehören! Der Gedanke kam mir zum ersten Mal mit aller Schärfe, und plötzlich stieg Neid in mir auf. Ich schämte mich und versuchte, das Gefühl abzuschütteln, aber es war hartnäckig. Ich würde Zeit brauchen, bis ich Reni ihre Rolle auf Hasenheide aus vollem Herzen gönnen konnte.

Als ich mit dem Staubwischen fertig war, warf ich einen letzten Blick über das Zimmer, in dem jetzt das Fenster offenstand und die milde Sommerluft hereinließ. Wie schön würde es aussehen, wenn auch hier, wie in den Stockwerken darunter, Blumen den Raum belebten!

Ich suchte Frau Wendland und fragte sie, ob ich einen Strauß schneiden und hinauftragen dürfe. Sie freute sich über meinen Einfall und holte mir eine Bodenvase und einen kleineren Krug für den Tisch.

Ich schnitt tiefrote Gladiolen und bunte Dahlien und ließ mir Zeit dabei. Hummeln umsummten die Rabatten, sonst war es feiertäglich still. Die Sonne wärmte meinen Rücken, eine der kleinen Katzen kam heran und strich mir um die Beine. Ich legte die Blumen hin, die ich schon geschnitten hatte, nahm ein paar Kieselsteine vom Weg auf, ließ sie über den Rasen rollen und freute mich an den possierlichen Sprüngen des Tierchens, das sie zu haschen versuchte. Als es schließlich genug vom Spielen hatte, rieb es sich schnurrend an meinem Bein, bis ich es aufhob und sacht kraulte. Wohlig streckte und räkelte es sich in meinem Arm, schmiegte sich kurz an mich und begehrte dann wieder nach unten, wo es sich zu putzen begann.

Auch ich dehnte mich, tief atmend, mit ausgebreiteten Armen, in einem leisen, schwebenden Glücksgefühl. Dann bückte ich mich erneut zu den Blumen.

Als ich genug gepflückt hatte und wieder aufschaute, stand Dieter auf der Terrasse. Ohne nachzudenken, lief ich über den Rasen auf ihn zu und rief ihm entgegen: „Du bist zu früh gekommen! Die Sträuße sollten dich in deinem Zimmer begrüßen."

„Ich war noch nicht oben", sagte er abwesend.

Beide Arme voller Blumen, stand ich vor ihm und wußte nicht, wie ich mich verhalten sollte. Er sah mich an, sprach aber nicht. Ich fand, daß er angespannt und fremd wirkte.

Völlig aus der Stimmung gerissen, fragte ich herb: „Ist es dir recht, wenn ich die Blumen hinauf bringe?"

Statt einer Antwort stellte Dieter übergangslos fest: „Du fühlst dich wohl in Hasenheide." Es war keine Spur einer Frage in seiner Stimme. Er fuhr fort: „Ich habe dich eine ganze Weile beobachtet."

„Es ist schön hier", bestätigte ich, „schön – aber von der Situation her bedrückend." Leise setzte ich hinzu: „Eben hatte ich das für eine Weile vergessen."

Sein Gesichtsausdruck veränderte sich.

„Wenn man's doch nur vergessen könnte!" sagte er sehnsüchtig.

Seine Miene wurde wieder finster. „Selbst du kannst nicht ermessen, was mir Hasenheide bedeutet. Und heute bin ich wahrscheinlich zum letzten Mal hier!" Er brach mit einem Laut ab, den ich nur als Stöhnen auffassen konnte.

Erschrocken forschte ich in seinem Gesicht.

„Vater wird mir das Haus verbieten, wenn ich gesagt habe, was zu sagen ist", fing Dieter wieder zu reden an. „Was hätte ich darum gegeben, Mutter das alles zu ersparen!"

In der Halle hinter uns klangen Schritte. Benno kam, den Arm um Reni gelegt, mit ihr auf die Terrasse geschlendert. Offensichtlich hatten sie Dieter schon begrüßt, denn sie nahmen keine Notiz von ihm, sondern setzten sich, in leise Unterhaltung vertieft, auf die Bank bei der seitlichen Brüstung.

Dieter griff nach den Vasen, die ich an der Türschwelle abgestellt hatte. „Am besten ordnest du die Blumen oben zu Sträußen", schlug er vor.

Wortlos stiegen wir ins Giebelzimmer hinauf. Wortlos trug er die Gefäße in das kleine Bad nebenan und brachte sie mit Wasser gefüllt zurück. Dann stellte er sich, den Rücken mir zugekehrt, ans Fenster.

Ich hatte den Eindruck, daß er gerne reden wollte, aber den Anfang nicht fand. Deshalb sagte ich, während ich zunächst die Dahlien in den Krug einordnete: „Du hast mir schon einmal großes Vertrauen bewiesen, als du von deinem Vater erzählt hast . . ."

Er unterbrach mich: „Wer A sagt, muß auch B sagen, ich weiß das."

Ich nahm eine Bewegung wahr und hob den Blick von den Blumen in meinen Händen zum Fenster hin. Dieter hatte sich zu mir umgedreht.

Behutsam begann ich: „Da gibt es kein Muß . . .“

Wieder fiel er mir ins Wort. „Vielleicht muß ich nicht, aber ich will! Ich will dir nun auch das Schlimmste noch erzählen, schon allein, damit du es nicht von anderer Seite erfährst.“

Er machte eine Pause und atmete heftig.

Erst als er seine Stimme wieder unter Kontrolle hatte, so daß sie sachlich und unbeteiligt klang, sprach er weiter: „Ediths Sohn ist kein Siebenmonatskind, und er stammt auch nicht von Günter, sondern von meinem Vater.“

Fassungslos sah ich ihn an.

Er kam heran und setzte sich in einen der Sessel beim Tisch, an dem ich beschäftigt war.

„Du kannst es mir glauben“, sagte er bitter. „Ich besitze den unwiderleglichen Beweis, daß Günter nach seiner Verwundung nicht mehr zeugungsfähig war.“

Er lehnte sich im Sessel zurück und trommelte mit den Fingern auf den Armlehnen.

„Unterleib und Oberschenkel waren zerfetzt, es bestand für Günter von Anfang an keine Hoffnung. Zuerst dachte ich, Edith hätte meine Mutter aus Mitgefühl im Unklaren gelassen. Aber es war kein Mitgefühl, es war Teil ihres groß angelegten Betrugsmanövers. Das begriff ich, als ich erfuhr, daß Edith schwanger war.“

Dieter erhob sich und schritt ruhelos auf und ab.

„Ich werde es Vater auf den Kopf zusagen“, versprach er grimmig. „Ich werde darauf bestehen, daß die Wahrheit ans Licht kommt, koste es mich, was es wolle.“

Er brach ab und stellte sich vor mich. „Was siehst du mich so kritisch an?“

„Warum erst jetzt?“ fragte ich. „Warum rückst du erst jetzt damit heraus, wenn du es doch schon seit Monaten weißt?“

Er setzte sich wieder in den Sessel und sagte nahezu tonlos: „Edith hatte Günter schon vorher betrogen, und er wußte es. Aber er hat es für einen einmaligen Ausrutscher gehalten. Kurz vor seinem Tod ließ er mir noch einen Brief zukommen – ich war in allem sein Vertrauter, mußt du wissen –, in dem er mir schrieb, er habe sich innerlich vollkommen mit Edith ausgesöhnt. Und er bat mich, ihr auch nichts nachzutragen.“

Bei den letzten Worten hatte sich Dieters Stimme verändert. Ich hob den Blick zu seinem Gesicht und sah, daß ihm Tränen in den Augen standen.

„Er ist so versöhnt und friedlich gestorben“, sagte er mühsam, „und jetzt ...“

„Kannst du es nicht dabei belassen, Dieter?“

„Ich wollte es ja, deswegen habe ich geschwiegen, auch als Ediths Schwangerschaft bekannt wurde und mir ihre erneute Untreue bewies. Kannst du dir vorstellen, in welchen Gewissenskonflikten ich war? Kannst du dir vorstellen, wie ich unter den beschämenden Umständen leide?“

„Was die Umstände angeht, Dieter, so sehe ich nicht, woher du den Verdacht gegen deinen Vater nimmst.“

„Es liegt klar auf der Hand“, sagte er müde. „Daß Vater in dem Betrug mitgespielt hat, entlarvt ihn. Warum sonst hätte er zulassen sollen, daß seinem toten Sohn ein fremdes Kind untergeschoben wird?“

„Wie kommst du darauf, daß er mitgespielt hat, ja daß er es überhaupt weiß? Wahrscheinlich hat Edith es doch niemandem erzählt! Benno jedenfalls ahnt nichts davon. Er sprach von einer spät aufgetretenen tödlichen Komplikation.“

„Vater muß den Befund gekannt haben, ebenso gut wie ich.“

„Woher kanntest du ihn? Aus dem amtlichen Schreiben oder von Günter direkt? An wen ging damals die Nachricht von Günters Verwundung? Doch sicher an seine Frau!“

Statt zu antworten, sagte Dieter hart: „Sooft ich Vater in der letzten Zeit gesehen oder gesprochen habe, fiel mir sein verändertes Verhalten gegenüber Edith auf.“

„Das kann andere Gründe haben.“

„Welche?“

„Ich hab natürlich keinen wirklichen Einblick, aber irgend etwas geht zwischen einem Paul Heinrich und deinem Vater vor. Vielleicht hängt Edith da drin?“

„Das sind haltlose Spekulationen!“ tat Dieter mich ab. „Genauso wie Vater mit Erika angebändelt hat, hat er's mit Edith getan – nur gründlicher.“ Seine Lippen preßten sich mit einem Ausdruck von Härte zusammen, der mich schmerzte.

Ich gab es auf, ihm zu widersprechen, und sagte statt dessen:

„Du hast mir bisher nicht erklärt, warum du die Sache nun doch noch aufrollen willst."

„Um Bennos willen", antwortete er knapp. „Weder Edith noch ihr Sohn sollen ihm Hasenheide streitig machen können."

„Genau dafür setzt sich dein Vater zur Zeit ein, das weiß ich von Reni", sagte ich sachlich, während ich die letzte Gladiole in die Bodenvase steckte.

„Schöne Sträuße hast du für mich gemacht", bemerkte Dieter mit veränderter Stimme.

„Ich hatte gehofft, daß du ein paar Tage lang Freude an ihnen hättest", antwortete ich leise.

„Wenn Vater wider Erwarten mit sich reden läßt, statt mich in blindem Zorn vor die Tür zu setzen, werde ich mich an deinen Blumen freuen", versprach er und versuchte sogar ein Lächeln. Doch fast sofort verdunkelten sich seine Augen wieder, und seine abschließenden Worte klangen herb: „Aber so wird es nicht kommen. Du wirst sehen: Wir stehen vor einer Katastrophe."

Kapitel 8

Dieter behielt recht, wenn auch auf andere Weise, als er gemeint hatte.

Wir waren zusammen nach unten gestiegen. Er hatte seine Mutter aufgesucht, und ich hatte mich mit einem Buch auf die Bank vorm Mägdehaus gesetzt. Als der Gong ertönte, folgte ich ihm nur ungern. Ich fürchtete eine unbehagliche Mahlzeit, selbst wenn der Zusammenstoß zwischen Vater und Sohn noch nicht erfolgt sein sollte. Aber Herr Wendland war bisher nicht zurückgekehrt.

Benno meinte leichthin, daß wir uns um ihn keine Gedanken machen sollten. Sicher seien die Parteigenossen im Anschluß an ihre Versammlung noch trinken gegangen.

Frau Wendland sah im Unterschied zu Benno sorgenvoll aus. Trotzdem drängte auch sie uns, die abendliche Freizeit unbekümmert zu nutzen und uns den so notwendigen Schlaf nicht rauben zu lassen.

So erfuhren wir erst am nächsten Morgen, daß man den Gutsherrn noch während der Nacht ins Krankenhaus gebracht hatte. Sein Pferd war gegen Mitternacht reiterlos durchs Dorf getrabt und vom Großbauern eingefangen worden. Voll schlechter Vorahnungen hatten sich einige Männer auf die Suche gemacht und Herrn Wendland bewußtlos hinter einer Hecke gefunden. Er blutete aus einer Kopfwunde, die von einem Huftritt herzustammen schien. Es gab keinerlei erkennbare Hinweise auf den Hergang des Unfalls und damit auch nicht darauf, ob weitere Verletzungen vorlagen.

Benno hatte Dieter noch in der Nacht zu seinem Vater ins Krankenhaus kutschiert und war zurückgekommen, um jetzt am Morgen seine Mutter hinzubringen. Frau Wendland hatte dunkle Ringe unter den Augen, aber sie gab uns freundlich wie immer ihre Anweisungen für den Tag, ehe sie in Bennos Begleitung aufbrach.

Wanda und ich hatten den Auftrag erhalten, den Seetempel einer gründlichen Reinigung zu unterziehen. Während wir zum Gartenhaus gingen, fragte ich mich, ob Dieter mit seiner Mutter über alles geredet hatte, was er zu wissen glaubte, oder ob ihr schlechtes Aussehen nur von der Sorge um ihren Mann kam.

Wanda war ungewöhnlich schweigsam. Das konnte nur bedeuten, daß ihr rascher Geist und ihre lebhafte Phantasie wieder auf einer Fährte waren. Wirklich begann sie nach einer Weile, ihre Gedanken vor mir auszubreiten.

„Könnte es sein, daß es gar kein Unfall war, was Herrn Wendland zugestoßen ist?“ fragte sie. „Es muß doch einen Grund haben, daß das Pferd scheute und ihn abwarf – falls das der Hergang war.“

„Vielleicht ist es ihm bloß schlecht geworden.“

„Wieso sollte es einem kerngesunden Mann plötzlich schlecht werden?“

„Wenn er zuviel getrunken hat . . .“

Wieder unterbrach sie mich. „Ich würde eher annehmen, daß

jemand ihm eins übergezogen hat. Unbeliebt genug war er wahrscheinlich."

„Warum gibst du dich nicht mit dem Unfall zufrieden?"

„Die Schreibmappe ist weg", sagte sie düster. Sie sah mein verständnisloses Gesicht und fuhr fort: „Die Mappe, von der ich euch schon mal erzählt habe, die mit den Denunziationen."

Wir hatten inzwischen den Seetempel betreten und machten uns an die Arbeit.

„Was hast du vorhin mit dem Hinweis auf das Verschwinden der Schreibmappe sagen wollen?" erkundigte ich mich nach einer Weile.

„Die Briefe hätten für einige Dörfler gefährlich werden können", erklärte Wanda. „Das eine Schreiben schwärzte die Leute vom Großbauernhof an, daß sie den Gefangenen zuviel Rechte einräumten; das andere richtete sich gegen den Gastwirt, weil er duldete, daß in seiner Gaststube zersetzende Gespräche geführt würden."

„Wer könnte von diesen Briefen gewußt haben?" fragte ich skeptisch.

„Edith natürlich. Und wie ich höre, ist sie mit der Großbauerntochter befreundet."

„Aber der Großbauer war es gerade, der den Suchtrupp zusammengerufen und angeführt hat. Außerdem, was sollte es ihm schon nutzen, Herrn Wendland niederzuschlagen? Die Briefe waren ja nun mal geschrieben."

„Sie sind verschwunden, das sagte ich dir doch."

„Dann hätte es einen Einbruch geben müssen, keinen Unfall."

„Vielleicht diente das eine dazu, das andere zu verschleiern."

„Von einem Einbruch ist aber keine Rede!"

„Und wo ist bitte die Schreibmappe?"

„Herr Wendland könnte sie selbst auf die Seite geräumt haben."

„Warum sollte er?"

„Möglicherweise hat er Gewissensbisse bekommen ..."

„Der doch nicht!" unterbrach mich Wanda. „Der ist absolut skrupellos."

„Woher willst du das wissen?"

„Ein Mann, der seine Schreibhilfe zu küssen versucht, obwohl er eine so reizende Frau hat, dem ist alles zuzutrauen."

„Hat er das bei dir getan?"

Sie nickte. „Vergeblich, natürlich. Ich habe ihm gründlich die Meinung gegeigt."

„Und wie hat er das hingenommen?"

„Bemerkenswert gut, muß ich gestehen."

„Also ist er doch nicht ganz so skrupellos, wie du behauptest."

„Sag mal, warum nimmst du ihn eigentlich so in Schutz?"

„Ihn weniger als seine Familie. Die haben schon genug Sorgen, darum solltest du den Unfall nicht noch dramatisieren."

„Mir ist gerade eben ein Gedanke gekommen", fuhr sie ungerührt von meinem Einwand fort. „Sicherlich bin ich nicht die einzige, an die er sich herangemacht hat. Vielleicht wollte irgend ein gehörnter Ehemann sich rächen."

„Wirklich, Wanda, hör auf mit den Verdächtigungen!" empfahl ich ihr. „Du hast offensichtlich mal wieder deine theatralische Stunde."

„Meine kriminalistische", verbesserte sie mich lachend. „Komm, faß an und hilf mir, die Couch von der Wand zu rükken, damit ich dahinter saubermachen kann!"

Gemeinsam schoben wir das schwere Möbelstück von seinem Platz. Ein leises Klirren ließ uns aufhorchen.

„Da war etwas eingeklemmt und ist nun runtergefallen", stellte Wanda fest und bückte sich suchend. Mit einer silbernen Kette kam ihre Hand, die unter die Couch gegriffen hatte, wieder zum Vorschein. An der Kette hing ein farbig eingelegtes Medaillon.

„Ein schönes Stück!" murmelte Wanda. „Sieht aus wie beste russische Arbeit. Wer mag sowas hier verloren haben, ohne die Bude auf den Kopf zu stellen, um es wiederzufinden?"

„Wahrscheinlich jemand, der nicht gemerkt hat, wie und wann es ihm abhanden kam", vermutete ich. „Wer weiß, wie lange es schon hier lag."

„Das kann Jahrzehnte her sein, nach dem Staub zu urteilen, mit dem wir uns abmühen." Sie steckte ihren Fund in die Schürzentasche und ließ sich wieder auf die Knie nieder, um weiter zu putzen.

Wir arbeiteten hart, waren aber noch längst nicht fertig, als der Gong zum Mittagessen rief.

„Dieser Dieter“, sagte Wanda, als wir nachmittags wieder am Werk waren, „der ist doch gestern angekommen, am Tag des Unfalls.“

Offenbar war ihre kriminalistische Phase noch nicht vorbei.

„Verdächtigst du jetzt ihn, seinem Vater was angetan zu haben?“ fragte ich amüsiert.

„Du sagtest, daß er bei euch ein und aus geht. Ist er immer so finster?“

„Ich habe ihn eigentlich nur ruhig und freundlich gekannt“, antwortete ich. „Aber er wird wohl seine dunklen Seiten haben wie wir alle.“

„Magst du ihn?“

„Ich glaube schon. Jedenfalls ist er mir nicht unsympathisch.“

„Schade“, bedauerte sie. „Dann hältst du es also nicht für möglich, daß er aus Groll etwas gegen seinen Vater unternommen haben könnte?“

„Was weißt du von seinem Groll?“ fragte ich aufgeschreckt.

„Ich weiß überhaupt nichts von ihm. Ich stelle Vermutungen an.“

„Kannst du nicht etwas weniger an den Haaren herbeigezogene Theorien entwickeln, wenn es denn schon sein muß, damit du dich glücklich fühlst?“

„Spotte nur!“ sagte sie. „Ob du es glaubst oder nicht, ich habe einen Riecher dafür, wenn an einer Sache etwas faul ist.“

Ich starrte sie an.

„Allmählich glaube ich, daß dir dieser ganze Unsinn ernst ist“, brachte ich hervor. „Wirklich, Sherlock Holmes, ich habe es satt, deinen Watson zu spielen.“

Sie grinste und schwieg.

„Das Nette an dir ist, daß du nie eingeschnappt bist“, erklärte ich versöhnlich.

„Ich hoffe, das ist nicht das einzige, was du an mir nett findest!“ Unvermittelt schloß sie die Frage an: „Möchtest du gern hier wohnen?“

„Hier? Auf Hasenheide? Leidenschaftlich gern, wenn das möglich wäre ...“

Ihr erstauntes Gesicht ließ mich verstummen. Ich ärgerte

mich, weil ich mich zu dieser raschen Antwort hatte hinreißen lassen.

„Hast du etwa vor, Reni auszustechen?“ fragte sie neckend. Dann fuhr sie ernst fort: „Ich habe gemeint, ob du gern in diesem Tempel wohnen möchtest, wenn du an Renis Stelle wärest. Mich könnte nämlich nichts und niemand dazu bewegen, hierher zu ziehen.“

„Ich denke, es könnte mir hier gefallen“, entgegnete ich. „Es ist irgendwie ein abgeschlossenes kleines Reich für sich, zum Entspannen und Träumen..“

„... oder für heimliche Treffen“, fiel Wanda mir ins Wort.

„Ja, das hast du uns schon einmal unterbreitet. Ein ‚Liebesnest für Schäferstündchen‘ hast du es genannt.“

„Da war ich noch nicht hier gewesen. Jetzt kommt es mir vor wie ein Nest des Unheils“, erklärte Wanda düster. „Auf alle Fälle werde ich froh sein, wenn wir hier fertig sind.“

Das war ich auch, weil mir von der angestrengten Arbeit alle Glieder weh taten.

Als wir uns zum Abendessen in der Küche einfanden, war Frau Wendland gerade mit ihren Söhnen aus dem Krankenhaus gekommen. Wanda holte das Medaillon aus ihrer Tasche und berichtete, wo wir es gefunden hatten. Keiner schien es zu kennen. Frau Wendland sagte nur beiläufig, wir sollten es auf das Fensterbrett in der Halle legen, sie werde sich später darum kümmern.

Es war verständlich, daß das Medaillon im Augenblick niemandem wichtig erschien. Alle waren in Gedanken bei Herrn Wendland, der wohl noch für viele Wochen in der Klinik bleiben mußte. Seine Hüfte war zerschmettert, und beide Oberschenkelknochen waren gebrochen. Es sah so aus, als ob er für sein weiteres Leben an den Rollstuhl gebunden sein würde. Die Kopfwunde war demgegenüber weniger schlimm, aber es schien eine innere Verletzung vorzuliegen, die eine Beeinträchtigung des Bewußtseins bewirkt hatte. Selbst wenn Herr Wendland die Augen offen hielt, schien er weder seine Angehörigen noch seine Lage zu erkennen.

Auch in den nächsten Tagen gab es keine Veränderung. Frau Wendland besuchte ihren Mann täglich, manchmal wurde sie von Dieter begleitet, der zwei Wochen Urlaub hatte. Benno ging wieder zur Schule, da die Ferien vorbei waren. Nur für die Mädchenoberklassen verschob sich wegen des Ernteeinsatzes der Unterrichtsbeginn.

Mittwochs berichtete Frau Wendland, daß ihr Mann zu sprechen versucht habe, immer das gleiche Wort. Sie konnte es kaum verstehen, aber es schien „Edith“ heißen zu sollen.

Dasselbe wiederholte sich am Donnerstag.

Dieter vermutete, daß sein Vater nach Edith verlange, aus welchen Gründen auch immer, und kündigte an, daß er sich nach ihrer Reisefähigkeit erkundigen und sie gegebenenfalls um ihr Kommen bitten werde, damit Herr Wendland sich nicht länger so aufrege.

Drei Tage darauf war sie da, aber ohne das Kind, und erklärte, so schnell wie möglich zurück zu müssen. Ich hatte den Eindruck, daß wir alle aufatmeten, als wir es erfuhren.

Am Abend in unserer Kammer fragte mich Wanda, ob ich wisse, wer Leonid sei. Ihm scheine nämlich das Medaillon zu gehören, das wir im Seetempel gefunden hatten. Sie erzählte, daß sie kurz vor dem Abendessen in der Halle mit Fensterputzen beschäftigt gewesen war und gerade die bis dahin immer noch auf dem Fensterbrett liegende Kette in der Hand hatte, um sie vorübergehend auf den Tisch zu legen, als Dieter und Edith hereinkamen. Edith war mit einem Ausruf des Erstaunens auf das Schmuckstück zugegangen und hatte Wanda mit Schärfe gefragt, wie sie zu Leonids Medaillon komme.

An diesem Punkt hatte Dieter eingegriffen. Er hatte die Kette an sich genommen und Edith aufgefordert, mit ihm ins Herrenzimmer zu gehen. Die Unterhaltung dort hatte bis übers Abendessen angedauert, deshalb waren die beiden nicht zu Tisch erschienen.

In dieser Nacht konnte ich nicht einschlafen, zuviel ging mir durch den Kopf. Wenn ich mir die Ereignisse zusammenreimte, ergab sich für mich die zwingende Vermutung, daß Edith sich mit Leonid im Seetempel zu treffen pflegte und daß Herr Wendland auf irgendeine Weise von der Beziehung erfahren hatte. Wahrscheinlich brauchte man nach dem Informanten nicht weit zu suchen. Nach allem, was ich über ihn gehört hatte, steckte Paul Heinrich dahinter.

Dieter mußte mich mit der Meinung über seinen Vater doch mehr beeinflußt haben als ich angenommen hatte. Folgerungen daraus drängten sich mir auf. Hatte Edith nicht nur Günter, sondern auch Herrn Wendland für ihre Zwecke benutzt? Hatte sie, als sie entdeckte, daß sie von Leonid schwanger war, zuerst versucht, abzutreiben, und hatte sie sich, als der Erfolg ausblieb, mit dem Gutsherrn eingelassen, um ihm das Kind unterzuschieben? Nur äußerste Verzweiflung hätte der Antrieb zu einem so gewagten Spiel sein können. Aber es war wohl ihre einzige Möglichkeit, sich einen Bundesgenossen zu schaffen, der ihr aus der Patsche helfen konnte und es in seinem eigenen Interesse auch mußte. Vielleicht hatten die beiden gemeinsam den Plan entworfen, daß Edith ins Ruhrgebiet zurückkehren und bei ihrem Vetter arbeiten sollte. Mit einigem Glück hätte es sich deichseln lassen, daß auf Hasenheide niemand von der Schwangerschaft erfuhr. Dann hatte Günters Verwundung scheinbar einen Ausweg eröffnet.

Je mehr ich darüber nachdachte, desto wahrscheinlicher wurde für mich das Unwahrscheinliche.

Ich sah Edith während ihres kurzen Aufenthalts auf Hasenheide nicht. Sie erschien nicht zum Frühstück. Als sie mit Frau Wendland und Dieter zum Krankenhaus aufbrach, arbeitete ich in der Waschküche. Abends erfuhren wir, daß sie wieder abgereist war.

Weit davon entfernt, bei ihrem Anblick Erleichterung zu verspüren, war der Gutsherr vielmehr in eine derart heftige Erregung geraten, daß der Arzt Herzmittel spritzen mußte. Auch der zweite Versuch, Edith zu ihm zu lassen, zeitigte keinen andern Erfolg.

Frau Wendland erzählte es uns ratlos.

„Waren Sie sich denn sicher, daß Ihr Mann wirklich nach Edith verlangt hat?“ erkundigte sich Ruthild.

„Er artikulierte nicht deutlich, aber auch meine beiden Söhne und die Krankenschwester haben klar die Vokale E und I gehört.“

Mir schoß ein Gedanke durch den Kopf, und ohne weitere

Überlegung sprach ich ihn aus: „Kann es sein, daß er nicht Edith, sondern Leonid sagen wollte?“

„Leonid?“ Dieter wandte sich mir mit einer raschen Bewegung zu. „Was weißt du von Leonid?“

„Was das ganze Dorf weiß: daß dein Vater ihn am Abend vor seinem Unfall bettreif geschlagen hatte.“

„Bettreif? War er wirklich im Bett?“ fragte Wanda.

„Wenn du damit meinst, ob der vermeintliche Unfall ein Racheakt Leonids war, dann laß den Gedanken fallen!“ erklärte Benno. „Leonid ist noch heute gehunfähig.“

„Aber wenn Herr Wendland nicht Edith, sondern Leonid hat sagen wollen, müßte man der Geschichte dann nicht neues Augenmerk zuwenden?“ insistierte Wanda. „Vielleicht stecken die Leute vom Großbauernhof dahinter?“

„Das ist nun wirklich der haarsträubendste Unsinn!“ verwahrte sich Benno. „Welches Interesse sollten die daran gehabt haben, daß Vater zum Krüppel wird?“

„Ich denke, es könnte Schlimmeres als das beabsichtigt gewesen sein, weil nämlich möglicherweise sehr viel auf dem Spiel stand.“ Wanda erzählte von der verschwundenen Schreibmappe. „Es war ja nicht damit getan, die Briefe wegzunehmen; sie hätten neu geschrieben werden können“, erklärte sie. „Der Schreiber war die Gefahr, die man beseitigen mußte.“

„Dein Scharfsinn in Ehren, Wanda, aber woher weißt du, daß Herr Wendland die Mappe nicht selbst weggeräumt hat?“ schaltete sich Ruthild ins Gespräch ein.

„Das hat er noch nie getan!“

„Nun, einmal ist immer das erste Mal. Ich würde zunächst gründlich nachschauen, wo die Mappe sein könnte, ehe ich Verdächtigungen auf ihr Verschwinden aufbaue.“

„Und wie erklärst du dir die Frage nach Leonid?“

„Vielleicht hat Herr Wendland bereut, was er ihm angetan hat. Vielleicht möchte er wissen, wie es ihm geht“, schlug Ruthild vor.

Dieter schaute sie mit einem seltsamen Ausdruck an.

„Das ist Ihre Denkweise, aber es wäre niemals die meines Vaters.“

„Sag das nicht!“ widersprach ich eifrig. „Ruthild kann recht haben! Denkt an den Sonntag morgen vor dem Unfall! Erinnert ihr euch, was er über den Kirchgang gesagt hat? Und das, nachdem er am Tag vorher noch ganz anders geredet hatte!“

„Vielleicht bringt uns die Geschichte mit der Schreibmappe wirklich ein Stück weiter“, meinte Frau Wendland. „Ich glaube keinen Augenblick, daß die Briefe von meinem Mann stammen. Dieter, würdest du in Vaters Zimmer nachschauen?“

Durch Reni erfuhr ich, was die Suche erbracht hatte. In einer verschlossenen Schublade des Schreibtischs hatte Dieter mehrere Mappen gefunden, eine mit den von Wanda erwähnten Papieren, eine andere mit dem Entwurf eines Testaments, an dem der Gutsherr offenbar bis spät in die Nacht zum Sonntag gearbeitet hatte. Einzelheiten waren noch nicht ausgeführt, Notizen am Rand wiesen darauf hin, daß einiges erst mit einem Anwalt besprochen werden sollte. Aber die Grundlinien des Willens waren klar: Frau Wendland sollte ständiges Wohnrecht auf Hasenheide haben, Dieter sollte das Herrenhaus erhalten, Benno sollte Erbe von Grund und Boden und vom Wirtschaftshof mit seinen Gebäuden sein. Ansprüche von Edith und ihrem Kind waren prinzipiell ausgeschlossen, am Rande war dazu vermerkt: „Kind keine Frühgeburt? Vaterschaftstest! Medizinischer Befund betreffs Günters Verwundung?“

Über letzteres waren Benno und Reni nahezu fassungslos gewesen. Sie brachten jetzt sogar Verständnis dafür auf, daß Herr Wendland sich Leonid gegenüber vergessen hatte. Dabei kannten sie noch nicht einmal den tieferen Grund für seine Reaktion. Daß Edith ihren Schwiegervater doppelt betrogen haben könnte, zog außer Dieter niemand in Erwägung – nur ich, die ich es mir in jener schlaflosen Nacht aus Puzzleteilen zusammengesetzt hatte.

Man war im Familienkreis übereingekommen, zunächst nichts über die vermutete Vaterschaft nach außen dringen zu lassen. Es hätte sowohl für Leonid wie für Edith katastrophale Folgen gehabt.

Die Woche verging, ohne daß sich eine wesentliche Veränderung in Herrn Wendlands Befinden ergeben hätte. Frau Wendland verbrachte viele Stunden am Bett ihres Mannes. Sie überließ Organisation und Ablauf des Haushalts weitgehend uns, und wir kamen ohne größere Pannen über die Runden.

Dieter war nicht nur seelisch, sondern auch körperlich in ständiger Anspannung. Während der meisten Stunden, die Frau Wendland mit ihrem Mann verbrachte, war er mit Albin unterwegs. Der Franzose kam von einem Bauernhof und erschien Dieter deswegen als der geeignetste Mann, um Benno in der Leitung des Guts zu unterstützen, solange sein Vater ausfiel. Da Benno auf alle Fälle das Abitur machen wollte, lagen harte Monate der Doppelbelastung vor ihm. Wir sahen, unter welchem Druck alle Familienmitglieder standen, und schlugen die Einladung zu gemeinsamen Abenden aus. So traf ich Dieter fast nur noch bei den Mahlzeiten.

Am letzten Tag seines Urlaubs aber kam er vormittags ins Giebelzimmer, während ich dort saubermachte. Ich war beinahe fertig und bot ihm an, das Staubwischen später zu erledigen, damit er ungestört sei. Darüber wurde er fast zornig.

„Ich freue mich, dich hier zu sehen, und da willst du weglaufen!“ protestierte er. „Daraus wird nichts! Im Gegenteil, setz dich eine Weile zu mir. Wir haben uns lange nicht mehr in Ruhe unterhalten.“

Er willigte schließlich ein, daß ich weiterarbeitete, während wir miteinander sprachen. „Du bist flink bei der Hand“, stellte er, mir zuschauend, fest. „Warst du das schon immer, oder hast du das hier gelernt?“

Ich sah ihn lächelnd an.

„Meine hausfraulichen Kenntnisse verdanke ich fast ausschließlich deiner Mutter“, gestand ich. „Auch wenn du's nicht glauben willst, Dieter, für mich waren die Ernteeinsatzwochen hier ein Gewinn, und zwar in vielerlei Hinsicht. Ich hatte ja keine Ahnung, wie es auf einem Gutshof zugeht, was an Arbeit anfällt, was alles zu bedenken ist. Ich wußte nichts von Kriegsgefangenen, die als Arbeitskräfte eingesetzt werden, geschweige denn von Zwangsarbeitern. Ich habe niemals so eng auf eng mit anderen zusammengelebt, bin nie fremden Problemen derart nahegekommen ...“

„Und das hältst du für ein positives Fazit?“ unterbrach er mich.

„Ich habe so viel aus dem allen gelernt, daß ich mir vorkomme, als wäre ich hier eine andere geworden.“

„Das hoffe ich nun nicht!“ sagte Dieter entschieden.

Erstaunt schaute ich ihn an. „Wie meinst du das?“

„Es würde mir leid tun, wenn Hasenheide dich verändert hätte.“

„Ich kann nicht ewig ein Schulmädchen bleiben!“

Jetzt lachte er. „Das sollst du natürlich nicht! Du denkst also, daß die Zeit hier dich erwachsen gemacht hat?“

„Was heißt erwachsen? Vielleicht ein bißchen reifer.“

Ich trat auf die kleine Kommode zu. Sie war das letzte Möbelstück, das ich noch nicht abgestaubt hatte.

„Die Bilder sind weg!“ stellte ich fest.

„Es war an der Zeit, daß sie verschwanden“, sagte er ruhig. „Elfriede hätte ihr Eigentum schon längst zurückhaben müssen, gleich als ich das Bild aus Günters Brieftasche nahm. Aber damals hielt ich noch Rücksichtnahme auf Edith für angebracht.“

„Und was hast du mit Erikas Foto gemacht?“

„Das ist im Album, bei den übrigen Zeugen vergangener Lebensabschnitte.“

Ich nahm mir den Mut zu fragen: „Warum ist er vergangen?“

Er bückte sich und zog sein linkes Hosenbein in die Höhe. Der Unterschenkel war durch blaurote Narben gräßlich entstellt.

„Der Anblick ekelte sie“, erklärte er. „Ich wollte ihn ihr nicht ein Leben lang zumuten.“

„Daran kann man sich doch gewöhnen!“

„Der ganze Unterleib sieht so aus und die linke Schulter.“

„Na und? Wenn du mich deswegen weggeschickt hättest, wäre ich auch zutiefst beleidigt gewesen.“

„Was heißt *auch*? Erika ging nur zu gern. Es gefiel ihr nicht auf Hasenheide. Ich hatte sie hergebracht, um ihr zu zeigen, was ich so liebe . . .“

„Zu Hause wußten wir nichts von ihrem Besuch bei euch“, fiel ich ihm ins Wort. „Warum habt ihr es verheimlicht?“

„Erika sagte, für eure Eltern hätte solch ein Besuch einen sehr offiziellen Anstrich, sie würden gleich an Heirat denken . . .“

„Aber das habt ihr doch selbst getan!“

„Ich habe es getan. Erika nicht. Jedenfalls wollte sie sich nicht so schnell binden.“

„In dem Gedicht, das sie dir geschenkt hat, hört sich das aber anders an!"

„Ach, das Gedicht!" sagte er wegwerfend. „Ich habe es für bare Münze genommen. Sie hat sich und mich damit getäuscht. Nicht mit böser Absicht, sondern aus Unreife, wie ich heute denke. Sie war sich nie wirklich sicher, ob sie mich überhaupt wollte."

Meine widersprüchlichen Gefühle in der kurzen Beziehung zu Karlheinz kamen mir in den Sinn, und ich fragte: „Hast du nicht zu schnell zuviel von ihr erwartet?"

Er war blaß geworden.

„Ich habe allerdings etwas von ihr erwartet", verteidigte er sich. „Ich habe erwartet, daß kein anderer Mann neben mir, gleichzeitig mit mir im Spiel war."

„War da einer?"

„Mein Vater ..." begann er, aber ich fiel ihm ins Wort: „Das ist nicht fair, Dieter! Du hattest ihr bereits den Laufpaß gegeben, als sie sich von deinem Vater küssen ließ. Deine Mutter ist überzeugt, daß es aus Trotz geschah. Warum glaubst du Erika nicht, daß sie die Grenze gewahrt hat?"

Ich war längst fertig mit meiner Arbeit und hatte vor ihm am Tisch gestanden. Jetzt setzte ich mich in den Sessel ihm gegenüber. Er wandte mir einen Blick zu, in dem Betroffenheit stand.

„Du nimmst mich ganz schön ins Gebet, nicht wahr? Warum setzt du dich so für Erika ein? Hat sie das verdient?"

Ich stutzte. „Ich weiß gar nicht, ob ich mich für Erika eingesetzt habe", sagte ich zögernd. „Es ging mir eigentlich um dich."

„Wie soll ich das verstehen?"

„Irgendwie scheint mir dein Verhalten Erika gegenüber nicht zu dem Dieter zu passen, den ich kenne. Du bist sonst so besonnen, abwägend und vernünftig. Aber in dieser Sache kommst du mir überempfindlich vor."

Er blieb stumm.

„Genau genommen geht es mich ja nichts an", sagte ich lahm und stand auf.

„Es geht dich nichts an", stimmte er bei, zu mir hochschauend. „Gerade deshalb möchte ich wissen, warum du dich trotzdem darum kümmerst?"

Verblüfft schwieg ich und dachte nach.

„Ich glaube, es waren die Gedichte“, sagte ich schließlich. „Vor allen Dingen die Abschiedsverse. Erika hätte sie doch nicht für dich geschrieben, wenn sie nichts Derartiges empfunden hätte. Und offensichtlich hat sie das Gefühl gehabt, daß auch du traurig wärest, ‚müde von Tränen‘ oder wie sie es ausgedrückt hat. Konnte sie das mit Recht annehmen?“

„Sie konnte“, bestätigte er leise.

„Dieter – liebst du Erika noch immer?“

„O nein!“ sagte er schnell. „Das ist vorbei. Falls es überhaupt je Liebe war. Ich glaube inzwischen zu wissen, daß Liebe etwas anderes ist als das blinde Hingerissensein, das ich erlebt habe. Schau dir Benno und Reni an: da ist etwas gewachsen, um das ich die beiden beneiden könnte, ein Einverständnis, eine Vertrautheit, ein Sich-aneinander-Orientieren. Es ist schwer zu beschreiben, aber deutlich zu merken.“

Er machte eine Pause und sah geistesabwesend vor sich hin.

„Eben ist mir die Erkenntnis gekommen, daß Liebe umso erfüllter ist, je mehr sie Freundschaft in sich schließt“, setzte er nach einer Weile hinzu. „Einem Freund öffnet man sich. Man läßt ihn hinter die Fassade gucken. Man erträgt es, auf eigene Fehler hingewiesen zu werden. Und man versucht, sich gegenseitig zurechtzuhelfen.“ Plötzlich lächelte er mich an. „Mir kommt es so vor, als ob ich jetzt Freundschaft gefunden hätte.“

Ich fühlte mich vereinnahmt und wehrte mich dagegen.

„Bloß weil ich dir meine Meinung gesagt habe, sind wir noch nicht Freunde!“

Er antwortete nicht, sondern trat ans offenstehende Fenster.

Eine Weile blieben wir beide stumm, und ich kam mir unbehaglich vor.

Schließlich bat er in verändertem Tonfall: „Tust du mir den Gefallen und machst heute nachmittag einen ausgedehnten Spaziergang mit mir? Bei Mutter habe ich dich schon freigebeten.“

Diesmal störte mich die Vereinnahmung nicht.

„Ich verspreche dir auch, daß ich weder über Erika und Liebe, noch über dich und Freundschaft reden werde“, fügte er hinzu.

„Worüber stattdessen?“

Er machte eine Armbewegung nach draußen, die das Land vor uns zu umfassen schien. „Über Hasenheide!“ sagte er.

Er hielt Wort. Während wir durch die Umgegend des Gutes streiften, erzählte er mir von den Kindheitserlebnissen, die sich mit den Plätzen verbanden. Er zeigte mir die alte, weitverzweigte Linde, in der Günter und er sich ein Baumhaus gebaut hatten. Am liebsten wäre ich selbst ins Astwerk hinaufgeklettert, aber schon war Dieter weitergegangen und machte vor einem sich breit und niedrig hinduckenden Schuppen halt. Hier, so berichtete er, hatte er sich als Bub einmal zwei Tage und zwei Nächte lang versteckt, als er ausgerissen war, weil er sich von seinem Vater ungerecht behandelt fühlte.

„Hast du schon früher nicht mit ihm harmoniert?“ erkundigte ich mich.

„Doch, sehr gut sogar. Darum war ja das Erlebnis so schokkierend für mich. Er hat mich übrigens selbst gesucht, gefunden, getröstet und auf seinen Schultern nach Hause getragen.“

„Getröstet?“ unterbrach ich ihn.

„Das scheint dir unglaublich, nicht wahr? Er hat in den letzten Jahren seine negativen Eigenschaften entfaltet. Wie wünschte ich, daß das nicht der letzte Eindruck wäre, der von seiner Persönlichkeit bleibt!“

Angesichts der Nachrichten aus dem Krankenhaus verstand ich den schmerzhaften Ton in seiner Stimme nur zu gut.

„Wo war Günter, als du dich im Schuppen verstecktest?“ fragte ich, um zu Dieters Kindheitserinnerungen zurückzulenken.

„Bei den Großeltern zu Besuch. Wir wurden jeder einmal im Jahr für drei Wochen dort abgeliefert, denn meine Großmutter meinte, auch ein Zwilling müsse für sich allein ernstgenommen werden, und das gelinge ihr viel besser, wenn sie sich ganz auf einen von uns konzentrieren könne.“

Mir gefiel das, und ich bat ihn, mehr über seine Großeltern zu erzählen. So verging uns der Nachmittag, fast ohne daß wir es merkten. Nicht einmal die Müdigkeit in meinen Beinen kam mir zum Bewußtsein.

Beim Abendessen verabschiedete sich Dieter von uns. „Wenn ich bedenke, wie sehr ich gegen Bennos Erntehilfeprojekt war, dann fühle ich mich beschämt", sagte er. „Ihr habt euch nicht als Last, sondern als Segen erwiesen."

„Das ist ein sehr großes Wort für unsre kleine Hilfe", wehrte Ruthild verlegen ab.

„Ich bin euch die Abbitte schuldig!" beharrte Dieter. Er schaute mich dabei an.

Am folgenden Tag fuhr er ab, und obwohl wir im großen und ganzen wenig miteinander zu tun gehabt hatten, kam es mir vor, als ob auf Hasenheide etwas fehle.

Natürlich fehlte auch der Gutsherr, man merkte es allenthalben. Seit Ediths erneuter Abreise war die Stimmung wieder lokkerer geworden; dennoch behielt Benno recht, daß der Abend am Brunnen sich nicht wiederholte. Selbst die Gefangenen schienen bedrückt, sicherlich weniger aus Sorge um Herrn Wendland als aus Mitgefühl für seine Frau. Die Arbeit an der Dreschmaschine ging weiter, Fedor hatte die Leitung übernommen; wortkarg und erkennbar kompetent, war er von selber eingesprungen. Was es auf dem Hof und den Feldern zu tun gab, überblickte Benno mit Hilfe Albins und des alten Knechtes Robert, der zwar kaum noch beweglich war, aber lange genug auf dem Gut gelebt hatte, um die Abläufe zu kennen. Täglich, wenn Benno aus der Schule kam, traf er sich mit Robert, Albin und Fedor zu einer Besprechung. Wanda, deren Tätigkeit als Schreibhilfe nicht benötigt wurde, legte im Haushalt verstärkt mit Hand an. Sonntags wechselten wir uns mit den notwendigen Arbeiten ab, so daß jeweils zwei von uns frei hatten. Insgesamt lief der Betrieb erstaunlich gut weiter.

Für den vorletzten Sonntag unseres Aufenthaltes hatte Ruthild mich eingeladen, den freien Tag bei ihr zu Hause zu verbringen. Ihr Vater und ihr älterer Bruder waren eingezogen, aber ihre Mutter hielt die Gastfreundschaft des Pfarrhauses aufrecht. Ich freute mich auf die Abwechslung.

Auf dem Hinweg zur Kleinstadt konnten wir uns Fußmarsch und Busfahrt sparen. Benno wollte seine Eltern im Krankenhaus besuchen und nahm uns in der Kutsche mit.

So kamen Ruthild und ich unerwartet früh vorm Pfarrhaus an. Auf unser Schellen erschien ein Mädchenkopf an einem offenen Fenster im ersten Stock, wir hörten unterdrücktes Stimmengewirr, und dann tat sich die Eingangstür vor uns auf.

Ruthild stieß einen Freudenschrei aus und fiel dem jungen Mann, der uns geöffnet hatte, glücklich um den Hals.

„Helmut!“ jubelte sie. „Das ist aber eine wunder-, wundervolle Überraschung!“

Ich stand verblüfft abseits. Aber Ruthild war nicht der Mensch, mich lange zu vergessen. Sie ließ den jungen Mann aus ihrer Umarmung und wandte sich zu mir.

„Mein Bruder“, stellte sie ihn vor. „Offensichtlich hat er Heimaturlaub, wir werden wohl gleich Näheres erfahren. Helmut, das ist Monika; ich habe dir von ihr geschrieben.“

„Die Arzttochter, die erst lernen mußte, wie es in einer Waschküche aussieht?“ fragte er und lachte mich zugleich entwaffnend an.

Ich lachte zurück. „Sowas gibt's!“ bestätigte ich. „Besser gesagt: sowas gab's. Mittlerweile bin ich hauswirtschaftlich gebildet.“

„Wir haben alle mächtig dazugelernt“, ergänzte Ruthild. „Helmut, seit wann bist du da? Wie lange kannst du bleiben?“

Sie hatte inzwischen eine Tür zu unsrer Rechten aufgemacht und winkte mich in den Raum. Es war ein einfach, aber gemütlich eingerichtetes Wohnzimmer, dem man ansah, daß es seit langem einer großen Familie gedient hatte.

„Gekommen bin ich heut nacht, bleiben kann ich zwei Wochen“, antwortete der junge Mann. „Aber berichten werde ich später. Jetzt soll unser Gast es sich erst einmal behaglich machen.“

Er wandte sich zu mir. „Darf ich Monika und ‚du‘ sagen?“ bat er. „In unserer Familie geht es kein bißchen förmlich zu. Wir stellen uns am besten gleich alle auf Du. Meine übrigen Schwestern werden sofort hier sein.“

Er hatte ein unauffälliges, ziemlich breites Gesicht mit schweren dunklen Brauen, unter denen fröhliche Augen hervorschauten. Ähnlich wie Ruthild war er von gedrungener Gestalt. Vom Aussehen her konnte er es mit Benno oder Karlheinz nicht aufnehmen. Aber er gefiel mir auf Anhieb.

„Ich kenne eure Schwestern zwar noch nicht, aber ich glaube

jetzt schon, daß ich mich gern mit euch allen duze", antwortete ich herzlich.

„Na klar", kommentierte Ruthild, „Sonst hätte ich dich nicht hergebracht."

Sie hatte kaum ausgeredet, als die zwei ins Zimmer führenden Türen gleichzeitig aufgingen. Durch die eine trat Frau Rullmann ein, drei Mädchen kamen durch die andere. Wie ich wußte, hießen sie Gudrun, Reingard und Waltraud und waren sechzehn, fünfzehn und zwölf Jahre alt. Alle besaßen eine unverkennbare Familienähnlichkeit. Ich wurde mit Hallo begrüßt und gleich in die allgemeine Unterhaltung hineingezogen. Bald fühlte ich mich unter ihnen zu Hause.

Es folgte ein vergnügter Tag. Nach dem Essen wollte ich in der Küche helfen, aber man ließ es nicht zu. Ich mußte mit Ruthild und Helmut einen Stadtbummel machen. Dabei zeigten die beiden mir die Schule, an der Helmut sein Abitur abgelegt hatte und die nun von den Mädchen besucht wurde. Auch Günter und Dieter waren von Hasenheide aus täglich hergekommen, und jetzt tat es Benno. Vieles, von dem ich erzählen gehört hatte, gewann Gestalt für mich: der hübsche Marktplatz im Kern des Städtchens, die darauf zulaufende Hauptstraße mit den fünf, sechs Läden, zu denen die Leute von Hasenheide einkaufen gingen, und schließlich die schöne alte Kirche unweit des Pfarrhauses.

Zurückgekehrt, vertrieben wir uns den Rest der Zeit gemeinsam mit Gesellschaftsspielen, bei denen es lustig und manchmal fast übermütig herging. Sogar Frau Rullmann tat mit. Ich spürte lebhaftes Bedauern, als Ruthild feststellte, daß wir uns bald auf den Heimweg machen müßten. Auch ihr fiel der Aufbruch schwer, ich merkte es, als sie bedauerte, daß sie Helmut erst zwei Tage vor Ende seines Urlaubs wiedersehen würde, wenn nämlich unsre Zeit auf Hasenheide abgelaufen war. Dem freilich widersprach Helmut vehement. Abends, wenn wir frei hätten, werde er uns auf dem Gut besuchen.

Es überraschte uns, daß niemand uns an der Bushaltestelle im Dorf abholte und wir den Weg zum Gut zu Fuß gehen mußten. Bei unserm Eintreffen war der Hof wie ausgestorben. Nur beim Gefangenenquartier schien sich etwas zu regen. Daß die Kutsche fehlte und mit ihr Benno und Reni, konnte bedeuten, daß die beiden im Krankenhaus aufgehalten worden waren. Aber auch von Wanda gab es keine Spur. Das machte uns besorgt.

Nachdem wir eine geraume Weile in unserer Kammer gewartet hatten, beschlossen wir, Wanda zu suchen, und verließen das Mägdehaus. In diesem Augenblick fuhr ein Auto in den Hof ein; zwei Gestalten kamen aus der dunklen Ecke hinter dem Gesindehaus eilends darauf zu. Es waren Wanda und Fedor. Wanda trat zu dem Wagen, während Fedor zurückblieb.

Als der Fahrer mit einer großen Tasche ausstieg, schloß Ruthild, es müsse sich wohl um einen Arzt handeln. Wanda sagte etwas zu ihm und deutete zu den Gesindehäusern. Dann blieb sie mit hängenden Armen stehen und sah dem Doktor nach, der in Fedors Gefolge auf das Russenquartier zueilte.

„Was ist passiert?“ fragte Ruthild aufgeregt.

Wanda fuhr zu uns herum. „Dimitri ist schwer krank. Er hat hohes Fieber und phantasiert. Fedor kam und bat mich, den Arzt zu rufen; es war ja sonst niemand da. Er hatte schon kalte Umschläge gemacht, aber Dimitri stöhnte und zitterte, es war schrecklich.“

Wanda sah erhitzt und aufgewühlt aus.

„Hol dir eine Jacke!“ riet ich ihr. „Wir setzen uns an den Brunnen und warten, bis der Arzt herauskommt. Er wird uns sagen, was zu tun ist.“

Das tat er, aber es stürzte uns in neue Schwierigkeiten. Der Doktor hatte eine akute Blinddarmentzündung diagnostiziert, die eine sofortige Operation notwendig machte. Dimitri müsse unverzüglich ins Krankenhaus.

„Wer soll ihn hinbringen?“ fragte Wanda. „Außer uns ist niemand da, und die Kutsche steht auch nicht zur Verfügung.“

„Den Krankenwagen zu rufen, würde zu lange dauern“, sagte der Doktor ungeduldig. Er schaute auf seine Uhr. „Im Dorf brauchen sie mich zu einer Geburt.“ Kurz blickte er in unsere ratlosen Gesichter, dann straffte er die Schultern. „Das Baby findet seinen Weg in die Welt auch allein, aber der Mann stirbt Ihnen unter den Händen, wenn der Blinddarm durchbricht. Beten Sie, daß ich ihn rechtzeitig in die Klinik bekomme, und daß der neue Erdenbürger sich Zeit läßt, bis ich zurück bin!“

Er war schon wieder auf dem Weg zum Gesindehaus, als Wanda mit zitternder Stimme sagte: „Beten – für einen Russen!"

Der Doktor hatte es gehört und drehte sich um. „Was soll's?" fuhr er Wanda an. „Er ist ein Mensch wie wir."

„Das meine ich ja gerade – ich wollte Ihnen danken!" brach es aus Wanda heraus, aber der Arzt war schon im Dunkeln verschwunden. Kurze Zeit danach trug er zusammen mit Fedor den Kranken in seinen Wagen, gab Gas und brauste ab. Fedor entfernte sich wortlos.

„Daß jeder schöne Sonntag hier so grausam enden muß!" stöhnte Ruthild. „Vor vierzehn Tagen war's ähnlich."

„Nur war es damals der Gutsherr", bemerkte ich. „Und keiner stellte in Frage, daß ihm auf dem schnellsten Weg geholfen werden müsse."

„Das hat heute auch niemand getan!" betonte Wanda.

„Noch nicht", sagte ich düster. „Hoffentlich gibt's kein Nachspiel!"

„Du meinst, daß das Krankenhaus die Aufnahme verweigert? Das ist doch nicht menschenmöglich!" verwahrte sich Wanda.

„Ich dachte daran, daß die Leute, bei denen das Baby erwartet wird, dem Doktor was am Zeug flicken könnten, wenn er nicht rechtzeitig bei ihnen ist. Man denke – um eines Russen willen!"

„Gott sei Dank sind nicht alle Deutschen so", sagte Ruthild ruhig. „Wißt ihr was? Ich möchte jetzt wirklich beten."

Sie stand vom Brunnenrand auf und ging ein paar Schritte von uns weg ins Dunkle.

Wanda schien noch immer verstört zu sein. Ich wunderte mich darüber.

Eine Stunde später verstand ich es. Wanda erzählte uns, was an diesem Abend noch geschehen war. Während ihres gemeinsamen Wartens auf den Arzt hatte Fedor sie in die Arme genommen und geküßt.

„Und du?" fragte Ruthild. „Wie hast du dich verhalten?"

„Ich habe ihn schon lange aus der Ferne beobachtet und gedacht, daß ich ihn lieben könnte", gestand Wanda. Zu meiner Verblüffung liefen ihr Tränen übers Gesicht. „Wie widersinnig ist doch das alles!"

Sie brauchte uns nicht zu erklären, was sie meinte. Hier waren zwei junge Menschen, die sich zueinander hingezogen fühlten, aber fürchten mußten, daß eins das andre gefährdete, wenn sie ihre gegenseitige Zuneigung zeigten.

„Es gibt keine Zukunft für uns, das wissen wir beide", schluchzte Wanda.

Ruthild legte ihr den Arm um die Schultern.

„Keine gemeinsame Zukunft, das ist richtig", sagte sie beinahe mütterlich. „Aber wenn du ihn magst, dann tu das Deine, damit er überhaupt eine Zukunft behält. Bleib ihm fern; er wird es verstehen."

„Er ist so ein überlegener und umsichtiger Mann!" weinte Wanda. „Ihr hättet sehen sollen, wie er sich Dimitris annahm! Man möchte sich ihm bedenkenlos anvertrauen."

„Aber du darfst es nicht!" warnte Ruthild. „Es könnte unabsehbare Folgen für ihn haben."

Wanda richtete sich auf und wischte sich mit einer heftigen Gebärde die Augen. „Ich werde ihm aus dem Weg gehen, es bleibt mir ja nichts anderes übrig", versicherte sie. „Ach, wenn doch morgen schon unsre Zeit hier um wäre!"

Diesbezüglich teilten Ruthild und ich ihre Ansicht; Ruthild um Helmuts willen, ich, weil ich von Reni wußte, daß am nächsten Tag Edith zurückkehren würde.

Sie kam, ihr Kind im Arm, gegen Abend mit einem Taxi in den Hof gefahren. Ruthild und ich traten gerade aus dem Gemüsegarten, als sie ausstieg. Leonid, der uns von Elfriede als vorübergehender Ersatz für Dimitri geschickt worden war, befand sich just auf dem Weg vom Gesindehaus zum Tor. Er blieb stehen und starrte auf das Kind.

Edith beherrschte sich besser. Nach einem kurzen, kaum merkbaren Blickwechsel drehte sie ihm den Rücken und rief zu uns herüber: „Können Sie mir bitte helfen?"

„Wenigstens hat sie ‚bitte' gesagt", murmelte Ruthild und näherte sich der Gruppe.

„Halten Sie den Kleinen", befahl Edith und legte ihr das Bündel in den Arm. Mich forderte sie auf: „Nehmen Sie das Gepäck aus dem Kofferraum!"

Sie drehte sich von uns weg und bezahlte den Fahrer.

Obwohl Ruthild es hin- und herwiegte, wurde das Baby unruhig. Anfängliche Quäklaute gingen in heftiges Geschrei über.

„Ja, weine du nur zur Begrüßung", sagte Edith über die Schulter.

Leonid erwachte aus seiner Erstarrung und setzte seinen Weg fort. Das Taxi wendete und fuhr aus dem Hof.

Edith nahm Ruthild das Kind ab und wandte sich zum Haupthaus. Schweigend folgten wir mit den Koffern.

Wanda bekam fast einen Wutanfall, als sie von Ediths Rückkehr hörte, und verkündete, daß sie für nichts gerade stehe, wenn Edith uns wieder herumzukommandieren versuche.

Ruthild und ich sahen uns bedenklich an.

Gleich am zweiten Tag schien eine Konfrontation zu drohen. Ich wollte gerade in die Küche, um Reni zur Hand zu gehen, als ich sah, wie Edith einem Mann die Haustür öffnete und ihn in die Halle einließ. Ich konnte nur einen kurzen Blick auf ihn werfen, aber ich glaubte, Paul Heinrich erkannt zu haben.

Einige Zeit später streckte Edith den Kopf in die Küche und sagte knapp, daß sie Wanda brauche und wir sie bitte sofort ins Herrenzimmer schicken sollten.

Als ich Wanda gefunden hatte, wie sie Bennos Zimmer putzte, spuckte sie Gift und Galle, aber sie machte sich auf den Weg in den unteren Stock.

Zu unserer Überraschung hörten Reni und ich fast unmittelbar darauf Paul Heinrich weggehen. Wanda kam erst nach einer geraumen Weile wieder zum Vorschein und schien eher nachdenklich als aufgebracht zu sein.

Als wir später in unserer Kammer waren, machte sie ihrem Herzen Luft. „Ein extrem unangenehmer Mensch ist das, dieser Herr Heinrich. Aber Edith scheint mit ihm fertig zu werden, das muß ich ihr zugestehen."

„Worum ging's denn?" fragte ich neugierig.

„Er hat wohl von Edith verlangt, ihm die Parteiunterlagen auszuhändigen, weil er ja jetzt als Stellvertreter Herrn Wendlands Funktionen auszuüben hätte. Sie hat ihm erklärt, daß sie alles an mich übergeben hat, darum bestand er darauf, mich selbst zu sprechen. Uff, war ich froh, daß ich ihm versichern konnte, sämtliche Papiere seien von Herrn Wendland weggeschlossen worden. Dieser Herr Heinrich war deswegen entsetzlich wütend. Er giftete Edith an, daß sie ihm noch für alles büßen werde. Leider erklärte er nicht, was er damit meinte, Edith schien es allerdings genau zu wissen. Aber sie blieb ziemlich ungerührt, obwohl ich mich vor dem Kerl direkt fürchten könnte."

„Und das will etwas heißen!" warf ich ein.

Wanda ging darüber hinweg.

„Edith sah mir voll ins Gesicht, als er weg war", berichtete sie weiter. „Sie fragte bloß, ob ich sicher sei, daß der Aktenordner mit den Denunziationen für niemand zugänglich ist. Dabei wirkte sie fast freundlich, stellt euch das vor! Ich erzählte ihr, nur Dieter habe die Schlüssel, und sie sagte erleichtert, der würde keinen schlimmen Gebrauch davon machen. Darin habe ich ihr unumwunden zugestimmt, aber dann konnte ich mir doch nicht verkneifen zu sagen, daß das ganze Zeug am besten schon vor langem verbrannt worden wäre. Sie hat gelächelt – tatsächlich! – sehr seltsam gelächelt, und geantwortet, man könne es sehr nutzbringend verwenden. Ich war vielleicht wütend, ich wäre ihr am liebsten an die Kehle gefahren! Das hat sie natürlich gemerkt und beschwichtigend hinzugefügt, daß sie nicht an eine Verwendung gegen die Denunzierten denke, und dann hat sie wieder mit diesem Lächeln gesagt, Jochen Pappritz wisse genau, wer ihn damals wegen des Hitlerbilds anschwärzen wollte. Ihr kennt mich, ich habe natürlich den Stier bei den Hörnern gepackt und sie gefragt, ob es nicht zu einer Anzeige gekommen ist, und sie hat gegrinst und mir mitgeteilt, die Anzeige sei beim Ortsgruppenleiter hängengeblieben, wie die beiden andern auch. Wenn er auch ein Nazi sei, ihr Schwiegervater wäre von einem andern Kaliber als dieses Schwein Heinrich. Und sie selber habe gewußt, was sie ihrer Freundin Hella schuldig sei. Mit andern Worten, in der Affäre, von der Frau Wendland neulich erzählte, hat Edith ihre Rolle gespielt; und wahrscheinlich weiß auch Elfriede, was ihr von Heinrich gedroht hat."

Ruthild hatte sich bisher völlig schweigsam verhalten. Jetzt warf sie ein: „Selbst Edith hat also ihre guten Seiten."

„Wahrscheinlich ist niemand nur ganz schwarz oder ganz weiß", gab ich zögernd zu.

„Was an diesem Paul Heinrich Gutes sein soll, müßte ich erst noch herausfinden", widersprach Wanda.

„Wir kennen ihn ja nur vom Hörensagen", begann ich.

Ruthild fiel mir ins Wort. „Es gibt sicherlich Menschen, die eine innere Schwelle überschritten haben. Sie werden nur noch vom Bösen angetrieben."

„Wenn das für Paul Heinrich gilt, hätte ich an Ediths Stelle Angst vor ihm", sagte ich mit einem unguten Gefühl.

„Danach sah sie mir nun überhaupt nicht aus", erklärte Wanda entschieden. „Ich hatte eher den Eindruck von Triumph, so als hätte sie ihn irgendwie in der Hand."

„Mir gefällt das nicht", konstatierte Ruthild. „Mir gefällt das gar nicht."

„Mir auch nicht!" gestand Wanda ein. Sie wirkte plötzlich abgespannt. Dann straffte sie sich und fügte an: „Was soll's? In zwei Wochen haben wir das alles hinter uns."

„Und die zwei Wochen bringen wir hoffentlich ohne weitere Turbulenzen herum", stimmte Ruthild zu.

Das gelang uns recht gut. Edith trat für uns kaum in Erscheinung. Sie kontrollierte uns nie und stellte keinerlei Ansprüche an uns. Sie erhob auch keinen Protest dagegen, daß wir die Abende in der Halle oder auf der Terrasse verbrachten, zusammen mit Benno und Helmut, der täglich kam. Wir unterhielten uns über alles mögliche oder machten unter Bennos kundiger Anleitung gesellige Spiele.

Der letzte Sonntag unseres Aufenthalts auf Hasenheide kam heran. Benno hatte Helmut für den ganzen Tag eingeladen. Ruthild und ich trafen ihn in der Kirche und nahmen ihn zum Mittagessen mit nach Hasenheide. Anschließend führten Benno und Reni uns in einem ausgedehnten Rundgang über das Besitztum. Im Unterschied zu Dieter erzählte Benno dabei nicht von seiner hier verbrachten Kindheit, sondern von seinen Plänen für die Zukunft. Schließlich fragte er Helmut, was er als Beruf anstrebe.

Die fröhlichen Augen wurden plötzlich ernst. Helmut antwortete: „Ich möchte Pfarrer werden wie mein Vater – falls ich eine Chance dazu habe."

„Was meinst du damit?" erkundigte sich Reni.

„Nächste Woche muß ich wieder zu meiner Einheit. Vielleicht komme ich nie zurück." Helmut machte eine Pause. „Aber selbst wenn ich den Krieg überstehe, wird es von seinem Ausgang abhängen, ob ich Theologie studieren kann."

„Wieso?" fragte Reni verständnislos.

„Wenn Deutschland den Krieg gewinnt, besteht für ein Theologiestudium wenig Aussicht."

„Hoffst du etwa, daß wir ihn verlieren?" Reni sah Helmut ungläubig an.

„Vielleicht müßte ich das hoffen – aber wie könnte ich?! Macht ihr euch eine Vorstellung davon, was eine Niederlage bedeuten würde? Die Welt haßt uns; die Schrecken, die über Deutschland kämen, will ich mir nicht ausmalen."

„Wir können den Krieg gar nicht mehr gewinnen", sagte Ruthild.

„Sei vorsichtig, Schwesterchen!" mahnte Helmut. „Für solche Äußerungen sind schon Menschen hingerichtet worden."

„Du übertreibst!" protestierte Reni.

„Das denke ich auch", pflichtete Benno ihr bei, aber es klang halbherzig.

Reni schien es nicht zu merken. Sie wandte Helmut ein bekümmertes Gesicht zu und sagte zögernd: „Ich finde, es muß schlimm für dich sein, wenn du weder Sieg noch Niederlage wünschen kannst."

Nachdenklich sah ich sie an. Mir wurde klar, daß sie die Wochen auf Hasenheide ganz anders erlebt hatte als ich. Mich hatten Dieters warnende Einführung, das Zusammensein mit Wanda und Ruthild, die offenbar aus regimekritischen Elternhäusern kamen, und einiges von dem, was hier geschehen war, zu einer problembewußten Einstellung gebracht. Reni war auf Benno konzentriert gewesen, nicht nur, was ihre freie Zeit, sondern auch, was ihre innere Welt betraf. Von Hause aus nicht auf politisches Engagement und kritische Beobachtung hin erzogen, hatte sie die Vorgänge und Stimmungen nicht wahrgenommen, die uns drei andere betroffen gemacht hatten. Es fiel mir ein, wie wir verstummt waren, wenn sie während eines unsrer Gespräche dazugekommen war.

Ich sah, daß Helmut seiner Schwester einen Rippenstoß gab und dann wie beiläufig fragte, ob es nicht vergnüglichere Themen für uns gebe. Benno ging bereitwillig auf diesen

Ablenkungsversuch ein. Er begann, eine Schulanekdote zu erzählen, und das tat er so ulkig, daß wir alle lachen mußten, auch Reni, die zunächst etwas verstört gewirkt hatte. Helmut schwenkte auf das neue Thema ein, berichtete abwechselnd mit Ruthild von Jugendstreichen des großen Geschwisterkreises und überbrückte damit die Kluft, die sich plötzlich aufgetan hatte.

Unsere Abreise war auf den Freitagmorgen festgesetzt. Am Donnerstag machte Helmut seinen letzten Besuch auf Hasenheide. Er kam an, als ich auf der Bank vorm Mägdehaus darauf wartete, daß Wanda und Ruthild ebenfalls mit ihren Abschlußarbeiten fertig wurden. Helmut setzte sich zu mir.

Eine Weile schwiegen wir, dann sagte er: „Wenn ich nicht wüßte, daß Nacht für Nacht feindliche Flugzeuge ihre Bomben auf deutsche Städte abladen, dann würde es mir noch viel schwerer fallen, aus diesem Urlaub wieder zurückzugehen."

Er war Jagdflieger, wie er uns erzählt hatte, und wurde gegen Bombergeschwader eingesetzt.

„Ich muß Menschen töten, um andere Menschen zu schützen", fuhr er fort. „Manchmal weiß ich nicht, wie ich damit leben soll. Es ist eine schreckliche Verstrickung."

Ich hörte ihm zu, ohne zu antworten. Was hätte ich sagen können?

„Dann klammere ich mich an die christliche Botschaft von der Vergebung", begann er wieder, „und hoffe, daß Gott bereit ist, alles Böse doch noch irgendwie zum Guten zu wenden, auch wenn ich mir nicht vorstellen kann, wie das möglich sein soll."

Er wandte mir das Gesicht zu. „Glaubst du an Gott? Ruthild hat mir erzählt, daß du öfter mit ihr in der Kirche warst."

„Ich habe immer an Gott geglaubt . . .", antwortete ich zögernd.

„Aber . . .?"

„Aber viel gewußt habe ich nicht von ihm. Wenn ich zu Hause bin, will ich in der Bibel lesen. Ruthild hat uns dazu geraten."

„Tu das!" sagte er warm. „Du wirst sehen, es macht einen andern Menschen aus dir."

„Oh!" entfuhr es mir. „Habe ich das deiner Meinung nach nötig?"

Lächelnd sah er mich an. „Jeder hat das nötig. Wir alle sind von Haus aus Egoisten, und jeder muß erst lernen, von sich abzusehen und den andern in den Blick zu nehmen."

„Von Ruthild habe ich das anders gehört!" erwiderte ich erstaunt.

„Wirklich? Das kann ich mir nicht denken."

Eifrig erläuterte ich: „Sie sagt, zunächst muß ich mir selber gut sein, um meinen Nächsten lieben zu können ‚wie mich selbst'. Und ich persönlich denke, es wäre wohl auch ein Unrecht gegen Gott, wenn ich anders sein wollte, als er mich geschaffen hat."

Helmut schien meinen Einwand zu bedenken; er brauchte einige Zeit, bis er antwortete: „Es geht nicht um eine Änderung unserer Anlagen, sondern darum, wie wir sie nutzen. Das kann nämlich zum Guten oder zum Bösen sein. Wir sollen uns nicht von unserem Egoismus leiten lassen, sondern von Gottes Geist. Das ist gemeint, wenn es heißt: ‚Ist jemand in Christus, dann ist er eine neue Kreatur.' So steht's in der Bibel. – Warum lächelst du jetzt?"

„Ruthild und du, ihr habt's wirklich mit der Bibel."

„Wir müssen euch vielleicht penetrant vorkommen", sagte er nach einer betroffenen Pause. „Aber ‚wes das Herz voll ist, des fließt der Mund über' – wieder ein Bibelwort."

„Mir erscheint's toll, wie ihr euch mit der Bibel auseinandersetzt. Nur bei dir klingt mir's strenger als bei Ruthild. So, als ob Gott mich unter Druck setzen würde, damit ich nicht mit mir selbst zufrieden bin. Ich denke aber, das kann nicht gemeint sein. Wenn ich wirklich an Gott glaube, dann muß mich das doch irgendwie zuversichtlicher machen, oder nicht?"

„Das tut es auch. Nachdem es dir erst mal deine Schwachstellen gezeigt hat, hilft es dir, dagegen anzugehen, und das wiederum gibt dir Vertrauen und macht dich fröhlich. Du lebst von innen heraus irgendwie anders."

„Hast du das mit dem ‚neuen Menschen' gemeint?"

„Ja, genau das. Kannst du es nun eher akzeptieren? Denk mal drüber nach!"

„Das will ich tun", versprach ich, „aber nicht jetzt." Ich stand auf. „Jetzt geh ich nämlich nachgucken, wo die andern stecken. Sie müßten längst hier sein."

Helmut faßte nach meinem Arm und zog mich auf die Bank zurück. „Bleib bei mir!“ bat er. „Sie werden schon von selber kommen. Und ich bin gern mal mit dir allein.“

Seine Finger umschlossen meine Hand. Sie zuckte leicht in der seinen, und er faßte fester zu. Zweimal setzte er an, um etwas zu sagen, und schwieg dann doch.

So saßen wir wortlos nebeneinander, Hand in Hand, bis Wanda und Ruthild auftauchten und uns schon von weitem zuriefen, daß Benno und Reni uns in der Halle erwarteten.

Benno hatte eine Flasche Wein aufgemacht.

„Eigentlich wollte Mutter heute zum Abschied hier sein“, berichtete er. „Aber sie kann noch nicht von Vater weg. So muß ich euch in ihrem Namen dankeschön sagen.“

Er erhob sein Glas.

„Laßt uns anstoßen!“ bat er. „Mir ist zwar nicht nach fröhlichem Abschiedfeiern zumute, sondern eher nach Heulen ...“ Er legte einen Arm um Reni und zog sie an sich. „Denn wenn ich ehrlich bin, muß ich gestehen, daß ich Angst vor der kommenden Zeit habe – vor der Zeit ohne Reni ... und ohne euch. Aber was hilft's, wir müssen halt durch.“

„Und wir schaffen es besser, wenn wir den Kopf nicht hängen lassen, sondern uns über jede gute Stunde freuen“, ergänzte Ruthild. „Warum in Gedanken vorwegnehmen, was an Schwerem kommen könnte, und uns damit den Augenblick auch noch verderben?“

„Du bist ein Schatz, Schwesterchen!“ lobte Helmut. „Was fangen wir nach deinem Rat mit der schönen Stunde an, die uns bleibt?“

„Wir könnten am Brunnen singen“, schlug Wanda vor.

Kritisch sah Ruthild sie an.

„Hältst du das für richtig?“ fragte sie leise.

„Es wäre ein guter Abschied, denke ich“, antwortete Wanda fest.

„Ich finde Wandas Idee prima“, unterstützte ich sie. „Hier in der Halle sind wir im engen Kreis. Draußen sagen wir ganz Hasenheide ade.“

Das schien sich zu bestätigen, als wir zu sechst auf dem Brunnenrand saßen und ein Volkslied nach dem andern anstimmten.

Die Gefangenen, die sich zuerst in ihrer Sitzecke unterhalten hatten, verstummten und hörten zu. Wenzel hatte sich bei ihnen niedergelassen; Fedor lehnte auch diesmal mit untergeschlagenen Armen an der Stallwand. Er stand noch dort, als wir uns von Benno und Helmut trennten und zum letzten Mal in unsere Kammern gingen.

Und er stand wieder dort, Wenzel neben ihm, als wir am nächsten Morgen auf der von Kurt gelenkten Kutsche den Gutshof verließen. Sonst war niemand da, um uns zu verabschieden. Benno hatte uns die Hände gedrückt, ehe er sich auf den Schulweg machte; Edith hatte uns nach dem gemeinsamen Frühstück ein knappes Adieu gesagt und war dann verschwunden. Ich fragte mich, ob sie erleichtert war, uns loszuwerden, oder ob sie fürchtete, daß sie ohne uns nicht zurechtkäme. Weder das eine noch das andere war ihr anzumerken gewesen.

Kurt setzte uns am Bahnhof der Kleinstadt ab, tippte an seine Mütze – was mehr war, als er zu unserer Begrüßung getan hatte – und fuhr wieder davon.

„Soweit wären wir nun", stellte Wanda, auf ihr Gepäck starrend, fest. „Dann werden wir es ja auch noch bis nach Hause schaffen."

„Ein Königreich für einen Handwagen!" seufzte Ruthild.

„Solltest du wirklich ein Königreich zu vergeben haben?" fragte eine vertraute Stimme hinter uns.

Wir fuhren herum. Da standen Helmut und Reingard mit ihren Rädern und einem kleinen Fahrradanhänger.

„Hattet ihr nicht damit gerechnet, daß ich euch hier in Empfang nehme? Ich wunderte mich schon, daß gestern abend niemand danach fragte", sagte Helmut.

„Wir sind schließlich ohne fremde Hilfe hergekommen", erklärte ich. „Da haben wir auch für den Rückweg nicht daran gedacht."

„Fremde Hilfe!" wiederholte Helmut. „Das habe ich eben aber gar nicht gern gehört. Ich dachte, wir wären Freunde geworden."

Er ergriff Renis Koffer mit der einen und meinen mit der andern Hand. „Wenn ihr eure Bahn nicht versäumen wollt, wird es Zeit."

Bis der Zug einlief, blieb er bei uns auf dem Bahnsteig stehen.

„Weißt du eigentlich, daß du einen Namen von sehr schöner Bedeutung hast?“ fragte er Reni. „Ich nehme doch an, du bist Irene getauft? Irene, ‚die Friedliche‘. Und ich denke, das paßt sogar.“

Dann wandte er sich an mich. „Monika, die ‚Einsame‘? Das wollen wir nicht hoffen. Ich versuch's einmal mit einer eigenen Deutung: ‚die Einzigartige‘.“

„Ich bin weder einsam noch einzigartig“, wehrte ich ab.

„Dann bietet sich mir nur noch eins an: Monika, ‚die Einzige‘. Findest du das besser?“ Er sprach leichthin, aber sein Blick stellte Fragen.

„Für jemanden die einzige zu sein, das würde ich mir schon wünschen – später einmal.“

„Noch bist du's nicht?“

Ich schüttelte leicht den Kopf.

„Dann wollen wir beide hoffen, daß dein Wunsch in Erfüllung geht“, sagte er leise.

Während er sprach, fuhr der Zug ein. Helmut griff nach unseren Koffern und hob sie uns in einen Wagen. Rasch suchten wir uns ein Abteil, ließen das Fenster herunter und winkten, bis wir ihn nicht mehr erkennen konnten.

„Jetzt fahren wir mit ganz unterschiedlichen Gefühlen nach Hause“, sagte Reni, als wir uns gegenübersaßen. „Du freust dich, und ich bin traurig.“

„Spätestens in den Herbstferien siehst du Benno wieder“, tröstete ich.

„Was kann bis dahin alles passieren! Wird sein Vater aus dem Krankenhaus entlassen sein? Wird er sein Gedächtnis wiedererlangt haben? Wie wird es ohne uns gehen?“

„Ich finde, du solltest das jetzt auf sich beruhen lassen. Du änderst nichts, wenn du ständig darüber grübelst, aber du bist nicht offen für das, was dich zu Hause erwartet. Denk lieber dran, wie deine Mutter sich freuen wird, dich wenigstens für ein paar Monate wiederzuhaben!“

„Ja, Mutti freut sich“, gab sie zu, aber ihr Gesicht blieb bekümmert.

„Und welches Hallo wird es auf dem Tennisplatz geben!" versuchte ich sie weiterhin aufzumuntern.

Zu meiner Überraschung wirkte auch das nicht. Reni sagte müde: „Ach, Tennis ... Bist du dir klar darüber, daß es damit so gut wie vorbei ist? Jetzt kommt bald die Winterpause, danach müssen wir uns aufs Abitur konzentrieren, und anschließend ist es sowieso aus mit Tennisspielen."

Immerhin schien die Erwähnung unseres Sports sie auf einen Gedanken gebracht zu haben. „Hast du mir in Hasenheide nicht mal irgendwas über Karlheinz erzählt?" suchte sie sich zu erinnern. „Jetzt fällt mir's wieder ein! Du sagtest, daß er deine Schwester heiraten will."

„Geheiratet hat", verbesserte ich betont.

„Was wird das für ein Gefühl sein, wenn du jetzt heimkommst?"

„Es wird sein wie immer, denke ich. Erika geht ihrem Studium nach, und Karlheinz ist an der Front."

Es war wie immer, und doch war nichts wie vorher. Aber das lag nicht an Erikas Heirat, sondern an mir.

Kapitel 9

Zu Hause empfingen sie mich mit echter Wiedersehensfreude. Sie interessierten sich für meine Erlebnisse während des Ernteeinsatzes und für die mich fordernde Gegenwart in der Schule. Sie umgaben mich mit ihrer Liebe, und ich genoß es. Und doch hatte ich Heimweh nach Hasenheide.

Ich sprach mit Großmutter darüber.

„Du hast damals zu Dieter von ‚meinem geliebten Gut Buchen' geredet. Kannst du mir das Gefühl beschreiben, das du mit dem Ausdruck gemeint hast?"

Sie dachte nach, mit abwesenden Augen, in die ein Glänzen kam, ehe sie antwortete: „Ich habe wohl sagen wollen, daß Gut Buchen etwas in mir zum Schwingen gebracht hat, ein Bewußtsein von Glück . . . Erfülltsein . . . Zugehörigkeit . . ."

Sie sah mich an. „Kind, mir fehlen die Worte, um das klar zu beschreiben. Wenn ich von Liebe rede, dann deswegen, weil ich Wärme spüre, Herzklopfen bekomme, sooft ich daran denke. Jedenfalls hat es nichts mit Besitzenwollen zu tun, auch wenn ich es ‚mein' Gut Buchen genannt habe. Weißt du, Besitzen gibt der Beziehung eine andere Qualität. Es macht verantwortlich. Ich glaube, es nimmt der Liebe etwas von ihrem Charme."

„Auch ohne Besitzrechte kannst du dich für das, was du liebst, verantwortlich fühlen, oder nicht?"

„Vielleicht." Wieder versank Großmutter in Nachdenken. „Geht es dir wie mir?" fragte sie schließlich. „Hast auch du deine Liebe zu dem Gut entdeckt?"

„So sehr, daß ich richtiggehend Heimweh habe", gestand ich ihr. „Dabei bin ich doch hier zu Hause und bin glücklich dabei und will es gar nicht anders. Aber manchmal fährt eine Erinnerung durch mich hindurch – eine verspätete Hummel kann sie auslösen, oder ein huschender Sonnenstrahl –, und dann möchte ich hinlaufen und die Hummeln in den Geranien summen hören oder die Sonnenflecken auf dem Parkrasen sehen."

„Vielleicht lieben wir einen Teil unsres Lebens, indem wir das Gut lieben", sagte Großmutter versonnen, „einen wichtigen Teil, der uns bereicherte, weil er uns neue Erfahrungen brachte."

„Ich habe es aber schon geliebt, ehe ich da war", unterbrach ich sie. „Ich habe es geliebt, seit ich bei Dieter das Bild gesehen habe."

„Je mehr ich darüber nachdenke", fuhr Großmutter fort, „desto mehr kommt es mir vor, als wenn wir eine Sache nicht so sehr um ihrer selbst willen liebten, sondern um dessentwillen, was sie in uns weckt."

Sie hob ihre von blauen Adern durchzogene Hand vor die Augen. Ein schmaler Goldreif mit einem einzigen schimmernden Brillanten glänzte daran. „Ich liebe diesen Ring, weil er in mir das Wissen geweckt hat, daß dein Großvater es ernst mit mir meinte." Ihre Stimme verklang, ihr Blick verlor sich. Leise erhob ich mich und ging hinaus, um sie ihren Erinnerungen zu überlassen.

Dieter hielt uns mit den Nachrichten über Hasenheide auf dem laufenden, aber zunächst gab es nichts Neues, bis er mich einmal auf meinem Heimweg von der Schule traf. Da erzählte er mir, daß sein Vater wieder angefangen hatte zu sprechen, wenn auch mühsam, und daß er sich an vieles erinnerte, was vor dem Kriegsausbruch lag. Doch gegenüber allem, was man seinem Gedächtnis aus späterer Zeit abverlangte, schien er in seinem Innern eine Sperre errichtet zu haben. Er reagierte mit nervöser Unruhe, sobald man davon sprach, ging auf nichts ein und bekam schließlich einen leeren Blick, was alle Beteiligten veranlaßte, das Thema zu wechseln.

Während Dieter berichtete, schlenderten wir die Kastanienallee entlang, die ein Teil meines Schulwegs war. Unter den Bäumen stand eine Bank. Dieter setzte sich und zog mich neben sich. Eine Weile schwiegen wir. Dann bückte er sich und hob eine der glatten Kastanien auf, die zwischen bunten Blättern auf dem Boden lagen. Er hielt die reife Frucht auf der flachen Hand.

„Als wir Kinder waren, hat Mutter uns gelehrt, mit Streichhölzern und Eicheln allerlei lustige Tiere aus Kastanien zu basteln", sagte er und wandte mir das Gesicht zu.

Übergangslos fuhr er fort: „Es war dumm von mir, daß ich dich nicht nach Hasenheide lassen wollte. Jetzt, wo du alles kennst, habe ich jemanden, der mich versteht, wenn ich darüber reden möchte. Die Sache mit meinem Vater sehe ich so: Der Kriegsausbruch hat ihm einen Stoß versetzt. Er bedeutete wohl für ihn die Bestätigung unguter Ahnungen, die ihm bezüglich des Nationalsozialismus bereits gekommen waren. Aber das konnte und wollte er nicht wahrhaben, ohne in seiner Grundhaltung erschüttert zu werden. So hast du ihn kennengelernt. Doch damals hatten gewisse Dinge schon begonnen, ihm über den Kopf zu wachsen, und Günters Tod hat ihn schwer erschüttert. Nun wehrt sich sein Inneres gegen das Eingeständnis seines Scheiterns und will nicht daran erinnert werden."

„Kann man denn nichts gegen diesen Zustand tun?"

„Er müßte sich der Einsicht in seine Situation stellen. Aber wer soll ihm dazu verhelfen?“

„Wenn irgendein Mensch das kann, dann ist es deine Mutter.“

„Gerade ihr gegenüber ist er durch seine Schuldgefühle blokkiert.“

„Sie wird ihm vergeben.“

„Vergebung anzunehmen, ist fast das Schwerste, was es für einen stolzen Mann gibt.“

„Aber ich glaube, es ist der einzige Weg zu einem Neuanfang.“

Im Blätterwerk über uns raschelte es. Ich schaute nach oben und sah ein Eichhörnchen in den Zweigen turnen. Wie ein rotbrauner Blitz schoß der geschmeidige Körper von Ast zu Ast, hinüber in die nächste Baumkrone und am Stamm zum Boden hinunter. Direkt vor einem herankommenden Passanten sauste das Tier zur Baumreihe gegenüber und verschwand im raschelnden Laub.

Der junge Mann war vorbeigegangen, ohne daß ich ihm Beachtung geschenkt hatte. Er fiel mir erst richtig auf, als er abrupt stehenblieb, sich zu uns umwandte und auf die Bank zukam.

„Mein Gott – Erika!“ stieß er hörbar erregt heraus.

Dieter blickte rasch auf. Seine Hand schloß sich um die Kastanie, mit der die Finger bisher lose gespielt hatten.

„Sie müssen sich geirrt haben“, sagte ich zu dem Fremden. „Ich heiße nicht Erika.“ Irgend etwas hielt mich davon ab, hinzuzufügen, daß das allerdings der Name meiner Schwester sei.

„Nein“, stimmte er zögernd zu. „Es war eine Verwechslung. Entschuldigen Sie, daß ich Sie angesprochen habe.“ Er ging weiter.

„Kennst du ihn?“ wandte ich mich an Dieter.

„Er wurde mir nicht vorgestellt“, wich er aus.

„Aber du weißt, wer es ist?“

Dieter zögerte mit der Antwort.

„Hast du ein Bild von ihm gesehen? Bei Erika?“

Jetzt nickte er. „Ich nehme an, daß das Werner Haug war, der Mann, dessentwegen Erika nach München gegangen ist.“

„Sie soll um eines Mannes willen nach München gegangen sein? Was erzählst du mir da, Dieter!“

„Ich habe dir gesagt, daß ich nicht der einzige war . . .“, begann er, aber ich unterbrach ihn: „Damals hast du von deinem Vater gesprochen.“

„Und von Haug – nur ließest du mich nicht zu Wort kommen. Ich habe es von Erika selbst, daß sie Werner Haug auf einer Seminar-Exkursion kennengelernt und sich in ihn verliebt hat, so daß sie seinem Vorschlag folgte, von da an in München zu studieren.“

„Was mag er hier treiben?“ fragte ich beunruhigt, weil ich an Erikas Bericht über die Vorgänge in ihrem Münchner Freundeskreis denken mußte.

„Vielleicht ist er Erika nachgereist“, vermutete Dieter.

„Einer verheirateten Frau?!“

„Für manchen ist das kein Hindernis“, sagte er düster. „Andererseits könnte es natürlich sein, daß er nichts von Erikas Heirat weiß. Sie hat uns ja alle mehr oder weniger damit überrascht.“ Er stand auf. „Was zerbrechen wir uns eigentlich den Kopf über diesen Mann? Er ist ausschließlich Erikas Angelegenheit. Ich muß zur Vorlesung, leider. Vielleicht kann ich bald mal wieder bei euch reinschauen.“

Mit einem Kopfnicken ging er davon.

Auch wenn es Erikas Angelegenheit war, interessierte es mich, was es mit Werner Haug auf sich hatte. Ich beschloß, sie zu fragen.

Sie war noch an der Uni, als ich heimkam. Ich mußte mit meinen Erkundigungen warten. So setzte ich mich an meine Schularbeiten.

Einige Zeit später rief Mutter mich ans Telefon. „Irgendein Mann will Fräulein Kaltz sprechen“, teilte sie mir mit.

„Ja?“ fragte ich in den Apparat.

Sofort begann jemand am andern Ende der Leitung zu deklamieren: „. . . kein Traum, kein Taumel blieb; doch was mich nun erfüllt, das hat Bestand.“

„Dieter?“ fragte ich ungläubig. Es klang nicht nach seiner Stimme, aber wer sonst sollte Erikas an ihn gerichtetes Gedicht zitieren?

„Nicht Dieter. Werner!“ antwortete es aus dem Hörer.

Mir verschlug es die Sprache.

„Erika?“ klang es wieder von drüben. „Bist du noch da? Erika!?“

„Nicht Erika. Monika!“ gab ich zur Antwort.

Einen Moment lang vernahm ich nichts als heftiges Atmen. Dann sagte die Stimme: „Ich habe Fräulein Kaltz verlangt.“

„Das bin ich. Monika Kaltz. Falls Sie meine Schwester Erika sprechen wollten, hätten Sie nach Frau Rothe fragen müssen.“

Ich kam mir brutal vor, während ich redete, und überlegte, wie ich den Schock mildern könnte. Aber da merkte ich, daß drüben der Hörer aufgelegt wurde.

Als Erika heimkam, fiel ich ganz gegen meine sonstige Art über sie her. „Hast du allen deinen Verehrern dasselbe Gedicht gewidmet und sie dann fallen lassen wie eine heiße Kartoffel?“ fuhr ich sie an.

Verständnislos glitt ihr Blick über mich weg zu dem Dielentisch, auf dem die am Tage eingetroffene Post zu liegen pflegte, bis der Empfänger sie an sich nahm. Der Tisch war leer.

Erika wandte sich zur Garderobe. „Wovon sprichst du so freundlich?“ fragte sie über die Schulter zurück, während sie ihre Jacke auszog.

„... kein Traum, kein Taumel blieb ...“ zitierte ich.

„Hat Dieter aus der Schule geplaudert? Das finde ich unfein“, sagte sie müde.

„Es war ein gewisser Werner, der mich am Telefon mit diesen Reimen traktiert hat.“

„Werner?“ Ihre Stimme klang plötzlich scharf.

„Ja. Er wußte offenbar nicht, daß du verheiratet bist.“

„Mein Gott“, stöhnte sie, „was hat das zu bedeuten? Es war ausdrücklich vereinbart, daß es keinerlei Kontakt mehr geben sollte! Hat er aus München angerufen?“

„Er ist hier.“ Ich erzählte ihr, was ich heute erlebt hatte.

„Und ich habe geglaubt, die Gefahr wäre vorüber“, sagte sie mit hängenden Schultern. „Wenn er mir nur nicht nachgekommen wäre! Hör zu, Monika, falls er sich nochmal meldet: Ich will ihn unter keinen Umständen sprechen, geschweige denn sehen!“

So sagte sie es auch der übrigen Familie. Es fiel Tante Elsbeth zu, Erikas Worte weiterzugeben, denn sie nahm Werner Haugs Anruf entgegen. „Er hat wortlos eingehängt“, berichtete sie.

Als ich am nächsten Tag auf dem Heimweg von der Schule war, saß er auf der Bank in der Kastanienallee. Er stand auf und kam auf mich zu.

„Sie müssen Monika Kaltz sein“, redete er mich an. „Ich bin Werner Haug. Bitte sagen Sie Ihrer Schwester, daß ich an die Front muß. Ich wollte sie vorher noch einmal sehen. Jetzt kann ich nur noch wünschen, daß wenigstens sie glücklich ist.“

Er ließ mich nicht zu Wort kommen, sondern hastete seine Sätze wie auswendiggelernt herunter. Ohne eine Entgegnung abzuwarten, drehte er sich um und ging davon. Aber ich hatte den blanken Schmerz in seinem Gesicht gesehen.

Abermals stand ich mit Erika in der Diele, als ich ihr seine Botschaft überbrachte. Ich war gerade aus meinem Zimmer gekommen, sie hatte sich vom – wiederum leeren – Dielentisch zu mir herumgedreht. Ihr Gesicht blieb unbewegt. Statt einer Antwort zuckte sie nur mit den Schultern. Das ärgerte mich.

„Läßt es dich total gleichgültig, was du ihm angetan hast?“ fragte ich empört.

„Wenn er dir so leid tut, hättest du ja versuchen können, ihn zu trösten!“ gab sie spöttisch zurück.

In kaltem Zorn warf ich ihr an den Kopf: „Ich will deine abgelegten Verehrer nicht!“

Hinter uns im Wohnzimmer war Großmutters Hüsteln zu vernehmen. Erika trat zu der offenstehenden Tür und schloß sie.

„Wir wollen Großmutter das Zuhören ersparen“, bemerkte sie dabei. „Um nun auf deinen Vorwurf zu kommen: Ich hatte Werner, schon ehe ich Karlheinz kennenlernte, klipp und klar erklärt, daß es ein für allemal aus wäre. Statt das zu respektieren, kommt er hierher und erneuert die Gefahr, die wir so sorgsam auszuschalten versucht haben.“

Ein böser Gedanke durchzuckte mich. „Hast du Karlheinz etwa nur geheiratet, um Spuren zu verwischen?“

Ihr Gesicht veränderte sich. Es wurde von innen heraus warm.

„Ich habe ihn geheiratet, weil auf ihn, und auf ihn einzig und allein, zutrifft: ‚Dein bin und bleibe ich. Ich hab dich lieb.‘ So ist das.“

„Dann ist er also der letzte und legitime Empfänger deiner Reime?“

„Nein“, antwortete sie knapp.

Ich schaute sie verständnislos an.

Sie setzte sich mit einer resignierten Geste auf die Telefonbank und sah zu mir hoch. „Weil ich Karlheinz wirklich lieb habe, hat er keine Verse bekommen. Die andern Männer ...“ Sie setzte neu an: „Ich war romantisch und unreif und habe mit Gefühlen gespielt, ohne sie zu kennen. Heute schäme ich mich deswegen.“

Ich bedachte das. „Du hast Dieter und Werner – und vielleicht sonst noch jemandem – also das gleiche Gedicht gewidmet ...“

„Nur den beiden“, unterbrach sie mich.

„Hast du denn auch das gleiche für sie empfunden?“

„O nein. Dieter beeindruckte mich, weil er mir so völlig ergeben war. Aber irgendwie habe ich mich gerade daran auch gestoßen. Er überließ mir in allem die Initiative. Das schmeichelte zuerst, aber später langweilte es mich. Werner erschien da als Kontrastprogramm. Er gab den Ton an.“

„Das muß wohl so gewesen sein. Wie sonst wärst du auf deine gefährlichen politischen Ansichten gekommen?“

„Er hat geredet, ich habe zugehört“, bestätigte sie.

„Und das gefiel dir?“ fragte ich ungläubig.

„Es hatte den Reiz des Neuen. Aber das dauerte nicht lange. Ich bin nicht der Typ zum Schweigen und Kopfnicken. Ich will selbst aktiv sein, ich will mitsprechen, ich erwarte Aufmerksamkeit. Zwischen Werner und mir klappte es nur kurze Zeit, und nur, weil seine Männlichkeit mich faszinierte. Er wartete nicht geduldig, sondern nahm sich, was er haben wollte, und riß mich mit.“

„Dann paßte dein Gedicht aber nicht sonderlich gut!“

Sie stutzte. „Woher kennst du es eigentlich so genau?“

„Ich mußte in Dieters Zimmer saubermachen. Der Rahmen mit deinem Bild und deinen Versen stand neben seinem Bett.“

„Oh! Immer noch?“

Sie nahm mein Nicken mit betroffenem Ausdruck hin. Schließlich sagte sie: „Ich habe die Verse für Dieter geschrieben. Damals waren sie subjektiv ganz ehrlich. Bei Werner wurde es dann zum Klischee. Es war eine schlimme Phase, in der ich steckte.“

„Warum hast du mit ihm Schluß gemacht?“

„Weil ich nicht sein Besitz sein wollte."

Ihre Stimme bekam einen ärgerlichen Klang, als sie fortfuhr: „Ich hatte ihm schon gesagt, daß es aus sei zwischen uns, ehe wir etwas von der Bespitzelung unseres Kreises wußten. Er wollte es nicht akzeptieren. Als ich damals zu deinem Fest kam, hatten wir gerade eine böse Auseinandersetzung hinter uns. Ich hatte ihm vorgehalten, daß ihm nicht wirklich etwas an mir liege, sonst nähme er Rücksicht auf mich und ließe mich endlich in Ruhe, gerade jetzt, wo von unserer Bekanntschaft Gefahr für mich ausginge. Daraufhin hatte er mir an den Kopf geworfen, daß ich ihn aus Feigheit und Selbsterhaltungstrieb loswerden wolle. Ob du's glaubst oder nicht – trotz allen Ärgers war ich irgendwie erleichtert weggefahren, weil ich dachte, daß dieser Krach nun wirklich das Ende besiegelt hätte. Aber als ich nach München zurückkam, lag da ein Brief, in dem Werner mir schrieb, daß er mich nicht kampflos aufgeben würde, auch wenn er sich meinem Wunsch gemäß zunächst von mir fernhalte. Zu gegebener Zeit werde er wieder von sich hören lassen. Ich finde das anmaßend und aufdringlich. Du brauchst wirklich kein Mitleid mit ihm zu haben."

„Du hattest ihm dein Gedicht geschickt!" insistierte ich.

Sie senkte den Kopf. Nach einer Weile sagte sie: „Ich sehe ein, daß es grundfalsch war."

„Genauso falsch, wie daß du ihn gegen Dieter ausgespielt hast."

„Daran war Dieter selbst schuld", begehrte sie auf. „Als er mich fortschickte, erklärte ich ihm aus gekränktem Stolz, das sei mir ganz recht, jetzt könne ich mich einem Mann zuwenden, der weniger zögerlich und schlappschwänzig wäre als er."

„Mußtest du ihn derartig verletzen?" fragte ich, um seinetwillen gekränkt.

„Es war gemein", gab sie zu. „Und es tat mir schon kurz danach selber leid. Aber damals war so viel zusammengekommen, was mich irritierte und belastete. Weißt du, ich hatte schon lange ein ungutes Gefühl ihm gegenüber, wollte mir aber nicht eingestehen, daß ich mich in mir selbst geirrt hatte, und daß meine große Liebe nur Einbildung gewesen war. Als er mich nach Hasenheide einlud, dachte ich, es könnte vielleicht helfen, wenn ich seine heimatliche Umgebung kennenlernte. Aber eigentlich interessierte sie mich schon nicht mehr. Wahrscheinlich habe ich aus diesem Zwiespalt heraus zu Hause nichts von meinem Besuch auf Hasenheide gesagt."

„Ich verstehe das alles nicht", hielt ich ihr vor. „Das klingt ja so, als ob die Trennung von dir ausgegangen wäre. Aber bisher hast du behauptet, er hätte dich fortgeschickt, und so wirkt auch dein Gedicht."

„Genau genommen hat er nur die Konsequenz gezogen, zu der ich nicht ehrlich genug vor mir selber war, und das hat mich dann doch gekränkt. So unlogisch sind wir Menschen nun mal, jedenfalls bin ich's gewesen."

„Und wie kam er zu dieser Konsequenz?"

Erika zögerte, ehe sie sagte: „Vielleicht hat er gemerkt, daß es mir auf Hasenheide nicht gefiel. Ich fühlte mich nicht wohl in der Familie. Dieters Schwägerin kam mir arrogant vor, seine Mutter reserviert, sein Vater selbstherrlich, obgleich er mir recht amüsant den Hof machte. Nur Dieter selbst blieb zurückhaltend, beobachtend, abwartend."

„Und da hast du dich auf seinen Vater eingelassen", konstatierte ich trocken.

„Wer hat dir das gesagt?" In ihrem Blick war Erschrecken.

„Es stimmt doch, oder?"

„Nein, es stimmt nicht!" erklärte sie heftig. „Zuerst habe ich etwas ganz anderes versucht." Sie stockte und fuhr errötend fort: „Wenn du schon soviel weißt, sollst du es genau wissen. "

Noch einmal hielt sie inne. Ihre Augen irrten von mir ab.

„Eines Abends bin ich in Dieters Zimmer gegangen – unangemeldet und für ihn völlig überraschend."

Sie unterbrach sich und sah mir ins Gesicht.

„Das schockiert dich – es hat auch ihn schockiert", sagte sie leise. Dann setzte sie rasch hinzu: „Er war gerade aus dem Bad gekommen und hatte nichts an. Ich sah die grauenvollen Narben an seinem Leib – ich konnte meinen Schrecken nicht verbergen – es war mehr als Schrecken, es war Abscheu! Ich drehte mich um und lief aus dem Zimmer. Am nächsten Morgen hat er mir in kalter Ruhe erklärt, daß er unser Verhältnis als beendet betrachte. Da habe ich ihm Werner um die Ohren gehauen, genauer: ich habe ihm ein Bild von unsrer Seminarexkursion vor die Nase gehalten, auf dem Werner neben mir steht und mir den Arm um die Schultern gelegt hat. Bis dahin war es nur ein kleiner, völlig belangloser Flirt gewesen. Aber jetzt waren die Weichen für alles Weitere gestellt."

„Auch für das Techtelmechtel mit Herrn Wendland?"

„Es war kein Techtelmechtel", sagte sie ärgerlich. „Einmal, ein einziges Mal, als ich wußte, daß Dieter in der Nähe war, habe ich mich von seinem Vater küssen lassen. Dieter sollte es mitbekommen."

„Und ich habe ihm deinetwegen die Leviten gelesen!" erklärte ich bestürzt.

„Hast du das? Wie lieb und wie verkehrt von dir, Schwesterlein!"

„Ich sagte ihm, wenn er dir nur Zeit gelassen hätte, wärest du über deinen Schrecken wegen der Narben hinweggekommen – ich dachte natürlich, du hättest nur die am Bein gesehen, wie ich auch."

„Hat er dir geglaubt?"

Unsicher hob ich die Schultern.

„Wahrscheinlich nicht", gab sie sich selbst die Antwort. „Er kennt mich gut genug."

Wieder sah sie mir gerade in die Augen und erklärte rauh: „Noch heute muß ich den Anblick von damals ganz weit nach hinten in mein Bewußtsein schieben, um Dieter keine Befangenheit merken zu lassen."

Sie stand auf. „Ich kann sicherlich nicht stolz auf mein Verhalten in den letzten Monaten sein", sagte sie leise, mir die Hand auf die Schulter legend, „und trotzdem bin ich froh, daß alles so gekommen ist. Dadurch konnte ich viel klarer erkennen, was Karlheinz mir bedeutet. Wenn ich jetzt noch ganz sicher wäre, daß es dir nichts ausmacht . . .?"

Frage und Bitte waren in ihrer Stimme.

„Ich gönne dir Karlheinz von ganzem Herzen", versicherte ich ihr aufrichtig. „Und ich bin froh, daß du das Vertrauen hattest, mir so viel von dir zu erzählen. Ich glaube, ich sehe dich jetzt mit ganz anderen Augen."

„Mit kritischeren?" fragte sie mit einem Lächeln, das leise Scham eingestand.

„Mit verstehenderen."

Sie nickte. „Es wird Zeit, daß wir uns näherkommen, nicht wahr?"

Die Dielenuhr schlug fünfmal.

„Ich muß weg!" sagte ich hastig und griff nach meiner Jacke.

Reni wartete vorm Clubhaus auf mich. Sie wirkte niedergeschlagen und fragte sofort, ob ich das neueste über die Herbstferien gehört hätte.

Als ich verneinte, erzählte sie mir, daß die Klassen, die im Ernteeinsatz gewesen waren, in allen Hauptfächern Hausarbeiten anfertigen und am ersten Schultag nach den Ferien abliefern müßten.

Es war mir sofort klar, was das bedeutete. Mit unserer für die Ferien versprochenen Hilfe auf Hasenheide wurde es nichts. Reni zeigte sich allerdings entschlossen, ihren Aufenthalt dort nicht abzusagen.

Enttäuscht und bedrückt schrieb ich noch spät am Abend einen langen Brief an Ruthild. Ich erzählte ihr darin, daß ich mit Bibellektüre angefangen hatte, sie allerdings nicht so einfach fand, wie es mir damals bei Ruthilds Schilderung vorgekommen war. Ich würde gerne mit ihr darüber reden, und da wir uns nicht auf Hasenheide treffen könnten, bliebe ihr nichts anderes übrig, als mich in den Herbstferien zu besuchen. Ihren Einwand vorwegnehmend, teilte ich ihr mit, daß wir uns genügend Zeit für die Schulaufgaben nehmen würden, sie solle die dazu nötigen Unterlagen mitbringen.

Die Lockung mit der Bibellektüre war kein Vorwand. Ich hatte in der Tat Schwierigkeiten mit dem altertümlichen Text unserer Lutherbibel, und auch die geschichtlichen Hintergründe waren mir nicht geläufig.

Ruthild kam mittwochs, gleich zu Beginn der Ferien, und sie konnte genau eine Woche bleiben. Als Gastgeschenk überreichte sie mir eine moderne Übersetzung des Neuen Testaments mit Erläuterungen. Das Buch stammte aus dem Besitz ihres Vaters. Bestürzt meinte ich, das könne ich nicht annehmen, aber sie versicherte mir, bei ihnen stünde das Buch zur Zeit ungenutzt im Schrank, bei mir könne es seinem Zweck dienen, und genau das wäre im Sinne ihres Vaters.

Großmutter gab ihr unumwunden recht.

„Eine Bibel, die nur im Bücherbord steht, das ist wie ein Geldschatz im Sparstrumpf; das ist Kapital, das nicht arbeitet."

Mit leisem Lächeln sah sie mich an und fuhr fort: „Natürlich verpflichtet dich das Geschenk. Es will Zinsen bringen. Wirst du regelmäßig darin lesen?"

Am Sonntag wollte Ruthild in den Gottesdienst gehen, und ich begleitete sie. Zum ersten Mal seit über vier Jahren betrat ich unsere Kirche. Ich nahm es für selbstverständlich, daß der Pfarrer, der mich konfirmiert hatte, den Gottesdienst halten würde. Aber nach dem einleitenden Orgelspiel trat ein völlig fremder Mann an den Altar. Er verlas Bibeltexte und Gebete mit soldatischer Knappheit, die mir monoton erschien. Um so erstaunlicher verwandelte sich seine Stimme bei der Predigt; schwankend zwischen Beschwörung und Verzückung, interpretierte sie die Geschichte von der Tempelreinigung als befreiende Tat des heldischen Jesus gegen jüdischen Krämergeist.

Verstört stieß ich Ruthild in die Seite. Sie wandte mir kurz das Gesicht zu, das einen bestürzten Ausdruck trug, konzentrierte sich aber gleich darauf wieder aufs Zuhören.

Auf dem Heimweg bemerkte sie, heute habe sie zum ersten Mal einen waschechten D.C.-Pfarrer erlebt. Damit konnte ich nichts anfangen, sie sah es meinem Gesicht an und erklärte mir, daß es eine Gruppierung in der evangelischen Kirche gab, die sich „Deutsche Christen" nannte und versuchte, Hitlers Weltanschauung und neutestamentliche Elemente miteinander zu verbinden. Im Anfang hätten eine ganze Menge Leute dazu gehört, viele von ihnen wären ehrliche Idealisten gewesen, aber inzwischen hätten die meisten doch gemerkt, daß da nichts zu verbinden sei.

Beim Mittagessen, an dem diesmal auch Vater teilnehmen konnte, berichteten wir von unserem Gottesdienstbesuch. „Ich dachte, mein Konfirmator würde predigen", sagte ich. „Der war damals ganz anders, nicht so fanatisch. Ich habe ihn richtig gern gehabt."

„Er wurde auf irgend ein kleines Dorf strafversetzt", wußte Vater zu berichten. „Ich kann euch aber nicht mehr sagen, weshalb."

„Strafversetzt? Von wem?" erkundigte ich mich.

„Von der Kirchenleitung. Sie ist ‚gleichgeschaltet' worden, wie man sagt, das heißt, daß man sie mit Leuten besetzt hat, die entweder in der Partei sind oder ihr nahestehen, einige aus Verblendung, andere, weil sie ihr Mäntelchen nach dem Wind hängen. Da wurde dann etwa angeordnet, daß nicht mehr über alttestamentliche Texte gepredigt werden sollte, oder daß ‚Nicht-Arier' – Juden und Halbjuden – aus der Gemeinde ausgeschlossen werden mußten. Es gab eine Reihe von Pfarrern und Gemeindegliedern, die den Gehorsam verweigerten."

„Es gibt sie noch heute", ergänzte Ruthild. „Das ist die sogenannte ‚Bekennende Kirche'. Mein Vater gehört auch dazu. Er hat deswegen unter Beobachtung gestanden und hat einmal ein paar Monate lang kein Gehalt bekommen."

„Wovon habt ihr denn da gelebt – eine siebenköpfige Familie?" fragte ich erstaunt,

„Es hat sich ein ‚Pfarrernotbund' gebildet, der sorgt unter anderem für Pfarrerfamilien, die in Schwierigkeiten geraten sind. Und aus unserer Gemeinde kam ebenfalls Unterstützung."

„Ich wußte zwar, daß Kirchenaustritte in unserem Staat erwünscht sind und zum Teil auch direkt gefordert werden, aber daß es so aussieht, davon hatte ich keine Ahnung!" stellte ich fest.

„Du hast dich bemerkenswert unkritisch verhalten", bestätigte Erika.

„Die vier Jahre, die sie jünger ist als du, haben viel ausgemacht", kam Mutter mir zu Hilfe. „Bei dir war die Beeinflussung in der Schule noch lange nicht so weit fortgeschritten. Außerdem bist auch du erst spät zu deiner kritischen Einstellung gekommen."

„Und jedenfalls bin ich weder aus der Kirche ausgetreten, noch habe ich aufgehört, an Gott zu glauben, während du dich nicht mal kirchlich hast trauen lassen!" verteidigte ich mich.

Erika sah mich ruhig an. „Es schmerzt mich, daß ich nachgegeben habe, als Karlheinz lediglich eine standesamtliche

Eheschließung wünschte. Mein Kind wird getauft werden, das steht fest."

Verblüfft blickte ich von ihr zu den übrigen Familiengliedern. Sie zeigten keinerlei Überraschung.

„So so", sagte ich lakonisch, „auf diese Weise erfährt man also, daß man demnächst Tante wird!"

„Das ist noch lange hin!" Erika wandte mir das Gesicht zu. „Ich wollte es dir neulich erzählen, als wir uns im Gespräch so nahegekommen waren, aber da mußtest du plötzlich fort, und später fand ich nicht die richtige Gelegenheit."

Ich hätte mich gern nach dem voraussichtlichen Geburtsdatum erkundigt, aber ich scheute mich, in Ruthilds Beisein danach zu fragen. Immerhin lag der Gedanke nahe, daß Erikas rasche Eheschließung eine „Mußheirat" gewesen war. Ich wunderte mich, daß mir das erst jetzt in den Sinn kam. Schweigend aß ich meinen Nachtisch – es war mit Himbeerkompott verfeinerter Quark – zu Ende.

In der folgenden Nacht heulten die Sirenen los.

Als ich mich in meinen stets bereitliegenden Trainingsanzug warf, merkte ich einmal wieder, wie sehr dieses grausame Gewecktwerden an den Nerven zerrte. Es fiel mir schwer, geduldig abzuwarten, bis auch Ruthild sich notdürftig angekleidet hatte und mit in den Keller kam.

Während ich in Hasenheide gewesen war, hatte Erika eine kleine Bibliothek aus spannenden Schmökern auf einem Regal im Schutzraum deponiert. Ich hatte die Idee freudig begrüßt. Mit der Lektüre konnte man sich nicht nur die Zeit vertreiben, sondern sich auch von der Angst ablenken. Wir vertieften uns alle ins Lesen.

Plötzlich schraken wir auf. Detonationen und dumpfe Erschütterungen zeigten uns an, daß diesmal auch unsere Stadt in Mitleidenschaft gezogen wurde.

Es war nur ein kurzer Spuk. Erika stellte fest, daß nicht mehr als drei oder vier Bomben heruntergekommen sein könnten. Ein richtiger Angriff sei das nicht gewesen. Sie hatte recht. Es war wieder ruhig geworden, auch das Dröhnen der über uns hinfliegenden Geschwader war verstummt. Nach kurzer Zeit gaben die Sirenen Entwarnung.

Beim Hinaufgehen rätselte Mutter, welche Gegend es getroffen haben könnte, und wie schlimm der Schaden sein würde. Es stellte sich heraus, daß von einem gezielten Angriff keine Rede sein konnte. Vermutlich hatte ein von der Luftabwehr beschädigtes Flugzeug sich seiner Bombenlast entledigt. Sie war auf die Tennisanlage am Stadtrand niedergegangen. Auch das angrenzende Kleingartengebiet war zerstört. Es machte mich traurig, aber glücklicherweise waren keine Menschen zu Schaden gekommen.

Mutter bestand darauf, daß Ruthild zu Hause anrief. „Ich weiß doch, wie es mir im gegebenen Fall ginge", erklärte sie. „Ich wäre unruhig, bis Nachricht da wäre."

„Das ist auch so eine schreckliche Begleiterscheinung des Krieges", stimmte Ruthild ihr zu. „Ich glaube, die meisten Mütter kommen aus der Unruhe überhaupt nicht mehr heraus. Manchmal denke ich, früher oder später muß man dagegen abstumpfen."

„Wäre das aber wünschenswert?" gab Mutter zurück. „Ich meine, wir müssen lernen, sehenden Auges tapfer zu sein."

„Ja", sagte Ruthild versonnen, „in diesem Sinne ist auch meine Mutter tapfer. Sie hat zu Vater gestanden, als seine Glaubensentscheidung die Familie gefährdete. Und sie bewältigt jetzt ihren Alltag trotz der Sorge um Vater und Helmut mit einem Mut, von dem wir Töchter mitgerissen werden."

„Ich wünsche Ihnen allen, daß sie das durchhalten kann", antwortete Mutter mit einem Seufzer, der mir viel davon verriet, wie schwer sie es selbst mit der Tapferkeit hatte.

„Komm jetzt!" drängte ich Ruthild. „Erst wird telefoniert, dann wird gearbeitet. Heute mittag brauchen wir Zeit für Dieter."

Er war in der vergangenen Woche da gewesen, während Ruthild und ich gerade Einkäufe erledigten, und hatte uns durch Mutter wissen lassen, daß er sich für Ruthilds Fotos aus Hasenheide interessierte.

Ich hatte die Bilder natürlich gleich nach Ruthilds Eintreffen zu sehen bekommen. Sie waren mit einer einfachen Box ohne künstlerischen Anspruch aufgenommen, aber die in ihnen erfaßten Szenen stellten so lebendig unseren Alltag auf Hasenheide dar, daß ich hell begeistert war. Wanda mit Schürze und Kopftuch am Brunnen, Wasser holend; Reni, mit der Schüssel voll Kartoffelschalen über den Hof gehend; ich selber, Wäsche aufhängend; Ruthild, kniend im Gemüsegarten beschäftigt – dieses Bild hatte Wanda aufgenommen –; Wenzel, zwei Kätzchen im Arm haltend; Dimitri und Fedor vor der Dreschmaschine; Lore, hoch oben auf dem beladen durchs Tor kommenden Erntewagen; Kurt, die Pferde vor die Kutsche spannend; Frau Wendland im Gespräch mit Edith; ein lachender Benno neben seinem damals noch gesunden Vater. Nichts und niemand schien auf den Bildern zu fehlen. Das Album, das Ruthild mit ihnen angelegt hatte, war ein bebildertes Tagebuch unseres Ernteeinsatzes. Die letzte Aufnahme zeigte Reni und Benno, Helmut und mich auf dem Brunnenrand.

Dieses Foto betrachtete Dieter besonders lange, als wir am Spätnachmittag mit ihm zusammensaßen. Er erkundigte sich bei Ruthild nach ihren Geschwistern und hörte geduldig und aufmerksam zu, als sie von ihrem Zuhause erzählte. Dann schloß er das Album, das noch aufgeschlagen vor ihm lag, und verabschiedete sich abrupt.

Als er nach Ruthilds Abreise das nächste Mal kam, um Großmutter zu besuchen, war er mir gegenüber von so spröder Zurückhaltung, daß es mich regelrecht verletzte. Nach seinem Weggang kämpfte ich mit mir, ob ich ihm künftig aus dem Weg gehen oder ob ich ihn geradeheraus nach dem Grund seines Verhaltens fragen sollte. Schließlich entschloß ich mich, den Stier bei den Hörnern zu packen.

Schon am kommenden Tag fand ich Dieter abends bei Großmutter vor und setzte mich zu den beiden.

„Warum hast du plötzlich kein freundliches Wort mehr für mich?“ fragte ich ihn geradeheraus.

Er erwiderte meinen Blick mit einem Vorwurf in seinen Augen. „Das entspricht doch deinen Wünschen, denke ich.“

„Was redest du da?“ gab ich konsterniert zurück. „Wie kommst du auf so einen Unsinn?“

„Ich habe es mit eigenen Ohren gehört“, sagte er herb. „Deine Großmutter war dabei und kann es bestätigen.“

„Was soll ich bestätigen?“ Großmutter sah Dieter ratlos an.

„Daß Monika mit Erikas abgelegten Verehrern nichts im Sinn hat." Dieter wandte sich von Großmutter weg und zu mir hin. „Das hast du selbst gesagt, oder bestreitest du das?"

„Keineswegs, obwohl ich weder weiß, wie das zu deinen Ohren gedrungen ist, noch was es in diesem Zusammenhang zu suchen hat."

„Deine Großmutter und ich, wir waren neulich hier im Raum unfreiwillige Zeugen einer Unterhaltung zwischen Erika und dir draußen in der Diele. Ehe eine von euch die Tür zumachte, bekam ich deinen Ausspruch mit."

„Und?" fragte ich verständnislos.

„Was heißt hier *und*? Das genügte doch wohl!" Seine Stimme klang bitter.

„Was hat das mit dir zu tun?" Immer noch wußte ich nicht, worauf er hinauswollte.

Er sah mich mit düsterem Blick an. Gerade so hatte er ausgesehen, ehe ich ihn in unserm Gespräch über Erika der Überempfindlichkeit geziehen hatte. Endlich fiel es mir wie Schuppen von den Augen.

„Du hast das auf dich bezogen?" erkundigte ich mich vorsichtshalber.

„Gehöre ich in die Kategorie ‚Erikas abgelegte Verehrer' oder nicht?" gab er zurück.

Ich lachte laut auf, mochte ihn das nun verletzen oder freuen.

„Bisher dachte ich immer, du seist derjenige gewesen, der euer Verhältnis beendet hat", erklärte ich. „Wenn also jemand abgelegt wurde, dann war es wohl Erika. Soviel zur objektiven Lage. Was nun das Subjektive angeht, nämlich meine Einstellung zu dir, so habe ich dich in meinem Innern schon viele Wochen lang nicht mehr über Erika definiert. Für mich warst du mein Freund – jawohl, beachte das besitzanzeigende Fürwort! – mein Freund, und nicht Erikas Verflossener."

Wir sahen uns in die Augen, ich erleichtert und irgendwie fast belustigt, er in einer Mischung aus Ungläubigkeit und Beschämtheit.

Rasch fuhr ich fort: „Und als Freund, scheint mir, brauchst du mal wieder einen Nasenstüber wegen deiner Überempfindlichkeit. Wenn ich mich recht erinnere, hast du mir in Hasenheide gesagt, daß Freunde dafür da sind, einen auf seine Fehler aufmerksam zu machen."

„Entsinnst du dich auch noch, was du darauf geantwortet hast?"

„Ach, das ist lange her", tat ich seinen Einwurf ab. „Würdest du mir jetzt bitte sagen, was du dagegen hast, daß ich an Erikas abgelegten Verehrern nicht interessiert bin?"

„Nichts!" sagte er rasch. „Überhaupt nichts."

Großmutter, die unsre Auseinandersetzung mit wachen Augen verfolgt hatte, nahm das Wort: „Wenn ihr nun wieder wißt, wo ihr miteinander dran seid, möchte ich endlich zu meinem Recht kommen und Herrn Wendlands Bericht zu Ende hören." Sie wandte sich an Dieter. „Sie hatten mir gerade erzählt, daß Ihr Vater die bisherige Schwelle überwunden hat."

Aufmunternd sah sie Dieter an. Ich war genauso gespannt wie sie.

„Vater ist jetzt imstande, sich an alles zu erinnern, was zwischen Kriegsbeginn und dem Tag seines Unfalls geschehen ist. Aber von dem Hergang des Unfalls und von allem, was darauf folgte, hat er keine Ahnung; und mehr ist da bisher nicht zu berichten", schloß Dieter.

Er sah auf seine Uhr und erhob sich.

„Leider ist meine freie Zeit für heute abgelaufen", sagte er. Sich an mich wendend, fügte er an: „Gehst du mit mir bis zum Gartentor?"

Vor der Haustür blieben wir eine Weile stehen, um unsre Augen an die Dunkelheit zu gewöhnen.

„Es war lieb von dir, den ersten Schritt zu tun und mich aus meiner Verbiesterung herauszuholen", sagte Dieter neben mir. „Ich möchte mich bei dir sowohl entschuldigen wie auch bedanken."

„Du bist dir darüber im Klaren, daß es nur ein erster Schritt war?" gab ich zurück. „Die weiteren mußt du selber tun. Daß du dich durch meine Äußerung verletzt fühltest, weist auf das eigentliche Problem hin, nämlich – ja, ich kann es nur so sagen, wie ich es vorhin schon formuliert habe – daß du dich noch immer über Erika definierst."

Er schwieg. Erst als wir am Gartentörchen ankamen, sagte er: „Du hast mir einiges zu verarbeiten gegeben."

„Besser gesagt, ich habe dich darauf aufmerksam gemacht, daß es einiges zu verarbeiten gibt", berichtigte ich ihn.

„Du hast dich als Freund erwiesen", erklärte er. „Und einen solchen Freund habe ich vermißt, seit Günters und meine Wege auseinandergingen. Darum bin ich jetzt froh." Er drückte mir kurz die Hand und verschwand im Dunkeln.

Kapitel 10

Der letzte Tag der Herbstferien ließ sich trüb und regnerisch an. „Ein Tag zum Vergessen", dachte ich, als ich nach dem Erwachen aus dem Fenster schaute.

Aber das war ein Irrtum. Genau dieser Tag blieb mir immer in der Erinnerung. Ich nannte ihn bei mir den „Tag der drei Briefe". Zwei waren für mich, einer für Erika.

Reni schrieb mir von Hasenheide aus: „Stell dir vor: Edith ist weg! Sie sprach ja schon länger davon, wieder eine Stelle in ihrem früheren Beruf anzunehmen. In der letzten Zeit hat sie deswegen auch Korrespondenzen geführt. Das wäre ja noch akzeptabel. Aber sie hat uns nicht gesagt, wohin sie geht. Vermutlich weiß Elfriede Bescheid, denn dort hat Edith ihren kleinen Jungen zurückgelassen. Jana betreut ihn zusammen mit ihrem eigenen Kind.

Bei uns ist dadurch offiziell eine Arbeitsstelle frei, und Benno ist überzeugt davon, daß er eine Sonderregelung erzielen kann: Wer diesen Posten übernimmt, braucht keinen Reichsarbeitsdienst abzuleisten. Benno hat gleich an Wanda gedacht, aber ich habe ihm vorgeschlagen, daß wir erst Dich fragen. Du könntest dann sofort nach dem Abitur hier anfangen. Wäre das nicht eine einmalige Chance?"

Der Vorschlag machte mir Herzklopfen; ich hätte mich am

liebsten hingesetzt und eine Zusage geschrieben. Aber die Vernunft sprach dagegen. Mit der Arbeitsdienst-Ableistung erwarb ich die Berechtigung fürs Studium. Mit der Stelle auf dem Gut geriet ich aufs Abstellgleis. Wie unsicher auch immer die Zukunft war, ich wollte mir die Möglichkeit offenhalten, so bald es ging zu studieren.

Ich legte Renis Brief auf die Seite und griff nach dem zweiten Umschlag, auf dem in einer mir fremden Handschrift meine Adresse stand. Er trug einen Feldpoststempel und hatte eine Feldpostnummer als Absender. Erstaunt öffnete ich ihn. Er kam von Helmut.

„Liebe Monika, immer noch sehe ich Dich vor mir, wie Du mich anschautest, als wir auf dem Bahnsteig über Deinen Namen sprachen. Manchmal träume ich einen schönen Traum.

Aber ich weiß, daß es gefährlich ist, um reale Menschen und Geschehnisse eine irreale Wunschwelt aufzubauen. Wir kennen uns so wenig, Monika. Wenn ich unsere Bekanntschaft auch am liebsten im persönlichen Kontakt ausbauen möchte, so läßt doch die Wirklichkeit das nicht zu. Darum frage ich Dich heute, ob Du zu einem Briefwechsel mit mir bereit bist. Er soll keines von uns in irgendeiner Weise binden, aber er soll uns die Möglichkeit geben, mehr voneinander zu wissen, wenn wir uns einmal wiedersehen. Daß das in hoffentlich nicht zu ferner Zeit geschehen wird, wünscht sich von Herzen Helmut."

Ich antwortete ihm noch am selben Tag. Sinngemäß stand in meinem Brief, daß ich vor einem guten halben Jahr mit einem aus Wunschträumen hervorgegangenen Briefwechsel Schiffbruch erlitten hätte. Gerade deswegen sei mir sein Brief sympathisch. Schon weil er Ruthilds Bruder sei, würde es mich freuen, ihn besser kennenzulernen.

Das dritte Schreiben, das auf dem Dielentisch lag, kam aus einem süddeutschen Lazarett, maschinengeschrieben und von einem Stabsarzt unterzeichnet. Man teilte Erika mit, daß ihr Mann verwundet dort eingeliefert und sofort operiert worden sei. Man habe sein Leben retten können, aber den rechten Arm amputieren müssen. Wenn in seiner Heimat ärztliche Versorgung garantiert sei, könne er in Kürze entlassen werden.

Vater setzte sich sofort mit dem Lazarett in Verbindung. Mutter und ich waren dabei, als er Erika berichtete, was er in Erfahrung gebracht hatte.

Karlheinz hatte sich mit seiner Einheit auf dem Weg an die Italienfront befunden. Auf einer Gebirgsstraße war sein Fahrer, wohl aus Übermüdung, von der Strecke abgekommen, und das Auto war einen Abhang hinabgestürzt. Karlheinz war der einzige Insasse, dem wie durch ein Wunder nichts Schlimmeres passiert war.

„Als ob der Verlust des rechten Arms nicht schlimm genug wäre!" schluchzte Erika.

„Kind, wenn du wüßtest, mit welchen Verkrüppelungen ich konfrontiert werde, wärest du still und zufrieden!" entgegnete Vater knapp.

„Aber er wollte doch Maler werden!" Erika legte den Kopf auf die verschränkten Arme und weinte hemmungslos.

„Meines Wissens hatte er vor, Architektur zu studieren, und das kann er immer noch", versuchte ich sie zu trösten.

„Und du kriegst ihn lebend zurück. Er kann bei dir sein, wenn euer Kind kommt", unterstützte mich Mutter.

„Außerdem kann er sofort anfangen mit dem Studium und muß nicht erst bis nach Kriegsende warten", fügte ich hinzu.

„Wie gut ihr doch wißt, was er alles kann!" begehrte Erika auf. „Denkt ihr auch nur einen Augenblick lang darüber nach, was er nicht mehr kann?"

Ich schwieg betroffen und sagte mir, daß Beschwichtigungsversuche zu diesem Zeitpunkt und in solcher Massivität sicherlich nicht am Platze waren. Was Erika brauchte, war zuerst einmal Mitgefühl für die Ernsthaftigkeit ihres Kummers und die Schwere des Schicksalsschlags für Karlheinz.

Mutter schien das gleiche zu empfinden, denn sie setzte sich neben Erika und legte den Arm um ihre zuckenden Schultern.

„Weine dich aus, Kind", sagte sie liebevoll. „Und dann versuch dich so damit auseinanderzusetzen, daß du Karlheinz eine Hilfe sein kannst, wenn er sie braucht. Da du ihn so lieb hast, wird dir das nicht schwerfallen."

Erika hob den Kopf und legte ihn an Mutters Schulter. Ich verließ schweigend das Zimmer.

Natürlich hatte ich an diesem Tag keine Gelegenheit mehr, mit

Mutter über die beiden Briefe zu sprechen, die für mich gekommen waren, obwohl ich gern gewußt hätte, was sie davon hielt. Erst viel später erfuhr ich, daß Dieter ihr von Renis Angebot und meiner Absage berichtet hatte, und daß sie meine Entscheidung guthieß. Mein lebhafter Briefwechsel mit Helmut wurde von der Familie gewiß registriert, aber als meine Privatsache ohne Kommentar respektiert.

Es war Karlheinz, der ihn zur Sprache brachte. Er lebte nach seiner Entlassung zusammen mit Erika in unserm Dachgeschoß, wo aus zwei Mansardenzimmern eine kleine, aber gemütliche Wohnung entstanden war.

Eines Nachmittags trat er ins Wohnzimmer, wo Mutter, Erika und ich bei einer Tasse Ersatzkaffee saßen, und schaute demonstrativ auf die Absenderangabe eines Briefes, den er in der Hand hielt, ehe er ihn mir hinstreckte.

Dann setzte er sich und verlangte einen Muckefuck.

Erika sprang auf, holte eine Tasse und goß sie ihm voll. Sie tat es beflissen und sorgsam und stellte das Getränk vor seine linke Hand auf den Tisch. Sein Gesicht hellte sich nicht auf, und er hatte kein Wort und keine Geste des Dankes für sie.

Wieder einmal, wie schon oft, seit er bei uns im Hause wohnte, ärgerte ich mich über ihn. Ich verstand zwar, daß er mit seinem Geschick haderte; aber wie er es tat, das brachte mich jedesmal von neuem auf. Er zeigte selten einen anderen als einen zutiefst mürrischen Ausdruck, und er schien es für sein gutes Recht zu halten, von hinten bis vorn bedient zu werden.

Erikas Niedergeschlagenheit registrierend, dachte ich, daß einmal jemand Fraktur mit ihm reden müsse. Aber daß gerade ich dieser Jemand wäre, kam nach Lage der Dinge wohl kaum in Frage.

„Warum hat niemand mir erzählt, daß Moni sich einen Leutnant Rullmann an Land gezogen hat?“ tönte Karlheinz’ Stimme in meine Gedanken hinein.

Da platzte mir der Kragen. „Wenn es so wäre, wäre es nicht deine Angelegenheit!“ fuhr ich ihn an.

„Nicht mehr – leider!“ gab er zur Antwort. Einen kurzen Moment lang blitzten seine Augen auf. „Ist es denn nun so?“ fragte er dann herausfordernd.

Ich würdigte ihn keiner Antwort, sondern drehte mich von ihm weg zu Mutter und Erika hin. „Entschuldigt mich, ich möchte meinen Brief lesen.“ Damit verließ ich den Raum.

Kurze Zeit später kam Mutter mir nach. Sie fand mich in meinem Zimmer, wo ich blicklos am Fenster stand und mir darüber klar zu werden versuchte, was mit der jungen Ehe los war.

Zu unser aller Kopfschütteln hatte Karlheinz sich nicht gleich fürs Wintersemester an der Universität eingeschrieben, sondern verbrachte die Vormittage ohne erkennbare Beschäftigung in der Dachgeschoßwohnung. Zum Essen kam er zur Familie herunter und zog sich im allgemeinen sofort danach wieder zurück, ohne mehr als die allernötigsten Worte von sich gegeben zu haben. Auch Erika gegenüber verhielt er sich in unserm Beisein schweigend, wenn nicht abweisend. Nach anfänglichen vergeblichen Versuchen, ihn aufzuheitern, hatte sie es sich jetzt angewöhnt, nach ihrer Rückkehr von der Uni zuerst zu einer Tasse Muckefuck ins Wohnzimmer zu kommen, ehe sie in das hübsche, aber triste Reich hinaufstieg, das von Karlheinz‘ schlechter Laune erfüllt war.

Wenn ich mir überlegte, wie strahlend glücklich sie mir erschienen war, als ich von Hasenheide zurückkam, und wie schwunglos und erschöpft sie jetzt wirkte, bekam ich einen regelrechten Zorn auf Karlheinz. Mutter schien es nicht anders zu gehen.

„Hast du gewußt, wie willensschwach, um nicht zu sagen, wie charakterlos er ist?“ fragte sie, neben mich ans Fenster tretend. „Wirklich, wenn mir auch nur die leiseste Ahnung davon gekommen wäre, hätte ich Erika von der Heirat abgeraten, trotz des Kindes.“ Sie bestätigte mir damit ungewollt die Vermutung, daß die rasche Eheschließung durch Erikas Schwangerschaft verursacht worden war.

„Karlheinz kam mir schwankend vor, aber nicht schlecht“, erklärte ich und fügte hinzu: „Vielleicht ist er nur vorübergehend in einer desolaten Phase.“

„Was mir Sorge macht, ist, wie er dich anschaut“, sagte Mutter leise. „So, als hätte sein Inneres sich von Erika weg und wieder zu dir hin gekehrt. Und die Bemerkung vorhin – das war ja wohl der Gipfel der Unverschämtheit, und zwar euch beiden gegenüber.“

„Es hat mir weh getan – um Erikas willen", stimmte ich ihr bei. „Mich selber läßt es völlig kalt. Ich empfinde für Karlheinz nur noch ungeduldigen Ärger. – Und auch das tut mir für Erika leid", setzte ich hinzu.

„Es ist ein Jammer, daß sie ihre besten Gefühle an den falschen Mann hängen mußte!" klagte Mutter. „Welch ein Juwel war Dieter dagegen!" Sie wandte mir das Gesicht zu. „Ich hoffte eine Weile, es wüchse etwas zwischen euch beiden."

„Es ist etwas gewachsen", bestätigte ich ruhig. „Wir sind gute Freunde geworden. Dieter sieht in mir so etwas wie einen Ersatz für seinen Zwilling."

„Nicht mehr?"

„Wenn du wüßtest, wie er an ihm gehangen hat, würdest du das für sehr viel halten!"

„Aber du bist nicht sein Bruder, sondern eine Frau."

Ich lächelte. „Er nennt mich seinen Freund, nicht seine Freundin."

„Schade", sagte Mutter mit einem leichten Seufzer.

„Du hättest ihn gern in der Familie gehabt", stellte ich amüsiert fest.

Sie sah mich liebevoll an. „Aber nicht auf deine Kosten", sagte sie herzlich. Nach einer Pause fügte sie an: „Magst du mir etwas über Leutnant Rullmann erzählen? Ich nehme an, er ist Ruthilds Bruder?"

Spontan antwortete ich: „Ich zeige dir seinen ersten Brief."

Sie las ihn, am Fenster stehend, einmal und noch einmal. Dann ließ sie ihn sinken und drehte sich zu mir hin. Ihre Stimme zitterte leicht, als sie erklärte: „Das ist der rührendste Liebesbrief, den ich je vor die Augen bekam."

„Du hältst ihn für einen Liebesbrief? Und für rührend noch dazu? Dieses sachliche Schreiben?"

„Daß er so sachlich ist, das macht ihn rührend. Hast du das nicht empfunden?"

„Der Brief hat mich angesprochen, aber ich habe ihn nicht analysiert."

„Nun, meiner Meinung nach ist dieser Helmut sehr von dir beeindruckt. Zugleich ist er ein verantwortungsbewußter Mann. Er will dem Mädchen, das ihm gefällt, nicht wehtun. Er will nichts versprechen, was er vielleicht nicht halten kann. Er will aber auch nicht einfach dem Schicksal seinen Lauf lassen, sondern Weichen stellen. Monika, mein Liebes, mir hat schon seine Schwester imponiert mit ihrer aufrechten Art und dem spürbar harmonischen Familienhintergrund. Diesen Helmut könnte ich genauso gern haben, da bin ich sicher."

„Du gerätst ja direkt ins Schwärmen", stellte ich fest und überspielte eine leichte Verlegenheit mit der burschikosen Bemerkung: „Eben wolltest du mich noch mit Dieter verkuppeln, und jetzt erwählst du dir Helmut als Schwiegersohn!"

„Meinen Schwiegersohn – meinen zweiten Schwiegersohn – wirst einzig und allein du erwählen", entgegnete sie lächelnd.

„Ja", bestätigte ich, „und was mich betrifft, hat es damit keine Eile."

Mutter gab mir einen Kuß auf die Stirn und verließ mein Zimmer.

Am Nachmittag des ersten Adventssonntags saß Dieter bei Großmutter, als ich das Wohnzimmer mit einer Vase voll Christrosen betrat.

„Ein Adventsgruß für dich, Großmutter", sagte ich und stellte die Blumen vor sie hin.

Sie schaute auf, Rührung in den Augen. „Hast du es dir gemerkt, daß ich Christrosen so gern mag? Wie lieb von dir!"

„Leider sind sie nicht aus dem Winterstaudenbeet von Hasenheide, von dem du so angetan warst. Ich habe sie in der Gärtnerei geholt."

„Es sind Christrosen, das ist die Hauptsache."

Sie wies mit dem Kopf auf den leichten Gobelinsessel vorm Fenster. „Hol dir den Stuhl heran und bleib ein bißchen bei uns", bat sie. „Herr Wendland hat gerade begonnen, von den neuesten Entwicklungen in seinem Elternhaus zu berichten."

Sofort stand Dieter auf und brachte den Sessel.

„Nicht nur Freund, sondern auch Kavalier!" lobte ich ihn. „Das fällt doppelt auf, wenn man täglich mit dem Gegenteil konfrontiert wird."

Seine Brauen zogen sich zusammen. „Ich habe schon vom

Verhalten deines Schwagers gehört. Vielleicht braucht er eine psychiatrische Behandlung."

„Du siehst das als krankhaft an?" fragte ich erstaunt.

„Es könnte eine Verwundungsdepression sein, wenn nicht gar eine regelrechte psychische Erkrankung."

Das war ein neuer Aspekt, und ich wäre gern näher darauf eingegangen, aber Großmutter drängte: „Was stand in Bennos Brief, von dem Sie mir gerade erzählen wollten?"

Dieters Augen glänzten auf. „Vater ist wieder zu Hause", sagte er lebhaft. „Am Mittwoch sind die Eltern auf Hasenheide eingetroffen. Benno schreibt, daß Vater sich zunächst nur im oberen Stock aufhält, nämlich im Schlafzimmer und in der Wohnhalle. Er spricht noch immer wenig, aber es besteht Hoffnung, daß er soweit wiederhergestellt wird, um vom Rollstuhl aus das Geschäftliche regeln oder wenigstens dabei mithelfen zu können. Begreiflicherweise liegt da allerlei im Argen. Benno konnte sich ja nicht auch noch um die Wirtschaftsbücher kümmern."

Dieter drehte sich mir zu. „Du hast ja gehört, daß Wanda nach dem Abitur auf Hasenheide angestellt werden soll. Sie wird in einem der Zimmer wohnen, die durch Ediths Weggang frei geworden sind. Mutter ist zur Zeit am Umräumen, das Schlafzimmer kommt nach unten ins ehemalige Herrenzimmer, und wenn wir Material und Arbeiter dafür kriegen, werden wir im Erdgeschoß ein Bad einbauen lassen, so daß Vater nicht mehr über Treppen transportiert werden muß. Dieser Umbau hat zugleich den Vorteil, daß Benno und Reni nicht in den Seetempel zu ziehen brauchen und wir uns dessen Umgestaltung sparen können. Die beiden sollen dann den freiwerdenden Seitenflügel übernehmen."

„Es sind jetzt nur noch ein paar Monate bis zu ihrer Hochzeit, und die werden herum sein, ehe man es sich versehen hat", meinte ich, meine eigene Zukunft dabei ins Auge fassend. „Nächstes Jahr im Advent, Großmutter, werde ich dir wohl kaum Christrosen bringen können. Da bin ich irgendwo im Kriegshilfsdienst."

„Ich habe mir abgewöhnt, so lange voraus zu denken", antwortete sie, und ich merkte ihr an, daß sie müde wurde. Auch

Dieter schien das festzustellen. Er stand auf und verabschiedete sich.

Kaum war er gegangen, als Mutter und Erika sich einstellten, um die erste Kerze am Adventskranz anzuzünden.

„Wo ist Karlheinz?“ fragte ich.

„Er besucht seine Mutter.“

„Ohne dich?“

„Sie hat nicht viel für mich übrig“, erklärte Erika traurig, „und sie läßt mich das merken. Was soll ich mir also den Adventssonntag vollends verderben?“

„Du könntest versuchen, sie für dich zu gewinnen“, schlug ich vor.

„Karlheinz will mich gar nicht dabei haben, wenn er zu ihr geht“, sagte Erika so unglücklich, daß ich nicht an mich halten konnte.

„Irgend jemand müßte ihm mal gehörig den Kopf zurechtrükken!“ platzte ich heraus.

„Wer?“ fragte Erika, und ich sah bestürzt, daß ihr die Tränen kamen. „Von mir nimmt er nichts an.“

„Bloß deine Bedienung, deine Fürsorge, deinen unermüdlichen Einsatz“, sagte ich scharf. „Was ich dich übrigens schon lange fragen wollte: du versorgst ja seine Wunde. Kostet dich das nicht schreckliche Überwindung, und spürt er das vielleicht?“

„Bei ihm macht mir das nichts aus“, sagte Erika einfach. „Ich habe ihn ja lieb.“

Genau das schlug ich Karlheinz noch am selben Abend um die Ohren.

Es war spät, die andern waren schlafen gegangen, nur ich hielt mich noch im Wohnzimmer auf und las, als er nach Hause kam. Er öffnete die Tür und streckte seinen Kopf herein.

„Erika ist oben in eurer Wohnung“, sagte ich über die Schulter zu ihm hin.

Er trat vollends ins Zimmer und schloß die Tür.

„Und du bist allein“, stellte er fest. „Das kommt mir gerade gelegen.“

„Du störst mich. Ich bin am Lesen“, entgegnete ich abweisend.

Er trat hinter mich und legte mir seine linke Hand auf die Schulter.

„Moni!“ sagte er weich.

Ich fuhr aus dem Sessel hoch, drehte mich um und stand ihm gegenüber. Er mußte mir meinen Zorn ansehen.

„Was hast du auf einmal gegen mich?“ fragte er. Es klang erstaunt. „Du hast mich doch immer gemocht, sehr sogar.“

„Ich habe mir einmal eingebildet, dich zu mögen – mehr noch, dich zu lieben“, gab ich zurück. „Aber damals habe ich dich kaum gekannt.“

„Kennst du mich jetzt besser?“

„Ich kenne dich jetzt von einer andern Seite.“

„Und die gefällt dir nicht?“

„Kein bißchen.“

„Hast du dir auch überlegt, wie das kommen könnte?“

„Wie was kommen könnte?“

„Daß ich mich verändert habe.“

„O ja, darüber habe ich nachgedacht.“

„Und?“

„Ich habe nicht die Absicht, das mit dir zu bereden. Dafür gibt es Berufenere als mich.“

„Wer könnte berufener sein als du? Schließlich bist du die Ursache. Hör zu, Moni, und versuch, mich zu verstehen . . .“

„Falls du wieder Bemerkungen machen willst wie neulich, kannst du gleich den Mund halten!“ unterbrach ich ihn.

„Ich will keine Bemerkungen machen, ich will dir die Wahrheit erklären. Eigentlich müßtest du sie von selber wissen. Daß ich Erika dir vorgezogen habe, war ein Irrtum, und darüber komme ich nicht hinweg.“ Er sprach hastig, wie um mir jedes Wort abzuschneiden. „Ich wollte dich, Moni, ein Mädchen, für das ich der erste Mann war, und ich habe mich nur für kurze Zeit von einer Leidenschaft zu deiner erfahrenen Schwester hinreißen lassen. Sehr schnell habe ich gemerkt, daß sie den Verlust nicht wert war, den sie mir gebracht hat. Ich wollte dich, Moni, und ich will dich immer noch.“

Er trat einen Schritt auf mich zu.

„Schämst du dich nicht?“ schrie ich ihn an. „Schämst du dich nicht in Grund und Boden, Karlheinz Rothe?!“

Oben im Hause klappte eine Tür. Das brachte mich zur Besinnung.

„Nun gut", sagte ich abgekühlt. „Setz dich hin. Ich will mit dir reden."

Ich beobachtete, wie er sich auf die Couch in der Sitzecke sinken ließ und nahm selbst in einem Sessel Platz.

„Hör mir bitte zu, wie ich dich vorhin angehört habe", begann ich. „Du sagst, daß du mich einmal haben wolltest, und das stimmt. Du wolltest mich so sehr und auf der Stelle, daß es Mißstimmung zwischen uns gab. Gekriegt hast du mich nicht, und ich vermute, daß dieser Mißerfolg dich umtreibt. Hättest du Erfolg gehabt, wäre ich mit Sicherheit bei dir abgemeldet gewesen. Denn eines kannst du doch nicht bestreiten: du hast Erika ebenso sehr gewollt wie mich. Und sie hast du bekommen. Im Unterschied zu mir hat Erika sich nämlich nicht nur eingebildet, dich zu lieben, sondern sie tut es wirklich."

„Woher willst du das wissen?"

„Du solltest mich nicht unterbrechen", wies ich ihn zurecht, „aber ich will dir trotzdem antworten. Erikas Verhältnis mit Dieter ging in die Brüche, weil sie Abscheu vor seiner Verwundung hatte. Deinen Armstumpf schaut sie nicht nur ohne Entsetzen an, sondern sie salbt und verbindet und pflegt ihn. Sie liebt dich, Karlheinz, dafür gibt es keinen deutlicheren Beweis als ihr Verhalten seit deiner Verwundung. Und wenn du das nicht wahrhaben willst, dann bist du ein noch größerer Versager als ich dachte."

„Versager!" wiederholte er nahezu tonlos.

„Versager!" wiederholte auch ich, aber mit Schärfe. „Wir reden jetzt nicht davon, daß dein Treueversprechen nicht mehr galt, kaum eine Woche, nachdem du es mir gemacht hattest. Wir reden jetzt nicht davon, daß du mir versichert hast, kein Mädchen zum Vernaschen haben zu wollen, und daß du Erika dann doch vernascht zu haben scheinst, wenn sie dir jetzt, nachdem du Erfolg bei ihr hattest, wirklich nichts mehr bedeutet. Wir reden davon – oder vielmehr ich rede davon, weil es dir ja niemand anders auf den Kopf zusagt –, daß du dich als charakterloser Schlappschwanz präsentierst, statt als Mann, der sein Schicksal annimmt und das Beste daraus macht. Mein Gott, es sind mehr

Leute verwundet worden, nicht nur du, und Tausende davon hat es schlimmer getroffen als dich. Aber setzen sie sich untätig hin und lassen sich bedienen wie ein Pascha, und das ohne ein Wort des Dankes? Du hast eine Frau. Ihr erwartet ein Kind. Du hast einmal die Verantwortung für beide übernommen, und jetzt flüchtest du dich in unrealistische Träume über eine Verliebtheit, die nicht einmal die erste Anfechtung überstehen konnte! Wach auf, Karlheinz, ehe du die Liebe verspielst, die Erika dir so großzügig entgegenbringt!"

Er starrte mich an.

„Du kannst ja eine Furie sein!" sagte er schließlich.

„Gut, daß du es merkst! Behalt es im Gedächtnis, für den Fall, daß du wieder eine romantische Anwandlung kriegst. Im übrigen solltest du lieber über das nachdenken, was ich dir ins Bewußtsein hämmern wollte."

„Ich kann nicht denken. Du hast mich erschlagen."

„Fang nur nicht zu weinen an! Dein Selbstmitleid ist gräßlich. Reiß dich zusammen!"

„Wie soll ich das anstellen?"

Wieder wollte ich ihm über den Mund fahren, als mein Blick an seinen Augen hängenblieb. Sie waren verzweifelt.

Ich zwang mich zur Ruhe.

„Fragst du das im Ernst?" erkundigte ich mich.

Er nickte.

„Laß mich überlegen", bat ich.

Er wartete stumm.

Schließlich begann ich zögernd zu sprechen: „Es ist natürlich viel leichter, festzustellen, was falsch ist, als zu wissen, wie man's richtig machen kann. Aber ich will versuchen, dir meine Ideen darüber aufzuzeigen. Sie gehen in drei Richtungen. Erstens solltest du dein tatenloses Dasein aufgeben und zu arbeiten anfangen, entweder in einer Berufsausbildung oder in einem Studium. Dann haben deine Tage einen Inhalt, und deine Kräfte sind gefordert. Zweitens solltest du die lächerlichen Selbsttäuschungen über uns beide schleunigst über Bord werfen. Wir hatten mal eine mehr schmerzliche als herzliche Romanze, aber die ist endgültig vorbei. Und drittens solltest du zu deiner Ehe stehen und nicht aus Angst vor der Verantwortung, die du übernommen hast, Ausreden erfinden, als sei es gar nicht dein Wille gewesen, mit Erika zusammen zu sein. Du hast Liebe in ihr wecken können, nicht nur Verliebtheit, wie bei mir, und nicht nur Leidenschaft, wie im Anfang eurer Beziehung, nein, richtige ernste Liebe. Was sind das für positive Zukunftsaussichten für euch beide!"

„Aber ich empfinde nicht mehr dasselbe für sie wie früher", wandte er ein.

„Wie gut! Der Rausch ist vorbei. Jetzt kann Neues wachsen. Ihr habt euch beide gewandelt" –

Er unterbrach mich: „Da sind wir wieder beim Ausgangspunkt. Warum habe ich mich gewandelt?"

„Ganz gewiß nicht, weil du mich nicht gekriegt hast, wie du mir vorhin suggerieren wolltest. Mir machst du das nicht vor, und hoffentlich dir selbst auch nicht. Deine Verwundung hat dich aus der Bahn geworfen. Das ist verständlich. Es wäre nicht normal, wenn eine Amputation nicht eine seelische Erschütterung bedeutete. Was ich schlimm finde, ist, daß du einen Dauerzustand daraus machst, statt an dem Geschehenen zu wachsen."

Ich stand auf. Er sah mich mit bekümmerten Augen an.

„Findest du das wirklich so schlimm?" brachte er hervor.

„Frag mich nicht so wehleidig! Ich finde es mehr als schlimm. Ich finde es verächtlich", sagte ich ihm ins Gesicht und wandte mich zur Tür.

In meinem Zimmer wandelte sich meine Empörung über Karlheinz in Bestürzung über mich selbst. Wie hatte ich meinem Zorn nur derart die Zügel schießen lassen können! Dieters Behauptung, daß bei Karlheinz eine seelische Erkrankung vorliege, fiel mir ein und verursachte mir Angst. Wie, wenn ich Karlheinz mit meinen erbarmungslosen Angriffen derart zu Boden getrampelt hatte, daß er sich nicht mehr aufrichten konnte? Wie, wenn ich alle etwaigen Heilungsaussichten zunichte gemacht hatte?

Meine schlimmen Befürchtungen schienen sich zu bewahrheiten. In den nächsten Tagen bekam niemand im Hause, Erika ausgenommen, etwas von Karlheinz zu sehen. Er erschien nicht zum Essen und ließ sich im Wohnzimmer nicht blicken. Erika berichtete, daß er am frühen Mittag aus dem Haus gehe und erst spät abends zurückkehre, wo er sich in dieser Zeit aufhalte, wisse sie nicht.

Da ich über unsern Zusammenstoß den Mund gehalten hatte, konnte sich niemand erklären, was in Karlheinz gefahren war. Erika, der man jetzt die Schwangerschaft anzusehen begann, saß während der Abendstunden allein über ihren Büchern. Trotz der vielen Belastungen, die sie zu tragen hatte, war sie eisern entschlossen, im Sommer ihr Examen zu machen. Sie imponierte mir sehr, und es bedrückte mich von Tag zu Tag heftiger, daß ich mich hatte hinreißen lassen, Karlheinz derart die Meinung zu sagen.

Der nächste Adventssonntag kam heran. Nachmittags saß ich in meinem Zimmer, um einen Brief an Ruthild zu schreiben, als Erika mich zum Kerzenstündchen rief.

Als ich das Wohnzimmer betrat, wollte ich meinen Augen nicht trauen. Auf der Couch zwischen Mutter und Erika saß Karlheinz.

Erikas Gesicht glühte. „Wir haben Neuigkeiten für dich!“ rief sie mir entgegen. Sie wandte sich an Karlheinz: „Zeig du es ihr, bitte!“

Er griff nach einem Packen mit Papieren, die vor ihm auf dem Tisch lagen.

„Hübsch langsam, eins nach dem andern“, forderte Erika ihn auf.

Als erstes reichte Karlheinz mir ein amtlich aussehendes Schreiben. Es war ein auf drei Monate befristeter Anstellungsvertrag als Volontär in einem Architekturbüro.

„Ein Vierteljahr müßte mir genügen für die Entscheidung, ob das mein Berufsfeld sein kann“, erklärte er dazu.

Danach drückte er mir ein Schönschreibheft in die Hand, wie ich es im zweiten Schuljahr benutzt hatte. Es war voll bis zur letzten Seite, aber nicht mit den mühevollen Übungen einer Kinderhand, sondern mit den stetig sich verbessernden Schreibversuchen eines Mannes, der plötzlich Linkshänder sein mußte.

„Die ganze letzte Woche war Karlheinz tagsüber im Architektenbüro, und abends hat er bei seiner Mutter gesessen und dieses Heft vollgeschrieben“, erläuterte Erika. „Er wollte sich erst durchbeißen, ehe er mir davon berichtete. Heute hat er es mir gesagt. Ich könnte heulen vor Rührung.“

„Du könntest nicht nur, du tust es", stellte ich fest. „Aber du brauchst dich deswegen wahrlich nicht zu schämen."

Sie holte ihr Taschentuch hervor und putzte sich umständlich die Nase, während Karlheinz mir als letztes aus dem Packen einen Skizzenblock reichte.

Er enthielt sechs Bleistiftzeichnungen, unbeholfen in der Ausführung, aber gekonnt in der Anlage. Alle stellten Porträts von Erika dar.

„Jeden Tag ein Bild meiner Frau, mit der Linken gemacht, die bekanntlich vom Herzen kommt. Da muß man schon über die Unstimmigkeiten in der Zeichnung hinwegsehen", sagte er mit Selbstironie in der Stimme.

Ich sah ihn an und erklärte spontan: „Dafür könnte ich dir einen Kuß geben, Karlheinz!"

Dann wurde mir bewußt, was ich Verfängliches gesagt hatte, und ich blickte verlegen zu Erika hin.

Sie lächelte mich an.

„Tu's nur!" ermunterte sie mich. „Ich weiß, daß du ihn mir nicht wegnehmen willst."

„Es wäre ein gutes Kontrastprogramm zu der Behandlung, die du mir vor acht Tagen hast angedeihen lassen", fügte er trocken hinzu.

An Mutter und Großmutter gerichtet, erklärte Erika: „Monika hat ihm gründlich den Kopf gewaschen."

„Zu Boden geschmettert hat sie mich", fiel Karlheinz ihr ins Wort. „Ich hatte nur noch die Wahl, tödlich verletzt liegenzubleiben, oder mich sofort aufzurappeln und nach Heilungschancen Ausschau zu halten."

„Und die hast du ergriffen", lobte ich ihn. „Du weißt gar nicht, wie mich das erleichtert! Eine Woche lang habe ich gefürchtet, ich hätte dich wirklich am Boden zerstört. Ihr könnt euch nicht vorstellen, wie elend ich mich gefühlt habe."

„Sieh es als gerechte Strafe an!" riet Mutter.

„Strafe? Wieso? Sie hat Karlheinz doch einen Dienst erwiesen!" widersprach Erika.

„Wir müssen dankbar sein, daß es diese Wirkung hatte", erklärte Mutter. Erstaunt entdeckte ich, daß sie erschrocken aussah.

„Sollten wir nicht endlich die Kerzen anmachen?" ließ Großmutter sich hören. „Auf die stille Viertelstunde freue ich mich schon seit heute morgen."

„Muß sie ganz still sein?" fragte Erika. „Sonst könnten wir nämlich ein paar Adventslieder singen."

Wir waren bei der zweiten Strophe von „Macht hoch die Tür", als Vater hereinkam. Er winkte uns, weiterzusingen, und setzte sich schweigend und sichtlich entspannt zu uns.

Später habe ich mich oft an diesen Adventssonntag erinnert. Er stimmte uns auf die letzte gute Zeit ein, die wir zusammen erlebten.

Ein wenig besorgt machte mich Dieter. Am letzten Tag vor den Weihnachtsferien begegnete ich ihm auf dem Rückweg von der Schule. Man hatte uns gerade über eine Terminänderung informiert. Die mündliche Abiturprüfung war auf die letzte Januarwoche vorverlegt worden. Eine schriftliche Prüfung würde nicht stattfinden. Statt dessen sollten den Abschlußzeugnissen die Noten der in den Herbstferien angefertigten Hausarbeiten zugrundegelegt werden. Reni und ich hatten sehr unterschiedlich auf diese Eröffnung reagiert. Reni freute sich, weil dadurch ihre Heirat vorgezogen werden konnte. Ich ärgerte mich, weil ich früher zum Arbeitsdienst einrücken mußte. Man hatte ihn auf ein halbes Jahr verkürzt, dafür aber ein halbes Jahr Kriegshilfsdienst in Rüstungsfabriken oder Luftwaffenstellungen angehängt.

„Wahrscheinlich ist der Grund für die Vorverlegung, daß wir nun auch früher für den Kriegshilfsdienst frei werden", sagte ich zu Dieter. „Und natürlich mache ich mir keine Illusionen darüber, was dann folgt: nämlich die Verlängerung unserer Dienstverpflichtung bis zum Kriegsende."

„Es wird Zeit, daß alles zu Ende geht", entgegnete er ernst.

Ich seufzte. „Überall hört man jetzt das Sprichwort: ‚Lieber ein Ende mit Schrecken als ein Schrecken ohne Ende.' Aber ich habe Angst."

„Seit dem ersten Kriegstag – das war der Tag, an dem ich verwundet wurde, wußtest du das? –, seither ist Angst mein täglicher Begleiter."

„Das merkt man dir aber nicht an!“ erklärte ich spontan, ihn erstaunt musternd.

„Ich habe gelernt, damit zu leben, genau wie mit allen anderen Folgen des Krieges. Wir Menschen sind belastbarer als wir in guten Zeiten denken. Aber einmal ist die Grenze erreicht.“ Er holte tief Luft. „Einmal werde ich nichts anderes mehr wollen als Frieden, einerlei um welchen Preis.“

„So ähnlich redet auch Karlheinz“, bemerkte ich. „Er scheint sich einigermaßen gefangen zu haben.“

„Man wird abwarten müssen“, sagte Dieter. „Wenn tiefsitzende Depressionen nicht völlig ausheilen, können sie immer wiederkommen.“

Er sah mir wohl an, daß er mich beunruhigt hatte, und bat rasch: „Mach dir nicht zuviel Sorgen um das Kommende! Es ist genug, daß jeder Tag seine eigene Plage habe ... So steht's schon in der Bibel, nicht wahr?“

Es fiel mir indessen nicht so leicht, nach seinem Rat zu leben, wenngleich die Familie in diesen letzten Tagen des Jahres in unausgesprochener Übereinstimmung ein Hort ruhiger Harmonie war.

Weihnachten kam und ging – ein Fest ohne lauten Jubel, aber mit stillem Einverständnis. Das neue Jahr stand vor der Tür. Hoffnung und Sorge umkreisten sein Kommen. Würde es ein Ende des Krieges bringen? Hielt es Gutes bereit? Standen uns weitere Schrecken bevor?

Es war gut, daß wir nicht in die nächste Zukunft schauen konnten.

Zweiter Teil (1944–1945)

Erschütterungen

Kapitel 11

In den ersten Tagen des neuen Jahres erhielt ich meine Einberufung zum Arbeitsdienst. Ich hatte mich am 1. März in einem Lager im Ostharz einzufinden.

„Ich hatte gehofft, daß du meine Brautjungfer sein könntest", jammerte Reni, als sie den Einberufungstermin erfuhr.

„Nun wirst du gar nicht da sein, wenn dein Patenkind zur Welt kommt", bedauerte Erika. „Vielleicht geben sie dir ja zur Taufe Urlaub. Aber wie auch immer", sie sah mich mit plötzlichem Ernst an, „versprich mir, daß du unser Kindchen liebhaben willst . . . bitte, Monika!"

Betroffen erwiderte ich ihren Blick. „Hältst du das nicht für selbstverständlich?"

Sie nahm mich in die Arme. „Doch, natürlich. Mir war nur auf einmal so, als ob ich mich vergewissern sollte. Es macht mich traurig, daß du weg mußt, daran liegt es wohl."

Auch Mutter war traurig. Ich merkte es an der Art, wie sie in der letzten Woche meine Nähe suchte, und an den Blicken, mit denen sie mich betrachtete.

Großmutter sprach es direkt aus. „Wir werden uns Sorgen um dich machen, bis wir dich heil wiederhaben. Gott schütze dich, mein Kind."

Aus ihrem Mund klang es nicht theatralisch. Ich beugte mich zu ihr hinunter und küßte sie auf die faltige Wange. „Wahrscheinlich bin ich in meinem Lager auf dem Lande sicherer als ihr hier in der Stadt", versuchte ich sie zu trösten.

„Das hoffe ich auch", erwiderte sie und griff nach meiner Hand. „Ihr Jungen müßt übrigbleiben, nicht wir. Wer sollte sonst einmal neu aufbauen?"

„Daran kannst du schon denken?" fragte ich bitter.

„Daran müssen wir alle denken – immerzu!" antwortete sie ernst.

Am Tag meiner Abreise brachte Vater mich zum Bahnhof. Vom Zugfenster aus sah ich, daß Tränen über sein Gesicht liefen.

Dann lagen Zuhause und Heimatstadt hinter mir, und ein neuer Abschnitt in meinem Leben begann.

Die folgenden Monate blieben lediglich nebelhaft in meinem Gedächtnis. Es war, als ob ich mich aus innerem Widerspruch nach außen hin abgeschottet hätte. Nur einzelne Eindrücke ragten aus dem eintönigen Grau dieser Wochen heraus, und manche einfach deswegen, weil sie das Grau noch vertieften.

Als erstes setzte sich die Kleiderausgabe in meiner Erinnerung fest. Von der Unterwäsche bis zum Mantel, von den Schuhen bis zum Kopftuch trugen wir künftig nichts eigenes mehr auf dem Leibe. Ich haßte ein Stück fast genau so sehr wie das andere: das angeblich erdfarbene Kostüm, dessen Färbung für mich nach schmutzigem Senf aussah, die zwei schlecht sitzenden Blusen, die blauen Arbeitskleider, die durch einen in den Seiten ansetzenden und auf dem Rücken gebundenen Gürtel in der Taille zusammengehalten wurden und über denen wir an Sonntagen eine gestickte Halbschürze trugen. Sie behagten mir ebensowenig wie die Wollstrümpfe, die flachen Halbschuhe, die zum Kostüm, und die plumpen knöchelhohen Schnürstiefel, die zur Arbeitskleidung gehörten. Noch schlimmer waren die groben Hemden und langen Schlüpfer, die sackartigen Nachthemden und die Trainingsanzüge aus verwaschener ausgeleierter Baumwolle.

Von den vierzig „Maiden", wie wir genannt wurden, und den vier Führerinnen, die zur Lagerbelegschaft gehörten, stammte die Mehrzahl aus Schlesien. Dreißig der Mädchen hatten ihr halbes Jahr fast herum; wir zehn, die wir neu hinzukamen, waren Abiturientinnen aus zehn verschiedenen Städten. Daß keine irgendeine der anderen vorher gekannt hatte, machte uns den Anfang zusätzlich schwer. Ich fand so wenig Kontakt, daß ich mich nach kurzer Zeit an keinen einzigen Namen mehr erinnern konnte, als der größte Teil der Belegschaft zum Kriegshilfsdienst abkommandiert worden war. Zurück blieben außer den Führerinnen die vier Kameradschaftsältesten, eine Art Unterführerinnen, die für lästige Ordnungsaufgaben und ähnliches eingesetzt wurden, aber nichtsdestotrotz auf ihre Beförderung stolz waren. Sie standen der Gruppe vor, die zusammen einen Schlafraum belegte und ebenso tendenziös wie falsch eine „Kameradschaft" genannt wurde, und waren für die Zustände im Schlafraum und die Disziplin der Maiden verantwortlich. Allgemein bezeichnete man sie mit der Abkürzung K.Ä.

In der einwöchigen „Lagerpause" bis zum Eintreffen der neuen Belegschaft mußten die K.Ä.s zusammen mit vier nicht in die Fabrik abkommandierten Maiden das Großreinemachen im Haupthaus, im Schlafraumgebäude und den Wirtschaftsräumen erledigen, außerdem die Kleiderkammer versorgen, also waschen, nähen, stopfen und die Sachen zur Neuausgabe vorbereiten. Nach welchem Gesichtspunkt die vier Maiden zurückbehalten wurden, erfuhren wir nicht. Außer mir gehörte glücklicherweise auch die einzige Kameradin zu ihnen, mit der ich bis dahin manchmal ins Gespräch gekommen war. Sie hieß Ingrid.

Die Vorverlegung des Abiturs hatte unterschiedliche Einberufungstermine für Abiturientinnen und die bereits im Berufsleben stehenden Achtzehnjährigen zur Folge gehabt. Ich wußte nicht, ob die Spannung zwischen den beiden Gruppen damit zusammenhing. Jedenfalls empfand ich, daß allem Gerede von Volksgemeinschaft und Gleichheit zum Trotz mir auch von der neuen Belegschaft Ablehnung entgegenschlug, und Ingrid erging es ebenso. Vielleicht lag es aber auch daran, daß man uns beiden den Mangel an Begeisterung allzusehr anmerkte. Es gab zwar eine ganze Reihe von Kameradinnen, die den Arbeitsdienst als lästige Pflicht betrachteten, aber sie vermochten sich anscheinend besser damit abzufinden und in die Lagerwelt einzupassen. Und da ein gutes Drittel der Belegschaft offensichtlich Gefallen am Arbeitsdienst fand, wurden Ingrid und ich rasch wieder zu Außenseitern.

Das zweite Bild aus den Arbeitsdienstmonaten, das sich deutlich in mein Gedächtnis eingrub, war die riesige Europa-Landkarte im Gemeinschaftsraum, auf der mit bunten Stecknadelköpfen die Frontlinien des deutschen Heeres markiert waren. Jeden Tag nach dem gemeinsamen Anhören des vom Radio gesendeten Wehrmachtsberichts mußten sie geändert werden, und der immer enger werdende Kreis um Deutschland beengte auch mich.

Was mir angesichts dieser Situation ganz unerträglich schien, waren die allabendlich stattfindenden Schulungen, in denen wir mit allem traktiert wurden, was zum nationalsozialistischen Gedankengut gehörte, von der Rassentheorie bis zur germanischen Todesverachtung, von unserer Verpflichtung, als deutsche Frauen vielfache Mütter zu werden, bis zur Verächtlichmachung der sogenannten „Entarteten Kunst", von den Haßkanonaden auf den „Raubstaat England" bis zur Heldenverehrung der Ritterkreuzträger. Da war es geradezu erholsam, wenn es einmal in der Woche einen reinen Sing-Abend gab, auch wenn die Liedertexte, die man uns beibrachte, sich glatt in den Deutschland-Heimat-Mythos einfügten. Wir sangen sie, wenn wir morgens nach dem Frühsport einen Kreis um die in der Mitte des Lagerhofs stehende Fahnenstange bildeten. Zu diesem Zweck mußten wir uns in die Kostüme werfen, die wir nachher mit der Arbeitskleidung tauschten. Eine der Führerinnen sprach ein „Tageswort", meist war es ein Ausspruch eines mehr oder weniger berühmten Deutschen, der sich, wenn auch fälschlich, im nationalsozialistischen Sinne deuten ließ, wie zum Beispiel Goethes „Allen Gewalten zum Trotz sich erhalten" oder das „Motto des Führers": „Wo ein Wille ist, ist auch ein Weg." Dann sangen wir, und danach wurde von einer K.Ä. die Fahne hochgezogen, während wir mit halb erhobenem gestrecktem rechtem Arm zusahen. Glücklicherweise war das Zeremoniell vor dem Schlafengehen kürzer. Wir beschränkten uns auf ein gemeinsames Lied, ehe die Fahne eingeholt wurde.

Der Fahnendienst gehörte zum Ehrendienst der Kameradschaftsältesten, und deshalb war der Ärger groß, wenn eine dabei übergangen wurde, weil ihre Gruppe Anlaß zur Klage gegeben hatte.

Einmal war ich die Ursache dazu, weil die Lagerleiterin bei der Spindkontrolle ein Buch gefunden hatte, dessen Lektüre, wie ich zu meinem Staunen erfuhr, verboten war. Ich hatte es in gutem Glauben von der Ärztin ausgeliehen, bei der ich meinen ersten „Außendienst" ableistete. Sie selbst hatte mir dazu geraten, aus ihrem Bücherschrank zum Lesen in den wenigen Freistunden „Die Buddenbrooks“ von Thomas Mann mitzunehmen. Wahrscheinlich wußte sie nichts von Spindkontrollen und anderen Schnüffeleien. Man entzog ihr die Berechtigung, eine Arbeitsmaid zugeteilt zu erhalten, und so lud ich nicht nur den Zorn meiner K.Ä., sondern auch den vieler Maiden auf mich. Die Stelle bei der Ärztin war begehrt gewesen, weil man dort zur Instandhaltung von Haus und Garten gebraucht wurde und nicht für oftmals schwere Feldarbeit, wie es bei dem Einsatz auf Bauernhöfen der Fall war. Allerdings entschädigte die Tatsache, daß man sich einige Zeit richtig satt essen konnte, im Endeffekt für das harte Tagwerk bei den Bauern.

Alle vier Wochen wechselten wir die Stellen, mindestens einmal wurden wir auch zum „Innendienst“ in Haus, Küche oder Waschküche eingesetzt, wobei die Arbeit in der Waschküche die bei weitem härteste und daher unbeliebteste war. Sie wurde nicht nur als Strafe betrachtet, sondern auch als solche verhängt; und das widerfuhr mir, nachdem man das verbotene Buch bei mir entdeckt hatte.

Als ich danach zum ersten Mal wieder eine Außendienststelle zugeteilt erhalten hatte, benutzte ich unter Verzicht auf die mir dort angebotene Mahlzeit die erste Mittagspause, um die Ärztin aufzusuchen und mich für die Unannehmlichkeiten zu entschuldigen, die ihr entstanden waren. Sie tröstete mich mit der Eröffnung, daß sie ab dem Spätsommer sowieso auf die Hilfe einer Arbeitsmaid hätte verzichten müssen, weil unser Lager aufgelöst werde. Natürlich dürfe ich darüber noch nicht reden, mahnte sie.

Paradoxerweise hatte ich mich zwar bei der Lagerleiterin, den K.Ä.s und einem Großteil der Belegschaft endgültig mißliebig gemacht, aber eine unserer Führerinnen, die Wirtschaftsleiterin, kam mir nun freundlicher entgegen. Sie legte auch, allerdings vergeblich, ein gutes Wort für mich ein, als ich den Antrag stellte, zur Taufe meines Patenkindes nach Hause fahren zu dürfen.

Ich hatte Erikas Nachricht erhalten, nachdem meine Kameradschaft am Tag zuvor dazu ausersehen gewesen war, die „Namenweihe“ eines Neugeborenen auf einer Außendienststelle mit Gesang zu umrahmen. Dafür hatten wir ein Lied eingeübt, das eigentlich als Ersatz für volkstümliche christliche Weihnachtslieder gedacht war. Es begann „Hohe Nacht der klaren Sterne“ und endete meiner Erinnerung nach mit der Strophe:

„Mütter, euch sind alle Kerzen,
alle Sterne aufgestellt.
Mütter, tief in euren Herzen
schlägt das Herz der ganzen Welt.“

Darauf berief ich mich bei meinem Urlaubsgesuch. Ich fühlte mich zwar nicht wohl dabei, das Vokabular und die Gedankenwelt zu bemühen, von denen ich mich innerlich immer mehr distanzierte; aber da es mir der einzige Weg schien, zu meinem Ziel zu kommen, bediente ich mich ihrer dennoch. Eine deutsche Mutter, ein Vater, der sein „Blutopfer fürs Vaterland“ gebracht hatte – sollten sie nicht die Freude haben, daß ich zur Namengebung bei ihnen sein konnte? So argumentierte ich.

Ich hatte keinen Erfolg damit. Die Lagerleiterin erklärte knapp, wenn es sich nicht um eine Taufe, sondern um eine Namenweihe handelte, hätte man unter anderen Umständen darüber reden können. Zur Zeit aber sei überhaupt niemand abkömmlich.

Was sie damit meinte, erfuhr ich, als nach dem Fahnengruß am nächsten Morgen nicht der erwartete Befehl zum Wegtreten erklang, sondern statt dessen bekanntgegeben wurde, daß die Belegschaft ab der nächsten Woche zum Kriegshilfsdienst komme – nach knapp drei Monaten Arbeitsdienst bereits.

Diesmal wurden vier Maiden neu zu K.Ä.s ernannt und mußten im Lager zurückbleiben, während die bisherigen Unterführerinnen ihre Aufgabe in der Rüstungsfabrik weiter ausüben sollten. Zu Helferinnen wurden aber wieder die gleichen Mädchen wie bei der ersten Lagerpause bestimmt. Abermals gab man uns keinen Grund dafür an.

Von Erika kam ein meine Absage bedauernder Brief. Er enthielt ein Bild des kleinen Bernhard, der ein kräftiges, gesundes Kind und der ganze Stolz seiner Eltern und Großeltern war, wie Erika schrieb. Wer aber am meisten an ihm hänge, das sei seine Urgroßmutter. Sie habe vor Freude geweint, als sie den Kleinen zum ersten Mal im Arm hielt, und sie bestehe darauf, seinen

Kinderwagen neben ihrem Rollstuhl stehen zu haben, solange Erika anderweitig beschäftigt sei.

Ich legte Bild und Brief in den Schuhkarton, in dem ich meine Post sammelte. Er hatte sich in den Monaten meines Lagerlebens beachtlich gefüllt. Briefe von zu Hause, von Dieter, von Reni, von Ruthild und von Helmut hatten mich während der Zeit der zweiten Belegschaft zur vielbeneideten Postempfängerin Nr. 1 werden lassen.

Am wichtigsten von allen Briefpartnern war mir Helmut geworden, so seltsam das bei der Art und Kürze unsrer Bekanntschaft scheinen mochte. Die Berichte von zu Hause freuten mich, Ruthilds Schilderungen ihrer Arbeitsdiensterfahrungen und Renis Erzählungen aus Hasenheide interessierten mich, aber Helmuts Briefe gaben meinem Denken Nahrung und regten mich zur Bildung eigener Gedanken an. In einer Umgebung, die mir geistig wenig zu bieten hatte, beeinflußten sie meine innere Entwicklung nachhaltig; ich merkte das und war dankbar dafür. Ich begann, mich Helmut nah und vertraut zu fühlen. Immer öfter überkam mich die Erinnerung an den Abend auf der Bank im Hof von Hasenheide und an die warme Hand, in der meine so geborgen geruht hatte. Es ging in unserm Briefwechsel keineswegs nur um Fragen des Christenglaubens. Helmut interessierte sich für Grenzfragen zwischen Philosophie, Religion und Naturwissenschaft und machte mich mit ihnen bekannt. Gelegentlich kam er auch auf Schriftsteller zu sprechen, mit denen er sich beschäftigte, und er zitierte Gedichte, die er liebte.

Eines Abends, als ich von der Außendienststelle zum Lager zurückkehrte, stand Helmut in ordendekorierter Fliegeruniform im Hof. Unangemeldet und natürlich vollkommen unerwartet war er gekommen, mich zu besuchen.

„Das muß sein“, flüsterte er mir zu, während er mich kurzerhand in die Arme nahm. „Ich habe deinen Führerinnen erklärt, daß ich dein Freund bin. Da ist ein glaubhafter Beweis nötig.“ Er entließ mich aus seiner Umarmung und trat ein paar Schritte zurück, um mich von oben bis unten zu betrachten.

Unter seinem herzlichen Blick wurde ich verlegen. Er spürte es und sagte rasch: „Hast du eine Ausgehuniform? Dann zieh dich um, du hast heute abend frei. Wollen wir uns ins Dorfgasthaus setzen? Es macht keinen schlechten Eindruck."

„Woher weißt du das?"

„Ich habe mir dort ein Zimmer genommen."

„Lieber ginge ich mit dir spazieren", erklärte ich spontan.

„Alles wie du willst, sobald du startbereit bist. Ich warte hier."

„Es dauert nicht lange", versprach ich und hielt Wort.

Aus allen Fenstern guckten Köpfe, als wir zusammen loszogen.

„Deine Lagerleiterin hat gefragt, warum du meinen Namen nicht angegeben hast, als euch der Urlaubserlaß mitgeteilt wurde", berichtete mir Helmut. „Ich wußte gar nicht, daß eine Arbeitsmaid Anspruch auf Freistellung hat, wenn und solange ihr Freund auf Fronturlaub ist."

„Was hast du ihr geantwortet?" fragte ich.

„Bei mir wäre nicht mit Urlaub zu rechnen gewesen, weil seit dem letzten Mal noch kein Jahr vergangen ist."

„Haben sie sich mit dieser Erklärung zufrieden gegeben?"

„Ich war ja nun schon hier, sollten sie mich unverrichteter Dinge wieder ziehen lassen? Zusätzlich habe ich Imponiergehabe zur Schau getragen, erstens mit allen Orden an meiner Uniform, auf die ich eigentlich gar nicht stolz bin, und zweitens mit meinem Urlaubsschein. Ich habe nämlich vier Tage Sonderurlaub wegen Tapferkeit – sprich wegen vieler Abschüsse feindlicher Flugzeuge."

„Und darauf bist du auch nicht stolz", ergänzte ich.

Wir hatten den Waldrand erreicht und setzten uns dort auf die Bank, die vom Lager aus nicht mehr zu sehen war. Unser Blick ging über das abendliche Tal am Fuß des Hügels, dessen Kuppe wir erstiegen hatten.

„Während ich auf dich wartete, habe ich mir ziemliche Gedanken gemacht", sagte Helmut leise. „Ich bin gegen die Ideologie unseres Staates, aber ich nutze die ihr entsprechende Mentalität aus, um mit dir zusammensein zu können. Ist das richtig?"

„Ähnliches habe auch ich mich neulich gefragt, als ich Urlaub für die Taufe meines Neffen haben wollte", erzählte ich. „Ich bin zu dem Schluß gekommen, daß ich weder stark noch entschieden genug bin für eine Heldenrolle."

„Um Heldentum geht es nicht", erwiderte Helmut ernst. „Eher um Bekennermut. Aber ich bin nicht sicher, ob es nicht manchmal angemessener ist, den Machthabern mit ihren eigenen Waffen ein Schnippchen zu schlagen."

„So kann man es sehen", stimmte ich nachdenklich zu.

„Andererseits könnte diese Argumentation bloß ein Trick sein, mit dem ich mein Gewissen beruhige", fuhr Helmut fort. „Das ist das Teuflische an unserm Staat, daß er uns so verunsichert, um nicht zu sagen korrumpiert, bis wir Gut und Böse nicht mehr eindeutig bestimmen können. Ist es gut, die Wahrheit zu sagen, wenn dadurch Gefahr auch für andere heraufbeschworen wird?"

Er schwieg. Ich wußte nicht, was ich erwidern sollte.

Ohne eine Antwort abzuwarten, fuhr Helmut fort: „Und was diesen Sonderurlaub angeht, wie soll ich das einordnen, daß ich mich über ihn freue, obwohl er so grausam erkauft ist? Gewiß, ich habe die feindlichen Bomber nicht deswegen abgeschossen, um Orden oder Tapferkeitsurlaub zu bekommen, sondern weil sie sonst ihre Bomben über unsern Städten abgeladen hätten. Aber selbst das spricht mich nicht frei." Er seufzte und wandte mir das Gesicht zu.

„Da bin ich nun bei dir, wie ich mir's monatelang erträumt habe, und als erstes mache ich uns beiden das Herz schwer. Was mußt du nur von mir denken?!"

„Daß das ein Zeichen von Vertrauen ist – von Vertrauen und von Vertrautheit." Seine Augen leuchteten auf. Seine Hand schloß sich um meine.

„Ich habe das schon einmal so empfunden", fuhr ich fort. „Damals auf Hasenheide, an dem Abend, an dem du einen anderen Menschen aus mir machen wolltest."

„Monika!" protestierte er.

Ungerührt sprach ich weiter. „Wir saßen nebeneinander auf der Bank – so wie jetzt; und du hieltest meine Hand – so wie jetzt."

„Und ich wollte etwas sagen und traute mich nicht", fügte er an.

„Auch so wie jetzt?"

„Jetzt brauche ich nichts zu sagen. Du weißt es ohnedies."

Leise antwortete ich: „Deine Briefe haben es mir gesagt, trotz aller Zurückhaltung, die du geübt hast. Und daß du hierher gekommen bist, statt deinen kurzen Urlaub zu Hause zu verbringen …"

„Du hast mich gefangen genommen", unterbrach er mich, „alles in mir ist aufgewühlt, alles in mir drängt zu dir hin. Damals war ich mir noch nicht klar, ob das nur eine vorübergehende Anziehung war, die mit der räumlichen und zeitlichen Entfernung enden würde. Aber es ist stärker geworden statt schwächer. Ich liebe dich. Ein anderes Wort dafür gibt es nicht."

Er hatte bewegt, aber zunehmend ruhiger gesprochen. Das Gesicht mir zugewandt, saß er neben mir und hielt meine Hand. Ich fühlte, wie seine Finger zitterten.

„Ich bin mir meiner Sache sicher – vollkommen sicher", sagte er nach einer Weile. „Aber von dir kann und darf ich das noch nicht erwarten. Darum wollen wir's zunächst bei dem belassen, was bisher war."

Er stand auf und zog mich mit sich hoch.

„Für heute abend ist es Glück genug, bei dir zu sein, in diesem schönen, friedlichen Stück Heimat." Im Weitergehen legte er mir sacht den Arm um die Schultern.

„Weiß deine Familie, daß du Urlaub hast und hier bist?" fragte ich.

„Noch nicht. Ich fahre morgen abend heim. Den Tag über hast du nämlich Ausgang. Ich wollte dir eine kleine Wanderung vorschlagen. Der Karte nach gibt es hier in der Nähe einen Stausee. Vielleicht finden wir sogar ein Ruderboot."

„O nein!" fuhr es mir in plötzlichem Erinnern heraus. „Nicht gerade rudern, bitte!"

Erstaunt blieb er stehen, und ich erzählte ihm die ganze Geschichte von Karlheinz, bis hin zu der Tatsache, daß ich die Patentante seines Sohnes war. Darüber begann es zu dunkeln. Mir wurde plötzlich bewußt, wie weit wir uns von Dorf und Lager entfernt hatten.

Hastig erklärte ich: „Ich muß zurück, sonst bin ich zu spät zum Fahnenappell und stehe vor verschlossenem Tor. Das gibt eine Woche Strafdienst und natürlich Ausgangssperre."

„Du hast frei bis morgen abend," sagte er ruhig.

Mit großen Augen sah ich ihn an.

„Ich habe nicht darum gebeten, es wurde mir einfach so erklärt. Trotzdem bringe ich dich natürlich zurück."

„Werden sie sich im Lager nicht darüber wundern?"

„Das dürfen sie gern. Sie sollen sehen, daß es noch Menschen gibt, die bis zur Hochzeit aufeinander warten."

Er begleitete mich bis zum Lagertor, und hier holte er mich am nächsten Morgen ab. Als er mich kommen sah, breitete er die Arme aus, und ich lief geradenwegs hinein.

„So", sagte er, nachdem er mich an sich gedrückt hatte, „nun haben wir alle neugierigen Augen befriedigt. Jetzt beginnt der Tag, der nur uns gehört."

Er faßte mich an der Hand, und wir machten uns auf den Weg.

„Hast du gut geschlafen?" fragte er nach einer Weile.

„Nicht sehr gut", gab ich zu. „Sag mal, hast du gestern, als du vom Warten auf die Hochzeit sprachst, eigentlich an uns beide gedacht?"

„Ich habe von einem schönen Traum geredet ..." sagte er langsam.

„Warum nennst du es einen Traum? Laß es unser Fernziel sein!" schlug ich vor.

Seine Hand faßte die meine so fest, daß es wehtat. Aber das machte mir nichts aus.

„Es kommt mir verantwortungslos vor, dich zu binden", antwortete er schließlich. Ich spürte, daß es ihm schwerfiel. „Wenn ich heil aus dem Krieg zurückkomme, habe ich noch vier bis fünf Jahre Studium vor mir – und dann einen Beruf, dessen Zukunftsaussichten ungewiß sind."

„Wenn es wirklich in Deutschland keine Chance für dich gibt, würde ich auch mit dir ins Ausland gehen."

„Jetzt bist du es, die träumt", sagte er zärtlich. Ernst fügte er an: „Meinst du, irgendwo in der Welt wollen sie Deutsche haben – ausgerechnet Deutsche?"

„Auch unter Christen nicht?"

„Ich fürchte, die meisten würden nicht über ihren Schatten springen. Noch sind wir weit von der Gemeinschaft aller Christen entfernt. Im übrigen käme mir der Weg ins Ausland wie eine Flucht vor. Hier bei uns sind Christen nötig, jetzt und später, einerlei, ob uns Sieg oder Niederlage erwartet."

„Also bleiben wir hier", stellte ich fest. „Zusammen werden wir auch mit Schwierigkeiten fertig. Wenn ich als Ärztin arbeite, hilft uns das finanziell."

Im Gehen hob er meine Hand zu seinem Gesicht, strich über ihre geöffnete Fläche und drückte einen Kuß darauf. „Daß du dir Gedanken über eine gemeinsame Zukunft machst . . ."

Er brach ab, ließ meine Hand los und setzte erst nach einer Weile im Weitergehen neu an: „Es wäre manches zu klären, vorher . . ."

„Vorher?" unterbrach ich ihn.

„Bevor wir uns auf solche Pläne einlassen."

„Und was wäre das?"

Ich wartete lange auf seine Antwort. Endlich sagte er: „Nehme ich dich auch keinem andern weg? Du hast mir von Karlheinz erzählt. Er war doch gewiß nicht der einzige, der sich für dich interessiert hat. Was ist zum Beispiel mit Dieter Wendland? Ruthild meint, er wäre ein guter Freund von dir. Übrigens hält sie große Stücke auf ihn."

„Da hat sie recht. Dieter ist ein feiner Kerl, und wir sind gute Freunde."

„Und das genügt ihm?"

„Ganz offensichtlich."

„Genügt es dir auch?"

„Wie kannst du mich das im Ernst fragen?" begehrte ich auf.

Er spürte, daß er mich verletzt hatte.

„O Monika", bat er, „bitte versteh mich doch! Ich will Klarheit, für mich ebenso wie für dich. Es darf niemals geschehen, daß du dir sagst: ‚Hätte ich mich damals nicht von der Gegenwart überwältigen lassen, von Helmuts Nähe, von seiner Liebe! Hätte ich den andern Mann, den ich mochte, nicht auf die Seite geschoben!' Wenn ich denke, daß du deine Entscheidung jemals bedauern würdest . . ."

„Ich brauche Dieter nicht auf die Seite zu schieben. Er steht nicht im Weg."

„Vielleicht bin ich es, der sich in den Weg gestellt hat? Vielleicht hättest du ihn lieben gelernt, wenn ich nicht aufgetaucht wäre. Ist das so ausgeschlossen?"

Ich sah Dieters Gesicht vor mir – Helmut zwang mich dazu:

seine ruhigen Augen, seinen ernsten Mund, um den viel zu oft Schmerz zuckte. Ich sah seine Hände, schmal und feingliedrig, und die grauenvolle Narbe an seinem Unterschenkel.

„Es hätte sein können – ja", antwortete ich schließlich. „Es hätte sein können, Helmut . . . wenn es dich nicht gäbe!"

„Du kennst mich weniger gut als ihn."

„Ich kenne ihn länger als dich, aber nicht besser. Durch unsern Briefwechsel hast du mich in dir lesen lassen wie in einem offenen Buch."

„Genau das ist meine Angst. Ich habe dir den papiernen Helmut gezeigt, der wohlüberlegte Gedanken niederschreibt. Den lebendigen, mit dem du tagtäglich auskommen müßtest, den kennst du nicht."

„Ist er so schrecklich?"

„Er hat seine Fehler. Er kann überaus beharrlich sein, um nicht zu sagen: starrköpfig. Zu seinen Entscheidungen braucht er lange, aber wenn er sie gefällt hat, dann hält er daran fest und ist zu Kompromissen kaum bereit. Im allgemeinen zwingt er sich zur Geduld und ist auf Harmonie bedacht, aber manchmal wird er heftig. Außerdem ist er finster eifersüchtig."

„Stell dir vor, ich kenne einen lebendigen und kein bißchen papiernen Helmut, der sich zu Hause ungezwungen fröhlich und warmherzig gibt. Ich kenne einen Helmut, der so wenig selbstsüchtig ist, daß er mich lieber zurückstößt als . . ."

Er unterbrach mich: „Monika! Ich will dich nicht überrumpeln, aber noch weniger will ich dich zurückstoßen!"

„Dann tu's auch nicht!"

Er blieb stehen und zog mich an sich. „Liebste!" sagte er, mir das Gesicht zuneigend, „Einzigartige! Einzige!" Er küßte mich.

Seit meiner Erfahrung mit Karlheinz hatte ich gemeint, daß Küsse ein trügerisches Liebeszeichen seien. Helmuts Kuß belehrte mich eines besseren.

Hand in Hand gingen wir weiter. Ich fühlte mich benommen von Glück.

„Glück!" sagte ich schließlich, nach einer langen Weile des Schweigens. „Glück. Glück. Glück. Es gibt kein anderes Wort dafür. So hast du es gestern ausgedrückt, nicht wahr?"

„Ich habe von Liebe gesprochen, aber heute ist beides dasselbe."

Eine Bank stand am Weg; in wortlosem Einverständnis setzten wir uns.

„Es kann nicht immer so sein, daß Liebe und Glück identisch sind", sagte Helmut. „Schon wenn wir uns nachher trennen müssen, wird mir das Herz wehtun."

„Laß uns nicht daran denken!" bat ich.

„Du hast recht. Trauern können wir später." Wieder küßte er mich.

Danach setzten wir unsern Weg fort, bis wir am Stausee anlangten, wo wir ein kleines Gasthaus fanden. Wir bekamen auf Helmuts Urlaubermarken ein einfaches Essen und dazu sogar ein Glas Tischwein.

„Jetzt feiern wir Verlobung", sagte Helmut. „Ohne Ring, ohne Blumen."

„Aber voller Liebe", ergänzte ich.

„Und die wird bleiben, wenn wir schon das Glück nicht festhalten können", fuhr er fort.

„Ja, Helmut. Ja!"

„Laß uns darauf anstoßen!"

Als er sein Glas niedersetzte, sagte er: „Wie werden sie sich zu Hause freuen, wenn sie das hören! Ich darf ihnen doch davon erzählen?"

„Natürlich! Ich werde es meinen Eltern noch heute abend schreiben, während du in der Bahn sitzt."

Da war er wieder, der Schatten der Trennung. Er begleitete uns durch den Rest des Tages, der uns viel zu schnell entglitt.

„Laß dich noch einmal anschauen", bat Helmut, als er mich bis vors Lagertor begleitet hatte. Mit dem Finger zeichnete er meine Augenbrauen und die Linie meiner Lippen nach. „Du bist schön, meine Einzige", sagte er, „jedenfalls für mich, und du wirst es noch sein, wenn du alt und faltig geworden bist – falls uns das beschieden ist", setzte er hinzu, und seine Augen verloren ihr Glänzen.

Dies war der letzte Eindruck, der sich mir einprägte: Der Wechsel in seinem Ausdruck von liebevoller Zärtlichkeit zu Sorge und Trennungsschmerz.

Abrupt ließ er mich aus den Armen und wandte sich zum Gehen. Ich drückte meine Finger in die Rinde des Baums, unter dem wir gestanden hatten, und merkte nicht, daß mir die Nägel brachen.

Er drehte sich nicht mehr um.

Im Lager versuchten sie mich auf meinen Fliegerhelden hin anzusprechen, aber ich antwortete nicht, und als sie mir ins Gesicht sahen, ließen sie mich in Ruhe.

Wie ich Helmut versprochen hatte, schrieb ich noch am selben Abend nach Hause. Ich schrieb auch an Ruthild und an Reni und als letztes, in einem plötzlichen Impuls, an Dieter.

Von allen Briefen, die als Antwort eintrafen, war seiner der intensivste. Die andern drückten neben der Überraschung herzliche Mitfreude aus und enthielten gute Wünsche. Dieter aber hatte geschrieben: „Es ist nicht Glück, was ich Euch in erster Linie wünsche, denn das ist sowieso kein Dauerzustand, und es ist auch nicht das Wesentliche in einer Ehe. Die Hauptsache ist, daß aus einem Ich und einem Du ein Wir wird, und die Voraussetzung dazu besteht in einer gegenseitigen Öffnung, in der eines vor dem andern nichts verborgen hält. So groß muß das Vertrauen sein, daß Ihr Euch auch über die dunklen Seiten Eures Wesens nichts vorzumachen braucht, sondern daß Ihr Euch gegenseitig helft, an ihnen zu arbeiten. Und so eng muß die innere Gemeinschaft sein, daß in den entscheidenden Richtungsfragen Übereinstimmung besteht. Dann können kleinere Diskrepanzen, die nicht ausbleiben werden, Euch nichts anhaben; und selbst mit großen Schwierigkeiten werdet Ihr fertig werden. So verstehe ich Liebe; und daß Ihr die gefunden habt, wünsche ich von Herzen."

Ich schrieb darunter: „Hatte ich recht, daß er ein feiner Kerl und guter Freund ist?" und schickte den Brief an Helmut weiter.

Seine Antwort kam postwendend. Er sandte Dieters Brief zurück und schrieb dazu: „Ich bin sehr glücklich, daß Du mich einem solchen Mann vorziehst, und kann es noch immer kaum glauben. Wenn ich Dich überhaupt einem Mann auf der ganzen weiten Welt gönnen würde, dann ihm."

„Du brauchst mich keinem Mann auf der ganzen weiten Welt zu gönnen", teilte ich ihm in meinem nächsten Brief mit. „Solange es Dich gibt, will ich Dich, und nur Dich!"

Unser Briefwechsel bezog fortan immer stärker Aspekte und Pläne für die Zukunft ein.

„Neulich habe ich mich mit den Kameraden darüber unterhalten, daß die Bedingungen eines Studiums nach dem Kriege andere sein werden als früher. Man wird sich darauf einstellen müssen, Werkstudent zu sein, sich also das Geld für den Lebensunterhalt und die Studiengebühren durch Aushilfsarbeiten in den Abendstunden und Semesterferien zu verdienen. Einige der Kameraden sind bereits verheiratet und müssen während der Berufsausbildung auch noch für ihre Familien sorgen. Wenn ich das so höre, denke ich mir, daß wir vielleicht nicht die volle Studienzeit zu warten brauchen, bis wir heiraten", stand in einem von Helmuts Briefen.

Ich antwortete: „Meine Schwester hat soeben ihr Examen gemacht und wird jetzt mit der Referendarausbildung beginnen, während mein Schwager gerade erst am Anfang eines Studiums steht. So wird es zunächst Erika sein, die das nötige Geld für die kleine Familie verdient. Wenn ich mir statt des Studiums eine kürzere Ausbildung suchte, zum Beispiel zur medizinisch-technischen Assistentin, könnten wir es ähnlich handhaben."

Prompt kam von ihm zurück: „Ich will nicht, daß du ein solches Opfer bringst."

Ebenso prompt unterbreitete ich ihm, daß es mir zu meinem eigenen Erstaunen gar nicht wie ein Opfer vorkomme.

„Wenn das so ist, wäre es natürlich eine erwägenswerte Sache", schrieb er in seinem nächsten Brief. „Aber vergiß nicht, daß wir vielleicht einmal auf Deinen Arbeitsverdienst angewiesen sein könnten, und dann würde es nichts schaden, wenn er nicht zu niedrig wäre. Glücklicherweise muß jetzt ja noch nichts entschieden werden. Es bleibt genug Zeit zum Überlegen."

Wir ahnten beide nicht, wie nahe mir die Entscheidung bevorstand.

Ich erhielt seinen Brief, nachdem die letzte Belegschaft das Lager verlassen hatte. Wieder waren die Kameradinnen in eine Rüstungsfabrik abkommandiert worden, und wieder waren wir zu zwölft zurückgeblieben: die vier Führerinnen, die vier K.Ä.s und die vier Maiden, die in jeder Lagerpause den Arbeitstrupp gebildet hatten. Nun galt es, das Lager zu schließen. Danach sollten wir alle, bis auf die Lagerleiterin, unseren Kriegshilfsdienst in einer Luftnachrichtenstellung ableisten.

Als ich Helmuts Brief zu den andern in den Schuhkarton legen wollte, fiel mir auf, daß offensichtlich wieder eine Spindkontrolle stattgefunden hatte, und zwar diesmal, ohne daß ich dabei gewesen war. Das sollte zwar nicht sein, war aber anderen Kameradinnen auch schon passiert; und es war vergeblich gewesen, daß sie sich beschwert hatten. Es gab keine höhere Instanz, die man hätte anrufen können, als die Lagerleiterin, und sie selbst hatte die Kontrollen durchgeführt Eine der Betroffenen hatte sich erbost, daß damit der Willkür Tür und Tor geöffnet seien. Sie mußte sich belehren lassen, daß es im nationalsozialistischen Führerprinzip keine Willkür gäbe, und wie zum Beweis des Gegenteils büßte sie ihre Aufmüpfigkeit mit vier Wochen Waschküchendienst. Seither hielten wir unseren Mund.

Diesmal aber lief mir die Galle über. Die Briefe im Schuhkarton lagen nicht so, wie ich sie hineingetan hatte, und in meinem Spind fehlte die Bibel. Ich brachte die Angelegenheit im Anschluß ans Mittagessen vor der versammelten Mini-Belegschaft zur Sprache.

„Es war mir bisher nicht bekannt, daß der Besitz einer Bibel verboten ist“, erklärte ich. „Und ich möchte gerne wissen, aus welchem Grund und mit welchem Recht man mir meine weggenommen hat, noch dazu, ohne mir was davon zu sagen.“

„Bibellesen ist nicht verboten, es ist aber auch nicht erwünscht“, entgegnete die Lagerleiterin knapp.

„Warum eigentlich?“ fragte Ingrid, ehe ich wieder zu Wort kommen konnte.

„Das Christentum untergräbt die Kampfmoral, das sollte inzwischen sattsam bekannt sein“, behauptete die Leiterin.

„Und was ist mit den Ordensrittern, die im Mittelalter unsere Ostgebiete kultiviert haben, wie wir vor zwei Wochen in der Schulung hörten?“ hakte Ingrid nach.

„Damals war das anders als heute. Inzwischen ist der Christenglaube zum ‚Opium fürs Volk‘ geworden“, wurde ihr entgegnet.

„Diese Behauptung stammt von dem Kommunisten Karl Marx“, konterte Ingrid. „Und gegen den Kommunismus führen wir einen Schicksalskampf. So hieß es letzte Woche in der Schulung."

Ich sah die Unmutsfalten auf der Stirn der Führerin und versetzte Ingrid unter dem Tisch einen leichten Tritt. Dann nahm ich wieder selbst das Wort: „Was soll ich, bitte, davon halten, daß meine Post durchsucht wurde?"

Wie auf Befehl wandten sich mir sämtliche Gesichter zu. Mochte meine Bibel meine persönliche Angelegenheit sein, Post bekamen hier alle, und niemand konnte wünschen, daß darin herumgeschnüffelt wurde.

Das war offensichtlich auch unserer Leiterin klar. Sie antwortete rasch und scharf: „Das ist ein ausgesprochener Sonderfall, und zwar auf Anweisung von oben."

Ich muß ein völlig verständnisloses Gesicht gemacht haben, denn sie fuhr hastig fort: „Wenn jemand politisch unzuverlässig ist, gelten für ihn besondere Bestimmungen."

Laut vor Erregung fragte ich zurück: „Seit wann und wieso bin ich politisch unzuverlässig?"

„Verdächtig ist jeder, der mit Vaterlandsverrätern und Wehrkraftzersetzern Umgang hat, erst recht, wenn es Familienmitglieder sind", erwiderte sie ebenso laut.

„Erika!" durchzuckte es mich, und es lief mir kalt den Rücken hinunter.

Ingrid nutzte die Pause, die durch mein entsetztes Schweigen entstand. „Aber das ist doch Sippenhaft!" protestierte sie.

„Wenn irgendwo eine Seuche ausbricht, müssen alle, die infiziert sind, isoliert werden, damit die Gefahr sich nicht ausbreitet. Die Gesunden haben ein Recht, vor Ansteckung geschützt zu werden", konterte die Führerin.

Zu meinem Erstaunen nahm die Wirtschaftsleiterin das Wort.

„Ich denke nicht, daß man Volksverhetzung mit einer Seuche gleichsetzen kann. Das würde ja heißen, daß alle dafür anfällig sind", sagte sie ruhig. „Ich würde eher von einer Krebsgeschwulst sprechen. Die steckt nicht an, die kann höchstens wachsen, aber nicht, wenn das befallene Gewebe entfernt wird. Für Monika ist da nichts zu befürchten."

Wovon sprachen sie? Was wußten sie? Ich sah ratlos und angstvoll von einer Führerin zur andern.

„Wir haben einen Brief von Monikas Schwester, der gestern ankam, zurückgehalten, und wir haben in Monikas Spind nach weiterer Familienpost gesucht", fuhr die Führerin fort. „Monikas Schwester stand unter polizeilicher Beobachtung, weil sie vorübergehend zu einem verdächtigen Personenkreis gehörte."

Mitten in aller Sorge und Aufregung wunderte ich mich, daß sie das alles vor der Tischrunde vorbrachte. Als sie weitersprach, begriff ich, daß sie mich vor den Anwesenden rehabilitieren wollte.

„Hier ist nichts Belastendes entdeckt worden, nicht über Monikas Schwester, nicht über ihre Familie, und erst recht nicht über Monika selbst", fuhr sie fort.

Die Lagerleiterin ergriff die vor ihr liegende Post, die üblicherweise nach dem Abendessen ausgeteilt wurde, aber während der Lagerpause schon mittags an die Adressaten gelangte. Sie schob auch mir einen Brief zu. Auf dem Umschlag erkannte ich Erikas steile Handschrift.

„Wir haben ihn wie gesagt geöffnet", sagte sie freundlicher als zuvor. „Unser Bericht wird entlastend sein."

„Das hätte ich mir auch nicht anders denken können", log ich. „Wahrscheinlich war alles ein Irrtum."

Als ich den Brief las, mußte ich Erika Anerkennung zollen, so geschickt verband er unverbindliche Familiennachrichten mit notwendigen Informationen.

„Du kannst Dir nicht vorstellen, was ich neulich erfahren habe", schrieb sie mitten unter anderen Berichten über Alltäglichkeiten. „Erinnerst Du Dich an den jungen Mann, der Dich einmal ansprach, weil er Dich mit mir verwechselte? Ich erzählte Dir damals, daß ich kurz mit ihm befreundet war, aber ihm den Laufpaß gab, weil er mich ganz für sich allein haben und nicht einmal richtig mit seinem Freundeskreis bekannt machen wollte. Inzwischen bin ich froh, daß er das nicht getan hat, denn es scheint ein Verschwörerclub gewesen zu sein, in den ich nicht hineingepaßt hätte. Ein paar Leute davon müssen direkt hochverräterische Ideen gehabt haben. Jedenfalls wurde ich vorige Woche zur Polizei bestellt und mußte zu Protokoll geben, was ich über die Gruppe wußte. Das war natürlich so gut wie nichts. Die Beamten haben mir alle möglichen Kreuz- und Querfragen gestellt und schließlich konstatiert, daß ich offensichtlich zu Unrecht verdächtigt worden sei. Stell Dir vor, ich war tatsächlich unter politischem Verdacht gewesen, und das wegen meiner Bekanntschaft mit Werner. Nun hoffe ich nur, daß man Dich nicht auch noch befragt, weil Dich vielleicht zufällig jemand im Gespräch mit ihm gesehen hat."

Aber das geschah nicht. Ich habe nie erfahren, ob die Lagerleiterin ihre Auftraggeber, wer immer sie waren, mit ihrem Bericht über mich beruhigt und überzeugt hatte, oder ob ihre Abkommandierung allen Weiterungen einen Riegel vorschob.

Wir erfuhren am nächsten Tag, daß sie den Befehl erhalten hatte, ein Lager im „Deutschen Osten", vermutlich in Polen oder der Tschechoslowakei, zu übernehmen, aufzulösen und die Belegschaft in einer „geordneten Rückreise" auf deutsches Reichsgebiet zu bringen. Was mit ihrer Vorgängerin in diesem Lager geschehen war, konnten wir nur mutmaßen. Irgend jemand glaubte gehört zu haben, sie sei „fahnenflüchtig" geworden, während Ingrid meinte, wenn sie eine ebensolche Type gewesen sei wie die unsrige, habe man sie wohl massakriert.

„Wen meinst du mit *man*?" erkundigte ich mich.

„Na, entweder die Belegschaft oder jemand aus der Bevölkerung", erklärte sie. „Da im Osten wittern sie doch jetzt Morgenluft."

„Ganz offensichtlich tust du das selber", stellte ich fest. Niemals bis vor wenigen Tagen hatte sie sich aufsässig gezeigt, genauso wenig wie ich das getan hatte. Unsre Überlebenstaktik hatte gelautet: „unauffällig sein." Mir war das allerdings nicht ganz gelungen, das wurde mir bewußt, als die Wirtschaftsleiterin mich zu sich bestellte. Nach der Abreise ihrer Vorgesetzten hatte sie die Führung des Lagers übernommen.

„Ich habe nichts gegen die Lektüre einzuwenden", sagte sie zu mir und gab mir meine Bibel zurück. „Ich hatte es übrigens auch damals nicht", fügte sie wie beiläufig an. Es war mir klar, daß sie auf „Die Buddenbrooks" anspielte.

Aufmerksam sah ich ihr ins Gesicht. Ging es nur um die Rücknahme von Überspitzungen, oder durfte ich bei ihr so etwas wie Verständnis für meine kritische Haltung vermuten? Ihre Augen verrieten nichts.

Schweigend verließ ich die Dienststube.

Aber zwei Wochen später wußte ich endgültig, daß ich in ihr eine Gönnerin hatte. Der Anlaß zu dieser Erkenntnis war allerdings furchtbar.

Mitten aus der Arbeit weg wurde ich in die Dienststube gerufen. Wortlos händigte sie mir ein Telegramm aus.

„Haus total zerbombt. Mutter lebensgefährlich verletzt. Erbitte sofort Urlaub. Vater."

Ich las und hob den Blick zu ihrem Gesicht. Es war voller Mitleid und zugleich voll ruhiger Stärke.

„Ich habe alles in die Wege geleitet. Der nächste Zug geht morgen früh", sagte sie sachlich. Sie half mir damit mehr, als wenn sie ihr Mitgefühl durch Worte ausgedrückt hätte.

„Wie lange kann ich bleiben?" fragte ich ebenso schlicht. Ich war derart geschockt, daß die Angst und der Schmerz noch keine Gewalt über mich hatten.

„Ich habe einen Entlassungsschein ausgestellt", erwiderte sie.

„Darf das denn sein?"

„Ich nehme es auf meine Kappe."

Da ich sie nur staunend ansah, fügte sie hinzu: „Vielleicht rechnet der da oben es mir mal als gute Tat an – viel in seinem Sinne habe ich nicht vorzuweisen."

Ich schwieg immer noch, benommen und verwirrt, und sie fuhr fort: „Der eine versteift sich, wenn er merkt, daß er Fehlentscheidungen getroffen hat; und der andere geht in sich."

Es war offensichtlich, daß sie auf das Verhalten der Lagerleiterin anspielte und sich davon absetzte.

„Wenn eine Arbeitsmaid aus dem Urlaub nicht zurückkäme, würde ich unter den gegebenen Umständen die Sache nicht verfolgen", erklärte sie. „Aber mit einem Urlaubsschein kann man nicht studieren – noch nicht, jedenfalls –, mit einem Entlassungsschein dagegen schon."

Ich nickte bloß, weil ich begriff, daß sie es gut mit mir meinte. Mir selber lag im Augenblick nichts ferner als der Gedanke an Ausbildung und eigene Zukunft.

„Einzelheiten unseres Gesprächs bleiben bitte unter uns!" sagte sie, sich erhebend. Sie trat neben mich. „Ich verlasse mich darauf!" setzte sie eindringlich hinzu.

Sie wartete, wahrscheinlich auf eine Zustimmung von mir, aber ich legte plötzlich beide Arme verschränkt an ihre Schulter und meinen Kopf darauf. Dann konnte ich weinen. Sie ließ mich gewähren, bis ich mich selbst zusammenriß.

„Danke", flüsterte ich und trat von ihr zurück. Wir sahen uns an, beide schweigend, beide bekümmert, dann versuchte ich ein Lächeln, und sie erwiderte es. Wortlos ging ich aus der Stube.

Kapitel 12

Mutter war gestorben, bis ich zu Hause eintraf – besser gesagt, bis ich da eintraf, wo einmal mein Zuhause gewesen war. Ein verkohlter Trümmerhaufen empfing mich. Ich fand Vater in der Klinik, wo man ihm ein Zimmer überlassen hatte. Er war der Bombe entkommen, weil er Krankenhausdienst versah, als sie unser Haus traf und bis in den Keller durchschlug. Die Küche, in der Tante Elsbeth gerade ein Glas Wasser für Großmutter hatte holen wollen, und der Schutzraum, in dem Mutter sich aufgehalten hatte, waren in sich zusammengestürzt, alles unter sich begrabend. Nur der Wohnzimmererker war fast unbeschädigt geblieben, bis er dem von der Bombe ausgelösten Brand zum Opfer fiel. Der Suchtrupp hatte Großmutter geborgen, sie war verletzt, aber lebensfähig. Tante Elsbeth war auf der Stelle tot gewesen, und für Mutter war die Hilfe für eine wirksame Behandlung zu spät gekommen.

„Was ist mit Erika und dem Kind?" fragte ich.

Vater, der sich vor Müdigkeit und Schmerz kaum aufrecht halten konnte, sah mich aus brennenden Augen an. „Von Erika wissen wir nichts. Sie war wieder einmal zum Verhör geholt worden, ein paar Stunden vor dem Angriff. Das ganze Stadtviertel um die Gestapo-Dienststelle ist zerstört. Die Hilfstrupps sind bisher nicht zu allen Verschütteten durchgekommen."

„Gibt es denn überhaupt noch Hoffnung – jetzt, nach vier Tagen?"

„Meine einzige Hoffnung – wenn man das eine Hoffnung nennen kann – ist die, daß Erika schon abtransportiert worden war. Sie sollte einem Studenten gegenübergestellt werden, der in München zu ihrem Kreis gehört hatte."

„Und das Kind?" fragte ich. „Und Karlheinz?"

„Karlheinz ist mit dem Kleinen bei seiner Mutter. Er war schon während des Angriffs dort, Gott sei Dank. Rothes Haus ist unversehrt."

„Hat er Großmutter zu sich genommen?"

„Großmutter?" Vater strich sich über die Stirn, wie um seiner Erinnerung aufzuhelfen. „Du mahnst mich daran, daß wir unbedingt zu ihr müssen. Sie liegt hier im Krankenhaus, im dritten Stock auf dem Flur, wo die leichter Verletzten versorgt werden. Ich habe ihr versprochen, dich sofort hinzubringen."

Großmutter zeigte eine solche Erleichterung, als ich an ihr Bett trat, daß mir klar wurde, sie wollte mir etwas Besonderes sagen. Und das tat sie unverzüglich.

„Ich hatte Angst, du kämst nicht mehr rechtzeitig, damit ich dir Erikas Botschaft bestellen kann", waren die ersten Worte, die sie an mich richtete.

Ich sah Vater fragend an. „Wieso nicht mehr rechtzeitig? Du hast mir doch gesagt, sie wäre nicht schwer verletzt."

„Das mag sein, Kind", antwortete sie statt seiner. „Aber ich bin müde, so müde! Ich möchte nur noch schlafen, am besten für immer, nach allem, was mein altes Herz ertragen mußte. Setz dich zu mir! Ich muß Erikas Auftrag erfüllen."

Während sie sprach, wurde mir klar, daß Erika mit uneingeschränktem Vertrauen alles vor Großmutter ausgebreitet hatte, was sie bewegte. Dreimal war sie zum Verhör geholt worden; nach dem zweiten Mal hatte sie gefürchtet, man werde sie festsetzen. Sie hatte Großmutter berichtet, daß das Verhältnis zwischen ihr und ihrer Schwiegermutter denkbar kühl war, und daß sie Angst davor hatte, ihr Kind allzusehr unter den Einfluß seiner Großmutter geraten zu lassen. Jeder Handgriff für ihren

Enkel sei ihr lästig. Außerdem betrachtete es Erika nicht als wünschenswert, daß Bernhard die Lebenseinstellung ihrer Schwiegermutter übernähme.

„Darum läßt Erika dich inständig bitten, daß du dich ihres Sohnes annimmst", schloß Großmutter. Sie sah mich erwartungsvoll an.

„Aber wie soll das gehen?" fragte ich konsterniert. „Schließlich hat der Vater des Kindes das Sagen, nicht die Tante. Und wenn er seinen Sohn bei seiner Mutter haben will ..."

„Er will es ja gar nicht!" fiel Großmutter mir ins Wort. „Er hat sich in dem Maße gegen seine Mutter gestellt, in dem ihre Abneigung gegen Erika zunahm. Wahrscheinlich war es bei ihr Eifersucht. Zuletzt ist Karlheinz kaum noch zu ihr gegangen. Aber kurz vor dem Angriff wurde er in ihre Wohnung gerufen, weil sie unglücklich gestürzt war und sich allein nicht helfen konnte. Er nahm den Kleinen mit, denn Erika hatte man zum Verhör geholt, und deine Mutter war zu Besorgungen unterwegs. Das hat wohl so sein sollen, Karlheinz und das Kind sind dadurch unversehrt davongekommen. Nur ist Karlheinz mit seinem einen Arm kaum in der Lage, sich selbst zu versorgen, geschweige denn ein Kleinkind. Er hatte keine Wahl, als mit Bernhard bei seiner Mutter zu bleiben. Aber jetzt bist du da, Monika. Hol das Kind zu dir! Es ist Erikas dringender Wunsch, vielleicht ihr letzter."

„Großmutter, Erika mußte sich im klaren sein, daß ich den Wunsch nicht erfüllen kann. Normalerweise wäre ich nicht vor Kriegsende nach Hause gekommen."

„Ich habe fest damit gerechnet, daß sie dich entlassen", sagte Großmutter. „Wer sonst soll mich betreuen, wenn beide Töchter tot sind?"

„Meinst du, das wäre ein zwingendes Argument? Es würde vielmehr heißen, ein junger arbeitsfähiger Mensch kann nicht an eine alte Invalidin verschwendet werden! Wenn nicht eine meiner Führerinnen mich auf ihre Verantwortung hin freigestellt hätte, wäre ich nur zu einem kurzen Urlaub hier, und dich hätte man mangels anderer Versorgung in ein Heim gebracht, falls Vater das nicht hätte verhindern können. Nun gut, ich kann bleiben, aber da ich eine Arbeit annehmen oder eine Ausbildung beginnen muß, um Lebensmittelmarken zu bekommen, sehe ich nicht, wie ich mich außer um dich auch noch um ein Kleinkind kümmern könnte. Was soll während meiner Abwesenheit mit ihm geschehen?"

„Bei Erika ging es doch auch!"

„Erika konnte, solange sie außer Haus war, auf Mutter zurückgreifen. Außerdem brauchte sie nur das Kind zu versorgen, nicht auch dich."

„Ich bin nicht wichtig", sagte sie drängend. „Nur das Kind zählt. Bringt mich in ein Heim, damit du frei bist für den Kleinen."

„Großmutter, weißt du, was man sich hinter vorgehaltener Hand von den Heimen erzählt? Weißt du, wie hoch die Todesrate dort unter den als unnütz angesehenen Menschen ist? Du kommst nicht in eine Anstalt, solange wir das verhindern können. Das Kind hat einen Vater, der sich seiner annehmen muß."

Großmutter schloß die Augen. Nach einer Weile sagte sie matt: „Ich hatte so sehr auf dich gehofft."

Ich kniete mich neben ihr Bett. „Wir werden uns den Kopf zerbrechen, was zu tun ist", versprach ich. „Wir werden einen Ausweg finden. Nur versteh bitte, wo die Schwierigkeiten liegen, und daß ich auf Anhieb nichts unternehmen kann."

Sie strich mir still übers Haar.

Vater, der zu Anfang des Gesprächs von einer Schwester geholt worden war, um sich um einen Patienten zu kümmern, fand mich, wie ich, immer noch auf den Knien, Großmutters Hand hielt und leise vor mich hinweinte.

„Soll ich versuchen, dich als Lernschwester hier im Krankenhaus unterzubringen?" fragte er, als er meinen Bericht gehört hatte. „Wenn wir Glück haben, kriege ich vielleicht ein Zimmer für dich und Großmutter."

„Und das Kind?"

„Ich fürchte, die Belastung würde zu groß für dich", sagte er ernst. „Außerdem hoffe ich ja noch . . ." Er brach ab. Zum zweiten Mal in meinem Leben sah ich ihn weinen.

Seine Hoffnung erhielt einen Stoß, als beim Dunkelwerden Karlheinz erschien, verschmutzt und verstört, mit der Nachricht, daß der Räumtrupp, dem er sich angeschlossen hatte, in den Trümmern des Gestapo-Quartiers keine Überlebenden mehr bergen konnte. Allerdings war bei den bis zur Unkenntlichkeit verbrannten Leichen Erikas Ehering nicht gefunden worden.

Ich verbrachte die Nacht auf einer Notliege in Vaters Zimmer. Am Morgen machten wir uns mit schwerem Herzen zum Friedhof auf, wo sich uns Karlheinz und Dieter als einzige Teilnehmer an dem Trauergottesdienst für Mutter und Tante Elsbeth anschlossen. Dieter hatte am Tag zuvor Vaters Nachricht erhalten und war während der Nacht aus der mitteldeutschen Kleinstadt angereist, in deren Krankenhaus er seine praktische Ausbildung absolvierte.

Im Anschluß an die Beerdigung brachte Karlheinz uns zu seiner Mutter. Seiner Einladung zufolge hatte sie einen bescheidenen Imbiß bereitgestellt.

Ich begegnete ihr zum ersten Mal und betrachtete sie mit Interesse. Ihr Verhalten war höflich, aber ihre Augen blickten kalt. Ich verstand auf Anhieb, warum Erika sie nicht mochte. Auch mich ergriff eine spontane Abneigung gegen sie. Mit umso größerer Wärme wandte ich mich meinem kleinen Neffen zu. Als ich ihn auf den Arm nahm, lachte er mich an.

„Karlheinz und ich haben sehr auf Sie gehofft“, sagte Frau Rothe zu mir. „Ich werde nicht in dieser zerstörten und täglich neu gefährdeten Stadt bleiben. Meine Tochter wünscht schon lange, daß ich zu ihr aufs sichere Land ziehe. Und Karlheinz ist durch sein Studium nicht in der Lage, sich um das Kind zu kümmern.“

„Auch ich werde eine Ausbildung beginnen“, wies ich die selbstverständlich klingende Inanspruchnahme zurück. „Außerdem habe ich überhaupt noch keine Bleibe, ob gefährdet oder sicher.“

„Genau das haben wir uns überlegt“, antwortete sie prompt. „Ich überlasse Ihnen meine Wohnung, das heißt, das einzige Zimmer, das mir noch nicht für Ausgebombte weggenommen wurde. Dafür sehen Sie hier nach dem Rechten und versorgen den Kleinen.“

Es war ein Angebot, auf das andere in meiner Lage wahrscheinlich gesprungen wären, bot es doch nicht nur ein Dach über dem Kopf, sondern auch einen gewissen Luxus, was die Größe des Raums und das Vorhandensein von Möbeln anging. Aber ich war schon immer gegen Vereinnahmungen allergisch gewesen, und die Art, in der das hier geschah, ließ mich alle Stacheln stellen.

„Meine Tochter ist bereits mit der Versorgung meiner Schwiegermutter über Gebühr beansprucht", nahm zu meiner Überraschung Vater das Wort. „Und denken Sie nicht, daß es auch für Ihren Enkel gut wäre, aus der gefährdeten Stadt herauszukommen?"

„Es ist auch Ihr Enkel!" sagte sie rasch.

„Eben deswegen bin ich um seine Sicherheit besorgt. Warum nehmen Sie ihn nicht mit?"

Entsetzt starrte ich Vater an. Bernhard in die totale Einflußzone seiner Großmutter zu geben, ohne die Möglichkeit, daß Karlheinz oder ich ihn täglich sehen konnten, das widersprach nicht nur Erikas Wünschen, sondern auch meinen Intentionen. Eher würde ich den mir gemachten Vorschlag annehmen, wenn ich auch keine Ahnung hatte, wie ich mit der daraus resultierenden Belastung zu Rande kommen sollte.

Frau Rothes Antwort unterbrach meine Gedanken.

„Haben Sie keine eigenen Beziehungen zum Land?" fragte sie herausfordernd. „Meines Wissens kommt zum Beispiel Herr Wendland von einem Gutshof."

„Mutter!" Karlheinz' Stimme klang gequält. „Dr. Wendland steht in keinerlei verwandtschaftlicher Beziehung zu meinem Schwiegervater!"

„Aber ich habe eine Mutter und eine Schwägerin, die Bernhard mit Liebe umgeben würden! Ehe es daran mangelt, Professor, sollten Sie in Erwägung ziehen, ob Hasenheide nicht ein besserer Ort für Ihren Enkel wäre als das Haus seiner Großmutter!"

Dieters zu Vater gewandtes Gesicht war ruhig und freundlich, während er sprach, doch seine Stimme war von schneidender Schärfe.

„Ich habe nie jemand anders als Moni in Erwägung gezogen, wenn es um die Betreuung meines Kindes ging!" sagte Karlheinz erregt. Er schaute mich an. „Du weißt, daß es auch Erikas Wunsch wäre!" setzte er beschwörend hinzu.

„Hast du dir die Konsequenzen für mich überlegt?" Ich war aufgebracht über seine Mutter und sprach heftiger, als ich wollte. „Du sorgst für deine Zukunft, indem du studierst. Das ist nicht nur dein gutes Recht, es ist auch notwendig. Aber meine Situation ist nicht anders als deine. Auch ich werde meinen Lebensunterhalt verdienen müssen . . ."

„Du bist verlobt!" fiel er mir ins Wort. „Wenn du erst einmal verheiratet bist, brauchst du keinen Beruf. Bis dahin wird Mutter für dich und Bernhard aufkommen."

„Solange ich gesund bleibe, kann ich sowohl meine Tochter wie auch meinen Enkel ernähren", sagte Vater mit ruhiger Autorität. „Aber Monikas Verlobter kann verwundet werden oder gar fallen; und selbst wenn er heil zurückkommt, hat er ein jahrelanges Studium vor sich. Genau wie Erika soll Monika imstande sein, für sich selbst und gegebenenfalls für ihre Familie den Lebensunterhalt zu verdienen."

„Ich war immer dagegen, daß ein Mann sich von seiner Frau ernähren läßt!" Frau Rothes Stimme klang verärgert. „Wenn Karlheinz auf mich gehört hätte, statt sich einfangen zu lassen, wären unsere Erörterungen nicht nötig!"

Ich wandte mich von ihr ab und zu Karlheinz hin.

„Pack Bernhards Sachen zusammen!" sagte ich kurz. „Bei mir ist er, unter welchen Umständen auch immer, besser aufgehoben als hier."

„Moni!" protestierte er. „So kann das doch nicht gehen? Wo willst du hin mit ihm? Hier wird Platz für dich sein . . ."

„Fürs erste nehme ich Dieters Angebot an und bringe Bernhard nach Hasenheide", unterbrach ich ihn. „Dann werden wir weitersehen."

Vater stand plötzlich an meiner Seite. „Karlheinz kann die Sachen zu uns ins Krankenhaus bringen. Wir gehen auf der Stelle."

„Aber Sie haben ja den Imbiß noch gar nicht genommen!" Frau Rothe sah plötzlich verlegen aus.

„Wir danken." Vater verneigte sich kurz und ging zur Tür, um sie für mich zu öffnen. Dieter folgte uns.

Erst gegen Abend kam Karlheinz und brachte die paar Habseligkeiten, die er auf Ausgebombten-Bezugsschein für Bernhard gekauft hatte. Mittlerweile war es zwischen Vater, Dieter und mir beschlossene Sache, daß wir nicht nur das Kind, sondern auch Großmutter nach Hasenheide bringen würden, sobald Vater eine Transportmöglichkeit bekommen konnte. Dieter wollte mit dem Nachtzug nach Hause fahren, um seine Mutter zu informieren und die nötigen Vorbereitungen zu treffen. Ich sollte bei Vater bleiben, um zunächst den Papierkrieg zu erledigen, der wegen meiner Entlassung aus dem Arbeitsdienst und dem Verlust aller persönlichen Habe notwendig war, während Vater sich sofort um meine Anstellung im Krankenhaus kümmern würde. Es war mir klar, daß nur seine Beziehungen rasch den anvisierten Weg ebnen konnten.

Karlheinz hörte sich unsere Pläne wortlos an. Finster vor sich hinbrütend, saß er bei uns, bis Dieter sich verabschiedet hatte.

Dann wandte er sich an Vater und bat ihn um Entschuldigung für das Verhalten seiner Mutter. „Ich schäme mich ihrer", sagte er bitter. „Besser hätte sie da unter den Trümmern gelegen als ... als ..." Er konnte nicht weiterreden.

„In solche Gedanken darfst du dich nicht verrennen", sagte Vater freundlich. „Deine Mutter hat heute keine gute Figur gemacht, aber wir alle sind unter den Anspannungen dieser Tage nicht ganz wir selber."

„Ihr seid meine Familie geworden", fuhr Karlheinz fort, als ob Vater nicht geredet hätte. „Schon als ich das erste Mal bei euch war – in jenem unseligen Keller ..." Wieder blieb ihm die Sprache weg.

„Du hast Mutter als ‚einen Born der Weisheit' bezeichnet und mir erzählt, daß du sie magst", half ich ihm weiter. „Ich glaube dir, daß du sie wirklich lieb gehabt hast. Eben deswegen solltest du dich erinnern, was sie jetzt von dir erwarten würde."

Er schluckte und sah mich trostlos an. „Ich weiß, daß ich durch muß – genau das hat sie damals gesagt –, ich will es auch schaffen, aber ich brauche euch dazu, Vater und dich."

„Wir sind für dich da", antwortete Vater statt meiner, „nach dem Maß unserer eigenen Kräfte. Aber die sind auch begrenzt." Er zog sein Taschentuch und wischte sich die Augen.

Karlheinz erhob sich. „Ich gäbe etwas darum, wenn ich bei euch bleiben könnte", sagte er hilflos. „Was soll mir mein unversehrtes luxuriöses Zimmer im Elternhaus, wenn ich dort allein bin? Mein Gott, allein!“ Abrupt wandte er sich von uns ab und ging.

Als die Tür hinter ihm zuschlug, quäkte Bernhard in seinem Wagen, den wir neben das Notbett geschoben hatten.

„Sicher hat er Hunger“, meinte ich. „Eigentlich wollte ich jetzt an Helmut schreiben. Aber der Kleine geht vor; das habe ich mir nun selber angetan. Wenn ich nur eine blasse Ahnung von Kleinkindern hätte! Was kriegt er denn?“

„Überlaß das heute mal mir“, sagte Vater. „Es lenkt mich ab, und das tut mir gut. Schreib du deinen Brief.“

Ich schrieb nicht nur an Helmut, sondern auch an Frau Rullmann. Postwendend erhielt ich Antwort von ihr. Sie wisse, daß sie mir Mutter nicht ersetzen könne, schrieb sie, aber sie hoffe auf ein Verhältnis zwischen uns beiden, das mir ein wenig Ausgleich für meinen Verlust sein könne. Sie jedenfalls wolle mich liebhaben wie eine Tochter.

Vater, dem ich den Brief zeigte, sagte spontan, daß er eine solche Schwiegermutter auch Erika gewünscht hätte. Er traf damit meine Gedanken.

Helmuts Antwort brauchte zwei Wochen. Sie war von mitfühlender Herzlichkeit, die mir die Tränen in die Augen trieb. Zum ersten Mal konnte ich mich rückhaltlos ausweinen.

Leises Unbehagen bereitete es mir allerdings, daß Helmut, wenn auch auf liebevollste Art, sein Befremden ausdrückte, weil ich Hasenheide als Hilfsstation in Anspruch genommen hatte und nicht sein Elternhaus.

Schon ehe sein Brief mich erreichte, waren Großmutter und Bernhard mit einem Krankentransport nach Hasenheide gebracht worden. Ich hatte meine Stelle als Lernschwester angetreten und war sofort unabkömmlich, da man bei meinem Eintritt einer Kollegin den längst fälligen Urlaub gewährt hatte, nicht ahnend, daß zwei weitere Schwestern in den nächsten Tagen wegen Krankheit ausfallen würden.

Was mir bei allem guten Willen eine kaum zu tragende Last gewesen wäre, geriet Reni zum reinen Glück. Sie wurde Ersatzmutter für Bernhard, und er verbrachte die nächsten Monate heißgeliebt, behütet und umsorgt von allen im Gutshaus. Es mangelte ihm an nichts, und die Briefe aus Hasenheide waren voll mit Berichten über seine Entwicklung.

Großmutter schrieb mir oft.

„Mein geliebtes Buchen hat sich äußerlich kaum verändert", stand in einem ihrer ersten Briefe. „Dennoch ist es nicht mehr, was es war. Ich hätte nicht für möglich gehalten, wie der Geist, der darin herrscht, ein Haus verändern kann. Aber erschrick nicht! Ich liebe das Gut noch immer. Du hast Finsternis hier gespürt. Ich merke nichts mehr davon."

Herr Wendland war soweit wiederhergestellt, daß er vom Rollstuhl aus die Gutsgeschäfte erledigen konnte. Er tat es Großmutters Berichten zufolge so, daß Benno freie Hand behielt und als unentbehrlicher Leiter aller anfallenden Arbeiten wirkte. Bennos Einberufung zur Wehrmacht war mit dem Unabkömmlichkeitsvermerk ausgesetzt worden. Als „u.K." galt ein waffenfähiger Mann, wenn er lebensnotwendige Aufgaben in der Heimat erfüllte. Daß die Betreibung eines so bedeutenden Hofes dazugehörte, hatte den für die Erteilung des Vermerks Verantwortlichen eingeleuchtet, ohne daß Herr Wendland es nötig gehabt hätte, mit seinen Partei-Beziehungen nachzuhelfen. Er verharrte in der totalen Zurückgezogenheit, die sein langer Krankenhausaufenthalt mit sich gebracht hatte, und vermied den Kontakt mit den früheren Parteifreunden. Großmutter, seine Schicksalsgefährtin im Rollstuhl, hatte es allerdings fertiggebracht, mit ihm in einen Gedankenaustausch zu kommen, über dessen Inhalt sie sich vorsichtigerweise nicht ausließ.

Manchmal malte ich mir aus, was Erika sagen würde, wenn sie zurückkäme und Großmutter und Bernhard auf Hasenheide fände. Aber je mehr Zeit verging, desto stärker verblaßte die Hoffnung auf ihre Heimkehr. Karlheinz verfiel darüber in die schwärzeste Depression. Obwohl er regelmäßig unsere Nähe suchte und geduldig stundenlang wartete, bis einer von uns eine Verschnaufpause hatte, sprach er nicht, sondern starrte vor sich hin und war offenbar von keinem Wort und keiner Geste zu erreichen.

Eines Tages blieb er aus. Eine Woche später erreichte uns ein Brief seiner Halbschwester. Sie schrieb, Karlheinz habe, als er bei ihr zu Besuch gewesen sei, einen solchen Depressionsschub bekommen, daß man ihn in eine Nervenklinik habe einliefern müssen.

„Um Gottes willen!“ stöhnte Vater. „Wissen die denn nicht, daß das in dieser Zeit ein Todesurteil sein kann . . . Ich muß mich um Karlheinz kümmern! Am besten wende ich mich an den Chefarzt.“

Die Antwort auf sein Schreiben ließ auf sich warten.

Die Blätter fielen schon von den Bäumen, als Vater und ich uns erstmals dazu bringen konnten, über all das miteinander zu reden, was uns seit der über uns hereingebrochenen Katastrophe beschäftigte. Es war in einer Abendstunde zwischen meinem Schichtende und Vaters Nachtdienst. Wir saßen in dem Zimmer im Krankenhaus zusammen, das man Vater zum Wohnen zugewiesen hatte, und das ich immer noch mit ihm teilte.

„Mutter hat einmal zu Karlheinz gesagt, daß sie trotz allem an das Gute glaubte“, begann ich zaghaft. „Wenn das stimmt, wenn sie das tatsächlich getan hat, dann kann das doch nur heißen, daß sie an Gott geglaubt hat, denn ein anderes Gutes ist weit und breit nicht zu sehen.“

„Es gibt gute Menschen. Sie selber war einer“, gab er zur Antwort.

„Wenn es das Gute nur in uns sterblichen Menschen gibt . . .“
Ich sprach nicht weiter, aber er hatte mich bereits verstanden.

„Du meinst, dann ist es auch sterblich?“

„Dann ist es jedenfalls nichts, woran man glauben kann über den Tod hinaus.“

„Es wirkt weiter“, gab er zu bedenken.

„Mutter hätte sich selber nicht gut genannt. Sie fühlte sich manchmal sehr schwach, sehr unsicher. Sie hat bestimmt nicht an ihre eigene Kraft zum Guten geglaubt. Das muß etwas anderes gewesen sein, etwas von außen, was sie damals gemeint hat. Ich denke, es war Gott.“

„Kann man denn überhaupt noch das Wort vom ‚guten Gott‘ in den Mund nehmen?“ fragte er bitter.

„Es sind die Menschen, die sich und andern die Hölle schaffen“, setzte ich dagegen.

„Aber er läßt es zu!“ beharrte Vater.

„Ruthild hat einmal gesagt, es sei die Konsequenz aus unsrer Bestimmung als verantwortliche Wesen, daß wir uns auch gegen Gott entscheiden können, und daß er es geschehen läßt."

„Dabei würde er in Kauf nehmen, daß alle von den Folgen betroffen sind, nicht nur die Bösen", wandte er ein. „Verlangt er wirklich, daß ich das akzeptiere und ihm trotzdem noch vertraue?"

„Was würde das bedeuten: ihm trotzdem vertrauen?" spann ich den Gedanken aus. „Ganz sicher kann es nicht meinen, daß ich die Zuversicht haben darf, mir passiere nichts Schreckliches. Ich denke, das sieht man schon an Jesus, dem Furchtbares angetan wurde. Er hat die Folgen von falschen Entscheidungen anderer tragen müssen, und trotzdem hat er beten können: „Ich befehle mich in deine Hände." Er hat offenbar auf etwas vertraut, was jenseits von allem hier Erfahrbaren liegt. Ich taste mich erst jetzt zu der Stelle im Glaubensbekenntnis durch, wo von der Auferstehung die Rede ist. Nur wenn man damit rechnet, bekommt das scheinbar Sinnlose einen Sinn."

„Und wie stellst du dir das konkret vor?"

„Gar nicht. Das ist es ja eben. Alles, was ich mir auszumalen versuche, wird absurd bis ins Lächerliche. Und trotzdem ist in mir eine Gewißheit, daß das, woran ich herumrätsele, für Mutter jetzt eine klare Sache ist, weil sie irgendwie in einer unbeschreiblichen Weite und Ausgeglichenheit und Erfülltheit existiert, und weil das Gute, an das sie geglaubt hat, sie jetzt einhüllt."

„Findest du nicht selbst, daß das viel zu schön und glatt klingt? Viel zu erträumt, wie ein Märchen, mit dessen Lektüre man sich aus der Wirklichkeit zurückzieht?"

„Ich habe schon manchmal gedacht, daß Märchen gar keine sind; anders gesagt, daß sie auf eine Wirklichkeit hinter dem Augenschein hinweisen."

„Kind", sagte Vater traurig, „ich will dir das Herz nicht schwer machen, aber ich fürchte, wo die Realität uns zu unerträglich scheint, da flüchten wir uns in Illusionen. Ich für mein Teil, ich kann nicht mehr an Gottes Güte glauben."

„Ist das nicht auch eine Flucht?"

„Wie meinst du das?"

„Ob ich mich aus der Realität in eine Illusion flüchte, oder ob du dich aus der Welt des Glaubens in eine vermeintliche Realität rettest – eines ist nicht besser als das andere, wenn es geschieht, weil das Bleiben und Aushalten zu schwer erscheint. Nimm's mir nicht übel, Vater, aber wenn jemand mir sagt: ‚Ich kann nicht mehr glauben', dann höre ich: ‚Ich will es nicht mehr.' Es scheint mir eine Frage des Wollens, verstehst du?"

Mit betroffenem Gesicht dachte Vater darüber nach.

„Was wäre der Grund dafür, daß einer nicht mehr glauben will?" fragte er schließlich. „Ist es Angst, einer falschen Tröstung nachzulaufen und hinterher erst recht auf die Nase zu fallen? Oder ist es Müdigkeit vom ständigen inneren Kampf? Beides wäre recht verstanden Kapitulation. Es wäre Selbstaufgabe. Aber das trifft auf mich nicht zu."

„Es gibt noch einen andern Grund: den Zorn. Du kündigst dem, der deine Erwartungen nicht erfüllt, die Gefolgschaft auf. Du wendest dich gegen ihn. Du schmeißt ihm deine Enttäuschung und deinen Ingrimm vor die Füße. ‚Gut willst du genannt werden? Du Tyrann! Lieben willst du mich? Du guckst tatenlos zu, wie ich leide! Du willst Gott sein? Es gibt dich ja gar nicht!' rechnest du ihm vor."

„So könnte es sein", gab Vater zu. Er sah mich aufmerksam an. „Woher weißt du das?"

„Ich habe es durchprobiert", sagte ich leise. „Abend für Abend, Nacht für Nacht, seit ich zurückkam und vor einem Aschenhaufen stand. Ich habe es durchprobiert bis zu dem Punkt, wo ich entschlossen war, meine Verlobung mit Helmut zu lösen, weil ich ohne Glauben nicht Pfarrfrau sein kann. Aber Mutter hat darüber den Kopf geschüttelt."

„Mutter?"

„Ich habe es gespürt. Ich weiß es. Ich kann dir nicht sagen, wieso oder woher. Es ist einfach da, als Gewißheit."

Sein Blick lag nachdenklich auf meinem Gesicht. Endlich sagte er zögernd: „Die Erwähnung von Helmut legt mir den Gedanken nahe, daß bei dir der Wunsch der Vater des Gedankens ist. Weil du Helmut nicht aufgeben willst, hältst du an Gott fest."

„Meinst du, diese Möglichkeit hätte ich nicht selbst erwogen? Aber ich mußte sie verwerfen. Es kann schon etwas daran sein, daß mein Glaube durch Helmut beeinflußt ist, durch ihn und durch Ruthild und durch ihre Mutter, aber das ist deswegen, weil sie für mich Beispiele dafür sind, welche Ausstrahlung ein Mensch haben kann, der an Gott gebunden ist. Gottes Wirkung auf die Glaubenden besteht eben nicht darin, daß ihnen nichts Schlimmes zustoßen könnte, sondern darin, daß sie etwas mehr Güte in die Welt bringen. Ich denke, bei Mutter war das auch so. Ich stelle mir vor, daß sie trauern würde, wenn du um ihretwillen gottlos würdest."

„Wie du das ausdrückst!" sagte Vater. Er sah erschrocken aus. „Um Mutters willen gottlos werden! Kind, das tut weh, wenn ich es nur höre!" Er stützte den Kopf in die Hände und schwieg lange. „Es war nicht um Mutters willen, daß ich mich von Gott weggewandt habe", erklärte er. „Es war um meinetwillen. Weil ich mich mit Schmerz überbürdet fühlte; weil ich den Verlust nicht annehmen wollte; weil ich mich durch all die Schicksalsschläge ungerecht behandelt sah – deswegen habe ich aufbegehrt. An Mutter selbst habe ich kaum gedacht – nur daran, daß sie mir genommen wurde. Und so bin ich gottlos geworden."

„Nicht gottlos", widersprach ich, „gottfern magst du geworden sein, aber nicht gottlos. Sonst hätte dir meine Bemerkung vorhin nicht weh getan."

„Gottfern oder gottlos – das sind doch Spitzfindigkeiten. Ich glaube nicht mehr an Gott."

„Damit bist du ihn noch lange nicht los."

„Wie meinst du das?"

„Ob du an ihn glaubst oder nicht, das ändert nichts daran, daß es ihn gibt . . ."

„Wenn es ihn gibt!"

Ich überging Vaters Einwurf und fuhr fort: „ – und daß er Liebe und Frieden will."

„Dann kann er seinen Willen aber schlecht durchsetzen!" Es klang spöttisch.

„Weil wir Menschen nicht mittun."

„Vielleicht fehlt uns die Kraft dazu?"

„Er will sie uns ja geben. Nur fragen wir nicht danach."

„Warum hat er uns nicht gleich damit ausgerüstet?"

„Da fragst du mich zuviel. Vielleicht, weil er unsre freie Entscheidung wollte. Ich stecke nicht in ihm drin und kenne nicht alle seine Gedanken. Ich weiß nur, daß er uns in Jesus gezeigt hat, wie er uns haben will. Wir sollen ihm nachfolgen."

„Das klingt mir nicht nach freier Entscheidung, sondern nach Entmündigung."

„Versuchs mal!" sagte ich lebhaft. „Versuch mal, dich an Jesus zu orientieren! Da wirst du merken, wie dich das zur Verantwortlichkeit herausfordert."

„Ich denke mir, es wird mich ständig vor mein eigenes Scheitern stellen."

Verblüfft sah ich ihn an. „Das tut es", gab ich zu.

„Und damit kannst du leben? Das macht einen doch auf die Dauer kaputt."

„Was ist die Alternative? Sich eine Lebensrichtung zu suchen, mit der man glatt durchkommt? Gibt es das überhaupt? Und wenn es sie gäbe, würde es nicht bedeuten, daß man sein Mäntelchen ständig nach jedem Wind hängt?"

„Das wäre allerdings die schlimmste Unfreiheit, weil sie freiwillig wäre. Aber du hast mir eine Gegenfrage gestellt, statt zu antworten."

„Ich nehme an", sagte ich, nach Worten suchend, „daß ich mit meinem häufigen Versagen leben kann, weil Christus mich auffängt. Er hilft mir jedesmal wieder zu einem Neuanfang, und meistens komme ich damit ein Stück weiter als vorher."

„Zum Beispiel?"

„Zum Beispiel, wenn ich zu einem schwierigen Patienten einmal eklig war. Dann sage ich mir nicht: ‚Er ist auch gar zu garstig und hat es nicht anders verdient', oder: ‚Was soll's, ich werde es nie schaffen, freundlich zu ihm zu sein', sondern ich spreche ein Stoßgebet, ehe ich wieder in sein Zimmer gehe: ‚Lieber Gott, hilf mir, daß ich diesmal nicht ruppig werde!' Und du kannst mir glauben, das hilft." Nach einer kurzen Pause fügte ich hinzu: „Ich sollte wohl sagen: *er* hilft. So empfinde ich das nämlich."

„Nun ja", begann Vater, und ich merkte sein Unbehagen, „nun ja, Monika ..." Er gab sich einen Ruck und beendete seinen Satz mit Härte. „Für eine solche Alltagslappalie Gott zu bemühen ... Ist das nicht sehr kindlich – um nicht zu sagen kindisch?"

„Es ist keine Lappalie, gerade weil es Alltag ist. Aus Alltagen setzt sich mein Leben zusammen."

„Meines auch“, sagte er rauh, und ich wußte nicht, wie ich das verstehen sollte, bis er fortfuhr: „Kann das denn alles sein?“

Er schien keine Antwort zu erwarten, denn er erhob sich und blickte auf seine Uhr. Es blieb nicht mehr viel Zeit bis zu seinem Dienstantritt. Aber ich wollte ihn nicht so gehen lassen und sagte fest: „Unser Leben erschöpft sich nicht im Hiesigen. Mutter rechnete damit und möchte, daß wir es auch tun.“

Nach seinem Kittel greifend, bemerkte er: „Ich wehre mich gegen jedes Wunschdenken. Wir müssen mit der Realität leben.“

„Genau das versuche ich.“

Schon auf dem Weg zur Tür, blieb er kurz vor mir stehen und strich mir übers Haar. Kaum konnte ich die Worte verstehen, die er dabei sprach: „Gott erhalte dir dein Vertrauen, mein Kind.“

„Gott . . . ?“ wiederholte ich. Aber Vater hatte das Zimmer verlassen.

Am nächsten Tag teilte man mir mit, daß die vielen Überstunden, die ich geleistet hatte, mit drei zusätzlichen freien Tagen abgegolten würden. Im November stünden keine sonstigen Urlaubstermine in der Schwesternschaft an, so daß ich zusammen mit meinem freien Wochenende fünf Tage keinen Dienst hätte.

Ich schrieb sofort an Rullmanns und Wendlands, daß ich die Zeit zu einem Besuch bei ihnen nutzen möchte.

Kurz vor meiner geplanten Abreise erhielt Vater vom Chefarzt der Nervenklinik ein Schreiben, mit dem er zu einer Unterredung gebeten wurde. Glücklicherweise ließ sich Vaters Vertretung regeln. Einen Tag vor mir trat er die Bahnfahrt an.

Zugreisen waren unsichere Unternehmungen geworden. Immer wieder hörte man von Luftangriffen, die mit Bombardierungen von Geleisen und Zügen begannen. Wenn die Passagiere ausstiegen, um sich in Gräben, unter Bäumen und Hecken in relative Sicherheit zu bringen, wurden sie von Tieffliegern mit Bordgewehren beschossen. Aber Vaters Reise war dringlich, und für mich war es wahrscheinlich auf lange Zeit hinaus die einzige Gelegenheit, Großmutter und Bernhard wiederzusehen. Also wagten wir es.

Ich war spät dran, als ich zum Bahnhof aufbrach. Die Briefträgerin, der ich begegnete, wollte mit mir reden, aber ich rief ihr zu, daß ich eilig sei. Sie reichte mir zwei Umschläge, die ich im Laufen in meine Tasche stopfte. Gerade noch rechtzeitig erwischte ich den Zug.

In dem überfüllten Wagen mußte ich stehen. Ich war froh, daß ich wenigstens den Platz fand, um mein Köfferchen abzusetzen.

Erst als ich fast am Ziel war, fiel mir die Post wieder ein. Ich holte sie hervor und stellte fest, daß ich einen Brief von Ruthild hatte. Den zweiten Umschlag schaute ich zunächst verständnislos an. Er trug meine eigene Handschrift. Erst langsam begriff ich, daß es mein letzter Brief an Helmut war. Die Rückseite war mit dem Vermerk gestempelt: „Empfänger vom Feindflug nicht zurückgekehrt".

Mein Verstand nahm es wahr, aber mein Herz weigerte sich, es zu glauben. Wie betäubt stieg ich an meinem Zielbahnhof aus dem Zug.

Frau Rullmann erwartete mich an der Bahnsteigsperre. Ein Blick in mein Gesicht sagte ihr offensichtlich genug. Wortlos nahm sie mich in die Arme, und wir weinten beide.

Mich loslassend, fragte sie schließlich: „Woher weißt du es schon?"

Ich zog den zerknitterten Umschlag aus meiner Tasche und reichte ihn ihr hin.

„In einem Winkel meines Herzens habe ich gehofft, es könnte bedeuten, daß er in Gefangenschaft geraten ist", sagte ich leise.

„Leider nicht", erklärte sie traurig. „Wir haben die offizielle Nachricht mit einem Augenzeugenbericht von seinem Absturz. Er muß schon in der Luft getroffen worden sein, denn die Maschine flog zunächst weiter geradeaus, während die andern abdrehten, dann kippte sie plötzlich ab und sauste nach unten, ohne daß Helmut den Versuch machte, mit dem Fallschirm auszusteigen. Sein Flugzeug raste über einen kleinen Wald und explodierte in einem Feuerball, als es auf einem Feld aufschlug. Helmut kann nicht davongekommen sein, damit müssen wir uns abfinden."

Schweigend legten wir den letzten Teil unsres Weges zurück.

Im Pfarrhaus herrschte gedrückte Stimmung. Die drei Mädchen, die ich als so fröhlich in Erinnerung hatte, sahen mich aus rotgeweinten Augen traurig und mitleidig an. Gudrun, die älteste von ihnen, saß vor einem Stück Papier, auf dem Geschriebenes kreuz und quer durchgestrichen war.

„Ich komme mit dem Anzeigentext nicht zurecht“, erklärte sie niedergeschlagen. „Das, was in den Zeitungen steht, können wir nicht nachmachen. Oder wollen wir ‚in stolzer Trauer‘ mitteilen, daß Helmut ‚auf dem Felde der Ehre‘ und ‚für Führer, Volk und Vaterland den Heldentod gestorben‘ ist?“

„In welcher Anzeige hast du das gefunden?“ fragte Waltraud mit großen Augen.

„So ähnlich lauten die Standardtexte in den Todesnachrichten.“

„Nichts davon kommt für uns in Frage“, schaltete sich Reingard ein. „Helmut würde sich schütteln.“

„Muß es denn überhaupt in die Zeitung?“ fragte ich entsetzt. „Ich finde das schrecklich. Es macht alles so endgültig.“

Gudrun sah mich erstaunt an. „Es ist endgültig, ob es in der Zeitung steht oder nicht“, sagte sie kurz und wandte sich wieder an ihre Mutter. „Vielleicht sollten wir nur seinen Namen in die Anzeige schreiben und darunter: ‚Gefallen für Deutschland‘?“

„Auch das würde ihm nicht gerecht“, antwortete Frau Rullmann entschieden. „Es ist lieb von dir, daß du dir solche Mühe gegeben hast, um mir das abzunehmen; aber diese Nachricht zu formulieren, ist meine Sache – meine und die von Monika.“

Unter ihrem Blick schüttelte ich den Kopf.

„Doch!“ sagte sie fest. „Es ist auch deine Sache, Monika. Du weißt wahrscheinlich am besten, wie es Helmut in Bezug auf Krieg und Soldatsein zumute war.“

Die Mädchen wendeten mir fragende Gesichter zu.

„Er hat Töten als Unrecht angesehen, auch das Töten im Krieg“, brachte ich schließlich stockend heraus. „Er hat deswegen auf Vergebung gehofft ...“ Ich unterbrach mich und erklärte heftig: „Aber das ist doch nichts für die Zeitung!“

„Nein“, bestätigte Frau Rullmann, „das ist nichts für die Zeitung, damit hast du recht. Aber der Hintergrund, aus dem seine Haltung wuchs, der sollte in unserer Anzeige aufscheinen.“

Sie dachte nach; in ihre Augen kam Glanz.

„Danke, Monika", sagte sie endlich. „Du hast mir den richtigen Fingerzeig gegeben."

Nach dem Abendessen zog sie sich zurück, um an der Formulierung zu arbeiten.

Der Text, den sie uns dann vorlegte, erschien gegenüber den üblichen Gefallenenanzeigen höchst ungewöhnlich. Aber er traf das, was zu sagen war. Mit feuchten Augen las ich:

Jesus Christus spricht: „Ich bin die Auferstehung und das Leben. Wer an mich glaubt, der wird leben, ob er gleich stürbe." (Joh.11,25)

Im Vertrauen auf dieses Wort lebte und starb
Oberleutnant Helmut Rullmann,
geboren am 5. Januar 1920,
getötet beim Absturz seines Flugzeugs am 31. Oktober 1944.
Wir, die wir ihn liebten, teilen seine Hoffnung
Seine Eltern Johannes und Klara Rullmann,
seine Schwestern Ruthild, Gudrun, Reingard und Waltraud
seine Verlobte Monika Kaltz.

„Soll mein Name dabeistehen?" fragte ich zweifelnd. „Wir waren ja nicht offiziell verlobt."

„Du warst Helmut das Liebste, was er hatte", antwortete Frau Rullmann. „Und du bist von uns allen am schwersten betroffen. Du wolltest dein Leben mit ihm aufbauen."

Gudrun fiel ihr ins Wort: „Aber wir sind seine Allernächsten, und wir werden keinen Ersatz für ihn bekommen, keinen neuen Bruder, keinen neuen Sohn. Monika findet sicher mal einen andern Mann, den sie heiraten wird."

„Im Augenblick kann ich mir das nicht vorstellen", sagte ich leise. „Ich war so erfüllt von Helmut. Ich bin es noch. Er kann nicht tot sein! Er ist lebendig, hier in mir drin. Deswegen kommt es mir schrecklich vor, die Todesanzeige zu unterschreiben."

„Du willst die Tatsachen nicht wahrhaben", warnte Frau Rullmann behutsam. „Das ist verständlich, aber auch gefährlich. Steigere dich nicht in eine unvernünftige Hoffnung, mit der du dir die Realität verstellst."

Sie hatte mir noch vor dem Abendessen alles gezeigt, was von Helmuts Einheit an sie geschickt worden war: die offizielle

Nachricht, die Schilderung des Absturzes, die persönlichen Habseligkeiten aus seinem Spind. Immer hatte ich dabei das Gefühl von Unwirklichkeit gehabt.

„Es ist, als ob er neben mir stünde und sagte: ‚Glaub nicht daran!', und als ob er betrübt wäre über unsere Trauer", erklärte ich unbeholfen. „Es kommt mir vor, als würde ich ihn schrecklich enttäuschen, wenn ich nicht auf ihn höre."

„Kind, Kind!" Frau Rullmanns Gesichtsausdruck wechselte von Bekümmerung zu Besorgtheit. „Du darfst dich nicht gegen das Unabänderliche sperren, sonst trägst du selbst Schaden davon. Und das wäre das letzte, was Helmut gewollt hätte."

Damit brachte sie mich zum Schweigen. Aber in der fast schlaflosen Nacht kehrten die zweifelnden Gedanken zurück.

„Als Mutter umkam, habe ich es als Realität hingenommen", sagte ich am Morgen zu Frau Rullmann. „Warum gelingt mir das jetzt nicht?"

„Du warst Helmut auf andere Weise verbunden. Du warst völlig auf ihn konzentriert. Wenn jemand aus einer so engen Gemeinschaft fortgerissen wird, ist das wie eine Amputation. Da kommt es auch vor, daß Operierte noch monatelang Gefühle in dem Glied zu haben glauben, das sie gar nicht mehr besitzen."

„Der Vergleich hinkt", wehrte ich ab. „Seelische Verbundenheit über den Tod hinaus ist keine Täuschung oder Einbildung, das habe ich nach Mutters Sterben gemerkt."

„Das ist wohl richtig", gab sie zu. „Aber findest du nicht, daß du dir eben selber geantwortet hast? Weil deine Verbundenheit zu Helmut über den Tod hinaus besteht, denkst du jetzt im ersten Schmerz, er sei gar nicht gestorben."

„Warum wollen Sie mir das Gefühl, daß er lebt, unbedingt ausreden?" fragte ich traurig.

„Weil ich Angst um dich habe. Es könnte dich seelisch krank machen, wenn du dich darauf versteifst."

Ehe ich antworten konnte, schellte es.

Wanda stand vor der Tür. Sie hatte ihr freies Wochenende bei ihren Eltern verbracht und war im Begriff, nach Hasenheide zurückzukehren. Elfriede hatte Leonid mit der Kutsche des Großbauernhofes in die Kleinstadt geschickt, um Janas Kind nach überstandener Diphtherie aus dem Krankenhaus abzuholen. Es war zwischen ihr und Wendlands vereinbart worden, daß er Wanda und mich beim Heimweg mitnehmen und auf dem Gutshof absetzen sollte.

Zuerst wehrte ich mich dagegen, meinen Aufenthalt im Pfarrhaus früher als vorgesehen zu beenden, aber Frau Rullmann bestand mit Nachdruck darauf, daß ich die gebotene Chance ergreifen müßte. So zog ich mich zurück, um rasch meine paar Sachen zusammenzupacken.

Offenbar hatte Wanda während meiner Abwesenheit von Helmuts Absturz erfahren. Sie sah betroffen aus, als ich wieder ins Zimmer trat, und schien nicht zu wissen, wie sie sich mir gegenüber verhalten sollte. Es bestürzte mich, daß die stets wortgewandte Kameradin auf dem Weg zur Kutsche so schweigsam blieb, aber ich fühlte mich nicht imstande, meinerseits ein Gespräch anzukurbeln.

Kapitel 13

Es war ein naßkalter Tag mit trübem Himmel, und ich fröstelte bei der Kutschfahrt trotz der Decken, die wir über uns gebreitet hatten. Jana, die sich das Mitkommen nicht hatte nehmen lassen, obwohl sie hochschwanger war, saß mit dem Kind im Arm bei Leonid auf dem Kutschbock. Das Pferd trabte rasch dahin. Leonid warf ab und zu einen besorgten Blick zum Himmel, an dem sich die Nässe zu tiefhängenden Wolken zusammenzog.

Endlich begann Wanda zu reden. „Bisher war es kein Wetter für Tiefflieger“, erklärte sie mir. „Wenn alles grau in grau ist, haben sie keine Sicht. Aber wenn sich Wolken bilden, können sie darüber fliegen und gelegentlich durch sie hindurch nach unten stoßen. Für die Luftabwehr ist das die schwierigste Situation.“

„Ich denke, die Tiefflieger haben es auf Züge und Busse und

Militäranlagen abgesehen. Ist denn eine private Kutsche auch gefährdet?"

„Sie schießen auf alles, was sich bewegt", wußte Wanda. „Natürlich ist im Bus die Gefahr größer. Es braucht länger, bis man draußen ist und sich in Deckung begeben kann. Außerdem ist ein Bus auf einer Chaussee leichter auszumachen als eine Kutsche auf einem Feldweg. Wenn wir erst zwischen den Hecken sind, brauchen wir nichts mehr zu befürchten."

Obwohl wir über uns das Geräusch von Flugzeugmotoren vernahmen, erreichten wir unangefochten den Hohlweg, und Wanda atmete auf.

„Wir haben's geschafft", meinte sie erleichtert.

Aber wir hatten das letzte kleine Wegstück von der Hügelkuppe bis zur Talsohle nicht bedacht. Hier erwischten sie uns.

Es ging alles so schnell, daß ich es kaum begriff. Ich hörte Motorendonner und eine Geschoßsalve und duckte mich unwillkürlich, als ob das vor dem auf uns herabstoßenden und sofort wieder aufsteigenden Flugzeug einen Sinn gehabt hätte.

Auf dem Kutschbock schrie Jana auf und fiel in sich zusammen. Leonid stieß einen Fluch aus und versuchte vergebens, das scheuende Pferd an die Kandare zu nehmen. Der Wagen tat einen Schuß vorwärts und kippte dann in voller Fahrt um. Jana und ihr Kind wurden vom Bock geschleudert, während im Innern der Kutsche Wanda mit voller Wucht auf mich fiel. Das Motorengeräusch ebbte ab und schwoll wieder an.

„Er kommt zurück", keuchte Wanda. „Raus hier, nichts wie raus!"

Doch es gelang uns nicht, die Kutschentür zu öffnen. Wanda rief nach Leonid. Sie erhielt keine Antwort. Leonid war damit beschäftigt, das Pferd auszuspannen.

Ich dachte, der zweite Anflug würde uns alle erledigen, Leonid, Jana und das schreiende Kind ungeschützt im Freien, Wanda und mich durchs zerbrochene Kutschenfenster. Aber statt Feuer zu geben, setzte das Flugzeug zu einer neuen Runde an.

Leonid riß die Kutschentür auf und half uns aus dem umgestürzten Gefährt. Kaum auf dem Boden, ergriff Wanda das Kind und hastete mit ihm zum nächsten Wacholdergebüsch. Trotz seines Schreiens hörte ich ihr beruhigendes Zureden. Ich kniete neben Jana nieder. Sie blutete aus einer Schulterwunde, die aber glücklicherweise nur durch einen Streifschuß verursacht war.

„Hilf mir, sie zu den Büschen zu schaffen, daß ich sie dort verbinden kann!" forderte ich Leonid auf.

Er gehorchte stumm. Da die erste Wacholdergruppe nicht genug Deckung für uns alle bot, schleppten wir Jana zu einer anderen. So gut wir konnten, verbargen wir die Verletzte unter den stachligen Zweigen. Ihr Gesicht war erschreckend blaß geworden. Ihr Blut tropfte auf meine Hände, während ich ihren Oberkörper mühsam entkleidete. Leonid hockte neben mir; er hatte sein Hemd ausgezogen und riß es in Streifen.

„Hast du ein sauberes Taschentuch?" rief ich Wanda zu. „Ich muß es auf die Wunde pressen, um das Blut zu stillen."

Sie nahm das Kind, das sich inzwischen beruhigt zu haben schien, in den rechten Arm und fuhr mit der Linken in ihre Manteltasche. Statt hineinzugreifen, hielt sie entsetzt inne. Ihre Finger waren blutig.

„Der Bub ist auch verletzt!" brachte sie heraus.

„Janas Blut wird auf ihn getropft sein. Gib schnell das Tuch her!"

Sie robbte sich zu mir heran und kehrte, während ich Jana verband, zu dem Kind zurück.

„Er ist getroffen!" hörte ich sie rufen. „Schnell, Monika, schnell! Sonst verblutet er uns noch!"

Ich wandte mich von Jana weg der neuen Aufgabe zu. Der Junge lag jetzt erschreckend still und blaß in Wandas Arm. Auf den ersten Blick konnte ich nicht entdecken, wo das Blut an seinem Kopf und Hals herstammte. Dann merkte ich, daß ihm das rechte Ohr abgerissen war. Entsetzt sagte ich: „Der Junge muß sofort zu einem Arzt."

„Zum Arzt! Sofort!" Wanda starrte mich aus aufgerissenen Augen an. „Du bist hier nicht in deinem Krankenhaus . . ."

Das Heulen des Flugzeugmotors unterbrach sie. Die Maschine war zurückgekommen und stieß jetzt auf uns herab. Eine Salve jagte über uns hin, sie galt der Kutsche und dem Gebüsch, unter dem Jana und Leonid notdürftig versteckt lagen. Ich sah da, wo ich vor kurzem noch neben Jana gekniet hatte, Erde aufspritzen und hörte Leonid aufschreien. Dann zog der Pilot das Flugzeug hoch und drehte ab.

Alle weitere Vorsicht außer acht lassend, hastete ich zu der Wacholdergruppe hinüber. Leonid hatte sich aufgesetzt und drückte sein Taschentuch auf die linke Wade. Jana war jetzt hochrot im Gesicht und keuchte hörbar.

Ich zog Leonids Hand beiseite und betrachtete sein Bein. Es war von der Kugel gestreift worden. Eine nicht zu große Strecke zu reiten mußte Leonid möglich sein. Das Pferd graste in der Nähe bei einem Ginstergestrüpp, durch das es vermutlich dem Blick des Piloten verborgen geblieben war. Wenigstens ein bißchen Glück im Unglück schienen wir zu haben. Ich erklärte Leonid, daß er Jana und das Kind vor sich aufs Pferd nehmen und ins Dorf zum Doktorhaus reiten müsse. Er sah mich aus dunklen Augen mit einem Blick an, dessen Ausdruck ich nicht zu deuten wußte, nickte, erhob sich und humpelte auf das Tier zu. Ich drehte mich zu Jana um, deren Keuchen in ein qualvolles Stöhnen übergegangen war. Erst jetzt erkannte ich, daß keine Rede von einem Transport auf dem Pferderücken sein konnte. Jana lag in den Wehen.

Bis Leonid mit dem Pferd und Wanda mit dem Kind bei mir angelangt waren, standen trotz der Novemberkälte dicke Schweißtropfen auf Janas Stirn.

„Wann wurde das Kind erwartet?“ erkundigte ich mich, ohne den Blick von ihr zu lassen.

„In zwei, drei Wochen vielleicht . . .“

Ein heftiges Aufbäumen und ein erneutes Stöhnen Janas ließen Leonid verstummen.

„Im Augenblick können wir nichts für sie tun“, stellte ich fest. „Es hilft nichts, Leonid, du mußt reiten, um den Jungen zu retten. Wanda, du läufst am besten nach Hasenheide und holst Hilfe. Ich bleibe bei Jana.“

Leonid war aufgesessen. Wortlos hob ihm Wanda das Kind entgegen. Sie hatte es in ihren eigenen Mantel gewickelt. Er nahm es, ohne zu sprechen, umfaßte uns mit einem düsteren Blick und trabte auf dem sattellosen Pferd davon.

„In meinem Köfferchen in der Kutsche ist ein Pullover. Zieh ihn über und bring mir die Handtücher!“ bat ich Wanda, während ich Jana so weit wie nötig entkleidete. Gemeinsam schoben wir ihr die Handtücher unter und legten die Kutschendecke über sie, ehe Wanda den Hügel hinunter auf den Gutshof zulief.

Ich konnte nichts tun, um Jana zu helfen, wenn nicht die Tatsache, daß ich bei ihr war, ihr als Hilfe erschien. Sie kämpfte, gelegentlich einen Schrei ausstoßend, und sank dann wieder ermattet zurück. Als die Decke einmal von ihrem zuckenden Körper rutschte, sah ich mit Schrecken, daß der Schulterverband sich rot gefärbt hatte. Kurz danach griff ihre Hand nach meiner und preßte sie. Ich blickte ihr ins Gesicht, ihre Augen hingen an meinen, ihr Mund zitterte, sie schien sprechen zu wollen, aber es kamen keine verständlichen Worte. Ich beugte mich zu ihr und strich ihr mit meinem Taschentuch den Schweiß von der Stirn. Ich selber fröstelte; die Feuchtigkeit von Erde und Luft drang durch meine Kleidung, aber stärker als Nässe und Kälte ließen Ohnmacht und Angst mich erschauern. Ich fürchtete, daß Jana mir unter den Händen sterben würde, und das ungeborene Kind mit ihr.

„Gott, gib mir Kraft", betete ich vor mich hin. „Gib mir Kraft und bewahre dieses Leben, Vater im Himmel!"

„Gott, Kraft, Amen!" wiederholte Jana kaum hörbar. Es schlug wie eine warme Welle über mich. Mitten in unserm Elend waren wir, Menschen aus verfeindeten Völkern, verbunden in unserm Gebet.

„Kind, Taufe", flüsterte Jana. Diesmal verstand ich sie und nickte beruhigend.

„Dein Kind wird getauft," sagte ich. „Ich verspreche es dir", fügte ich an. „Und du sollst dabei sein, Jana!"

Wieder riß es sie, diesmal besonders schmerzhaft, wie ihr verzerrtes Gesicht verriet. Durch ihr Stöhnen hindurch vernahm ich erneut Flugzeuggeräusch.

Ich horchte angestrengt. Diesmal war es nicht das helle, aufgeregte Tönen der wendigen Jagdmaschinen, sondern das dumpfe, gleichmäßige Dröhnen von Bombermotoren. Die Wolkendecke verbarg sie meinem Blick, aber ich konnte hören, daß sie über uns hinweg nach Westen Kurs nahmen.

Leidlich beruhigt wandte ich mich wieder der Beobachtung Janas zu. Ich merkte nicht, daß vom Gut her eine kleine Karawane heranzog. Fedor und Dimitri schleppten eine Leiter, die hoch mit Decken und Tüchern bepackt war, Wanda folgte mit zwei schweren Kannen, Frau Wendland trug eine große Tasche. So standen sie plötzlich vor uns.

Selten hatte ich mich so erleichtert gefühlt wie jetzt, wo ich nicht mehr mit einer Situation allein war, die mich überforderte. Bereitwillig räumte ich den Platz an Janas Seite für Frau Wendland. Die Männer hoben Jana auf die mit den Decken und Tüchern als Trage hergerichtete Leiter. Dabei wurde erneut Janas Schulter sichtbar. Der Verband war blutdurchtränkt. Zu meinem eigenen Erstaunen ordnete ich laut und entschieden an, daß erst das Blut gestillt werden müsse, ehe Jana transportiert werden könne.

Aus Frau Wendlands großer Tasche kam neben Verbandszeug auch blutstillende Watte zum Vorschein. Frau Wendland half mir, den alten Verband abzunehmen und einen frischen anzulegen. Nur im Unterbewußtsein nahm ich wahr, daß erneut dumpfes Motorengeräusch merkwürdig stotternd aufklang. Erst als Wanda und die Männer aufsprangen und mit ihren Blicken den Himmel absuchten, wurde ich aufmerksam. Wie auf Verabredung setzten die drei sich in Bewegung, während ich den Preßverband auf die Wunde legte. Sie verschwanden im Wäldchen jenseits der Wacholderhecke.

Ich schaute zu Frau Wendland hin und fragte, was los sei. Sie antwortete nicht, zuckte bloß die Schultern und ließ keinen Blick von Jana. In diesem Augenblick kam das Kind zur Welt.

Frau Wendland gab knappe Anweisungen, nach denen ich ihr zur Hand ging. Wir waren noch vollauf beschäftigt, als hinter uns eine Autotür klappte. Ich fuhr herum und sah den Dorfarzt vor seinem Wagen stehen. Im Nu war er bei uns und fühlte Janas Puls. Kurz und knapp gab er uns dann zu wissen, daß er Jana und ihr Kind ins Krankenhaus bringen werde und daß Frau Wendland bitte mitkommen möge. Sie fuhren ab, ehe Wanda und Fedor, die mittlerweile auf dem Rückweg vom Wäldchen waren, uns erreicht hatten.

Ich hatte mir inzwischen das Erscheinen des Arztes erklärt. Offenbar hatte er keine Zeit mit Leonid und dem Kind verloren, sondern sie ins Krankenhaus gebracht und war dann gekommen, um sich um Jana zu kümmern. So erzählte ich es Wanda, und sie berichtete mir, daß im Wäldchen ein verwundeter amerikanischer Soldat lag. Er war gerade mit dem Fallschirm heruntergekommen.

Ein Explosionsknall, fern, aber erschreckend genug, ließ uns auffahren. Wir schauten in die Richtung, aus der er gekommen war, und sahen einen Feuerschein und Rauchwolken.

„Die Maschine hatte Motorschaden, jetzt ist sie abgestürzt", sagte Wanda hastig. „Wir haben keine Zeit zu verlieren. Eigentlich wollten wir warten bis heute nacht, um den Mann zu holen, aber vielleicht hat es so sein sollen, daß die Trage nicht gebraucht wurde. Ich denke, wir können es riskieren, ihn zugedeckt zum Gut zu bringen; wenn uns wirklich jemand sieht, wird er annehmen, wir trügen Jana."

„Aber das kann doch gar nicht verborgen bleiben", widersprach ich. „Wo wollt ihr ihn denn verstecken?"

„Das laß Fedors Sorge sein", wischte Wanda den Einwand weg. „Gefährlicher ist es, wenn die Leute jetzt nach dem Absturz in der Gegend zu suchen beginnen. Hoffentlich hat außer uns niemand gesehen, wie der Fallschirm herunterkam."

Sie deutete auf Frau Wendlands große Tasche und meinen Koffer. „Am besten gehst du zum Gut", schlug sie vor. „Deine Ankunft wird von uns ablenken."

Das Gut lag wie ausgestorben, als ich ankam. Die Gittertore rechts und links vom Haupthaus waren verschlossen. Es kam mir fremd und ungewohnt vor, die Freitreppe zum Portal hinaufzusteigen und zu klingeln, statt den Bogen durch den Wirtschaftshof zu machen und das Zimmer im Mägdehaus aufzusuchen. Ich mußte mir vorhalten, daß ich heute als Gast kam. Die Situation erschien mir nahezu unwirklich.

Reni öffnete auf mein Klingeln. Sie fiel mir um den Hals. „Daß du heil da bist!" brachte sie heraus. „Wir haben uns solche Vorwürfe gemacht, weil wir dich gedrängt haben zu kommen. Als erstes, als allererstes, muß ich dich zu Großmutter bringen."

Sie sagte „Großmutter", als ob es ihre sei. Alle in der Familie taten es, wie ich später merkte, Herr und Frau Wendland, und auch Benno. „Wir selbst haben keine Großmutter mehr, darum haben wir eure adoptiert", erklärten sie mir, als wir abends zusammensaßen.

Großmutter sah gut aus, viel besser als im Sommer, und auch Bernhard hatte sich prächtig herausgemacht. Er war ein strahlendes Kind, blond und blauäugig, jeder Rassenfanatiker hätte seine Freude an ihm gehabt. Aber der einzige, dem ich einen solchen Fanatismus zugetraut hätte, der Gutsherr, schien nicht mehr derselbe zu sein wie früher. Seine Haare waren schlohweiß geworden, tiefe Furchen durchzogen sein Gesicht, seine Augen hatten den herrischen Blick verloren. Sie ruhten mit schmerzlichem Ausdruck auf mir, als ich stockend von Helmuts Absturz berichtete.

Auch Wanda sah mich unverwandt an. „Kann es nicht sein, daß er gerettet wurde?" fragte sie schließlich.

„Wenn er wirklich halbwegs heil heruntergekommen wäre, dürfte er wohl kaum das Glück gehabt haben, unten auf eine Wanda zu treffen", antwortete ich unbesonnen.

Ihr Gesicht setzte Warnzeichen. Ich erschrak und fügte rasch hinzu: „Oder Hilfsbereitschaft zu finden."

„Es gibt mehr Leute, die sich eines abgestürzten Fliegers annehmen, als Sie zu denken scheinen", sagte Frau Wendland, „auch in Frankreich oder anderswo. Hier bei uns auf Hasenheide zum Beispiel würde jeder sein möglichstes tun, um einen in Not befindlichen Menschen zu retten, einerlei, wer es wäre."

Das klang sehr entschieden. Mir schien sogar ein Unterton mitzuschwingen, der Einverständnis und Zusicherung bedeuten mochte. Aufmerksam sah ich ihr ins Gesicht. Was wußte sie? War sie mit Wanda und Fedor im Bunde? Und durfte sie wirklich ihren Mann in ihre Versicherung einbeziehen?

Sie hielt meinem Blick stand und nickte sogar, wie um ihre Worte noch einmal zu bestätigen. Dann fuhr sie fort: „Aber ich will Ihnen damit keine vergeblichen Hoffnungen machen, Monika. So, wie Sie den Absturz Ihres Verlobten und die offizielle Nachricht an sein Elternhaus schildern, müssen Sie sich wohl mit seinem Tod abfinden."

Mir kamen die Tränen, und sie ergänzte mitleidig: „Ich weiß, wie schwer das ist."

Großmutter, die neben mir saß, legte eine kühle Hand auf meine. „Hat dein Vater es schon erfahren?“ fragte sie.

Das gab mir Gelegenheit, vom Thema wegzukommen, indem ich von Vaters Reise in Sachen Karlheinz berichtete. Sie hatten sich alle schon gewundert, daß Karlheinz sich noch niemals um seinen Sohn gekümmert hatte.

Reni und Benno erzählten mir, wie gern sie Bernhard adoptieren möchten, ungeachtet der Tatsache, daß sie im Frühjahr ein eigenes Kind erwarteten. Als wir am nächsten Vormittag allein waren, redete Großmutter mir ins Gewissen, ich sollte meine Ausbildung aufgeben und nach Hasenheide übersiedeln. Wir könnten Bernhard nicht so lange den jungen Leuten überlassen und ihn dann zurückfordern, und außerdem würde Reni mit heranrückender Geburt und erst recht danach die ihr aufgebürdete Arbeit nicht mehr bewältigen.

„Begreifst du nicht, daß ich jetzt dringlicher als früher dafür sorgen muß, auf eigenen Füßen stehen zu können?“ hielt ich ihr entgegen.

„Vielleicht heiratest du Karlheinz – oder Dieter“, entgegnete sie leise.

Ich starrte sie an. „Bist du kindisch geworden oder herzlos, daß du mir einen solchen Vorschlag machst?“ fragte ich empört.

Ihr Blick wurde verstört und trübte sich durch Tränen.

„Ich dachte, es würde allen helfen: Wendlands, dem Kleinen und vornehmlich dir. Ich gräme mich um deine Zukunft, Monika.“

„Laß das doch meine Sorge sein!“ verlangte ich barsch.

Sie wandte sich ab und schwieg.

Ehe ich abreiste, versprach ich ihr, daß ich versuchen wolle, im Frühjahr Urlaub zu nehmen, um wenigstens die ersten Wochen nach Renis Niederkunft auf dem Gut mitanzupacken. Aber auf welche Weise ich überhaupt hingelangen könnte, stand in den Sternen.

Schon die Rückfahrt von Hasenheide war ein Alptraum. Der erste Zug, auf den ich in der Kleinstadt wartete, fiel aus. Ich verbrachte mit hundert anderen viele Stunden im Luftschutzkeller des Bahnhofs, ehe nachts ein Ersatzzug kam, der uns ein Stück weit beförderte. Dann mußte er wegen zerstörter Geleise die

Fahrt abbrechen. Zu Fuß schleppten wir Passagiere uns und unser Gepäck zu der Stelle, wo der Gegenzug nicht weitergekommen war und bereit stand, uns mitzunehmen. Er fuhr bis in ein Waldstück, in dessen notdürftiger Deckung er anhielt, weil es inzwischen hell genug geworden war, daß Flugzeuge uns ausmachen konnten. Der Himmel schien den ganzen Tag über voll von ihnen; jedesmal, wenn wir ihre Motoren hörten, flüchteten wir aus den Waggons ins nasse Unterholz. Erst abends fuhren wir weiter. Von nun an ging alles glatt, aber ich fühlte mich wie halb erfroren und dreiviertel verhungert, als ich nach Mitternacht im Krankenhaus ankam.

Vater schlief noch nicht, obwohl die Müdigkeit dunkle Ringe unter seine Augen gezeichnet hatte. Er holte einen Kanten Kommißbrot aus dem Schrank und goß kalten Pfefferminztee in meine Tasse. Ich schob ihm wortlos den Umschlag mit dem schrecklichen Stempel „Vom Feindflug nicht zurückgekehrt“ hin.

Er erfaßte die Bedeutung mit einem Blick.

„Kind! Kind!“ sagte er hilflos.

In diesem Augenblick tat er mir so entsetzlich leid, daß ich aufsprang und ihn in meine Arme nahm.

„Bald ist von der Familie niemand mehr da als wir beide“, brachte er schließlich mühsam heraus.

„Wieso? Was ist mit Karlheinz?“ fragte ich aufgeschreckt, mich an die von ihm unternommene Reise erinnernd.

„Karlheinz lebt, und sein Zustand hat sich gebessert. Aber ich befürchte, daß das nicht anhält.“

Er berichtete von den Auskünften des Kollegen, und ich hörte zu und stellte Fragen. Es war, als ob wir beide die Nachricht von Helmuts Tod erst noch einmal in den Hintergrund schieben wollten, ehe wir uns ihr endgültig gewachsen zeigen mußten.

Karlheinz hatte nicht nur, wie seine Schwester geschrieben hatte, einen Depressionsschub gehabt, sondern einen akuten Anfall von Unzurechnungsfähigkeit, in dem er gewalttätig geworden war. Obwohl man ihm die Kraft und die Geschicklichkeit gar nicht hätte zutrauen mögen, hatte er seine Mutter mit dem Armstummel aufs Bett gedrückt und sie mit der linken Hand gewürgt.

„Ist sie tot?“ fragte ich heiser vor Entsetzen.

„Sie hat sich gewehrt und um Hilfe gerufen, das brachte ihre Tochter ins Zimmer. Die hat Karlheinz weggerissen und die Polizei geholt."

„Wenn es so war, wie es dir geschildert wurde, muß es einen Grund dafür gegeben haben, Unzurechnungsfähigkeit hin oder her", erklärte ich.

Vater nickte.

„Karlheinz hatte erfahren, daß seine Mutter einen Detektiv auf Erika angesetzt hatte, weil sie Erikas ‚amouröse Vergangenheit', wie sie es nannte, aufdecken wollte. Sie nahm allen Ernstes an, Erika habe Karlheinz das Kind untergeschoben, damit er sie heirate."

„Sie mußte doch sehen, daß Karlheinz blindlings in Erika verliebt und mit ihr glücklich war!"

„So schien es leider nicht immer, das hast du selbst miterlebt", erinnerte mich Vater.

„Aber das war überwunden! Sag, was du willst, Frau Rothe hat intrigiert, um ihren Sohn wieder für sich allein zu haben."

„Dafür ist sie schwer gestraft worden. Zunächst einmal hat der Detektiv nichts Nachteiliges über Erika feststellen können. Allerdings ist er auf die frühere Beziehung zu Werner Haug und seinem Kreis gestoßen, und damit war die Gestapo am Zug."

„War der Detektiv ein Gestapo-Agent?"

„Sagen wir mal, ein Informant. Frau Rothe konnte natürlich nicht wissen, welche Lawine sie lostreten würde, das müssen wir ihr zugute halten. Als sie erfuhr, daß sie todkrank ist – sie hat Krebs im fortgeschrittenen Stadium –, versuchte sie mit Karlheinz ins Reine zu kommen und legte ihm ein Geständnis ab."

„Und daraufhin wollte er sie erdrosseln!"

„Er erinnert sich nicht daran", berichtete Vater. „Was er noch weiß, ist, daß ihre Beichte ihn in rote Wut versetzt hat, doch von da an ist in seinem Gedächtnis ein schwarzes Loch. Ich habe viele Stunden mit ihm gesprochen; er war ruhig und sachlich und offenkundig völlig ehrlich, auch in seiner Verwunderung über den Anfall von Brutalität, den er sich selbst niemals zugetraut hätte. Ich schätze, daß er noch vor Weihnachten aus der Nervenklinik entlassen wird."

„Ein Rückfall ist nicht zu befürchten?"

„Das ist es eben, was mir Sorge macht. Ich war mir aber mit meinem Kollegen einig, daß jedwedes Risiko für Karlheinz zu Hause geringer ist als in einer Anstalt. Wir müssen ihn unter Aufsicht behalten und im Umgang mit ihm einige Regeln beachten, dann besteht Hoffnung auf dauerhafte Besserung."

„Welche Regeln?"

„Der Kollege hat mich gefragt, ob Karlheinz sich bei uns habe aussprechen können, oder ob wir bestimmte Themen bewußt oder unbewußt abgeblockt hätten. Ich mußte zugeben, daß ich es nicht ertragen hatte, wenn er über Erika zu sprechen versuchte, sondern daß ich entweder ablenkte oder mich davonmachte. Auch über seine Mutter habe ich ihn nie mehr zu Wort kommen lassen, ich wollte ihn nicht mit meinen Empfindungen ihr gegenüber verletzen. Dadurch hat er keine Gelegenheit gefunden, seine Probleme im Gespräch aufzuarbeiten. Sie haben ihn innerlich bedrängt und fast kaputt gemacht. So schwer es uns fallen mag, wir müssen Geduld und ein offenes Ohr für ihn haben, wenn er wieder hier ist, auch du, Monika."

Zweifelnd sah ich Vater an, mich erinnernd, daß meine eigene Erfahrung mit Karlheinz in eine andere Richtung wies. Damals hatte es ihn aufgerüttelt und zurechtgestaucht, als ich die Geduld mit ihm verloren hatte. Aber schließlich war ich kein Nervenarzt. Ich zuckte die Schultern und beschloß, mich der Kompetenz zu fügen.

Vater fuhr fort: „Es zeichnet sich auch schon eine Lösung ab, wie wir Karlheinz stärker als bisher unter Kontrolle halten können. Wir werden das Zimmer übernehmen, das seine Mutter dir damals angeboten hat . . ."

„Ich ziehe nicht dorthin!" unterbrach ich ihn heftig.

Erstaunt hob er die Augenbrauen. „Hast du einen besonderen Grund für diese vehemente Ablehnung? Ich denke, du müßtest froh sein, ein ganzes Zimmer für dich allein zu haben, statt mit einer Ecke hinter dem Wandschirm vorlieb zu nehmen."

Sein Blick glitt über den ungemütlichen Raum, den wir noch immer teilten.

„Ich möchte bei dir bleiben, Vater, gerade jetzt."

Mit weicher Stimme erwiderte er: „Es ist unvernünftig, aber

ich empfinde genauso. Im übrigen wollte ich das Zimmer nicht für dich, sondern für Dr. Wendland."

„Für Dieter?" fragte ich verblüfft.

„Er kommt nach Abschluß seines Anerkennungsjahres an unsre Uni-Klinik. Karlheinz ist einverstanden, daß er dann bei ihm wohnt. Bis es soweit ist, müssen wir beide ein wachsames Auge auf Karlheinz haben."

Der Gedanke war mir unbehaglich, ohne daß ich einen richtigen Grund dafür hätte angeben können. Ich schob ihn mit der Bemerkung von mir fort: „Noch ist Karlheinz nicht hier."

„Nein", bestätigte Vater, „noch können wir beide füreinander da sein, hoffentlich etwas mehr als bisher. Wir haben ziemlich lose nebeneinander her gelebt, nicht wahr?"

„Wir waren wohl auf der Flucht vor dem Leid des andern, weil wir am eigenen so schwer zu tragen hatten."

„Damit das nicht wieder geschieht, erzähl mir alles von Helmut!" bat er.

Als wir endlich unter unsere Bettdecken krochen, blieben uns nur noch drei Stunden bis zum Arbeitsbeginn. Dennoch fühlte ich mich am nächsten Tag besser als seit Wochen. Dazu hatte nicht nur Vaters Verständnis für meinen Schmerz beigetragen, sondern auch sein knapper Bericht über seine Heimfahrt aus der Nervenklinik.

Auch sein Zug hatte auf offener Strecke halten müssen. Es war im ebenen und kaum bewachsenen Gelände gewesen. Lediglich ein Graben, der zwei Feldstücke voneinander trennte, bot notdürftig Deckung. Hierhin hatten sich die meisten Fahrgäste geflüchtet, ehe der gefürchtete Tieffliegerangriff begann. Mehrere Maschinen waren daran beteiligt, anfliegend, schießend, abdrehend und wiederkommend. Rings um Vater herum wurden Menschen getroffen, manche zweimal während der aufeinanderfolgenden Angriffswellen. Ihr Schreien erfüllte die Luft zusammen mit dem Geräusch der Flugzeuge.

„Ich für mein Teil habe gebetet", sagte Vater schlicht.

Liebevoll sah ich ihn an. Ich verstand, warum er mir das in dieser Nacht erzählte.

„Und du sollst auch wissen, was ich gebetet habe", fuhr er fort. „Es war nicht nur eine Bitte um Schutz und Rettung. Ganz unwillkürlich kamen mir die Worte: ‚Wenn ich jetzt sterben muß, Gott, dann nimm du mich auf!' Als ich das merkte, wußte ich, daß ich nicht gottlos bin." Jede Erwiderung abblockend, hatte Vater seinen Bericht mit den Worten geschlossen: „Und nun schlaf in Frieden, mein Kind."

Die Schwestern auf meiner Station hatten sich schon Gedanken gemacht, weil ich aus meinem Kurzurlaub nicht rechtzeitig zurück gewesen war. Wenn ich nicht mehr gekommen wäre, hätte ich ihnen gefehlt, und das nicht nur, weil wir jede arbeitende Hand brauchten, sagten sie mir, und das tat mir gut. Ich war mir wohl bewußt, daß ich selber es an Kontakt mit ihnen hatte fehlen lassen, so sehr ich um die Patienten bemüht gewesen war. In den kurzen Arbeitspausen und erst recht in der knappen Freizeit hatte ich mich stets auf das Zimmer zurückgezogen, das ich mit Vater teilte, während die Schwestern, die nicht im Krankenhaus wohnten, sich im Stationsraum aufhielten. Ich beschloß, künftig öfter bei ihnen zu bleiben und mich an ihren Gesprächen zu beteiligen. Das erwies sich in mehrfacher Hinsicht als eine gute Entscheidung. Es lenkte mich von der ständigen Beschäftigung mit meinem Verlust ab, und es öffnete mir den Blick für die Lebensumstände der Menschen, die nicht wie ich die relativen Annehmlichkeiten des Versorgtseins durch die Klinik genossen.

Da Vater und ich in wenn auch kärglicher Vollverpflegung waren, blieb uns der Kampf ums tägliche Brot erspart, wie er sich trotz Lebensmittelmarken inzwischen in den Städten abspielte. Ich erfuhr, daß sich schon morgens ab vier Uhr Schlangen vor den Bäckerläden bildeten, weil das Mehl nicht ausreichte, um alle Zuteilungsberechtigten zu versorgen. Die „Hamstertouren" auf die umliegenden Dörfer, um gegen Silberbesteck, Bettwäsche oder die letzten Schmuckstücke ein paar Pfund Kartoffeln einzutauschen, blieben mir ebenso erspart wie das Frieren in ungeheizten Wohnungen und der mühsame Weg zum Arbeitsplatz, für den kaum noch öffentliche Verkehrsmittel zur Verfügung standen.

Dieser sechste Kriegswinter übertraf alles, was wir bisher an Strapazen und Entbehrungen hinter uns hatten. Dennoch hatten die Deutschen in den von den Sowjettruppen eingenommenen Ostgebieten unendlich viel Schlimmeres zu erdulden, wenn man dem Geflüster glauben wollte, das jetzt aus allen Ritzen zu dringen schien. Um solchen Schrecken zu entgehen, verstieg sich manch einer zu dem Wunsch, daß die Amerikaner nur bald unser Land erobern würden. Laut sagen durfte man so etwas natürlich nicht. Bilder von an den Straßenlaternen aufgehängten „Wehrkraftzersetzern" und „Saboteuren" trieben die Angst in uns hoch.

Im großen und ganzen hatten wir es in unserem Krankenhaus einigermaßen erträglich. Zwar wollte die Müdigkeit uns manchmal übermannen, und noch waren wir nicht abgestumpft genug, um vom Leiden und Sterben nicht immer wieder seelisch mitgenommen zu werden. Aber bisher hatten die sich ständig erhöhenden Anforderungen bei uns ein Zusammenrücken bewirkt, hatten Verständnis und Hilfsbereitschaft aktiviert. Vater meinte, wahrscheinlich sei es nur eine Frage der Zeit, bis der sich immer mehr verstärkende Druck von Elend und Ausweglosigkeit dazu führe, daß jeder nur noch sich selbst der Nächste sei.

Doch in diesen vorweihnachtlichen Wochen war in unserer Klinik davon nichts zu spüren. Gelegentlich nahmen ein paar Schwestern sich sogar die Zeit dazu, mit einer Kerze durch die Zimmer zu gehen und Adventslieder zu singen. Manchmal war ich mit von der Partie. Wir erlebten allerdings zwiespältige Reaktionen auf unseren Auftritt: von Tränen der Dankbarkeit bis zu bitterer Ablehnung. Eine Patientin warf uns an den Kopf, daß sie von Licht und Liebe nichts mehr hören wolle. Ich kannte ihr Schicksal, es war grausam. Gleich zu Anfang des Krieges war ihr Mann gefallen, dann war sie total ausgebombt worden und hatte dabei ihre Schwester und ihre beiden jüngsten Kinder verloren; in diesem Herbst schließlich waren ihr sechzehnjähriger Sohn und ihr sechzigjähriger Vater zum „Volkssturm" einberufen worden. Es war ein wahnwitziges Unterfangen, wie jeder dachte und wie keiner aussprach, daß Kinder und Greise als letzte Reserve zu den Waffen geholt wurden, mit denen sie nicht umgehen konnten, weil es kaum eine Ausbildung dafür gab. Aber wer dem Befehl nicht Folge leistete, lief Gefahr, bald zu den Toten an den Laternen zu gehören. Unsere Patientin hatte einen Selbstmordversuch hinter sich und verübelte es jedem, daß sie noch am Leben war: der Nachbarin, die sie gefunden, und dem Arzt, der sie gerettet hatte, ebenso wie uns, die wir sie gesund pflegen wollten. Ich dachte bei mir, daß gerade sie es nötig hätte, sich der Botschaft von Weihnachten zu öffnen.

Eine Woche vor Weihnachten traf Karlheinz bei uns ein. Er wirkte erholt und war freundlich und ruhig. Zu unserer Überraschung hatte er vor, als erstes nach Hasenheide zu fahren, um Bernhard zu sehen. Wir freuten uns über seinen Plan, wenn wir auch die Sorge darüber, wie es ihm unterwegs ergehen würde, nicht ganz unterdrücken konnten. Aber es blieb uns wenig Zeit für andere als für berufsbedingte Gedanken. Vater und ich hatten beide so viel zu tun, daß wir abends ohne weitere Worte in unsere Betten sanken. Wir verlebten ein arbeitsreiches Weihnachtsfest und taten auch in der Sylvesternacht Dienst. Erst am Neujahrsmorgen nahmen wir uns in die Arme und wünschten uns gegenseitig Kraft und Mut.

Mitte Januar kam Karlheinz erschöpft aus Hasenheide zurück. Da die Bahngeleise durch einen erneuten Angriff vollständig zerstört waren, hatte er am Bahnhof der Kleinstadt auf Mitfahrgelegenheit gewartet. Es war zwar nicht erlaubt, kam aber immer einmal vor, daß Soldaten, die einen Transport mit dem Lastwagen durchführen mußten, gegen Zigaretten Zivilisten beförderten. Karlheinz war zu Fuß von Hasenheide zum Bahnhof gelaufen und hatte dort zweimal auf einer Bank im Luftschutzkeller genächtigt, ehe ein Militärfahrzeug ihn mitnahm.

Aber nicht nur die durchgestandenen Strapazen, sondern auch die Erlebnisse auf Hasenheide bedrückten sein Gemüt. Erregt berichtete er uns davon.

Am Abend des Neujahrstages war ein Wagen mit vier Männern in schwarzer Uniform ins Dorf gekommen. Es waren SS-Leute, Angehörige einer Organisation, die zu Sonderaktionen eingesetzt wurde. Sie hatten die gesamte männliche Bevölkerung zwischen vierzehn und zweiundsechzig Jahren, auch die bisher als unabkömmlich Freigestellten, aufgefordert, sich unverzüglich zum Abmarsch bereit zu halten, da sie zum Volkssturm einberufen seien. Einige hatten sich dagegen gewehrt und darauf verwiesen, daß ihre u.k.-Stellung vom Ortsgruppenleiter Wendland als auch für den Volkssturm gültig bestätigt worden sei. Es hatte ihnen nichts genutzt; aber es hatte eine SS-Streife nach Hasenheide gebracht, wo der Gutsherr wegen seiner Eigenmächtigkeit der Sabotage beschuldigt und unter Hausarrest gestellt worden war.

Auf diesen Bericht reagierte Vater sehr besorgt, und Karlheinz schürte unsere Angst, indem er von einem schlimmen Zwischenfall berichtete. Der Arzt hatte sich geweigert, der Einberufung Folge zu leisten. Er werde dringend vor Ort gebraucht, hatte er erklärt, da mit immer mehr Verwundeten durch Fliegerangriffe und die näherrückende Front gerechnet werden müsse. Zudem sei er nicht zum Töten da, sondern zum Heilen. Und in seiner Erregung setzte er noch drauf, er sähe überhaupt nicht ein, wieso heute jemand in einen Krieg ziehen solle, der morgen zu Ende sei. Einer der SS-Männer hatte ihn angeherrscht, der Krieg sei erst zu Ende, wenn der Führer es wolle. Zuvor werde noch die Wunderwaffe eingesetzt, und dann werde der Welt Hören und Sehen vergehen.

„Wann?“ hatte der Arzt gefragt.

„Heute, morgen, übermorgen, das braucht niemand vorher zu wissen“, war die Antwort gewesen.

„Warum nicht gestern?“ hatte der Arzt entgegnet. „Warum erst all die Zerstörung, das Leid, der tausendfache Tod?“

„Der Führer hat immer gehofft, die Feinde würden zur Einsicht kommen, ohne daß er die Vernichtungswaffe einsetzen muß. Er hat der Welt das Fürchterliche ersparen wollen“, behauptete der SS-Mann.

„Er hätte lieber uns Deutschen den Weg zu seinem Endsieg ersparen sollen!“ begehrte der Arzt auf. „Mann, ihr müßt ja dümmer sein, als die Polizei erlaubt, wenn ihr solche Märchen glaubt!“

Das hatte das Faß zum Überlaufen gebracht. Einer der SS-Leute hatte die Waffe auf den Arzt gerichtet und ihn vor den Augen seiner Frau erschossen. Die Kunde hatte sich mit Windeseile im Dorf verbreitet, und niemand hatte mehr gewagt, sich zu widersetzen. Die zum Volkssturm Gepreßten waren mit der SS-Truppe abgezogen, unter ihnen auch der Großbauer und sein Sohn – und außerdem Benno.

Benno! Daß man auch ihn noch geholt hatte, beunruhigte

mich mehr als alles andere. Wie sollten sie auf Hasenheide ohne ihn zurechtkommen? Im Winter mochte es noch angehen, aber was war mit der Frühjahrsbestellung? Karlheinz tat diese Fragen ab. Wer wisse schon, was im Frühjahr sein würde? Jetzt sei endgültig die Zeit gekommen, wo man nur noch von Tag zu Tag leben könne.

Fortan wurde das zum Tenor seines Redens. Ich begriff unwillig, daß es nicht ohne Zweck geschah. Die Nachricht von Helmuts Absturz schien jener Einbildung Auftrieb gegeben zu haben, gegen die ich mich schon einmal hatte wenden müssen. Täglich begann Karlheinz davon zu sprechen, daß aus uns beiden nun doch noch ein Paar werden könnte. Auf meinen stets wiederholten Einwand, weder Erikas noch Helmuts Tod sei bisher bewiesen, reagierte er mit zunehmendem Ärger. Eingedenk der Anweisung des Nervenarztes wurde ich unsicher, ob mein Verhalten richtig sei, und versuchte, in ein ruhiges Gespräch mit ihm zu kommen. Aber das gelang nicht.

„Wir leben in einer gestundeten Zeit“, hielt er mir vor. „Die muß man nutzen, sonst verdient man sie nicht. Aber du willst mich zum Warten zwingen.“

„Das will ich“, bestätigte ich, trotz meines Zorns um Ruhe bemüht. „Nicht zum Warten auf mich, da hast du keine Chance, aber zum Warten auf deine Frau.“

„Wenn du bloß die fixe Idee aufgäbest, daß dein Helmut in Gefangenschaft geraten ist und noch lebt, ließest du mit dir reden, das weiß ich“, knirschte er.

„Selbst wenn ich Helmuts Tod für sicher hielte, käme das, was du vorhast, nie in Frage! Wie sollte ich Erika je wieder ins Auge sehen können?“

„Sie kommt nicht zurück!“ sagte Karlheinz verbissen. „Wenn aber doch, hätte sie Verständnis dafür, daß wir uns gegenseitig getröstet haben.“

Er versuchte mich in den Arm zu nehmen. Energisch stieß ich ihn weg.

„Für mich wäre das kein Trost!“ sagte ich scharf. Unbesonnen setzte ich hinzu. „Es würde mich ekeln! Laß mich in Ruhe!“

Seine Augen blitzten auf, dann erloschen sie plötzlich. Aschfahl im Gesicht, verließ er wortlos das Zimmer.

Fast sofort machte ich mir Gedanken um seinen Gemütszustand. Einmal hatte meine entschiedene Zurechtweisung bei ihm Wunder bewirkt, aber durfte ich hoffen, daß es auch jetzt der Fall war?

Besorgt sah ich seinem nächsten Besuch entgegen. Er ließ auf sich warten, aber als er kam, erwähnte er den Vorfall mit keinem Wort. Er unterhielt sich mit Vater über die Herrichtung des Zimmers für Dieter und fragte mich nur einmal kurz, ob ich etwas aus Hasenheide gehört hätte.

Das war nicht der Fall. Anscheinend kam keine Post durch. Wahrscheinlich hatte man diesmal die zerstörten Bahngeleise nicht sofort reparieren können, vielleicht wollte man es nicht einmal. Von Westen her rückte die Front stetig näher, möglicherweise würde man bald alle Geleise und Brücken sprengen, um zu verhindern, daß die alliierten Truppen sie als bequeme Routen für ihren weiteren Vormarsch benutzten. In den westlichen Landesteilen war der Verkehr so gut wie völlig zusammengebrochen.

Auch Dieter mußte seinen Umzug größtenteils zu Fuß und mit dem Handwagen bewerkstelligen. Es war nicht viel, was er als Habe mitbrachte. Ich freute mich riesig, als er kam, und staunte selbst darüber. Seit langem hatten wir uns nicht gesehen, und auch der Briefwechsel war eingeschlafen, seit die Unzuverlässigkeit der Post und unsere berufliche Belastung im gleichen Maße gewachsen waren. Aber als er vor mir stand, war er mir so vertraut wie vor fünfviertel Jahren.

„Du tust mir so leid, Monika!" sagte er statt einer Begrüßung. „Ich weiß, wie das ist, wenn ein Lebensplan zerbricht, und, um vieles schlimmer, wenn ein geliebter Mensch uns verläßt. Mutter hat mir mit der letzten Post, die durchkam, von deinem Besuch auf Hasenheide unter so traurigen Umständen berichtet. Wußtest du übrigens, daß du Jana und dem Säugling das Leben gerettet hast mit deinem umsichtigen Eingreifen?"

„Ich freue mich, daß sie durchgekommen sind, aber es war wohl eher das Verdienst des Doktors als meines. Wenn du inzwischen keine Nachricht mehr von zu Hause hattest, wirst du nichts von seinem schrecklichen Ende gehört haben."

„Dein Schwager hat mir alles erzählt, als ich mein Gepäck in die Wohnung brachte. Ich dachte übrigens, er hätte sich besser erholt. Er wirkt nicht so stabilisiert, wie ich nach dem Bericht deines Vaters gehofft hatte."

Diese Feststellung belastete mein Gewissen, aber ich mochte Dieter nicht gleich am ersten Tag damit behelligen. Als Karlheinz kurz vorm Dunkelwerden kam, gab ich mir große Mühe, ihn freundlich zu behandeln und geduldig auf ihn einzugehen. Es gelang mir recht gut, aber das hing sicherlich damit zusammen, daß er mit keinem Wort und keiner Geste eine Annäherung versuchte.

Vater hatte genau wie ich einen freien Nachmittag und Abend. Er war auf dem Friedhof gewesen und traf kurz nach Karlheinz bei uns ein. Zu viert verbrachten wir ein paar ungewohnt ruhige Stunden, die ernstem Gespräch gewidmet waren. Es ging vor allem um die Lage im Land. Sie war von widersprüchlichen Tendenzen geprägt. Zustände der Auflösung und letzte rigorose Durchhaltemaßnahmen verbreiteten gleicherweise Angst. Trotz strenger Geheimhaltungsbestimmungen war durchgesickert, daß die Ostfront vor dem Zusammenbruch stand. In Dresden waren Tausende von Flüchtlingen aus dem Osten, Greise, Frauen und Kinder, erbarmungslosen Luftangriffen zum Opfer gefallen. Hatten die Menschen bisher noch gehofft, daß das Ende des Hitlerreiches den Übergang zu besseren Zeiten bringen würde, weil man die westlichen Alliierten als einigermaßen human einschätzte, so brach jetzt die Verzweiflung durch und gab dem fast schon erloschenen Kampfeswillen noch einmal Auftrieb.

„Wir müssen dennoch froh sein, daß wir im Westteil Deutschlands wohnen", erklärte Dieter. „Dort, wo die sowjetischen Truppen hinkommen, spielen sich grauenhafte Szenen ab. Vor allem Frauen sind die Opfer, auch halbe Kinder und Greisinnen."

„Ich habe mich schon manchmal gefragt, was ein Mann wohl davon hat, sich eine unwillige, widerstrebende Frau gefügig zu machen", meinte Karlheinz.

„Da spielt so vieles mit", antwortete Vater. „Die bis dahin erzwungene Enthaltsamkeit hat die Begierde aufgestaut, wahrscheinlich wird sie durch die Weigerung erst recht angestachelt, und wenn der Machtrausch dazu kommt, dann kann der Vollzug durchaus eine Befriedigung haben, wenn auch eine perverse."

Irgendwie muß ich mein Unbehagen an dem Thema signalisiert haben, denn ich merkte, daß sich alle Blicke auf mich richteten. Vater und Dieter wirkten erschrocken, Karlheinz hatte einen schwer deutbaren Ausdruck im Gesicht. Als er redete, war es verständnisvoll und freundlich.

„Es war ein faux pas, vor deinen Ohren solche Gespräche zu führen", sagte er. „Kannst du uns noch einmal verzeihen, Moni?"

„Die Augen vor der Wirklichkeit zu verschließen, wäre auch für mich nicht richtig", gab ich zur Antwort. „Aber ich denke schon, daß wir das Thema wechseln sollten, zumal es glücklicherweise bei uns hier nicht akut ist."

Keine Ahnung davon trübte mich, wie bald sich das für mich ändern würde. Ich legte mich an diesem Abend so entspannt wie lange nicht mehr zum Schlafen hin. Während der folgenden zwei Wochen hielt die gelockerte Stimmung bei uns allen Vieren an. Was mir am meisten wohltat, war, daß ich mit Dieter über Helmut reden konnte. Er hörte mir geduldig zu, sooft ich davon anfing, und suchte mir auch nicht das Gefühl auszureden, daß Helmut lebe und zu mir heimkehre, sobald er könne.

Dann kam mein nächster freier Tag. Ich hatte Karlheinz schon seit langem versprochen, die Gardinen in seiner Wohnung auszubessern, die beim letzten Luftangriff durch splitterndes Fensterglas ziemlich beschädigt worden waren. Die Scheiben waren dank Karlheinz' Beziehung zum Architektenbüro ersetzt worden. Seine Nachbarn waren nicht so begünstigt gewesen und hatten Bretter vor die Fensterhöhlen genagelt. Deswegen brauchten sie keine Gardinen mehr. Ich hatte mir Karlheinz' Vorhänge angesehen und war zu dem Schluß gekommen, daß ich die Schäden am besten an Ort und Stelle beheben konnte.

Karlheinz hatte mir den Schlüssel zu seiner Wohnung gegeben, weil voraussichtlich weder er noch Dieter bei meinem Eintreffen da sein würden. Auch die zwangseingewiesenen Mieter im oberen Stock gingen tagsüber ihrer Arbeit nach. Das Haus schien leer zu sein, als ich mich an die Arbeit machte.

Es war ein kalter Tag; in dem ungeheizten Zimmer wurden mir die Finger klamm. Bekümmert stellte ich fest, daß ich länger brauchte, als ich angenommen hatte. Ich fror und fühlte mich unbehaglich.

Plötzlich hörte ich hinter mir eine Tür gehen. Ich fuhr herum. Auf der Schwelle stand Karlheinz, wachsweiß und mit einem fast bis zur Unkenntlichkeit verzerrten Gesicht. Er hielt einen beschriebenen Briefbogen in der Hand.

„Mutter ist tot!“ sagte er, während ich ihn entsetzt anstarrte. „Meine Mutter ist tot, deine Mutter ist tot, Erika ist tot, und wenn du jetzt noch nein zu mir sagst, dann bringst du mich um! Ich habe sonst niemand mehr, Moni.“

Er stand inzwischen hinter mir, ich spürte seinen Atem in meinem Nacken.

„Du hast Bernhard!“ stieß ich hervor und beugte mich über meine Näharbeit. Panik erfaßte mich.

„Heißt das wieder nein?“ drängte seine Stimme.

„Das heißt nein“, bestätigte ich und fühlte mich im selben Moment von hinten umfaßt. Trotz der Amputation entwickelte Karlheinz eine Kraft, gegen die ich machtlos war. Er zog mich hoch und drehte mich zu sich herum. Der Armstumpf drückte sich schmerzhaft in meinen Rücken. In der engen Umklammerung konnte ich kaum atmen.

„Du hast dich schon früher von mir küssen lassen, ohne dich zu ekeln“, stieß er hervor. Seine Stimme klang heiser. Sein Gesicht kam mir nahe. Er zwang mir einen Kuß auf und schob mich vor sich her, ohne mich loszulassen, bis ich rücklings über seine Couch fiel.

Er lag über mir, das Gewicht seines Körpers drückte mich nieder, der auf mein Brustbein gepreßte Armstummel hielt mich fest. Verzweifelt versuchte ich mich zu wehren, während er mit der Linken unter meinen Rock fuhr. Es half mir nichts.

Ich stöhnte auf vor Schmerz. Endlich lockerte sich sein Griff, und ich konnte ihn wegstoßen. Er rollte zur Seite und blieb wie tot liegen. Ohne mich weiter um ihn zu kümmern, riß ich meinen Mantel von der Stuhllehne und stürzte zur Tür. Gerade als ich sie erreichte, öffnete sie sich von außen: Dieter.

Ich rannte blindlings an ihm vorbei durch die Diele ins Treppenhaus. Hier konnte ich nicht mehr weiter. Die Beine zitterten mir so, daß ich mich auf eine Stufe setzen mußte.

Von innen hörte ich Dieters erregte Stimme: „Was geht hier vor, Rothe?! Was haben Sie Monika getan?“

Und dann kam Karlheinz' Antwort, verblüfft wie die eines Schulbuben: „Sie war Jungfrau! Sie war wirklich noch Jungfrau!"

„Sie Schwein!" schrie Dieter. „Sie widerliches Schwein!"

Ich hatte ihn noch nie so außer sich erlebt.

Fast gleichzeitig hörte ich Karlheinz lachen – ein irres, häßliches Lachen, das in lautes Schluchzen überging.

Da mußte ich mich übergeben.

So fand mich Dieter, als er ins Treppenhaus gestürzt kam. Er bebte vor Zorn; aber als er mich sah, zwang er sich sichtlich zur Ruhe.

„Komm in mein Zimmer, Monika", bat er. „Mach dich frisch und leg dich ein bißchen hin. Es wird dir gut tun."

Er öffnete mir die Tür zum Bad.

„Ich möchte sofort weg von hier", flüsterte ich, als ich nach einer Weile herauskam und ihn im Flur wartend fand.

„Ich bringe dich heim", sagte er einfach.

„Müßtest du dich nicht um Karlheinz kümmern?" fragte ich stockend. „Ich glaube, er ist übergeschnappt."

„Im Augenblick ist er erschöpft und ungefährlich. Später werden wir sehen, was mit ihm zu tun ist."

Dieters Stimme klang fremd und angestrengt. Wir gingen stumm nebeneinander her.

„Ich habe eine Bitte, Dieter", sagte ich schließlich. „Es wäre mir schrecklich, wenn jemand erführe, was geschehen ist. Versprich mir, daß es unter uns bleibt, bitte!"

Er sah mich forschend an.

Die Tränen schossen mir in die Augen. Ich brachte nur mit Mühe weitere Worte hervor. „Es käme mir so vor, als ob es noch einmal geschieht", stammelte ich. „Bei jedem, der mich anguckt, würde ich denken, jetzt stellt er sich das vor, wovon er gehört hat. Ich fühle mich so schon besudelt genug. Und ich schäme mich zu Tode, auch vor dir."

Er blieb stehen und sah mich ernst an.

„Das wäre nun in meinen Augen das Schlimmste", sagte er fast tonlos. „Monika, das wirst du doch nicht zulassen, daß dadurch unsere Freundschaft kaputtgeht?"

„Es ist mir so schrecklich peinlich, daß du dazugekommen bist", versuchte ich ihm – und mir – meine Reaktion zu erklären.

Ruhiger werdend, fügte ich hinzu: „Vielleicht wärest sonst du, als der einzige von allen Menschen, es gewesen, dem ich es erzählt hätte."

„Dann ist doch alles gut", sagte er. „Das wollen wir festhalten, und nur das. Wir haben darüber gesprochen, weil du mir vertraust, und es bleibt unter uns, wie du es wünschst."

Es arbeitete in seinem Gesicht, dann fuhr er fort: „Aber überlege dir trotzdem, ob du nicht wenigstens deinem Vater berichtest, was vorgefallen ist."

„Warum ihm? Er kann nichts mehr ändern. Es wird ihm nur fürchterlich weh tun, auch um Erikas willen."

„Es muß etwas mit Karlheinz geschehen", gab Dieter mir zu bedenken. „Das ist nun das zweite Mal, daß er gewalttätig geworden ist."

„Du als Arzt findest sicher einen Weg dazu, ohne mich hineinzuziehen."

„Sagst du mir, ob Karlheinz schon sonderbar war, als du ihn getroffen hast?" bat er.

„Er war zuerst wie ein ganz Fremder", gab ich Auskunft. „Er hatte gerade die Nachricht vom Tod seiner Mutter erhalten."

„Und dann das!"

„Und dann das!" wiederholte ich. „Das ist nicht normal, Dieter, das kann doch nicht normal sein!"

„Natürlich nicht", bestätigte Dieter. „Es kommt mir vor, als ob Karlheinz nach einer seelischen Erschütterung seine üblicherweise unterdrückten Wünsche nicht mehr eindämmen kann und genau das tut, was er sich sonst verbietet."

„Du wirst dich um ihn kümmern?"

„Ich will's versuchen", antwortete er mit einem Seufzer. „Und was dich angeht, Monika, so gibt es zwei Gelegenheiten, bei denen du nicht stillschweigen darfst."

„Welche?"

„Wenn du merkst, daß du ein Kind bekommst . . ."

Vor meinem entsetzten Blick brach er ab.

„Wir wollen es nicht hoffen, und es ist auch nicht wahrscheinlich", versuchte er zu beschwichtigen. „Aber wenn du Anzeichen zu spüren meinst, versprich mir, mich ins Vertrauen zu ziehen!"

Ich nickte nur, zu jedem Wort unfähig.

„Auch wenn du einmal heiratest, darfst du mit der Wahrheit nicht hinter dem Berg halten", redete Dieter weiter.

„Ich werde nie heiraten!" fuhr es mir heftig heraus. „Ich könnte nie vergessen – ich glaube, ich würde es immer ekelhaft finden . . ."

Ruhig fragte er: „Und wenn Helmut zurückkäme?" Da ich schwieg, fuhr er fort: „Gewiß würde er dir geduldig und zärtlich zeigen, wie wunderbar das sein kann, wovor du jetzt soviel Abscheu hast."

Gefangen in meinem Elend, sprach ich zum ersten Mal vor ihm aus, was im Hintergrund meines Herzens als Angst lauerte: „Vielleicht kommt er ja nie mehr."

Im Augenblick schien es ein aus Verzweiflung geborener Wunsch zu sein.

„Monika!" warnte Dieter. „Karlheinz darf genauso wenig die Macht haben, deine Liebe zu zerstören wie unsere Freundschaft. Ich bin überzeugt, es würde Helmut ein Bedürfnis sein, dich zu trösten und aufzurichten."

„So wie du es jetzt tust", murmelte ich.

„Ich möchte dir zurechthelfen, mehr würde mir nicht zustehen", sagte er mit spürbarer Zurückhaltung.

Wir waren am Kliniktor angelangt.

„Kann ich dich jetzt allein lassen?" fragte er behutsam.

Ich riß mich zusammen und antwortete fest: „Du kannst es ohne Sorge."

Als ich unser Zimmer betrat, war Vater gerade am Weggehen. Ich wußte, daß er Spätschicht hatte, und hoffte, mich in ein paar ungestörten Stunden soweit zu fangen, daß er mir bei seiner Rückkehr nichts anmerkte.

Dieter kam gegen Abend noch einmal vorbei, um mir einen verschlossenen Umschlag zu bringen, der in Karlheinz' unbeholfener Linkshänderschrift meinen Namen trug. Das sei das einzige, was er in der Wohnung vorgefunden habe, Karlheinz sei verschwunden, berichtete Dieter beunruhigt und bat mich, schnell nachzuschauen, ob der Brief uns einen Fingerzeig über seinen Verbleib liefern könne.

Der Umschlag enthielt den Briefbogen, den Karlheinz zu

Beginn der schrecklichen Szene in der Hand gehabt hatte und auf dem seine Schwester ihn von dem Todesfall benachrichtigte. Das Schreiben, das mehrere Wochen unterwegs gewesen sein mußte, strotzte von gehässigen Vorwürfen an Karlheinz' Adresse, weil er sowohl schuld am Tod seiner Mutter sei, wie auch der Sterbenden durch seine Unversöhnlichkeit die letzte Lebenszeit vergällt habe.

„Ich mag nicht mehr leben!" hatte Karlheinz mit roter Tinte diagonal über den Brief geschrieben.

Ich reichte Dieter den Bogen hin und wollte den Umschlag zerreißen. Dabei merkte ich, daß ein weiteres Blatt Papier darin steckte.

„Moni!" stand darauf. „Ich habe Dir heute schweres Unrecht getan. Du warst ein unberührtes Mädchen und hast mich abgewiesen und Dich gegen mich gewehrt. Trotzdem habe ich mich an Dir vergangen. Ich weiß, daß das unverzeihlich ist. Karlheinz."

Wortlos gab ich Dieter das Blatt.

„Heb das sorgfältig auf!" sagte er ernst. „Was er gutmachen konnte, hat er getan: Er hat dich wenigstens nicht im Zwielicht gelassen. Den andern Brief gib so schnell wie möglich deinem Vater. Ich muß zurück und sehen, daß ich Karlheinz finde."

Aber das gelang erst nach drei Tagen. Karlheinz hatte sich in einem Nebengemach des Speichers eingeschlossen und erhängt. Jedermann außer Dieter und mir führte den Selbstmord auf den Brief seiner Schwester zurück. Ich aber lag nächtelang ohne Schlaf, verklagte mich wegen meines Anteils an Karlheinz' Geschick und wußte doch, daß es keinen Ausweg gegeben hätte.

Wegen des Selbstmordes dauerte es einige Zeit, bis der Leichnam zur Bestattung freigegeben wurde. Wir begruben Karlheinz einen Tag, ehe alliierte Truppen in unsere Stadt einzogen. Sie taten es ohne Gegenwehr von deutscher Seite, es geschah fast lautlos. Wir waren dankbar, daß die Waffen schwiegen und kein Blut mehr floß.

Kapitel 14

Für uns war der Krieg zu Ende. Plötzlich sah man fremde Uniformen und seltsame hochrädrige Autos in den Straßen. Wir lernten rasch, daß sie Jeeps hießen und daß die amerikanischen Soldaten, mochten sie zuerst auch grimmig geguckt haben, zum großen Teil fröhliche, unkomplizierte Jungen waren, die den Kindern, die sich um sie scharten, Schokolade zuwarfen. Es bestand Fraternisierungsverbot für sie, was bedeutete, daß sie sich von der deutschen Bevölkerung fernhalten sollten, aber wenn junge Mädchen über die Straße gingen, pfiffen sie hinter ihnen her und waren freigebig mit Zigaretten, sobald man sich auf ein paar geradebrechte Worte einließ.

Eher waren es die Deutschen, die dieser Art von Völkerverständigung ablehnend gegenüberstanden und wegwerfend von „Ami-Liebchen“ redeten. Sich als Frau mit einem Amerikaner sehen zu lassen, war verpönt, nicht bei den Siegern selbst, die das „No fraternization“ auf ihren Autos stehen hatten, sondern bei den Besiegten, von denen die meisten in einem solchen Fall generell von Ehrlosigkeit sprachen. Gewiß konnte man über die Art vieler Beziehungen zwischen deutschen Mädchen und amerikanischen Soldaten nicht hoch denken; oft war es der Wunsch, etwas vom Überfluß der Besatzer abzubekommen, sich satt essen zu können und Zigaretten für den aufblühenden Schwarzmarkt zu erhalten, der die Mädchen ein solches Verhältnis eingehen ließ. Aber nicht selten kam es vor, daß junge Leute ohne jeden Gedanken an Profit sich trafen, weil sie Gefallen aneinander gefunden hatten. Wen durfte es schon wundern, daß sie den Krieg, den sie nicht begonnen hatten, und die Feindschaft, die sie nicht gewollt hatten, auf die Seite schoben, um miteinander glücklich zu sein?

Dies jedenfalls war die Meinung einiger meiner Kolleginnen. Die Klinikverwaltung hatte ihnen wegen ihrer Englischkenntnisse den Auftrag erteilt, von den Amerikanern gespendete Hilfsgüter für unser Krankenhaus entgegenzunehmen. Alle vierzehn Tage gab es ein Treffen, bei dem die entsprechenden Listen aufgestellt und abgezeichnet wurden. Beim dritten Mal nahmen zwei unserer jungen Schwestern, Heidrun und Herta, die Einladung der amerikanischen Soldaten zu einer Spazierfahrt an.

Am nächsten Tag kamen sie ziemlich geknickt zur Arbeit. Heidrun hatte wegen des Ausflugs Krach mit ihrem Vater gehabt. Beide hatten sich unterwegs beschimpfen lassen müssen. Kinder hatten ihnen hinterhergerufen „Veronika Dankeschön!" Sie hatten erfahren, daß das bei den amerikanischen Soldaten die Bezeichnung für Mädchen war, bei denen man sich Geschlechtskrankheiten – in englischer Abkürzung „V.d." – holen konnte. Heidrun versicherte mir überzeugend, daß ihre Begleiter nichts derartiges mit ihnen im Sinn gehabt hätten. Sie hatten erzählt, wie sie in Amerika lebten, und von Heidrun und Herta wollten sie wissen, wie das hier unter Hitler war. Sie wären echt interessiert gewesen, berichtete Heidrun und meinte, es sei doch wichtig, daß Amerikaner einmal authentische Schilderungen hörten und nicht an den Einseitigkeiten ihrer Kriegspropaganda hängenblieben. Bei uns machten die meisten Leute sich keinen Begriff davon, was für falsche Vorstellungen bei den Amerikanern herrschten.

Im Laufe der Zeit merkten wir es freilich alle. Die Besatzungstruppen selbst konnten sich zwar durch ihr Leben in Deutschland bald ein Bild davon machen, daß wir kein Volk von Werwölfen und blutrünstigen Barbaren waren, aber in den Köpfen vieler Leute, die Führungspositionen in der nun über uns herrschenden Militärregierung hatten, saßen Vorurteile und Mißtrauen fest. Man nahm offensichtlich an, daß wir allesamt vom Nationalsozialismus wie von einem bösen Bazillus befallen seien, und daß man mit rigorosen Maßnahmen dagegen vorgehen müsse. Viele Menschen gerade aus den Berufen, die man zu einem geordneten Neuaufbau gebraucht hätte, wurden wegen Parteimitgliedschaft aus ihren Stellen entfernt; andere wurden, bloß weil sie eine „weiße Weste" hatten, mit Aufgaben betraut, denen sie nicht gewachsen waren. Nicht jeder besaß die gleiche Entschiedenheit wie Vater, dem man einen Posten in der Stadtverwaltung geben wollte, und der das rundheraus ablehnte. Er hatte freilich eine klare Alternative. Auch im Krankenhaus wurde er gebraucht, und hier konnte er seiner Verantwortung gegenüber den Mitmenschen in kompetenter Weise nachkommen. Das war bitter nötig. Es gab soviel Elend, daß das Überhandnehmen von Krankheiten, die durch fehlende Unterkünfte und schlechte Hygiene, durch Hunger und Verzweiflung hervorgerufen waren, nicht verwundern durfte. Wohin man sah, herrschten Leid und Not. Oftmals schien es mir die einzige Erleichterung gegenüber früher zu sein, daß wir uns nicht länger vor Fliegerangriffen zu fürchten brauchten.

Während die ersten Kriegsheimkehrer eintrafen und Flüchtlingsströme aus dem Osten bei uns Unterkunft suchten, verschärften die Besatzungstruppen die Wohnungsnot, indem sie ganze Straßenzüge für sich beschlagnahmten. Drei, vier Männer wohnten dann in Häusern, die vorher vielköpfigen Familien oder Wohngemeinschaften von Ausgebombten eine Bleibe geboten hatten.

Auch Dieter und ich waren davon betroffen. Kaum daß ich das durch Karlheinz' Tod freigewordene Zimmer bezogen hatte, mußte ich es wieder aufgeben, weil der Befehl kam, daß alle Bewohner das Haus innerhalb von 48 Stunden zu räumen hätten. Mitnehmen durfte man nur Kleidung und persönlichen Besitz, soweit er nicht zur Grundausstattung der Wohnung gehörte.

Mir ging es noch gut. In Vaters Klinikzimmer wurde wieder der Wandschirm aufgestellt, und ich konnte einziehen. Vater bot Dieter an, zu uns zu kommen. Er könne auf der Couch im Abstellraum nächtigen, bis er etwas anderes finde.

In meiner Freistunde machte ich mich daran, die provisorische Schlafgelegenheit in dem unheizbaren und bis auf einen Luftschlitz fensterlosen Raum von den Kisten zu befreien, die darauf aufgetürmt waren. Sie enthielten die aus unserem zerbombten Haus geborgenen Habseligkeiten, Dinge, mit denen wir unter den gegebenen Umständen nichts anfangen konnten, wie ein zwölfteiliges Silberbesteck aus Großmutters Beständen. Ich stieß aber auch auf die Schachtel mit den Briefen, die ich im Arbeitsdienst erhalten und bei meiner Entlassung mit nach Hause gebracht hatte.

Während ich die übrigen Sachen in einer Hälfte der Kammer stapelte, nahm ich die Postschachtel an mich. Am Abend, so stellte ich mir vor, würde ich Helmuts Briefe noch einmal lesen.

Aber als ich ins Bett gestiegen war und nach der Schachtel griff, hatte ich das zwingende Gefühl, daß Helmut es mir verwehrte. Ich glaubte ihn sagen zu hören: „Schau vorwärts, Liebste; schau nicht zurück!"

Aufgewühlt kam ich hinter meinem Wandschirm hervor und setzte mich zu Vater.

„Jetzt bin ich wieder ganz sicher, daß Helmut lebt", berichtete ich ihm. „Er hat mir eben eine deutliche Botschaft übermittelt."

Vater bedachte mich mit einem langen Blick.

„Manchmal, wenn wir etwas sehr wünschen, gewinnt es solche Kraft über uns, daß wir es für Realität halten", sagte er zögernd.

„Aber es entsprach gar nicht meinem Wunsch, was er mir riet. Ich wollte in die Erinnerung zurück, er verwies mich auf die Zukunft. Ob das bedeutet, daß er bald heimkommt?"

„Kind!"

Offensichtlich wollte Vater weiterreden, aber ich unterbrach ihn. „Du kannst sagen, was du willst, es gibt so etwas wie Telepathie. Erinnerst du dich, daß deine ehemalige Oberschwester während der Visite genau in dem Augenblick einen Schwächeanfall bekam, in dem ihr Mann in einem Lazarett in Italien starb?"

Vater strich sich müde über sie Stirn. „Ich kenne eine ganze Menge solcher Berichte", gab er zu. „Aber in der Mehrzahl der Fälle handelt es sich um Aberglauben."

Es war unverkennbar, daß das Gespräch ihm unbehaglich war, sei es, weil er als Schulmediziner von Parapsychologie nichts wissen wollte, sei es, weil er fand, daß ich aufhören müßte, Helmuts wegen zwischen Verlusttrauer und Hoffnung zu schwanken.

Ich hatte es mir sowieso fast abgewöhnt, mit Vater über Helmut zu reden. Dafür war jetzt Dieter da. Anfänglich hatte ich vor ihm nur meine Erinnerungen ausgebreitet. Inzwischen gerieten wir immer öfter in einen Gedankenaustausch über die Themen, die ich mit Helmut erörtert hatte.

Im Unterschied zu Vater war Dieter außerdem sehr aufgeschlossen für Psychologie und überraschte mich immer wieder mit verständnisvollen Deutungen von Verhaltensweisen, die mir an den Menschen auffielen, mit denen ich Umgang hatte. Das waren vornehmlich Patienten und Kolleginnen. Von anderen Kontakten, die ich hätte knüpfen können, hielt ich mich fern. Ich spürte, daß mir das Leben zum bloßen Warten geriet, und fühlte Unbehagen deswegen, aber ich konnte mich nicht dazu bringen, mich für die Gegenwart zu interessieren. Die Tage glitten mir nicht schnell genug vorüber.

Während ich jetzt in Schlafanzug und Pantoffeln vor Vater saß und das böse Wort „Aberglauben“ zu verdauen suchte, wurde mir plötzlich klar, daß es Vater ähnlich ging wie mir. Auch er verzehrte sich im Warten. Träumte ich von Helmuts Rückkehr und sehnte sie herbei, so hoffte Vater auf Erikas Heimkunft.

Ich stand auf und küßte ihn sanft auf die kummervolle Stirn, ehe ich wieder hinter meinem Wandschirm verschwand.

Damals wußte ich noch nicht, daß wir beide einem Traum anhingen, der sich nicht erfüllte.

Obwohl Vater Suchmeldungen aufgegeben hatte, blieb Erika verschwunden, und die Verantwortung für Bernhards Geschick lag auf uns. Manchmal kämpfte ich mit dem Gedanken, ob ich Bernhard von Reni und Benno zurückfordern könne, falls ich jemals in der Lage sein würde, ihn zu mir zu nehmen. Sowohl für den Jungen wie für seine Pflegeeltern würde der Schnitt so schmerzhaft sein, daß seine Richtigkeit fraglich erschien. Andererseits konnte ich Erikas Bitte nicht vergessen. Wenn ich ihr nachkommen wollte, würde Helmut sofort zustimmen, dessen war ich mir sicher.

Aber ich wurde mir ständig unsicherer, ob er zurückkehren würde. Immer öfter zweifelte ich daran, daß ich seine Botschaft richtig verstanden hatte. „Schau vorwärts – nicht zurück!“ – das verwies mich zwar auf die Zukunft, aber mußte es eine Zukunft mit Helmut sein? Waren die Worte, die ich so deutlich gehört hatte, nicht Verheißung seiner Heimkehr, sondern Aufforderung, mich einer anderen Zukunft zu öffnen?

Dieter hatte inzwischen sein Schlafquartier bei uns bezogen. Auch wenn seine Anwesenheit uns zusätzlich beengte, tat sie Vater offensichtlich gut. In ihrer Freizeit führten die beiden eingehende Fachgespräche. Für mich schien Dieter kaum noch Zeit zu haben. Der Antrag auf einen Passierschein nach Hasenheide kostete ihn viel Laufereien, und als er schließlich Erfolg gehabt hatte und zu einem Besuch in seinem Elternhaus aufbrechen konnte, war ich noch nicht dazu gekommen, mit ihm über mein Problem zu sprechen.

In der Nacht nach seiner Abreise lag ich lange schlaflos und schlug mich wieder mit den quälenden Gedanken herum, bis mir wie in einem inneren Durchbruch plötzlich klar wurde, daß ich die Hoffnung auf Helmuts Rückkehr endgültig aufgeben und mich einem Leben ohne ihn stellen mußte.

Beim Frühstück sagte Vater: „Ich habe dir noch etwas Erfreuliches zu erzählen. Dr. Schüttler wird Chefarzt in einer norddeutschen Klinik. Er überläßt uns seine Wohnung."

„Das tolle Haus gleich um die Ecke?"

„Ja. Natürlich ist es bis unters Dach mit Ausgebombten belegt. Aber die drei Zimmer, die er mit seiner Familie benutzt hat, die können wir kriegen, sogar mit allen Möbeln, und auch das kleine Bad und die Küche."

Er sah mich aufmerksam an.

„Du freust dich ja gar nicht!" stellte er bedauernd fest.

„Doch, schon. Ich bin nur noch nicht ganz da, weil ich kaum geschlafen habe."

Sein Blick wich nicht von meinem Gesicht. „Gibt es dafür einen Grund?"

Ich hatte es nicht vorgehabt, aber unter seiner teilnehmenden Wärme sprudelte ich alle Gedanken der Nacht heraus.

Er stand auf, kam zu mir und strich mir übers Haar. „Ich kann dir nachfühlen, wie dir zumute ist", sagte er tröstend. „Ich habe selbst viel Zeit gebraucht, bis ich der Tatsache, daß Mutter nicht mehr lebt, innerlich standhalten konnte. Und dann kam die große Leere."

Sie kam auch bei mir. Während der nächsten Wochen fühlte ich mich wie ausgehöhlt. Nur Dieters Rückkehr aus Hasenheide riß mich noch einmal aus meiner Teilnahmslosigkeit heraus.

Ich war noch im Dienst, als er ankam und in unserem Zimmer auf Vater traf. Aber er wartete mit seinem Bericht, bis ich mich zu den beiden gesellte.

Auf Hasenheide hatten sie aufregende Zeiten hinter sich, und auch jetzt noch lag vieles im Argen. Von Benno gab es kein Lebenszeichen. Fast alle anderen Männer, die damals zum Volkssturm gemußt hatten, waren früher oder später zurückgekehrt. Einige hatten sich fast sofort nach dem Abmarsch in die Büsche geschlagen. Andere, die lächerlicherweise eine unbedeutende Brücke verteidigen sollten, hatten sich beim Herannahen der amerikanischen Truppen ergeben und waren nach kurzer Gefangenschaft nach Hause gelangt. Ein kleiner Trupp war unter ungeklärten Umständen in Kampfhandlungen verwickelt worden, dabei waren einige Männer gefallen, auch Elfriedes letzter überlebender Bruder. Einige andere galten seither als verschollen. Dazu gehörte Benno. In dem allgemeinen Durcheinander hatte niemand bemerkt, was mit ihm geschehen war.

Ich wollte wissen, ob sie ohne Benno auf Hasenheide überhaupt zurechtkämen, und Dieter meinte, es gehe eher schlecht als recht, und das auch nur, weil sie wenigstens Fedor und Wanda dort hätten. Schon vor Kriegsende seien überall in den umliegenden Dörfern und Höfen viele Kriegsgefangene aufsässig geworden und hätten die Arbeit niedergelegt. Vor allem Franzosen hatten sich aufgemacht, um durch die Frontlinie hindurch nach Frankreich zu kommen. Auch Albin und Pierre waren eines Tages verschwunden.

Die Gefangenen aus der Sowjetunion warteten im allgemeinen auf das Eintreffen der Alliierten, um sich dann zum Rücktransport in ihre Heimat zu melden.

Der Einmarsch der Amerikaner war fast unbemerkt an Hasenheide vorübergegangen. Nachdem die Truppen keinen Widerstand mehr spürten und fast überall mit weißen Fahnen empfangen wurden, benutzten sie die Chausseen und vermieden die Feldwege. Erst als das Dorf bereits besetzt war, erfuhr man im Gutshof davon. Unter Dimitris Führung machten die Russen sich auf, um sich dem Heimtransport anzuschließen. Nur Fedor blieb zurück. Alles schien friedlich zu verlaufen.

Aber am Abend vor der Abfahrt erschien Leonid, mit einer Peitsche bewaffnet, auf Hasenheide, schob Wanda, die ihm die Tür öffnete, beiseite und marschierte in die Halle, wo die Familie zusammensaß. Er schwang die Peitsche gegen den Hausherrn, traf aber im Ausholen Reni, die aufschrie und an ihren Kopf griff. Wanda sprang zu ihr hin.

Inzwischen hatte sich Frau Wendland hinter ihren Mann

gestellt, ihre Hände hatte sie über seine Schultern hinweg auf seiner Brust gefaltet. Ob seine Rache noch nicht genug gekühlt sei, schleuderte sie Leonid entgegen. Schließlich habe er ihren Mann bereits zum Krüppel gemacht. Empört beschwor Leonid seine Unschuld. Er rief Gott zum Zeugen dafür an, daß er von der ganzen Sache nichts gewußt habe.

In diesem Augenblick sagte Wanda scharf und klar, aber für alle außer Leonid unverständlich, ein paar russische Sätze. Leonid starrte sie an, erst ungläubig erstaunt, dann betroffen. Wanda trat zur Kommode, entnahm der obersten Schublade ein Medaillon samt Kette und hielt es ihm hin. Wortlos griff er danach, schaute stumm darauf, hob es an den Mund und ließ es in die Tasche gleiten. Dann nahm er den Peitschengriff mit beiden Händen, zerbrach ihn über seinem Knie, wandte sich um und verließ die Halle. Draußen hörte man seine Schritte auf dem Kiesweg.

„Was hatte es mit dem Medaillon auf sich?“ fragte Vater.

„Es gehörte Leonid. Er hatte es verloren, als er sich mit Edith im Gartenhaus traf“, erklärte Dieter. „Wanda hatte es in der Kommode aufbewahrt. Sie wußte Bescheid.“

„Hat sie euch verraten, was sie zu Leonid gesagt hat?“

„Ja. Sie hat ihm entgegengehalten, wenn er schon Gott zum Zeugen anrufe, dann solle er sich auch an das Gotteswort erinnern: ‚Die Rache ist mein, ich will vergelten.‘ Es seien nicht nur Peitschenhiebe, sondern auch ein Ehebruch zu vergelten. Mutter meint übrigens, daß Wandas Worte kaum so stark auf Leonid gewirkt hätten, wenn sie nicht russisch gesprochen worden wären. Wanda muß das im Gespür gehabt haben.“

„Ihr verdankt ihr viel“, sagte ich anerkennend. „Wird sie bei euch bleiben?“

„Sie wird bleiben, solange Fedor bleibt. Er hat übrigens genausoviel Gutes für uns bewirkt wie Wanda. Beide sind bei den Amerikanern bestens angeschrieben wegen der Rettung des abgestürzten Fliegers. Fedor hat außerdem erklärt, daß er als Antikommunist auf keinen Fall in die Sowjetunion zurückgehen wird. Er möchte nach Amerika emigrieren und wartet auf die Einwanderungserlaubnis.“

„Und was hat das für Hasenheide Gutes gebracht?“

„Fedor hat zu Protokoll gegeben, daß Vater die Bergung und Versorgung des verwundeten Piloten gutgeheißen und selbst das Versteck für ihn bestimmt hat. Dadurch wurde Vater nicht als Nazi-Verbrecher eingestuft, wie es anderen Parteigrößen erging."

„Du hast uns von den Franzosen und den Russen erzählt. Was ist eigentlich aus Wenzel geworden?" erkundigte ich mich.

„Kurz nach dem Auftritt mit Leonid setzten bei Reni die Wehen ein. Mutter fürchtete Komplikationen und bestand darauf, daß die Hebamme geholt wurde. Wenzel machte sich auf den Weg ins Dorf. Er ist nie dort angekommen, nie nach Hasenheide zurückgekehrt, nie gefunden worden."

„Und Reni? Wie geht es Reni? Hat sie ihr Kind gesund zur Welt gebracht?" fragte ich, meine Gedanken heftig von der Trauer losreißend, die Wenzels ungeklärtes Geschick in mir weckte.

„Es war eine sehr schwere Geburt. Reni ist seitdem noch nicht richtig wieder auf die Füße gekommen. Aber das Kind ist gesund, und sie kann es selbst versorgen." Meine Frage vorwegnehmend, setzte er hinzu: „Es heißt Renate. Alle zu Hause freuen sich, daß Bernhard nun eine Schwester hat."

Zu meinem Erstaunen ließ Vater die Bemerkung durchgehen, ohne auf die Vorläufigkeit dieses Zustands hinzuweisen, wie er es in ähnlichen Fällen bisher immer getan hatte. Statt dessen wollte er wissen: „Wie steht es mit den Aussichten für Renis Gesundung? Hat sie die notwendige ärztliche Versorgung?"

„Noch nicht", antwortete Dieter, in sein Gesicht trat ein neuer Ausdruck, ich begriff erst später, daß es zaghafte Freude war. Er fuhr fort: „Aber das wird sich hoffentlich ändern. Sobald es möglich ist, werde ich die verwaiste Praxis im Dorf übernehmen."

Einen Augenblick verschlug es uns die Sprache. Dann redeten Vater und ich gleichzeitig.

„Welch glückliche Lösung für Sie alle!" sagte Vater herzlich, während ich ohne zu überlegen aussprach, was ich in diesem Moment empfand. „Willst du uns wirklich hier allein lassen, Dieter?" fragte ich vorwurfsvoll. „Ich brauche dich doch!"

Er wandte mir das Gesicht zu, ich las Abwehr darin.

„Du brauchst etwas ganz anderes", sagte er rauh. „Du

brauchst den Willen, dein Leben wieder selber in die Hand zu nehmen, statt dich von ihm mitschleifen zu lassen. Ich kann dir nicht helfen."

Dritter Teil (1946–1947)

Entscheidungen

Kapitel 15

Als um Mitternacht die Glocken zu läuten begannen, hob Vater sein Glas mit dem Wunsch, das erste volle Friedensjahr möge uns – nach allen Katastrophen, Umwälzungen und Abschieden – endlich Gutes bringen.

Er spielte damit auf die Erschütterungen der letzten Jahre an, die noch immer ihre Schatten warfen. Einzig die Entwicklungen auf Hasenheide hatten zu den erfreulichen Ereignissen in der zweiten Hälfte des vergangenen Jahres gehört. Benno, der im Herbst entkräftet und krank aus französischer Gefangenschaft gekommen war, anscheinend nur, um bei den Seinen zu sterben, hatte sich wieder völlig erholt.

Um so bitterer hatte es Rullmanns getroffen. Waltraud war in den Wirren des Kriegsendes, als ärztliche Hilfe nicht zu bekommen war, an einem Blinddarmdurchbruch gestorben. Von Pfarrer Rullmann fehlte jedes Lebenszeichen, aber vor wenigen Wochen hatte die Rest-Familie von ehemaligen Kriegskameraden erfahren, daß er verwundet in russische Kriegsgefangenschaft geraten war. Sie bezweifelten, daß er eine Überlebenschance gehabt hatte. Ruthild war aus dem Kriegshilfsdienst zurückgekehrt; wir standen wieder in Korrespondenz, durch die ich wußte, daß sie an ihrer Schule einen Wiederholungslehrgang ablegte, weil die Universitäten unser vorgezogenes Abitur nicht anerkannten.

Auch ich hatte mich mit dieser Tatsache auseinandersetzen müssen, mich aber für den andern Weg entschlossen, der zur Anerkennung der vorzeitig abgelegten Reifeprüfung führte. Ich wollte ein sogenanntes Vorsemester an der Universität absolvieren. Vater hatte sich sehr gefreut, daß ich meinen ursprünglichen Zukunftsplan wieder aufgegriffen hatte, mich um einen Studienplatz in der medizinischen Fakultät zu bewerben. Gewiß würde ich eine Wartezeit in Kauf nehmen müssen, denn die Universitäten waren von ehemaligen Kriegsteilnehmern überlaufen, die gerechterweise auch die ersten Anwärter auf freie Studienplätze waren. Aber ich befand mich in einer besseren Lage als viele andere Mädchen, weil ich die Wartezeit mit einer Tätigkeit im medizinischen Bereich überbrücken konnte, was mir für die Zulassung zum Studium nützlich sein würde.

Dieters Stelle an der Klinik war rasch wieder besetzt worden. Außerdem waren zwei weitere Ärzte und eine Ärztin neu an unser Krankenhaus gekommen. Dr. Stommel, der Nachfolger von Dr. Schüttler, war ein älterer, schweigsamer Mann, auf den Vater große Stücke hielt. Er war Chef eines Krankenhauses in Ostpreußen gewesen und konnte es nur schwer verwinden, daß er bei seiner Ausweisung die Patienten unversorgt hatte zurücklassen müssen.

Die Ärztin, Dr. Linke, war ebenfalls aus Ostdeutschland geflüchtet und schien Schlimmes hinter sich zu haben. Aber im Gegensatz zu Dr. Stommel machte sie einen kontaktfreudigen Eindruck. Sie hatte mich schon mehrmals in ein längeres Gespräch verwickelt, was Vater gern zu sehen schien. Er wünschte sich, daß ich die Nase wieder etwas mehr über die enge Klinikwelt hinausstreckte.

In gewisser Weise war ihm sogar Erfolg beschieden. Der jüngste der neu ins Krankenhaus eingetretenen Ärzte, Dr. Fuchs, hatte mich schon ein paarmal zu Kinobesuchen eingeladen. Zuerst hatte ich angenommen, daß er es aus Höflichkeit gegen Vater tat. Inzwischen war unverkennbar, daß ich ihm gefiel. Das hatte eine leichte Unsicherheit in mir geweckt. Aber da er stets zurückhaltend blieb, war es mir gelungen, mich unbefangen auf gutem Fuß mit ihm zu halten.

In dieser Neujahrsnacht jedoch, kurz nachdem Vater seinen Trinkspruch ausgebracht hatte, geschah etwas, was uns beide erschreckte. Dr. Stommel erwiderte Vaters Toast mit den Worten: „Auf daß wir Neues bejahen lernen!“ Dann wandte er sich zu seiner Frau: „Auf daß die Vermißten zu uns zurückkehren!“

„Vermissen Sie jemand?" fragte Frau Dr. Linke rasch. Ihre warmherzige Art verhinderte, daß es taktlos wirkte.

Stommels sahen sich an. Schließlich antwortete Frau Stommel mit deutlicher Mühe: „Unsere Tochter. Sie ist den einmarschierenden Russen in die Hände gefallen und dann verschwunden. Wahrscheinlich wurde sie zur Zwangsarbeit verschleppt."

Sie brauchte keine näheren Erläuterungen zu geben, jeder von uns wußte, was das bedeutete. Mir war sofort das Gespräch eingefallen, das Vater, Dieter und Karlheinz über das Thema geführt hatten. Übelkeit stieg in mir auf.

In diesem Moment kam Dr. Fuchs von hinten an mich heran, legte mir in einer freundschaftlichen Geste den Arm um die Schultern und sagte, Frau Stommel sein Glas entgegenhaltend: „Auf daß sich im neuen Jahr Wünsche erfüllen!"

Ich zuckte unter der Berührung zusammen, als ob ich geschlagen worden sei, und stürzte wortlos ins Bad, wo ich mich übergab.

Als ich ins Wohnzimmer zurückkehrte, hörte ich Vater gerade noch sagen: „Es muß der ungewohnte Alkoholgenuß gewesen sein."

An der erschrockenen Frage in Dr. Fuchs' Augen merkte ich, daß diese Erklärung ihn nicht befriedigte. Aber er sagte nichts.

Vater brachte den Vorfall nicht mehr zur Sprache. Er bekam in der zweiten Januarhälfte einen Teil des Urlaubs, der ihm noch aus dem vergangenen Jahr zustand, und wollte ihn auf Hasenheide verbringen, um Großmutter und Bernhard wiederzusehen, Dieters Praxis in Augenschein zu nehmen und vielleicht den einen oder andern Rat zu erteilen.

Ich war sehr gespannt auf den Bericht nach seiner Rückkehr. Aber es war nicht viel, was er zu erzählen hatte. Benno hatte das Heft fest in der Hand; an Hilfskräften mangelte es nicht, die Gesindehäuser und der Seetempel waren bis zum letzten Winkel mit Flüchtlingen aus den Ostgebieten belegt, die beim Herannahen der Front Heimat und Habe verlassen und damit für immer verloren hatten. Dankbar für Brot und Lohn, erklärten sie sich zu jeder Arbeit bereit, selbst wenn sie noch so hart und ungewohnt war.

Auch das Dorf beherbergte Ostflüchtlinge in großer Zahl. Im

alten Doktorhaus hatte Dieter in eine Kammer neben dem Sprechzimmer einziehen müssen. Die Witwe seines Vorgängers konnte ihm keine andere Bleibe anbieten; sie hatte das Dachgeschoß und die Räume ihrer eigenen Wohnung bis auf zwei ineinandergehende Zimmer abgegeben.

Infolge der gewachsenen Einwohnerzahl und des allgemein schlechten Gesundheitszustands der Neubürger schlug Dieter die Arbeit über dem Kopf zusammen. Ohne die Hilfe von Frau Dr. Bott, die ihm – wie zuvor ihrem Mann – in der Sprechstunde zur Hand ging, wäre das Pensum nicht zu schaffen gewesen.

Ihre Anwesenheit war ein Glücksfall für Dieter. Ausgebildete Arzthelferinnen waren nur schwer zu bekommen, erst recht nicht, wenn kein Wohnraum zur Verfügung gestellt werden konnte. Dieter trug sich mit dem Gedanken, eine der jüngeren Flüchtlingsfrauen anzulernen, denn lange würde Frau Dr. Bott ihm nicht mehr zur Verfügung stehen. Sie war promovierte Apothekerin und führte Verhandlungen mit einem Studienfreund von früher, der sie als Teilhaberin gewinnen wollte.

Gegen Ende seines Berichts ließ Vater einfließen, daß Dieter mich um Verständnis bitte, weil er bisher nicht zum Schreiben gekommen sei. Er freue sich aber über meine Absicht, meinen Urlaub auf Hasenheide zu verbringen.

Ich war nicht ganz überzeugt, daß dies wirklich Dieters Botschaft für mich war. Zu schmerzlich klangen die abweisenden Worte in mir nach, die er nie gemildert, geschweige denn zurückgenommen hatte; zu deutlich war mir der kurze und kühle Abschied vor seinem Umzug in Erinnerung. Und daß außer einer Weihnachtskarte niemals ein Lebenszeichen von ihm gekommen war, hatte mich vollends an dem Fortbestand unserer Freundschaft zweifeln lassen, obwohl ich mich immer wieder vergeblich fragte, warum sie von ihm so abrupt unterbrochen oder vielleicht sogar beendet worden war.

Vater fügte noch an, daß ich Dieter allerdings nicht oft sehen würde. Mit dem am nächsten angesiedelten Kollegen habe er gegenseitige Vertretung im Sonntagsdienst abgesprochen, so daß er alle vierzehn Tage mit einem freien Wochenende rechnen könne.

Ich bekam meinen Urlaub um die Osterzeit. Am Mittwoch vor Palmsonntag fuhr ich los.

In der Kleinstadt unterbrach ich meine Reise für einen Besuch bei Rullmanns. Entgegen meiner geheimen Angst hatten alle Schicksalsschläge nicht vermocht, die Atmosphäre im Hause grundlegend zu verändern. Auch wenn sich tiefe Falten in Frau Rullmanns Gesicht gegraben hatten und ihre Haare ergraut waren, blickten ihre Augen fest und warm wie früher.

Ruthild führte mich auf den Friedhof, wo am Fußende von Waltrauds schmalem Grab eine Gedenktafel für Helmut lag. Auf dem Rückweg besuchten wir Wanda.

Sie hatte nach Bennos Rückkehr zusammen mit Fedor Hasenheide verlassen. Fedors Einreiseerlaubnis nach Amerika hatte schon seit einiger Zeit vorgelegen. Alle rechneten es ihm hoch an, daß er nicht sofort davon Gebrauch gemacht, sondern zuerst versucht hatte, einen anderen Verwalter für das Gut zu finden. Bennos Rückkehr hatte ihn freigesetzt. In den ersten Tagen des neuen Jahres war er abgereist, nachdem er das Weihnachtsfest als künftiger Schwiegersohn bei Bukanoffs verbracht hatte.

Wanda hatte sich verändert. Sie war ruhiger geworden und nicht mehr so spontan mit forschen Bemerkungen dabei. Statt dessen spürte ich eine an ihr ungewohnte Herzlichkeit, als sie mir beim Abschied die Hand drückte und mir wünschte, daß ich einen vollwertigen Ersatz für Helmut finden möge.

Ruthild wandte ein, es gehe nicht um Ersatz, sondern um etwas Neues und Eigenständiges.

Ich schwieg dazu, weil ich mir nicht sicher war, ob ich ihren Wunsch teilte. Ich mußte an Karlheinz und an Dr. Fuchs denken – und dann an Dieter, der mich so befremdend alleingelassen hatte.

Als ich ihn auf Hasenheide wiedersah – es war sein freies Wochenende –, begrüßte ich ihn mit zwiespältigen Gefühlen. Er schien es nicht wahrzunehmen.

„Hat dir Reni schon erzählt, daß du heute nachmittag bei Elfriede eingeladen bist?“ wollte er wissen, nachdem er mir die Hand geschüttelt hatte.

Ich schaute zu Reni hin. Sie bekannte erschrocken: „Das habe ich total vergessen.“

„Ich? Bei Elfriede?“ fragte ich erstaunt. „Muß ich das annehmen?“

Dieter runzelte die Stirn. „Warum möchtest du es nicht?“

„Was soll ich bei ihr? Wir haben doch keinerlei Anknüpfungspunkt.“

„Sie wird schon einen haben, wenn sie dich einlädt“, erklärte Reni. „Du kannst das nicht ablehnen, Moni!“

„Warum nicht?“

„Es wäre eine große Enttäuschung, nicht nur für Elfriede, wenn du nicht hingingst“, sagte Dieter. Er sah mir ins Gesicht, als ob er darin zu lesen versuche. Schließlich bot er mit einem leichten Lächeln an: „Ich begleite dich. Wir verbinden es mit einem Frühlingsspaziergang. Dabei finden wir zugleich beide ein bißchen notwendige Entspannung.“

Das brach meinen Widerstand.

Wir machten uns nach dem Essen auf und nahmen nicht den direkten Weg ins Dorf, sondern den Pfad durchs Wiesental und um den Wacholderhügel herum.

Dieter erzählte von seiner Praxis. Er sprach auch über die Schwierigkeit, einen Ersatz für Frau Dr. Bott zu finden.

„Wahrscheinlich wird sie Ende Mai aufhören“, sagte er. „Dann stehe ich ziemlich hilflos da. Ich bin schon mit mir zurate gegangen, ob ich dich bitten könnte, deine Pläne zu ändern und bei mir als Gehilfin einzutreten.“

Er sah mich nicht an, sondern fuhr fort: „Aber das wäre eine Zumutung. Du mußt jetzt erst einmal deinen Berufsabschluß kriegen.“

Ich antwortete nicht. Sein letzter Satz hatte so endgültig geklungen. Und obwohl mir der Gedanke durch den Kopf geschossen war, dies sei nun meine zweite und letzte Chance, mich beruflich in Hasenheide zu etablieren, mußte ich Dieter recht geben.

Er kam mit keinem Wort darauf zurück, sondern berichtete weiter von seiner Praxis, bis wir beim Großbauernhof anlangten.

Elfriede erklärte den Grund für die Einladung gleich mit ihrem ersten Satz nach der Begrüßung. „Ich muß ein Versprechen einlösen“, sagte sie. „Jana und Leonid lassen Ihnen ausrichten, daß ihr Kind auf den Namen Monika getauft wurde. Außerdem hat Jana mir ein Päckchen für Sie gegeben."

Sie griff nach einer kleinen Holzkassette, die auf dem Vertiko stand, und holte einen in Packpapier eingewickelten Gegenstand heraus. Dabei fiel etwas klirrend zu Boden.

Ich bückte mich und hielt zum zweiten Mal die Kette mit dem kunstvollen Medaillon in der Hand, die ich im Seetempel gefunden hatte.

„Das ist nicht für Sie!" sagte Elfriede rasch. „Es gehört Leo."

„Wo steckt er denn?" Dieter schaute sich um.

Elfriede wies mit dem Kopf zu einer Tür. „Er spielt drüben in der Stube."

„Hat ihn seine Mutter noch nicht zu sich genommen?" fragte ich erstaunt.

Elfriedes Gesicht verdüsterte sich, als sie antwortete: „Seit sie damals abgereist ist, habe ich noch einmal einen Brief von ihr bekommen. Darin teilte sie mir mit, sie werde ihren Arbeitsplatz wechseln. Es sei ihr eine Stelle angeboten worden, wo sie vielleicht Leo bei sich haben könne. Sie wolle sich die Sache ansehen und gegebenenfalls kommen und Leo holen. Seither habe ich nichts mehr von ihr gehört. Ich habe an die Adresse geschrieben, unter der sie anfänglich zu erreichen war, aber es kam keine Antwort."

„Könnte Edith etwas zugestoßen sein?"

„Wer will das nach all den Kriegswirren wissen?" fragte Elfriede hilflos. „Ich war jedenfalls in ziemlichen Gewissensnöten, ob ich unter diesen Umständen erlauben sollte, daß Leonid und Jana den Jungen mitnähmen. Sie haben ihn herzlich lieb. Jana sah in ihm einen Ersatz für den eigenen Sohn – Sie wissen wohl, daß er an den Folgen des Tieffliegerangriffs gestorben ist? –, und Leonid hat Leo vergöttert. Er weinte bitterlich, als er mir das Medaillon für ihn gab."

„Was wird nun aus dem Kind?"

„Leo bleibt bei mir!" sagte Elfriede fest. „Wenn Edith nicht wieder auftaucht, werde ich ihn als meinen Sohn betrachten."

Wie um weitere Fragen abzuschneiden, reichte sie mir das Päckchen. Ich öffnete es und hielt eine kleine, altersdunkle Ikone in der Hand.

„Es war Janas größter Schatz", erläuterte Elfriede. „Sie hatte das Bild in ihren Rock eingenäht mitgenommen, als sie zur Zwangsarbeit hierhergebracht wurde. Um ehrlich zu sein, ich wollte ihr ausreden, daß sie es Ihnen schenkt, aber sie schüttelte den Kopf und sagte nur: ‚Sie hat mit mir gebetet.' Da habe ich ihr versprochen, daß es sicher in Ihre Hände gelangt."

Schweigend nahm ich das Heiligenbild entgegen. Nie zuvor hatte ein Geschenk mich so tief angerührt.

„Wollen wir jetzt Leo besuchen?" fragte Elfriede in die Stille hinein. Sie ging zur Tür. Wir folgten wortlos.

In der Stube war ein Kaffeetisch gedeckt, duftender Streuselkuchen stand darauf. Zwischen bunten Bauklötzen saß Leo in einer Zimmerecke. Ganz ins Spiel vertieft, schaute er nicht auf, während sein linkes Händchen die Steine zu einem Turm aufschichtete. Erst als das wacklige Bauwerk in sich zusammengestürzt war, ließ er von seiner Beschäftigung ab und kam zu uns an den Tisch.

Auf den ersten Blick war er kein gewinnendes Kind. Die dunklen Haare standen kurzgeschnitten in die Höhe und umrahmten ein blasses, rundes Gesicht mit roter Stupsnase. Während er sich mühsam auf einen Stuhl hinaufschaffte, liefen die verkümmerten Fingerchen, die ohne Zwischenhand am rechten Oberarmstumpf ansetzten, vor Anstrengung rot an. Aber als er dann saß und seiner Pflegemutter erwartungsvoll ins Gesicht schaute, rührten mich die ernsten grauen Augen.

Auf dem Heimweg sprach Dieter genau das aus, was ich gedacht hatte: „Elfriede wird ihre ganze Liebeskraft aufbieten müssen, um Leo zu einem glücklichen Kind zu machen."

„Er scheint bei ihr gut aufgehoben zu sein", gab ich meine eigenen Überlegungen preis.

„Das stimmt wohl", sagte Dieter mit einem Seufzer, „aber ich hätte Elfriede die Liebe eines Mannes und einen ganzen Stall eigener Kinder gewünscht."

„Du kannst sie ja heiraten", fuhr es mir heraus.

„Was soll das?"

Selbst erstaunt über meine spontane Bemerkung, stotterte ich: „Du magst sie doch gern, oder nicht?"

„Ich mag viele Leute gern, ohne sie deswegen heiraten zu wollen", entgegnete er und fuhr dann fort: „Was ich vorhin noch sagen wollte, war dies: Für Leo wäre eine erneute Änderung seiner Lebensverhältnisse ein tiefgehender Schock. Elfriede weiß das und würde sogar auf eine Ehe verzichten, wenn das bedeuten sollte, das Kind abgeben zu müssen."

„Aber das wäre doch nicht notwendig!"

„Es käme ganz auf den Mann an."

„Ist denn einer in Sicht?"

„Möglicherweise, aber das ist keineswegs spruchreif."

Dieter sah mich von der Seite her an und fügte hinzu: „Ich bin es jedenfalls nicht."

„Du brauchst dich nicht über mich lustig zu machen!" begehrte ich auf.

„Nichts liegt mir ferner", antwortete er ruhig. „Ich habe mich nur gewundert."

Ich wunderte mich selbst. Wenn ich mir gegenüber ehrlich war, schien es für meine seltsamen Reaktionen nur eine Erklärung zu geben: sie verrieten Eifersucht.

Bestürzt über diese Erkenntnis, ging ich verlegen neben ihm her. Auch er sprach nicht, bis wir die Hügelkuppe überwunden hatten und der Gutshof vor uns im Tal zu sehen war.

Wieder blieb Dieter stehen.

„Jedesmal, wenn ich hier an die Stelle komme, geht mir das Herz auf", sagte er mit einer Stimme, der man die Tiefe seines Gefühls anmerkte. „Wir können gar nicht dankbar genug sein, daß Hasenheide unversehrt blieb."

„Und doch wohnst du nicht dort", warf ich ein.

„Das wird sich ändern", erklärte er eifrig. „Wenn ich einmal verheiratet bin, will ich mit meiner Familie auf Hasenheide leben. Bis dahin wird es hoffentlich wieder leistungsfähige Autos und soviel Sprit geben, daß man das Hin und Her zwischen Praxis und Wohnung bewältigen kann."

„Ein Auto und genügend Sprit!" wiederholte ich. „Deine Zukunftspläne scheinen mir in weite Ferne zu reichen."

„Was willst du, einen Uralt-Gebrauchtwagen kriege ich vielleicht schon im Herbst", widersprach er.

Unvermittelt fuhr er fort: „Hat deine Liebe zu Hasenheide sich nach der langen Abwesenheit abgekühlt?"

Ich schüttelte den Kopf. „Obwohl ich hier doch Schweres

miterlebt habe, ist Hasenheide für mich der Inbegriff alles Schönen", gestand ich. „Nachts träume ich manchmal von hier" – mit weitausholender Geste wies ich auf die Aussicht vor uns –, „und das sind dann immer gute Träume."

Rauh, mit völlig veränderter Stimme, erwiderte er: „Ich habe zuweilen Alpträume."

„Wieso das?" Aufgeschreckt sah ich ihn an.

„Ich habe nicht vergessen, daß eine unbezahlte Schuld auf Hasenheide steht. Jetzt ist die Gelegenheit, sie zurückzufordern. Wenn das eintritt, kann ich alle Hoffnungen begraben."

„So darfst du nicht reden ...", begann ich.

Er unterbrach mich. Zum Gutshof deutend, sagte er kurz: „Ich fürchte, wir müssen uns beeilen. Siehst du da unten die Kutsche? Wenn mich nicht alles täuscht, kommt sie vom Hofgut Dibbelt, und das bedeutet, daß ich dort gebraucht werde."

„Du hast doch für heute Vertretung!"

„Ja, aber die angefangene Behandlung eines Schwerkranken überläßt man nicht ohne Not einem andern."

Wir waren schon ein Stück den Hügel hinuntergeeilt, Dieters Schritte wurden immer länger, ich konnte ihm kaum folgen. Schließlich keuchte ich atemlos: „Geh du immer schon vor, wenn's so brennt."

„Du weißt ja, wie's bei Ärzten ist", rief er über die Schulter zurück.

Langsamer werdend, ging ich allein weiter und versank dabei in meine Gedanken. Die Bestürzung über die Eifersucht, die ich in mir entdeckt hatte, kam zurück. Sie machte mich den ganzen Abend über schweigsam, auch als Dieter längst heimgekehrt war und die Familie in angeregtem Gespräch zusammensaß.

Am nächsten Morgen stellte Dieter mich zur Rede.

„Niemals hätte ich es für möglich gehalten, daß du kein Verständnis für ärztliche Pflichten hast", sagte er grimmig. „Ich mußte zu meinem Patienten, und wenn du darüber schmollst ..."

„Was für einen Unsinn redest du da?" unterbrach ich ihn.

„Du hast kein Wort mit mir gesprochen, als ich zurückkam! Welchen anderen Grund hätte das haben können, als den, daß du beleidigt warst?"

„Viele."

Aufmerksam lag sein Blick auf meinem Gesicht. „Irgend etwas stimmt nicht!“ stellte er fest. „Willst du mir nicht sagen, was los ist, Monika?“

Seine Stimme klang warm, und ich hätte ihm gern eine ehrliche Antwort gegeben. Aber wie konnte ich ihm meine Verwirrung erklären?

„Dein gestriger Vorschlag beschäftigt mich“, sagte ich schließlich. „Ich dachte, weil du in all der Zeit so viel für uns getan hast, müßte ich dir eigentlich zur Hilfe kommen, statt meine eigenen Pläne zu verfolgen. Weißt du übrigens schon, daß ich mich entschlossen hatte, nun doch noch zu studieren?“

„Dein Vater hat es mir erzählt, ich freue mich darüber. Monika, mach dir um Himmels willen keine Gedanken wegen meiner dummen Bemerkung von gestern! Die war nur so dahingeredet. Keinen Augenblick habe ich das ernst gemeint.“

Ich schluckte.

Offensichtlich begriff er eher als ich, daß er mich damit erst recht betroffen gemacht hatte. „Ich muß das richtigstellen“, fügte er rasch hinzu. „Der Gedanke, dich als Sprechstundenhilfe zu haben, wäre schon verlockend. Deswegen ist er mir ja gekommen. Aber ich weiß, daß er unzumutbar ist.“

Immer noch stand er vor mir und suchte in meinem Gesicht zu lesen. Schließlich fuhr er fort: „Nichts wäre mir schmerzlicher, als wenn du meinen unvorsichtig ausgesprochenen Einfall in Erwägung ziehst, weil du dich mir verpflichtet fühlst. Was ist das überhaupt für ein Unsinn? Ich stehe in eurer Schuld, nicht ihr in meiner.“

Ich beließ es dabei, froh, daß er nicht weiter in mich drang, und gesellte mich zu Großmutter, deren Rollstuhl soeben von Reni in die Halle geschoben wurde.

„Erzähl mir von zu Hause!“ bat sie. „Deine Briefe sind so spärlich und kurz, ich kann mir gar kein rechtes Bild von euerm Leben machen.“

„Früher warst du mal eine große Briefschreiberin“, merkte Dieter an und rückte sich einen Stuhl zu uns.

„Aus dem Arbeitsdienst habe ich viel geschrieben“, räumte ich ein, „nach Hause, an Helmut, an Ruthild, an dich. Aber da bekam ich auch Antwortpost von euch allen . . .“

Ich sah ihn an. Er verstand sofort, was ich meinte.

„Im Gegensatz zu dir bin ich kein guter Briefschreiber", verteidigte er sich. „Ich brauche den Kontakt im persönlichen Gegenüber. Und außerdem frißt mich hier die Arbeit auf."

„Einen der wertvollsten Briefe meines Lebens bekam ich von dir", erinnerte ich ihn. „Zu meiner Verlobung." Er schwieg, und ich fügte hinzu: „Ich habe ihn noch."

„Ich hatte dich um einen Bericht gebeten, Monika", ließ Großmutter sich vernehmen.

Ich wandte mich ihr zu. „Was soll ich dir erzählen? Unser Leben ist ziemlich eintönig, darum sind's auch meine Briefe, abgesehen davon, daß es uns geht wie Dieter: viel Arbeit, wenig Freizeit."

„Wenig Freizeit und keine Freunde?"

Ich nickte: „Jeden Tag neue Patienten, und das ständige Zusammensein mit den andern Schwestern . . . Glaub mir, ich kann manchmal keine Leute mehr sehen!"

Sie schaute mich skeptisch an. „Dein Vater hat mir erzählt, daß du gelegentlich mit einem jungen Arzt ausgegangen bist."

Ich seufzte. „Ja, Großmutter, das habe ich getan. Aber das ist ein Vierteljahr her."

„Warum?"

„Er hat mich seit Neujahr nicht mehr eingeladen."

Ich sah, daß ihr neuerliche Erkundigungen auf den Lippen lagen, und fügte rasch an: „Ich habe ihn nicht nach seinem Warum gefragt."

Ehe sie weitere Fragen stellen konnte, öffnete sich die Tür. Frau Wendland brachte den Rollstuhl, in dem ihr Mann saß, und stellte ihn Großmutter gegenüber.

Dieter stand auf und verließ das Zimmer. Seine Mutter nahm seinen Platz ein. Als hätte sie es mit Großmutter verabredet, erkundigte sie sich nach dem Leben, das Vater und ich jetzt führten, und nach meinen weiteren Plänen. Sie schien sich zu freuen, daß ich studieren wollte; Großmutter indessen sagte besorgt: „Wird das nicht schrecklich lang dauern, bis du fertig bist?"

Ich verstand, daß der Gedanke an ihre und Bernhards Zukunft dahinter steckte, und suchte nach einer behutsamen Antwort. Frau Wendland kam mir zuvor.

„Medizin zu studieren war, soviel ich weiß, schon Monikas Kindheitswunsch", erklärte sie rasch. „Wenn er sich jetzt wieder regt, zeigt das, wie stark er ist. Dagegen müssen alle Bedenken verblassen."

Dankbar und zugleich erstaunt sah ich sie an. „Daß Sie sich das gemerkt haben!"

Sie erwiderte meinen Blick. „Es gibt sicherlich wenig, was ich aus jener Zeit vergessen habe", sagte sie ruhig.

Herr Wendland verhielt sich still, aber aufmerksam. Obwohl an den Rollstuhl gebunden, besaß er noch die starke Ausstrahlung, die ich beim Kennenlernen gespürt hatte. Ich fand, daß er sogar besser aussah als früher. Der spöttisch-selbstsichere Zug war aus seinem Gesicht verschwunden. Jetzt lag Nachdenklichkeit darin, auch etwas wie verhaltene Trauer.

Benno trat in die Halle, sein Töchterchen auf dem Arm, Bernhard an der Hand. Er setzte die Kleine ins Laufställchen, das direkt neben Großmutters Rollstuhl unter dem Fenster stand.

„Wir jüngeren Leute sind übereinstimmend der Ansicht, daß ihr Monika jetzt lange genug für euch hattet", sagte er. „Wir wollen sie euch entführen." Ohne viel Federlesens nahm er meinen Arm und zog mich mit sich fort.

„Dieter findet, du müßtest dringend an die frische Luft. Außerdem brennen wir darauf, dir unser Land im Frühling zu zeigen. Im Anemonenwäldchen ist es jetzt ganz herrlich, und heute nachmittag will Dieter dich in seine Praxis mitnehmen."

Darüber freute ich mich noch mehr als über den Spaziergang.

Frau Dr. Bott hörte Dieter und mich durch die Praxisräume gehen und lud uns zu einer Tasse echten Kaffees ein.

„Ich habe gestern ein Wechselbad von Gefühlen erlebt", erzählte sie uns. „Erst kam die Nachricht, daß die Apotheke, auf die ich so scharf war, nun doch nicht zu haben ist . . ."

„Oh, das tut mir aber leid für Sie!" warf Dieter spontan ein.

„Es sollte Sie freuen!" verwies sie ihn schmunzelnd. „Ich könnte jetzt bis zum Spätherbst bei Ihnen bleiben, wenn Ihnen damit gedient ist."

Wie auf Befehl schauten Dieter und ich uns an. Dann wandte er den Blick zu Frau Dr. Bott zurück und antwortete: „Sie können nicht ahnen, was das für mich bedeutet! Ab dem Herbst habe ich die Chance, eine Nachfolgerin für Sie zu bekommen – nicht wahr, Monika?“

Prompt antwortete ich: „Es wäre ein Glücksfall für mich, da ich mit Sicherheit nicht sofort nach meinem Examen einen Studienplatz kriegen werde und mich nach einer Stelle umsehen muß.“

Dieter griff rasch nach meiner auf dem Tisch liegenden Hand und drückte sie, während er Frau Dr. Bott fragte: „Sie haben von einem Wechselbad von Gefühlen gesprochen. Also muß es für Sie nach der betrüblichen auch noch eine erfreuliche Nachricht gegeben haben?“

„Ja. Es kommt mir wie ein unwahrscheinlicher Traum vor. Man bietet mir eine Apotheke zum Kauf an, und zugleich die Mittel, um sie zu bezahlen. Ich habe einen Interessenten, der dieses Haus und die Praxis kaufen möchte.“

Dieter ließ meine Hand los. Er war sehr blaß, als er gepreßt fragte: „Sie wollen verkaufen?“

Frau Dr. Bott lächelte herzlich.

„Das will ich. Aber machen Sie sich deswegen keine Gedanken! Der Käufer will Ihnen ein Dauerwohnrecht und eine lebenslange Pacht der Praxis verbriefen, und zwar günstiger, als ich es Ihnen bieten könnte.“

Da ich sah, daß es Dieter die Sprache verschlagen hatte, schaltete ich mich ein: „Darf ich fragen, wer der Käufer ist?“

Sie zögerte. „Solange es noch nicht sicher ist, möchte ich damit zurückhalten“, sagte sie schließlich. Es mochte auch ihr auffallen, wie blaß und angespannt Dieter aussah. „Verlassen Sie sich darauf, es wird Ihnen kein Nachteil entstehen“, versicherte sie.

„Ich will es Ihnen glauben.“ Dieter erhob sich. „Wir müssen uns verabschieden, damit wir vorm Dunkelwerden auf Hasenheide sind.“

Auf dem Heimweg waren seine ersten Worte: „Ich habe dich überrumpelt, Monika. Du hast noch Bedenkzeit, das weißt du.“

War das nun Rücksichtnahme oder Rücknahme? Wieder einmal fiel es mir schwer, seine Regungen richtig einzuschätzen.

„Es gibt nur eins zu bedenken“, antwortete ich diplomatisch. „Wo kann ich wohnen?“

„Natürlich in Hasenheide.“

„Und wie komme ich hin und zurück?"
„Bis dahin hoffe ich das Auto zu haben, von dem ich dir erzählte. Wenn nicht, würden wir Elfriede bitten, dich aufzunehmen. Sie hält immer noch Ediths Zimmer frei."
Er lächelte und fügte hinzu: „Du siehst, das braucht dir keine Sorgen zu machen. Das habe ich alles schon bedacht."
„Wann?" fragte ich.
Er gab keine Antwort. Seine Brauen zogen sich zusammen. Düster sagte er: „Wenn ich nur wüßte, an wen Frau Bott verkaufen will!"
„Hast du nicht mit so etwas gerechnet?"
„Ich hatte gedacht, ich könnte Haus und Praxis einmal selbst erwerben."
Er verfiel in grübelndes Schweigen.
Nach einer Weile drehte er sich mir wieder zu und erkundigte sich: „Wie lange hättest du gerne Bedenkzeit?"
Heftig erwiderte ich: „Ich habe dir das schon beantwortet. Außer der Wohnmöglichkeit brauche ich nichts zu bedenken ... Aber da du mich jetzt zum zweiten Mal gefragt hast, möchte ich eins von dir wissen: Warum willst du mich eigentlich einstellen?"
„Ist es nicht die beste Lösung für alle Beteiligten? Du ziehst nach Hasenheide, das du liebst. Großmutter kann bleiben und trotzdem mit dir zusammensein. Du mußt dir nicht neben deiner Berufstätigkeit ihre Versorgung auflasten. Dein Vater wird freier in der Gestaltung seines Lebens."
„Wie meinst du das?" warf ich ein.
„Er könnte wieder heiraten. Ich denke, er sollte es."
Seine Worte gaben mir einen Schock. Eine Weile lang konnte ich nichts denken, geschweige denn reden. Dann faßte ich mich und fragte: „Sind das nun alle deine Gründe?"
„Was willst du sonst noch hören?"
Die Frage fiel auf mich zurück. Was wollte ich eigentlich hören? Ich hätte es selbst nicht formulieren können, obwohl in meinem Innern – ungeklärt, uneingestanden – die Antwort lauerte.
„Es gibt natürlich noch den Hauptgrund", sagte Dieter langsam. „Ich nahm an, daß ich ihn nicht zu erwähnen brauchte. Ich will dich einstellen, weil wir Freunde sind."

„Sind wir das?"

Ein Schatten überzog sein Gesicht. „Sind wir es nicht mehr?"

„Du hast mich lange allein gelassen", hielt ich ihm vor.

„Es ist mir schwer gefallen. Aber es mußte sein", erklärte er ernst.

„Schwer gefallen? Ich dachte . . ." Verlegen brach ich ab.

„Was dachtest du, Monika?"

Ich hätte es lieber nicht gesagt, aber nun ich schon angesetzt hatte, war es wohl besser, frei heraus zu reden. „Ich dachte, ich sei dir lästig geworden, weil ich dich immerzu ganz selbstverständlich für meine Probleme in Anspruch genommen habe."

„Dafür sind Freunde doch da. Nein, Monika, es war ein Freundschaftsdienst, mich zurückzuziehen."

„Gerade als ich dich besonders gebraucht hätte?"

„Darin irrtest du dich. Du hattest mich gebraucht, um mit mir über Helmut zu reden. Das half dir, ihn in dir auszuleben, bis du deinen Verlust akzeptieren konntest. Dann mußtest du lernen, dich wieder voll dem Leben zuzuwenden. Dabei wäre ich im Weg gewesen."

„Wie kann ein Freund im Weg sein?"

„Du hattest dir angewöhnt, dich einseitig an mich anzulehnen. Das tut auf die Dauer nicht gut – keinem von beiden."

Während ich das zu verarbeiten versuchte, fuhr er in verändertem Tonfall fort: „Warum hat Dr. Fuchs dich nicht mehr eingeladen?"

Da ich schwieg, setzte er hinzu: „Speis mich bitte nicht mit der Auskunft ab, daß du ihn nicht gefragt hast."

In raschem Entschluß antwortete ich, Dieter voll anblickend: „Ich nehme an, er hält mich für frigide."

Seine Augenbrauen gingen in die Höhe. Wohl spürend, daß ich weiterreden wollte, entgegnete er nichts, sondern wartete, bis ich Worte gefunden hatte, um ihm das Vorkommnis in der Neujahrsnacht zu schildern.

Wir hatten uns wieder in Marsch gesetzt, so daß ich sein Gesicht nicht beobachten konnte. Ich atmete auf, als er nach meinem Bericht ruhig sagte: „Was immer er denken mag, du selbst darfst aus deiner Reaktion keine derartigen Schlüsse ziehen. Die Berührung geriet dir zum Schock, weil sie dich überraschte."

Spontan griff ich nach seiner Hand. „Danke für dein Verständnis!"

Seine Stimme klang belegt, als er leise fragte: „Sind wir nun wieder Freunde?"

„Nicht wieder, sondern noch immer. Und für immer, hoffe ich."

Er löste seine Hand aus meiner und antwortete nicht.

Reni empfing uns mit der Nachricht, Ruthild habe angerufen, um zu fragen, ob ich sie am Karfreitag noch einmal besuchen würde. „Wir haben eine Gegeneinladung draus gemacht", fügte sie an. „Ruthild kommt zum Gottesdienst ins Dorf, und hinterher nehmen wir sie mit hierher, so daß auch wir sie einmal wiedersehen."

„Das ist eine gute Idee", lobte Dieter. Er streckte mir die Hand hin. „Bis dann! Ich wünsch dir schöne Tage auf Hasenheide!"

Konsterniert nahm ich zur Kenntnis, daß er sofort umzukehren gedachte. Wenn er über Nacht geblieben wäre, hätte er vor Tau und Tag aufstehen müssen, um am nächsten Morgen rechtzeitig in der Praxis zu sein.

„Du willst den ganzen weiten Weg jetzt wieder zurückgehen?" fragte ich betroffen. „Statt daß du die doppelte Strecke laufen mußt, hätte ich mich doch besser allein auf die Socken gemacht!"

„Denkst du, das hätte ich zugelassen?"

„Oder Benno hätte mich mit der Kutsche geholt", fuhr ich fort, seinen Einwand nicht beachtend.

„Es war mir eine Freude, dich zu begleiten", sagte er so warm, daß ich es nicht bezweifeln konnte.

Als er fort war, überfiel mich ein Gefühl der Leere, und es hielt während der nächsten Tage an.

Schließlich konnte ich nicht umhin, mir einzugestehen, daß mir ohne Dieter etwas fehlte; daß ich auflebte in seiner Gegenwart; und daß ich Sehnsucht nach ihm hatte, wenn er nicht bei mir war.

War das auf meiner Seite noch Freundschaft? Oder hatte ich unversehens begonnen, Dieter zu lieben?

Aber das, was ich bisher als Liebe gekannt hatte, meine Beziehung zu Helmut, war anders gewesen. Aus drängendem Interesse war rückhaltloses Sichaufschließen geworden; spontanes Zueinanderhingezogensein hatte sich zu beglückender Übereinkunft gesteigert. Wir hatten uns die körperliche Erfüllung versagt, weil wir sie uns für die Ehe aufheben wollten, aber wir hatten beide danach verlangt.

Was mich mit Dieter verband, schien kaum Ähnlichkeit damit zu haben. Wir waren nicht klar und gerade aufeinander zugegangen, sondern hatten auf Umwegen zu einer Freundschaft gefunden, die immer wieder durch Unsicherheiten, Mißverständnisse, Rückzüge gestört worden war. Es hatte keine körperliche Annäherung, keine Zärtlichkeiten und keinerlei Anzeichen für diesbezügliche Wünsche gegeben. Allerdings hatte ich beim Wiedersehen öfters warme Freude gespürt; und die Eifersucht, die ich in mir entdeckt hatte, war ein Hinweis darauf, wie sehr ich Dieter als mir zugehörig empfand. „Ich brauche dich!" hatte ich zu ihm gesagt, und er hatte sich diesem Anspruch verweigert.

Beide hatten wir meine spontane Äußerung mißverstanden. Sie war nicht aus meiner Unfähigkeit gekommen, allein mit meinen Problemen fertig zu werden. Sie war das Eingeständnis einer Liebe, die sich Erwiderung wünschte; einer Liebe freilich, die mit freundschaftlicher Wärme zufrieden war, wenn sie denn ungehindert zwischen uns hin und her ging. Aber der Ausschließlichkeitsanspruch darin beunruhigte mich und schien mein Verhältnis zu Dieter zu verändern. Ich freute mich auf die nächste Begegnung mit ihm und hatte zugleich leise Angst davor.

Kapitel 16

Wir sahen uns erst am Karfreitag in der Kirche wieder. Dieter kam spät, wir andern saßen schon in der Kirchenbank, und er grüßte uns nur mit einem Kopfnicken.

Das kleine Gotteshaus war bis auf den letzten Platz besetzt, die Menschen waren dicht zusammengerückt, einige standen in den Gängen oder lehnten an den Wänden. Der alte Pfarrer – es war noch derselbe, den ich von früher kannte – hielt eine bewegende Predigt.

Zweierlei Wirklichkeiten will uns das Karfreitagsgeschehen ins Bewußtsein rücken, führte er aus. Die eine ist die böse, die sich aus dem Drang ergibt, unliebsame Mitmenschen aus dem Wege zu räumen. Unliebsam ist Jesus, ungeachtet seiner Menschenliebe, für viele gewesen. Er hat Neid auf sich gezogen, weil er geliebt wurde. Er hat Haß auf sich gezogen, weil er selbstsüchtiges und boshaftes Verhalten bloßstellte, indem er als Gegenbild erschien. Er hat Abwehr auf sich gezogen, weil er in kein Schema paßte und manches Gängige fragwürdig erscheinen ließ. So sind durch ihn die negativen menschlichen Möglichkeiten ans Licht gebracht worden und haben ihn schließlich beseitigt.

Wir müssen uns klar werden, daß diese Regungen nach wie vor unser Zusammenleben beeinflussen: das Bestreben, sich durchzusetzen, und sei es auf Kosten anderer; der Wunsch, die Welt nach dem eigenen Willen zu ordnen, und sei es durch Ausmerzung alles Entgegenstehenden; der Drang, die Gefühle auszuleben, und seien es so zerstörerische wie Neid, Rachsucht, Begierde. Christi Kreuz zeigt, wie stark diese Mächte des Bösen sind. Wir, die Überlebenden der Tyrannei, des Krieges und der Vergeltung, haben das an uns selbst kennengelernt. Wir müßten verzweifeln, wenn es nicht noch eine andere Dimension von Wirklichkeit gäbe.

Und auch diese zweite Wirklichkeit erkennen wir am Kreuz. Der Zerschlagene und Gequälte hat gebetet: „Vater, vergib ihnen!“ Er hat den Blick auf jene Wirklichkeit behalten, die der Macht des Tödlichen überlegen ist und sich dennoch nicht mit

Gewalt durchsetzt. Er hat die Liebe als Möglichkeit desjenigen Menschen aufgezeigt, der sich bis in die Tiefen seiner Existenz hinein mit Gott verbunden fühlt. Er hat sich im Leid und durch das Leid hindurch an Gott ausgeliefert. „In deine Hände befehle ich meinen Geist“ – dieses Gebet ist der Triumph über alle böse Wirklichkeit, weil es dem Geist der Liebe das Feld übereignet.

Jesus konnte im Tode so beten, weil er es bereits im Leben getan hat. Durch ihn hat die Liebe auf Erden nicht nur eine Verheißung, sondern eine Wirkungsstätte in allen, die sein Gebet zu ihrem eigenen machen.

Auf dem Heimweg sagte Reni: „Das klang ja einleuchtend, was der Pfarrer gesagt hat. Aber warum gibt es immer noch soviel mehr Selbstsucht als Liebe?“

„Weil die meisten Menschen das Leiden scheuen, das mit der Liebe verbunden ist“, antwortete Dieter prompt.

„Das ist doch paradox!“ wehrte Reni ab. „Das Leiden kommt durch die Bosheit, nicht durch die Liebe.“

„Aber nicht der Boshafte leidet, sondern der Liebende.“

Reni schaute skeptisch, und Dieter fuhr fort: „Vielleicht kann ich dir mit einem Beispiel verdeutlichen, was ich meine. Unsere Mutter mußte miterleben, wie Vater einen Weg gegangen ist, der ihn beinahe zerstört hätte, und zwar, ohne daß er selbst erkennbar darunter litt. Aber Mutter war nahe daran, an dem Leid über seine Entwicklung zu zerbrechen.“

„Aber das war doch eine Ausnahme!“ wandte Reni ein.

„Es war ein Extremfall, keine Ausnahme“, erklärte Dieter. „Da es auf der Welt keinen Menschen ohne Fehler gibt, ist in jeder Liebe das Leiden am Partner als Möglichkeit enthalten.“

„Und warum liebt man trotzdem?“

„Weil es uns angeboren ist. Das müßtest du als Mutter doch wissen. Es ist uns ebenso angeboren wie das Draufschlagen. Beide Möglichkeiten stecken in uns, aber sie vertragen sich nicht. Es kommt alles darauf an, welche wir zulassen, welche wir entfalten.“

„Nur daß Lieben viel schwerer ist als Draufschlagen“, fiel Ruthild ein. „Nach meiner Erfahrung muß man ständig darum beten.“

„Ich glaube, du verstehst unter Liebe was ganz anderes als

ich", stellte Reni fest. „Mir ist es noch nie schwer gefallen, Renate zu lieben oder Benno."

„Ich verstehe Liebe umfassender", erklärte Ruthild nach einer Weile des Nachdenkens. „Du redest von Mutterliebe und von der Liebe zwischen Mann und Frau. Das sind von der Natur unterstützte Sonderfälle von Liebe. Aber für alle gilt das gleiche Grundmuster. Echte Liebe nimmt die Belange des andern ernst und verhindert damit eine totale Selbstbezogenheit."

„Das klingt alles schrecklich trocken und nüchtern", verwahrte sich Reni. „Aber Liebe ist was Lebendiges und Warmes."

„So ist das immer, wenn man etwas definieren will, was eigentlich nur gelebt werden kann", warf Dieter ein.

„Deswegen gebrauchen wir ja die abgegriffene Floskel ‚Ich liebe dich' und finden sie gar nicht banal, wenn wir spüren, daß sie aus echtem Gefühl kommt", ergänzte Benno. „Ich weiß immer noch nicht, wie ich es dir mit andern Worten besser sagen könnte." Er legte im Gehen den Arm um Reni.

„Mir genügt das völlig", versicherte sie und schmiegte sich an ihn. „Ich kann's auch nicht anders ausdrücken. Ich liebe dich – und ich muß nicht drum beten, daß es mir gelingt!" setzte sie herausfordernd und an Ruthild gewandt hinzu.

„Auch wenn ihr euch mal gestritten habt? Fällt es dir nicht schwer, wieder den ersten Schritt zu tun?" fragte Dieter.

„Naja", gab Reni zu, „wenn das so gemeint ist – also oft ist das bei uns noch nicht vorgekommen, und bisher haben wir das ganz gut wieder ins Reine gebracht – ohne Beten."

„Aber irgendwann", sagte Benno, „irgendwann könnte sich das mal abstumpfen. Irgendwann könnte man sich fragen: ‚Warum soll ich eigentlich immer Verständnis haben und nachgeben?' Irgendwann könnte die Zuneigung nachlassen oder die Geduld am Ende sein. Ist es das, worauf du hinauswillst?"

„Genau", bestätigte Ruthild. „Ich denke, daß es immer wieder Umstände gibt, in denen man Hilfe aus dem Gebet braucht."

„Ich habe noch nie gefunden, daß Beten etwas hilft", erwiderte Reni.

„Hast du es denn jemals ernstlich versucht?"

„Natürlich habe ich gebetet, jeden Abend, als ich klein war, und auch noch im Krieg. Aber geholfen hat es nicht."

„Bist du dir da so sicher?“

Erregt stieß Reni hervor: „Ich habe gebetet, daß Vater aus dem Krieg nach Hause kommen soll. Er ist gefallen. Ich habe gebetet, daß Mutter von Bombenangriffen verschont bleibt. Sie lag tot unter den Trümmern. Um Bennos Rückkehr habe ich nicht mehr gebetet. Er ist heimgekommen.“

„Du hast Gott deine Wünsche vorgelegt, und als er sie nicht erfüllt hat, hast du ihm den Rücken gekehrt“, sagte Ruthild. „Das nenne ich nicht beten.“

„Was sollen wir denn sonst äußern, wenn nicht unsere Wünsche?“

„Wir dürfen um alles bitten, solange der Zusatz gilt: ‚Dein Wille geschehe!‘ – und solange es sich mit der Liebe Gottes verträgt.“

Ruthilds rasche Antwort klang auch für mich reichlich abstrakt, und ich war eigentlich froh, als Benno sagte: „Ich denke, daß wir vom Hundertsten ins Tausendste gekommen sind; und ich persönlich habe mit der einen Predigt vorhin in der Kirche für heute genug.“

„Ich kann und will euerm Pfarrer keine Konkurrenz machen“, meinte Ruthild versöhnlich. „Im übrigen war ich erstaunt über die Neuerung, die er eingeführt hat. Macht er das öfter, daß er jemanden aus der Gemeinde etwas vortragen läßt?“

„In jedem Gottesdienst ist das so. Ungewöhnlich war heute nur, daß nicht eine Bibelstelle vorgelesen wurde, sondern ein selbstverfaßter Text.“

„Wer war der Vorleser?“ wollte ich wissen, und Ruthild fragte fast gleichzeitig: „Könnte man den Text bekommen?“

„Ich habe ihn hier.“ Dieter klopfte auf seine Brusttasche. „Weil ich dachte, Großmutter würde sich dafür interessieren, habe ich ihn mir von Fehling geben lassen. Er ist Vorarbeiter auf dem Großbauernhof, gewissermaßen der Nachfolger Leonids. Auf der Suche nach seinen aus dem Osten geflüchteten Angehörigen kam er in unsre Gegend, und als er erfuhr, daß niemand überlebt hat, ist er hier hängengeblieben. Von Hause aus ist er sicherlich kein Landwirt, aber er hat sich so hineingekniet, daß er für den Hof unentbehrlich scheint.“

„Sein Gedicht klang bitter“, meinte ich.

„Findest du? Ich habe es als ziemlich fromm empfunden", widersprach Reni.

„Ich möchte es gern nochmal lesen", sagte Ruthild, zu Dieter gewandt.

„Ich gebe es dir. In der Zeit bis zum Mittagessen kannst du es Großmutter vorlesen."

Dieters Vorschlag erwies sich als gut. Während Frau Wendland und Reni sich in der Küche zu schaffen machten, setzten Ruthild und ich uns zu den beiden Rollstuhlfahrern in die Halle. Ruthild las leise und unpathetisch:

„Der du für uns gestorben bist,
du hast gesiegt, Herr Jesus Christ!
Von Frevel und sündhaftem Hochmut berückt,
ins Netz unsrer Schuld ohne Ausweg verstrickt,
so haben in unseren stolzesten Tagen
wir wieder und wieder ans Kreuz dich geschlagen.
Wir stürzten, vom göttlichen Zorne verheert,
wir, die wir göttlicher Liebe nicht wert.
Doch selbst über unsere dunkelsten Pfade
ragt siegend das Kreuz, das Zeichen der Gnade.
Wir kommen, gebeugt unter lastende Schuld –
Sohn Gottes, erbarme dich unser in Huld!

Wir gehen, Verfemte, durch unsere Zeit.
Wir tragen der Menschheit bitterstes Leid.
Gepeinigt von äußrer und innerer Not,
vom Tod des Erfrierens und Hungerns bedroht,
der Heimstatt beraubt, auseinandergerissen,
ohne vom Schicksal des andern zu wissen,
rechtlos, verarmt, verzweifelt und leer,
tragen an unserer Last wir zu schwer.
Wir kommen, verachtet, verurteilt, zerschlagen,
und bringen dir unsere Bürde getragen.
Am Kreuze gestorben, für uns gefällt –
sei du unser Helfer, Heiland der Welt!

Sieh uns, von Sorgen und Jammer zerquält,
ein Geschlecht, dem Hoffnung und Liebe fehlt.
Wir ersehnten den Frieden – es kam das Gericht.
Wir baten um Gnade – sie wurde uns nicht.
Wir haben für unsere Schmerzen und Wunden
nur Hohn und Haß und Verachtung gefunden.
Mit gleicher Münze bezahlt man uns nun.
Herr, hilf uns weiter! Nur du kannst es tun!
Vom Kreuz, der heiligsten Liebe Zeichen,
wollst du uns erbarmend die Hände reichen.
Der du Wahrheit und Leben und Liebe bist –
sei du in uns mächtig, Herr Jesus Christ!"

„Ich muß bekennen, daß ich nicht nur Hohn und Haß und Verachtung gefunden habe, sondern auch Erbarmen, Vergebung und Bewahrung", ergriff Herr Wendland das Wort.

„Dennoch will ich glauben, daß dieses Gedicht für viele Menschen zutrifft", entgegnete Großmutter. „Ich wünschte nur, das würde auch für die Konsequenz gelten, die Fehling zieht, nämlich für die Hinwendung zu Gott."

„Das scheint doch der Fall zu sein!" bemerkte ich. „Die Kirche war überfüllt."

„Überall ist das jetzt so", bestätigte Ruthild.

„Für wie lange?" fragte Großmutter skeptisch. „Ich traue der Frömmigkeit nicht, die aus Katastrophen erwächst."

„Ich persönlich denke, daß Gott auf vielerlei Weisen zur Umkehr ruft, auch durch Katastrophen", sagte Herr Wendland bestimmt.

Großmutter blickte auf und schaute ihm ins Gesicht. Erstaunt sah ich Röte in ihre Stirn steigen. „Ich habe unüberlegt geredet", gestand sie. „Verzeihen Sie mir! Ich nehme Ihr Beispiel gerne als Korrektur meiner Skepsis an."

„War es die Katastrophe?" fragte Ruthild.

Herr Wendland verstand sie sofort. „Nicht die Katastrophe Deutschlands, meine eigene war's – mein sogenannter Unfall", antwortete er. „Aber ich will zugeben, daß er in meiner inneren Entwicklung nur das Tüpfelchen auf dem i darstellte."

„Sie nennen es einen sogenannten Unfall", sprach ich ihn an. „Halten Sie es für etwas anderes?"

„Ob es mir ans Leben gehen sollte, weiß ich nicht. Aber einen Denkzettel wollte man mir verpassen."

„Wer ist *man* – Ihrer Meinung nach?" erkundigte sich Ruthild.

„Ich habe da keine große Meinung, und es interessiert mich auch nicht mehr. Mir ist nur eines wichtig, nämlich daß Leonid nicht der Drahtzieher war, wie wir zuerst annahmen."

„Wenn ihr mehr wissen wollt, müßt ihr euch an Benno wenden", fügte Großmutter hinzu. „Er hat einiges herausgefunden und wird nur zu gerne darüber berichten."

Wir hielten uns an Großmutters Rat und befragten Benno. Er erzählte uns bereitwillig und ausführlich von seinen Nachforschungen und Schlußfolgerungen. Für ihn stand fest, daß Paul Heinrich den scheinbaren Unfall inszeniert hatte. Vom Parteigänger und fanatischen Anhänger Herrn Wendlands hatte er sich zu seinem ehrgeizigen Konkurrenten entwickelt. Da er durch Maßlosigkeit ersetzte, was ihm an Realitätssinn fehlte, waren Zusammenstöße zwischen ihm und seinem ehemaligen Idol unausbleiblich gewesen. Spannungen hatte es zunächst wegen Jana gegeben. Niemand hatte je erfahren, wer der Vater ihres ersten Kindes war – jenes Jungen, der später den Folgen des Tieffliegerangriffs erlag. Aber die Mehrheit der Dörfler, Elfriede eingeschlossen, deutete auf Paul Heinrich. Elfriedes Reaktion, Jana und Leonid zusammenleben zu lassen, hatte Heinrichs Wut herausgefordert. Mehrfach brachte er anonyme schriftliche Anzeigen zu Herrn Wendland als dem Ortsgruppenleiter, damit er sie weiterreiche.

„Wie hat dein Vater darauf reagiert?" fragte ich in jähem Erinnern.

„Er hat Heinrichs Briefe nie abgeschickt."

„Hat er sich von ihrem Inhalt beeinflussen lassen?" erkundigte sich Ruthild. Sie dachte wohl genau wie ich an Herrn Wendlands Gewalttätigkeit gegen Leonid. Auch Benno verstand, worauf sie abzielte.

„Von den Briefen nicht, wohl aber von Äußerungen, die Heinrich im Gespräch machte und die auf ein Verhältnis zwischen

Edith und Leonid anspielten. Das Ergebnis kennen wir alle", erklärte er und fuhr dann in seinem Bericht fort.

Weil sein Vater keinerlei Erinnerungen an den Unglückstag hatte, war Benno die Teilnehmer des damaligen Parteitreffens um Auskunft angegangen und hatte in Erfahrung gebracht, daß Paul Heinrich Herrn Wendland öffentlich bezichtigt hatte, in seinem Amt zu lax zu sein. Aber die Parteifreunde hatten sich auf Herrn Wendlands Seite gestellt. In unbeschreiblichem Zorn und persönliche Drohungen ausstoßend war Heinrich vor dem Ende der Versammlung davongestürmt.

Benno schloß seinen Bericht mit der Bemerkung: „Für mich gibt es keinen Zweifel, daß er in seiner Wut beschloß, Vater etwas anzutun. Wie er dabei vorging, weiß ich freilich nicht. Wahrscheinlich ist sein Plan auch nur zur Hälfte geglückt. Es ging ihm nicht nur um einen Denkzettel, es ging um Mord."

„Das Verhalten deines Vaters war ein Affront für ihn. Aber war es Grund genug, ihn umzubringen?" gab ich zu bedenken.

„Bei Heinrichs Charakter schon. Er war Vaters blinder Gefolgsmann gewesen und sah sich nun zurückgestoßen. Das entfachte in ihm einen verzehrenden Haß."

„Vielleicht hat er auch gespürt, daß dein Vater Zweifel an der gemeinsamen Überzeugung bekommen hatte. Vielleicht hat er ihn für nicht mehr linientreu, für einen Verräter an der Sache gehalten", ergänzte Ruthild. „Ich kann mir schon vorstellen, daß das Heinrichs Rachsucht herausforderte."

„Wenn es um die Überzeugung gegangen wäre, das würde ja irgendwie noch für Heinrich sprechen", nahm nun auch Reni das Wort.

Benno schüttelte den Kopf. „Ich denke, daß er einfach an Vaters Stelle wollte. Er war es leid, ausgebremst zu werden. Er wollte Macht, unbeschränkte Macht. Darum hat er Vater eine Falle gestellt, die tödlich sein sollte."

„Was hält dein Vater von deiner Theorie?" erkundigte sich Ruthild.

„Sie interessiert ihn nicht", gestand Benno ehrlich. „Er hat mir erklärt, er habe sein Schicksal mehr als verdient. Durch wen es ihn ereilt hat, spielt für ihn keine Rolle."

„Und warum willst du es trotzdem herauskriegen?"

„Ich sehe zwar ein, daß Vater sich schuldig fühlt, weil er bei den Nazis mitgemacht hat. Aber das darf doch nicht mit der Unfallgeschichte vermengt werden! Die ist eine Sache für sich und keineswegs die Strafe für seine Parteizugehörigkeit."

„Ich denke, es ist in Ordnung, daß du Klarheit haben willst. Was auch die Gefühle deines Vaters sein mögen, der Täter hat verdient, daß alles herauskommt", stimmte Ruthild bei.

„Was das betrifft, bringen meine Ergebnisse leider nichts. Paul Heinrich hat sich der Verantwortung entzogen."

„Selbstmord?" fragte ich.

„Er mußte genau wie ich kurz vor Kriegsende noch zum Volkssturm. Ich habe ihn aber fast sofort aus den Augen verloren. Seither ist er verschollen."

„Man hat nie mehr von ihm gehört?"

„Es gibt Gemunkel im Dorf, daß er sich unter falschem Namen versteckt hält."

„Habt ihr versucht, herauszukriegen, ob das stimmt?"

„Was hätte es bringen sollen?" sagte Reni rasch. „Alle im Dorf sind froh, daß wir Heinrich los sind; wozu ihn aus der Versenkung schaufeln?"

„Das ist einer der wenigen Punkte, wo wir uns nicht ganz einig sind", erklärte Benno. „Ich möchte Heinrich zur Verantwortung gezogen sehen."

„Ist das nicht auch Rachsucht?" fragte ich spontan.

„Wer gerechte Strafe will, ist noch kein Rächer", widersprach Ruthild vehement.

„Wo ist der Unterschied?"

„Strafe kann aufbauend wirken. Sie bietet Raum zur Sühne. Rache vernichtet, wenigstens ihrer Intention nach."

„Dann müßten einige Leute sich trotz der veränderten Umstände vor Heinrichs Rachsucht fürchten, wenn er denn zurückkäme?" Ich dachte bei meiner Frage an Elfriede, an Leo, auch an Edith.

„Er wird es nicht wagen, sich je wieder hier blicken zu lassen", behauptete Reni überzeugt. Aber in Bennos Augen las ich Zweifel.

Nach dem Essen schloß sich Dieter uns an, als wir uns zu einem Rundgang aufmachten. Wir besuchten die Stätten, die vor zweieinhalb Jahren unser Wirkungsfeld gewesen waren. Freilich konnten wir nicht in unsere Kammer und auch nicht in den Seetempel; sie waren von Flüchtlingen bewohnt. Aber wir schlenderten durch den Park und durch den Gemüsegarten, wir steckten die Köpfe in die Scheunen und die Ställe. Vorm Kuhstall kam eine Katze miauend auf uns zu und rieb sich an Ruthilds Beinen. Ruthild bückte sich, streichelte sie und nahm sie auf den Arm.

„Bist du das Tierchen, das Wenzel mir schenken wollte?" fragte sie, und die Katze schnurrte wohlig wie zur Antwort. Plötzlich liefen Ruthild Tränen übers Gesicht. Schweigend setzte sie das Tier zu Boden und ging weiter, schweigend folgten wir ihr. Auf dem Brunnenrand ließen wir uns nieder.

Nach einer Weile wischte Ruthild sich die Augen und straffte sich in den Schultern. Sich an mich wendend, fuhr sie in verändertem Tonfall fort: „Ich habe eine große Bitte an dich. Könntest du mir für den Sommer Unterkunft gewähren? Ich möchte an einem Kursus in Griechisch und Hebräisch teilnehmen, den ein Studienfreund meines Vaters veranstaltet. Er war an eurem altsprachlichen Gymnasium angestellt, mußte aber wegen Parteizugehörigkeit seine Stelle räumen und hält sich mit Privatunterricht über Wasser."

„Was willst du mit Griechisch und Hebräisch?" fragte Reni mit großen Augen.

„Theologie will sie studieren, mein Schatz", antwortete Benno an Ruthilds Stelle. „Das kann dich doch nicht wirklich wundern?"

„Aber Pfarrer ist doch kein Frauenberuf!"

„Es wird einer werden", erwiderte Ruthild zuversichtlich.

„Wirst du einen Studienplatz bekommen?" erkundigte sich Benno.

„An der neugegründeten Universität in Mainz soll es möglich sein. Nach Ostern werde ich mich darum kümmern."

„Erst lernst du einmal die alten Sprachen, und zwar bei mir! Ich kann dir gar nicht sagen, wie ich mich darauf freue", erklärte ich. „Mein Zimmer langt für uns beide; und weil ich oft nicht da bin, kannst du ungestört büffeln."

Wir schlossen noch einen Gang durchs Wiesental an. Reni hielt sich neben Ruthild, während ich mit Dieter und Benno hinterherschlenderte. Die Brüder besprachen Bennos Pläne zur Frühjahrsbestellung, so daß ich mich schließlich von ihnen absetzte und zu den Freundinnen aufschloß. Ich hörte Reni gerade noch sagen: „Du hältst mich sicher für total gottlos."

„Es gibt nur wenige Menschen, die völlig gottlos sind", antwortete Ruthild. „Viele wissen bloß nicht, wie sie mit Gott in Kontakt kommen können."

„Woher sollten sie das auch wissen?"

„Von ihren Eltern. Von ihren Lehrern und Pfarrern. Von anderen Christen. Man kann es sogar bloß durch Bibellesen lernen. Aber das ist schwerer."

„Du hast es natürlich zu Hause gelernt?"

„Ja. Aber ausprobieren mußte ich es trotzdem selber."

„Wie hast du das gemacht?"

„Ich habe angefangen, zu Gott zu reden. Zuerst war es seltsam, weil man ja gewöhnt ist, Antwort zu bekommen, wenn man spricht."

„Eben. Gott antwortet aber nicht."

„O doch! Man merkt das nur nicht sofort, weil man auf Rede und Gegenrede fixiert ist. Gott antwortet ganz anders. Er tut es gewissermaßen in dir drinnen, so daß dir zu dem, was du eben zu ihm gesagt hast, neue Gedanken kommen, manchmal solche, die dich bestätigen und auf dem eingeschlagenen Weg weitergehen lassen, manchmal allerdings auch solche, die sehr kritisch sind und dich zum Umdenken anregen."

Zweifelnd sagte Reni: „Das darfst du mir jetzt nicht übelnehmen, aber mir kommt's vor, als ob du bloß deinen Selbstgesprächen ein frommes Mäntelchen umhängst und sie Gebete nennst."

„So ist es nicht", widersprach Ruthild. „Ich bleibe nicht bei mir selber, wenn ich bete. Es wirkt etwas von außen auf mich ein und entfaltet sich in mir zu Gefühlen und Gedanken und Verhaltensmustern; verstehst du, ich gewinne eine größere Weite an Erkenntnissen und damit an Möglichkeiten."

„Ich verstehe es leider nicht", gestand Reni hilflos.

„Wahrscheinlich denkst du auf einer falschen Schiene", mischte ich mich ein. „Ruthild redet nicht von Wünschen, die sie Gott vorträgt, jedenfalls nicht in erster Linie. Sie redet vom Versuch, über etwas ins Klare zu kommen, etwas so zu verstehen, daß sie es richtig einordnen und anpacken kann. Bei diesem Versuch hat sie gewissermaßen ein doppeltes Gegenüber: einmal das, was sie durch ihre Erziehung oder aus der Bibel von Gott weiß, zum andern Gott selbst, eine lebendige Kraft, die etwas in ihr in Bewegung bringt."

„Das ist alles so schrecklich abstrakt", seufzte Reni. „Ich kann wirklich nichts damit anfangen. Habt ihr denn nichts Konkreteres zu sagen?"

Nach einigem Nachdenken begann Ruthild: „Ich will dir ein ganz schlichtes Beispiel geben. Meine Schwestern und ich, wir mußten im Krieg abwechselnd die Säuberung des Pfarrhausgrundstücks und der dazugehörigen Straße übernehmen. Das bedeutet im Winter auch Schneeschippen oder, wenn Glatteis ist, Sand streuen. Einmal im letzten Kriegsjahr, bei der entsetzlichen Kälte, erinnerte mich Gudrun eines Abends daran, daß ich an der Reihe war. Gerade in ein spannendes Buch vertieft, schob ich es auf und vergaß es schließlich. Erst als ich im Bett lag, fiel es mir wieder ein, und ich hängte an mein Gebet die Bitte an, daß bei der Verdunklung auf der gefährlich glatten Straße nichts passieren würde. Aber im gleichen Augenblick habe ich gespürt, daß es so nicht geht. Du darfst nicht Gott für deine Versäumnisse einspannen. Ich bin aufgestanden, habe mich angezogen und die Straße gestreut."

„So was Banales!" meinte Reni. Es klang leicht verächtlich.

„Wie banal auch immer, damals habe ich gemerkt, daß Beten etwas bewirkt, etwas in mir selber, aber auch etwas Objektives. Es ist in dieser Nacht vor unserm Haus ja wirklich nichts passiert."

„Na weißt du . . ." Reni ließ ihre Worte in der Luft hängen.

„Ähnliche Erfahrungen, auch weniger banale, habe ich öfters gemacht", fuhr Ruthild fort. „Als ich angefangen habe, für Edith zu beten – zugegebenermaßen keineswegs sofort –, hat sich meine Einstellung zu ihr geändert."

„Du hast für Edith gebetet?" unterbrach ich sie staunend.

„Und was, bitte, hat das genutzt?" fragte Reni herausfordernd.

„Ich habe auch für Wenzel gebetet, und für Helmut, und für meinen Vater. Ich weiß nicht, was es genutzt hat; aber ich glaube daran, daß es für sie etwas bedeutet hat."

„Also mir kommt es immer noch so vor, als ob du dich mit dem, was du beten nennst, nur selber auseinanderfaltest", beharrte Reni.

„Und wenn es so wäre?" fragte Ruthild. „Auf alle Fälle habe ich einen Gewinn davon, denn es bringt mich innerlich weiter, und einem andern schadet es jedenfalls nichts. Kannst du es nicht mal unter diesem Aspekt sehen und selbst versuchen?"

„Bloß so ins Ungewisse hinein?"

„Es wird nicht zu lange ungewiß bleiben", versprach Ruthild überzeugt.

„Manchmal beneide ich dich um deine Sicherheit", sagte Reni leise. „Aber manchmal machst du mich auch zornig", fuhr sie lebhafter fort.

„Wer macht dich zornig? Ruthild? Oder Monika? Die sollen sich hüten!" tönte Bennos Stimme hinter uns.

Die Brüder waren uns in einigem Abstand gefolgt und hatten uns inzwischen eingeholt.

„Wir müssen uns sputen!" mahnte Dieter. „Mutter will uns mit echtem Bohnenkaffee erfreuen, da dürfen wir nicht zu spät kommen."

Er ging neben mir, während Ruthild, Reni und Benno ein paar Schritte vorneweg waren.

„Ich bin froh, daß wir neulich die Mißverständnisse zwischen uns ausräumen konnten und daß es wieder so sein wird wie früher", sagte er. „Erinnerst du dich, wie glücklich ich war, in dir einen Ersatz für Günter gefunden zu haben?"

„Ich erinnere mich sehr gut", antwortete ich und ärgerte mich, daß es bitter klang.

„Das sollte ein Kompliment sein!"

„Ich bin nicht Günter."

„Du bist nicht Günter", bestätigte er lächelnd. „Gott sei Dank bist du nicht Günter." Sein Lächeln irritierte mich.

„Ich bin auch kein Ersatz für Günter", sagte ich schnell.

„Nein", gab er zu. „Du bist ein einmaliger Schatz."

„Jeder Mensch ist einmalig“, entgegnete ich. Irgendwie fühlte ich mich atemlos.

„Schmeißt du mit Binsenweisheiten um dich?“ Er lächelte immer noch.

„Damit hast du angefangen!“ hielt ich ihm vor.

Er schüttelte den Kopf. „Das weißt du besser, Monika! Ich habe dir eben eine Liebeserklärung gemacht.“

Das war so leichthin gesprochen, als ob es nichts anderes wäre als eine freundschaftliche Neckerei. Es gelang mir, im gleichen Tonfall zu antworten: „Willst du mich in Verwirrung stürzen?“

„Niemals“, sagte er ernst und fragte übergangslos: „Wollen wir jetzt der Familie von unsrer Übereinkunft wegen der Praxis berichten?“

Wir kamen dann doch nicht dazu, von unseren Plänen zu erzählen. An der Kaffeetafel ergab sich keine Gelegenheit, und hinterher war es für Ruthild Zeit zum Aufbruch.

Zusammen mit Ruthild verabschiedete sich auch Dieter, und Benno erbot sich, die beiden mit der Kutsche ins Dorf zu fahren. Ich ging mit Reni in die Küche, um das Abendessen vorzubereiten. Zu meiner Überraschung fragte sie mich dort abrupt: „Warum kann Dieter meinem Schwiegervater seine Parteizugehörigkeit nicht verzeihen?“

Verblüfft schaute ich sie an. „Kann er das nicht?“

„Nein, eindeutig nicht. Er redet bloß das unbedingt Nötige mit ihm. Ist dir nicht aufgefallen, wie finster er ihn anschaut?“

„Ich habe die beiden noch kaum zusammen gesehen, lediglich bei den Mahlzeiten.“

„Eben“, bemerkte Reni bedeutungsvoll. „Ich könnte das ja verstehen, wenn sein Vater unbelehrbar wäre. Aber er hat so gründlich umgedacht, daß es Dieter nicht entgangen sein kann. Vater – ich meine den Schwiegervater, ich sage Vater zu ihm wie Benno – also Vater hat uns einen richtigen Vortrag darüber gehalten, und dabei ist mir erst klar geworden, was an Hitler so gefährlich war. Ich weiß noch, daß Helmut einmal ganz entsetzt über mich schien, weil ich an Hitler nichts Schlimmes fand. Damals konnte ich das nicht begreifen. Inzwischen verstehe ich es. Vater hat erklärt, daß einige Leute für Hitler waren, weil er ihnen Gefühle erlaubt hat, die sie vorher unterdrücken mußten: Neid und Haß und den Wunsch, sich selbst zu behaupten, Schwächere zu beherrschen und allen Ärger an einem Sündenbock auszulassen. Diese Leute wurden die aktiven Nazis.

Es gab aber auch andere, die waren auf diese Weise nicht zu kriegen. Denen hat Hitler weisgemacht, daß er die alten Ideale wiederbelebt, z.B. Vaterlandsliebe und selbstlosen Einsatz für andere, Treue und Ehre und was nicht noch; er sagte auch von sich, er fördere ein positives Christentum. So hat er das, woran die Menschen festhalten wollten, für seine Zwecke benutzt, und viele haben es nicht gemerkt. Übrigens hat Vater hinzugefügt, das sei für niemand eine Entschuldigung. Hitler habe Erfolg gehabt, weil viele Leute keine klaren und unumstößlichen Kriterien für Kritik und Selbstkritik gehabt hätten. Genau darin liege auch sein eigenes Versagen, und daraus seien die schlimmen Folgen entstanden. Und das hat er erklärt, ehe Hitler gestürzt war ... und als wir alle zuhörten, auch Wanda und Großmutter ..."

„War Dieter dabei?"

Sie stutzte. „Nein", antwortete sie nach einem Augenblick, „Aber trotzdem müßte er wissen, daß sein Vater den Nazis abgeschworen hat."

Als Dieter am Ostersonntag zum Kaffeetrinken kam, beobachtete ich sein Verhalten seinem Vater gegenüber. Es war in der Tat äußerst kühl. Schmerzlich kam mir zum Bewußtsein, daß es wohl nie zur Aussprache zwischen Vater und Sohn gekommen war.

Das Telefon schrillte.

„Oh weh!" Dieter seufzte, ganz wie Vater, wenn er erwartete, zu einem Patienten gerufen zu werden. Er nahm den Hörer auf, reichte ihn aber zu meiner Verblüffung gleich an mich weiter. „Ruthild will dich sprechen."

Sie begann ohne Umschweife: „Ich muß dir Abbitte tun. Wir hatten heute Besuch. Ein Kamerad von Helmut war da. Sie waren zusammen in Gefangenschaft. Du hattest recht mit deinem Gefühl. Helmut hat den Absturz überlebt."

„Überlebt?" wollte ich fragen. Die Stimme versagte mir dabei. Ich mußte wiederholen: „Den Absturz überlebt?"

„Er war schwer verwundet, als sie ihn aus dem Flugzeugwrack

zogen. Sie haben ihn in ein Lazarett geschafft und zusammengeflickt. Dann kam er ins Gefangenenlager Cherbourg."

„In der Normandie?"

Aus den Augenwinkeln nahm ich wahr, daß Dieter aufstand und auf die Terrasse hinaustrat.

„Es war ein französisches Hungerlager. Dort ist ihm dieser Martin Merck begegnet, der heute bei uns war."

Fast mechanisch formten meine Lippen die Frage: „Wie geht es ihm?"

Ich hörte, wie Ruthild tief Luft holte. Dann sagte sie gepreßt: „Aber Monika! Gleich zu Anfang habe ich dir doch gesagt, daß Helmut im Gefangenenlager gestorben ist."

„Nichts dergleichen hast du gesagt! Oh Ruthild, wie grausam, wie schrecklich grausam!"

Es gab eine Pause. „Wann ist er gestorben? Woran? Wie?"

Alle im Zimmer sahen mich bei meinen Worten an.

Am andern Ende der Leitung fuhr Ruthild fort: „Die Bedingungen im Lager waren zu hart. In seinem geschwächten Zustand hat er das nicht ausgehalten. Monika, er muß es gewußt haben, daß du nicht an seinen Tod geglaubt hast! Ehe er starb, hat er dem Kameraden eine Botschaft an dich aufgetragen. ‚Jetzt soll Monika nicht mehr warten', hat er gesagt."

„Wann war das?"

„Ein paar Wochen nach Kriegsende."

„Ich habe lange gebraucht, bis ich ihn richtig verstanden habe", sagte ich wie in Trance.

„Was meinst du? Wovon redest du?"

„Von Helmuts Botschaft, wovon sonst? ‚Schau vorwärts, Liebste, nicht zurück!' Das habe ich ihn sagen hören – ein paar Wochen nach Kriegsende."

Von Ruthild kam nichts als ein tiefer Atemzug.

„Was ist los?" fragte ich.

„Wann hast du das gehört?"

„Das Datum habe ich mir nicht gemerkt. Es muß Ende Juni gewesen sein."

„Helmut ist am 29. Juni gestorben. Wenn du wieder daheim bist, will Merck dich ebenfalls besuchen. Dann hörst du alles von ihm selber. Aber eines muß ich dir sofort berichten. Helmut hat mit ihm übers Sterben gesprochen und dabei gesagt, es falle ihm sehr schwer, alles aufzugeben, besonders dich, Monika, aber er gehe ja zu Gott. Martin hat ihn wörtlich zitiert. ‚Ich bin mein ganzes Leben lang ein Beschenkter gewesen. Erst hat Gott mir Liebe geschenkt, dann Glauben, dann Hoffnung. Wenn ich jetzt zu ihm komme, wird er mir Gnade schenken, darauf vertraue ich fest.‘ Das zu hören muß dir doch auch gut tun.“

„Danke, Ruthild“, sagte ich. Mehr konnte ich nicht herausbringen. Langsam ließ ich den Hörer sinken und hängte ein.

Dieter erschien an der Terrassentür. Freundlich fragte er: „Ist dieses Osterfest für dich zu einem ganz besonderen Auferstehungsfest geworden?“

„Ja!“ antwortete ich spontan. Ich setzte mich auf den nächsten Stuhl. „Ja“, wiederholte ich, „aber auf andere Weise, als ihr denkt.“

„Ist Helmut am Leben?“ Dieters Stimme hatte sich verändert. Sie klang so, als ob ihn nichts anderes interessiere.

„Er ist in Gefangenschaft gestorben. Und ich habe eben gehört, wie er gestorben ist.“ Nach dem Schock und der Anspannung kamen mir nun die Tränen.

„Willst du es uns erzählen?“ bat Großmutter sanft.

Ich nickte, schluckte und berichtete.

„Mein ganzes Leben lang bin ich ein Beschenkter gewesen“, wiederholte Großmutter, als ich geendet hatte.

„Das hat er sagen können in dem Moment, in dem ihm alles genommen wurde!“ betonte ich.

„Er war eben wirklich ein Beschenkter“, sagte Reni. „Was ist mit all denen, die nichts geschenkt bekommen?“

„Die gibt es nicht“, antwortete Großmutter. „Aber viele merken nicht, womit sie beschenkt sind, weil sie alles als Selbstverständlichkeit betrachten. Und dann gibt es natürlich noch dies, daß wir bereitliegende Geschenke nicht annehmen.“

„Welche wären das?“

„Vertrauen können. Beten dürfen. Vergebung empfangen.“

„Na ja“, begann Reni, „solche Geschenke ...“

„Solche Geschenke hat Helmut gemeint“, vollendete ich den angefangenen Satz.

Frau Wendland streichelte über Renates Köpfchen und sagte

leise: „Für mich waren auch meine Kinder Geschenke Gottes."

„Oh!" Reni hob den Kopf und sah ihre Schwiegermutter an. Auch Herr Wendland wendete seiner Frau das Gesicht zu. „Geschenke, die dich mit viel Mühe und Verantwortung beladen haben", ergänzte er.

Ich war mir nicht sicher, ob Reni es gehört hatte. Sie blickte Frau Wendland in die Augen und sagte: „Ich glaube, damit kann ich etwas anfangen."

Aufatmend lehnte ich mich zurück; und dann wurde es mir schwindlig. Wie aus weiter Ferne hörte ich Großmutter rufen: „Kind! Monika! Was ist dir?"

Schwach nahm ich wahr, daß eine Hand nach meinem Puls faßte und sich wenig später auf meine Stirn legte. Dieters Stimme erläuterte: „Der doppelte Schock war zuviel für sie. Erst die Freude, und dann kurz darauf die Enttäuschung."

Ich wollte protestieren, wollte ihm erklären, daß ich keine Freude empfunden hatte, nur eine lähmende Dumpfheit und irgendwo im Hintergrund meines Herzens eine drohende Ausweglosigkeit. Aber meine Lippen gehorchten mir nicht, und so erfuhr Dieter nie, daß ich um seinetwillen erschrocken war, als Ruthild zu reden begann.

Die warme Hand auf meiner Stirn strich sanft nach oben, bis sie auf meinen Haaren liegen blieb.

„Ist irgend etwas Schlimmes mit Moni?" Ich erkannte die Angst in Renis Frage.

„Gott sei Dank nicht. Sie wird bald wieder in Ordnung sein. Wir lassen sie am besten eine Weile ganz in Ruhe."

„Ja, tut das!" bat es in meinem Innern. „Laßt mich das erst einmal verkraften, daß ich mich vor der Notwendigkeit gesehen hatte, zwischen Helmut und Dieter wählen zu müssen." Ich hielt die Augen geschlossen und versuchte, ruhig zu atmen. Die Hand wurde von meinem Kopf gezogen. Großmutter sagte: „Schaut, sie bekommt wieder Farbe!"

Dann folgten sie Dieters Rat und kehrten zu einer wenngleich gedämpften Unterhaltung zurück.

Als ich mich aus meiner zurückgelehnten Stellung aufrichtete und die Augen wieder öffnete, sah ich Dieters Blick mit einem fremden Ausdruck auf meinem Gesicht haften. Es hätte Mitleid sein können, aber auch Schmerz. Vielleicht war es nur ärztliche Sorge. Ich kam nicht dazu, darüber nachzudenken, denn Frau Wendland hatte bemerkt, daß ich mich geregt hatte, und fragte: „Geht es Ihnen besser, Monika? Sie glauben nicht, wie leid es mir tut, daß Ihr letzter Tag auf Hasenheide Ihnen so verdorben wurde."

Ich bemühte mich um ein antwortendes Lächeln. „Ruthild hat mir ein Wechselbad bereitet, das hat mich mitgenommen", gab ich zu. „Aber die Nachricht selbst hat mir den Tag nicht verdorben, im Gegenteil. Mit Helmuts Tod hatte ich mich abgefunden. Nun zu erfahren, wie er gestorben ist, tut eher gut."

„Du hast recht behalten mit deinem Gefühl, daß er den Absturz überlebt hatte, ja sogar damit, daß er dir eine letzte Botschaft sandte", sagte Dieter. Nicht nur sein Blick, auch seine Stimme kam mir fremd vor.

„Eigentlich war es unverzeihlich von Ruthild, daß sie zuerst eine Hoffnung in dir geweckt hat", meinte Reni.

„Es war gar keine Hoffnung, eher ein Erschrecken. Ist das nicht seltsam?"

„Nicht seltsam, sondern völlig normal", antwortete Großmutter. „Wenn man mit einer Periode seines Lebens abgeschlossen hat, schreckt man vor einer möglichen Fortsetzung zurück. Man hat ein anderes Verhältnis zu dem gewonnen, was gewesen ist. Man hat sich selbst verändert. Es gibt keine reibungslose Anknüpfung mehr. Ich kenne das aus eigener Erfahrung."

„Darf ich neugierig sein, Großmutter?" fragte ich abends, als ich sie in ihr Zimmer gebracht hatte.

Sie lächelte mich an. „Ich habe darauf gewartet. Du möchtest wissen, wann sich mir einmal die Fortsetzung einer abgeschlossenen Periode bot?"

Ich nickte, ebenfalls lächelnd, wenngleich ein bißchen verlegen.

„Es war anders als bei dir", erzählte sie zu meinem Erstaunen bereitwillig. „Eine Romanze war zu Ende gegangen, nicht durch den Tod, sondern durch trennende Umstände. Es hatte mir bitter zu schaffen gemacht, aber dann lernte ich deinen Großvater kennen und wurde glücklich mit ihm."

„Und er?“

„Er? Du meinst meine erste Liebe? Es war Kurt Buchen, heute kann ich ruhig darüber reden. Seine Ehe scheiterte damals rasch, er brachte seinen kleinen Sohn zu seiner Schwester Ruth und ging nach Amerika. Das Geschäft, das er dort aufbaute, florierte; aber er hatte Heimweh nach Gut Buchen. Er kam zurück, um es selbst zu bewirtschaften. Zwei Jahre nach dem Tod deines Großvaters trafen wir uns bei Ruth wieder. Ich hatte den Kontakt zu ihr nicht abreißen lassen. Sie hat Ruben Rosenbusch geheiratet, einen Berliner Geschäftsmann; ich habe ihn später kennengelernt und mochte ihn sehr. Beide haben mich von Berlin aus mehrmals für einige Tage besucht. Meistens brachten sie Kurts Sohn und ihre einzige Tochter Esther mit, die im Alter zwischen meinen zwei Töchtern lag. Die Mädchen verstanden sich recht gut. Na ja, damals hätte ich Gutsherrin von Buchen werden können.“

„Aber du wolltest nicht?“

„Als ich Kurt wiederbegegnete, wußte ich, daß nichts mehr war wie früher.“

„Hättet ihr es nicht zurückholen können?“

„Zurückholen? Nein. Es hätte ein Neubeginn werden müssen, gewissermaßen ein Sich-neu-Kennenlernen. Kurt war wohl dazu bereit. Ich nicht.“

„Warum nicht? Wegen Großvater?“

„Ich weiß es bis heute nicht. Kurt merkte, daß ich mir meiner nicht sicher war. Er gab mir Bedenkzeit. Im nächsten Jahr schon war er gefallen – 1914, im ersten Kriegsmonat. Sein Junge fiel im letzten.“

„Und was wurde aus Ruth?“

„Nach dem Krieg lebte sie in einer andern Welt als ich; ich habe die Beziehung abgebrochen. Heute denke ich, daß ich mich ihr gegenüber meiner Armut geschämt habe.“

„Wieso wußtest du, daß sie das Gut verkauft hatte?“

„Das habe ich später erfahren. Ruben Rosenbusch hat die Zeichen der Zeit früh erkannt. Schon vor Hitlers Machtübernahme sind er und Ruth nach Amerika ausgewandert. Sie nahmen ihren damals zehnjährigen Enkel mit. Er hieß Simon. Simon Prinz.“

„Was wurde aus der Tochter?“

„Esther war nach einer früh geschlossenen und bald wieder geschiedenen Ehe gerade mit dem Aufbau einer neuen Existenz erfolgreich. Sie lebte mit einem Freund zusammen und wollte nicht aufgeben."

„Weißt du, was aus ihr geworden ist?"

„Sie hat im letzten Augenblick Deutschland verlassen. Ich hoffe, daß es ihr gelungen ist, zu ihren Eltern und zu ihrem Jungen zu kommen."

„Der müßte jetzt Mitte zwanzig sein", rechnete ich nach.

Großmutter nickte. „Manchmal, wenn die Bomber über uns hindonnerten, fragte ich mich, ob Ruths Enkel in einem von ihnen säße", sagte sie mit bitterem Lächeln.

„Woher weißt du über das alles Bescheid?"

Großmutter zögerte lange mit der Antwort. Schließlich sagte sie: „Esther ist auf mich zugekommen, als sie nicht mehr aus noch ein wußte. Wir haben ihr die Ausreise nach Schweden verschafft."

„Wen meinst du mit wir?"

„Elsbeth und mich."

„War das nicht sehr gefährlich für euch? Wie habt ihr es überhaupt möglich gemacht?"

„Es war gefährlich, und es war kompliziert", bestätigte Großmutter. „Wir waren auf die Mithilfe zuverlässiger Leute angewiesen und mußten Elsbeths Chef ins Vertrauen ziehen. Er unternahm eine Dienstreise nach Schweden, und Esther fuhr mit Elsbeths Papieren als seine Sekretärin mit."

„Es mußte doch auffallen, daß sie nicht mit zurückkam."

„Angeblich ist sie in Schweden krank geworden, so daß sie erst nach ihrer Genesung allein nach Hause reiste. Wir brauchten dazu gefälschte Arztunterlagen und Zeugenaussagen, die er in Schweden besorgte. Die eigentliche Schwachstelle war, daß wir die verspätete Heimkehr der Sekretärin vortäuschen mußten. Natürlich durfte sich Elsbeth in der Zeit nirgends blicken lassen. Sie hielt sich vorsichtshalber auch nicht in unsrer Wohnung auf. Das war ein Glück, denn irgendwie muß doch ein Verdacht auf uns gefallen sein. Wir standen unter Beobachtung, zweimal fanden bei mir Haussuchungen statt, und alles wurde auf den Kopf gestellt. Aber nachweisen konnten sie uns nichts. Das hat sie ja so aufgebracht, daß . . ."

Großmutter brach plötzlich ab. Ihr ganzer Körper zitterte.

Erschrocken starrte ich sie an. „Was hast du sagen wollen? Es muß etwas Schreckliches sein."

„Ich habe mir vorgenommen, nie darüber zu reden."

„Es tut dir sicher gut, wenn du es einmal los wirst."

Sie seufzte. „Du hast recht, Kind. Eigentlich sehne ich mich schon lange danach. Aber ich wollte euch nicht damit belasten, deinen Vater nicht, und dich erst recht nicht."

Ihre Stimme war vor Erregung heiser, als sie zu berichten begann: „Es war im November 1938, am Abend, als die Synagogen brannten und die Scheiben in den Wohnungen und Geschäften der letzten deutschen Juden zu Bruch gingen; der Volksmund sprach anschließend von der Reichskristallnacht. Ich war bei Freunden gewesen, es war spät geworden, ich war allein auf dem Heimweg. An mehreren Stellen in der Stadt gab es Menschenaufläufe, wo Geschäfte geplündert wurden. Eine aufgehetzte Meute beschimpfte und verprügelte irgendwelche Opfer, die man sich gegriffen hatte, vermutlich Ladenbesitzer, die nach dem Rechten hatten sehen wollen. Obwohl ich mich schämte, machte ich keinen Versuch, mich dagegen zu stellen. Es war feige von mir."

„Großmutter! Was hättest du tun können?"

„Das fragten sich viele. Aber wenn wir alle, statt zu fragen, gehandelt hätten, wäre vielleicht manches nicht geschehen."

„Wie soll ich mir so ein Handeln vorstellen?"

Großmutter seufzte. „Ach, Kind, ich weiß es ja auch nicht. Ich weiß nur, daß es mir nichts genützt hat, mich heraushalten zu wollen."

„Wieso?"

„Kurz vor unserer Wohnung geriet ich in einen Trupp Nazischläger. Sie johlten hinter einer davontorkelnden Frau her. Ich wollte einen Bogen um sie machen, aber genau das war falsch. Sie merkten es und kreisten mich ein. Vielleicht wäre ich mit ein paar Anpöbelungen davongekommen, doch zu meinem Schrecken war unter ihnen einer der Männer, die bei uns nach Esther gesucht hatten. Er erkannte mich. Ich höre ihn heute noch triumphieren: ‚Da haben wir ja noch eine Judenfreundin erwischt! Die soll auch ihren Denkzettel kriegen!' Einer der andern sagte: ‚Das behauptest du wohl von jeder, die hier vorbeikommt!', ein zweiter mahnte: ,Koller, das geht zu weit!', und ein dritter erklärte energisch: ,Die Frau wird nicht angerührt!' Das wirkte. Sie öffneten den Kreis um mich und gingen weg. Der Mann, den sie Koller nannten, blieb stehen und sah ihnen nach. Er schien unschlüssig. Dann wandte er sich hinter ihnen her. Ich atmete auf und wollte weitergehen, da kam er die paar Schritte zurück, fuhr mich an: ,Und du verbirgst doch eine Judensau bei dir!' und gab mir einen Stoß, der mich nach hinten fallen ließ. Mehr weiß ich nicht. Im Krankenhaus, wo ich aufwachte, habe ich erfahren, daß ich auf die Bordsteinkante aufgeschlagen war und mir das Rückgrat verletzt hatte."

„Wie kamst du ins Krankenhaus?"

„Fremde, die vorbeikamen, haben mich gefunden und den Krankenwagen benachrichtigt. Da niemand den Vorfall beobachtet hatte, erklärte man sich meinen Zustand mit einem Sturz, hervorgerufen durch eine plötzliche Schwäche. Ich beließ es dabei."

„Hättest du diesen Koller nicht anzeigen können?"

„Dabei wäre ich das Risiko eingegangen, daß der Verdacht wegen Esther verstärkte Aufmerksamkeit gefunden hätte. Das mußte ich schon um Elsbeths willen vermeiden."

„War sie damit einverstanden?"

„Sie hat nie etwas anderes als die Unfall-Theorie gehört."

Verständnislos sah ich Großmutter an. „Warum das?"

„Damals war es besser, so etwas für sich zu behalten. Auch deine Eltern habe ich nicht informiert."

„Sie hätten dich doch nicht verraten!"

„Gewiß nicht. Aber es hätte ihnen einmal etwas herausrutschen können. Das hätte nicht nur mir, sondern auch ihnen geschadet."

Ich nickte und versuchte, mir das ganze Ausmaß vorzustellen.

„Aber dann hinterher, warum hast du weiterhin geschwiegen?"

„Was hätte es gebracht, wenn ich nachträglich mit meinem Bericht herausgerückt wäre? Ich wollte mich nicht dem Verdacht aussetzen, daß ich mich aufspiele."

Ich verstand sie und fragte, die andere Linie meiner Gedanken verfolgend: „Du sagst, Esther hätte niemals was von sich hören lassen. Dann weißt du also nicht einmal, ob es sich gelohnt hat, was du auf dich genommen hast?“

„Nach Kriegsende habe ich auf ein Lebenszeichen von ihr gewartet“, gab Großmutter zu, „leider vergeblich. Aber das muß nichts besagen. Es kann Post verloren gegangen sein. Ich hatte ja inzwischen mehrfach die Adresse gewechselt.“

„Du könntest dich bei ihren Eltern in Amerika erkundigen, ob sie heil angekommen ist.“

„Damit Rosenbuschs denken, ich bettele um CARE-Pakete?!“

Ihr Argument brachte mich zum Schweigen. Viele Deutsche hatten erstaunt, beschämt und dankbar zur Kenntnis genommen, daß in Amerika eine großzügige Hilfsaktion angelaufen war. Amerikaner, die Beziehungen nach Deutschland besaßen, konnten eine Lebensmittelsendung an private Adressen veranlassen. Etliche Deutsche hatten sich wieder an entfernte und lange nicht kontaktierte Bekannte in Amerika erinnert und ihnen in der Hoffnung auf Pakete geschrieben; andere, die auf frühere Beziehungen hätten zurückgreifen können, waren zu stolz dazu. Ich verstand gut, warum Großmutter von sich aus keinen Schritt auf Rosenbuschs zu tun würde.

Kapitel 17

Als ich Vater von meinem Entschluß berichtete, Dieters Sprechstundenhilfe zu werden, sagte er spontan: „Vielleicht ist es gut, daß ich vor Ostern schon meinen Brief an Wendland abgeschickt habe. Er könnte ihn in die falsche Kehle bekommen, wenn er ihn als Reaktion auf deine Anstellung begriffe. Es ist schade, daß er so überempfindlich ist.“

„Wovon redest du eigentlich, Vater?“

Er hielt mir den Durchschlag eines Briefes hin.

„Lieber Wendland“, las ich erstaunt, „ich habe Frau Dr. Bott gebeten, Ihnen noch nicht zu verraten, daß ich der Käufer ihres Hauses bin, weil ich es Ihnen gern selbst mitteilen möchte. Der Gedanke, das Doktorhaus zu erwerben, kam mir, als ich Sie im Januar dort besuchte und Frau Dr. Bott beiläufig erwähnte, wenn es je einen Interessenten für den alten Kasten gäbe, würde sie sofort mit ihm handelseinig. Mir erschien es wie ein Wink des Himmels. Auf dem Lande aufgewachsen, hatte ich schon immer die stille Sehnsucht, mich in meinem Alter wieder in einem Dorf anzusiedeln. Das schöngelegene Haus am Ortsrand hatte es mir sofort angetan. Sie sprachen davon, daß Sie zwar an der Praxis, aber nicht an den Wohnräumen interessiert seien, weil Sie hofften, in absehbarer Zeit ein Auto zur Verfügung zu haben und dann auf Hasenheide wohnen zu können.

Ich sagte nicht gleich, was mir durch den Kopf ging, weil die Sache erst überlegt und auch durchgerechnet werden mußte. Aber nachdem das nun geschehen ist, habe ich den Kauf perfekt gemacht. Ich freue mich wie ein kleiner Junge und hoffe nur, daß ich lange genug leben werde, um meinen Alterssitz genießen zu können.

Miet- und Pachtverträge lege ich im Entwurf bei. Wenn sie Ihnen zusagen, schicken Sie sie mir bitte unterschrieben zurück.“

Ich schaute vom Blatt auf und fiel Vater um den Hals.

„Du freust dich also“, sagte er gerührt. „Ich wußte nicht so recht, wie du es aufnehmen würdest, daß ich von hier weg will.“

„Zunächst hat es ja Zeit damit. Solange ich studieren werde, wohnst du bestimmt noch hier; und wer weiß, wohin es mich später verschlägt! Aber hör mal, was soll denn der Satz vom Lang-genug-Leben in dem Brief?! Der hat mir einen kleinen Schock bereitet!“

Sein Gesicht wurde ernst. „Es ging mir in der letzten Zeit nicht gut. Dr. Stommel hat mich untersucht und angeordnet, daß ich zu einer mehrwöchigen Kur muß. Gott sei Dank ist es keine ernsthafte Krankheit, nur ein Zustand totaler Erschöpfung.“

„Kein Wunder, bei deiner Überarbeitung! Wie gut, daß Dr. Stommel sich um dich gekümmert hat!“

„Stommels und Frau Dr. Linke haben mir auch versprochen,

daß ich mir deinetwegen keine Gedanken machen muß. Sie wollen nach dir schauen, und du kannst dich jederzeit an sie wenden."

Empört hielt ich ihm vor: „Ich bin ein erwachsener Mensch, kein Kind mehr, bei dem man nach dem Rechten sehen muß!"

„Auch erwachsene Menschen brauchen manchmal einen andern", sagte er leise.

Das traf mich. Ich senkte den Kopf und antwortete: „Du hättest mich gebraucht, und ich war in meinen alten Fehler zurückgefallen, nicht nach den Menschen neben mir zu fragen. Vater, kann ich überhaupt mit gutem Gewissen die Stelle bei Dieter annehmen und dich hier allein lassen?"

„Kind, es wird Zeit, daß jeder von uns seinen eigenen Weg weitergeht."

Dieters Bemerkung über eine mögliche Wiederheirat Vaters fiel mir ein.

„Kannst du dir vorstellen, eine neue Ehe einzugehen?" fragte ich.

Seine Augenbrauen hoben sich. „Wie kommst du darauf?"

„Kannst du es dir vorstellen?" beharrte ich.

„Im Anfang erschien es mir undenkbar", antwortete er langsam.

Für mich war das Antwort genug. Um zu einem anderen Thema überzugehen, sagte ich rasch: „Ich habe Ruthild versprochen, daß sie den Sommer über bei uns wohnen darf . . ."

Ich stockte; erst jetzt kam mir in den Sinn, wie selbstverständlich ich Vater eine Hausgenossin aufgehalst hatte, ohne auch nur in Erwägung zu ziehen, daß er vielleicht eigene Pläne haben könnte.

Er verstand mein Zögern und bat rasch: „Gräm dich nicht, Monika! Falls Ruthild noch da ist, wenn ich zurückkomme, werde ich sie gern eine Zeitlang um mich haben. Ich denke, sie wird Leben mitbringen."

Das tat sie, mehr als ich mir vorgestellt hatte. Gleich nach dem Beginn des Hebräischkurses fragte Ruthild, ob sie zweimal in der Woche unser Wohnzimmer benutzen dürfe. Ihre Lerngruppe wolle sich reihum treffen.

Nach dem gemeinsamen Lernen gab es fast immer noch ein Schwätzstündchen oder einen Bummel, und wenn ich frei hatte, war ich mit von der Partie. Nach kurzer Zeit fiel es allen auf, daß einer der Teilnehmer, Franz, sich dabei hartnäckig an meiner Seite hielt.

„Wie stellst du es bloß an, daß du soviel Aufmerksamkeit bei Männern findest?“ fragte Ruthild.

„Sie halten mich für hübsch. Aber darüber bin ich gar nicht glücklich. Wenn jemand sich durch mein Gesicht oder durch meine Figur oder durch sonst irgendeine Äußerlichkeit angezogen fühlt, dann geht es nämlich gar nicht wirklich um mich.“

„Zunächst nicht“, stimmte Ruthild zu. „Aber man hat dich wenigstens bemerkt, und erst daraus erwächst die Chance, dich so kennenzulernen, wie du bist. Mich haken sie von vornherein als unscheinbare graue Maus ab.“

„Willst du im Ernst behaupten, daß niemals jemand von dir Kenntnis genommen hat?“

Ihr Gesicht veränderte sich, wurde weicher und wärmer. „Nein, das darf ich nicht behaupten“, gab sie zu.

Ich wartete, ob sie bereit wäre, mehr zu sagen, aber sie schüttelte leicht den Kopf.

„Es konnte nichts daraus werden“, war alles, was sie äußerte.

„Ich bin überzeugt, wer Gelegenheit hat, öfter mit dir zusammenzusein, der weiß dich sehr bald zu schätzen.“

„Als guten Kumpel, ja. Aber irgendwann wünscht man sich mehr. Ich denke, so eine Sehnsucht nach völligem Ernstgenommenwerden und gleichzeitiger ritterlicher Verehrung – oder wie immer ich das beschreiben soll –, also so ein Wunsch sitzt tief in uns drin. Der ist uns angeboren. Und sag mir nicht, der käme durch das Lesen von Liebesromanen! Eher ist es umgekehrt: Solche Romane werden gelesen, weil sie dem Wunsch wenigstens in der Welt der Fantasie eine Erfüllung vorgaukeln.“

„Liest du sowas?“

„Ja, wenn ich mal Zeit dazu habe“, gestand sie. Nach ihrem hebräischen Lehrbuch greifend, setzte sie hinzu: „Meistens habe ich anderes zu tun. Im übrigen will Franz am Wochenende einen gemeinsamen Ausflug organisieren. Natürlich hofft er auf deine Teilnahme.“

Wirklich brachte Franz am nächsten Tag seinen Plan zur Sprache. „Mittags picknicken wir, und für den Abend weiß ich ein kleines Tanzrestaurant", erzählte er eifrig. „Das würde dir doch sicher auch Spaß machen, Monika?"

„Ich habe seit drei Jahren nicht mehr getanzt." Während ich es sagte, stieg Übelkeit in mir auf. Mein letzter Tanzpartner war Karlheinz gewesen. Ich schluckte und versuchte, mir nichts anmerken zu lassen.

„Wie ist es, Monika?" drängte Franz.

„Es könnte sein, daß ich Dienst habe", antwortete ich zögernd. „Ich muß erst noch mit einer Kollegin reden."

Ich verriet nicht, welche Art von Unterredung es war, die ich im Sinn hatte. Vorhin erst hatte ich Heidrun jammern hören, wie wenig ihr diesmal der Samstags-Dienst passe. Wie gern fände sie jemand, der seinen freien Tag mit ihr tausche. Aber das wolle natürlich gerade am Wochenende niemand tun. Nun – ich wollte, und morgen würde ich es ihr anbieten.

Zunächst aber wurden meine Gedanken in eine völlig andere Bahn gelenkt. Die Lerngruppe hatte sich noch nicht lange verabschiedet, da stand ein Besucher vor der Tür: Martin Merck, ein ernster junger Mann im feldgrauen Rock, von dem die militärischen Zeichen entfernt waren. Viele junge Leute trugen in Ermangelung anderer Kleider ihre Wehrmachtsklamotten weiter, aber an Martin Merck fiel es mir auf. Es war so, als ob er den Krieg, den wir hinter uns gelassen hatten, noch mit sich herumtrüge. Mich begrüßte er zurückhaltend, Ruthild mit einer freundlichen Vertrautheit, die offenbar das Resultat seines Besuchs bei Rullmanns war.

Helmut und er hatten kaum mehr als vier Monate im gleichen Lager verbracht. Aber in dieser Zeit war eine Freundschaft gewachsen, wie sie wohl nur unter extremen Bedingungen möglich ist. Helmut hatte den Kameraden an seinem Inneren teilhaben lassen. Das ging aus jedem Wort Martins hervor, und es fesselte mich so sehr, daß ich nicht merkte, wie die Zeit verflog. Helmuts Pläne, seine schwächer werdenden Hoffnungen auf Gesundung und Heimkehr, sein innerer Kampf bis zur endgültigen Einsicht, daß er vom Tod gezeichnet war, all das war Gegenstand des Berichts, den Martin uns gab. Immer von neuem fragend, drangen wir in die Welt dieser Monate im Gefangenenlager ein. Ruthild war dabei kaum weniger beteiligt als ich. Erst jetzt begriff ich völlig, wie nahe sich Bruder und Schwester gestanden hatten.

Mitternacht war vorbei, als Martin sich verabschiedete. Er versprach, bald wieder von sich hören zu lassen.

Am nächsten Tag fiel mir Heidrun beinahe um den Hals, als ich ihr mein Tauschangebot unterbreitete. Ruthild dagegen wollte mich wegen der Samstagsarbeit bedauern; aber ich gestand ihr ehrlich, es sei nicht schlimm für mich. Nach dem Dienst würde ich erst in die Badewanne steigen und mich dann mit einem Schmöker auf der Couch niederlassen. Insgesamt würde es ein Abend zum Auspendeln, Entspannen, Faulenzen und frühen Einschlafen.

Diesem Programm stand sie recht ungläubig gegenüber. Sie vermutete nicht zu unrecht, daß ich über Examensvorbereitungen sitzen würde, statt mich zu erholen, und so gab sie keine Ruhe, bis ich ihr in die Hand hinein zusagte, daß ich das verlokkende Freizeitprogramm von vorn bis hinten einhalten würde.

Und dann brach ich mein Versprechen doch.

Ich hatte mich nach einem ausgiebigen Bad gerade in bequeme alte Sachen geworfen, als es schellte. Eigentlich wollte ich es ignorieren; ich wußte aus reicher Erfahrung, daß jemand, der bei uns schellte, im allgemeinen zu Ruthild wollte. Aber als es zum zweiten Mal und heftiger klingelte, öffnete ich die Tür doch. Draußen stand Dieter.

Außer einer freundlichen Geburtstagskarte, auf der er den Wunsch ausdrückte, daß mein neues Lebensjahr uns eine gute Zusammenarbeit bringen würde, hatte ich seit Ostern nichts von ihm gesehen oder gehört.

„Wie kommst du denn hierher?“ fragte ich vor Verblüffung nicht gerade geistreich. In der offenen Tür stehend, bewegte ich mich nicht und schaute ihn nur an.

„Willst du mich nicht reinlassen?“ erkundigte er sich.

„Doch. Natürlich“, antwortete ich wie erwachend. „Oh Dieter, was für eine Überraschung! Warum hast du dich nicht angemeldet? Um ein Haar wäre ich nicht zu Hause gewesen.“

„Sondern wo?“ fragte er, ins Zimmer tretend.

„Tanzen, mit Ruthild und ihrer Gruppe."

„Dann ist es ihr also gelungen, dich wieder zu einem normalen jungen Mädchen zu machen!" stellte er fest. Er mußte meinem Gesicht anmerken, daß er etwas Falsches gesagt hatte.

„Was ist los, Monika?" Erschrocken machte er einen Schritt auf mich zu.

„Ach Dieter!" brach es aus mir heraus. „Ich habe solche Angst, daß ich nie mehr ein normales Mädchen sein werde! Die bloße Einladung zum Tanzen mit harmlosen netten Leuten hat mir Übelkeit verursacht."

„Was ist am Tanzen Schreckliches?"

„Daß ein Mann mich anfaßt, den Arm um mich legt . . ."

Ich brach ab, denn er war noch einen Schritt näher an mich herangetreten und legte mir langsam beide Hände auf die Schultern. Unsicher sah ich zu ihm auf. Er beugte sich vor und küßte mich auf die Stirn. Dann schob er mich ein kleines Stück von sich weg und sah mir, immer noch die Hände auf meinen Schultern, aufmerksam ins Gesicht.

„Du schüttelst dich ja gar nicht?"

„Bei dir doch nicht, Dieter!"

„Muß ich dich darauf aufmerksam machen, daß auch ich ein Mann bin?" fragte er.

Vor dem seltsamen Licht in seinen Augen wollte ich den Blick senken, aber es gelang mir nicht. Seine Hände rutschten von meinen Schultern meinen Rücken hinunter, seine Arme legten sich um mich. Er zog mich an sich und küßte mich auf die Lippen.

„Jetzt zitterst du", sagte er innehaltend.

„Ja", bestätigte ich. „Aber nicht vor Ekel."

„Oh du!" flüsterte er. „Du, du, du!"

Er hielt mich sehr fest und küßte mich erneut, behutsam, voller Zärtlichkeit.

„Hast du noch immer Angst?" fragte er schließlich dicht an meinem Ohr.

„Nur davor, daß du mich wieder losläßt."

Er atmete schwer. „Ich muß es", sagte er und trat von mir zurück.

Wir sahen uns an, bis seine Augen zu lächeln begannen. „Ich

kann dir versichern, daß du eine normale Frau bist. Glaubst du mir's ?"

Er wartete keine Entgegnung ab, sondern fuhr in verändertem Tonfall fort: „Ich muß wieder weg. Tante Babette liegt im Sterben. Wir wurden benachrichtigt, und weil ich heute Praxisvertretung habe, bin ich hergefahren. Sie macht es vielleicht noch ein paar Stunden, aber sie ist nicht mehr bei Bewußtsein, darum habe ich mir erlaubt, sie kurz zu verlassen. Hier zu sein, ohne dich zu sehen, hätte ich nicht übers Herz gebracht. Aber jetzt bin ich ihretwegen unruhig. Siehst du das ein?"

„Natürlich, auch wenn es mir leid tut."

„Ich rufe dich morgen an", versprach er und wandte sich zur Tür. Als sie hinter ihm zuschlug, wäre ich ihm am liebsten nachgelaufen. Statt dessen trat ich ans Fenster und sah ihn mit großen Schritten eilig davonstreben.

Aufgewühlt, wie ich war, konnte ich mich nicht zur Lektüre des Buches zwingen, auf die ich mich vorher gefreut hatte. Auch Ruthild mochte ich nicht mehr begegnen, sie würde mir anmerken, daß etwas geschehen war. Aber ich wollte nicht darüber reden. So ging ich früh zu Bett.

Ruthild weckte mich nicht, als sie kam. Ich revanchierte mich am nächsten Morgen und machte mich leise zu meinem Dienst davon. Wir sahen uns erst wieder, als ich müde aus der Klinik antrottete.

„Es ist ein Telegramm von deinem Vater da", berichtete sie sogleich. „Er trifft morgen um 16.17 Uhr ein."

„Er wird sich freuen, wenn ich ihn am Bahnhof abhole. Morgen habe ich dienstfrei. Sonst noch was?"

„Dieter hat angerufen. Er war hier bei seiner Tante Babette, wußtest du das? Sie ist heute nacht gestorben, und er hat alles mit dem Beerdigungsinstitut geregelt und fährt jetzt wieder heim, weil er morgen in der Praxis sein muß. Dafür wird seine Mutter herkommen. Er rechnet damit, daß sie sich bei uns meldet."

„Das will ich doch hoffen! – Wie war denn euer Ausflug?"

„Och – ganz nett."

„Das klingt, als ob ich nicht viel versäumt hätte."

„Du hättest wahrscheinlich mehr getanzt als ich", antwortete sie und verriet mir damit, woran es gehapert hatte.

„Wann bist du denn heimgekommen?"

„Nach Mitternacht. Es war lieb von dir, daß du mich ausschlafen lassen wolltest."

„Wieso nur *wolltest?* Ich habe mir doch solche Mühe gegeben, leise zu sein. Habe ich dich trotzdem geweckt?"

„Du nicht, aber der Telegrammbote, und wenn der's nicht getan hätte, dann hätte das Telefon dafür gesorgt, daß ich wach wurde."

„Hat Dieter so früh angerufen?"

„Er nicht. Martin Merck war's."

„Was wollte er?"

„Eine Verabredung."

„Für wann?"

„Für heute vormittag. In deiner Ermangelung bin ich allein mit ihm weggewesen, erst im Gottesdienst und dann auf einem langen Spaziergang." Ihre Augen glänzten. „Du mußt nicht traurig sein", fügte sie tröstend an, „wir haben so gut wie gar nicht über Helmut gesprochen. Er hat viel von sich selber erzählt. Stell dir vor, er will auch in Mainz studieren! Er will Lehrer werden."

„Mit welchen Fächern?"

„Geschichte und Latein. Ursprünglich wollte er Erdkunde dazu nehmen, aber jetzt wird es wohl Religion werden."

„Hast du ihn dazu gebracht?" fragte ich ahnungsvoll.

„Nein, das hat er sich schon in der Gefangenschaft überlegt."

„Unter Helmuts Einfluß?"

„Das hat er nicht gesagt, aber ich halte es für möglich."

„Wenn man euren missionarischen Eifer kennt, muß man das nicht nur für möglich, sondern für wahrscheinlich halten. Sicher hast du ihn in seinen Plänen bestärkt?"

Sie grinste ein wenig verlegen und gestand: „Ich habe ihm zum vollen Theologiestudium geraten."

Ich mußte lachen, und sie stimmte ein. Schließlich fragte ich: „Wie hat er darauf reagiert?"

Errötend antwortete sie: „Er meinte, darüber müsse er sich noch länger mit mir unterhalten, und da er morgen abfährt, will er mich heute abend wieder treffen."

„Du", sagte ich liebevoll, „jetzt kannst du aber nicht mehr behaupten, daß dich keiner zur Kenntnis nimmt!"

Ruthild hatte sich erboten, nach dem Ablegen ihrer Sprachprüfungen bis zu meinem Examen bei uns zu bleiben und den Haushalt zu führen, damit ich zum ungestörten Lernen käme. Diese Zeit wurde so harmonisch, daß es uns allen leid tat, als sie sich dem Ende näherte.

Mittlerweile hatte sich zwischen Ruthild und Martin ein reger Briefwechsel entwickelt. Ich erinnerte mich daran, was mir Helmuts Briefe bedeutet hatten, und freute mich für Ruthild. Meine eigene Korrespondenz war nicht nur wegen der Examensvorbereitungen bescheiden. Hier und da kam ein kurzer Brief von Reni oder eine Karte von Großmutter.

Dieter schrieb auch jetzt nicht.

Seine Mutter hatte einen verschlossenen Umschlag mitgebracht, als sie uns anläßlich Tante Babettes Beerdigung aufgesucht hatte, und ihn Vater gegeben mit der Bitte, ihn aufzubewahren.

So hatte ich weiterhin auf Post von Dieter gewartet, bis mir eines Tages der bittere Gedanke kam, vielleicht seien Umarmung und Küsse nur ein Therapieversuch gewesen, um mir die Angst zu nehmen, daß ich nicht wie eine normale Frau reagieren könne. Aber ich verwarf den Einfall sofort. So sehr konnte ich mich selbst bei aller Unsicherheit über Dieters Absichten und Gefühle nicht in ihm täuschen.

Mehr als einmal nahm ich mir vor, den ersten Schritt zu tun und ihm zu schreiben. Wenn ich jedoch vor dem leeren Briefbogen saß, wußte ich nicht, wie ich es anfangen sollte. Weder konnte ich auf das Geschehene eingehen, noch konnte ich es einfach ignorieren. Vielleicht ging es ihm ähnlich, und er wartete auf unsere nächste persönliche Begegnung, um Klarheit über unsere Beziehung zu schaffen?

Der August neigte sich seinem Ende zu, die schriftliche Prüfung lag hinter mir, die praktische stand für die nächste und die mündliche für die übernächste Woche bevor, da lag plötzlich doch ein Brief von Dieter im Kasten. Ich öffnete ihn mit Herzklopfen.

„Liebe Monika", stand darin, „drei Jahre ist es jetzt her, seit Du zum ersten Mal nach Hasenheide gekommen bist, entscheidende Weichenstellungen in der Familie miterlebt und Mutters

Herz für Dich gewonnen hast. Mir ist der August immer einer der liebsten Monate gewesen, mit dem Erntesegen, den er brachte, ebenso wie mit der späten Blumenfülle und der leisen Schwermut vor dem Abgesang des Sommers. Auch jetzt blüht es hier in verschwenderischer Pracht. Erinnerst Du Dich noch, daß Du mir damals solch herrliche Sträuße ins Zimmer stelltest? Du erzähltest mir, daß die Dahlien in ihrem Ebenmaß für Dich ein besonderer Hinweis auf das Wunder der Schöpfung seien. Ich habe mir einen ganzen Arm davon in das etwas düstere Doktorhaus mitgenommen.

Frau Dr. Bott ist hier emsig dabei, alle Karteien zu sichten und auf den letzten Stand zu bringen. Überall verstreut sie Merkzettel für Dich, damit Du es leichter hast, Dich einzuarbeiten. Sie freut sich, daß sie geht; ich freue mich, daß Du kommst. Seit Du mir vor drei Jahren von Deiner Liebe zu Hasenheide erzählt hast, habe ich gedacht, wie schön es wäre, wenn Du hier leben könntest. Nun liegt es – wenigstens für eine gewisse Zeitspanne – vor Dir. Ich habe inzwischen die feste Zusage für ein gebrauchtes Auto, so daß der Weg zwischen dem Gut und dem Dorf kein großes Problem mehr sein wird.

Was Deine Stellung betrifft, so hat mir Frau Dr. Bott vor einigen Wochen die Verträge gezeigt, nach denen sie seinerzeit hier begonnen hat. Ich habe Abschriften davon angefertigt, damit Du überlegen kannst, ob entsprechende Abmachungen auch für uns in Frage kommen. Laß Dir von Deinem Vater den Umschlag geben, den Mutter bei ihm hinterlegt hat, und lies Dir die Verträge in Ruhe durch. Der Anstellungsvertrag als Praxis-Assistentin ist für Aufenthaltserlaubnis, Lebensmittelkartenzuteilung, Steuer und Versicherung wichtig und dürfte ohne weiteres Deine Zustimmung finden. Deine Entscheidung über den andern Vertrag, den ich beigefügt habe, erwarte ich indessen zwischen Bangen und Hoffen. Ich würde mir von Herzen wünschen, daß Du ihn akzeptierst." Zum ersten Mal stand unter einem Brief von ihm „Dein Dieter".

Vater war noch in der Klinik; ich mußte mich in Geduld fassen, bis ich den ihm damals anvertrauten Umschlag aufreißen und seinen Inhalt anschauen konnte.

Das erste Blatt, das ich ergriff, enthielt die Abschrift von Frau

Botts Arbeits- und Anstellungsvertrag. Ich nahm mir nicht die Zeit, ihn zu lesen, sondern entfaltete den zweiten Bogen. Der Text darauf trug die Überschrift „Ehevertrag".

Ich stand ganz still, aber in mir tobte ein Wirbel von Gefühlen. Vater mußte es spüren. Er schaute mir aufmerksam ins Gesicht.

Ich reichte ihm erst Dieters Brief und, als er ihn gelesen hatte, die beiden Vertragsabschriften hin. Er warf einen Blick darauf, sah mich mit Augen an, in denen die Freude glänzte, und sagte nur: „Wie typisch Dieter!"

„Findest du es typisch?"

„Aber ja! Du etwa nicht?"

„Ich weiß nicht, was ich denken soll."

„Wie typisch Monika!"

Ich mußte lachen. Meine Spannung löste sich.

„Was wirst du ihm antworten?"

„Das weißt du doch, Vater! Und ich hoffe, daß nicht nur Dieter damit zufrieden sein wird, sondern daß es auch dir gefällt."

„Mir kannst du nichts Lieberes tun, als mich um Dieters willen zu verlassen. Hast du es Ruthild schon erzählt?"

„Nein, und damit werde ich auch noch warten. Erst kriegt Dieter Antwort."

Ich schrieb: „Akzeptiert – beides! Und von Herzen gern!
Bald ganz und für immer Deine Monika."

Dann machte ich mich mit Hochdruck ans Lernen.

Am Tag nach der praktischen Prüfung war ich allein zu Hause – Vater hatte Dienst, Ruthild war einkaufen gegangen –, als es zweimal kurz und heftig schellte. Unzufrieden mit der Störung öffnete ich die Tür. Draußen stand ein Fremder, seiner Uniform nach ein amerikanischer Militärpolizist.

„Ich suche Dr. Kaltz, falls er der Schwiegersohn einer Frau Vollmer ist." Er sprach akzentfreies Deutsch in einem bemerkenswert unfreundlichen Tonfall.

„Dr. Kaltz ist nicht da", erklärte ich ihm knapp.

„In welcher Beziehung stehen Sie zu Dr. Kaltz?" fragte er.

„Mit welchem Recht wollen Sie das wissen?"

Er zog ein Papier aus der Tasche und schaute darauf nieder.

„Wir sind beauftragt, den Aufenthaltsort einer Frau Lisa Vollmer ausfindig zu machen. Es liegt eine Anfrage nach ihr vor."

„Von wem?"

„Kennen Sie sie?"

„Sie ist meine Großmutter. Wer sucht sie?"

Er schaute mich prüfend an, ehe er antwortete. „Sagt Ihnen der Name Saimen Prins etwas?"

„Saimen Prins?" überlegte ich. Dann ging mir ein Licht auf. „Sie meinen Simon Prinz?"

Der Polizist hielt mir das Papier hin. Mit Druckbuchstaben waren darauf drei Namen geschrieben: „Lisa Vollmer geb. Wirth, Dr. Gerhard Kaltz, Simon Prince". Darunter stand Großmutters frühere Adresse. Von anderer Hand war die Anschrift unseres zerbombten Hauses hinzugefügt.

Inzwischen war mir klar, daß die Suche nach Großmutter von Mitgliedern der Familie Buchen ausging.

„Mir ist der Name Esther Prinz bekannt", eröffnete ich dem Polizisten.

Er schien keine Notiz davon zu nehmen, sondern fragte: „Sprechen Sie Englisch? Prince hat ziemliche Mühe mit dem Deutschen."

„Und ich mit dem Englischen", versetzte ich, jetzt deutlich ungehalten. „Ich habe nicht viel Zeit. Würden Sie zur Sache kommen?"

Wir standen uns gegenüber. Er wandte sich um und ging zur Tür. „Prince wird selber kommen", kündigte er dabei an. „Erwarten Sie ihn heute!"

Ich konnte meinen Ärger nicht länger zurückhalten; es mußte ihm auffallen. Ehe ich etwas äußern konnte, drehte er sich noch einmal zu mir um und sagte: „Bitte."

„Oh! Das Wort kennen Sie auch?" entfuhr es mir.

Sein Blick war eher anerkennend als zornig.

„Ich gebrauche es selten", gestand er und fügte an: „Ich heiße Nußbächer, Siegfried Nußbächer." Dann war er fort.

Gegen Abend kam er wieder, zusammen mit einem jungen Mann in Zivil. Die beiden bildeten ein Gegensatzpaar wie aus dem Bilderbuch. Nußbächer drahtig, dunkel, mit scharfgeschnittenem Gesicht und düsteren Augen, in denen jetzt freilich ein Schimmer von Freundlichkeit lag; Simon Prince mittelgroß, athletisch gebaut, gut genährt, mit den unbekümmerten Zügen eines fröhlichen großen Jungen.

Ich führte die beiden ins Wohnzimmer, wo Ruthild mit einer Näharbeit saß.

„Simon hatte Angst, allein zu kommen“, erklärte Nußbächer seine Anwesenheit. Ich lachte hell auf.

„Vor wem?“

„Ich habe ihm erzählt, daß ich statt einer alten Frau oder eines strengen Professors ein junges Mädchen angetroffen habe, und nun fürchtet er, sich mit seinem mangelhaften Deutsch zu blamieren.“

„Aufs Blamieren kommt's wohl weniger an als auf die Verständigungsmöglichkeit. Dies hier ist übrigens meine Freundin Ruthild Rullmann.“

Simon ging auf sie zu und streckte ihr die Hand hin; dann setzte er sich, ohne meine Aufforderung abzuwarten. Nußbächer nahm das Wort. Er berichtete, daß Simons Großmutter ihren Enkel beauftragt habe, nach Lisa Vollmer zu suchen, um ihr für die Rettung seiner Mutter persönlich zu danken.

„Da wird er sich zu einer Reise bequemen müssen. Meine Großmutter wohnt in einiger Entfernung auf dem Land.“

Simons Gesicht wurde lang. Ich merkte dadurch, daß er Deutsch verstand, wenn es auch stimmen mochte, daß er es nicht gut sprach. Er redete in breitem Amerikanisch hastig auf Nußbächer ein, bis der sich zu uns wandte und uns informierte, daß Prince bereits eine Schiffspassage nach Palästina gebucht habe, wo er von seiner Mutter erwartet werde. Er wisse noch nicht, ob die Zeit zu einem vorherigen Besuch bei Frau Vollmer reiche.

„Es wäre sehr schade, wenn er seinen Auftrag nicht ausführte“, bemerkte ich verstimmt. „Großmutter hat erst neulich bedauert, daß sie niemals erfahren hat, wie es der Tochter ihrer Freundin ergangen ist.“

„Ma gelangte von Schweden aus nach England und von dort nach Palästina. Wir haben sie selbst nicht mehr gesehen, seit wir Deutschland verließen“, übersetzte Nußbächer Simons Antwort.

„Dann werden Sie ihr jetzt nach vierzehn Jahren zum ersten Mal wieder gegenüberstehen?“ vergewisserte ich mich.

„Sie wissen gut über uns Bescheid“, stellte Simon fest.

„Großmutter hat mir viel über Ruth Buchen erzählt.“

„Ruth Rosenbusch heißt sie jetzt. Sie hat sich immer gewundert, wie es ihrer Freundin gelungen ist, Ma nach Schweden zu schaffen.“

„Hat Ihre Mutter das nicht berichtet?“

„Ma ist mit Grandma zerfallen. Sie wirft ihr vor, nie eine richtige Jüdin gewesen zu sein und auch jetzt nicht für die Sache der Juden einzutreten.“

„Aber gerade Ihre Mutter war es doch, die nicht von Deutschland fort wollte, als Ihre Großeltern mit Ihnen auswanderten.“

„Was Ma hier gehalten hat, war nicht das Land. Es war der Mann, mit dem sie zusammenlebte. Als es für ihn gefährlich wurde und er sie fallenließ, hat sie ihren Haß gegen alles Deutsche entdeckt. Jetzt kämpft sie im Gelobten Land.“

„Was soll das heißen: sie kämpft?“

„Die nach Palästina eingewanderten Juden fordern einen eigenen Staat. Sie führen einen Partisanenkrieg sowohl gegen die dort lebenden Araber wie gegen die Engländer als Protektoratsmacht“, erläuterte Nußbächer.

„Einen richtigen Partisanenkrieg mit Sabotage, Überfällen und ähnlichem?“ staunte Ruthild.

„Wußten Sie das nicht?“ Nußbächer wirkte verwundert.

„Aber das ist doch auch Unrecht!“ fuhr es Ruthild heraus.

„Was meinen Sie mit *auch*?“ Nußbächer übersetzte nicht mehr, er führte seinen eigenen Dialog.

„Daß den Juden selbst so schreckliches Unrecht angetan wurde ...“, begann Ruthild. Sie wurde von Nußbächer unterbrochen.

„Deswegen, meinen Sie, dürfen sie sich nur rechtmäßiger Mittel bedienen? Sie sollen also im Vertrauen auf ihr Recht zusehen, wie ihnen weiterhin Unrecht geschieht? Auf ähnliche Weise sind sie gerade erst in die Katastrophe gestürzt.“

Ruthild schluckte und schwieg.

„Es gibt eine starke Gruppe unter den Juden, die es sich zur Maxime gemacht hat, nie mehr das Opfer zu sein, das sich unterdrücken und abschlachten lassen muß“, fuhr Nußbächer fort.

„Die militantesten sitzen in Palästina, besiedeln uralten jüdischen Boden, machen ihn wieder fruchtbar – und düngen ihn mit dem Blut derer, die ihnen das verwehren wollen."

„Und dabei wollen Sie mithelfen?" fragte ich Simon. „Halten Ihre Großeltern das für gut?"

„Nein." Seine Augen verdunkelten sich.

„Und Sie?" Ich schaute Nußbächer an.

„Ich bin als Junge kurz vor Kriegsausbruch mit einem Kindertransport aus Deutschland nach England gekommen. Man hat mir Zuflucht geboten und den Weg nach Amerika geebnet. Ich könnte nicht die Hand gegen die aufheben, die mir geholfen haben." Er betonte das *ich*.

„Mir haben die Engländer nicht geholfen!" brauste Simon auf.

„Aber Ihrer Mutter", erinnerte ich ihn.

„Vor allem hat Ihre Großmutter ihr beigestanden", lenkte Nußbächer auf den Grund ihres Kommens zurück. Er wandte sich an mich: „Könnten wir jetzt bitte ihre Adresse haben?"

Ich war froh, als die beiden gegangen waren, aber auch besorgt, daß Dieters Angst sich erfüllen und Simons Auftauchen Einfluß auf die Geschicke von Hasenheide haben könnte. Doch bald schob sich das bevorstehende Examen wieder in den Vordergrund.

Der Tag der mündlichen Prüfung rückte heran. Am Vorabend hatte Vater Nachtdienst, aber ehe er aufbrach, kam er mit einer Flasche Sekt ins Wohnzimmer.

„Da ich ganz sicher bin, daß du morgen keinen Einbruch erlebst, kann ich die ruhig schon heute spendieren!" sagte er. „Eine Ermutigung vorher ist manchmal wichtiger als eine Gratulation hinterher."

„Außerdem läßt Monika uns ja kaum Zeit für eine Examensfeier", fügte Ruthild an.

„Das nehme ich ihr nicht übel. Sie soll sofort nach Hasenheide fahren, wie sie es Großmutter versprochen hat. Dort will man ihr schließlich auch gratulieren."

„Habt ihr nicht begriffen, daß meine Bemerkung reine Nekkerei war? An Monikas Stelle würde auch ich den nächsten Zug nehmen!"

Ruthild sah mich bei ihren Worten verständnisvoll an, und mir wurde klar, daß sie vieles wußte, ohne daß ich es ihr zu erzählen brauchte.

Vater reichte mir ein Glas und trank mir zu.

„Du bist sehr fleißig gewesen, Monika", sagte er, „fleißig und gewissenhaft, wenn auch manchmal ein bißchen zu ernst und verbissen. Du hast den Erfolg verdient, und er wird sich einstellen. Denk daran, daß das Examen kein Endpunkt ist, sondern eine Schwelle, über die hinweg du in einen neuen Lebensabschnitt schreitest. Ich wünsche dir Glück, mein Kind."

Er stieß mit mir an und nahm mich für einen Augenblick in den Arm.

„Es ist ja doch ein Schlußpunkt, Vater", sagte ich, heiser vor Rührung. „Für uns geht eine Gemeinsamkeit zu Ende, die mir unendlich viel wert war."

„Sie hat ihre Zeit gehabt, und das war gut so. Genauso gut ist es – für uns beide, Monika! –, daß jetzt etwas Neues beginnt." Er drückte mich noch einmal an sich und wandte sich dann an Ruthild, um auch mit ihr anzustoßen.

Kurz nachdem er gegangen war, schellte ein Telegrammbote.

„Gute Wünsche von Dieter", sagte ich erklärend, nachdem ich das Telegramm überflogen hatte. Den Wortlaut behielt ich für mich. Er begleitete mich bis zum Einschlafen. „Meine Monika, ich bin in Gedanken bei Dir. Ganz und für immer Dein Dieter."

Mit dem Glücksgefühl, das mich zu beflügeln schien, ging ich hochgestimmt in die Prüfung hinein und kam, trotz einiger kleiner Pannen, hochgestimmt wieder heraus. Erst als Benno mich am Bahnhof der Kleinstadt abholte und erzählte, daß Großmutter Besuch von einem Amerikaner gehabt habe, kamen die Ängste zurück.

Bis auf Dieter war die Familie bei meiner Ankunft versammelt und empfing mich mit großer Herzlichkeit. Nur in Großmutters Augen glaubte ich Besorgnis zu lesen.

Als Reni und Frau Wendland sich ins Eßzimmer begaben, um den Abendbrottisch zu decken, und Benno seinen Vater im Rollstuhl aus der Halle schob, wandte sich Großmutter unverzüglich zu mir und fragte: „Weißt du, daß Ruth Buchens Enkel heute hier war?"

Ich nickte.

„Er sagte mir, daß er sich bei euch meine Anschrift geholt hat. Er war nur kurz da, wollte sich lediglich vergewissern, ob er hier an der richtigen Adresse sei, und will morgen wiederkommen, um mit mir über Gut Buchen zu sprechen. Weiß er, daß Hasenheide und Buchen identisch sind?"

„Von mir nicht, und du scheinst es ihm ja auch nicht verraten zu haben. Warum?"

„Ich bin mir nicht sicher über seine Absichten. Er hat viel von seiner Mutter; und die war bei all ihren Vorzügen immer berechnend. Der Junge gab sich nett, aber irgend etwas mahnte mich zur Vorsicht. Als er von Buchen redete, kam mir sofort in den Sinn, was Dieter uns damals über den nicht voll entrichteten Kaufpreis erzählt hat. Deswegen habe ich ihn vorhin angerufen."

„Wen? Dieter?"

„Ja. Er ist sehr beunruhigt, wirklich sehr. Und er hat etwas Seltsames gesagt."

„Was denn, Großmutter?"

„Er hat gesagt: ‚Bis vor einer Woche habe ich meinem Glück nicht getraut. Und jetzt, wo ich zugreifen will, geht alles kaputt.' Es klang so verzweifelt, daß ich ihn gefragt habe, was er eigentlich meint, aber er hat eingehängt."

Sie sah mich forschend an.

„Kannst du dir diese Reaktion erklären?"

Ich wurde einer Antwort enthoben. Frau Wendland trat in die Halle. Sich zu uns setzend, sagte sie: „Wir werden mit dem Essen noch etwas warten müssen. Mein Mann und meine beiden Söhne führen ein ernstes Gespräch und wollen nicht gestört werden."

„Ist Dieter denn schon da?"

„Er kam gerade durch den Hintereingang." Ihre Stimme verriet, daß sie davon genauso betroffen war wie ich.

Reni steckte den Kopf zu uns herein und beschwerte sich: „Das Essen verbrutzelt. Sollen wir nicht besser ohne die Männer anfangen?"

„Das wird das richtige sein." Frau Wendland stand auf und schob Großmutters Rollstuhl ins Eßzimmer.

Wir bildeten eine schweigsame Tischrunde. Keine von uns

schien mit Appetit zu essen. Schließlich öffnete sich die Tür, Benno schob seinen Vater in den Raum, während Dieter auf mich zutrat und mir die Hand hinstreckte.

„Laß dir zum Examen gratulieren", sagte er rauh.

„Das werden wir trotz allem mit einem Glas Wein tun", fiel Herr Wendland ein.

„Was meinst du mit ‚trotz allem'?" wollte Reni wissen. Sie sah vom einen zum andern, während Benno einschenkte. „Was ist denn passiert, daß ihr so seltsam seid?"

„Erst wollen wir auf Monikas bestandene Prüfung anstoßen." Herr Wendland hob sein Glas und trank mir zu, und die andern taten es ihm nach.

„Dies sollte eine fröhliche und festliche Mahlzeit sein", fuhr Herr Wendland fort, „aber nun ist ein schwerer Schatten darüber gefallen, und Monika wird es uns gewiß verzeihen, daß ich euch sogleich darüber informiere. Es werden in Kürze berechtigte Forderungen auf uns zukommen, und das kann bedeuten, daß wir Hasenheide aufgeben müssen."

Nach seinen Worten lag schweres Schweigen im Raum.

Frau Wendland brach es als erste. Fast tonlos fragte sie: „Von welcher Seite kommen die Forderungen? Kann man sie nicht zurückweisen?"

„Ich sagte schon, daß sie berechtigt sind", antwortete Herr Wendland steinern. „Ich werde alle Ansprüche, die geltend gemacht werden können, unbedingt erfüllen."

„Wovon sollen wir denn leben, wenn wir das Gut aufgeben? Es ist doch unsre Existenzgrundlage!" protestierte Reni.

„Benno wird sich nach einem andern Beruf umsehen müssen", entgegnete Herr Wendland.

„Es gibt vielleicht Geldforderungen, aber keine gültigen Ansprüche auf das Gut!" erklärte seine Frau ungewohnt heftig. „Man kann es uns nicht wegnehmen."

„Das kann man nicht, aber wir werden es verkaufen müssen, um unsren Verbindlichkeiten nachzukommen."

„Das wäre höchstens der halbe damalige Kaufpreis!" wandte sie ein.

„Zuzüglich der inzwischen aufgelaufenen Zinsen. Woher sollen wir das Geld nehmen?"

„Es müßte doch möglich sein, Hypotheken aufzunehmen und sie nach und nach abzuzahlen“, schlug Reni vor.

„An allen Gebäuden sind dringend Instandsetzungen nötig, für die schon bisher das Geld nicht gereicht hat“, erwiderte Herr Wendland.

„Werden Sie unter diesen Umständen überhaupt einen Käufer finden?“ fragte Großmutter und erzielte damit betretenes Schweigen. In die Stille hinein fuhr sie fort: „Wenn die Forderungen erst einmal auf dem Tisch liegen, läßt sich möglicherweise mit Ihrem Gläubiger verhandeln.“ Ihr Gesicht verriet mir, daß sie sich selber einzuschalten gedachte.

„Großmutter hat recht“, bestätigte Benno. „Kommt Zeit, kommt Rat. Damit, daß wir jetzt Trübsal blasen, statt zu essen, ändern wir nichts.“

Er griff zur Schüssel mit den inzwischen erkalteten Kartoffeln und lud sich auf.

„Ich kann nichts hinunterbringen“, sagte Dieter. „Und da ich sehe, daß Monika fertig ist, werde ich sie für eine Weile entführen.“

Wir stiegen zusammen in sein Zimmer hinauf. Droben rückte er mir einen Sessel zurecht. Er selbst blieb mit dem Rücken nach draußen am Fenster stehen. Es war geöffnet, die laue Luft des Abends drang herein. Sie trug den Duft von Ernte und Erfüllung mit sich, den ich vor drei Jahren lieben gelernt hatte. Dieter stand regungslos.

„Seit Wochen habe ich mich auf diesen Tag gefreut“, sagte er mit einer Stimme, die wie erloschen klang. „Und nun muß ich alles zurücknehmen und dir sagen, daß du frei bist, Monika.“

„Was soll das heißen?“

„Ich kann meinen Part der Vereinbarung nicht einhalten, und damit ist sie hinfällig.“

„Kannst du mich nicht mehr brauchen?“

„Ich dich nicht brauchen? Ach, Monika, mehr denn je! Aber ich habe dir nichts mehr zu bieten.“

„Keine Liebe mehr? Nicht einmal mehr eine Stelle?“

„Quäl mich doch nicht, Monika! Ich stehe mit leeren Händen vor dir.“

„Wer quält hier wen?“ gab ich heftig zurück. „Du hast einen

Beruf, der nicht nur dich, sondern auch uns beide ernähren kann.“

„Ich werde arm sein.“

„Auch wenn du viel in die Praxis investieren und lange Zeit persönlich sehr sparsam leben mußt, werden wir mehr haben als Tausende anderer in Deutschland.“

„Aber du könntest es besser treffen.“

„Hast du gedacht, ich sähe in dir eine gute Partie? Hast du mich so gering eingeschätzt?“

„Nicht dich, sondern mich“, sagte er leise. „Du kennst mich doch, Monika, du kennst meine Angst, mich aufzudrängen, meine Scheu, zurückgewiesen und verletzt zu werden. Die Frau, die mich nimmt, muß mit einem Mann leben, dessen Körper Abscheu einflößt . . .“

Ich sprang aus dem Sessel auf und stellte mich vor ihn. „Die Frau, die dich bekommt, darf mit einem Mann leben, der ritterlich und besonnen ist.“

„Sollte ein Mann nicht stark und selbstsicher sein? Du selbst hast einen solchen Mann mir vorgezogen.“

Verblüfft sah ich ihm ins Gesicht. „Du standest ja wohl damals nicht zur Wahl!“

„Hast du das so empfunden?“

„Wie hätte ich auf einen andern Gedanken kommen können? Du hast unsere Beziehung immer nur als Freundschaft bezeichnet.“

„Nur?“ wiederholte er vorwurfsvoll. „Für mich ist Freundschaft die Welt!“

„Du hast mich nie auch nur ahnen lassen, daß ich dir als Frau interessant sein könnte!“

„Ich wollte dich nicht verschrecken. Erst sollte unsere Freundschaft wachsen, bis sie vielleicht auch bei dir zur Innenseite von Liebe wurde.“

„Du hast kampflos das Feld geräumt, als Helmut auftauchte! Ist das ein Zeichen von Liebe?“

Er schwieg, die Augen mit einem schmerzlichen Ausdruck auf mich gerichtet. „Bei dir möglicherweise schon“, gab ich mir selbst die Antwort.

„Ich war gar nicht da“, erinnerte er mich, „nicht in Hasenheide, als er dich kennenlernte, und nicht im Arbeitsdienst, als er dich besuchte. Ich wußte nicht einmal, daß ihr in einem so regen Briefwechsel standet."

„Hättest du dich anders verhalten, wenn du es gewußt hättest?"

Wieder schwieg er, und wieder sagte ich statt seiner: „Du hättest mich gehen lassen, wie du mich jetzt gehen lassen willst!"

„Ich will dich nicht mehr gehen lassen, um nichts in der Welt, Monika!"

Er trat einen Schritt auf mich zu und legte die Arme um mich. „Ich habe es nie wirklich gewollt, ich habe mir nur eingeredet, ich müßte es. Wirst du mir helfen, die Komplexe abzubauen?"

„Wie soll ich das anfangen?"

„Indem du mir sagst, daß du mich liebst."

„Habe ich das nicht mit jedem Wort getan?"

Ein Lächeln erschien auf seinem Gesicht. „Ich würde es gern noch einmal hören."

Ich legte die Arme um seinen Hals. „Waren wir uns nicht um Ostern herum einig, daß man es empfinden und leben, aber nicht persönlich formulieren kann?"

„Im Gegenteil", sagte er, „wir waren uns einig, daß uns die einzig angemessene Formulierung vorgegeben ist. Ich liebe dich, Monika."

„Ich liebe dich, Dieter."

Als er mich aus seinem Kuß entließ, waren wir beide atemlos.

„Laß uns nach unten gehen", schlug er vor. „Auch für die andern soll der trübe Tag mit einer guten Nachricht enden."

„Werden sie es als gute Nachricht ansehen?"

„Das kannst du fragen?"

„Eigentlich nicht", gestand ich. „Sie haben mich alle mit soviel Herzlichkeit aufgenommen, angefangen mit deiner Mutter, damals vor drei Jahren, bis jetzt zu deinem Vater."

Ich sah einen Schatten über sein Gesicht ziehen, aber er sagte nichts zu meiner Feststellung, sondern führte mich, den Arm um mich gelegt, die Treppe hinunter in die Halle, wo die Familie unsre Verlobung mit einem freudigen „Endlich!" zur Kenntnis nahm.

Kapitel 18

Als ich am nächsten Morgen aufwachte, tönte Vogelgezwitscher durchs offene Fenster.

Im ersten Augenblick war ich verwirrt, dann setzte ich mich im Bett auf.

Draußen war ein klarer Tag heraufgezogen, ländliche Düfte und Geräusche drangen ins Zimmer. Mit bloßen Füßen lief ich zum Fenster. Mein Blick umfaßte die Blumenrabatte unter mir, deren leuchtende Farben sich vor der grauen Mauer noch zu intensivieren schienen. Dahinter gaben Baumwipfel Durchblicke auf grüne Wiesen und abgeerntete Felder frei. Ich atmete tief durch. Ich war auf Hasenheide!

Und dann kam mir, trotz allem, was ich zu Dieter gesagt hatte, der Gedanke an den drohenden Verlust wie ein stechender Schmerz.

Eine der Flüchtlingsfrauen tauchte, zwei Körbe tragend, jenseits der Mauer auf und schritt in Richtung des Dorfes aus meinem Blickfeld. „Sie hat mehr verloren", durchzuckte es mich. „Nicht nur Haus und Hausrat, auch die Heimat. Demgegenüber haben wir es gut, selbst wenn wir Hasenheide hergeben müssen." Aber es blieb ein Gedanke im Kopf und wurde kein Trost für das Herz.

So konnte ich mich nicht gegen den Grimm wehren, der in mir aufstieg, als ich zwei Stunden später mit Großmutter in der Halle saß und Simon Prince, von Reni eingelassen, auf uns zutrat.

Er wirkte erfreut, als er mich erblickte, was mich wunderte. Ich sagte mir, daß es wohl seinen Grund in den Verständigungsschwierigkeiten hatte, die gestern zwischen Großmutter und ihm aufgetaucht waren und die er durch mich zu umgehen hoffte.

Ohne eine Aufforderung abzuwarten, zog er sich einen Stuhl heran und setzte sich zu uns. „This is a beautiful manor", begann er ohne weitere Einleitung, „I like it very much."

„Meine Großmutter versteht nicht Englisch", mahnte ich ihn.

Von da an bemühte er sich, deutsch zu radebrechen. Ich half ihm aus, wo es haperte.

Er habe nicht damit gerechnet, mitten auf dem Land ein solches Herrenhaus vorzufinden, schwärmte er zunächst. Ob es Großmutter gehöre? Falls nicht, ob die Besitzer ihm wohl erlaubten, es zu besichtigen? Er habe allerdings nicht viel Zeit, denn er müsse noch die ehemalige „Farm" seiner Grandma ausfindig machen.

„Was wollen Sie dort?" fragte Großmutter.

„Money!" war die unverblümte Antwort. „Money, oder die Farm selbst." Unaufgefordert erzählte er, daß er noch Geld zu bekommen habe und es auf alle Fälle eintreiben werde. Wenn die Leute nicht zahlen könnten, werde er die Farm beanspruchen.

„Wollen Sie herüberkommen und sie bewirtschaften?"

Er mochte meinem Tonfall anmerken, daß ich ihm das nicht zutraute, und erklärte heiter, kein Farmer zu sein, sondern Geschäftsmann. Das habe er von seinem Großvater.

„Was würden Sie mit der Farm tun?"

„Verkaufen natürlich, so teuer wie möglich."

Simon schien sich zu wundern, daß man ihn überhaupt so etwas fragen konnte.

„Aber die Leute, denen Sie sie wegnehmen wollen, leben davon. Es ist ihre Existenzgrundlage. Sie wären ruiniert", gab Großmutter ihm zu bedenken.

Das sei ihr eigenes Problem, nicht seines, befand Simon ohne Zögern.

„Denkt Ihr Großvater auch so?" wollte ich wissen.

„Er ist tot."

„Hat er so gedacht?"

„Das hätte Grandma ihm nicht erlaubt."

„Aber Ihnen erlaubt sie es?"

Er grinste Großmutter auf ihre Frage hin jungenhaft an: „No. Ich frage sie gar nicht."

„Ich denke, die Farm hat Ihrer Grandma gehört?" schaltete ich mich wieder ein.

„Ich habe Handlungsvollmacht", erklärte er wichtig.

„Und Sie würden Geschäfte tätigen, von denen Sie wissen, daß Ihre Großmutter dagegen wäre?"

Zum ersten Mal verlor er etwas von seiner Unbekümmertheit. Er zögerte mit der Antwort.

„Warum wäre Ihre Grandma dagegen?“ fragte ich, und Großmutter erkundigte sich fast gleichzeitig: „Haben Sie ein gutes Verhältnis zu ihr?“

„I love her deeply.“ Bemerkend, daß er wieder ins Englische gefallen war, fügte er hinzu. „Sie imponiert mir. Sagt man so?“

„Wenn Sie damit meinen, daß sie Ihnen Eindruck macht und Achtung abnötigt, ist es der richtige Ausdruck. Aber warum wollen Sie dann gegen ihre Intentionen handeln?“

„Ich muß meinen Weg selber finden, nicht wahr?“

„Ist das Ihre Meinung oder die Ihrer Grandma?“

„Das denken wir beide.“

„Wenn Sie Ihren Weg noch gar nicht klar sehen, muß es Ihnen mit der Farm ja nicht eilig sein“, tastete sich Großmutter wieder ans Thema.

Er ignorierte es und wandte sich zu mir. „You are very pretty.“

Wortlos vor Verblüffung starrte ich ihn an.

Er lachte mir ins Gesicht und erhob sich. „Please try to show me the manor!“

„Sie möchten das Haus besichtigen?“ wiederholte ich und warf Großmutter einen fragenden Blick zu. Sie nickte.

„Warten Sie hier!“ wies ich Prince an. „Ich will sehen, was sich tun läßt.“

Dann ging ich und suchte Dieter. Ich fand ihn in der Küche bei seiner Mutter. Er erklärte sich bereit, mit mir zusammen Simon durch Haus und Park zu führen.

Als ich mit ihm in die Halle trat, hörte ich Großmutter gerade sagen: „Aber Sie befinden sich doch hier auf dem ehemaligen Gut Buchen! Der damalige Käufer hat es in Hof Hasenheide umbenannt.“

Es war deutlich zu sehen, daß es Simon die Sprache verschlug. Erst nach einer ganzen Weile machte er eine Handbewegung, mit der er die Halle umfaßte, und vergewisserte sich: „This lovely manor – Sie sagen, es gehört zu Gut Buchen?“

„Wir wollen es Ihnen gerne zeigen“, mischte sich Dieter ein.

„Dies ist Dr. Wendland“, stellte ich ihn vor, „einer der Söhne des Besitzers.“

„Meine Verlobte sagte mir, daß Sie unser Anwesen besichtigen wollen", fuhr Dieter fort. „Würden Sie bitte mitkommen?"

Wir führten Simon durchs ganze Haus, durch den Park bis zum Seetempel und schließlich durchs Heckenpförtchen in den Wirtschaftshof. Hier verlor er augenscheinlich das Interesse. Statt uns weiter zu folgen, bat er, daß wir mit ihm außen ums Haus gingen.

Wir waren durchs Hoftor und um die Ecke der hohen grauen Mauer gelangt und hatten die Vorderfront vor uns liegen, da blieb er stehen und holte tief Luft.

„My grandma loved it", sagte er. „She loved it very much. And so do I."

„Auch wir lieben es", antwortete Dieter ruhig.

„Aber es gehört Ihnen nicht! Es ist nicht voll bezahlt!" schoß Simon eine Breitseite ab.

„Es gehört auch nicht Ihnen", erinnerte ich ihn. „Es gehörte einmal Ihrer Großmutter, aber sie hat es verkauft."

„Sie ist betrogen worden", sagte er kalt. „Wir haben Anspruch auf Gut Buchen."

„Sie haben allenfalls Anspruch auf das Geld, das Sie nicht erhalten haben", widersprach Dieter. „Wie hoch sind Ihre Forderungen?"

Simon breitete die Arme aus, als ob er ganz Hasenheide umfassen wollte. „I don't want money! I want the manor!"

Ich hielt den Atem an.

„I want my grandma to live here again. Do keep your money! Do keep the farm! I want the manor!"

Dieter und ich standen beieinander. Sein Arm hing neben meinem herab. Ich fühlte, wie er meine Hand faßte und mich in den Ballen kniff.

„Sie wollen alle anderen Ansprüche fallen lassen, wenn Sie das Haus bekommen?" fragte er.

„The house and the gardens – das Haus und den Park", bestätigte Simon in beiden Sprachen.

„Sind Sie bereit, das schriftlich niederzulegen? Dann werde ich mich mit meiner Familie und mit meinem Anwalt darüber beraten", erklärte Dieter.

„Ich wünsche es so bald wie möglich. Es soll erledigt sein, bevor ich Deutschland verlasse“, verlangte Simon.

Dieter sah ihn fragend an. „Ich weiß nicht, wie zur Zeit die Rechtsverhältnisse sind“, sagte er, „bezweifle aber, daß sich eine solche Sache in Kürze regeln läßt. Haben Sie einen Anwalt, den Sie beauftragen können?“

„I'll see to it.“

Simon schaute auf seine Armbanduhr, streckte erst mir, dann Dieter die Hand hin, ging auf den Straßenkreuzer zu, der am Wegrand geparkt war, und verschwand bald hinter einer Staubwolke.

„Lieber Gott, gib, daß er sich's nicht anders überlegt“, sagte Dieter neben mir. „Und daß nicht irgendein juristischer Halsabschneider ihm vorrechnet, er ließe uns viel zu billig davonkommen!“

„Hältst du es für eine so gute Lösung?“

„Überleg doch nur, Liebes: Gestern hat uns Großmutter noch geschockt mit der Frage, wer sich denn wohl ein so reparaturbedürftiges, finanzenfressendes Anwesen aufhalsen wolle. Wenn Prince nicht von seinem spontanen Angebot abrückt, ist nicht nur dieses Problem gelöst, sondern wir behalten den Wirtschaftshof und die Ländereien. Monika – kann es denn wirklich wahr sein?“

Es schien wahr zu werden. Jedenfalls erreichte Simon den Abschluß eines Vorvertrags in seinem und unserm Sinne. Die Regelungen im einzelnen sollten bei seinem nächsten Aufenthalt in Deutschland getroffen werden. Bis dahin stand Wendlands volles Wohn- und Nutzungsrecht zu.

Die einzige, die sich mit diesem Stand der Dinge nicht zufrieden zeigte, war Großmutter. Sie litt schmerzlich darunter, daß ausgerechnet der Enkel ihrer Freundin auf kaltschnäuzige Weise ein Recht einklagte, das Ruth Rosenbusch selbst nach Großmutters Überzeugung nicht geltend machen würde, sobald sie von Großmutters Aufnahme auf Hasenheide und von meiner Verlobung mit dem Sohn des Besitzers erfuhr. Dieser Kummer kam auch nicht dadurch zum Schweigen, daß Herr Wendland mit aller Entschiedenheit seinen Willen zur Begleichung seiner Schuld erklärte.

Ich selbst schwankte zwischen Erleichterung und Trauer. Da Simon das Haus für seine Großmutter haben wollte, würde es sicherlich nicht abgerissen und durch einen modernen Neubau ersetzt werden, wie ich beim Gedanken an einen notwendigen Verkauf ursprünglich insgeheim befürchtet hatte. Darüber, daß es in fremden Besitz überging, würde ich hinwegkommen, wenn bloß das Wiesental mit Haus und Park unangetastet blieb.

Was mich traurig machte, war Dieters Schmerz. Auch die Entschlossenheit, die Situation mit den Buchens ins Reine zu bringen, und die Einsicht, daß der geplante Vertrag besser war als man hatte hoffen können, vermochten nicht darüber hinwegzuhelfen. Dieter versuchte es zu verbergen, aber ich sah den Schatten in seinen Augen, der nicht weichen wollte, und wußte Bescheid.

Ob es auch den andern Familienmitgliedern auffiel, war mir nicht ganz klar. Ich kam nur an den freien Wochenenden mit ihnen zusammen, denn entgegen unseren ursprünglichen Plänen konnte ich zunächst nicht auf Hasenheide wohnen. Dieters Hoffnungen auf ein Auto waren, was den Zeitpunkt der Übernahme betraf, enttäuscht worden. Ich mußte die Unterkunft auf dem Großbauernhof in Anspruch nehmen.

So ungern ich mich zuerst darauf einließ, so froh war ich bald darüber. Binnen kürzester Zeit sah ich ein, daß meine ständige leise Eifersucht auf Elfriede einer völligen Fehleinschätzung entsprungen war. Wie selbstverständlich wurden wir Duzfreundinnen. Elfriede brachte Dieter eine Art schwesterlicher Zuneigung entgegen und übertrug sie bereitwillig und rückhaltlos auf mich. Es war der zurückhaltende, ernste Fritz Fehling, der ihr weit mehr bedeutete, als sie merken lassen wollte, und das beruhte für meine Begriffe auf Gegenseitigkeit. Zu meiner Verwunderung fühlte ich mich bei ihm oft an die düstere Hoffnungslosigkeit erinnert, die ich vor drei Jahren in Fedors Verhalten gegen Wanda gespürt hatte.

Die Arbeit in der Praxis machte mir Freude. Noch wohnte Frau Dr. Bott im Doktorhaus und führte mich freundlich und kompetent in alles ein, was ich zu wissen und zu können hatte. Aber ihre Abreise stand bevor, und dann würde Dieter die kleine Wohnung mit den zwei ineinandergehenden Zimmern, mit

Küche und Bad übernehmen. Der Raum neben dem Sprechzimmer, den er zur Zeit bewohnte, sollte künftig als Nebenraum für die Praxis genutzt werden.

Ich hatte gemeint, daß ich bis zu unserer Hochzeit dort schlafen könnte, war aber auf vehementen Protest gestoßen. Elfriede erklärte mir, das würde unerträglichen Klatsch herausfordern. Unverheiratet unter demselben Dach zu leben, könne sich auf dem Dorf niemand ungestraft leisten.

Wie verheerend der Dorfklatsch sein konnte, bekamen wir dennoch bald zu spüren. Durch puren Zufall wurde eines Tages im Waldstück nahe des Kleinstadtbahnhofs eine fast völlig verweste Frauenleiche gefunden und als Edith identifiziert. Mir kam sofort das Gespräch in den Sinn, das wir bei Elfriede über ihr Verschwinden geführt hatten, und ich sprach Dieter darauf an. Aber auch er war ratlos. Mit tief verdüstertem Gesicht meinte er, daß wir wohl nie erfahren würden, ob sie einem Unfall oder einem Verbrechen zum Opfer gefallen sei. Ich wunderte mich ein wenig über seinen so augenfälligen Schmerz, bis ich verstand, daß er mehr an Günter als an Edith dachte. Außerdem sah er voraus, daß der rätselhafte Fund uns sehr bald ins Gerede bringen könnte.

Tatsächlich fing fast sofort das Getuschel an. Aber zunächst trat es in den Hintergrund vor dem alle Dörfler beschäftigenden schrecklichen Ereignis auf dem Großbauernhof.

Montagabend, am Ende der Sprechstunde, als Dieter gerade seinen Kittel auszog, schrillte das Telefon. Ich griff zum Hörer und vernahm Elfriedes schluchzende Stimme: „Leo . . . Leo ist furchtbar verunglückt! Kann Dieter sofort kommen? Bitte, bitte!“

Als wir in die Einfahrt zum Großbauernhof kamen, prallten wir zurück. Vor uns lag ein umgestürzter Traktor. Aus einer Blutlache führten dunkle Spuren ins Haus.

In der Küche kniete Elfriede neben dem auf die Ofenbank gebetteten Kind. Der Junge wimmerte schwach. Sein verkrüppeltes Ärmchen hing zerfetzt von der Bank herab, das Gesichtchen war wachsbleich.

Dieter beugte sich zu ihm nieder und untersuchte ihn wortlos.

„Ich kann dir nicht viel Hoffnung machen“, sagte er schließlich aufstehend. „Vielleicht können sie in der Klinik was tun. Ich lasse den Krankenwagen kommen.“ Er gab Leo eine Spritze und legte Notverbände an. „Wie ist es passiert?“ fragte er dabei.

„Fehling kam gerade mit dem Traktor in die Einfahrt, als Leo ihm direkt vor die Räder sprang. Beim Ausweichversuch ist der Traktor gekippt, beide, Leo und Fehling, sind darunter geraten. Du mußt auch nach Fehling schauen, Dieter. Er liegt drüben in seiner Stube.“

„Bleib du bei Leo“, wies Dieter sie an und nickte mir zu. Ich nahm die Instrumententasche und folgte ihm über den Hof in den Raum, der einmal Leonids Domizil gewesen war.

Fehling lag mit bloßem Oberkörper blutverschmiert auf seinem Bett. Stirn und Schultern glänzten von Schweißnässe. Vorsichtig tastete Dieter ihn ab und stellte fest: „Beckenbruch und Verdacht auf Nierenquetschung. Geh und sag Elfriede, daß beide ins Krankenhaus müssen. Ich rufe sofort dort an.“

Elfriede saß in sich zusammengesunken in der Küche. Leo lag still und bleich in ihrem Schoß. Ich setzte mich zu ihr und legte den Arm um sie. Da ließ sie den Kopf an meine Schulter sinken und flüsterte: „Muß ich wirklich allen, die ich liebe, Unglück bringen?“

„Du bringst es doch nicht, Elfriede! Du erleidest es ja selbst.“

Sie schluchzte schwer auf, und dann kamen die Tränen. Ihr Körper bebte von haltlosem Weinen. Ich wußte, daß ich ihr nur durch meine stumme Nähe helfen konnte, und faßte sie fester um die Schulter. So saßen wir, bis Dieter mit zwei Sanitätern hereinkam. Einer von ihnen nahm Leo behutsam in den Arm und ging mit ihm hinaus. Elfriede schaute auf und suchte den Blickkontakt mit Dieter.

„Du mußt ihn jetzt den Ärzten überlassen“, antwortete er auf ihre unausgesprochene Frage, und es blieb unklar, ob er Leo oder Fehling meinte. „Ich fahre mit ins Krankenhaus und melde mich, sowie ich Genaueres weiß.“

Sie wandte den Blick von Dieter weg zu mir.

„Bleib bei mir, Monika“, bat sie. „Du bist auch bei Jana geblieben und hast mit ihr gebetet.“

„Möchtest du beten? Jetzt gleich?“

Sie löste sich von mir, hob die gefalteten Hände aus dem Schoß und legte sie auf den Tisch. Ich sah, wie die Finger sich ineinanderkrampften.

„Gott!“ sagte sie, „Gott! Herr! Vater?“ Sie hielt ein, als ob sie auf Antwort warte. Dann fuhr sie mit festerer Stimme fort: „Dein Wille geschehe. Amen.“

Zwei Tage später wurde Edith zusammen mit ihrem Kind begraben.

Elfriede hatte gehofft, es könne in aller Stille geschehen, aber die Leute drängten sich auf dem kleinen Friedhof. Auf Elfriedes Wunsch hin hielt der Pfarrer keine Ansprache, sondern verlas Bibelverse und Liedtexte. Mir machte das tiefen Eindruck. Es war so viel gehaltvoller als das, was bei Mutters Beerdigung gesagt worden war. Damals hatte der Pfarrer sich um eine persönliche Würdigung bemüht, aber mir war es blaß und unzureichend vorgekommen. Wie konnte es auch gelingen, in zehn Minuten einem ganzen Menschenleben gerecht zu werden? Diesmal lenkten die Texte der Bibel den Sinn auf Hoffnung und Verheißung, auf Barmherzigkeit und Gnade. Ich betete mit um Vergebung, Vergebung für Ediths Irrtümer und Fehler, Vergebung aber auch für meine eigene ablehnende und verurteilende Haltung ihr gegenüber.

Als wir den Friedhof verließen, blieben die Dorfleute auffällig genug hinter uns zurück. Von Elfriede erfuhren wir, was sie dachten. Klarerweise hatte die junge Frau Wendland Selbstmord begangen. Welche Umstände mochten ihr das Leben unerträglich gemacht haben? War es nicht seltsam, daß sie ihr Kind nicht den Schwiegereltern, sondern der Großbauerntochter in Obhut gegeben hatte, ehe sie in den Tod gegangen war? Mutmaßungen und üble Nachreden dieser Art genügten, um viele Dörfler auf Abstand von den Leuten auf Hasenheide gehen zu lassen.

Dieter litt tief unter der Situation. Er magerte sichtlich ab, war in sich gekehrt und ernst. Einmal sagte er unvermittelt, daß das vielleicht alles so habe kommen müssen, damit es uns leichter fiele, uns von Hasenheide zu trennen.

Es war jetzt Mitte November. Das Wetter war naßkalt, die Grippe ging um, Dieter und ich hatten alle Hände voll zu tun. Schließlich steckte ich mich selber an und mußte mehr als eine Woche lang das Bett hüten. Deswegen verfrachtete mich Dieter nach Hasenheide. Er tat es mit unserem neuen Auto, das genau genommen ein Uralt-Wagen war, uns aber einen kostbaren Besitz bedeutete.

In dieser Zeit bekam Großmutter einen Brief aus Amerika. Sie zeigte mir ihn nicht, sondern berichtete nur, Ruth Rosenbusch sei fasziniert von dem Gedanken, daß ihre alte Freundin an die Stätte der Kindheit zurückgekehrt sei. Schon am nächsten Tag lag ein Antwortschreiben Großmutters zum Abschicken bereit.

Auf Hasenheide liefen jetzt die Vorbereitungen für die Advents- und Weihnachtszeit an. Wie jedes Jahr wurde geschrubbt, geputzt, gewaschen und gebacken. Diesmal kam das Nähen des Brautkleids hinzu. Meine Schwiegermutter ließ es sich nicht nehmen, das eigenhändig für mich zu tun, wie vor fast drei Jahren für Reni. Der Hochzeitstermin war auf den Sylvestertag festgesetzt.

Ich wäre nach meiner Genesung gerne im Gutshaus geblieben, zumal wir ja jetzt das Auto zur Verfügung hatten, um in die Praxis zu kommen. Aber ich wußte, daß ich Elfriede noch nicht allein lassen konnte. Zu ihrer Trauer um Leo kam die Sorge um Fehling, der noch immer im Krankenhaus lag, und sie machte sich auch kummervolle Gedanken um das, was Edith widerfahren sein mochte. Einmal besuchte sie Fehling in der Klinik, und sie kam mit einem Gesicht heim, das mir wie versteinert vorkam.

Wenn ich abends die Sprechstunde hinter mir hatte, saßen wir oft beieinander, und gelegentlich war auch Dieter dabei. Er holte regelmäßig medizinische Auskünfte über Fehlings Zustand ein. Eines Abends eröffnete er Elfriede: „Mein Kollege im Krankenhaus vermutet, daß bei Fehling die Genesungsfortschritte von einem seelischen Problem abgeblockt werden."

Sie sah ihn ruhig an, aber die Röte stieg ihr ins Gesicht. „Was kann man dagegen tun?" fragte sie.

„Das hängt vom Problem ab. Wenn es Schuld ist, die ihn belastet, dann muß er sie bereuen und um Vergebung bitten."

„Aber das tut er doch!" warf ich ein. „Denkt an sein Karfreitagsgedicht!"

„Manchmal brauchen wir außer der Reue die Beichte, um uns von unserer Schuld befreit zu fühlen. Wir brauchen das Gegenüber, das uns zuhört."

„Ist Gott nicht dieses Gegenüber?"

„Im allgemeinen benutzt Gott Menschen zu diesem Dienst. Der Mensch braucht den Menschen – so hat uns Gott geschaffen. Deswegen gibt es Kirche – die Gemeinschaft der Heiligen, wie es im Glaubensbekenntnis heißt. Die Psychologen wissen, wie wichtig es ist, daß wir nicht bei uns selber bleiben, sondern Partner haben – wortfähige Partner, mit denen wir sprechen können."

„Fritz Fehling hat Schuldgefühle, wie wir alle", sagte Elfriede in die kurze Stille hinein, „aber mit denen kann er umgehen, das sieht Monika richtig, und er hat sie auch nicht für sich behalten."

Von Dieter zu mir blickend, fuhr sie fort: „Ich vertraue eurer ärztlichen Schweigepflicht – ach was, ich vertraue eurer Freundschaft –, daß ihr nur dann von dem Gebrauch macht, was ich euch jetzt sage, wenn Fritz selber es erlaubt. Wißt ihr, es ist nämlich nicht so, wie man hier im Dorf annimmt, daß er nach dem Krieg seine Angehörigen nicht gefunden hat. Was heißt, seine Angehörigen? Er hatte nur noch seine Frau, und die hat er gefunden – als Freundin eines Besatzungssoldaten." Die Betroffenheit spürend, die uns wortlos machte, fügte Elfriede an: „Inzwischen ist Fritz geschieden. Er wollte um seine Ehe kämpfen, aber er mußte einsehen, daß da nichts mehr zu retten war. Es ist das Gefühl seines eigenen Scheiterns, das ihm am meisten zusetzt. Er wagt nicht, den Schritt in eine neue Zukunft zu tun." Sie seufzte. „Er war fast dazu bereit, solange er es als Aufgabe vor sich sah, Leo den Vater zu ersetzen. Aber jetzt . . ." Sie brach ab und senkte den Kopf. „Daß er selbst es war, der Leos Tod verursachte, das steht wie eine Wand zwischen uns", nahm sie schließlich wieder das Wort. „Er nimmt es als Zeichen, daß auf unserer Liebe kein Segen liegt."

„Er könnte es genauso gut als Zeichen nehmen, daß er um deinetwillen und nicht um Leos willen die neue Beziehung bejahen soll", meinte ich.

„Darf man Leos Tod überhaupt als ein Zeichen verstehen? Ist es nicht Anmaßung, auf diese Weise Gottes Willen zu interpretieren?" warf Dieter ein.

„Fritz würde fragen, wie er denn sonst wissen soll, was Gott von ihm erwartet."

„Und ich würde ihm mit einem Gedanken antworten, den ich von Ruthild habe", sagte ich eifrig. „Wenn etwas mit der Liebe Gottes übereinstimmt, dann ist es gut und richtig. Und was wäre an eurer Ehe, das sich mit dieser Liebe nicht vereinbaren ließe?"

Elfriede schien von meinen Worten angerührt zu sein. Ihr Gesichtsausdruck veränderte sich. Er war nicht mehr so hoffnungslos, als sie erwiderte: „Vielleicht kann Fritz es so sehen."

Kurz vor Weihnachten kam Fehling aus dem Krankenhaus zurück, und ich gab meine Wohnung bei Elfriede auf. Für vierzehn Tage hatte Dieter eine Praxisvertretung bekommen, einen im Ruhestand lebenden Kollegen, dem vor einiger Zeit die Frau gestorben war und der einem allzu einsamen Weihnachtsfest entgehen wollte. Als ich auf Hasenheide eintraf, begann es zu schneien. Die Welt vorm Fenster wurde zum Aquarell aus Grau und Weiß. Tag und Nacht schwebten die Flocken herab, bis der Schnee eine kniehohe Decke bildete.

Alle Hände waren am Werk, um die wichtigsten Wege frei zu schaufeln, und am Heiligen Abend bewegte sich ein Zug winterlich vermummter Gestalten von Hasenheide zur Dorfkirche.

Wieder war das kleine Gotteshaus überfüllt. Dicht an dicht standen die Menschen, die keinen Sitzplatz mehr gefunden hatten, und als nach dem Orgelvorspiel der erste Gemeindegesang begann, dröhnte das Kirchlein vom Jubel des Weihnachtsliedes. Dann wurde es still, und alles schaute auf den weißhaarigen Pfarrer, der vor den Altar getreten war. Er begann zu sprechen, aber es klang so heiser, daß man es kaum verstehen konnte, und plötzlich blieb ihm die Stimme weg. Hilflos griff er sich an den Hals, versuchte sich zu räuspern – vergeblich.

Dieter erhob sich und ging zum Altarraum. Als er neben dem alten Herrn stand, drehte er sich zur Gemeinde um. „Unser Pfarrer kann heute nicht reden, eine Erkältung hat ihm die Stimme genommen. Ich vermute, er gehört sofort ins Bett." Im Sprechen griff er nach dem Arm des neben ihm Stehenden.

„Gehen Sie heim, lieber Herr Pfarrer, und kurieren Sie sich aus! Wir können auch einmal einen Gottesdienst ohne Sie feiern!" Damit wandte Dieter sich wieder an die versammelten Menschen.

„Ich bitte einen oder zwei von Ihnen, mit mir zusammen

heute abend Sprachrohr zu sein. Bis wir das kurz vorbereitet haben, wird unser Organist Weihnachtslieder spielen, nicht wahr?“

Als Antwort begann eine jubelnde Melodie.

Dieter führte den Pfarrer in die Sakristei. Es gab eine kurze Unruhe im Kirchenschiff, weil viele sich umschauten, ob jemand Dieters Aufforderung Folge leisten würde. Dann ging ein Raunen durch die Reihen, als Benno nach vorne schritt und Fehling, noch blaß und humpelnd, sich ihm anschloß.

Nachdem die Männer wieder aus der Sakristei gekommen waren und sich vor dem Altar aufgestellt hatten, erläuterte Dieter: „Mein Bruder wird die Bibeltexte lesen, ich werde die Gebete sprechen. Herr Fehling wird, wie schon öfter, ein besinnliches Gedicht vortragen. Auf die Predigt werden wir verzichten müssen, unser Pfarrer hatte sie wie üblich nur in Stichworten aufgeschrieben. Aber so manches Weihnachtslied, das wir singen werden, ist in sich eine Predigt. Gott, der Vater unseres Herrn Jesus Christus, segne uns diesen ungewöhnlichen Gottesdienst.“

Ich hatte den Eindruck, daß sich diese Bitte erfüllte, wenigstens an den meisten Menschen um mich herum. So mächtig die Weihnachtslieder durch die Kirche klangen, so still wurde es, wenn einer der drei Männer vorn am Altar das Wort ergriff.

Auch als Fehling mit rauher Stimme seinen Vortrag begann, hätte man eine Stecknadel fallen hören können.

Dieter brachte das Gedicht mit nach Hause, und ich habe es später noch manchmal gelesen. Aber es rief nie mehr den gleichen Eindruck hervor wie an jenem Christabend, so bewegend die Erinnerung daran sein mochte.

„Nun sinkt die Nacht, die wir die heil’ge nennen.
Doch ob am Weihnachtsbaum die Kerzen brennen
wie früher, Jahr um Jahr, mit stillem Schein,
– du siehst es kaum. Du blickst vorbei am Licht.
Ins Dunkel schaust du, das die Erde dicht
und bös umhüllt. Du schauest lang hinein.

Der Schnee fällt schwer in nassen Flocken nieder.
Dich ängstend, bebt in deiner Seele wider
das tiefe Grau’n, das alle Welt umfängt.

Wohin du blickst: nur Kummer, Sorge, Not.
Wohin du blickst, nur Elend, Leiden, Tod
und Unrecht, das die Seelen hart bedrängt.

Kein Sternenschein durchdringt die Wolkenmauern.
Nachttiefe Finsternis! – Und ein Erschauern
packt dich, wenn du des eignen Leides denkst.
Verschwindend ist's im allgemeinen Schmerz,
berghoch für dich. Mit Trauer füllt's dein Herz,
daß du die tränenschweren Augen senkst.

Fehlings Stimme zitterte und brachte die Zeile kaum zu Ende. In der kurzen Pause, bis er sich gefaßt hatte, hörte ich leises Schluchzen hier und da in den Reihen rundum. Fehling fuhr fort:

„Schau auf! Schau in den hellen Schein der Kerzen!
Sie künden Licht! Der Tilger aller Schmerzen,
der Heiland ist ja da wie eh und je.
Er ruft uns, die in Erdennacht Verirrten,
er hilft uns, den von Schuld und Gram Verwirrten,
er tröstet uns in unserm Leid und Weh.

Du weinst um jene, die heut ferne weilen,
zu denen liebende Gedanken eilen,
von denen wir nicht wissen, wo sie sind?
Auch ihnen ist der Weihnachtsstern erschienen!
Du sei getrost, der Herr ist auch mit ihnen,
und sei's in Not und Jammer, Schnee und Wind.

So sei nun froh, wirf von dir alles Zagen,
erfahre neu in diesen heil'gen Tagen,
wie groß des Herren Gnad und Güte ist.
Du hast wohl Grund genug, ihm Dank zu bringen.
Laß uns trotz Schmerz und Dunkel ihm lobsingen
und froh durchwandern unsre Erdenfrist.

Reni gestand uns auf dem Heimweg, daß sie es ergreifend gefunden habe, wie die drei Männer den Gottesdienst gerettet hätten. Und sie sei bestimmt nicht die einzige, der das so gegangen sei.

Sie fügte an, heute sei allerlei in Bewegung geraten, wir würden es noch merken.

Wir spürten es schon bei unserer kirchlichen Trauung. Benno hatte uns mit Dieters Auto zum Kirchplatz gefahren. Es war ein verhangener Tag, an dem auch mittags die Sonne nicht richtig herauskam, so daß es am frühen Nachmittag schon dämmrig wurde. Wieder lag Schnee in der Luft. Der Fußpfad vom Tor in der alten Mauer bis zur Kirchentür war von Menschen gesäumt. Wir schritten durch ein Spalier sanfter Kerzenlichter, während vor uns Kinder kleine Tannenzweige auf den Weg streuten. Hinter uns und den geladenen Gästen drängten andere in die Kirche, Dorfleute und Flüchtlinge, bis alle Plätze besetzt waren und Nachzügler stehen mußten. Ich sah Gesichter, die mir aus Hasenheide, aus der Sprechstunde oder aus dem Weihnachtsgottesdienst bekannt waren. Es schien wie eine stumme, aber dennoch unüberhörbare Demonstration der Zuwendung und des guten Willens.

Der greise Pfarrer hatte seine Stimme wiedererlangt und konnte uns den Wunsch erfüllen, unsere Traurede zu halten. Es war seine Gewohnheit, sie dem Brautpaar schriftlich mit auf den Weg zu geben, weil, wie er aus langer Erfahrung sagte, viele vor Aufregung während der kirchlichen Feier nicht richtig hinhörten. Ich aber war von Anfang bis Ende ganz Ohr.

Dieter hatte den Text vorgeschlagen: „Nehmet einander an, so wie Christus euch angenommen hat."

Der Pfarrer führte dazu aus: „Als der Apostel das schrieb, hat er nicht speziell an Eheleute, sondern ganz allgemein an menschliches Miteinander gedacht. Ihr wißt, daß ihr von Christus angenommen seid in Liebe. Er kennt jedes von euch bis in den letzten Winkel, er kennt eure Vorzüge, eure Schwächen und eure Dunkelheiten. Er kennt die Wege, die ihr bisher gegangen seid; er kennt eure Möglichkeiten, die guten wie die bösen. Er sagt ‚Ja' zu euch und stärkt euch damit, wie jede echte Liebe es tut, zur Entfaltung eurer besten Kräfte.

Wenn ihr dieses ‚Ja' erwidert, wenn ihr euch in seine Gewalt gebt – und das ist die sanfte und doch endlich siegreiche Gewalt des Guten –, dann werdet ihr gesegnet sein und werdet dadurch zugleich zum Segen für andere."

Während der ganzen Ansprache hatten Dieter und ich uns an den Händen gehalten, und mehr als einmal hatte ich den Druck seiner Finger gespürt – wie ein Versprechen.

Spät abends, als wir beide uns nach fröhlichem Feiern aus der Halle zurückgezogen hatten und in Dieters Zimmer am Südfenster standen, sagte er, den Arm um meine Schultern legend: „Nach allem, was wir heute in der Kirche gehört und vor Gott gelobt haben, dürften wir nun keine Angst mehr empfinden, mein Herz."

Wortlos lehnte ich mich an seine Brust

„Trotzdem", fuhr er schwer atmend fort, „trotzdem fürchte ich, daß mein entstellter Körper dich schreckt."

Ich wandte mich zu ihm hin, legte beide Arme um seinen Hals, zog seinen Kopf zu mir nieder und küßte ihn. Dann löste ich mich von ihm und ging ins Badezimmer.

Als ich im Morgenrock zu ihm zurückkam, hatte er seinen Bademantel um die Schultern gelegt und stand wieder am Fenster, den Rücken mir zugewendet.

Es war sehr dunkel draußen, aber der Lichtschein aus der Halle ließ einen Teil des Parks geheimnisvoll schimmern. Vereinzelt tanzten Flocken vom Himmel und glänzten vor den Fenstern silbrig auf. Im Kamin knisterte das Feuer, ein Scheit rutschte und löste einen Funkenregen aus.

Leise ging ich auf Dieter zu. Als ich fast hinter ihm stand, sagte ich: „Kommt es dir auch wie ein Geschenk vor, daß wir hier beisammen sind, nach allen Umwegen?"

Er drehte sich zu mir um, Elend in den Augen, schweigend, und ließ den Bademantel fallen.

Ich nahm mir Zeit, ihn anzuschauen, vom Gesicht bis zu den Füßen und wieder zurück. Dann sagte ich ruhig: „Dein Körper ist entstellt, da hast du recht. Aber was hat das mit unserer Liebe zu tun?"

Er zog mich an sich; wieder durchflutete mich die Welle, die ich noch kaum zu deuten wußte. Dann war es an ihm, mir meine letzte Besorgnis zu nehmen. Er tat es mit geduldiger Zärtlichkeit, bis ich mich ihm verlangend entgegenhob.

Ich wachte vom Stimmengewirr auf der Terrasse unter unserem Fenster auf. Die Hochzeitsgäste waren ins Freie getreten, um das Läuten zu hören, mit dem die Glocken der Dorfkirche das neue Jahr begrüßten.

Dieter bewegte sich neben mir, stützte sich auf einen Ellenbogen und beugte sich über mich.

„Wer hat dich soviel Weisheit gelehrt, mein Herz?“ fragte er. „Als ich eben wach lag, habe ich gedacht, daß du unsagbar richtig reagiert hast. Erschrecken beim Anblick meiner Narben wäre verständlich und trotzdem verletzend gewesen. Hättest du getan, als ob meine Entstellung belanglos wäre – wie hätte ich dir glauben sollen? Jetzt weiß ich, daß du mein Aussehen akzeptierst, so wie ich es akzeptieren muß – nicht gern, aber doch mit dem Wissen, daß es sich damit leben läßt.“

Die letzten Glockentöne wehten herüber.

Dieter beugte sich tiefer über mich. „Auf alles Gute in diesem Jahr! Auf unsre dauernde Gemeinsamkeit!“ sagte er, ehe wir uns küßten.

Kapitel 19

Kurz nach Neujahr begann für uns alle wieder der Alltag, aber für Dieter und mich zugleich eine Zeit vertieften Glücks. Nun, da die letzten aus Angst vor Verletzungen immer noch gehüteten Schranken zwischen uns niedergerissen waren, verstand ich Dieter immer besser. Unser Zusammensein wurde locker und bekam eine ebenso innige wie gelassene Selbstverständlichkeit, über die ich staunte. Manchmal lachten wir miteinander wie die Kinder – und das war besonders schön, weil wir es als etwas Neues zwischen uns gelernt hatten –, manchmal ergriff uns das gleiche spontane Mitleid, manchmal erfüllte uns dankbare Freude.

So erging es uns, als Elfriede und Fritz Fehling uns zusammen aufsuchten und zu ihrer Hochzeitsfeier einluden. Sie fand am

Sonntag nach Ostern statt, und fast das ganze Dorf war dazu auf dem Großbauernhof versammelt. Das alles überlagernde Gesprächsthema war die Rückkehr von Jochen Pappritz aus Kriegsgefangenschaft. Bald pfiffen es die Spatzen von den Dächern, daß Jochen damals seinen Fronturlaub so überraschend abgebrochen hatte, weil er von Edith vor Paul Heinrichs Denunziation gewarnt worden war. Sicherlich kam einigen Leuten dabei der gleiche Gedanke, der mich schon lange beschäftigte: daß Edith möglicherweise einem Racheakt zum Opfer gefallen sein könne. Zwar wurde ebenso wenig laut darüber geredet wie vorher über die Selbstmord-Mutmaßungen, aber es verschwanden auch die letzten Spuren von Ressentiments gegen die Wendlands.

Die Tage gingen hin, der Frühling entfaltete sich rasch und stark. Mit der Rückwand an die alte Mauer gebaut, wuchs draußen vorm Tor des Gutshofes unter der tatkräftigen Hilfe sehr vieler Dörfler ein neues Wohnhaus empor. Es sollte meinen Schwiegereltern und Benno, Reni und den beiden Kindern als Heim dienen, während Großmutter zu Dieter und mir ins Doktorhaus übersiedeln würde, wenn Simon das Herrenhaus endgültig für sich beanspruchte.

Ruth Rosenbusch hatte an Großmutter geschrieben, daß sie beabsichtige, im späten Frühjahr nach Deutschland zu kommen, um sich dort mit ihrem Enkel zu treffen. Nach einem halben Jahr Aufbauarbeit im Kibbuz stehe Simon vor der Entscheidung, wie sein weiteres Leben aussehen solle, und darüber wolle er sich mit seiner Grandma unterhalten. Natürlich führe ihr Weg sie auch nach Hasenheide. Sie freue sich auf das Wiedersehen.

Anfang Mai erlebte das Dorf eine neue Sensation. Paul Heinrich fand sich wieder in seinem Elternhaus ein. Es hieß, er sei bei Kriegsende im von den Sowjets besetzten Gebiet gewesen und hätte sich dort verborgen gehalten. Das mochte stimmen oder nicht, er selber wich Fragen aus oder überhörte sie. Auf dem Bauernhof seines Vaters ging er den notwendigen Arbeiten nach, düster, in sich gekehrt, ohne eine Spur des früheren anmaßend protzigen Auftretens. Es sah so aus, als ob er sich möglichst unauffällig wieder ins Dorf einfügen wolle, und die Leute ließen ihn abwartend gewähren.

Am Abend meines Geburtstags fuhren Dieter und ich nach

Hasenheide hinaus. Die Scheinwerfer unseres Autos warfen ihr Licht auf die Rosensträucher bei den Torpfosten, an denen sich einige Knospen zu frühen Blüten geöffnet hatten. Dieter legte den Arm um meine Schultern, während wir die Freitreppe hinaufstiegen.

„Dein erster Geburtstag als Frau Wendland war bisher reichlich arbeitsam", sagte er liebevoll. „Von jetzt an soll er schön werden."

Die Familie war in der unteren Halle versammelt. Gerade als wir eintraten, schrillte das Telefon. Benno nahm den Hörer. Abrupt wandte er sich zu Dieter: „Im Wirtshaus hat es eine blutige Schlägerei gegeben. Du sollst sofort kommen."

„Das war's dann wohl mit der Geburtstagsfeier", bemerkte Reni.

„Vielleicht kann ich schnell wieder hier sein", versuchte Dieter sich und mich zu trösten. Ich weiß nicht, ob er selbst es glaubte; ich jedenfalls tat es nicht.

„Laß dir trotzdem alles Gute wünschen, Kind", sagte Großmutter, und die andern stimmten ein. Nur Benno stand noch immer am Telefon.

Endlich legte er den Hörer auf und berichtete: „Jochen Pappritz und Paul Heinrich sind aneinandergeraten. Jochen hatte sich mal wieder einen zuviel hinter die Binde gegossen. Als Paul in die Wirtsstube kam, hat Jochen ihn angegangen, was er unter anständigen Leuten zu suchen hätte. ‚Dreckiger Verräter', ‚schuftiger Denunziant' und ähnliches mehr hat er ihn genannt und ihm das Bierglas ins Gesicht geschmissen. Paul hat rot gesehen und ist blindwütig auf ihn los. Jochen hat ebenso wild zurückgeboxt, und als die andern die beiden trennen wollten, hat Jochen ein Messer von einem der Tische genommen und wie ein Amokläufer um sich gestochen. Sie konnten erst Herr über ihn werden, als Paul sich blutend am Boden wälzte."

„Wie schrecklich!" sagte meine Schwiegermutter erschüttert. „Wie schrecklich für Pappritz! Wenn Heinrich stirbt . . ."

„Wie schrecklich für Dieter!" fiel ich ihr ins Wort. „Ob Heinrich am Leben bleibt oder nicht, Dieter muß die Situation dort durchstehen." Ich brach ab. Die Sorge, wie Dieter damit fertig würde, war zu groß.

Als er zurückkam, fühlte ich meine schlimmsten Befürchtungen bestätigt.

„Ich konnte nicht mehr helfen“, sagte er schwer. „Paul Heinrich ist tot.“

Reni sah zu Benno hin. „Genau genommen hat er bekommen, was er verdient hat“, meinte sie mit kleiner Stimme.

„Sagen wir, er hat geerntet, was er gesät hat“, verbesserte meine Schwiegermutter.

„Hat er es gesät?“ Dieter heftete den Blick aufs Gesicht seines Vaters. „Hat Heinrich es gesät?“

„Dieter, wie kannst du nur?!“ stöhnte seine Mutter auf.

„Wer hat denn die anonymen Anzeigen veranlaßt?“ fragte er hart. „Ich jedenfalls habe sie in Vaters Schublade, unter Vaters Papieren, gefunden!“

„Und du hast völlig falsche Schlüsse daraus gezogen!“ warf Benno ihm erregt vor.

„Ich muß dich etwas fragen, mein Sohn“, übertönte seines Vaters Stimme die Unruhe. „Hast du mich wirklich all die Jahre hindurch für einen Denunzianten gehalten?“

Dieter hielt seinem Blick stand. „Wundert's dich?“

Ich erschrak über die Kälte in seiner Stimme.

„Es darf mich nicht wundern“, antwortete sein Vater nach einer schmerzenden Pause. „Aber es tut weh.“

„Die Denunziationen stammen von Paul Heinrich. Dein Vater hat sie zurückgehalten, statt sie weiterzureichen“, sagte seine Mutter nahezu tonlos. „Paul Heinrich hat ihn deswegen gehaßt und ihn wahrscheinlich auch umzubringen versucht.“

Dieter hielt den Blick noch immer auf seinen Vater gerichtet. „Wer hat die Saat gesät?“ wiederholte er seine Frage.

„Ich“, sagte sein Vater, die Augen von Dieter weg und seiner Frau zuwendend. „Paul hat mich zu Recht gehaßt, obwohl er den wahren Grund wahrscheinlich selbst nie begriffen hat. Ich habe ihn in sein Verderben geführt. Als er ein Junge war, hat er mich glühend verehrt. Er ist mir blindlings gefolgt. Ich bin sein Vorbild gewesen. Und ich war der Vertreter einer Weltanschauung, die ihm erlaubte, alles Schlechte in sich zur Entwicklung zu bringen. Sein Ehrgeiz und sein Haß haben ihn geprägt und verzehrt. Er war unglücklich dabei, ohne es zu wissen.“

Mein Schwiegervater holte tief Luft und sah uns der Reihe nach an.

„Das war meine Totenrede auf Paul Heinrich", sagte er ernst.

Diesmal unterbrach keiner von uns das drückende Schweigen, bis er fortfuhr: „Darüber komme ich nicht hinweg, daß ich nicht nur selbst Hitlers Ideologie verfallen war, sondern daß ich andere mit hineingezogen habe."

„Sie klingen ungewohnt bitter", stellte Großmutter fest und sah meinen Schwiegervater aufmerksam an.

„Ich habe heute einen schweren Schlag erhalten", antwortete er herb.

Wortlos wandte Dieter sich ab und verließ den Raum. Ich ging ihm nach und fand ihn auf den Stufen der Freitreppe, wo er blicklos vor sich hinstarrte.

„Bitte, Dieter", sagte ich. „Ich möchte nach Hause."

Er faßte mich unter und führte mich zu unserem Auto. „Es tut mir leid, daß der Abend so verdorben wurde", brachte er mühsam hervor und startete den Wagen. Im ungewissen Nachtlicht kamen mir seine Züge erschreckend fremd vor.

„Willst du nicht mit mir bereden, was dich so beschäftigt?" fragte ich tastend.

Einen Augenblick lang wandte er mir das Gesicht zu, Trauer und Hilflosigkeit lagen in seinen Augen. Dann blickte er wieder auf die Straße vor uns.

„Paul hat noch gesprochen", begann er schließlich. „Ich weiß nicht, ob ich ihn richtig verstanden habe, und noch weniger weiß ich, ob ich es richtig deute. Er war schon sehr schwach." Dieters Stimme brach ab.

Erst als wir unser Wohnzimmer betreten hatten, zog er mich unerwartet an sich und vergrub das Gesicht in meinen Haaren.

„Ich habe mich über ihn gebeugt", berichtete er an der Stelle weiter, wo er sich vorhin unterbrochen hatte. „Er tat zum ersten Mal die Augen auf. Ich merkte, wie er mich erkannte. Er stöhnte wie ein Tier, du hättest es hören sollen! Dann hat er geflüstert: ‚Wendland! O Gott, Wendland!' Danach war er völlig entkräftet und verfiel zusehends. Kurz ehe er ausatmete, gelang es ihm noch einmal zu sprechen. Dreimal hat er herausgebracht: ‚Strafe . . .

Strafe ... Strafe!' Und dann noch einmal: ,Wendland!' Das war sein letztes Wort."

Dieters Stimme war heiser vor Erregung. „So ist er gestorben – mit unserm Namen auf den Lippen und mit dem Wunsch nach Strafe. Es kam mir vor wie ein Fluch über Vater."

Mich loslassend, wandte Dieter sich zum Fenster, durch das die Dunkelheit hereinblickte, und drehte mir den Rücken.

„Du solltest schlafen gehen, mein Herz", sagte er schwer.

„Und du?"

„Ich muß noch Notizen über den Fall machen."

Gern hätte ich ihm angeboten, bei ihm zu bleiben und nach seinem Diktat zu schreiben, aber ich spürte, daß er allein sein wollte. Ich mußte es respektieren, so sehr es schmerzte.

Es dauerte lange, bis er im Dunkeln ins Zimmer trat und sich leise ins Bett legte. Er dachte wohl, ich sei eingeschlafen.

„Dieter!"

Er hielt den Atem an.

Erst nach einer Weile sagte er zögernd: „Ich wollte dich nicht wecken."

„Ich habe wachgelegen und nachgedacht ... Du, Dieter, wieso bist du eigentlich sicher, daß dein Vater gemeint war?"

„Wer sonst?"

„Er hat dich gesehen, nicht deinen Vater. Und du siehst Günter ähnlich. Vielleicht hat er auf Edith angespielt ..."

„Auf Edith? Sei nicht absurd!"

„Benno würde sagen, Heinrich verfolgte sie mit seinem Haß, aus welchem Grund auch immer, vielleicht weil sie ihn abgewimmelt hat, vielleicht weil sie Pappritz vor ihm gewarnt hat ..."

Er unterbrach mich. „Benno würde nichts dergleichen sagen. Bitte quäl mich nicht mit solchen Fantastereien!"

„Ich will dich nicht quälen. Ich will dir helfen."

„Ich weiß, mein Herz."

Es klang liebevoll, wenngleich resigniert, und brachte mich zum Schweigen. Aber schlafen konnte ich nicht, und auch er wälzte sich unruhig in seinem Bett.

„Dieter?"

„Hast du wieder eine Theorie?" fragte er abweisend.

„Keine Theorie. Eine Erleuchtung."

„Eine was?“

„Eine plötzliche klare Erkenntnis. Heinrich hat niemanden verflucht; er hat niemandem eine Strafe gewünscht. Er hat davon gesprochen, daß er selber gestraft wurde.“

Dieter gab keine Antwort. Ich hörte ihn heftig die Luft einziehen.

„Er hat nicht mehr leben können mit dem, was er Wendlands angetan hat, deinem Vater ... oder vielleicht Edith ...“

„Wenn das wahr wäre ...“, kam es leise.

„Es ist wahr, verlaß dich darauf!“

Es dauerte eine Weile, ehe Dieter fast tonlos weitersprach: „Nein. Ich kann das nicht glauben.“

„Weil du dir angewöhnt hast, immer nur das Schlimmste von deinem Vater zu denken, seit du einmal an ihm irre geworden bist.“

„Und das mit gutem Grund.“

Es war halb Bestätigung, halb Verteidigung, was ich aus seiner Stimme heraushörte.

„Nicht in jedem Fall“, widersprach ich. „Er war zum Beispiel kein Denunziant, wie wir heute gehört haben.“

„Wenn das stimmt, ist es mir eine große Erleichterung.“

„Was heißt ‚Wenn das stimmt‘? Du willst wohl einfach schlecht von ihm denken?!“

„Er hat sich mit Edith eingelassen“, kam es bitter.

„Auch das ist eine unbewiesene Vermutung von dir.“

„Für mich ist es eine eindeutige Tatsache, und die kann ich ihm nicht verzeihen.“

„Es wäre nicht an dir, ihm zu vergeben, sondern an deiner Mutter. Sie hat es getan.“

„Vater hat sich nicht nur an Mutter versündigt, sondern auch an Günter. Und dafür hat er weder Verzeihung gesucht noch erhalten.“

„Woher weißt du das?“

„Ich war Günters Vertrauter, bis er starb.“

„Und du meinst, mit seinem Tod war alles zu Ende – Schuld und Schmerz unaufhebbar zementiert?“

„Was konnte sich danach noch ändern?“

„Dein Vater hat sich geändert.“

„Zu spät für Günter.“

„Bist du dessen sicher?"

„Was meinst du damit?" Dieters Stimme klang betroffen. Drängend wiederholte er: „Was meinst du, Monika?"

Stockend sagte ich: „Ich habe Mühe, es zu formulieren ... Es ist mehr eine Frage als eine Meinung ... Aber wenn es Auferstehung gibt – und daran glaube ich, auch wenn ich keine Vorstellung über das Wie habe –, also wenn es Auferstehung gibt, dann muß es auch inneres Geschehen geben, Bewegung, Einsicht, Klärung. Wenn ich an Mutter denke, dann ist sie nicht mehr behaftet mit der Angst und dem Grauen, unter denen sie starb. Dann ist sie über all das hinaus ... dann ist sie versöhnt ... gestillt ... vollendet zu dem, was sie nach Gottes Willen sein soll."

„Du willst mir also sagen, daß es Anmaßung ist, wenn ich mich nach Günters Tod als sein Sachwalter fühle, weil ich ihn dabei in dem Stadium festhalte, das er zuletzt einnahm?" vergewisserte sich Dieter.

„Ich weiß nicht recht", antwortete ich nachdenklich. „In bestimmter Hinsicht müssen wir sicher Sachwalter unserer Toten sein. Aber wir dürfen sie nicht ins Gefängnis unserer Erinnerungen sperren – besser gesagt, ins Gefängnis unseres Verständnisses von ihnen, das ja notwendig begrenzt ist – oder, noch besser, weil andersherum gesagt: Wir dürfen uns nicht in die Gefangenschaft ihrer Lebenshandlungen begeben, weil wir damit dort stehenbleiben, wo sie nicht mehr sind."

„Das scheint mir eine sehr gefährliche Theorie zu sein", warnte Dieter. „Damit kannst du dich über jedes Vermächtnis, über jeden letzten Willen hinwegsetzen ..."

„So darf es natürlich nicht sein!" unterbrach ich ihn abwehrend.

„Wie willst du das aber verhindern?"

„Wahrscheinlich geht das nur, wenn du dich selbst an Gottes Wort bindest und nur das zuläßt, was seinem Willen entspricht", meinte ich nach einer Weile des Nachdenkens. „Konkret geredet, du dürftest nicht etwas für Elfriede Nachteiliges unternehmen, weil du damit nicht nur Günters Intentionen, sondern vor allem Gottes Willen mißachten würdest. Ebenso wenig darfst du um Günters willen an der Unversöhnlichkeit gegen deinen Vater festhalten."

„Monika, mein Herz ..."

Dieter sprach nicht weiter. Seine Hand tastete nach der meinen. Ich spürte, wie sein Körper von lautlosem Weinen geschüttelt wurde.

Die Kirchturmuhr schlug zwölfmal. Mein Geburtstag war vorüber. Er hatte Aufregung und Kummer gebracht, aber auch einen Durchbruch, was Dieters Verhältnis zu seinem Vater betraf.

Die Aussprache zwischen Vater und Sohn, nach der es Dieter nun drängte, fand schon am folgenden Abend statt. Dieter kam ernst, aber gelöst ins Doktorhaus zurück und gestand mir rückhaltlos, wie sehr ihm die Haltung seines Vaters imponiert hatte.

„Von allen Vorwürfen, die ich innerlich gegen ihn erhoben hatte, gibt es keinen, den er sich nicht selbst macht", sagte er. „Aber er tut es sachlich, nicht als Selbstzweck, sondern um Grund und Ergebnis seines Lernprozesses zu erklären. Ich habe früher mit dem Wort Läuterung nicht viel anfangen können. Jetzt sehe ich, was es in der Realität bedeutet."

Niemand war glücklicher über die Entwicklung als meine Schwiegermutter.

„Ich hoffe, daß er jetzt seine frühere heitere Ausgeglichenheit wiedergewinnt", sagte sie zu mir und umarmte mich. „Er muß freilich noch über den Verlust des Herrenhauses hinwegkommen. Er will es uns nicht zeigen, wie schwer ihm das ist, aber ich merke es ihm an. Wenn ich nur den Grund dafür wüßte!"

„Es geht um sein Elternhaus! Ist das nicht Grund genug?" fragte ich erstaunt.

„Nicht für eine so tiefe Betrübnis! Er weiß, daß andere Menschen ungleich mehr verloren haben. Das würde ihm normalerweise helfen, sich damit abzufinden."

„Kann es sein, daß ihn die Umstände bitter gemacht haben?"

„Du meinst, daß wir es hergeben müssen, weil mein Mann damals den Kaufpreis nicht voll bezahlt hat?"

„Das wäre doch einleuchtend, findest du nicht?"

„Du könntest recht haben", stimmte sie nach kurzem Nachdenken zu. „Dann können wir Hoffnung haben, daß er jetzt auch diesen Schmerz noch überwindet."

Es gab aber noch einen anderen Grund für seine Trauer, das entdeckte ich einige Zeit nach diesem Gespräch.

Dieter und ich waren spät abends auf dem Heimweg von Gut Dibbelt, wo unter unserer Assistenz ein gesunder Junge zur Welt gekommen war. Unser Auto kletterte auf dem ungepflasterten Abkürzungsweg zum Dorf auf den Hügel hinauf, von dem aus man nach Hasenheide hinunterschauen konnte. Oben hielt Dieter den Wagen an. Es war mondhell, wir sahen das Haus mit den dunkel über die Mauer ragenden Baumwipfeln wie von Märchenschein übergossen vor uns liegen.

„Laß uns aussteigen!" bat ich. Er folgte wortlos. Wir schritten bis zum Rand der Hügelkuppe vor und schauten lange hinunter.

Schließlich sagte Dieter hinter mir mit rauher Stimme: „Es hätte dir gehören sollen."

Ich lehnte mich an ihn zurück.

„Es gehört mir, Dieter! Es gehört mir als ein Stück meines Lebens. Es gehört uns unverlierbar!"

„ . . . uns . . .", wiederholte er und legte den Arm um mich. Nach einer Weile sagte er, noch immer rauh: „Es hätte auch unseren Kindern gehören sollen."

„Vielleicht hätten sie es gar nicht gewollt, so wenig wie Günter es wollte. Und im übrigen haben wir noch keine Kinder."

„Aber wir wünschen sie uns."

„Wir wünschen sie uns, und wir werden ihnen ein glückliches Zuhause zu bieten versuchen. Sie werden Hasenheide nicht vermissen."

„Sie nicht, da magst du recht haben."

„Wir auch nicht, Dieter!"

Ich hatte mich in Eifer geredet. Daß ich nicht voll hinter meiner letzten Bemerkung stand, merkte ich, als er mit leisem Vorwurf sagte: „Ich dachte, du liebst Hasenheide?"

Es dauerte eine Weile, ehe ich antwortete: „Ich liebe es, und solange es unverändert bleibt, werde ich es immer lieben. Aber Großmutter hat mir einmal sehr zu denken gegeben, als sie sinngemäß sagte, lieben ohne besitzen zu wollen sei vielleicht die größere Liebe."

„Ich wollte nicht in erster Linie besitzen. Ich wollte schenken", antwortete Dieter leise. Der Druck seines Arms um meine Schultern verstärkte sich.

Ich wandte ihm das Gesicht zu.

„Glaubst du mir, Dieter, daß du mir selbst mit Hasenheide nicht mehr hättest schenken können, als du schon getan hast?"

Wir sahen uns an – lange. Dann sagte er sanft: „Ich glaube dir, mein Herz."

„Sag das noch einmal!" bat ich.

„Mein Herz", wiederholte er, offensichtlich genau wissend, worauf es mir ankam.

„Seit du mich zum ersten Mal so angeredet hast, kannst du mir nichts Besseres mehr geben." Ich hielt inne und bedachte die nächsten Worte genau. „Seither fühle ich mich aufgehoben in dir, lebenswichtig für dich, so wie du es für mich bist. Wir könnten dieses gegenseitige Geschenk nur zerstören, wenn wir versuchten, es zu ergänzen oder zu übertrumpfen."

Er neigte sich wortlos über mich, und wir küßten uns mit der Innigkeit, die in den Monaten unserer Ehe gewachsen war und die mir noch beglückender erschien als das Verlangen und die Sehnsucht unserer ersten Küsse.

Dann faßte er mich an der Hand und ging mit mir zum Auto zurück. Erst als wir schon fuhren, versprach er: „Ich werde von jetzt an eine andere Einstellung zu Hasenheide einüben – im Sinne von Großmutter."

„Es wird leichter werden, wenn die Dinge nicht mehr so in der Schwebe sind wie jetzt", gab ich meiner Hoffnung Ausdruck. „Ich wünschte nun wirklich, daß sie bald ihren Fortgang nähmen."

Statt des erwarteten Besuchs von Ruth Rosenbusch mit ihrem Enkel erhielt Großmutter gegen Ende des Monats von ihrer alten Freundin ein Telegramm: „Simon in Palästina Opfer eines Anschlags. Bin unterwegs nach Jerusalem."

„Was wird ihm geschehen sein?" fragte Großmutter bang. „Offenbar ist er noch am Leben, sonst würde Ruth die Reise nicht auf sich nehmen."

„Kann es schlimme Folgen für uns haben, wenn er stirbt?" erkundigte sich Reni.

„Es würde mir zunächst einmal für Ruth von Herzen leid tun. Simon ist ihr Augapfel, trotz der Vorbehalte, die sie gegen seine Entwicklung in der letzten Zeit hatte.“

„Bekämen wir es am Ende statt seiner mit seiner Mutter zu tun?“ nahm Benno mit besorgtem Gesicht Renis Frage auf.

„Ich kann es nicht sagen.“ Großmutter wirkte unsicher und unglücklich. „Das Verhältnis zwischen Ruth und ihrer Tochter ist nicht gut. Normalerweise würde Ruth ihre Rechte nicht zugunsten Esthers aus der Hand geben. Man muß abwarten, wie sehr der Unglücksfall sie mitnimmt.“

Genau das fiel uns allen schwer. Es hing so viel davon ab, ob der mit Simon geschlossene Vorvertrag seine Gültigkeit behielt. Aber zunächst blieb uns nichts übrig, als uns in Geduld zu fassen.

Kapitel 20

Am Freitag rief Benno uns in der Praxis an und bat uns, so bald wie möglich nach Hasenheide zu kommen. Frau Rosenbusch hatte sich telegrafisch angemeldet. Glücklicherweise stand uns für das Wochenende eine Vertretung zur Verfügung.

Als wir am Samstagnachmittag eintrafen, waren Benno und Reni auf Frau Rosenbuschs Wunsch hin mit ihr zu einer Kutschfahrt unterwegs, die über die zu Hasenheide gehörenden Ländereien führen sollte. Nachdem der Gast am Vortag spät angekommen war und sich gleich in das dafür vorgesehene Zimmer zurückgezogen hatte, war der heutige Vormittag im Gespräch der beiden alten Freundinnen vergangen. Nach dem Mittagessen hatte mein Schwiegervater um eine Unterredung gebeten, bei der auch Benno dabei war, und unmittelbar danach war die Kutsche gestartet.

Während Dieter sich mit seinem Vater zurückzog, setzte ich mich zu Großmutter.

„Und?“ fragte ich. „Habt ihr etwas miteinander anfangen

können, nach so langer Zeit und so unterschiedlichen Schicksalen?"

„Wir haben glatt und leicht angeknüpft, es waren ja auch schon Briefe zwischen uns hin- und hergegangen. Aber sie hatten die jahrelange Entfremdung nicht völlig überbrücken können. Das ist erst heute beim Wiedersehen geschehen, und bestimmt hat dazu der Umstand beigetragen, daß wir uns gerade hier begegnen konnten. Sofort waren die gemeinsamen Kindheitserinnerungen da. Wir haben so viel von ihnen geredet, daß wir zum Gespräch über die späteren Jahre noch kaum gekommen sind."

„Meinst du, das könnte unerfreulicher werden als euer bisheriger Gedankenaustausch?"

Großmutter schüttelte den Kopf. „Ruth war schon immer ein Mensch, der Schwierigkeiten lieber ausglich als hochspielte. Das hat sich noch verstärkt. Dein Schwiegervater ist ganz aufgewühlt von ihrer Freundlichkeit und dem Entgegenkommen, das sie ihm gezeigt hat."

„Will sie etwa auf die Restzahlung verzichten?"

„Nein, das will sie nicht, und das kann sie nicht. Sie hat offenbar sofort erkannt, daß sie deinen Schwiegervater damit zutiefst verletzen würde. Es geht aber auch nicht um ihres Enkels willen."

„Ach ja – was ist mit Simon?"

„Er ist tot. Sie hat es uns mitgeteilt, schien aber nicht weiter darüber reden zu wollen, und so hat keiner von uns nach Näherem gefragt. Sie sagte nur, sie betrachte den von ihrem Enkel geschlossenen Vertrag als bindend."

Ich atmete tief durch. „Das würde also heißen, daß außer der Abtretung des Herrenhauses keine Forderungen kämen?"

„So sieht es dein Schwiegervater."

Dieter ergänzte die Information. Frau Rosenbusch hatte sich als erstes erkundigt, was aus den Bewohnern des Hauses würde, wenn sie es wieder übernähme. Sie hatte sich erleichtert gezeigt, als sie hörte, daß bereits ein neues Wohnhaus im Entstehen war. Es war ausgemacht worden, daß Benno sie heute auf der Rundfahrt zum Rohbau bringen und ihr morgen die Pläne erläutern würde.

Danach hatte Frau Rosenbusch detailliert nach dem Herrenhaus, nach seinem Erhaltungszustand, nach notwendigen Reparaturen und empfehlenswerten Modernisierungen gefragt.

„Will sie wirklich selbst hierherziehen?“ staunte ich. „Es heißt doch immer, einen alten Baum verpflanzt man nicht.“

„Es wäre ja eine Rückkehr, kein Schritt in völlig Neues“, meinte Dieter.

„Aber sie ist seit dreißig Jahren nicht mehr hier gewesen! Alle ihre Bekannten sind drüben, dort hat sie Fuß gefaßt, dort lebt sie in ihrer gewohnten Umgebung, in allen denkbaren Bequemlichkeiten! Deutschland ist ihr fremd geworden . . .“

Plötzlich beteiligte Großmutter sich wieder an unserm Gespräch.

„Du bist ihr noch nicht begegnet“, sagte sie mit einem kleinen wissenden Lächeln. „Warte ab, bis du sie kennenlernst! Du wirst dich wundern.“

Damit behielt sie recht.

Kurz vor dem Abendessen kam die Kutsche zurück. Frau Rosenbusch eilte auf ihr Zimmer,um sich frisch zu machen. Ich sah sie erst kurz vor dem Essen und wurde ihr von meiner Schwiegermutter vorgestellt. Schon ihr Aussehen setzte mich in Erstaunen. Ich weiß nicht, warum ich sie mir zierlich, ja fast zerbrechlich gedacht hatte – ihre Erscheinung entsprach dem in keiner Weise. Hochgewachsen, stattlich, wirkte sie mit ihrem fast faltenlosen Gesicht viel jünger als Großmutter, trotz der eisgrauen Haare, deren Fülle zu einem helmartigen Bubikopf zurückgeschnitten war. Sie hatte leichtes make-up aufgelegt, die Fingernägel waren in milchigem Rosaton lackiert, jede ihrer Bewegungen wirkte damenhaft und betonte die sportliche Eleganz der Kleidung. Großmutter und selbst meine Schwiegermutter nahmen sich neben ihr nicht nur schlicht, sondern hausbacken aus. Dennoch besaß sie eine warmherzige Ausstrahlung, die mich zu ihr hinzog.

„Monika, Lisas Enkelin“, wiederholte sie die Worte meiner Schwiegermutter. „Nicht wahr, Sie sind es, mit der mein Simon zuerst ins Gespräch kam?“

„Ja. Auf der Suche nach Großmutter traf er mich in der Behelfswohnung meines Vaters an – mich und meine Freundin.“

Ich machte eine Pause und suchte nach den richtigen Worten, ehe ich unbeholfen fortfuhr: „Es tut mir so leid, daß er sterben mußte."

Sie überging es und sagte: „Ich würde mich nachher gern eine Weile mit Ihnen unterhalten. Wäre Ihnen das recht?"

Mit leisem Unbehagen stimmte ich zu. Was mochte Simon über unser Zusammentreffen berichtet haben? Ich war mir durchaus bewußt, daß Ruthild und ich ihn gleich zu Anfang verärgert hatten.

Das Tischgespräch kreiste um die Eindrücke der Rundfahrt. Ich bekam immerhin genug davon mit, um über Frau Rosenbuschs reiche Erinnerungen ebenso zu staunen wie über ihr in Einzelheiten gehendes Interesse an den das Gut betreffenden Veränderungen der Nachkriegszeit.

Als meine Schwiegermutter die Tafel aufhob, suchten Großmutter, mein Schwiegervater, Dieter und ich mit Frau Rosenbusch die Terrasse auf.

„Sie würden mir einen großen Gefallen tun, wenn Sie einfach die Begegnung mit meinem Enkel schilderten", bat sie mich ohne Umschweife. Ich fühlte, wie ich errötete.

„So ganz einfach ist das nicht", antwortete ich befangen. „Vielleicht müßte ich doch etwas vorwegschicken. Ich war nämlich nicht unvoreingenommen, als er kam. Ein Militärpolizist hatte ihn angemeldet . . ."

„Siegfried Nußbächer", nickte sie, mich unterbrechend. „Ich habe mit ihm gesprochen."

Das machte die Sache für mich noch schwieriger.

„Er war nicht sehr konziliant, als er Ihren Enkel anmeldete . . ."

Wieder unterbrach sie mich: „Das kann ich mir denken. Und folglich empfingen Sie Simon mit innerem Widerstand, nicht wahr?"

„Es kam hinzu, daß er mich zum ungünstigsten Zeitpunkt störte. Ich steckte mitten in dringlichen Examensvorbereitungen und hatte den Kopf mit ganz anderen Dingen voll als mit den Problemen, die durch Simon an mich herangetragen wurden. Und schließlich war mein Unterbewußtsein in vollem Aufruhr, das habe ich zwar erst später begriffen, aber geäußert hat es sich damals in nervöser Gereiztheit. Ich brachte das Auftauchen eines Buchen innerlich sofort in Zusammenhang mit Hasenheide und hatte Angst ..."

Erneut irritierte mich die Unterbrechung durch ihre rasch hingeworfene Frage: „Wußten Sie, daß die Zahlungen nicht korrekt erfolgt waren?"

Ich sah zu Dieter hin.

„Du brauchst aus deinem Herzen keine Mördergrube zu machen", ermunterte mich mein Schwiegervater. „Erzähl nur alles frei heraus. Mich mußt du nicht schonen."

„Dieter hatte mir davon erzählt, weil er so sehr darunter gelitten hat", antwortete ich und fuhr fort: „Er hing mit allen Fasern seines Herzens an Hasenheide und verübelte es seinem Vater, daß für ihn ständig ein Schatten über dem Besitz lag."

„Ist das nun ausgestanden?"

Ich blickte in Frau Rosenbuschs teilnahmsvoll gespanntes Gesicht und atmete tief durch. „Gott sei dank, ja. Und so war Simons Kommen für uns alle eine Art Durchbruch, so etwas wie eine Befreiung, wenn's auch noch ein bitterer Weg bis dahin war."

„Warum haben Sie Simon nicht gleich gesagt, wie verbunden Sie mit Hasenheide waren?"

Ich antwortete mit einer Gegenfrage: „Was denken Sie, wie er reagiert hätte?"

Ihre Augen senkten sich nicht vor meinem Blick. Sie ließ mich darin lesen, und ich erkannte Schmerz. „Sie haben recht, Monika. Es gab Grund für Ihre Befürchtungen."

„Außerdem hatte ich ihn, ehe er von Gut Buchen zu sprechen begann, bereits gründlich verärgert, nun ja, genau genommen nicht ich, sondern mein Freundin hatte es getan, aber das spielt ja keine Rolle, inhaltlich war ich voll auf ihrer Seite. Er hatte mich nach meinen anfänglichen Vorbehalten fast schon für sich gewonnen, als er sagte, er komme in Ihrem Auftrag, um Großmutter für die Rettung Ihrer Tochter zu danken. Naiverweise meinte ich, er hätte die weite Reise eigens zu diesem Zweck unternommen. Um so enttäuschter war ich, als ihm dann die Weiterfahrt zu Großmutter zuviel zu sein schien. Prompt stellte ich ihn auf eine Stufe mit seiner Mutter, der ich schon lange böse war, weil sie bei Kriegsende nicht einmal eine kurze Nachricht für ihre Retterin übrig hatte. Selbst wenn sie nicht wissen konnte, daß Großmutter ihretwegen zum Krüppel geworden ist, mußte ihr klar sein, wieviel Unannehmlichkeiten und welche Gefährdungen Großmutter und Tante Elsbeth auf sich genommen hatten ..."

Frau Rosenbusch nutzte mein Atemholen, um schnell und scharf zu fragen: „Was heißt das: Lisa wurde Esthers wegen zum Krüppel?"

Rasch fiel Großmutter ein: „Monika hätte es gar nicht erwähnen dürfen." Sie warf mir einen ernsten Blick zu. „Erzähl weiter, Kind! Wie hat Ruthild es angestellt, Simon zu verärgern? Das ist doch sonst nicht ihre Art."

„Sie wollte es auch nicht. Sie sagte eben ehrlich ihre Meinung. Ihr kennt sie ja."

„Ihre Meinung worüber?" erkundigte sich Frau Rosenbusch.

„Über die jüdische Ansiedlung in Palästina. Für mich war die ganze Problematik damals neu, Ruthild wußte auch nicht viel mehr als ich, und so haben wir spontan auf dem Hintergrund unserer eigenen Erfahrungen reagiert."

„Ihrer eigenen Erfahrungen?" fragte Frau Rosenbusch mit hochgezogenen Brauen.

„Unserer eigenen Erfahrungen mit Partisanenanschlägen, Vertreibung und Racheakten!" entfuhr es mir heftig. Ruhiger setzte ich hinzu: „Was es bedeutet, aus seinem angestammten Land durch fremde Neusiedler vertrieben zu werden, haben wir hier auf Hasenheide an den Ostflüchtlingen täglich vor Augen. Renis Vater ist im Krieg einer Partisanenaktion zum Opfer gefallen, ihre und meine Mutter wurden beim gleichen Luftangriff getötet, auch Tante Elsbeth. Großmutter und mein Schwiegervater verdanken es Racheakten, daß sie ihre Tage im Rollstuhl verbringen – wirklich, Frau Rosenbusch, ich konnte damals, als ich mit Simon sprach, und ich kann heute noch nicht sehen, was bei Gewalt und Gegengewalt Gutes herauskommt."

Ich merkte, wie meine Stimme sich erneut erhoben hatte, und nahm mich zurück.

„Es war eine furchtbare Erschütterung für mich, als ich erfuhr, daß Simon nun selbst zum Opfer wurde", fuhr ich fort.

Frau Rosenbusch, die mich bisher unverwandt angesehen hatte, senkte den Kopf.

Leise sprach ich weiter.

„Damals, als Nußbächer und Simon bei uns auftauchten, habe ich mir nicht die Mühe gemacht, auch die andere Seite zu bedenken. Inzwischen habe ich es getan. Ich verstehe gut, daß Juden danach trachten, endlich eine Heimstatt in einem eigenen Land zu haben und nicht mehr Gast oder gerade eben Geduldete bei anderen zu sein. Aber damals hat es mich entsetzt, daß Simon es als moralisches Recht für sich in Anspruch zu nehmen schien, auf uns Deutsche den Daumen zu drücken. Er, der selber nie von den Deutschen geschädigt worden war, dem die Auswanderung mit seinen Großeltern nur Vorteile gebracht hatte, er kam in unser zerschlagenes Land und sprach davon, daß seine Mutter eine Heldin sei ... seine Mutter, die ihrerseits ihre Mutter – Sie, Frau Rosenbusch! – wegen ihrer Versöhnungsbereitschaft verachtete!"

„Kind, Kind!" mahnte Großmutter.

„Sie sollte sich schonungslos äußern!" verteidigte Dieter mich.

„Ich bin noch nicht zu Ende. Das Wesentliche kommt erst. Als ich nämlich merkte, wie fasziniert Simon von Hasenheide war, und als er davon sprach, daß seine Großmutter es liebte und ihre alten Tage hier verbringen sollte, da sah ich ihn plötzlich mit andern Augen an und mochte ihn. Es war ja eine genaue Parallele zu den Empfindungen und Wünschen, die mich hinsichtlich meiner Großmutter – und mit weniger Recht – bewegten."

Zu meiner Erschütterung schluchzte Großmutter auf.

„Von da an beschäftigte ich mich in Gedanken viel mit Simon und suchte ihm gerecht zu werden", fuhr ich mit belegter Stimme fort. „Ich begann ihn sogar dafür zu bewundern, daß er, wenigstens für eine gewisse Zeit, alles aufgab und die harte Existenz in Palästina wählte, um dann aus eigener Erfahrung entscheiden zu können, auf welche Weise er sich künftig als Jude bewähren wollte. Daß es ihn das Leben gekostet hat – ich sagte es schon –, das hat mich aufgewühlt und traurig gemacht."

Ohne auf meine Worte einzugehen, griff Frau Rosenbusch nach ihrer Handtasche und zog mehrere Briefumschläge heraus.

„Ich möchte Ihnen aus den Briefen meines Enkels vorlesen", sagte sie und tat es, indem sie zugleich übersetzte.

„Ich traf die Enkelin Deiner alten Freundin. Sie heißt Monika. Sie wußte einiges über unsere Familie, allerdings nicht, daß Großvater tot ist. Auch Gut Buchen ist ihr ein Begriff. Sie sagt, daß es vor der Nazizeit verkauft wurde, und daß ich die Finger davon lassen soll. Auf Ma ist sie nicht gut zu sprechen. Das Palästinaprojekt lehnt sie völlig ab. Sie und ihre Freundin kamen in ein Streitgespräch mit Siegfried. Statt daß er zornig wurde, hat es ihm imponiert. Er denkt ziemlich differenziert über die jüdische Frage. Fast hätte er mich verunsichert."

Frau Rosenbusch ließ das Briefblatt sinken und entnahm einem anderen Umschlag zwei eng beschriebene Bögen.

„Du fragst nach der Enkelin Deiner Freundin", las sie weiter. „Als ich sie bei ihrer Großmutter traf, stellte sich heraus, daß sie ausgerechnet mit einem Sohn des jetzigen Besitzers von Gut Buchen verlobt ist! Darum wohnt ihre Großmutter jetzt auf Buchen. Ihr Haus wurde im Krieg zerstört. Was sagst Du dazu?

Monika und ihr Verlobter waren natürlich in Sorge um den Besitz, aber es ging ihnen dabei nicht um sich selbst. Er ist Arzt, und sie sind von der Farm unabhängig. Aber seine Eltern und sein jüngerer Bruder mit Frau und zwei Kindern leben von dem Ertrag der Ländereien. Der Hof ist ihre einzige Existenzgrundlage. Sie arbeiten hart, um sich über Wasser zu halten. Sie wohnen im Herrenhaus. Es ist gepflegt, aber renovierungsbedürftig. Doch dafür scheint kein Geld da zu sein.

Ich wußte sofort, daß ich ihnen den Hof nicht abnehmen würde. Du hättest niemals Deine Einwilligung dazu gegeben. Die Leute haben Ma's Retterin bei sich aufgenommen. Das wäre auch für mich ein Grund, sie nicht ins Unglück zu stürzen.

Mit dem Herrenhaus steht es anders. Man kann es ohne Schwierigkeiten von dem Hof abtrennen. Es ist wunderschön und sollte unbedingt in seiner jetzigen Gestalt erhalten bleiben. Modernisierungen sind allerdings nötig. Auch muß die gesamte Bausubstanz untersucht und gegebenenfalls ausgebessert werden. Das verschlingt Unsummen, wenn es richtig gemacht wird. Mit Sicherheit kann der jetzige Besitzer das Geld auf Jahre hinaus nicht aufbringen. Ihm wäre besser damit gedient, wenn er sich ein neues, solides Wohnhaus hinstellte. Du siehst, worauf meine Pläne hinauslaufen. Ich will das Herrenhaus übernehmen.

Ich weiß, daß Du es geliebt hast, und ich liebe es auch. Ich werde es instandsetzen lassen. Das gibt Dir die Möglichkeit, nach Deutschland zurückzukehren. Davon hast Du ja, trotz allem, immer geträumt. Haus Buchen soll Dein Alterssitz werden."

Frau Rosenbusch griff nach einem dritten Umschlag.

„Ich strapaziere Ihre Geduld nicht mehr lange", sagte sie, während sie ihn entfaltete. „Dies ist der letzte Brief, den ich von Simon erhielt."

Ihre Stimme zitterte leicht, aber sie fing sich rasch. Großmutter schluchzte leise.

„Ich stehe dies hier durch", übersetzte Simons Großmutter seinen Brief, „aber es ist nicht meine Welt. Jeder soll wählen können, was er will: Heimat im Heiligen Land, oder Integration in ein Gastland. Dafür bin ich hier, dafür stehe ich ein. Ich selbst werde nicht in Palästina bleiben. Ich denke daran, in Deutschland eine Niederlassung unserer Firma zu gründen. Der Neuaufbau, der dort jetzt nötig ist, verspricht gute Rendite.

Die meisten Juden, mit denen ich rede, weisen es weit von sich, jemals nach Deutschland zu gehen. Ich denke, das sollte sich ändern. Wir müssen über den Haß und die Angst hinwegkommen. Ma macht es falsch. Sie konserviert ihre Verbitterung und zerfrißt sich dabei.

Du denkst und bist anders, Grandma. Wir werden zusammen in Haus Buchen wohnen. Irgendwann werde ich mir eine Frau nehmen – so eine wie Monika –, und Deine Urenkel werden in Haus und Garten spielen."

Frau Rosenbusch faltete das Briefpapier zusammen.

„Simon hatte nicht mehr lange zu leben, als ich endlich bei ihm eintraf, aber er zwang mir das Versprechen ab, nach Gut Buchen zurückzukehren."

„Werden Sie sich hier wohlfühlen können?" fragte meine Schwiegermutter.

„Ohne meinen Mann und ohne Simon ist drüben kein wirkliches Zuhause mehr für mich. Ob dort oder hier, ich muß neu anfangen."

Frau Rosenbusch erhob sich und steckte die Briefe in ihre Handtasche. Es sah aus, als ob sie die Terrasse verlassen wollte. Dann setzte sie sich wieder und begann von neuem zu reden.

„In Amerika gibt es seit einiger Zeit Seniorensiedlungen. Das sind Einrichtungen, die von einem Club oder einer sonstigen Trägergesellschaft betrieben werden. In ihnen können ältere Menschen eine Wohnung beziehen, in der sie sich, solange sie das wollen, vollständig selbst versorgen. Sie haben aber auch die Möglichkeit, betreut oder gepflegt zu werden. Verschiedene Gemeinschaftseinrichtungen stehen ihnen zur Verfügung, auch Restaurants, in denen sie Mahlzeiten abonnieren können. Ärztliche Versorgung ist sichergestellt."

Sie machte eine Pause und sagte dann mit fester Stimme: „Ich habe mir überlegt, daß ich aus Gut Buchen ein Seniorenheim machen werde, im kleineren Stil natürlich, aber doch so, daß sechs bis acht Wohneinheiten belegt werden können."

„Warum das?" brachte Großmutter erstaunt heraus.

Frau Rosenbusch lächelte herzlich. „Ich könnte hier wohnen, wie ich es Simon versprochen habe."

„Das könntest du auf alle Fälle!"

„Für mich allein ist das Haus viel zu groß!" wehrte Frau Rosenbusch ab. „Ich frage mich nur, ob Simon mit einer solchen Verwendung einverstanden wäre."

„Ein Heim für betagte jüdische Menschen, die nach Deutschland zurückkehren möchten, das müßte Simons Intentionen entsprechen!" bemerkte ich zögernd.

Frau Rosenbusch sah mich freundlich an. „Es wäre ein Anfang, nicht wahr?"

Am Sonntag besuchten Dieter und ich den Gottesdienst. Zu unserem Erstaunen trat der alte Pfarrer ohne Talar vor die Stufen des Altars. Seine Stimme zitterte, als er der Gemeinde mitteilte, daß der Amtsinhaber, den er alle die Jahre hindurch vertreten habe, aus der Kriegsgefangenschaft heimgekehrt sei und den Gottesdienst halten werde.

„Für mich ist heute ein Tag der Dankbarkeit", sagte er, „Dankbarkeit nicht nur wegen der Rückkehr eines lange vermißt Geglaubten, sondern auch darüber, daß ich nun bald endgültig in den Ruhestand treten kann."

Eine Bewegung ging durch die Hörer. Auch ich spürte Enttäuschung. Erst jetzt wurde mir klar, wie sehr ich den alten Mann schätzte.

Der Pfarrer merkte die Unruhe. Er fuhr fort: „Ich muß gestehen, daß der Gedanke ans Aufhören mich zugleich freudig wie wehmütig stimmt. Ihr wißt, daß ich mit dem Herzen bei meiner Sache bin. Aber ich bin nicht nur älter, sondern auch müder geworden. Bedenkt, daß ich nach meiner Pensionierung sieben Jahre lang – mit der einzigen Ausnahme des vorigen Weihnachtsfests – Sonntag für Sonntag und Feiertag für Feiertag auf der Kanzel gestanden habe. Ich bin dankbar, daß ich es konnte, doch ich bin genauso dankbar, daß ich nun künftig mit euch unter der Kanzel sitzen werde."

Der alte Pfarrer ließ sich in der vorderen Kirchenbank nieder, die Orgel begann machtvoll ein Loblied zu spielen. Der Mann, der im Talar aus der Sakristei trat, war vielleicht vierzig Jahre alt, aber sein Haar war schlohweiß.

Ich folgte der Predigt gespannt. Sie hatte Verse aus dem 73. Psalm zur Grundlage: „Dennoch bleibe ich stets an dir, denn du hältst mich bei meiner rechten Hand. Du leitest mich nach deinem Rat und nimmst mich endlich mit Ehren an."

Beim ersten Hören oder flüchtigen Lesen, so führte der Prediger aus, geht das glatt ein, wie der Ausdruck einer selbstsicheren Frömmigkeit in einer heilen Welt. Aber wenn man versucht, es nachzusprechen, nicht nur als Wortgeklingel, sondern als Lebenstatsache, dann wird das Anfangswort, das scheinbar so sieghafte „Dennoch", zu einem unüberhörbaren Hinweis auf Anfechtung und Bedrohung. Und damit rückt das Psalmwort in den Bereich unserer Erfahrung, nämlich daß ein „Dennoch" gesprochen werden muß, wo es um unser Verhältnis zu Gott geht. Das „Dennoch" kann aus Not erwachsen, aus Kriegsverlusten, aus Gefangenschaft, Flucht, Krankheit, Hunger, aus Angst oder aus Schuld – oder auch nur aus der Selbsterkenntnis, die mir sagt, daß ich immer wieder mich selbst behaupten und gar nicht an der Hand genommen sein will.

Den Mut, die Kraft und das Recht, dieses „Dennoch" zu sprechen, empfangen wir durch Jesus Christus. Um seinetwillen vertrauen wir darauf, mit Ehren angenommen zu werden, nicht mit

Ehren, die wir uns verdient hätten, sondern mit Ehren, die wir geschenkt bekommen, weil wir zu Christus gehören. Ausgenommen von dieser Ehre sind nur diejenigen, die bewußt Gottes Hand loslassen, die Gottlosen, die mit Willen und mit Tat nicht in der Liebe leben.

Ihre Existenz, ihre scheinbare Überlegenheit, ihr zeitweiliges Wohlergehen könnten Stolpersteine für den Glauben sein. Aber auch hier gilt es, ein „Dennoch" zu sprechen – aus der Einsicht heraus, daß der Sinn des Lebens nicht in der Selbstdurchsetzung liegt, sondern im Bleiben an Gott, neutestamentlich gesprochen: in der Nachfolge Jesu Christi.

Ich erwartete schon das Amen zum Abschluß der Predigt, als der Pfarrer noch einmal ansetzte und mit bewegter Stimme sagte: „Ich selbst habe mich in den Jahren der Gefangenschaft an den Vers geklammert, der an den Predigttext anschließt. ‚Wenn mir gleich Leib und Seele verschmachtet, so bist du doch, Gott, allezeit meines Herzens Trost und mein Teil.' Ich wäre mit diesem Glauben gestorben – und ich war mehr als einmal nahe daran! –, aber da ich nun heimgekehrt bin, werde ich mit ihm leben und ihn bezeugen. Dazu helfe mir Gott, mir und uns allen."

Auf dem Heimweg sagte ich: „Zuerst war ich sehr betroffen, daß der alte Pfarrer aufhört, aber mir scheint, wir können auch mit dem neuen zufrieden sein."

„Ich gönne es dem alten Herrn, daß er sich endlich zur Ruhe setzen kann", antwortete Dieter. „Er hat lange Zeit eine schwere Last getragen, es ist gut, daß ein jüngerer sie ihm von den Schultern nimmt. Die nächsten Jahre werden noch einmal zusätzliche Anforderungen bringen, wenn wieder eine große Zahl heimatvertriebener Menschen hier angesiedelt wird."

„Hier? Das geht doch gar nicht! Wo sollen die denn noch hin? Alle Häuser in der ganzen Gegend sind überbelegt."

„Anscheinend ist man bei der Planung von Neubauten."

„Und wovon würden die Leute leben? Sie müssen ja auch Arbeit finden!"

„Man denkt an den Aufbau einer Kleinindustrie."

Dieter lenkte den Wagen in den Kutschweg nach Hasenheide ein. „Hier, das Land links von uns, das zur Dorfgemarkung gehört, soll Bauland werden."

„Und die Wiesen hier rechts?“
„Die gehören noch zu Hasenheide.“
„Noch?! Was heißt noch?“ fragte ich alarmiert.
„Es kann sein, daß man sie von uns haben will.“
„Sie euch abnehmen? Aber das ginge doch nur mit eurem Einverständnis!“
„Ich bin mir nicht sicher, ob eine Enteignung möglich wäre, gegen Entgelt natürlich. Das müßten Vater und Benno klären. Wenn sie nachweisen können, daß der Boden zur landwirtschaftlichen Nutzung gebraucht wird, ist für die Behörden nichts zu machen. Andererseits könnte es vernünftig sein, auf ein paar Wiesen zu verzichten, wenn man Bedingungen daran knüpft.“
„Bedingungen?“
„Zum Beispiel die, daß im Gegenzug Wohnraum im Seetempel frei gemacht wird. Das wird ja sein müssen, wenn Frau Rosenbuschs Projekt Gestalt annimmt.“
„Dann soll sie selber sehen, wie sie die Leute rauskriegt“, sagte ich heftig.
„Es könnte auch für uns beide wichtig werden. Wir benötigen auf Dauer mehr Platz im Doktorhaus. Wo willst du Großmutter für längere Zeit unterbringen, und vielleicht Bernhard und einmal auch unsere eigenen Kinder?“
„Es wäre der Anfang vom Ende!“ stieß ich hervor.
„Was für ein Ende meinst du?“ fragte Dieter verständnislos.
„Das von Hasenheide. Der Verkauf vom Herrenhaus geht in Ordnung, weil es bleibt, wie es war. Aber Ländereien abzugeben, damit darauf gebaut wird . . .“
„Du dramatisierst es!“ unterbrach er mich. „Ein paar Wiesen wären eine kleine Einbuße.“
„Der Anfang vom Ende!“ wiederholte ich.
„Das Ende! Monika, das Ende haben andere erlebt, nicht wir! Das Land, das wir hergeben würden, soll denen zugute kommen, die alles verloren haben.“
Ich schwieg und schluckte.
„Du bist es doch gewesen, die versichert hat, am Besitzrecht liege dir nichts“, sagte er irritiert.
„Solange Hasenheide bleibt, wie es war, mit Haus und Park, mit Mauer und Rosentoren, mit dem Wiesental, dem Wacholder-

hügel, der ganzen unversehrten Umgebung – solange kann es getrost Frau Rosenbusch gehören. Aber wenn da Häuser kommen statt Wiesen, Geschäftigkeit statt Stille, Straßen statt Feldwegen, dann geht etwas kaputt in mir."

Er nahm die rechte Hand vom Lenkrad und legte sie sanft auf meine im Schoß geballte Faust. „Du hast nicht einmal gewußt, daß die zur Debatte stehenden Wiesen zu Hasenheide gehören", erinnerte er mich. „Ich bin sicher, wenn du ruhig über alles nachdenkst, wirst du merken, daß du dich über Gebühr ereifert hast."

Ich spürte die Freundlichkeit in der Zurechtweisung und versuchte mich zu fangen. Es gelang mir nicht voll. Großmutter sah mir ins Gesicht, als ich die Halle betrat, und fragte sofort, was mir fehle.

„Sie hat gehört, daß in der Gegend gebaut werden soll", antwortete Dieter statt meiner und legte mir dabei den Arm um die Schultern. „Der Gedanke gefällt ihr nicht, aber sie wird sich daran gewöhnen, da bin ich sicher."

Frau Rosenbusch wandte sich an mich. „Wo soll gebaut werden? Und was haben Sie dagegen?"

„Nichts, solange es weit genug weg geschieht, aber viel, wenn es Hasenheide in Mitleidenschaft zieht."

Sie sah betroffen aus, und ich beeilte mich zu sagen: „Ich meine nicht Ihr Projekt. Das basiert ja gerade darauf, den Charakter des Ganzen zu erhalten. Aber mein Mann sagt, es sei an die Ansiedlung von Kleinindustrie gedacht und an den Bau von Wohnhäusern, und ich bekam Angst, daß dadurch alles hier sich verändert."

„Die Ländereien um Hasenheide herum sind doch weitläufig genug, daß es uns nicht berühren muß!" tröstete Großmutter.

„Wenn aber Wiesenland enteignet oder verkauft würde ..."

Frau Rosenbusch unterbrach mich, indem sie sich an meinen Schwiegervater wandte: „Wäre das möglich?"

„Ich höre zum ersten Mal von der Sache", antwortete er erstaunt. „Es interessiert mich, wo Dieter seine Informationen her hat. Weißt du etwas davon, Benno?"

„Ich denke, wir sollten das Thema bis nach dem Essen verschieben", sagte Benno ausweichend.

Ich war froh darüber und sorgte mit dafür, daß ein lebhaftes

Tischgespräch zustande kam und um alles mögliche andere kreiste. Schließlich landete es bei der Predigt, die Dieter und ich gehört hatten.

„Welcher Text lag ihr zugrunde?“ wollte meine Schwiegermutter wissen.

„Es war ein alttestamentlicher Psalm, der Pfarrer hat ihn vom Neuen Testament her ausgelegt. Das war sicher legitim“, sagte Dieter. Er sah Frau Rosenbusch an, ehe er weitersprach: „Aber ich habe mich dabei ertappt, wie ich mich fragte, ob die Juden in Auschwitz oder im Ghetto von Warschau den Psalm noch über die Lippen brachten.“

Tiefes Schweigen folgte seinen Worten.

In mir jagten sich die Gedanken. Während der Predigt war mir nicht zum Bewußtsein gekommen, daß der Psalm jüdischer Glaubensbesitz war ebenso wie christlicher. Wenn es Juden gegeben hatte, die diese Verse in der Gaskammer beten konnten, dann waren sie Gott so nahe wie ein Mensch es nur sein kann, und Gott war ihnen zugewandt und bestätigte ihr Vertrauen. Anders konnte es nicht sein: Es war der von Jesus bezeugte, mitleidende und erlösende Gott, der sie in Ehren angenommen hatte ... Ich kam nicht dazu, meine Gedanken weiter zu verfolgen, denn Frau Rosenbusch brach das Schweigen.

„Ich denke, die Vertrauensworte des Psalms setzen eine Wirklichkeit jenseits der menschlichen Erfahrung voraus“, sagte sie. „Wer mit dieser Wirklichkeit rechnet, wird auch angesichts schreienden Unrechts und augenscheinlicher Ausweglosigkeit daran festhalten.“

„Und wenn er sich bloß was vormacht?“ fuhr es Reni heraus. Gleich darauf wurde sie blutrot.

„Auch dann wäre ihm geholfen, weil er Zuversicht hat, solange er lebt; und wenn hinterher nichts kommt, kann es ihm nicht mehr schaden“, sagte Benno.

„Wer sich bloß was vormacht, hält nicht durch.“ Zum ersten Mal während des Gesprächs nahm mein Schwiegervater das Wort. „Insofern ist die Wirklichkeit, von der Sie sprachen, eben doch erfahrbar, nämlich als Kraftquelle.“

„Dann wäre das Durchhalten ein Gottesbeweis?“ fragte Benno sichtlich skeptisch.

„Kein Beweis", entgegnete Dieter. „Das Wort stammt aus einem andern Bereich. Ich würde von Bezeugung reden."

„Wie meinst du das mit dem anderen Bereich?"

„Beweise sind eine Sache der Argumentation, der Logik, des folgerichtigen Denkens. Bezeugung geschieht im Leben. Du kannst Liebe nicht beweisen, nur bezeugen, indem du sie lebst. So ist es mit dem Glauben."

„Aus solchem Glauben heraus gibt es Deutungsversuche für Auschwitz", sagte Frau Rosenbusch, den Blick auf Dieter gerichtet. „Siegfried Nußbächer meint, die Juden als Gottes auserwähltes Volk seien dazu bestimmt, den Zorn der Gottlosen auf sich zu ziehen und damit das wahre Gesicht jeder Gottlosigkeit zu entlarven, nämlich Selbstherrlichkeit, Machtbesessenheit, Skrupellosigkeit. Wenn der Welt durch das Leiden des auserwählten Volkes die Augen dafür aufgingen, daß Gottlosigkeit den ganzen Menschen verdirbt, dann bekäme das jüdische Schicksal einen Sinn, mit dem er leben könne. So ähnlich sei das übrigens an einer Symbolgestalt des Alten Testamentes vorgebildet, die er ‚den leidenden Gottesknecht' nennt. Im Buch des Propheten Jesaia sei davon die Rede."

„Fürwahr, er trug unsere Krankheit und lud auf sich unsere Schmerzen", zitierte Großmutter. „Wir sehen in dieser Stelle eine Prophezeiung auf Jesus."

„Dann seid ihr ja ganz nah beieinander", meinte Reni.

„Ja und nein", antwortete Frau Rosenbusch nachdenklich. „Aber das zu erörtern führt jetzt entschieden zu weit." Sie sah uns reihum an. „Führen Sie oft so interessante Tischgespräche?"

„Eigentlich nur, wenn Dieter und Monika da sind", erklärte Reni unverblümt, und Benno fügte grinsend bei: „Dieter hatte schon immer etwas von einem Oberlehrer an sich."

Frau Rosenbusch schmunzelte. „Für einen jüngeren Bruder mag das manchmal lästig gewesen sein", gab sie zu. „Ich selber finde es überaus anregend."

„Anregend und zeitraubend", bestätigte und ergänzte meine Schwiegermutter. „Schaut mal auf die Uhr! Ihr seid gewiß einverstanden, wenn ich hiermit die Tafel aufhebe."

Kapitel 21

Es stand schon seit längerer Zeit fest, daß Dieter und ich an Mutters Todestag ihr Grab besuchen und auf Vaters Wunsch hin ein paar Tage Aufenthalt bei ihm anhängen wollten. Fast bis zum letzten Augenblick hatte Dieter gezittert, ob er eine Praxisvertretung bekäme, aber am Dienstagmorgen standen wir dann doch pünktlich an der Haltestelle des Busses, der uns zum Bahnhof der Kleinstadt bringen sollte.

Mit uns warteten viele Dörfler, teils solche, die zur Arbeit mußten, teils Hausfrauen, die zum Einkaufen unterwegs waren. Auch Elfriede war unter den Wartenden und gesellte sich zu uns.

„Wenn du zurück bist, schicke ich dir Vater in die Sprechstunde", sagte sie zu Dieter. „Er hat sich kürzlich eine Erkältung zugezogen und ist noch nicht richtig wieder auf die Beine gekommen. Ich glaube, er hat immer noch leichte Temperatur."

„Laßt das nicht anstehen!" mahnte Dieter. „Dein Vater kann sich genauso gut von meinem Vertreter untersuchen lassen."

„Du kennst doch die alten Leute", entgegnete Elfriede lächelnd. „Für Fremdes oder Neues sind die nicht mehr zu haben. Seit wieder ein Mann den Hof übernommen hat und Vater aus der Verantwortung entlassen ist, hat er sich nicht etwa erholt, sondern ist in seinem ganzen Wesen gealtert. Ich glaube, er hält sich nur aufrecht, weil er noch erleben will, daß unser Kind zur Welt kommt."

„So steht es also!" sagte Dieter warm. „Wir freuen uns für euch, nicht wahr, Monika?"

„Und ob!" bestätigte ich und unterdrückte den Anflug von Neid, der mich überkam.

Dieter sah mich an. „Was hältst du davon, wenn wir den Nachmittagszug nehmen und jetzt schnell noch nach dem Großbauern schauen?"

„Ums Himmels willen!" protestierte Elfriede. „Das käme nicht einmal in Frage, wenn Vater sich noch viel schlechter fühlte! Es handelt sich ja nur um eine Unpäßlichkeit. Falls es nicht besser ist, bis ihr zurückkommt, darfst du dich sofort um ihn kümmern, aber vorher nicht!"

Da gerade der Bus ankam, stieg sie rasch ein. Im Gedränge wurden wir von ihr getrennt und konnten ihr, als wir am Bahnhof ausstiegen, nur noch zuwinken.

„Das hättest du deinem Vertreter doch gar nicht antun können, daß du dich um den Großbauern kümmerst, während er in der Praxis auf Patienten wartet", sagte ich im Zug. „Wie kamst du bloß auf so 'ne Idee?"

Er lächelte ein wenig schmerzlich und antwortete entschuldigend: „Ich war mal wieder ein Opfer meines Verantwortungsgefühls. Das ist etwas, was ich einfach nicht ablegen kann – und auch nicht ablegen will", setzte er fast trotzig dazu.

„Es ist etwas, was du nicht ablegen sollst", versicherte ich. „Ich liebe dich deswegen, Dieter."

„Deswegen? Nur deswegen?"

Wie ich es beabsichtigt hatte, war verständnisvolle Heiterkeit in seinem Blick. Wir standen nebeneinander am Gangfenster, denn wir hatten keinen Sitzplatz in den überfüllten Abteilen gefunden. Mit der besitzergreifenden Geste, die ich so liebte, legte er seinen Arm um meine Schultern.

„Mein Herz", flüsterte er an meinem Ohr, und ich mußte wieder einmal staunen, wie ungeahnt sich während unserer Ehe unsere Beziehung vertieft hatte.

„Wie unwissend ich war, als ich vor einem Jahr glaubte, in unserer Liebe sei keine Steigerung mehr möglich!" hörte ich ihn sagen.

„Du sagst, was ich denke."

„Und so machen wir uns denn gegenseitig Liebeserklärungen", stellte er fest, „in einem ratternden D-Zug, mitten unter fremden Menschen!"

Wir lachten beide und verfielen dann in ein zufriedenes Schweigen, bis an der nächsten Station ein Sitzplatz für mich frei wurde, was mir erlaubte, mich in ein mitgenommenes Buch zu vertiefen.

Vater holte uns auf dem Bahnsteig ab. Er bat uns um Verständnis dafür, daß er den „geselligen Abend" nicht abgesagt hatte, der schon vor langem für den heutigen Termin festgelegt worden war und den Dr. Linke zu Hause gerade für ihn vorbereite.

Ich sah ihn forschend an, er beachtete es nicht, sondern erkundigte sich: „Macht es euch etwas aus, wenn wir nicht den Bus nehmen, sondern zu Fuß gehen? Sie ist sicher froh, wenn wir ihr noch ein bißchen Zeit lassen, ehe wir eintreffen."

„Sie?" wiederholte Dieter konsterniert.

„Vater spricht von Frau Dr. Linke." Im Reden puffte ich Dieter leicht in die Seite. Er antwortete mit einem verstehenden Blick und versicherte, daß er sehr gern einmal wieder durch die Stadt schlendere.

Nach einer Weile stellte er fest: „Man sieht nicht mehr so viele unaufgeräumte Trümmer."

„Hier und da beginnt ein bescheidener Wiederaufbau", bestätigte Vater, „aber es gibt ganze Stadtviertel, die liegen noch da wie nach der Zerbombung."

Wir kamen an die Straße, die von der Klinik her zu unserm Haus geführt hatte. Ohne etwas zu sagen, bog Vater ein. Einige Gebäude am Weg, mehr Ruinen als Häuser, waren wieder mit Fensterglas versehen und wurden bewohnt. Kinder spielten auf Schutthügeln, die einmal Villen gewesen waren. Vater ging vor uns her zu unserm Grundstück. Durch den verwilderten Garten gelangten wir zum Trümmerhaufen unseres Hauses. Blumen und Büsche hatten von ihm Besitz ergriffen. Bunte Schmetterlinge tanzten in den schrägen Strahlen der nachmittäglichen Sonne. Vögel sangen.

„Ich kann jetzt hierherkommen, ohne in Schwermut zu verfallen", sagte Vater.

Wir standen schweigend neben ihm.

Nach einer Weile fuhr er fort: „Ich kann mir sogar vorstellen, daß ich wieder ein Haus hier bauen werde, wenn das einmal möglich sein wird."

Dieter und ich schwiegen immer noch.

Vater drehte sich zu uns um. „Und das ist der Grund, warum ich euch gebeten habe, zu mir zu kommen", begann er wieder zu sprechen. „Ich denke nicht mehr, daß ich das Doktorhaus selbst benutzen will. Ich habe alles in die Wege geleitet, daß es euch überschrieben wird. Ihr braucht morgen nur noch mit mir zum Notar zu gehen."

Ich wußte sofort, daß Dieter Einwendungen machen würde.

Wirklich sagte er nach einer Weile: „Du hast mir geschrieben, daß es immer dein Traum war, auf dem Lande zu leben."

„Träume müssen hinter Realitäten zurücktreten", entgegnete Vater, „vor allem, wenn es sich um gute Realitäten handelt."

Nach Dieters Hand fassend, sagte ich rasch und bestimmt: „Von dieser Möglichkeit hat Dieter schon gesprochen, ehe du das Doktorhaus gekauft hattest. Es ist schön, daß offenbar Wirklichkeit daraus werden soll."

In Vaters Blick stand Verblüffung.

„Aber damals wußte ich es selbst noch nicht ...", setzte er an.

„Ich wußte auch nichts. Ich hoffte nur so im allgemeinen, daß du wieder heiraten würdest", fiel Dieter ihm ins Wort. „Ich glaube, Monika hat mir das fast übelgenommen."

Ich schüttelte den Kopf und wollte protestieren, aber Dieter sprach mit einem etwas mühsamen Lächeln weiter: „Und jetzt willst du uns also weismachen, daß wir dir einen Gefallen tun, wenn wir uns statt deiner mit dem alten Kasten belasten, den du so voreilig erstanden hast."

Auch Vater lächelte – offen und herzlich.

„Ich will euch nichts weismachen. Es ist schlicht vernünftig, daß ihr das Haus übernehmt. Ich muß für die Pacht, die ich einnehme, Steuern zahlen; ihr könnt das Geld, das ihr an der Pacht spart, in medizinische Geräte oder notwendige Reparaturen stecken. Ihr könnt als Eigentümer von einer ganz anderen Position aus mit den Behörden verhandeln, wenn es um Freimachung oder Belegung von Räumen geht."

„Und was springt für dich dabei heraus?"

„Als Besitzer eines Trümmergrundstücks habe ich eher Aussicht auf Baumaterial, als wenn ich noch über weiteres Wohneigentum verfüge."

„Ich kann das nicht annehmen", begann Dieter, genau wie ich es erwartet hatte.

Ich unterbrach ihn. „Vater, ich lasse mich gern von dir beschenken", sagte ich dankbar. „Ich weiß, daß du es auch wegen Hasenheide tust, und das rührt mich sehr tief."

Wie ich wohl wußte, hatte ich Dieter damit den Wind aus den Segeln genommen. Ohne Widerspruch ging er am nächsten Morgen mit zur Rechtsanwaltskanzlei. Während der Schenkungsvertrag unterzeichnet wurde, spürte ich freilich, daß ich trotz allem, was Vater jetzt für uns tat und was ich neulich zu Dieter gesagt hatte, Hasenheide in meinem tiefsten Innern nicht aufgeben wollte.

Nach der Rückkehr von unserem Besuch bei Vater hatten wir besonders viel zu tun. Es gab offensichtlich etliche Leute, die lieber mit einem Besuch bei ihrem Arzt warteten, als dessen Vertreter zu Rate zu ziehen. Schon zu Beginn der Sprechstunde war das Wartezimmer voll, und an ihrem offiziellen Ende schien es kaum leerer zu sein. Oftmals wurde es neun oder gar zehn Uhr, bis wir die Kittel an den Nagel hängten und müde in unsere kleine Wohnung hinaufstiegen. Ich freute mich immer stärker darauf, daß wir ab der nächsten Woche eine zusätzliche Sprechstundenhilfe anstellen würden. Wir konnten ihr eine Unterkunft anbieten, weil Elfriede uns zu diesem Zweck das bis Weihnachten von mir bewohnte Zimmer zur Verfügung stellte, und das hatte für eine junge Frau, die gerade ihre Ausbildung abgeschlossen hatte, den Ausschlag für ihre Zusage gegeben.

Aber noch steckten wir bis zur Erschöpfung in der Arbeit. Am Donnerstag abend sah es allerdings aus, als ob wir etwas früher zum Abschluß kämen. Gegen sieben Uhr saßen nur noch zwei Patientinnen im Wartezimmer, eine von ihnen war zu unserem Erstaunen Frau Rosenbusch. Sie wollte eine Schnittwunde am Finger behandeln lassen. Zwar waren die Ränder leicht entzündet, aber ich hielt die Sache für eine Bagatelle, deretwegen ein Arztbesuch nicht nötig gewesen wäre.

Dieter war offensichtlich der gleichen Ansicht. Nachdem er einen Verband angelegt hatte, sagte er freundlich: „Nun Sie einmal hergekommen sind, bleiben Sie doch sicher ein Weilchen bei uns? Meine Frau soll mit Ihnen vorausgehen, für heute brauche ich ihre Hilfe nicht mehr."

„Sie haben mich durchschaut", sagte sie und lächelte Dieter gewinnend an. „Genau deswegen bin ich hier."

Ich führte sie ins Wohnzimmer und bot ihr den Sessel an, aber sie blieb stehen und bat: „Darf ich mich ein bißchen bei Ihnen umsehen?"

Als ich merkte, wie sehr sie sich dafür interessierte, zeigte ich ihr auch das Schlafzimmer und die Küche. Danach nahm sie im Sessel Platz und erklärte resolut: „Bei aller Liebe, mit der Sie Ihre Großmutter umgeben würden – dies wäre nicht der richtige Ort für Lisa! Jetzt bin ich direkt froh, daß sie meinen Vorschlag positiv aufgenommen hat."

„Welchen Vorschlag, bitte?"

„Buchen – oder, wie Sie es gewöhnt sind, Hasenheide – soll ein Ort der Versöhnung werden, ein Heim, in dem Juden und Deutsche zusammenleben. Für den Anfang denke ich an meine Schwägerin Elsa, die in Südfrankreich überlebt hat, ich denke an einen guten Bekannten in Amerika, der aus Frankfurt stammt; mit mir wären das drei Juden; und als Deutsche hätte ich dann gerne Lisa und Ihre Schwiegereltern dabei."

„Aber Großmutter möchte bei uns wohnen, ich sagte es Ihnen schon!"

Wieder zeigte sie das gewinnende Lächeln.

„Jetzt nicht mehr."

„Sie wollen mir doch nicht erzählen, daß Sie es ihr ausgeredet haben?"

„Ich habe ihr vor Augen gestellt, daß es für alle – für sie selbst, für sämtliche Wendlands und für mich – weitaus besser ist, wenn sie meinen Vorschlag akzeptiert. Sie wohnt in ihrem eigenen Reich, hat alle notwendige Versorgung und Pflege, ist unter Freunden und lebt in nächster Nähe ihrer Angehörigen, die sie so oft wie möglich besuchen."

„Besuch zu bekommen ist nicht dasselbe, wie beieinander zu wohnen!"

„Genau das ist auch meine Überzeugung. Beieinander zu wohnen, das heißt, den Alltag mit all seinen Belastungen zu teilen, sich gegenseitig auch mit seinen weniger guten Seiten zu ertragen, von Mißgelauntheit oder Abgespanntheit der andern in Mitleidenschaft gezogen zu werden und damit die Zuneigung zueinander zu strapazieren. Warum sollte man das alles ohne Not auf sich nehmen? Glauben Sie mir, mancher alte Mensch wäre besser in einem Heim untergebracht als bei seinen überforderten Angehörigen, auch wenn sie voll guten Willens sind."

„Aber es war doch seit Jahrhunderten selbstverständlich . . ."

Sie unterbrach mich.

„Glauben Sie mir, ich weiß, wovon ich rede, und ich weiß, was ich will."

„Sie wollen Großmutter den Wunsch und meinem Mann und mir die familiäre Verpflichtung nehmen, daß sie in unsern Haushalt aufgenommen wird! Das ist nicht schwer zu merken."

„Und warum will ich das?"

„Vielleicht, weil Sie Großmutter für Ihr Projekt brauchen", sagte ich störrisch.

„Wäre das nicht ein guter Grund? Genauso gut wie der, daß ich Ihnen eine Erleichterung verschaffen möchte? Oder genauso gut wie der, daß ich Lisa aus ihrem Gefühl der Abhängigkeit heraushelfen kann?"

Ich spürte ihr Wohlwollen und vor allem ihre Ehrlichkeit aus jedem ihrer Worte. Dennoch fühlte ich mich wie überfahren.

„Wenn Sie mit Großmutter ebenso wortgewaltig geredet haben wie mit mir, dann blieb ihr gar nichts anderes übrig, als sich positiv zu Ihrem Vorschlag zu stellen", erwiderte ich mit zaghaftem Lächeln, aber auch mit leisem Trotz in der Stimme.

Dieters Schritte auf der Treppe und das Schrillen des Telefons wurden fast gleichzeitig hörbar.

„O weh!" fuhr es mir heraus. „Wahrscheinlich wird mein Mann zu einem Hausbesuch gerufen."

„Kommt das oft vor?"

„Viel zu oft", begann ich, da streckte Dieter schon den Kopf ins Zimmer und teilte uns hastig mit: „Leider muß ich nochmal weg. Ringels Anne hat heftiges Erbrechen."

Die Tür klappte zu.

„Wird er lange fortbleiben?" fragte Frau Rosenbusch.

„Das kann man nie wissen. Es ist vorgekommen, daß er einen Patienten ins Krankenhaus überweisen mußte und gewartet hat, bis der Krankenwagen eintraf. Oder er ist auch schon mal selbst mit dem Kranken in die Klinik gefahren, wenn es sehr schlimm stand. Aber im allgemeinen dauert es nicht länger als eine halbe Stunde, bis er heimkommt."

„Darf ich dann bleiben und auf ihn warten? Ich möchte gern selbst mit ihm sprechen, weil ich ihn zur ärztlichen Betreuung des Heims gewinnen will."

„Das hat doch noch lange Zeit!"

Erst als ich es ausgesprochen hatte, merkte ich, daß sie es als Rausschmiß hätte auffassen können, aber sie sagte freundlich: „Ich möchte mein Projekt in den Grundzügen stehen haben, ehe ich nach Amerika zurückkehre."

Vielleicht spürte sie, daß ich mich unbehaglich fühlte, und wollte mir darüber hinweghelfen. Unvermittelt bat sie: „Erzählen Sie mir ein wenig von sich?"

„Von mir?!"

„Ja. Wie Sie hier so gelebt haben während der letzten Jahre, oder besser gesagt, wie Sie alles erlebt haben, was hier passiert ist."

„Da wüßte ich überhaupt nicht, wo ich anfangen sollte."

„Bei irgend etwas, das Ihnen wichtig war. Nein, warten Sie! Erzählen Sie mir, wann und wo Sie zum ersten Mal bewußt nachgedacht haben über das, was um Sie herum vorging, und fahren Sie dann chronologisch fort."

Sie schaute mir ins Gesicht und fragte sehr direkt: „Oder verlange ich zuviel von Ihnen? Empfinden Sie mich als zudringlich?"

Genau das tat ich. Aber wie sollte ich das zugeben?

Sie merkte es trotz meiner Zurückhaltung.

„Wissen Sie", versuchte sie zu erklären, „wenn man so lange aus Deutschland fort war wie ich, und wenn man die Jahre der Hitlerherrschaft nur durch das Medium der öffentlichen Berichterstattung in einem fremden und keineswegs deutschfreundlichen Land kennengelernt hat, dann möchte man einmal hören, wie das alles von innen erlebt wurde, und zwar von einem jungen Menschen, der mit den Anfängen nichts zu tun hatte, sondern in den Alptraum hineinwuchs – oder war es kein Alptraum?"

Das löste mir die Zunge.

„Zunächst erschien es mir nicht so. Ich wußte es nicht anders, als es nun einmal war. Für mich kam das Nachdenken erst in der Mitte des Krieges."

„Wodurch?"

„Da traf so manches zusammen. Auf die Schnelle kann ich das gar nicht sagen . . ."

Das Telefon unterbrach mich. Dieter meldete, daß er seine

kleine Patientin selber ins Krankenhaus bringen und deshalb nicht so bald heimkommen werde.

„Ich habe Verdacht auf Kinderlähmung“, berichtete er. „Bei Rückerts Erwin, weißt du, der vor kurzem mit seiner Mutter in der Sprechstunde war, hat es sich bei der Untersuchung in der Klinik auch als Polio herausgestellt, und in der Stadt mehren sich die Fälle, es sieht nach einer beginnenden Epidemie aus. Ruf schon mal in Hasenheide an und sag ihnen, sie sollen Bernhard und Renate gut beobachten und sich beim kleinsten Anzeichen einer Unpäßlichkeit melden.“

„Aber die beiden kommen doch fast nie mit andern Kindern zusammen!“

„Die Krankheit befällt auch Erwachsene und kann von ihnen übertragen werden. Vorsicht schadet auf keinen Fall etwas.“

Ich tat, wie er mich gebeten hatte, und kehrte dann zu Frau Rosenbusch ins Wohnzimmer zurück. Sie hatte bereits vermutet, daß Dieter aufgehalten worden war, und bedauerte, nicht länger warten zu können.

„Aber meine Bitte an Sie halte ich aufrecht“, betonte sie. „Geben Sie mir einen Bericht über die letzten fünf, sechs Jahre in Deutschland, so wie Sie sie erlebt haben. Schreiben Sie's auf, dann kann ich's mitnehmen nach Amerika und dafür sorgen, daß wenigstens in dem Kreis, den ich drüben erreiche, das Bild von den Deutschen etwas zurechtgerückt wird.“

„Meinen Sie, dafür wäre ausgerechnet meine Schilderung geeignet?“

„Was, wenn nicht die authentische Schilderung eines jungen Menschen, dem man keine Schuld an dem Aufkommen der Nazis in die Schuhe schieben kann?“ setzte sie dagegen.

Ich war von ihrer Argumentation nicht überzeugt, aber ich spürte erneut den Sog ihrer Unwiderstehlichkeit. Dennoch brachte ich es fertig, mit fester Stimme zu sagen: „Es ist mir zeitlich unmöglich, einen solchen Bericht in Angriff zu nehmen.“

Sie sah mich mit sprechenden Gesichtszügen an. Ich las daraus, daß sie dachte: „Wo ein Wille ist, ist auch ein Weg.“ Aber sie verzichtete auf eine Antwort und verabschiedete sich mit unverminderter Freundlichkeit.

Als wir am Sonntag zum ersten Mal seit dem Besuch bei Vater

wieder nach Hasenheide kamen, hörten wir, daß Frau Rosenbusch für einige Tage in Geschäften unterwegs war. Ich war froh darüber, wahrscheinlich, weil ich mich, was sie betraf, in einem inneren Zwiespalt befand. Einerseits mochte und bewunderte ich sie, andererseits spürte ich Abwehr in mir gegen ihre bestimmende Persönlichkeit. Es kam mir manchmal so vor, als werde sie uns noch alle dazu bringen, nach ihrer Pfeife zu tanzen.

Während Dieter sich zu seinen Eltern setzte, ging ich stracks zu Großmutter. Sie saß lesend in ihrem Zimmer.

„Was habe ich da gehört?" redete ich sie an. „Du torpedierst unsere Pläne für einen gemeinsamen Haushalt?"

Es sollte neckend klingen, aber unversehens war Schärfe in meinen Ton gekommen. Unsicher blickte sie zu mir auf und sagte wie entschuldigend: „Ich muß es tun."

„Du mußt? Da möchte ich aber doch einmal wissen, wer dich dazu zwingen könnte!"

„Niemand natürlich – nur ich selbst." Jetzt sprach sie ganz frei. „Es ist kein äußerer Zwang, nicht mal ein äußerer Druck. Es ist ein inneres Muß."

„Aber Großmutter!" Ich zog einen Stuhl heran und setzte mich neben sie. „Wenn ich mich richtig in dich eingefühlt habe, dann hast du nichts sehnlicher gehofft, als wieder in der eigenen Familie leben zu können – naja, in dem, was davon noch übrig ist, und das bin ich mit Dieter. Wo könnte plötzlich ein anderes Muß herkommen?"

„Kind, es soll nicht nach großem Pathos klingen oder nach Opferwilligkeit oder irgend so etwas. Ich denke halt, wenn Ruth alles aufgibt, um hier ein Heim jüdisch-deutscher Versöhnung einzurichten, und wenn sie mich bittet, dabei zu sein, dann kann ich nicht ablehnen."

„Hast du – gerade du! – nicht schon genug für das jüdisch-deutsche Verhältnis getan?"

„Genug? Nein."

Ich stutzte und zögerte. „Mag sein, daß wir nie genug tun können. Aber du hast viel eingebracht, Großmutter!"

„Eben deswegen bin ich für Ruths Freunde akzeptabel. Ruth meint, das würde ihnen den Anfang erleichtern."

„Und trotzdem will sie Dieters Vater dabei haben?"

„Ruth denkt, daß er auf Dauer allen imponieren wird mit seiner Kehrtwendung und den Gedanken, die er sich dazu macht."

„Du bist also fest entschlossen, in das Projekt einzutreten?"

Sie zögerte kurz. „Ich hoffe, daß ich dich nicht verletze, Kind. Aber ich muß dir gestehen, ich freue mich darauf. Wenn ich hier und da noch mal ein ganz kleines Bedauern darüber verspüre, daß ich nicht zu euch ziehe, dann sage ich mir sofort, welche Umstände euch erspart werden ..."

Diesmal war ich es, die sie unterbrach: „Ich hatte mich so darauf gefreut, dir zu erzählen, daß wir ab morgen eine Sprechstundenhilfe haben. Das versprach ja die Lösung der Probleme, die dein Einzug bei uns hätte mit sich bringen können! Es kam mir wie ein Fingerzeig vor, wie eine Hilfe in der Not, ehe die Not da war."

„Wer weiß, zu was sonst es gut ist!" antwortete Großmutter bedachtsam. Sie sah mir liebevoll in die Augen. „Kannst du dich nicht mit mir freuen, Kind?"

„Warum freust du dich so sehr darauf? Weil du meinst, daß du Ruth etwas nutzen kannst?"

Sie runzelte nachdenkend die Stirn. „Nein, darum geht es mir nicht. Ich bin schon seit langem der Meinung, daß der Wert eines Lebens nicht von seinem meßbaren Nutzen abhängt."

„Siehst du so etwas wie eine Aufgabe vor dir?"

„Das wäre kaum etwas anderes, scheint mir. Nein, nein, beide Worte, Nutzen oder auch Aufgabe, die sind mir zu anspruchsvoll, und sie passen nicht zu dem, was ich empfinde. Es ist ein Glücksgefühl, weil mein Leben einen neuen Inhalt kriegt."

„Hat dich der bisherige nicht befriedigt?"

Sie hörte die Bestürzung in meinem Ton und versicherte rasch: „Natürlich hat er das. Aber das kennst du doch auch, daß man plötzlich von der Aussicht auf etwas Neues stimuliert wird. Das gilt offenbar noch im Alter." Sie unterbrach und verbesserte sich. „Vielleicht stimmt es nicht für Spätphasen des Altseins. Vielleicht wird man irgendwann so müde, daß man nur noch auf den Augenblick, oder auf die Vergangenheit, oder vielleicht auf Gott ausgerichtet sein möchte. Nun, so weit bin ich jedenfalls bisher nicht. Ich bin offen für das, was kommen wird, ja, ich bin geradezu neugierig darauf."

Widerstrebend mußte ich mir eingestehen, daß sie mich alle überholt hatten mit ihrer Einstellung zu den Veränderungen auf Hasenheide. Benno und Reni fieberten der Fertigstellung des Hauses entgegen, das auf ihre Bedürfnisse zugeschnitten war; Dieter redete einer Abtretung von Ländereien zur Ansiedlung von Heimatvertriebenen das Wort; die ältere Generation hatte sich mit dem Gedanken an die neue Nutzung des Herrenhauses angefreundet; nur ich, die ich anfänglich große Worte gehabt hatte, sträubte mich gegen die Entwicklung. Es war keine materielle Habsucht dabei, soviel durfte ich mir selbst zugute halten. Was ich bewahren wollte, war Hasenheide als Denkmal. Und von diesem Bestreben abzugehen, war ich nicht bereit. Noch nicht.

Kapitel 22

Am Abend, als wir zusammen in unserm kleinen Wohnzimmer saßen, hörte ich mit finsterer Miene und mit neuerlichem inneren Aufbegehren zu, was Dieter mir berichtete. Während ich bei Großmutter gewesen war, hatte er von seinem Vater erfahren, daß Frau Rosenbusch sich die Vorkaufsrechte für zwei Wiesenstücke ausbedungen hatte, die zur Besiedlung in Frage kamen. Das eine schloß jenseits des Kutschenwegs an die Dorfgemarkung an, es war dasjenige, das Dieter mir bereits unter dem Aspekt einer möglichen Abtretung gezeigt hatte. Das andere – und hierüber war ich regelrecht schockiert – lag, wenn auch hinter Hecken und Bäumen verborgen, in unmittelbarer Nähe des Gutshofs.

„Was denkt sie sich dabei?“ fragte ich und versuchte, es nicht allzu gereizt klingen zu lassen. Aber ich konnte Dieter nicht täuschen.

„Du brauchst nicht zu grollen“, sagte er ruhig. „Zunächst ist ihr Eingreifen ein Schutz vor möglicher Enteignung und damit vor Entwicklungen, auf die wir keinen Einfluß hätten. Zweitens bedeutet es, daß, wenn auf diesem Land gebaut werden sollte, es in unserm Sinne geschähe."

„Wie das?" erkundigte ich mich mürrisch.

„Auf der Wiese beim Dorf würden Wohnungen für Heimatvertriebene errichtet, sowohl für die Familien, die jetzt im Seetempel, in den Gebäuden am Wirtschaftshof und im Doktorhaus untergebracht sind, wie auch für Neuankömmlinge, falls sie eine Anstellung im Seniorenheim akzeptieren. Dort wird man eine Menge Arbeitskräfte brauchen, vom Pflegepersonal über Haus- und Küchenangestellte bis zu Gärtnern."

„Das klingt ja nicht schlecht", gab ich zu. „Wozu braucht Frau Rosenbusch aber auch das Wiesenstück vor unsrer Haustür?"

„Es ist ihre Haustür, nicht unsre . . ."

„Es ist auch Bennos Haustür!" warf ich ein.

„Solange Benno einverstanden ist, braucht es unsre Sorge nicht zu sein", gab Dieter zurück. Er sah mich vorwurfsvoll an. „Du enttäuschst mich, weißt du das?"

Ich kniff die Lippen zusammen und wandte den Blick ab.

„Zunächst einmal", fuhr Dieter fort, „hat Frau Rosenbusch schriftlich festgelegt, daß rund um das Gelände der Sichtschutz aus Hecken und Bäumen durch Neupflanzungen zu verstärken ist. Die nähere Umgebung des Herrenhauses soll äußerlich unverändert bleiben."

„Und was wird der Sichtschutz verbergen?"

„Im Wiesengrund soll eine Bungalowsiedlung mit weiteren Seniorenwohnungen entstehen, falls das Projekt einschlägt."

Allen guten Vorsätzen zum Trotz konnte ich nicht an mich halten. „Dann kann ich nur hoffen, daß es nicht einschlägt", entfuhr es mir.

Jetzt war es an Dieter, die Lippen zusammenzupressen. Wortlos stand er auf und verließ unser Wohnzimmer. Ich hörte ihn die Treppe hinuntergehen und die Tür zu den Praxisräumen öffnen.

Zum ersten Mal in unserer Ehe war er derart zornig auf mich. Es schmerzte sehr.

Ich saß da, fühlte mich elend und wartete, daß er zurückkäme.

Die Zeit verstrich. Bekümmert fragte ich mich, weshalb Dieter mich allein ließ. Er mußte doch gemerkt haben, daß ich mich in meinen Trotz verrannt hatte wie ein kleines Kind! Wenn er mich jetzt in die Arme nähme, würde ich das ja zugeben; ich würde sogar bereit sein, anzuerkennen, daß Frau Rosenbusch offensichtlich alles tat, um den äußeren Eindruck von Hasenheide so zu erhalten, wie ich ihn liebte.

Tief in mir wußte ich, daß es an mir wäre, den ersten Schritt zu tun, endlich den Schlußstrich unter meinen unvernünftigen Widerstand zu ziehen und Dieter das zu gestehen. Ich wußte auch, warum er mir dabei nicht zu Hilfe kam. Schon einmal hatte er es für richtig gehalten, mich meinen Weg allein finden zu lassen, und ich hatte es ihm später gedankt.

Diesmal allerdings hatte ich seinen kalten Zorn gespürt, und das verschreckte mich. Ich war mir nicht sicher, wie er reagieren würde, wenn ich zu ihm hinunterginge – sicherlich saß er am Schreibtisch –, ihm von hinten die Arme um die Schultern legte und ihn leise aufs Haar küßte. Möglicherweise würde er mich abschütteln, und das erschien mir unerträglich.

Unschlüssig ließ ich den Kopf an die Sessellehne zurücksinken. Zugleich aufgewühlt und erschöpft, fühlte ich mich dem Weinen nahe und schloß die Augen.

Hinterher wunderte ich mich, daß ich anscheinend sofort in Schlaf gefallen war. Gerade mit dem Einschlafen hatte es in den letzten Nächten bei mir gehapert. Wahrscheinlich war ich deswegen übermüdet gewesen.

Ich wachte im Dunkeln auf und begriff nicht gleich, wo ich war, bis ich die Armlehne des Sessels neben mir spürte. Langsam kam mir der Verlauf des Abends ins Gedächtnis zurück und bedrückte mich. Wie spät mochte es sein? Ob Dieter immer noch unten in der Praxis saß? Oder war er im Dunkeln an mir vorbei ins Schlafzimmer gegangen, ohne mich zu wecken?

Mit schmerzenden Gliedern rappelte ich mich aus der unbequemen Schlafhaltung hoch und machte Licht. Die Tür zum Schlafzimmer war geschlossen. Ich ging hinüber. Dieters Bett war leer. Der Wecker auf seinem Nachttisch zeigte kurz nach Mitternacht. Vermutlich war Dieter unten ebenso eingeschlafen wie ich hier oben.

Ich stand vor meinem Bett und hätte mich am liebsten hineinfallen lassen. Aber auch Dieter brauchte einen erholsamen Schlaf, und den bekam er unten am Schreibtisch ebenso wenig wie ich ihn im Sessel gehabt hatte. Mein Hals kam mir ganz schief vor, und der Kopf tat bei jeder Bewegung weh. Ich würde Dieter wecken und ihn ins Bett bugsieren, damit es ihm nicht morgen früh ebenso erginge.

In der unteren Diele brannte Licht, aber die Tür zu den Praxisräumen war verschlossen. Ich bückte mich zum Schlüsselloch. Es war dunkel dahinter.

„Dieter!“ rief ich leise und rüttelte vorsichtig an der Klinke, bemüht, die andern Hausbewohner nicht zu wecken. Sie wurden oft genug durch einen nächtlichen Anruf und Dieters hastigen Aufbruch gestört.

Es kam keine Antwort. Verstört schaute ich mich um. Der Telefonhörer hing schief auf der Gabel, als sei er in großer Eile unachtsam abgelegt worden. Offensichtlich hatte man Dieter zu einem Kranken gerufen.

Es gab mir einen Stich, daß er gegangen war, ohne mir Bescheid zu sagen. Mein Blick suchte die Tafel neben dem Telefon, auf der wir uns Mitteilungen zu hinterlassen pflegten, wenn eins in Abwesenheit des andern das Haus verlassen mußte. Es war nichts aufgeschrieben.

Zu meiner eigenen Überraschung schluchzte ich auf, dann riß ich mich zusammen und beschloß, nach oben zu steigen und mich ins Bett zu legen. Der Weg treppauf fiel mir seltsam schwer. Ich drehte mich noch einmal um, ob nicht vielleicht irgendwo ein Zettel mit einer Nachricht von Dieter zu entdecken wäre. Nichts.

War das kindische Verhalten, in das ich mich hineingesteigert hatte, tatsächlich einen so nachhaltigen Zorn wert? Dieter mußte wissen, wie ich mich immer sorgte, wenn er bei Nacht mit unserem klapprigen Auto auf schlechten Straßen unterwegs war. Er mußte wissen, wieviel mir daran lag, wenigstens darüber informiert zu sein, wer ihn wohin gerufen hatte. Daß er sich derartig über meinen Wunsch hinwegsetzen konnte, erfüllte mich nun selber mit Grimm.

Gleichzeitig war ich voller Unruhe und wagte nicht, mich auszuziehen, sondern legte mich in meinen Kleidern aufs Bett.

Als ich erwachte, war es vier Uhr vorbei, ich war noch immer allein im Zimmer, im Haus rührte sich nichts. Die Angst, die ich mir vorher nicht eingestanden hatte, überfiel mich mit voller Wucht. Dieter war nun seit mindestens vier Stunden weg. Das war nachts noch nie vorgekommen. Falls er länger als eine Stunde in Anspruch genommen war, rief er an und gab mir Bescheid.

Es hielt mich nicht im Bett. Ich trottete ins Wohnzimmer und stellte mich ans Fenster. Die Nacht war dunkel, schwere Wolken verhüllten den Himmel.

Ohnmächtig warten zu müssen, erschien mir fürchterlich. Ich spürte, wie meine Besorgnisse sich zur Panik steigerten.

„Lieber Gott", sagte ich vor mich hin, „lieber Gott, das kannst du doch nicht wollen, daß Dieter einen Unfall hatte ... daß er vielleicht sogar tot ist ... und daß das letzte zwischen uns Mißstimmung war?!" Ich zitterte und griff nach dem Fensterbrett, um mich festzuhalten.

„Nein, nein, so etwas will ich mir gar nicht erst einreden!" hielt ich mir vor. Aber ich wußte, daß es durchaus möglich war. Man darf Gott um Bewahrung bitten, aber man muß bereit sein, es anzunehmen, wenn er Schlimmes zuläßt. Ähnliche Gedanken hatte ich vor gar nicht langer Zeit mit Dieter erörtert. Jetzt wirkten sie akademisch. Würde ich mich wirklich damit abfinden können, wenn Dieter etwas zugestoßen war?

Plötzlich war es mir, als hörte ich ihn sagen: „Monika, du selbst hast immer wieder gepredigt, daß man Schreckliches nicht in Gedanken vorwegnehmen soll. Ob du stark genug bist, mußt du nicht vorher ergründen. Du wirst es merken, wenn die Stärke in der Realität von dir gefordert wird. Leg dich schlafen!"

Ich wollte wirklich nichts lieber als mich hinlegen und alles vergessen, die Beschämung über mein kindisches Verhalten, den Kummer über Dieters Reaktion, den Zorn über sein Weggehen ohne Versöhnung, die Angst um ihn und die eisige Kälte, die ich plötzlich empfand.

Ich stand schon wieder vor meinem Bett, um mich darauf auszustrecken, da durchzuckte mich eine Erinnerung. Der Telefonhörer! Hatte ich ihn eigentlich aufgenommen und ordnungsgemäß hingelegt? Oder hing er immer noch schief in der Gabel und blockierte damit jeden möglichen Anruf?

Mein Herz raste. Meine Beine wollten mich kaum die Treppe hinuntertragen. Unten atmete ich tief durch.

Wer immer in dieser Nacht Telefonverbindung mit mir gesucht hatte, war nicht durchgekommen. Vor Aufregung mußte ich tatsächlich vergessen haben, den Apparat in Ordnung zu bringen. Ich holte das Versäumte nach. Dann setzte ich mich auf die Truhenbank in der Diele und wartete, daß jetzt noch ein Anruf käme.

Als ich es von der Turmuhr her fünf schlagen hörte, war ich der Verzweiflung nahe. Ich zitterte und fror, obwohl meine Stirn brannte. Jetzt war es nicht mehr nur die Angst um Dieter, die mich quälte. Es war das Erschrecken über das Zerbrechen der Selbstverständlichkeit, mit der ich unser gemeinsames Leben hingenommen und mir in die Zukunft hinein verlängert vorgestellt hatte. Mußte ich der Tatsache ins Auge schauen, daß von heute an nichts mehr so sein würde wie früher?

Ich mußte es, auch wenn die Ursachen andere waren als ich gefürchtet hatte.

Dieter kam gegen sechs Uhr morgens nach Hause, unversehrt, wenn auch erschöpft, und ohne Auto. Er war kurz vor Mitternacht zum Hofgut Dibbelt gerufen worden. Wahrscheinlich hatte das Läuten des Telefons mich zwar geweckt, war aber nicht bis zu meinem Bewußtsein durchgedrungen, so wenig wie Dieters Abschiedsworte von unten das getan hatten. Dieter hatte den Stift für die Mitteilungstafel in der Eile nicht finden können und nach oben gerufen, daß er fort müsse. Er war verärgert aus dem Haus gegangen, weil ich nicht geantwortet hatte, und er dachte, daß ich ihm grolle.

Auf dem Rückweg war das Auto mitten im Wald stehengeblieben und nicht wieder in Gang zu bringen gewesen. Weil Dieter es nicht gewagt hatte, die schwere Arzttasche unbeaufsichtigt zurückzulassen, belud er sich damit und schlug den Weg nach Hasenheide ein, der ungleich näher war als der nach Hause. Von dort aus hatte er versucht, mir Bescheid zu geben, erhielt aber nur das Besetztzeichen.

Das hatte ihn irritiert und Sorgen bereitet, aber Benno hatte ihn ausgelacht und erklärt, vermutlich hätte er selbst nicht richtig eingehängt, und ich hätte das nicht bemerkt, weil ich schlafend im Bett läge. Schließlich sei es kein Wunder, wenn die Müdigkeit mich einmal übermannt hätte, schon am Sonntag hätte ich so angegriffen ausgesehen ... Wohlmeinend hatte Benno noch hinzugefügt, Dieter selbst wirke kaum weniger erschöpft, darum solle er sich sofort in die Federn hauen und bis zum Morgen durchschlafen.

Dieter war dem Rat gefolgt. Beim Hellwerden hatte er sich mit Benno erst einmal aufgemacht und das Auto mit dem Traktor in die Werkstatt geschleppt. Dann war er nach Hause geeilt.

Ich hatte noch auf der Bank in der Diele gekauert, als ich Schritte auf der Außentreppe hörte, und war zwischen Furcht und Hoffnung schwankend aufgestanden. Als Dieter eintrat, fiel ich ihm schluchzend um den Hals und drückte das Gesicht an seine Brust.

Ohne daß ich etwas reden mußte, begriff er, welche Angst ich um ihn gehabt hatte. Er hielt mich in den Armen, während er berichtete, und dann drückte er mich sacht von sich, um sich niederbeugen und mir einen Kuß geben zu können.

Aber er hielt auf halbem Weg inne.

„Monika, Liebes, du siehst ja aus wie ein Gespenst! Du hast wohl die ganze Nacht nicht geschlafen?!"

„Nur am Anfang", gab ich zu. „Aber das zählt jetzt nicht mehr. Du bist da. Alles ist gut."

Er schien meine Worte nicht zu hören.

„Du hast Fieber", stellte er sachlich fest. „Tut dir irgend etwas weh?"

„Nichts tut mehr weh! Du bist da!" wiederholte ich.

Er gab sich nicht zufrieden. „Du hast aber Schmerzen gehabt? Wann? Wo? Ich muß das wissen, Monika!"

„Ich war ein bißchen erkältet, mit Halskratzen und Kopfbrummen, ein bißchen Schluckweh, ja, aber nichts von Bedeutung. Es war's nicht wert, daß ich dir überhaupt davon erzählt hätte."

„Hör zu, Monika", Dieter setzte sich auf die Truhe und hielt mich, die ich vor ihm stand, an den Handgelenken. Verdüstert sah er zu mir auf und wählte die Worte sorgsam.

„Du mußt sofort ins Krankenhaus zur Untersuchung. Frau

Dibbelt, zu der ich gerufen wurde – die junge Frau, bei der wir zur Entbindung waren –, ist eindeutig an Kinderlähmung erkrankt."

„Du meinst . . .", fragte ich mit schreckgeweiteten Augen, „du denkst . . . du fürchtest . . ."

„Ja, mein Herz. Heut nacht hast du Angst um mich gehabt. Jetzt habe ich Angst um dich." Er griff nach dem Telefon. Während er wählte, fuhr er fort: „Der Krankenwagen muß dich holen. Ausgerechnet heute haben wir kein Auto!"

„Du könntest mich sowieso nicht hinbringen. In einer halben Stunde beginnt die Sprechstunde."

Er gab keine Antwort, sondern sprach in den Hörer und verlangte den Arzt von der Isolierstation. „Er wird geholt", flüsterte er mir zu. „Geh und pack rasch alles Nötige zusammen. Ich bestelle den Wagen. Nach der Sprechstunde komme ich sofort zu dir."

Ich gehorchte willenlos. Ich fühlte mich wie in einem Alptraum. Das Rotkreuzauto traf ein, ich wurde in die Klinik gebracht, untersucht und lag wenig später im gleichen Krankenzimmer wie Frau Dibbelt. Sie schlief, nachdem sie anfänglich abwechselnd geweint und getobt, gebetet und geflucht hatte.

Ich tat nichts dergleichen. Zuerst hatte der Schock mich betäubt. Dann begannen meine Gedanken zu arbeiten, und ich versuchte, sie in eine Ordnung zu zwingen. Wahrscheinlich war es jetzt eine Hilfe für mich, daß ich während der Nacht schon einer vermuteten Katastrophe ins Auge geschaut hatte.

In beiden Beinen hatten Muskellähmungen eingesetzt. Ich wußte, daß bei fortschreitender Krankheit auch innere Organe erfaßt werden konnten. In diesem Fall würde man versuchen, mit künstlicher Ernährung oder mit der „eisernen Lunge" Hilfe zu leisten. Sollte der Herzmuskel ausfallen, war freilich nichts mehr zu machen. Aber selbst wenn es nicht soweit kam, mußte ich doch damit rechnen, den vollen Gebrauch meiner Glieder nicht zurückzuerhalten. Im Augenblick erschien mir das schrecklicher als der Gedanke ans Sterben. Wie Großmutter an den Rollstuhl gefesselt zu sein, immer auf andere angewiesen, eine Last statt eine Hilfe – alles in mir bäumte sich gegen diese Vorstellung auf.

Ich kämpfte den Anfall von Entsetzen hinunter und fragte mich beschämt, ob ich eben etwas an die Oberfläche meines Bewußtseins gelassen hatte, was ich sonst nicht wahrhaben wollte. Empfand ich Großmutters Dasein letztlich doch als Last?

So kritisch ich in mich hineinhorchte, ich kam zu dem Schluß, daß es nicht so war, daß überhaupt keiner von allen, die mit ihr zusammenlebten, es so auffaßte. Sie bedurfte spezieller Fürsorge, und gelegentlich erforderte das Rücksicht, Nachdenken, Zeitaufwand. Aber nimmt nicht jeder Mensch auf seine Weise andere um sich herum in Anspruch? Für mich jedenfalls war Großmutter keine Last, sie war ein ruhender Pol, ein Vorbild.

Ein Vorbild. Das Wort wühlte in mir. War es mir eingefallen, weil ich es nötig hatte?

Ich hätte den Gedanken gern von mir weggeschoben, aber ich erkannte, daß ich ihm standhalten mußte. Die Augen vor dem Kommenden zu verschließen, war fast ebenso falsch, wie sich der Verzweiflung hinzugeben.

„O mein Gott", betete ich. „Ich weiß nicht, was du mit mir vorhast, und wahrscheinlich wird es noch sehr lange dauern, bis ich ehrlich sagen kann: Dein Wille geschehe! Aber ich weiß ganz sicher, daß ich dich bitten darf: Bleib bei mir!"

Es folgten endlos scheinende Tage und Nächte, voll von Kummer, voll von Sorgen, voll von Gedanken und Gebeten.

Die Krankheit hatte mich mit viel geringerer Wucht gepackt als Frau Dibbelt. Sie lag noch in der „eisernen Lunge", als ich aus dem Krankenhaus entlassen wurde. Mir stand eine Rehabilitationskur mit Elektrobehandlung und systematischen Aufbauübungen bevor. Niemand konnte mit Sicherheit sagen, ob das mich wieder auf die Füße bringen würde. Ich verließ die Klinik im Rollstuhl.

Dieter holte mich ab und brachte mich nach Hasenheide, wo frische Luft und gutes Essen mich kräftigen sollten, bis der Kurtermin heranrückte.

„Das ist nun der dritte Rollstuhl im Haus!" bemerkte ich kläglich, als Benno vor die Tür kam, um mich mit Dieter zusammen die Freitreppe hinauf zu tragen.

„Frau Rosenbusch fühlt sich dadurch in ihrem Plan für ein Heim bestätigt", antwortete Benno leichthin.

„Ich habe ihr schon erklärt, daß du nicht zu ihren Pfleglingen gehören wirst", sagte Dieter fest. „Was auch immer die Kur erbringt, hinterher lasse ich dich nirgendwo anders hin als ins Doktorhaus."

Er schob mich durch die Halle auf die Terrasse und kniete neben dem Rollstuhl nieder. „Am ersten Tag habe ich mich entsetzlich allein gefühlt, als die Verzweiflung mich überfiel und die Bitterkeit mich überwältigen wollte", sagte er an meinem Ohr. „Aber dann kam mir zum Bewußtsein, daß du noch mehr kämpfen mußtest als ich, und ich habe mich bemüht, dir darin beizustehen."

„Wie hast du das getan?"

„Im Gebet. Anders geht es nicht. Das habe ich rasch gelernt."

„Frau Dibbelt meinte, daß die Erfahrungen ihrer Krankheit eine Entfremdung von ihren Angehörigen mit sich bringen würden", berichtete ich.

„Denkst du das auch?" fragte er betroffen.

„Eine grundsätzliche Veränderung hat es in mir wohl gegeben", sagte ich langsam. „Alles hat eine andere Qualität bekommen, hat mehr oder weniger Bedeutung gekriegt. Manches kann ich einfach nicht mehr so wichtig nehmen, vielleicht kann man das eine Entfremdung nennen. Aber alles wirklich Wichtige hat sich vertieft."

„Und wie steht es zwischen uns beiden?"

„O Dieter!" Ich griff nach seiner Hand, die sich um die Seitenlehne des Rollstuhls zu klammern schien. „Auch als mir klar wurde, daß ich als Krüppel zu dir zurückkäme, habe ich keinen Augenblick an dir gezweifelt. Im Gegenteil, die Gewißheit, wo ich hingehöre, hat mich getragen."

„Mein Herz", sagte er und senkte die Lippen auf meine Hand. Obwohl er den Kopf gebeugt hielt, wußte ich, daß er weinte.

Es war ein heftiger, aber kurzer Ausbruch. Er gab sich ihm hin, im Bewußtsein, daß es gut für ihn war. Dann erhob er sich von den Knien und lehnte sich, das Gesicht mir zugewandt, an die Terrassenbrüstung.

„Es fällt mir schwer, dich nächste Woche schon wieder herzugeben", sagte er liebevoll. „Aber wir müssen alles daransetzen, eine weitere Besserung zu erreichen. Du versprichst mir doch, daß du dabei mitarbeitest?"

„Kannst du das bezweifeln?"

„Dein Vater hat die Befürchtung geäußert, du würdest dich vielleicht wieder durchhängen lassen, wie damals, als Helmut gefallen war."

„Er hat mir sogar einen Brief mit entsprechenden Ermahnungen geschrieben", erzählte ich. „Es ist ein rührender Brief, ich habe ihn immer wieder gelesen. Er hat mich herzlich gefreut, aber zugleich hat er mich auch ein bißchen traurig gemacht, weil er zeigt, daß wir uns auseinanderentwickelt haben. Oder vielleicht wäre es richtiger zu sagen, daß ich mich von ihm fortentwickelt habe, seit ich deine Frau bin."

„Das muß dich nicht betrüben. Das ist der Lauf der Dinge zwischen Eltern und Kindern. Übrigens habe ich das auch deinem Vater gesagt, als er mir nicht recht abnehmen wollte, daß ich dich treffender einschätze als er."

„Wahrscheinlich hat er dabei vor einer doppelten Schwierigkeit gestanden. Auch du hast dich verändert, Dieter."

„Das habe ich nicht bedacht", gestand er verblüfft. „Aber es stimmt. Die Ehe hat uns beide gezeichnet."

„Klingt ziemlich negativ, das", stellte ich stirnrunzelnd fest. „Nein, Dieter, das mußt du anders ausdrücken! Wer sollte sonst auf die Idee kommen, daß du etwas Wunderschönes beschreibst?"

„Man kann es halt nicht beschreiben, nicht wahr?"

„Du hast recht. Man muß es wohl selbst erlebt haben, um es zu verstehen. Aber das war ja bei Vater der Fall."

„Frau Rosenbusch ist der Meinung, daß du sehr viel von deinem Vater hast."

„Frau Rosenbusch und Vater haben sich getroffen?" staunte ich, alles andere beiseite wischend. „Wie kam denn das?"

„Das fragst du noch? Du kennst doch ihre zupackende Art. Wo etwas ihr bedeutsam erscheint, befaßt sie sich damit; wo jemand sie interessiert, geht sie auf ihn zu."

„Sie ist schon eine überwältigende Frau", bestätigte ich. „Manchmal ein bißchen zu sehr, findest du nicht?"

„In dem Maß, wie jede Stärke auch eine Schwäche ist, hast du recht. Aber sie kann sich auch zurücknehmen – ach, genug davon! Ich soll dir von Mutter ausrichten, sie käme später, um dich zu begrüßen; erst wolle sie Großmutter das Feld überlassen."

In der Halle wurden Stimmen vernehmbar und ließen mich begreifen, warum er so abrupt das Thema gewechselt hatte. Großmutter wurde von Frau Rosenbusch auf die Terrasse gebracht.

Ihre Augen waren feucht, um ihren Mund zitterte Rührung. Aber ihre Worte klangen resolut.

„Kind, Kind", sagte sie. „Zuerst muß ich loswerden, was ich mir zurechtgelegt habe ... Also, diesen Rollstuhl, den darfst du nicht als Bestandteil deiner selbst betrachten! Mit eisernem Willen wirst du lernen, ohne ihn auszukommen. Solange du ihn aber brauchst, sollst du wissen, daß sich auch in einem solchen Vehikel sinnvoll leben läßt."

„Großmutter", antwortete ich ruhig, „das habe ich längst begriffen, ehe ich mich für mich selber damit auseinandersetzen mußte. Ich habe ja dein Beispiel gehabt."

„Ach, Kind ..." begann Großmutter.

Fast gleichzeitig mit ihr sprach Frau Rosenbusch.

„Wie gedenken Sie die Zeit im Rollstuhl sinnvoll zu gestalten?" erkundigte sie sich.

„Wenn ich aus der Kur zurück bin, werde ich – so oder so – wieder in der Praxis mitarbeiten."

„Und bis dahin?"

„Ich weiß natürlich noch nicht, wieviel Zeit und Kraft mir die Kur übriglassen wird, aber wann immer ich kann, werde ich schreiben."

Überrascht sah ich einen Zug freudigen Erstaunens in Frau Rosenbuschs Gesicht treten, und die Erinnerung an ihre Bitte kam mir zurück. Schnell fügte ich an: „Ich habe soviel Post ins Krankenhaus bekommen, daß es Wochen dauern wird, sie zu beantworten, und aus einigem soll eine regelmäßige Korrespondenz werden, das habe ich mir fest vorgenommen."

„Haben Sie so viele Freunde?"

„Wenn ich mir den Koffer voll Post vorstelle, den ich bekommen habe, dann muß ich mit Verwunderung und Dankbarkeit feststellen, daß sich viele Menschen um mich gesorgt haben, obwohl ich die meisten Kontakte vernachlässigt hatte."

„Das kann ja jetzt anders werden. Darf ich hoffen, daß ich dann zu den Briefpartnern gehöre? Morgen fliege ich nach Amerika, und es scheint mir unwahrscheinlich, daß ich in diesem Jahr noch wiederkomme."

„Oh!" stieß ich hervor – mit Bedauern, wie ich zu meiner Verwunderung registrierte.

„Es gibt Ihnen eine Galgenfrist für Hasenheide", sagte sie lächelnd.

„Ach – Hasenheide . . ."

Meine Stimme verlor sich. Das Haus hatte seine Wichtigkeit für mich eingebüßt.

„Lieben Sie es nicht mehr?"

Ihre Augen waren hellwach. Auch Dieters Blick hing an mir.

„Ich habe eine andere Einstellung dazu bekommen."

Sorgsam suchte ich die neue Einsicht zu formulieren. „Ich betrachte es nicht mehr als unantastbar. Ich will nicht mehr, daß es auf Kosten des Lebens – auf Kosten der Lebenden – auf Kosten lebendiger Gestaltung, und das heißt wohl auch Umgestaltung . . . also daß es auf Kosten all dessen konserviert wird."

„Du hast Frau Rosenbusch eine ausweichende Antwort gegeben", stellte Dieter fest, als wir abends allein waren.

Er hatte mich in unser Reich unter dem Dach hinaufgetragen und mir einen Stuhl ans Südfenster geschoben.

Es war zwar die Rede davon gewesen, mich im unteren Stock einzuquartieren, aber Dieter hatte das vehement abgelehnt.

„Bis Monika zur Kur fährt, komme ich abends herüber. Ich kann ihr beim Schlafengehen und Aufstehen so gut zur Hand gehen wie eins von euch. Und ich will mit meiner Frau oben in unserem Zimmer wohnen", hatte er erklärt. „Wenn sie aus der Kur kommt, wird Hasenheide nicht mehr das sein, was es jetzt ist."

Nun saß er neben mir und hielt meine Hand.

„Hat sich für dich schon alles geändert? Liebst du Hasenheide noch?"

„Ich liebe das, was es gewesen ist, das, was es erst dir, dann mir, dann uns beiden bedeutet hat. Ganz zu Anfang, als du mir zum ersten Mal ein Bild vom Herrenhaus zeigtest, habe ich mich fasziniert gefragt, ob man ein Haus lieben kann. Später habe ich diese Frage an Großmutter gerichtet. Ihre Antwort hätte mir den Weg zeigen müssen. Sie sagte, man kann das lieben, was für das eigene Erleben mit einem Haus verknüpft ist: Menschen, Geschehnisse, Stimmungen und bleibende Eindrücke. Ich konnte das damals nicht einsehen, denn mir schien, daß sich für mich mit dem Haus überhaupt nichts verknüpft hatte, als ich das Bild in deiner Hand sah und davon gefangen genommen wurde. Aber es war das, was von dir ausging, Dieter, es war nicht das Bild, was es mir angetan hatte. Ich weiß das erst seit der Nacht, bevor ich ins Krankenhaus kam."

Dieter senkte den Kopf.

„Es müssen schreckliche Stunden für dich gewesen sein. Es war auch für mich keine leichte Nacht, aber nichts gegen die folgende. Als ich alleine saß und nicht wußte, ob ich dich je wieder bei mir haben würde . . . Als ich mir Vorwürfe machte, daß ich wegen einer Bagatelle zornig auf dich gewesen war . . . Als ich mir eingestehen mußte, wie wenig ich trotz aller medizinischen Kenntnisse über das Sterben weiß . . . Als ich mich fragte, ohne Antwort fragte, wie sieht es jetzt in dem Menschen aus, dem ich der allernächste bin und für den ich nichts, aber auch gar nichts tun kann – außer beten. Das wenigstens, daß ich beten konnte, war ein Trost. Ich habe für dich gebetet, daß du es nicht zu schwer hättest . . . daß Gott deine Hand nicht loslassen soll . . . Ach, mein Herz, es war eine Nacht, die ich nie in meinem Leben vergessen werde.

Schließlich habe ich mich daran erinnert, daß Großmutter einmal davon gesprochen hat, wie sie mit Gesangbuchliedern betet, wenn die eigenen Worte zu schwach sind. Beim Blättern im Gesangbuch bin ich beim Abendlied von Claudius hängengeblieben, vielleicht, weil mein Auge auf die Zeile vom ‚kranken Nachbarn' fiel. Hast du gewußt, wie herzbewegend diese Verse sind, gerade die, die meistens ausgelassen werden, wenn man nur eben ein Abendlied singen will, ohne zu bedenken, daß es ein Gebet ist?"

Ich nickte und zitierte: „Wir stolzen Menschenkinder sind eitel arme Sünder und wissen gar nicht viel . . ."

„Ja, diese Strophe und die andere: ‚Gott, laß dein Heil uns schauen, auf nichts Vergänglichs trauen' . . . die haben mich beschäftigt. Und ich weiß noch, wie ich mich gefragt habe, ob ich jemals wieder fromm und fröhlich sein könnte, wenn du mir genommen würdest. Aber dann steht da ja auch noch das Wort ‚einfältig', was im Zusammenhang soviel bedeutet wie ‚demütig' – das war uns ja nun im Hitlerreich als Unterwürfigkeit gründlich verächtlich gemacht worden –, für mich bekam es plötzlich Qualität. Ich begriff, daß es die nüchterne Haltung des Menschen beschreibt, der weiß, daß er mit seiner Kraft und Klugheit am Ende ist, daß er sich Gott in die Arme werfen und ihn gewähren lassen muß. Es ist mir auch dann noch nicht leicht gefallen, ihm zu sagen: ‚Wenn es denn sein muß, dann steh du uns bei: Mir, daß ich nicht in Verzweiflung falle, und meiner Monika, daß sie getrost zu dir eingeht', und ich habe schnell angefügt, ‚aber ich bitte dich, daß es nicht sein muß'."

Dieter stand auf und trat ans Fenster.

„Inzwischen ist der Mond aufgegangen", sagte ich, ihm mit den Blicken folgend.

„Ja", antwortete er, „und ich spüre auch, daß der Abendhauch kühl ist. Ich denke, wir sollten uns ‚in Gottes Namen' niederlegen – endlich einmal wieder miteinander, mein Herz."

Am Morgen brachte Dieter mich in die Halle hinunter und baute mir dort eine Schreibecke zurecht, ehe er zu seinem Dienst in die Praxis fuhr.

Ich hatte mir vorgenommen, zunächst an meine ehemalige Klassenkameradin Wiltrud zu schreiben. Sie hatte mir einen warmherzigen Genesungswunsch ins Krankenhaus geschickt, ohne darin zu verraten, wie sie von meiner Erkrankung erfahren hatte. Während ich den weißen Bogen vor mich legte, wanderten meine Gedanken zurück. Erinnerungen fielen über mich her, von jenem Frühjahr an, in dem ich achtzehn geworden war, bis heute, wo ich mich im Rollstuhl in ein verändertes Leben zu finden versuchte.

Vieles von dem, was geschehen war, was ich darüber gedacht und gefühlt hatte, erschien mir in einem neuen Licht. Dankbar spürte ich, daß ich mich klaglos dem anschließen konnte, was

Dieter im Hinblick auf das Gutshaus akzeptierte oder gar unterstützte. Meine Liebe zu Hasenheide war in meiner Liebe zu Dieter aufgegangen. Der Brief an Wiltrud blieb ungeschrieben.

Ich saß vor meinem provisorischen Schreibtisch, mein Blick ging über Bach und Wiesental hinaus. Zum ersten Mal fühlte ich mich versöhnt mit allem, was hinter mir lag.

Ich merkte nicht, daß Frau Rosenbusch in die Halle gekommen war. Erst als sie einen Stuhl herbeizog und sich neben mich setzte, wandte ich ihr den Blick zu.

„Ich bin froh, daß ich Sie einmal für mich allein habe", begann sie. „Ich möchte Sie etwas fragen, und ich bitte Sie herzlich, es mir aufrichtig zu beantworten und nicht wieder auszuweichen. Versprechen Sie mir das?"

Ich nickte.

„Schauen Sie", fuhr sie fort, „ich habe den Eindruck gewonnen, daß von allen Wendlands Sie am meisten an dem Haus hängen und sich gegen Veränderungen sträuben. Gestern schien es mir allerdings so, als ob sich das geändert hätte . . ."

„Es hat sich geändert", unterbrach ich sie.

„Dann fällt mir meine Bitte leichter. Es geht um den Namen des Hauses. Für mich war es immer – ob ich darin lebte, ob ich davon träumte, ja selbst als ich hierher zurückkam – es war immer ‚Haus Buchen'. Ich habe mich inzwischen an die Bezeichnung ‚Hasenheide' gewöhnt, aber ich denke dabei an das Gut, an die Ländereien, manchmal an den Wirtschaftshof, nie jedoch an das Haus. Ich bitte Sie um Ihr Einverständnis, daß es künftig wieder ‚Haus Buchen' heißt."

„Darum müssen Sie mich doch nicht bitten!" wehrte ich erstaunt ab. „Es ist allein Ihre Entscheidung."

„Ich möchte Ihnen – gerade Ihnen – mit meiner Entscheidung nicht weh tun. Vielleicht fällt es Ihnen leichter, wenn ich Ihnen sage, daß Benjamin seinen Neubau ‚Haus Hasenheide' nennen will."

„Großmutter hat immer von ‚Buchen' gesprochen", murmelte ich. „Sie hat sich bis heute nicht richtig umgewöhnen können."

„Hilft Ihnen diese Tatsache zu einem Entschluß?"

Ich gab mir einen Ruck.

„Sie könnte mir meinen Entschluß eher erschweren“, sagte ich und sah Frau Rosenbusch voll an, „Großmutter würde sich noch einmal umgewöhnen müssen. Ich möchte Ihnen einen dritten Namen vorschlagen. Es würde mir richtig erscheinen und mir Freude machen, wenn Ihr Projekt unter dem Namen ‚Simon-Prinz-Haus‘ liefe.“

Sie saß still da, die Augen auf mein Gesicht gerichtet. Erst nach einer Weile beugte sie sich vor und küßte mich auf die Stirn.

„Ich will's bedenken.“

Kurz nach dem gemeinsamen Frühstück, zu dem Reni mich ins Eßzimmer geholt hatte, mußte Frau Rosenbusch aufbrechen. Ich saß schon wieder in meiner Schreibecke vor dem immer noch leeren Papier, als sie hereinkam, um sich zu verabschieden.

„Sie finden wohl keinen rechten Anfang für Ihren Brief?“ fragte sie freundlich.

„Dies wird kein Brief“, antwortete ich. „Dies wird die Geschichte einer Liebe.“

„Einer Liebe?“

„Meine Liebe zu Hasenheide. Ich schreibe die Geschichte für Sie.“

Ich habe mein Wort gehalten.

Ingerose Paust

Die Russland-Saga

In der Ferne reift mein Weizen.
Vor dem Sturm die Ernte.

Historischer Roman

368 Seiten, Taschenbuch
ISBN 978-3-7655-4057-8

Das strenge Preußen Friedrichs des Großen beschneidet die Bürgerrechte der Mennoniten auf unerträgliche Weise. Als tüchtige Bauern sind sie zwar geschätzt, als Staatsbürger jedoch nicht gern gesehen, da sie den Dienst mit der Waffe verweigern. Da erscheint es wie eine glückliche Fügung, als im November 1788 ein Kolonistenwerber der russischen Zarin erscheint. Katharina II. lädt die deutschen Bauern ein, unerschlossene Gebiete im Süden Russlands zu besiedeln. Rund 200 Familien beginnen in der Fremde ein neues Leben.

Gut hundert Jahre später wird Russland von Gewalt und Unruhen erschüttert: Vorboten der Revolutionszeit. Die deutschen Siedler, die seit vier Generationen das Land kultivieren, sind auf einmal unerwünscht und müssen immer neue Willkür fürchten.

BRUNNEN VERLAG GIESSEN
www.brunnen-verlag.de

Else Hueck-Dehio

Liebe Renata

Die Geschichte
einer Jugend in Estland

512 Seiten, Taschenbuch
ISBN 978-3-7655-3751-6

Als die fünfzehnjährige Renata den Studenten Olav Petersen kennen lernt, fühlen sich beide zueinander hingezogen. Renata, hin- und hergerissen von ihren Gefühlen, will dies zunächst selbst nicht wahrhaben. Behutsam entwickelt sich zwischen beiden eine tiefe Liebe. Der drohende erste Weltkrieg samt der sich abzeichnenden politischen Umwälzung erscheint den jungen Leuten gegenüber ihrem eigenen Glück fern und unwirklich. Aber dann muss Renata doch den Schrecken der Wirklichkeit ins Auge sehen …

BRUNNEN VERLAG GIESSEN
www.brunnen-verlag.de

Charlotte Hofmann-Hege

Alles kann ein Herz ertragen

Die weite Lebensreise
der Elisabeth Thiessen

192 Seiten, Taschenbuch
ISBN 978-3-7655-3963-3

Elisabeth, ein fünfzehnjähriges, unbeschwert-fröhliches Mädchen, reist im Frühjahr 1912 mit der Familie ihres Onkels nach Russland. „Es ist ein wunderbares Land“, schreibt sie in ihrem ersten Brief – nicht ahnend, dass sie ihre Heimat erst nach 55 Jahren wiedersehen sollte. Sie wird ein Opfer der politischen Umwälzungen in Russland, muss unter anderem mehr als dreißig Jahre in sibirischer Verbannung leben.

BRUNNEN VERLAG GIESSEN
www.brunnen-verlag.de